内容简介

　　本书以中国古代白话小说的传播为研究对象，分别从"传播环境""传播媒介""传播内容""传播诠释""传播价值""传播受众与效果""海外传播"等方面进行了专题研究，以全新的视角、多方位、多层次地勾勒出了中国古代白话小说的生产、流通、消费等各个环节及其发展演变的轨迹，从而对中国古代白话小说发展演变的把握提升到了一个新的层面。

作者简介

王平，1949年生，男，文学博士，山东大学文学与新闻传播学院教授、博士生导师。中国水浒学会副会长、中国金瓶梅研究会（筹）副会长、中国红楼梦学会常务理事、山东省金瓶梅文化委员会会长、山东省古典文学学会副会长。主要从事中国古代小说与元明清文学研究。

作者简介

　　王平，1949年生，男，文学博士，山东大学文学与新闻传播学院教授、博士生导师。中国水浒学会副会长、中国金瓶梅研究会（筹）副会长、中国红楼梦学会常务理事、山东省金瓶梅文化委员会会长、山东省古典文学学会副会长。主要从事中国古代小说与元明清文学研究。

丛书主编 马瑞芳

中国古代小说发展研究丛书

中国古代白话小说
传播研究

王平 等著

山东教育出版社

图书在版编目(CIP)数据

中国古代白话小说传播研究/王平等著. —济南：
山东教育出版社,2015
(中国古代小说发展研究丛书/马瑞芳主编)
ISBN 978－7－5328－9085－9

Ⅰ.①中… Ⅱ.①王… Ⅲ.①古典小说—小说研
究—中国 Ⅳ.①I207.41

中国版本图书馆CIP数据核字(2015)第235233号

中国古代小说发展研究丛书

马瑞芳 主编

中国古代白话小说传播研究

王 平 等著

主 管：山东出版传媒股份有限公司

出版者：山东教育出版社

(济南市纬一路 321 号 邮编：250001)

电 话：(0531)82092664 传真：(0531)82092625

网 址：www.sjs.com.cn

发行者：山东教育出版社

印 刷：山东临沂新华印刷物流集团有限责任公司

版 次：2016 年 4 月第 1 版第 1 次印刷

规 格：710mm×1000mm 16 开本

印 张：27.75 印张

字 数：386 千字

书 号：ISBN 978－7－5328－9085－9

定 价：85.00 元

(如印装质量有问题,请与印刷厂联系调换)
印厂电话：0539－2925659

总　序

　　2005 年我担任山东大学古代文学学科学术带头人后,考虑到学科自身优势和发展需要,拟组织本学科教授撰写一套中国古代小说发展研究丛书。山东教育出版社对此选题很感兴趣,并申报国家"十一五"规划出版重点项目,获得批准。我们特别邀请山东师范大学王恒展教授加盟。历经十年,这套丛书的九部书稿终于集体亮相于读者面前。

　　为什么选择撰写这样一套丛书? 因为此前学术界对于中国古代小说的研究多侧重于"史""论",侧重于思想艺术分析,对小说作为中国古代文学重要文体,如何萌芽、产生、发展、壮大,直到蔚为大观,对各类小说的发展过程、阶段、特点,研究得似乎还不太够。有必要采用多角度、多侧面对中国古代小说发展脉络做一下梳理和开掘,总结出一些可以称之为规律性或中国特色的东西。

　　那么,这套丛书涉及并试图总结出中国古代小说发展过程中哪些规律和特色?

　　一曰中国古代小说的概念、范围、分类。今存文献中,"小说"这个词语最早见于《庄子·杂篇·外物论》:

"饰小说以干县令,其于大达亦远矣。"①小说研究者早就认识到这里的"小说"是指琐屑的言论,指与"大达"形成对比的小道,还不具备文体"小说"的含义。小说在汉代之前尚缺乏独立的文体意义。在漫长的文学发展长河中,随着小说题材的拓展和小说创作艺术的渐渐成熟,"小说"才成为以散文叙述虚构故事的文学体裁的专称。中国古代"小说"一词内涵、外延都相当复杂,既有文学性文体部分又有非文学性文体部分。各朝各代学者对小说做出了各种分类。16世纪胡应麟《少室山房笔丛》将小说分为六类:志怪、传奇、杂录、丛谈、辩订、箴规。后三类就属于非文学性文体。后世学者对文学性小说文体的分类通常按语言形式做文言和白话之分;按篇幅做长篇和短篇之分(中篇小说通常被包含在短篇小说之内);按内容做志怪和传奇之分,还有更具体的历史演义、英雄传奇、人情小说之分……不一而足。本丛书着眼于文学性文体小说的研究和分门别类的细致考察。

二曰中国古代小说的起源、孕育、滋养过程。考察哪些文体、哪些因素对小说的产生起作用,这一研究较多地集中在先秦两汉语言文学中。先秦两汉并没有产生典型的小说文体,但此时的多种文体如神话传说、历史散文及诸子散文、史传文学甚至《诗经》《楚辞》都给小说的产生以或大或小、或远或近的影响。其中,神话的原型人物、典故、构思,史传文学的叙事笔法和杂史杂传,诸子中的"说体"故事和寓言故事……对中国古代小说的产生起到决定性作用。本丛书对中国古代小说产生做了全面深入探讨,提出一系列新见解。如庄子对中国古代小说家的决定性影响,《诗经》《楚辞》对小说创作的开宗作祖意义等。

三曰中国古代小说唐前史料学探究。研究中国古代小说,史料是基础,是理清小说产生年代、成就、特点的必备资料,是进行理论分析的前提。汉前小说史料依附于历史、诸子,从魏晋南北朝开始,小说作为独立的文体跻身于众多文体之中,产生大量小说作品。程毅中先生在《古代小说史料简论》一书中提出:小说作品本身和版本、目录、作者

---

① 《庄子集解》,《诸子集成》本,第177页,上海书店出版社,1986。

生平、评论等，都是重要的小说史料。本丛书在对中国古代小说各种发展阶段的重要作品进行探究时，注重考证，注重重要作家生平对小说创作影响的考察，注重第一手资料的收集和剖析，力求"言必有据""知人论事"。需要说明的是，唐后小说史料十分繁富，由于小说是"小道"的观念，唐后一些极其重要的作家如兰陵笑笑生、曹雪芹的生平往往不易弄清。因而对作家生平的考订应该成为小说史料学的重要内容，如与红学并列的曹学，就是专门研究《红楼梦》作者曹雪芹及其祖辈的学问。而用一本书探讨整部小说史史料问题几乎不可能，故本丛书对唐后小说史料的必要性、兼顾性研究体现在有关书中，小说史料的专门性探究暂时截止于唐前，唐后小说史料的专门性探究，留待此后有条件时增补。

　　四曰文言小说和白话小说的发展轨迹和写作特点。中国古代两类最主要的小说文言小说和白话小说都经历了萌芽、成长、繁荣、鼎盛、衰落阶段，并在各阶段产生了彪炳史册的名著。我们采用通常意义的文言和白话区分法，其实严格地说，不能用"文言或白话"截然区分中国古代许多小说，典雅的《聊斋志异》里有许多生动活泼的民间口语，通俗的《金瓶梅》中也出现台阁对话，《三国演义》则采用既非纯粹文言亦非纯粹白话的浅显文言。中国古代文言小说如《搜神记》、《幽明录》、唐传奇、《聊斋志异》等，具有明显诗化和写意性特点，人物描写带一定类型化、"扁平"性，故事叙述、情节结构较为简约明快。中国古代白话小说，不管是短篇小说《三言二拍》，还是长篇小说《三国演义》《水浒传》《金瓶梅》《西游记》《红楼梦》《儒林外史》，重在描写情节完整、曲折生动、感人悦人的故事，或着眼悲欢离合，或着眼社会问题，人物栩栩如生，风貌复杂多样，长篇小说更具有一定的史诗品格。文言小说以志怪成就最著，白话小说描写人生成就最高。不管文言还是白话小说，在人物描写、情节布局、构思艺术上，在诗意化和寓意性上，既借力于古代文化特别是古代文学其他样式如诗词辞赋散文戏剧，小说之志怪和传奇、文言与白话，又互相融汇、互相补充、互相借鉴，共同构成中国小说特有的人物创造、构思方法、描写格局、民族特点。

五曰对小说民俗的选择性考察。中国古代小说是中国民俗文化的重要载体,而民俗具有鲜明的地域性、民族性、时代性特点。因为中国古代小说所反映的民俗太复杂,涉及面太广,时间跨度太大,难以专门用一本书进行既细致又全面的研究。本丛书在剖析中国小说发展若干问题时,顺带对小说中的民俗进行综合考究,并选择跟山东有明确关系的几部名著如《水浒传》《金瓶梅》《聊斋志异》《醒世姻缘传》等,对小说所反映的民间信仰、饮食服饰、祭祀占卜、婚嫁丧葬、灵魂狐妖迷信、神佛道观念……进行专门考察,研究这些人生礼俗对刻画人物、组织情节起到的重要作用。作为与汉族民俗的对照,选择《红楼梦》作为满族民俗的载体进行研究。除与汉族类似的饮食服饰、神佛观念外,侧重考察《红楼梦》反映的满族游艺习俗、骑射教育以及满族的蓄奴风俗和与汉族不同的姑娘为尊的重女风俗。通过这个新角度对几部古代小说名著的解读,说明古代小说特别是明清小说中表现的民族风俗是其他任何文学作品和文化典籍都不能替代的。

六曰对小说传播的选择性考察。文言小说的主要传播途径不外乎史家和目录家的著录、读者传抄、类书和丛书收录、戏剧改编。白话小说的传播途径要广泛得多,在传播上也更有代表性和广泛性。印刷取代传抄成为主要传播方式,为嘉靖本《三国志通俗演义》作"引"的修髯子、刻印《水浒传》的武定侯郭勋等是小说印刷传播先驱。书坊为降低成本、扩大印刷推出的"简本"小说和短篇小说的选本如《今古奇观》,成为推动小说传播的重要因素。明清两代的文人士大夫成为白话小说的重要接受和传播者,"评点"变成自娱悦人兼推动小说销售的手段,白话小说改编成戏曲也很多见,三国戏、水浒戏、西游戏、封神戏、杨家将戏等广受欢迎。而与广泛传播形成强烈对比、引起尖锐矛盾的是统治者的"禁毁"。其实,中国古代小说很早就传播到欧洲引起世界文豪的赞誉。《歌德谈话录》多次谈到在中国只能算做二流的小说《好逑传》《玉娇梨》等,歌德说:在他们(中国人)那里一切都比我们这里更明朗、更纯洁,也更合乎道德。值得注意的是,歌德对中国古代几部二流小说跟《红与黑》等欧美名著持类似欣赏态度。拉美文学两位当代文学巨匠马尔克斯和博尔赫斯都崇拜曹雪芹和蒲松龄,博尔赫斯曾给阿根廷版《聊斋志异》写序并大加赞扬。

七曰古代小说理论发展研究。刘勰《文心雕龙》被认为是非常重要的文艺理论著作,偏偏没有关于小说的内容,这固然因为当时小说还处于萌芽时期,也说明小说从产生伊始,就没法取得与传统文学如诗词散文平起平坐的地位。小说被列入"子"部,算做"杂家"。"小说"者,小家珍说,雕虫小技也。小说长期处于被歧视的地位,在强大的传统文化笼罩下,小说家总想羽翼信史、向历史学家靠拢,蒲松龄自称"异史氏",就是司马迁"太史公"的模仿秀。中国古代没有独立的小说理论,也没有系统的小说理论著作,小说理论常以序跋或评点形式依附于小说本身,主要起诱导和愉悦读者的作用,不像经学家说经,诗词学家说诗词,起到写作指导作用。因此中国古代小说评点家对小说创作经验的总结常是"捎带性"的副产品,且多需后世学者加以进一步综合阐释。古代小说理论极力与散文理论、史传文学理论相对接,以取得合法性,其核心理念、内在思路、观念表述多借鉴经史理论,特别是"文以载道""良史之才"等观念经常被运用。金圣叹、毛宗岗、张竹坡、脂砚斋等古代小说评点家对小说具体人物、情节东鳞西爪的评点有鲜明的中国特色,部分吉光片羽的观点甚至可与 20 世纪文论家媲美。

八曰中国古代小说构思特点。中国古代小说从萌芽到繁荣,经历两千多年,无数作家付出辛勤劳动,它们形成了哪些富有中国特色的构思方法? 哪位作家是哪类构思方式的开创者? 哪位作家是哪类构思的集大成者? 这些构思方法是如何萌芽、成长,并长成一株株小说名作的参天大树? 这些形态各异的参天大树又如何共居华夏一园,形成中国古代小说构思千姿百态、摇曳生风的美景? ……

这套丛书的写作目的,既想尽古代文学研究者职责,在古代小说研究中拓出新路子,完成新命题,又想古为今用、研以致用,希望通过对中国古代小说发展研究的比较全面的检视,使得中国古代小说与西方小说学概念、理论在纸面上接轨、"比武",让辉煌的古代小说以崭然如新的面貌走向读者,走向世界,引导当代读者阅读,给当代小说创作者参考。

　　因为文出众手，每位作者都是此方面默默耕耘多年的专家，各有自认为必须说明之处，故可能本丛书对某些话题和观念，如"小说"词语的历史演变，或有重复涉及，乃或有此书与彼书抵牾之处，读者方家慧眼鉴识之。

　　古代文化典籍版本复杂，本丛书择善而从，所引用经、史、诗词、小说原文，基本采用权威通行本并在页下加以详注。

　　众擎群举，十年搏书，敬请读者方家指点。

马瑞芳

2015 年 6 月 12 日于山东大学

目　录

绪　论
古代白话小说传播的基本特征

　　任何文学作品只有经过传播，被接受者接受之后才算最终完成。与诗文等文学样式的创作相比，小说家在很大程度上是为接受者在进行创作，因此其传播接受便显得尤为重要。中国古代通俗小说尤其是白话长篇章回小说在整个中国文学史上占有重要地位，出现了一批颇具艺术生命力的优秀作品，其中的一个重要原因便是传播的迅速发展与进步。按照传播学的理论，传播由传播环境、传播媒介、传播接受及传播效果等几大要素组成。不难看出，明清时期这几大要素都发生了明显的变化。进入 20 世纪以来，上述几个要素的变化更加明显。对这些变化进行细致分析，总结出其基本特征，可以更全面地把握古代通俗小说广为流传的原因，并能寻找出小说发展的一些基本规律。

一、明代以前白话小说传播的基本情况

　　古代白话小说的产生远远晚于文言小说。明代以前，文言小说与白话小说有着不同的传播方式和途径。文言小说的传播途径不外以下几种：一是史家和目录学家的著录，二是读者本人的传抄，三是类书、丛书的收录，四是改编为戏曲。直到宋元，才开始有少数作品被刊印

传播。

史家和目录学家对文言小说的著录开始于《汉书·艺文志》,《汉志》"诸子略·小说家"中著录了《伊尹说》等十五种小说,可惜已全部亡佚。在"数术略·形法家"中著录了《山海经》十三篇,今存。自《隋书·经籍志》之后,历代史书著录的小说日益增多。如《隋志》"史部地理类"有郭璞注《山海经》二十三卷、《神异经》一卷、《十洲记》一卷,"史部起居注类"有《穆天子传》六卷,"子部小说家类"有《燕丹子》一卷、《博物志》十卷、《世说新语》八卷,"史部旧事类"有《汉武帝故事》二卷,"史部杂传类"有《汉武洞冥记》一卷、《搜神记》三十卷、《搜神后记》十卷、《冤魂志》三卷等等。新、旧《唐书·艺文志》则分别著录了《冥报记》《补江总白猿传》《定命论》《灵怪集》《玄怪录》等一批唐代小说。

目录学家对小说的著录从刘向的《别录》和刘歆的《七略》开始。如作于战国时期、后已失传的《方士传》,两书便分别做了著录并有简要的说明。后来的私人藏书目录也著录了不少小说,如宋代晁公武的《郡斋读书志》、陈振孙的《直斋书录解题》。两书除了著录小说名目之外,还常常对小说的有关情况做些说明。如在著录了《补江总白猿传》后,陈振孙说道:"欧阳纥者,询之父也。询貌类猕猿,盖尝与长孙无忌互相嘲谑矣。此传遂因其嘲广之,以实其事。托言江总,必无名子所为也。"①可惜的是,史家和目录学家只著录了小说的名目,虽然能够引起人们一定的关注,对小说的传播起到一定的作用,但并不能直接使这些小说得以保存并流传下来。

在明代之前,各种类书、丛书如《艺文类聚》《太平御览》《太平广记》《说郛》等则直接收录了许多文言小说作品,尤其是《太平广记》收录了大量文言小说,《四库全书》称其:"所采书三百四十五种,古来轶闻琐事、僻笈遗文,咸在焉。卷帙轻者,往往全部收入,盖小说家之渊海也。"②如唐传奇名篇《莺莺传》《柳毅传》都首先见于其中。这对于文言小说的传播当然更为有利,许多文言小说作品就是赖其收入而得以流传至今。但是这些类书卷帙浩繁,绝非一般读者所能问津,因而仍是有限度地在进行小说的传播。

---

① 〔宋〕陈振孙:《直斋书录解题》卷一一,武英殿聚珍本。
② 〔清〕纪昀总纂:《四库全书总目提要》卷一四二,第1212页,北京:中华书局影印本,1965。

　　除了史家、目录学家及类书、丛书之外，一些感兴趣的读者也成为文言小说的传播者。《世说新语·文学篇》有这样一条记载："裴郎（指裴启）作《语林》，始出，大为远近所传，时流年少，无不传写，各有一通。"①这种情形当不是偶然，读者的竞相传抄，使文言小说作品在社会上传播开来，但传抄者毕竟是少数作品和少数人，还不能形成更广泛的传播。

　　将小说改编为戏曲是文言小说传播的方式之一，许多优秀的唐传奇小说都曾被改编为宋元戏文或元杂剧，如王实甫的《西厢记》、白朴的《梧桐雨》、尚仲贤的《洞庭湖柳毅传书》《崔护谒浆》、郑光祖的《倩女离魂》及元代戏文《王仙客》《柳毅洞庭龙女》等。根据六朝时期小说改编的戏曲也为数不少，如关汉卿的《终南山管宁割席》、王仲文的《感天地王祥卧冰》、宫天挺的《死生交范张鸡黍》及无名氏的元代戏文《王月英月下留鞋》《王祥卧冰》《汉武帝洞冥记》等。

　　从唐代以来，白话通俗小说开始出现，"说话"和"俗讲"成为主要的传播形式。如唐代著名的"一枝花话"就是以"说话"的形式在文人间流传着。元稹《酬白学士代书一百韵》诗中自注云："乐天每与余游，从无不书名屋壁，又尝于新昌宅说'一枝花话'，自寅至巳，犹未毕词也。"②唐代寺院中的"俗讲"所讲说的"变文"，实际上也是"说话"的一种形式，如《庐山远公话》《韩擒虎画本》《唐太宗入冥记》《秋胡小说》等等。这种"说话"甚至传入了宫廷之内，郭湜《高力士外传》载："每日上皇与高公亲看扫除庭院，艺蒔草木。或讲经论议，转变说话，虽不近文律，终冀悦圣情。"③

　　"说话"这一伎艺在宋元时期得到了发展，更多的是在勾栏瓦肆中进行，宋人孟元老《东京梦华录》卷五"京瓦伎艺"条、周密《武林旧事》卷六"诸色伎艺人"条、吴自牧《梦粱录》卷十九"瓦舍"条、耐得翁《都城纪胜》"瓦市"条、罗烨《醉翁谈录》及《西湖老人繁胜录》"瓦市"条等，都

　　①〔南朝宋〕刘义庆：《世说新语》，见余嘉锡《世说新语笺疏》，第269页，北京：中华书局，1983。
　　②〔唐〕元稹：《酬白学士代书一百韵》，转引自胡士莹《话本小说概论》，第16页，北京：中华书局，1980。
　　③〔唐〕郭湜：《高力士外传》，转引自胡士莹《话本小说概论》，第19页，北京：中华书局，1980。

有或详或略的记载。如后者说:"南瓦、中瓦、大瓦、北瓦、蒲桥瓦。惟北瓦大,有勾栏一十三座。常是两座勾栏,专说史书:乔万卷、许贡士、张解元。……小说,蔡和、李公佐。女流,史惠英、小张四郎,一世只在北瓦,占一座勾栏说话,不曾去别瓦作场,人叫做小张四郎勾栏。"①这种勾栏瓦肆中的"说话"虽然比唐代的传播范围更广,但依然是一种人际传播,仍受到种种条件的限制。

值得注意的是,宋元时期开始出现了话本小说的刊本。如《大唐三藏取经诗话》上、中、下三卷,宋刊巾箱本,卷末有"中瓦子张家印"题款。王国维认为这个"中瓦子"就是南宋临安府一条街名,"张家"即"张官人经史子文籍铺"。② 可见这位张官人不仅印书,还兼销售。再如宋人旧编、元人增益并刊行的《新编五代史平话》《大宋宣和遗事》,胡士莹先生认为"书标'新编'字样,盖刊印时书贾用以号召耳"③。这就是说,书商为了吸引读者,扩大销量,已经注意到在书名上做些文章。

更值得一提的是元人编刊的《全相平话五种》,每一种都分上下两栏,上图下文,图约占三分之一。其中《三国志平话》图最多,有七十幅,《全相平话前汉书续集》图虽最少,但也有三十七幅。这种编印形式显然是为了迎合读者的需要,尽可能地增加销量。从《至治新刊全相三国志平话》这一书名上还可以得知,此书颇受读者欢迎,以至于书商要再次刊印。但是,就当时的经济发展状况来看,书籍的刻印,尤其是小说的刻印,规模还不是太大。

二、古代白话小说传播方式的基本特征

进入明中叶之后,白话小说传播情况发生了明显变化。首先,印刷品取代传抄和讲说而成为小说的主要传播方式。当然这种转变有一个过程,一方面取决于造纸业、印刷业的不断发展,另一方面也要取决于接受者的购买力。转变之初,是一些对白话小说感兴趣的文人士

---

① 〔宋〕西湖老人:《西湖老人繁胜录》"瓦市"条,见周峰点校《东京梦华录》(外四种),第108~109页,北京:文化艺术出版社,1998。
② 王国维:《大唐三藏取经诗话跋》,转引自胡士莹《话本小说概论》,第198页,北京:中华书局,1980。
③ 胡士莹:《话本小说概论》,第712页,北京:中华书局,1980。

大夫,将几部原来仅靠传抄而又有较大影响的白话小说付梓。曾为嘉靖壬午本《三国志通俗演义》作"引"的"修髯子"张尚德就是其中的一位。该本前有"庸愚子"蒋大器弘治甲寅年(1494)序,序中说道:"书成,士君子之好事者,争相誊录,以便观览,则三国之盛衰治乱,人物之出处臧否,一开卷,千百载之事,豁然于心胸矣。"①这表明在弘治年间《三国志演义》还是以抄本形式流传。一部百万言的白话小说仅靠抄本传播,其范围当然极为有限,正如张尚德在"引"中所说"简帙浩瀚,善本甚艰"。他敏锐地觉察到了这一点,于是"请寿诸梓,公之四方"②。从此以后,各种版本的《三国志演义》不断出现,粗略统计,现存的明代刊本有三十余种,清刊本有七十余种。

嘉靖年间的武定侯郭勋也是一位喜爱小说的贵族文人,"天都外臣"在明万历己丑年的《水浒传序》中说道:"嘉靖时,郭武定重刻其书,削去致语,独存本传。"③既言"重刻",则在此之前肯定还有其他版本。但万历间袁无涯称:"古本有罗氏致语,相传《灯花婆婆》等事,既不可复见;乃后人有四大寇之拘而酌损之者,有嫌一百廿回之繁而淘汰之者,皆失。郭武定本,即旧本,移置阎婆事,甚善……"④这说明,早在万历年间,所谓"古本"《水浒传》已失传,郭本《水浒传》则被视为"旧本",而且当时的人们已对其给予了较高的评价。沈德符在《万历野获编》中说道:"武定侯郭勋,在世宗朝号好文,多艺,能计数。今新安所刻《水浒传》善本,即其家所传,前有汪太涵序,托名天都外臣者。"⑤不仅有郭本的复刻本,其他各种本子也不断出现。胡应麟曾说道:"余二十年前所见《水浒传》本,尚极足寻味,十数载来,为闽中坊贾刊落,止录事实,中间游词余韵,神情寄寓处,一概删之,遂几不能覆瓿。复数十

①〔明〕蒋大器:《三国志通俗演义序》,见朱一玄《明清小说资料选编》,第69页,济南:齐鲁书社,1990。

②〔明〕张尚德:《三国志通俗演义引》,见朱一玄《明清小说资料选编》,第70页,济南:齐鲁书社,1990。

③〔明〕天都外臣:《水浒传序》,见朱一玄《明清小说资料选编》,第313页,济南:齐鲁书社,1990。

④〔明〕袁无涯:《忠义水浒全书发凡》,见朱一玄《明清小说资料选编》,第327页,济南:齐鲁书社,1990。

⑤〔明〕沈德符:《万历野获编》,见朱一玄《明清小说资料选编》,第336页,济南:齐鲁书社,1990。

年,无原本印证,此书将永废。"①

学术界一般认为《三国演义》和《水浒传》成书于元明之际,如果这一点能够成立,那么在经过一百余年后,两书才有了刻本。自《西游记》之后,情况不同了。尽管学术界对《西游记》是否为吴承恩所作尚有疑问,但在没有更多的证据之前,还不宜推翻此说。而今天能够见到的最早的《西游记》的完整刻本是明万历二十年(1592)的世德堂本,此时距吴承恩去世不过十几年。《金瓶梅》也是如此,袁宏道写于万历二十四年(1596)的《与董思白书》,是有关该书流传的有年代可考的最早记载,可以推知,此时距《金瓶梅》成书不会太久。我们今天见到的《金瓶梅词话》本,前有"东吴弄珠客"写于万历丁巳年(1617)的序,其间相距也不过二十余年。至于余邵鱼撰的《列国志传》、冯梦龙撰的《新列国志》、西周生的《醒世姻缘传》等大量的明清小说,几乎都是写完之后立即刻印。

当然以抄本形式传播的情况也还存在,其主要原因有二,一是书商对该书能否赢利没有把握,二是著者本人无意或无力将其付梓。但无论出于何种原因,都必然要影响该书的传播,甚至会使其失传或亡佚。明人甄伟在为《西汉通俗演义》作序时便指出:"书成,识者争相传录,不便观览。"②但有了刻本之后,便迅速传播开来。《儒林外史》开始也是先有抄本流传,吴敬梓的好友程晋芳曾说:"《儒林外史》五十卷,穷极文士情态,人争传写之。"③但抄本毕竟流传有限。据金和在《儒林外史跋》中称:"惟是书为全椒金棕亭先生官扬州府教授时梓以行世,自后扬州书肆,刻本非一。"④这就是说,早在乾隆年间就有了刻本,此后又有嘉庆八年(1803 年)、二十一年(1816 年)及同治十三年(1874 年)等刻本。刻本问世后,此书才迅速流传开来。不仅《儒林外史》等

① 〔明〕胡应麟:《少室山房笔丛》卷四十一《庄岳委谈》下,第 437 页,上海:上海书店出版社,2001。
② 〔明〕甄伟:《西汉通俗演义序》,见朱一玄《明清小说资料选编》,第 14 页,济南:齐鲁书社,1990。
③ 〔清〕程晋芳:《勉行堂文集》卷六《文木先生传》,见朱一玄《明清小说资料选编》,第 902 页,济南:齐鲁书社,1990。
④ 〔清〕金和:《儒林外史跋》,见朱一玄《明清小说资料选编》,第 917 页,济南:齐鲁书社,1990。

一流小说如此,就连一些二三流的作品也是一印再印,如《济颠大师醉菩提全传》仅"书业堂"便于乾隆四十二年(1777年)、四十三年(1778年)和四十四年(1779年)接连刻印三次。而像《歧路灯》《姑妄言》等小说则因无人刻印,所知者甚少,几乎湮灭。

　　其次,为了满足传播接受者的需要,或吸引更多的读者购买,书坊推出了各种形式的版本。如《三国演义》周曰校、夏振宇刊本都标明为"新刊校正古本大字音释"本,以"古本大字音释"吸引读者。郑以桢刊本标明为"新镌校正京本大字音释圈点"本,又增加了"京本""圈点"。余氏双峰堂刊本为"新刻按鉴全像批评"本,进一步增加了图像和批评,每一页上面为评,中间为图,下面为文。熊清波刊本为"新刻京本补遗通俗演义"本,将图像插在了书中。郑少垣联辉堂三垣馆刊本为"新镌京本校正通俗演义按鉴"本,每页是上图下文。崇祯间雄飞馆又将《三国演义》与《水浒传》合刻为《英雄谱》本,上为《水浒传》,下为《三国演义》。直至清代毛宗岗本出现后,仍有书商在书名上做文章,如现藏于英国博物院的"绣像第一才子书",实际上就是毛本《三国演义》的坊刻本。①

　　明代中叶尽管造纸、印刷都有了长足的发展,但一部小说的价格依然较高。② 万历时一部二十余万字的《春秋列国志》定价为一两白银,而当时一亩地也不过值二两白银。虽然白话小说被称为通俗小说,但这种价位并非一般读者所能问津。为了降低书的成本,以扩大销量,书坊又推出了所谓的"简本"。前引明人胡应麟所说的那段话已经很能说明问题,所谓"止录事实,中间游词余韵,神情寄寓处,一概删之",显然是为了降低成本。这种情况一直延续到清代,清人周亮工曾说:"予见建阳书坊中所刻诸书,节缩纸板,求其易售,诸书多被刊落。此书(指《水浒传》)亦建阳书坊翻刻时删落者。六十年前,白下、吴门、虎林三地书未盛行,世所传者,独建阳本耳。"③周亮工特别指出"世所传者,独建阳本耳",建阳是明清时期书坊密集的地区,书坊之间有着

---

　　① 柳存仁:《伦敦所见中国小说书目提要·(三十二)〈绣像第一才子书〉》,北京:书目文献出版社,1982。

　　② 参见陈大康:《明代小说史》,第267~268页,上海:上海文艺出版社,2000。

　　③ 〔清〕周亮工:《因树屋书影》,见朱一玄《古典小说版本资料选编》,第65页,太原:山西人民出版社,1986。

激烈的竞争。"节缩纸板"的目的,当然是为了降低成本,"求其易售"。但是,从另一个角度看,简本虽然降低了书价,便于读者购买,却是以牺牲原作为代价的,因此,这种方式并不可取。

长篇白话小说以"简本"的方法来扩大销售,短篇白话小说则采用"选本"或分类编排的方法来吸引读者。明末"姑苏抱瓮老人"从"三言""二拍"选出四十篇作品辑为《今古奇观》,果然收到了极好的效果。为该书作序的"笑花主人"说,"三言""二拍""卷帙浩繁,观览难周,且罗辑取盈,安得事事皆奇。……余拟拔其尤百回,重加绣梓,以成巨览。而抱瓮老人先得我心,选刻四十种,名为《今古奇观》"①。这部选本后来流行极广,在很长一段时间内,"三言""二拍"中的许多故事是靠其在社会上传播着。当然,有些选编者按照自己的兴趣对原作随意删改,客观上不利于小说的传播,如王金范选刻的十八卷本《聊斋志异》就是如此,这大概也是这一版本没有得到广泛流传的原因。

三、古代白话小说传播者的基本特征

明清时期出现了一批专门刻印、经营各类图书的书坊,这些书坊类似于今天的出版社,对于白话小说的传播起到了至关重要的作用。据《小说书坊录》②辑录,宋元两代的书坊不过三家,明代增至一百三十四家,截至嘉庆年间清代的书坊就有二百家。明代嘉靖年间刻印白话小说的书坊还不是太多,《三国志通俗演义》和《水浒传》的刻印者分别是"司礼监""都察院"和贵族郭勋。到了万历年间,民营书坊数量激增。如周曰校的"万卷楼"万历年间便刻印了《国色天香》《三国志演义》《百家公案》《大宋中兴通俗演义》等五六种小说。余象斗的"双峰堂"和"三台馆"万历年间刻印了《三国志传》、《北宋志传通俗演义》、《大宋中兴通俗演义》、《八仙出处东游记》、《忠义水浒传评林》、《北方真武祖师玄天上帝出身志传》(即《北游记》)、《水浒全传》、《列国志传》、《英烈传》、《东西晋演义传》、《唐书志传》、《南北两宋志传》、《大宋中兴岳王传》等近二十种白话小说。

---

① 〔明〕笑花主人:《今古奇观序》,见朱一玄《明清小说资料选编》,第1056页,济南:齐鲁书社,1990。

② 韩锡铎、王清原编纂:《小说书坊录》,沈阳:春风文艺出版社,1987。

入清之后，出现了同一书坊几代人连续经营的情形。如康熙年间的"同文堂"，一直延续到咸丰年间，先后刻印了《斩鬼传》《东西汉演义》《今古奇观》《拍案惊奇》《济公全传》《五虎平西前传》《五虎平南后传》《听月楼》《争春园全传》等白话小说。雍正年间的"芥子园"一直延续到同治年间，先后刻印了《水浒传》《西游真诠》《今古奇观》《混唐后传》《西湖佳话》《飞龙全传》《镜花缘》《天宝图》等白话小说。有些书坊带有专门化的色彩，如康熙年间的"啸花轩"专刻才子佳人小说和艳情小说，先后刻过《巫山艳史》《金云翘传》《醉春风》《玉楼春》《灯月缘》《巫梦缘》《麟儿报》《杏花天》《恋情人》《浓情快史》《梦花想》等十余种白话小说。

明清时期的某些书坊主人既精通经营又能编撰小说，如嘉靖年间的熊大木曾编写了《唐书志传通俗演义》《全汉志传》《大宋中兴通俗演义》《南北宋志传》，余邵鱼曾编撰了《列国志传》，万历年间的余象斗曾编撰了《皇明诸司廉明奇判公案》《皇明诸司公案》《北游记》《五显灵官大帝华光天王传》(即《南游记》)等。因为他们是书坊主人，所以首先考虑的是销路，以便能够更多地赢利。而要打开销路，必须迎合读者的需要，因此这些小说是在《三国志通俗演义》《水浒传》《西游记》及《百家公案》受到读者欢迎之后及时编写出来的。又因为编撰者是书坊主人，自身的文学水平有限，还要抢时间，于是这些小说便有模式化、雷同化的不足。但这毕竟促进了小说的创作与传播。

嘉靖之后许多书坊主人与白话小说作者保持着密切的联系，他们不仅及时地将白话小说作品付梓，有时还鼓动乃至参与作者的创作。"绿天馆主人"(即冯梦龙)在《古今小说序》中说道："茂苑野史氏，家藏古今通俗小说甚富，因贾人之请，抽其可以嘉惠里耳者，凡四十种，异为一刻。"[1]所谓"因贾人之请"，即在书坊主人的请求之下，编成了《古今小说》。凌濛初编著"二拍"也是如此，他在《拍案惊奇序》中说道："肆中人见其(指"三言")行世颇捷，意余当别有秘本，图出而衡之，不

---

[1] 〔明〕冯梦龙：《古今小说序》，见朱一玄《明清小说资料选编》，第1043页，济南：齐鲁书社，1990。

知一二遗者,皆其沟中之断芜,略不足陈已."①在《二刻拍案惊奇小引》中又说道:"贾人一试之而效,谋再试之。余笑谓,一之已甚!顾逸事新语,可佐谭资者,乃先是所罗而未及付之于墨,其为柏梁余材,武昌剩竹,颇亦不少,意不能恝,聊复缀为四十则。"②可见"二拍"的编撰都是由于书坊主人的鼓动。白话小说成为一种商品,与当时的商品经济融为一体。

文人不仅是白话小说的接受者,而且是白话小说的传播者,他们写的那些序、跋、评语对于白话小说传播起到了重要作用。尤其是那些评点家,可以称之为"特殊的接受者",他们的评点本往往成为最流行的本子。如金圣叹评点的《水浒传》、毛宗岗评点的《三国演义》、张竹坡评点的《金瓶梅》等等,无不如此。清人梁章钜曾说:"今人鲜不阅《三国演义》《西厢记》《水浒传》,即无不知有金圣叹其人者……"③可以这样说,《三国演义》等古典白话小说名著之所以能够超出其他小说而广泛流传,一方面固然是其自身的艺术水平所决定,另一方面金圣叹等评点家也起到了重要的作用。

四、古代白话小说接受者的基本特征

由于印刷物成为小说传播的重要方式,白话小说传播的时间与空间必然随之延长与扩大。但是前面已经说到,在万历年间白话小说的价格依然不菲,那么,当时白话小说的接受者主要是些什么人呢?人们常说,市民阶层是白话小说的主要读者群,然而市民阶层是一个非常宽泛的概念。如果从白话小说的文字内容与价格来看,接受者应具备这样几个条件:一是要有一定的阅读能力,二是要有一定的购买力,三是要有阅读的兴趣和一定的空暇时间。将符合以上条件者排一下顺序,商人阶层当排在首位。这从嘉靖年间"清平山堂堂主"洪楩编印的《六十家小说》可以看出。全书分为《雨窗》《长灯》《随航》《欹枕》《解

---

① 〔明〕凌濛初:《拍案惊奇序》,见朱一玄《明清小说资料选编》,第1050页,济南:齐鲁书社,1990。

② 〔明〕凌濛初:《二刻拍案惊奇小引》,见朱一玄《明清小说资料选编》,第1052页,济南:齐鲁书社,1990。

③ 〔清〕梁章钜:《归田琐记》,见朱一玄《明清小说资料选编》,第89页,济南:齐鲁书社,1990。

闷《醒梦》六集，每集的名称都与旅行有关，而商人离家客游的时间最多。再从内容上来看，很少表现文人士大夫的心态，而写商人生活的却非常之多。所以，洪楩在为这部话本小说集的读者定位时，首先考虑的应是商人阶层。

但是商人阶层的人数毕竟有限，要想扩大销路，更多赢利，就必须进一步扩大读者群。当时的书坊主人以及白话小说作者也的确在考虑这一问题。熊大木在嘉靖三十一年（1552）为《大宋演义中兴英烈传》作序时写道："武穆王《精忠录》，原有小说，未及于全文。今得浙之刊本，著述王之事实，甚得其悉。然而意寓文墨，纲由大纪，士大夫以下遽而未明乎理者，或有之矣。近因眷连杨子素号涌泉者，挟是书谒于愚曰：'敢劳代吾演出辞话，庶使愚夫愚妇亦识其意思之一二！'"①熊大木意欲让士大夫以下的读者能够"明乎理"，使"愚夫愚妇"也能"识其意思之一二"。于是他在刻印小说时采用了双行加注的形式，或注音释意，或解释名称典故，或解说人名地名。这样一来，确实在某种程度上减少了部分读者阅读的障碍，对于扩大读者群有着积极的作用。

可观道人在为冯梦龙编撰的《新列国志》作序时也说过类似的话："开卷了然，披而览之，能令村夫俗子与缙绅学问相参……兹编更有功于学者，浸假两汉以下以次成编，与《三国志》汇成一家言，称历代之全书，为雅俗之巨览，即与《二十一史》并列邺架，亦复何愧，余且日夜从臾其成，拭目俟之矣。"②用小说使"村夫俗子与缙绅学问相参"，成为"雅俗之巨览"，可观道人显然非常重视白话小说的接受群体，意欲通过雅俗共赏来扩大读者群。

书坊主人有时采用迎合读者庸俗甚至低级趣味的方式来吸引读者，扩大销量，这种做法果然奏效。清初文人张赞孙在《正同学书》中指出："近来文字之祸，百怪俱兴，往往创为荒唐诡僻之事，附以淫乱秽亵之词，谓为艺苑雄谈，风流佳话；甚之曲笔写生，规模逼肖，俾观者魂摇色夺，毁性易心，其意不过取蝇头耳……以暨黄童红女，幼弱无知，

---

① 〔明〕熊大木：《大宋演义中兴英烈传序》，见朱一玄《明清小说资料选编》，第176页，济南：齐鲁书社，1990。

② 〔明〕冯梦龙：《新列国志叙》，见朱一玄《明清小说资料选编》，第6页，济南：齐鲁书社，1990。

血气未定，一读此等词说，必致凿破混沌，邪欲横生，抛弃躯命，小则灭身，大且灭家，兴言至此，稍有人心者，能无不寒而栗哉！"①另一文人沈光裕在给友人的信中也说道："今书肆邪刻，有百倍于画眉者，其迹近于儿戏，其见存于射利，其罪中于人心士习，祸且不可言。唐臣狄梁公奏毁天下淫祠，当世伟之，至今犹令人闻风兴起。然淫祠之害，及于愚氓；淫书之害，存于贤者。吾不知辅世长民者作何处置？"②两位文人从卫道者的角度道出了当时小说借助淫秽描写而风行一时的情形。

书坊主人还千方百计地降低小说的成本，除了前面曾提到的所谓"简本"外，还常常雇用价格低廉的刻工，使用质量较差的纸张。尽管白话小说的刻印水平因此受到了影响，但确实使白话小说价格有所降低，从而扩大了读者群。

通过以上措施，明清时期白话小说的接受者迅速扩大，《三国演义》《水浒传》《西游记》《红楼梦》等著名小说几乎家喻户晓。明代学者胡应麟曾说道："今世人耽嗜《水浒传》，至缙绅文士亦间有好之者。……嘉、隆间，一巨公案头无他书，仅左置《南华经》，右置《水浒传》各一部；又近一名士听人说《水浒》，作歌谓奄有丘明、太史之长。"③清人王侃也曾说道："《三国演义》可以通之妇孺，今天下无不知有关忠义者，《演义》之功也。"④

受到时代风气的影响，明代的文人士大夫成为白话小说的重要接受者和传播者，如李开先、徐渭、李贽、袁宏道、袁中道、董其昌、叶昼、陈继儒、胡应麟、袁于令、钟惺、沈德符、谢肇淛、杨慎等等。他们中的大多数人都曾为白话小说作过序，或者在其著述中对小说给予了充分的肯定。《金瓶梅》最初在文人中流传的情况很能说明这一点。袁宏道从董思白处借到《金瓶梅》后，"伏枕略观"，便认为"云霞满纸，胜于枚乘《七发》多矣"。又急切地希望看到后半部。⑤ 屠本畯也非常希望

---

① 转引自戴不凡：《小说见闻录》，第291页，杭州：浙江人民出版社，1982。
② 转引自戴不凡：《小说见闻录》，第291页，杭州：浙江人民出版社，1982。
③〔明〕胡应麟：《少室山房笔丛》卷四十一《庄岳委谈》下，第437页，上海：上海书店出版社，2001。
④〔清〕王侃：《江州笔谈》卷下，见朱一玄《明清小说资料选编》，第99页，济南：齐鲁书社，1990。
⑤〔明〕袁宏道：《袁中郎全集》卷一尺牍《与董思白书》，《四部丛刊》本。

能够看到全书,他说:"《金瓶梅》流传海内甚少……往年予过金坛,王太史宇泰出此,云以重赀购抄本二帙。予读之,语句宛似罗贯中笔。复从王征君百谷家,又见抄本二帙,恨不得睹其全。"①沈德符也有同感:"袁中郎《觞政》以《金瓶梅》配《水浒传》为外典,予恨未得见。丙午,遇中郎京邸,问:'曾有全帙否?'曰:'第睹数卷,甚奇快。今惟麻城刘延白承僖家有全本,盖从其妻家徐文贞录得者。'又三年,小修上公车,已携有其书,因与借抄挈归。"②

　　这种风气也影响到了清代,尽管清代的文人对白话小说的态度不尽相同,但他们毕竟读了许多白话小说。清人徐时栋有一段议论:"史事演义,惟罗贯中之《三国志》最佳。其人博极典籍,非特借陈志裴注,敷衍成书而已;往往正史及注,并无此语,而杂史小说乃遇见之,知其书中无来历者稀矣。至其序次前后,变化声色,亦复高出稗官,盛传至今,非幸也。乃至周、秦、列国、东西两汉、六朝、五代、李唐、赵宋,无不有演义,则无不可覆瓿者,大约列国、两汉,不过抄袭史事,代为讲说,而其人不通文法,平铺直叙,惊人之事,反弃去之。"③可以看出,徐时栋读过不少历史演义小说,他的见解也很有道理。

　　清代许多地位较高的文武官员也曾读过《三国演义》一类的小说。清人姚元之曾记载了这样两件事:"雍正间,札少宗伯因保举人才,引孔明不识马谡事,宪皇帝怒其不当以小说入奏,责四十,仍枷示焉。乾隆初,某侍卫擢荆州将军,人贺之,辄痛哭。怪问其故,将军曰:'此地以关玛法尚守不住,今遣老夫,是欲杀老夫也。'闻者掩口。此又熟读演义而更加愤愤者矣。"④看来这一文一武对《三国演义》都颇熟悉,在不经意中便引用了其中的人物和情节。有些文人还将《三国演义》中的人物情节写进了诗中,袁枚曾讥讽过这种做法:"崔念陵进士,诗才

①〔明〕屠本畯:《山林经济籍》。转引自阿英《小说闲谈·金瓶梅杂话》,第31页,上海:上海古籍出版社,1985。
②〔明〕沈德符:《万历野获编》卷二十五《词曲·金瓶梅》,见朱一玄《明清小说资料选编》,第615页,济南:齐鲁书社,1990。
③〔清〕徐时栋:《烟屿楼笔记》,见朱一玄《明清小说资料选编》,第85页,济南:齐鲁书社1990。
④〔清〕姚元之:《竹叶亭杂记》,见孔另境《中国小说史料》,第45页,上海:上海古籍出版社,1982。

极佳,惜有五古一篇,责关公华容道上放曹操一事。此小说演义语也,何可入诗?"①甚至著名诗人王士禛也曾有《落凤坡吊庞士元》之作,受到了时人的讥笑。②

王士禛不仅喜读《三国演义》,还对《水浒传》《平妖传》"三言"等有着浓厚兴趣。他曾指出:"小说演义,亦各有所据,如《水浒传》《平妖传》之类……又如《警世通言》有《拗相公》一篇,述王安石罢相归金陵事,极快人意,乃因卢多逊谪岭南事而稍附益之耳。野史传闻,往往存三代之直,反胜秽史曲笔者倍蓰。"③他认为《平妖传》中的人物"多有依据",如"马遂击贼被杀是也",再如"成都神医严三点者,江西人,能以三指间知六脉之受病,以是得名"。④

五、古代白话小说传播效果的基本特征

白话小说的传播效果可从四个方面看出,一是在文学创作领域的传播接受,二是在现实生活中的应用接受,三是海外的传播接受,四是统治者的禁毁从反面证明了白话小说传播的迅速广泛。

在文学领域的传播接受又表现为这样几个方面:首先,一部白话小说成功之后,便带动了一批小说的创作。如《三国演义》的成功使历史演义小说的创作自明中叶后持续升温,自《开辟演义》至《洪秀全演义》,几乎历代都有历史演义小说以演其事。《水浒传》《西游记》的成功不仅分别带动了英雄传奇小说和神魔小说的创作,而且形成了创作续书的风气。明末清初《玉娇梨》《平山冷燕》等才子佳人小说问世后,成为这一类小说的范本,在短短的几十年间,出现了数十部才子佳人小说。一般来说,后出的小说往往以前面的作品为范本,甚至直接做简单的模仿或因袭。这也是后来的小说总体水平不高的原因。

---

① 〔清〕袁枚:《随园诗话》,见孔另境《中国小说史料》,第43页,上海:上海古籍出版社,1982。
② 〔清〕王应奎:《柳南随笔》,见孔另境《中国小说史料》,第44页,上海:上海古籍出版社,1982。
③ 〔清〕王士禛:《香祖笔记》,见孔另境《中国小说史料》,第125页,上海:上海古籍出版社,1982。
④ 〔清〕王士禛:《居易录》,见孔另境《中国小说史料》,第109页,上海:上海古籍出版社,1982。

其次，是根据白话小说改编戏曲。近代戏剧研究者马二先生曾指出："戏剧与小说有密切之关系。《三国演义》一书，为历史戏资料之渊薮。"然后他列举了六十余种由《三国演义》改编的京剧剧目。① 清人李斗《扬州画舫录》记载了这样一段趣闻："程班大面冯士奎以《水浒记》刘唐擅场。……黄班三面顾天一以武大郎擅场，通班因之演《义侠记》全本，人人争胜，遂得名。尝于城隍庙演戏，神前龟《连环记》，台下观者大声鼓噪，以必欲演《义侠记》，不得已，演至服毒，天一忽坠台下，观者以为城隍之灵。"②《义侠记》和《连环记》分别是水浒戏和三国戏，可见当时演出之盛。另一位清代文人则从反面道出了小说改编戏曲的演出盛况："余平生最恶，莫甚梨园，……专心留意，无非《扫北》；熟读牢记，尽是《征西》。《封神榜》刻刻追求，《平妖传》时时赞美。《三国志》上慢忠义，《水浒传》下诱强梁：实起祸之端倪，招邪之领袖，其害曷胜言哉？此观剧之患也。"③可见小说改编的戏曲几乎占领了整个戏坛。

再次，是将白话小说中的人物情节创为诗文，形诸歌咏。如有关《三国演义》的诗文，仅据《三国演义资料汇编》④所收，明清两代就有二百余篇。其中不乏像高启、李东阳、李梦阳、何景明、杨慎、徐渭、王世贞、李贽、袁宏道、屈大均、顾炎武、宋荦、沈德潜、张问陶等著名文人的作品。在这些诗文中，又以歌咏诸葛亮、关羽者最多，几乎占了三分之二。

在现实生活中的应用接受，可从这样几个方面看出：

一是以小说激励人心、鼓舞斗志并取得极好效果。清人徐鼒曾记载道："李定国初与孙可望同为贼，有蜀人金公趾者，在定国军中，屡为说《三国演义》，斥可望为曹操而期定国为诸葛，定国大为感动，曰：'诸

---

① 马二先生：《三国演义之京戏考》，见朱一玄《三国演义资料汇编》，第803页，天津：百花文艺出版社，1983。

② 〔清〕李斗：《扬州画舫录》卷五《新城北录》下，清乾隆六十年自然庵刻本。

③ 〔清〕金连凯：《梨园粗论》，见《灵台小补》，清道光间原刊本。

④ 朱一玄、刘毓忱：《三国演义资料汇编》，天津：百花文艺出版社，1983。

葛所不敢望,关、张、姜伯约,敢不自勉!'自是遂与可望左。其后,努力报国,殉身缅甸,为有明三百年来忠臣义士之殿。固由定国有杰士风,然非金公趾有以感动之,安能若此?"①金公趾以《三国演义》为教材,竟然使一个盗贼变为爱国志士,这是白话小说应用接受的结果。

二是将白话小说视为兵书,从而达到应用的目的,明清时期屡见不鲜。清人刘銮记载说:"张献忠之狡也,日使人说《水浒》《三国》诸书,凡埋伏攻袭皆效之。"②近代翻译家林纾则说:"前清入关时,曾翻译为满文(指《三国演义》),用作兵书。"③黄摩西说得更为详细:"小说感应社会之功效,殆莫过于《三国演义》一书矣。异性联昆弟之好,辄曰桃园;帷幄侈运用之才,动言诸葛。此犹影响之小者也。太宗之去袁崇焕,即公瑾赚蒋干之故智。海兰察目不知书,而所向无敌,动合兵法,自言得力于译本《三国演义》。左良玉之举兵南下,则柳麻子援衣带诏故事怂臾成之也。……张献忠、李自成及近世张格尔、洪秀全等初起,众皆乌合,羌无纪律,其后攻城略地,伏险设防,渐有机智,遂成滔天巨寇,闻其皆以《三国演义》中战案为玉帐唯一之秘本,则此书不特为紫阳《纲目》张一帜,且有通俗伦理学、实验战术学之价值也。"④

白话小说的成就引起了海外读者的喜爱和关注,并迅速传播到了海外。其方式主要有三种:一是引进原本。如《三国志演义》于明隆庆三年(1569年)就传到了朝鲜,崇祯八年(1635年)明刊本《三国志传》被收藏于英国牛津大学;《水浒传》在巴黎国家图书馆里有五种不同的版本共十部⑤,在日本内阁文库、东京帝大研究所及私人处也藏有明本五种,在英国博物院则藏有三种;《西游记》的明刻本国内都属少见,但在日本就有三种。二是对小说进行全译或节译。如在日本,康熙二十

① 〔清〕徐鼒:《小腆纪年》,见孔另境《中国小说史料》,第42页,上海:上海古籍出版社,1982。
② 〔清〕刘銮:《五石瓠》,见孔另境《中国小说史料》,第23页,上海:上海古籍出版社,1982。
③ 林纾:《畏庐琐记》,见孔另境《中国小说史料》,第56页,上海:上海古籍出版社,1982。
④ 黄摩西:《小说小话》,见孔另境《中国小说史料》,第57页,上海:上海古籍出版社,1982。
⑤ 郑振铎:《中国文学研究》第六卷《巴黎国家图书馆中之中国小说戏曲》,见朱一玄《古典小说版本资料选编》(下),第93页,太原:山西人民出版社,1986。

八年(1689 年)、乾隆二十二年(1757 年)和道光十一年(1831 年)分别
出版了日文本《通俗三国志》、百回本《忠义水浒传》和《通俗西游记》。
三是对原作进行移植改编和仿作。如越南诗人阮攸在 1813 年将《金
云翘传》移植为诗体小说《断肠新声》,日本的著名通俗作家曲亭马琴
在 1831～1847 年将《金瓶梅》改编为带有插图的《草双纸新编金瓶梅》
等等。

　　白话小说的迅速传播引起了明清两代统治者的充分注意。明代
统治者早在正统七年(1442 年)就禁毁过《剪灯新话》,以至于这部小说
集在相当长的一段时间内受到了冷落。崇祯十五年(1642 年)又禁毁
《水浒传》。进入清代后,统治者加强了对白话小说的禁毁,从顺治到
同治,几乎每个皇帝都要发布"严禁淫词小说"的谕旨。举其大者,便
有康熙二十六年(1687 年)、四十年(1701 年)、四十八年(1709 年)、五
十三年(1714 年),雍正二年(1724 年),乾隆三年(1738 年)、十九年
(1754 年),嘉庆七年(1802 年)、十五年(1810 年)、十八年(1813 年),
道光十四年(1834 年),咸丰元年(1851 年),同治七年(1868 年)等十余
次。对违反者的处罚极为峻刻:"凡坊肆市卖一应淫词小说,在内交八
旗都统、都察院、顺天府,在外交督抚等,转饬所属官,严行查禁,务将
书板尽行销毁。有仍行造作刻印者,系官革职,军民杖一百,流三千
里;市卖者杖一百,徒三年。该管官弁不行查出者,一次罚俸六个月,
二次罚俸一年,三次降一级调用。"① 雍正六年(1728 年),护军参领郎
坤因在奏章中有"明如诸葛亮,尚误用马谡"之语,被加上"援引小说陈
奏"的罪名,受到"革职,枷号三个月,鞭一百发落"的严厉处置。② 地方
法令更是有过之而无不及,同治七年(1868 年),江苏巡抚丁日昌便开
出了一个多达二百余种的"小说淫词"禁毁书目。③

　　①〔清〕魏晋锡:《学政全书》卷七《书坊禁例》,见王利器辑录《元明清三代禁毁小说戏曲史料》,第 41 页,上海:上海古籍出版社,1981。
　　②《雍正上谕内阁》雍正六年(1728 年)二月,见王利器辑录《元明清三代禁毁小说戏曲史料》,第 36 页,上海:上海古籍出版社,1981。
　　③《江苏省例藩政》同治七年,见王利器辑录《元明清三代禁毁小说戏曲史料》,第 142～148 页,上海:上海古籍出版社,1981。

　　清代统治者的屡次禁毁,自然对白话小说的传播极为不利,使不少作品成为孤本,或仅在海外得以保存,甚至有少数作品如《呼春稗史》《红楼重梦》等至今没有下落。但从另一角度也说明,屡次发出禁毁令实在是无奈之举,不然禁毁一次足矣,何至于隔上几年便禁毁一次。实际情况是,优秀的白话小说作品以其独特的艺术魅力吸引了各个层次的读者,拥有了广大的读者群。朝廷愈是禁止,读者愈是要看。点名遭禁次数最多、禁毁措施最为严厉的《水浒传》,拥有的读者大概也最多,这就从反面证明了通俗小说传播效果的强劲有力。

第一章
传播环境论

　　传播环境是传播活动赖以进行的多种条件和状况的总和,也是一种无形的控制传播效果的网络。传播活动不是某种抽象的、纯粹的存在,它总是以具体的形貌或质的规定性存在于一定的环境之中。因此,传播学理论认为,世界上不存在绝对孤立、封闭的传播活动,传播活动必然要以某种形式处于一定的环境之中,而一定的环境因素也必然要以某种方式影响规定制约着人类的传播活动。因此,要对传播活动进行描述和分析,就必须了解传播环境。

第一节　宋元话本小说的传播环境

　　话本是"说话"艺术的文学底本。"说话"作为一门伎艺,虽然在宋之前就已出现,但当时仅仅处于一种萌芽状态。只是到了宋代,"说话"才进入繁盛阶段,话本小说也随之产生,其原因与传播环境密切相关。从根本上说,就是因为宋元时期城市经济的繁荣和市民文化的发展。

一、宋元时期城市经济的繁荣与市民文化的发展

市民阶层是一个成分十分复杂的阶层,其主要成分是手工业工人、店员、小商贩、独立手工业者,另外,较富裕的商人、手工业主以及军人也是市民阶层的重要成员。市民阶层的壮大与城市经济的繁荣密切相关,宋代的都市与以往相比,取得了惊人的发展。孟元老对北宋京城汴梁做了如下描绘:

> 太平日久,人物繁阜,垂髫之童,但习歌舞,斑白之老,不识干戈,时节相次,各有观赏……新声巧笑于柳陌花衢,按管调弦于茶坊酒肆。①

北宋末年汴京的户数多达二十六万,成为"八荒争凑,万国咸通"的大都市。

当时的洛阳、扬州、成都等大城市,其情况也和汴京相似。南宋时期商品经济有了进一步发展,北宋王朝的许多文人士大夫、北方的大批商人以及某些市民,纷纷涌入江南的大小城市,尤其是南宋京都临安,多达"近百万余家"②。吴自牧对临安的繁华情况做了这样的描述:

> 大抵杭城是行都之处,万物所聚,诸行百市,自和宁门权子外至观桥下,无一家不买卖者,行分最多……每日街市,不知货几何也。③

> 杭城之外,城南西东北各数十里,人烟生聚,民物阜蕃。市井坊陌,铺席骈盛,数日经行不尽。各可比外路一州郡,足见杭城繁盛矣。④

居住在如此繁华都市中的市民阶层,一般来说,收入比较可靠,生活比较稳定,且有一定的闲散时间;较富裕的商人就更为奢侈豪纵。周密

---

① 〔宋〕孟元老:《东京梦华录序》,见《东京梦华录》(外四种),第3页,北京:文化艺术出版社,1998。
② 〔宋〕吴自牧:《梦粱录》卷十九,见《东京梦华录》(外四种),第292页,北京:文化艺术出版社,1998。
③ 〔宋〕吴自牧:《梦粱录》卷十三,见《东京梦华录》(外四种),第229页,北京:文化艺术出版社,1998。
④ 〔宋〕吴自牧:《梦粱录》卷十九,见《东京梦华录》(外四种),第292页,北京:文化艺术出版社,1998。

《武林旧事》卷三中写道：

> 贵珰要地，大贾豪民，买笑千金，呼卢百万，以至痴儿呆子，密约幽期，无不在焉。日糜金钱，靡有纪极。故杭谚有"销金锅儿"之号，此语不为过也。①

适合市民阶层文化娱乐要求的种种伎艺也就相应地迅速发展起来，其中"瓦舍伎艺"尤为丰富多彩。如汴梁的东南角，有桑家瓦子和中瓦、里瓦，"其中大小勾栏五十余座。内中瓦子莲花棚、牡丹棚，里瓦子夜叉棚、象棚最大，可容数千人"②。瓦舍伎艺种类繁多，唱小曲、演杂剧、弄傀儡戏、弄影戏、说唱诸宫调等等都有。"说话"即为诸伎艺之一。孟元老《东京梦华录》卷五"京瓦伎艺"条称：

> 崇、观以来，在京瓦肆伎艺：张廷叟，《孟子书》。……孙宽、孙十五、曾无党、高恕、李孝祥，讲史。李慥、杨中立、张十一、徐明、赵世亨、贾九，小说。……孔三传、耍秀才，诸宫调。毛洋、霍伯丑，商谜。吴八儿，合生。张山人，说诨话。……霍四究，说《三分》。尹常卖，《五代史》。……其余不可胜数。不以风雨寒暑，诸棚看人，日日如是。③

《西湖老人繁胜录》"瓦市"条称：

> 南瓦、中瓦、大瓦、北瓦、蒲桥瓦。惟北瓦大，有勾栏一十三座。常是两座勾栏，专说史书：乔万卷、许贡士、张解元。……说经，长啸和尚、彭道安、陆妙慧、陆妙静。小说，蔡和、李公佐。女流，史惠英、小张四郎，一世只在北瓦，占一座勾栏说话，不曾去别瓦作场，人叫做小张四郎勾栏。合生，双秀才。……背商谜：胡六郎。……谈诨话：蛮张四郎。④

这些记载中提到的讲史和小说，是"说话"中最重要的两种，其他

---

① 〔宋〕周密：《武林旧事》卷三，见《东京梦华录》（外四种），第352页，北京：文化艺术出版社，1998。
② 〔宋〕孟元老：《东京梦华录》卷三，见《东京梦华录》（外四种），第14页，北京：文化艺术出版社，1998。
③ 〔宋〕孟元老：《东京梦华录》卷五，见《东京梦华录》（外四种），第31～32页，北京：文化艺术出版社，1998。
④ 〔宋〕西湖老人：《西湖老人繁胜录》，见《东京梦华录》（外四种），第108～109页，北京：文化艺术出版社，1998。

如"商谜""说经""说诨话""合生"等也以讲说为主,但与话本的关系不太密切。无论哪一种形式的"说话",都为市民阶层所喜爱,以至于南宋临安知名的说话人就有一百多位①,听众"不以风雨寒暑","日日如是"②。

宋金时代,不仅大都市有瓦子,即使较小的城市也有。这与市民文化娱乐要求有着直接的关系。据《河朔访古记》卷上载:

> 真定路之南门曰阳和,其门颇完固,上建楼橹,有为真定帑藏之巨盈库也……左右挟二瓦市,优肆娼门,酒炉茶灶,豪商大贾,并集于此。③

真定在当时是较小的城市,却有两座瓦市相连。《水浒传》第三十三回称:"那青风镇上也有几座小勾栏……"可见就连青风镇这样的小镇也竟有几座小勾栏。

瓦子勾栏在宋代如此发达兴盛,其直接原因是市民阶层壮大后冲毁了旧有的坊市制。在唐代的长安、洛阳等大城市内,坊巷只是住宅区,黄昏后坊门锁闭,禁止夜行。商店则集中在市里,所有的交易只能在市里进行,而且只能在白天进行。据《唐会要》卷八六《市》载:"景龙元年十一月敕:'诸非州县之所,不得置市。其市当以午时击鼓二百下,而众大会,日入前三刻,击钲三百下,散。'"这些规定限制阻碍了市民的活动。因此唐代的一些讲唱伎艺大多在寺院中进行,不可能取得更大的发展。

宋代工商业规模迅速扩大,市民阶层的力量随之得到加强,他们突破了坊市的种种限制,活动在城市的各个角落。如《东京梦华录》卷二"东角楼街巷"条所说:

> 高头街北去,从纱行至东华门街、晨晖门、宝箓宫,直至旧酸枣门,最是铺席要闹。……南通一巷,谓之"界身",并是金银彩帛交易之所,屋宇雄壮,门面广阔,望之森然,每一交易动即千万,骇

① 〔宋〕周密:《武林旧事》卷六《诸色伎艺人》,见《东京梦华录》(外四种),第414页,北京:文化艺术出版社,1998。
② 〔宋〕孟元老:《东京梦华录》卷五,见《东京梦华录》(外四种),第32页,北京:文化艺术出版社,1998。
③ 〔元〕纳新:《河朔访古记》卷上,台北:商务印书馆,1983。

人闻见。①

他们突破了白天夜晚的界限,兴起了夜市。如《东京梦华录》卷三"马行街北医铺"条所说:

> 夜市北州桥又盛百倍,车马阗拥,不可驻足。②

又如同卷三"马行街铺席"条所说:

> 夜市直至三更尽,才五更又复开张。如要闹去处,通晓不绝。……冬月虽大风雪阴雨,亦有夜市。③

茶肆酒楼也是市民重要的活动场所。宋代的茶肆相当繁盛,而且成为说话等艺人演出之地。吴自牧《梦粱录》卷十六"茶肆"条提到了"俞七郎茶坊""蒋检阅茶肆"等八九家。周密《武林旧事》卷六"歌馆"条提到了"清乐茶坊""八仙茶坊"等六家。在茶肆中的演出可能多在夜晚,《西湖老人繁胜录》称:"余外尚有独勾栏瓦市,稍远于茶,中作夜场。"④酒楼无论在汴梁还是在临安到处可见,有的就建于瓦舍之中。《咸淳临安志》卷十九"瓦子"条便称南瓦有熙春楼,中瓦有三元楼。说话等艺人也常在酒楼中演出。由于市民阶层的需要,说话甚至于经常在露天空地演出。耐得翁《都城纪胜》"市井"条记载了临安街头演出的情况:

> 此外如执政府墙下空地(旧名南仓前)诸色路歧人,在此作场,尤为骈阗。又皇城司马道亦然。候潮门外殿司教场,夏月亦有绝伎作场。其他街市,如此空隙地段,多有作场之人。⑤

总之,市民阶层的壮大及其文化娱乐要求促使"说话"伎艺的传播环境得以形成,作为说话伎艺的底本——话本随之取得了相当的成就。

---

① 〔宋〕孟元老:《东京梦华录》卷二,见《东京梦华录》(外四种),第 14 页,北京:文化艺术出版社,1998。
② 〔宋〕孟元老:《东京梦华录》卷三,见《东京梦华录》(外四种),第 19 页,北京:文化艺术出版社,1998。
③ 〔宋〕孟元老:《东京梦华录》卷三,见《东京梦华录》(外四种),第 22 页,北京:文化艺术出版社,1998。
④ 〔宋〕西湖老人:《西湖老人繁胜录》,见《东京梦华录》(外四种),第 108 页,北京:文化艺术出版社,1998。
⑤ 〔宋〕耐得翁:《都城纪胜》,见《东京梦华录》(外四种),第 79 页,北京:文化艺术出版社,1998。

二、宋元时期讲史话本的传播环境

从南宋到元代,出现了专门编写话本的团体——书会,如永嘉书会、九山书会、古杭书会、武林书会等等。① 这些书会编撰了许多话本,然而由于种种原因,真正较完整地保存下来的宋元话本并不太多。这些话本中比较重要的是讲史和小说两类,从内容到形式都受到市民文化的深刻影响,其传播环境也带有市民文化的鲜明印记。

"讲史"是宋代说话四家之一,它和"小说"一家最受市民阶层欢迎。宋代讲史中最著名的话本是《汉书》《三国志》《五代史》,这些话本中的主要人物虽然是帝王将相,却能引起市民的广泛兴趣。刘克庄《田舍即事》诗中写道:"儿女相携看市优,纵谈楚汉割鸿沟。山河不暇为渠惜,听到虞姬直是愁。"洪迈《夷坚支志》丁集卷三"班固入梦"条说:"四人同出嘉会门外茶肆中坐,见幅纸用绯帖尾云:'今晚讲说《汉书》。'"②三国故事在唐代已广为流传,到了宋代更加引起市民的喜爱。有一条资料可以证明这一情况,这就是经常被人们引用的苏轼《东坡志林》卷一所记载的一段:

> 王彭尝云:涂巷小儿薄劣,其家所厌苦,辄与钱令听古话。至说三国事,闻刘玄德败,颦蹙有出涕者,闻曹操败,即喜唱快。③

还有一条资料也很有说服力,即北宋张耒《明道杂志》所说:"京师有富家子……甚好看弄影戏,每弄至斩关羽,辄为之泣下,嘱弄者且缓之。"④这位富家子虽然观看的是影戏,但对其中的人物饱含着感情,可见其对三国故事的喜爱程度。北宋的都城中还有说三分的专家霍四究,市民对三国故事的兴趣可见一斑。晚唐、五代距宋较近,其故事也为市民所乐闻。《东京梦华录》载北宋有讲说《五代史》的专家尹常卖,南宋有讲说《五代史》的专家刘敏。⑤

---

① 分别见成化刊本《新编刘知远还乡白兔记》;《永乐大典》第 13991 卷《张协状元》《小孙屠》,北京:中华书局,1986;《录鬼簿》,上海:上海古籍出版社,1978。
② 〔宋〕洪迈:《夷坚支志》,第 991 页,北京:中华书局,1981。
③ 〔宋〕苏轼:《东坡志林》,第 7 页,北京:中华书局,1981。
④ 〔宋〕张耒:《明道杂志》,第 14 页,北京:中华书局,1985。
⑤ 见〔宋〕徐梦莘《三朝北盟会编》卷二四三苗耀《神麓记》,上海:上海古籍出版社,影印许涵度校刻本,1987。

　　宋代市民阶层之所以对《汉书》《三国志》《五代史》等话本产生浓厚兴趣，主要是从中可以寄托自己"圣君贤相"的愿望，"拥刘反曹"的欣赏态度就表明了这一点。另外，汉初、汉末、晚唐、五代，都是军阀混战的时期，通过历史的讲说还可表达市民阶层反对暴政、反对战乱、希冀统一安定的政治理想。在南宋民族矛盾特别尖锐的时期，出现了"铁骑儿"这一说话伎艺。它讲述的内容以当代民族战争为主，人物大多数是抗击外族压迫的民族英雄，如《杨家将》《狄青》《中兴名将传》等，这些都是南宋市民阶层民族意识高涨的产物。

　　元代的讲史范围比宋代更为扩大，讲史话本也保存得比较完整。明初编的《永乐大典》所载元代遗留下来的"平话"有 26 种之多，"平话"即讲史的别称。元英宗至治年间（1321～1323），建安（福建建瓯）虞氏刊行了一套《全相平话》，每种分为三卷，上图下文，适于观赏阅读。现存的有《武王伐纣书》（吕望兴周）、《乐毅图齐七国春秋后集》、《秦并六国平话》（秦始皇传）、《前汉书续集》（吕后斩韩信）、《三国志平话》五种。这些讲史话本有些材料直接摘录于史书，但更多的材料来源于民间传说。《武王伐纣书》历数纣王十大罪状，肯定武王伐纣是正义之举，体现了反对暴君、拥护明君贤臣的政治倾向。《乐毅图齐七国春秋后集》对燕王哙、燕王子之、齐湣王的昏庸无道给予了讥讽，对燕昭王、齐襄王的励精图治给予了颂扬，揭示了有道则兴、无道则亡的道理。《秦并六国平话》揭露了秦始皇和秦二世的残暴统治，以同情拥护的态度描述了陈胜、吴广起义和项羽、刘邦推翻暴秦的过程，指出"秦尚诈力，三世而亡"。《前汉书续集》对吕后大肆屠戮功臣极为不满，对韩信等功臣表示同情，揭露了刘邦、吕后等人阴险狡诈的丑恶面目。《三国志平话》开头有一个"头回"，叙司马仲相阴间断狱的故事。司马仲相奉天公之命，在阴间断刘邦、吕后屈斩韩信、彭越、英布一案，于是让他们投生为刘备、曹操、孙权三人，三分汉家天下以报宿仇。这说明市民阶层对于暴君杀戮功臣极为愤慨，对功臣含冤而死极为不平。《三国志平话》对汉朝灭亡并不怜悯，并未被封建正统观念所支配。"拥刘反曹"所拥护的是织席编屦出身的刘备，所反对的是奸诈残暴的曹操，对刘、关、张的结义极力称赞，甚至将义摆到忠孝之前。

　　元代保存比较完整的讲史话本还有《五代史平话》和《大宋宣和遗

事》两种。《五代史平话》在正史基础上添加了许多有趣的民间传说，内容丰富生动。它分为梁、唐、晋、汉、周五部，各自独立，基本上反映了五代的盛衰变化，揭示了军阀混战给人们带来的痛苦和不幸。对石敬瑭割地称儿的丑行给予了批判，对忧国忧民的唐明宗李嗣源则给予了赞扬，指出了人心的向背是盛衰存亡的根本原因。其中许多发迹变泰的故事尤为市民阶层所喜爱。《大宋宣和遗事》杂抄野史笔记和旧话本而成，文字并不统一，结构也不完整，大概是说话人使用的资料辑录。其内容大致可分十节，前七节用白话写成，话本的色彩相当浓厚。第一节历述前朝荒淫好色而亡国的昏君，以批评宋徽宗失政。第五节写徽宗私幸妓女李师师。第六节写徽宗宠用道士林灵素，目的在于揭露宋徽宗的昏庸无能、荒淫好色。第八节、第九节写金兵南下，攻陷汴京，徽、钦被俘，揭示了民族矛盾的尖锐性。徽、钦二帝北去途中所回忆的仍是"琼林玉殿，朝喧弦管，暮列笙琶"的享乐生活，而不考虑如何报仇雪耻、重整山河、收复失地，足见其失国被俘的必然结局。与此同时，又极写二帝蒙尘之辱，以激发人们的民族感情。第四节所写宋江三十六人"梁山泺聚义"事虽还比较简略，却最受市民阶层喜爱，以至于后来发展为百万言的《水浒传》，究其原因就在于这一"义"字，最能反映市民阶层的愿望。

宋元讲史话本虽然讲述的是历史，但并不完全受历史事实的限制。为了适应以市民阶层为主的广大读者的需要，与市民阶层的文化意识相一致，讲史话本进行了大胆的想象与虚构。只有这样，才能交代出历史书籍中所没有的具体细节，而这正是话本所必需的。如《大宋宣和遗事》第四段对晁盖等智取生辰纲的描述：

> 是年，正是宣和二年五月，有北京留守梁师宝将十万贯金珠珍宝、奇巧匹段，差县尉马安国一行人，担奔至京师，赶六月初一日为蔡太师上寿。其马县尉一行人，行到五花营堤上田地里，见路旁垂杨掩映，修竹萧森，未免在彼歇凉片时。撞着八个大汉，担着一对酒桶，也来堤上歇凉靠歇了。马县尉问那汉："你酒是卖的？"那汉道："我酒味清香滑辣，最能解暑荐凉。官人试置些饮。"马县尉口内饥渴瘦困，买了两瓶，令一行人都吃些个。未吃酒时，万事俱休，才吃酒后，便觉眼花头晕，看见天在下、地在上，都麻倒

了,不省人事。笼内金珠、宝贝、段匹等物,尽被那八个大汉劫去了,只把一对酒桶撇下了。①

如此生动具体的细节描写,最能满足人们紧张新奇的欣赏乐趣。这些显然是话本编撰者的独立创造。

为了使话本的爱憎与市民阶层的爱憎相一致,并且尽可能地调动市民阶层的爱憎感情,话本往往采取夸张的艺术手法。《三国志平话》将刘备的忠厚与曹操的奸诈相比照,极强烈地表达了拥刘反曹的思想倾向。写张飞据水断桥、关羽刮骨疗毒,都富有浪漫色彩。《水浒传》第一一〇回写燕青和李逵在东京桑家瓦听《三国志平话》,听到关公刮骨疗毒一节,李逵禁不住大声喝起彩来,可见其艺术感染力之强劲。《武王伐纣书》中的姜太公,《乐毅图齐七国春秋后集》中的孙膑,虽被写成神仙般的人物,但依然为市民阶层所喜爱,因为他们符合市民阶层的欣赏趣味。

三、宋元时期小说话本的传播环境

与"讲史"话本相比,"小说"话本的题材十分广泛,而且与市民阶层的文化意识更加接近。罗烨《醉翁谈录·小说开辟》中把小说题材分为八大类,它们是:灵怪、烟粉、传奇、公案、朴刀、杆棒、神仙、妖术。每一类又举若干话本为例,共有 117 种。明晁瑮《宝文堂书目》著录的宋代小说话本有 48 种,清钱曾《也是园书目》著录的宋代小说话本有 16 种,《清平山堂话本》等保存的元代小说话本也有 16 种。其中虽有重出者,但也足见宋元小说话本的繁盛。

市民阶层在小说话本中的地位明显地得到了肯定,尤其是一些下层市民的形象,在小说话本中成为正面形象而受到赞扬。如《碾玉观音》中裱褙匠的女儿璩秀秀、碾玉工匠崔宁,《志诚张主管》中绒线铺主管张胜,《错斩崔宁》中卖丝的崔宁、陈卖糕的女儿陈二姐、小商人刘贵,《快嘴李翠莲记》中李员外的女儿李翠莲,《宋四公大闹禁魂张》中的赵正、侯兴、宋四公、王秀,《乐小舍拼生觅偶》中杂货铺主的儿子乐和,《金明池吴清逢爱爱》中酒店主的女儿爱爱,《万秀娘仇报山亭儿》

---

① 〔宋〕无名氏:《大宋宣和遗事》,见马蹄疾编《水浒资料汇编》,第 461 页,北京:中华书局,1980。

中茶坊主的女儿万秀娘，等等。这些市民阶层中的人物在小说话本中得到充分的描写，反映了市民阶层的要求和愿望，这表明市民阶层已经直接参与了小说话本的创造。他们最关心、最感兴趣的往往是男女婚爱和反抗强暴的现实故事，因此这一类的小说话本较多，成就较突出，影响也较大。

《碾玉观音》是一篇典型的下层市民的婚恋故事。女主人公璩秀秀是一位生活于市井的劳动女子，她因家境贫寒被迫卖于咸安郡王做养娘。进了郡王府后，她与碾玉匠崔宁相爱，双双乘机外逃，希望能做长久夫妻。不料事情泄漏，两人被抓回，秀秀被殴打致死。她的鬼魂继续与崔宁同居，又被郡王发现抓回。最后惩治了仇人，戏弄了郡王，在理想世界中结为鬼夫妻。这篇话本集中体现了下层市民的理想愿望和生活要求，希望经济独立，婚姻自主。崔宁迫切地要求摆脱封建的人身占有，挂起"崔待诏碾玉生活"的招牌，独立经营，是典型的市民意识。他那懦弱胆小的性格，也是小市民所必然具有的特征。

《志诚张主管》写了一位女子的爱情悲剧。这位女子原为王招宣的小夫人，后因一句错话而被遗弃。她被媒婆欺骗，嫁给了一个白发老翁——胭脂绒线铺老板张士廉。对此她十分痛苦，主动去追求店里的青年伙计张胜。后因偷珍珠的事件败露而被逼自杀，但她的鬼魂还是找到张胜，希望实现生前的愿望。作者主要赞美张胜，认为他"立心至诚，到底不曾有染，所以不受其祸，超然无累，如今财色迷人者纷纷皆是，如张胜者，万中无一"①。这正是小市民的思想观念。他们对主人忠心不二，以为"举家衣食，皆出员外所赐"，所以不能做有悖良心的事。他们爱财惜命，胆小谨慎，以此来适应社会的重压。这些性格特征反映了下层市民的软弱性，真实可信。

《闹樊楼多情周胜仙》写一位多情的女子周胜仙，见到开酒店的范二郎后，倾心爱慕，由其母做主，定了这门亲事。周胜仙的父亲周大郎是贩海商人，特别看重金钱和门第。他认为范二郎不是大户人家，坚决不同意这门婚事，甚至将女儿活活逼死。周胜仙虽一气身亡，但被盗墓者意外救活，她念念不忘范二郎，在樊楼上找到了范，而范误以为

---

① 《京本通俗小说》卷一三，北京：文学古籍刊行社，1987。

她是鬼,将她打死。周胜仙并未因此而怨恨范二郎,她做了鬼仍和范梦中团圆,并设法救范出狱。对周胜仙这种至死不渝的爱情观,话本给予了同情。对周大郎的冷酷、自私,话本进行了一定的批评。

上述几篇写爱情故事的小说话本,用今天的眼光看,当然有许多不足。但是,这些话本为当时的市民阶层所喜爱,就因为它们表达了市民的思想意识和情趣。宋元时期,市民阶层的力量虽有所增长,但他们受到封建思想观念的严重束缚,性格呈现复杂甚至扭曲的情况。像碾玉匠崔宁,寄人篱下的社会地位,使他的性格极为软弱,缺乏斗争精神。青年伙计张胜对主人忠心耿耿,不敢越雷池一步。这些属于下层市民的小人物,让人感到可怜而又可悲,话本没有过多地指责他们,恰恰反映了市民阶层的心理。像贩海富商周大郎,属于上层市民,封建伦理道德观念更加严重,话本对他的批评虽不够严厉,但已经可以看出作者所持的一般市民阶层的立场了。至于几位女主人公,作品一概给予了同情赞美,更可以反映市民阶层对妇女和爱情比较自由的观点。

由于市民阶层所处社会地位比较低下,经常受到各种邪恶势力的欺侮凌辱,所以他们对反抗强暴的作品表现出了极大的兴趣。《宋四公大闹禁魂张》写了宋四公、赵正、侯兴等几位游民不畏官府,在京师内惩罚为富不仁的当铺主张富。当官府追捕他们时,他们施展自己的高超本领,戏弄了各级官吏:钱大王的玉带被偷,马观察的衣服被剪,滕大尹的腰带被割。他们打击的对象是残害人民的达官豪绅。对他们从容不迫、机智巧妙地戏弄惩治那些官吏,话本进行了有声有色的描写,而这些正是市民阶层所喜闻乐见的故事。

《万秀娘仇报山亭儿》写强徒苗忠、焦吉等人,抢劫了万员外的女儿万秀娘。万秀娘自杀,被偷儿尹宗救下,并当作亲姊妹送回家中。苗忠等杀死尹宗,重又劫持了秀娘。后来秀娘托人通风报信,终于捉住了强徒,予以正法。对万秀娘的机智复仇和尹宗的舍己救人,话本给予了充分肯定。小说中的陶铁僧这一人物值得探讨。他本是茶坊主人万员外的佣工,因为拿了主人的五十钱,便被赶出茶坊。走投无路的陶铁僧一气之下,加入苗忠一伙,跟着抢劫了秀娘。小说虽对万员外"刻深招祸"有所批评,但还是把陶铁僧写成了强盗,反映了市民阶层认识的局限性。在他们看来,店伙计或佣工只能忠心赤胆地为主人效劳,不能有丝毫的越轨行为,否则就会受到惩罚。

公案类小说话本也为市民阶层所喜爱,因为它们能够表达市民阶层对封建司法制度的不满和对昏庸官员的批评。《错斩崔宁》《错认尸》《错勘赃》等话本在"错"字上做文章,揭示司法制度和昏官庸吏的简单粗暴、草菅人命。《错斩崔宁》中小商贩刘贵被歹徒杀害,却使陈二姐和崔宁无辜受戮。作者评论道:

> 这段冤枉,仔细可以推详出来。谁想问官糊涂,只图了事,不想捶楚之下,何求不得? ……所以做官的切不可率意断狱,任情用刑,也要求个公平明允。[1]

宋元时代,市民阶层的命运掌握在封建官吏手中,他们特别惧怕那些酷吏不分是非曲直,一味滥施刑罚,而这正是封建司法制度的特点。"捶楚之下,何求不得",是市民阶层对封建司法制度的抗议和谴责。

《简帖和尚》写皇甫松中了奸僧之计,怀疑妻子杨氏不贞,送官勒休。这本来是一个不太复杂的案子,但问官只知威吓逼供,杨氏万般无奈便想投河自尽。尽管奸僧的阴谋后来败露,但问官的简单固执也确实令人发指。于是市民阶层将希望寄托于公正廉明的清官循吏,《合同文字记》《三现身包龙图断狱》等便塑造了包公这一清官形象。

在艺术表现手法上,小说话本与市民阶层的欣赏习惯、欣赏情趣、欣赏能力相一致。市民阶层最感兴趣的是生动曲折的故事,因此,小说话本都具有极强的故事性。《碾玉观音》情节丰富曲折,善于组织悬念。秀秀被咸安郡王抓入后花园,人们都为她的命运担忧,接下来却是崔宁与她同往建康。直到郭排军再次发现并立下军令状来抓她,才知道她原来是鬼。《简帖和尚》先叙述一位官人托僧儿送简帖给杨氏小娘子,这位官人究竟是何人,为什么要送简帖,却故不交代,埋下了伏笔。杨氏小娘子被丈夫怀疑,被丈夫休弃,但不知其中原因,所以被人救下后只好暂时跟了一位官人。这时,话本特意交代了下简帖的官人和这位官人的相貌,但仍未说明。直到杨氏重遇皇甫松,才真相大

---

[1]《京本通俗小说》卷一五,北京:文学古籍刊行社,1987。

白。《错斩崔宁》将二姐为何离家出走，刘贵如何被杀，崔宁如何好心帮助二姐，一一讲述明白。然而真可谓祸从天降，杀人的罪名竟然落到了二姐、崔宁身上，官府不问青红皂白，便枉杀了二人。人们对这样一件冤案会感到震惊，对官吏的愚妄会感到无比愤恨。

小说话本的语言通俗生动，富有浓厚的生活气息和极强的表达力。如《错斩崔宁》写刘贵和他丈人的对话：

> 直到天明，丈人却来与女婿攀话，说道："姐夫，你须不是这等算计。'坐吃山空，立吃地陷！''咽喉深似海，日月快如梭。'你须计较一个常便。我女儿嫁了你，一生也指望丰衣足食，不成只是这等就罢了？"刘官人叹了口气道："是！泰山在上，道不得个'上山擒虎易，开口告人难'！如今的时势，再有谁似泰山这般怜念我的？只索守困。若去求人，便是劳而无功。"①

这段对话刻画人物个性，真实朴素，运用了概括力极强的俗语。这些语言活生生地表达了市民阶层的生活经验，当然会受到他们的喜爱。

综上所述，我们可以得出这样的结论：宋元话本的传播与城市经济、市民文化的关系非常密切，从它的产生与发展到它的内容与形式，都是城市经济的产物，都受到了市民文化心态的熏陶与影响。古代白话小说从此成为民众最喜爱的文学样式之一。

第二节　明清白话小说的传播环境——以杨家将系统小说为中心

明清白话小说的传播至今已经有了五六百年的历史，经历了初兴、发展、繁荣、鼎盛、转型这样一个传播过程，而这五个传播阶段的形成，与传播环境的变化是分不开的。杨家将系统小说的传播环境具有一定的代表性，因此通过梳理和分析杨家将系统小说的传播环境，有助于了解明清白话小说传播的深层原因。明清白话小说的传播是一种文化现象，所以，考察传播环境就应主要从政治环境与文化环境两

---

① 《京本通俗小说》卷一五，北京：文学古籍刊行社，1987。

个方面着手。

　　杨业祖孙三代英勇卫国，距今已有千年，有关他们的传说却是历千年而不息。清人俞樾说："演义家所称名将，在唐曰薛家，皆薛仁贵子孙也；在宋曰杨家，皆杨业子孙也。"①现代人郑振铎说："在中国社会中，北宋杨家将与唐之秦琼、尉迟恭、薛仁贵，汉之关羽、张飞有同样的威权，他们的故事是最为一般民众所喜欢歌唱传说的。"②在说书艺人中有"千年不倒杨家将"之说。可以说，在中国历史上，以一个家族为中心的英雄人物中，很少有像杨家将这样尽人皆知的。事实上，在有浓厚的传奇色彩的英雄人物中，无论是唐之秦琼、尉迟恭、薛仁贵，还是借助杨家将而兴盛起来的宋之呼家将，都没有杨家将的故事传播这么广泛，影响这么深远。就传播的广度与深度来看，唯一能与杨家将相媲美的就是岳家将的故事，但岳家将故事中只有岳飞、牛皋、秦桧、金兀术等少数几个形象为人所熟知，不像杨家将有那么多的人物深入人心。同时，岳飞是彪炳史册、为史家所大书特书、为历代统治者所极力推崇的民族英雄，其英雄事迹广泛传播不足为奇。而杨业祖孙位列偏裨，并非宋一代政治历史舞台上的中心人物，史书记载简略隐晦，与之形成鲜明对比的是，他们的故事在民间传说和文艺作品中却相当显赫，这种状况耐人寻味。

　　一、杨家将系统小说的形成与传播概况

　　在各种文艺形式中，长篇小说对杨家将故事的传播影响最为深远。因为，虽然自宋代起，杨家将故事就已在民间流传，但直到明中后期杨家将长篇小说产生之前，杨家将故事还是处于片断、分散的状态，还大体停留在讲唱阶段。《杨家府演义》与《北宋志传》这两部杨家将长篇小说的出现，不仅提供了专供案头阅读的大部头小说文本，内容大为丰富，而且使杨家将故事成为一个比较完整的系统，杨家将故事至此基本定型。到清代，又出现了《北宋金枪全传》《天门阵演义十二寡妇征西》《平闽全传》《两狼山》等几部明代杨家将长篇小说的续作，杨家将的故事更为丰富完整。明清两代产生的这些杨家将小说，都以

---

① 见孔另境《中国小说史料》，第122页，上海：上海古籍出版社，1982。
② 郑振铎：《中国古典文学论文集》，第450页，上海：上海古籍出版社，1984。

杨家将故事为题材,以杨门英雄为主角,并由以杨业祖孙为主发展到兼及其妻子儿女的杨家整个家族,这一系列小说组成完整的杨家将故事系统,这一系列小说可统称为杨家将系统小说。杨家将系统小说形成之后,以杨家将故事为题材的各文艺作品基本都受到了杨家将系统小说的影响,而宋元时期各自独立的文艺作品对后世的影响则随着杨家将系统小说的广泛深入传播而逐渐减弱,有的甚至消失。因此可以说,明清以来杨家将故事的传播,基本上就是以杨家将系统小说为主角的传播。

有关杨家将的小说到底何时产生,因为资料缺乏,具体时间难以确考,但至晚也当成于明代前期。叶盛《水东日记》二十一卷"小说戏文"云:

> 今书坊相传射利之徒伪为小说杂书,南人喜谈如汉小王光武、蔡伯喈邕、杨六使文广,北人喜谈如继母大贤等事甚多。农工商贩,抄写绘画,家畜而人有;痴騃女妇,尤所酷好,好事者因目为女通鉴,有以也。①

叶盛此书约成于成化初年,此时杨家将故事的某些部分已经被编为小说,在坊间出售,而且风行,达到了"家畜而人有"的地步。既然《杨六使》在成化初年已如此风行,那么,早在叶盛行诸笔墨之前即明初杨家将小说就应该已经存在了。而这时的杨家将小说,应该是根据宋元平话并参采元剧剧情改编而来的。

除了叶盛所记之《杨六使》,《北宋志传》与《杨家府演义》成书之前,明代应该还有其他的杨家将小说,因为两个版本的《北宋志传》叙述按语都云"收集《杨家府》等传""参入史鉴年月编定"②,可见与《杨家府演义》并行的还有其他小说,或者如孙楷第所言可能还有一个旧本《杨家府》存在。只是,因时代久远,通俗小说又地位低下,不受重视,没有确凿的资料流传下来,因此,当时杨家将小说到底有多少种、有何内容,也就不得而知了。但明中叶确有其他杨家将小说在民间流传,因为据谢肇淛《五杂俎》云:

> 小说野俚诸书,稗官所不载者,虽极幻妄无当,然亦有至理存

---

① 〔明〕叶盛著,魏中平点校:《水东日记》,第213页,北京:中华书局,1980。
② 见孙楷第《日本东京所见小说书目》,第44～45页,北京:人民文学出版社,1981。

焉。如《水浒传》……《西游记》……惟《三国演义》与《残唐记》、《宣和遗事》、杨六郎等书，俚而无味矣。何者？事太实则近腐，可以悦里巷小儿，而不足为士君子道也。①

谢肇淛是明万历二十年（1592年）进士，主要生活在万历年间，其《五杂俎》刻于万历四十四年（1616年）。在这段话之后，谢氏还指出："凡为小说及杂剧戏文，须是虚实相半，方为游戏三昧之笔。亦要情景造极而止，不必问其有无也。"②可见他是主张小说挣脱史实束缚进行适当艺术虚构的。据此，再参之以上下文语境，其所说"杨六郎"当不是指三分事实、七分虚构的《北宋志传》和《杨家府演义》两部小说，而应该是指七分事实、三分虚构的以杨六郎为主角的其他杨家将小说，据题目看，可能是中短篇，也许就是叶盛所记之《杨六使》，也许另有所指。但无论如何，从中都能看出，在谢氏生活的明中后期，杨家将小说在社会上流传着，并受到市井百姓的青睐。此外，据王世贞《宛委余编》卷六，当时市巷俚歌谓延昭子名宗保，宗保之子乃名文广，因王氏主要生活在嘉靖和万历前期，可见杨家将故事在明中后期在市井里巷间也流传得非常广泛。

可见，从宋代到明代中后期这段时期，杨家将故事有传说、说话（平话）、戏曲、小说等各种传播形式。同时我们可以看出，这些传播形式多是撷取杨家将故事的某个部分加以渲染，信息多种多样，信息之间联系松散，不成系统。因此，此时的杨家将故事尚处于一种片断、分散的状态，传播形式也大体停留在讲唱阶段。然而，经过五百多年滚雪球式的累积，杨家将故事已经颇为丰富了，这就为这个故事的进一步发展奠定了基础。而五百多年来普通民众自觉不自觉的传说，艺人的加工，戏曲与小说作家的创作，也为这个故事的进一步加工奠定了受众基础，积累了创作经验。到明代中叶，一些书坊主和文人便把之前的民间传说、曲艺、戏曲、小说中的有关杨家将的种种故事收集起来，再参考史书、地方志，经过一定的加工整理，编为长篇小说。这些杨家将长篇小说主要有两种，一是《杨家府演义》，一是《南北宋志传》中的《北宋志传》。

---

① 〔明〕谢肇淛著，郭熙途校点：《五杂俎》，第323页，沈阳：辽宁教育出版社，2001。
② 〔明〕谢肇淛著，郭熙途校点：《五杂俎》，第323页，沈阳：辽宁教育出版社，2001。

《杨家府演义》与《北宋志传》两书版本很多。《杨家府演义》全称《杨家府世代忠勇演义志传》，现存最早刊本是明万历三十四年（1606年）卧松阁刊本，内封题"杨家将演义"，序前题"杨家通俗演义"，正文前题"杨家府世代忠勇演义志传"，版心题"杨家府演义"，因此又名《杨家府演义》《杨家通俗演义》《杨家将演义》。各卷前分别冠以"新刻全相""镌新编""刻新编""镌全相""镌新编全相"等字样，亦不一致。由此亦可见坊刻的粗率及多次翻刻的迹象。《南北宋志传》较早的版本，现知者有以下几种：一是明代建阳余氏三台馆刊本，日本内阁文库藏，孙楷第认为在今所见诸本中，当以此本为最早。本书"南宋""北宋"虽分叙，而卷数实相衔接，总名《全像按鉴演义南北两宋志传》。二是明绣谷唐氏世德堂刊本，日本内阁文库藏，南北宋分刻，题名《新刊出像补订参采史鉴南宋志传通俗演义题评》和《新刊出像补订参采史鉴北宋志传通俗演义题评》，《南宋》序结云"昔癸巳长至泛雪斋叙"，《北宋》序结云"昔癸巳长至日叙"，癸巳应即万历二十一年（1593年）。三是明万历四十六年（1618年）金闾叶昆池刊本，日本宫内省图书寮藏，名《新刊玉茗堂批点绣像南北宋传》，后世通行之本，都是从它翻刻的。以上三本，虽版刻不同，又有小异，但实为一书。①

杨家将系统的小说在明中后期形成，在清代进一步丰富，有着多方面的历史原因。首先，与这一时期通俗小说所处环境以及通俗小说的创作氛围密不可分。我们先来看明中后期通俗小说所处政治环境与民间风尚。明代虽曾禁止部分戏曲的演出，但不禁小说。② 明中后期有的皇帝甚至是通俗小说的热心读者，例如正德帝就爱读小说，曾夜传旨取《金统残唐》看，内侍以五十金买之以进③，万历帝也"好览《水浒传》"④。最高统治者的这种爱好，使通俗小说的发展具有了一个比

---

① 见孙楷第《日本东京所见小说书目》，第43～46页，北京：人民文学出版社，1981；孙楷第《中国通俗小说书目》，第55页，66页，北京：人民文学出版社，1982。

② 崇祯十五年（1642年）严禁《水浒传》是一个例外，因为李清山等仿《水浒传》啸聚梁山。见王利器《元明清三代禁毁小说戏曲史料》，第16页，上海：上海古籍出版社，1981。

③ 〔明〕钱希言《桐薪》卷三载此事。见陈大康《明代小说史》，第699页，上海：上海文艺出版社，2000。

④ 〔清〕刘銮《五石瓠》卷六《水浒传》条云："神宗好览《水浒传》，或曰，此天下盗贼萌起之征也。"

较宽松的外部政治环境。同时，明中后期以来，不少高官名士对小说也是倍加赞扬，如汪道昆、李贽、袁宏道、胡应麟、陈继儒、谢肇淛等。高官名士的揄扬既有利于小说观念的转变，也会加强民间本来就已形成的喜读通俗小说的风尚。

明中后期经济的繁荣为通俗小说的发展提供了经济基础。为了恢复生产，明初实行比较严厉的重农抑商政策。正德以前，百姓"十九在田……安于农亩，无有他志"①。经过一百多年的努力，到明代中期，农业生产已经恢复，商业随之繁荣起来，正德年间某些地区"以十分百姓言之，已六分去农"②，而且弃农经商已是普遍现象。到嘉靖、隆庆年间，商品经济已相当发达。至万历朝，经济更是繁荣，新兴集镇不断涌现，都市愈加繁华。商业的迅速发展使商贾与市民阶层日益壮大，其经济实力也急剧膨胀。正所谓"仓廪实而知礼节，衣食足而知荣辱"，经济生活富足必然刺激娱乐需要，明初开始出现并渐成气候的通俗小说恰恰能够满足这种生活消费的需要。于是，有一定经济能力的商贾与市民就构成了通俗小说的重要读者群，他们的娱乐需要推动了通俗小说的发展。

此外，明中后期印刷业的发达，为这一时期通俗小说的兴盛提供了技术支持。在我国古代印刷史上，明代中后期的民间印刷业发展到兴盛时期。几乎所有省的主要城市，都有规模不同的印刷作坊，如江浙一带的南京、苏州、常州、扬州、杭州等。福建的建阳更是成为全国的印刷中心。据嘉靖年间的《建阳县志》载，此时的建阳"比屋皆鬻书籍，天下客商贩者如织，每月以一、六日集"③。而且刻书数量颇多，仅书坊乡一地所刻书目，就有四百五十一种。由此可以看出这一时期坊间印刷兴旺，而这又无疑为篇幅宏大、主要依靠刻印成书出版发行的通俗小说提供了媒介支持。因为，明代刻书仍然沿袭着宋元习惯，官刻本着重刻经史典籍，私家刻本以名家诗文为多，只有坊间刻本除经史读本和诗文以外，为了满足民间文化生活的需要，还大量地刻印小

---

① 〔明〕何良俊：《四友斋丛说》卷一三，第 111 页，北京：中华书局，1959。
② 〔明〕何良俊：《四友斋丛说》卷一三，第 112 页，北京：中华书局，1959。
③ 上海新四军历史研究会印刷印钞分会编：《历代刻书概况》，第 147 页，北京：印刷工业出版社，1991。

说、戏曲、酬世便览、百科大全之类的民间读物,而篇幅宏大的通俗小说,又必须依靠书坊刻印成书才能行世,所以坊间刻书业的繁荣,就为通俗小说的刊刻提供了技术支持。没有这种支持,明中后期通俗小说创作与刊刻的兴盛是不可能的。《三国演义》与《水浒传》产生后长期以抄本形式小范围流传与刻印成书后几近妇孺皆知,就是典型的例证。

综上所言,明中后期政治的相对宽松与喜读小说的民间风尚,发达的商品经济带来的市民阶层的壮大与发达的印刷业带来的坊间刻书业的兴盛,为通俗小说的兴起准备了环境、技术与受众基础。此时可以说是万事俱备,只欠东风。而《三国志通俗演义》与《水浒传》的刊刻正是吹动通俗小说兴起的那股东风。嘉靖元年(1522 年),《三国志通俗演义》由官方刊行,不久,《水浒传》也由武定侯郭勋刻印成书,这两部通俗小说的刊刻立刻引起巨大的社会反响。而刊刻的丰厚利润也刺激了"徒为射利计,非以传世也"①的书坊主的积极性,民间书坊也纷纷刊刻。但仅仅这两部书远远不能满足人们日益增长的阅读需求,于是书坊主以及他们网罗的一些不得志的文人便加入通俗小说创作队伍,他们开始自编自刊极受读者欢迎的通俗小说。因为作为明代通俗小说之滥觞的《三国演义》与《水浒传》都是在改编正史、话本、戏曲与民间传说等的基础上加工而成的,东施效颦,书坊主也是沿着它们开创的这种模式进行编撰,于是便形成了通俗历史演义小说创作的高潮,其情势正如明末可观道人所言:"自罗贯中氏,《三国志》一书以国史演为通俗,汪洋百余回,为世所尚。嗣是效颦日众,因而有《夏书》《商书》《列国》《两汉》《唐书》《残唐》《南北宋》诸刻,其浩瀚几与正史分签并架。"②一时间,通俗小说创作出现了前所未有的兴盛局面。

其次,杨家将系统小说在这一时期形成还有它自身的两个原因。其一,经过宋元两代的积累,杨家将故事已经具有了说话、平话、杂剧等多种传播样式。它们既与民间传说一道为杨家将故事赢得了广泛的受众,又为这个故事的进一步加工创作积累了经验,为杨家将长篇小说的出现准备了一定的受众基础和创作经验。其二,明代是汉人通

---

① 〔明〕谢肇淛著,郭熙途校点:《五杂俎》,第 275 页,沈阳:辽宁教育出版社,2001。
② 〔明〕冯梦龙:《新列国志叙》,第 1 页,上海:上海古籍出版社,1987。

过推翻外族统治而建立起来的中原王朝,洗刷了自宋以来中原王朝屡受外族侵略欺凌的耻辱,令中原百姓扬眉吐气,这就提供了一个歌颂杨家将这种积极抵抗外族侵略的民族英雄的自由环境。但是,在明王朝建立还不到百年的时候,中原王朝重新受到外族的威胁,土木堡之变连皇帝都当了俘虏,这对汉族人民的心灵冲击是极大的。但正所谓"失之东隅,收之桑榆",国家民族的耻辱反而更激发了老百姓对杨家将这种令外族闻风丧胆的民族英雄的渴慕与期盼,民众的政治愿望与民族主义心理使杨家将故事的进一步传播具有了适宜的受众心理基础。

总之,在明中期这个政治相对宽松、商品经济较为发达、印刷业得以普及的大背景下,在通俗小说创作兴盛这样一种氛围下,杨家将故事作为一个有着广泛读者群的小说题材,受到书坊主与他们网罗的不得志的文人的关注,也就是顺理成章的事了。书坊主与文人仿照《三国演义》与《水浒传》的成书模式,把民间广泛流传的各种杨家将故事综合起来,再参照并加以加工改造,使之以长篇小说的形式编撰并刊刻出来,就形成了《杨家府演义》和《北宋志传》这两部长篇小说,杨家将系统小说至此基本形成。

自《杨家府演义》和《北宋志传》形成到清中叶,经过一两百年的不断刊刻,杨家将系统小说传播已相当广泛。乾隆年间出现了根据杨家将系统小说改编的《昭代箫韶》《铁旗阵》等宫廷大戏,并在宫廷里排演,清中叶开始,还出现了《说呼全传》《五虎平西》《五虎平南》以及《万花楼》等几部仿作。而这些由明代杨家将系统小说传播引起的仿作与宫廷大戏的兴盛,使杨家将故事更加深入人心,进一步增强了读者与观众对杨家将故事的兴趣,他们要求看到更丰富更详细的杨家将故事。读者的需求刺激创作者对杨家将故事本身做进一步的丰富,于是,以进一步生发杨家将、杨门女将、杨家小将英雄事迹为主旨的续书应运而生,这就是从道光年间开始出现的《北宋金枪全传》《天门阵演义十二寡妇征西》《平闽全传》等续书,这些续书使杨家将系统小说进一步丰富。而这些续书在清后期出现,是以《杨家府演义》和《北宋志传》为代表的明代杨家将系统小说广泛传播的结果。

二、初兴期的传播环境

明中后期到清代前期,是杨家将系统小说传播的初兴期。明代中叶,明王朝面临严重的政治危机,嘉靖、万历、天启三朝天子都不理朝政,宦官们专权擅政,以致朝纲废弛,党祸横流。朝政腐败导致了海防松弛,使得从明初以来就一直存在的倭寇之患变得深重起来,倭寇气焰日益嚣张。尤其是嘉靖时期,随着东南沿海一带商品经济的发展及官僚豪富与寇盗的勾结,倭寇更加猖獗,嘉靖中后期的几十年间,不断侵略我东南沿海。直到嘉靖末年,在戚继光、俞大猷等领导的广大军民的共同奋战下,东南沿海的倭患才最后平定。明中后期,满族逐渐兴起,万历末年,努尔哈赤以"七大恨"誓师反明,造成了对明王朝统治的致命威胁。这种内有宦官专权、奸臣当道,外有满族觊觎、倭寇侵略的政治形势,必然激发起民众抵御侵扰、保家卫国的民族家国观念。而杨家将系统小说宣扬的正是这样一种抵御侵略的民族精神与忠君爱国的传统道德,因此,在明末广为传播也就不足为奇了。换言之,明末危机四伏的政治形势为杨家将系统小说的传播提供了适宜的政治环境。

杨家将系统小说在明代中后期的传播还具有一个较为宽松的文化环境。明末,对思想文化的控制并不严格。虽然朝廷颁布过禁止小说与戏曲的法令,但主要是针对《水浒传》这种诲盗之作与民间"男女混杂""伤及农本"的杂剧台戏,所以小说的发展与传播基本没有受到过多的干预。不仅如此,明末帝王高官都对通俗小说产生了浓厚的兴趣,高官名流也对小说进行了揄扬,尽管这些还无法从根本上改变小说所处的小道末技的地位,却使小说逐渐受到人们的喜爱,而且上层人士的爱好,也影响了普通读者的阅读兴趣,加深了民间已经形成的喜读小说的风尚。此外,文人士大夫积极参与戏曲活动,成为明末一种时髦的社会风气,一时间"名人才子,踵《琵琶》《拜月》之武,竞以传奇鸣。曲海词山,于今为烈"①,写剧演剧一度达到"举国如狂"的地步。明末这种喜读小说的风尚与文人争相创作传奇之风,为通俗小说当然

---

① 〔明〕沈宠绥:《度曲须知》卷上《曲运衰隆》,见郭英德《明清传奇史》,第251页,南京:江苏古籍出版社,2001。

包括杨家将系统小说的文本传播与戏曲传播提供了一个良好的文化环境,此期间杨家将系统小说得到频繁刊刻并部分地被文人改编为传奇,也就在情理之中了。

明末适宜的政治形势与宽松的文化氛围,为杨家将系统小说的传播提供了良好的环境,使其有了一个较高的传播起点。但是,清代前期的传播环境就不容乐观了。明亡之后,政治形势与明代中后期有了很大的不同。满族是传统封建文化意义上的"异族",它靠推翻中原汉朝统治而建立起了少数民族政权,因此,能否稳固其统治,是清统治者最为关心的问题。但是,由于几千年来的传统文化积淀与边疆文明开化得较晚,中原人心中已经形成了一种"华尊夷卑"的大汉族主义思想,而唐宋以来边疆少数民族对中原王朝的不断侵扰,又使中原人对于崇兵尚武的边疆异族产生敌对心理。基于此,为了维护自己的统治和控制民心,清王朝建立之初,全面实施高压政策,文字狱屡屡发生就是证明。单在康、雍、乾三朝,所制造的文字狱就有百起之多,成千上万的人遭受株连、迫害,像康熙时的庄廷钺案件,雍正时的吕留良案件,都有几百人被害。清前期这种严酷的政治形势,阻碍了民族情绪强烈的杨家将系统小说的传播。

清王朝在实施高压政策的同时,为了缓和阶级矛盾和民族矛盾,也采取了怀柔政策。他们尊孔读经,崇尚儒术,提倡理学,以加强思想文化控制。康熙甚至明确宣称:"治天下,以人心风俗为本,欲正人心,厚风俗,必崇尚经学,而严绝非圣之书……小说淫词,荒唐俚鄙,殊非正理,不但诱惑愚民,即缙绅士子,未免游目而蛊心焉。所关于风俗者非细。"①因此,清一代一直严格控制小说的传播。作为少数民族入主中原的封建王朝,以强制小说传播政策来防止民心散乱,也在情理之中。

但是,因为承袭着明中后期通俗小说刊刻传播的盛况,清代前期通俗小说的刊刻依然比较频繁,由雍正二年举人杭世骏诗"书棚到处贪翻刻,俗本麻沙遍学堂"可知。除了刊刻,这一时期还出现了小说租赁这种新的形式。因资料限制,小说租赁始于何时难以确考,但应该

---

① 见王利器《元明清三代禁毁小说戏曲史料》,第 27 页,上海:上海古籍出版社,1981。

是长篇小说盛行之后的事情。康熙二十六年（1687 年）刑科给事中刘楷请除淫书的奏疏中称："臣见一二书肆刊单出赁小说,上列一百五十余种,多不经之语,诲淫之书,贩买于一二小店如此,其余尚不知几何?此书转相传染……真学术人心之大蠹也。"①可见,至迟从康熙年间开始,租赁小说现象已经出现,而且租赁品种繁多。为改变这种小说刊刻租赁"泛滥"的状况,清代历朝都实行禁毁小说的政策,清初尤为严厉。仅以朝廷颁布的禁毁法令为例,顺治九年（1652 年）禁刻琐语淫词,康熙二十六年（1687 年）、四十年（1701 年）、四十八年（1709 年）、五十三年（1714 年）,四次禁小说淫词,雍正二年（1724 年）禁市卖淫词小说。刊刻、坊肆贩卖是小说的流通环节,清统治者通过禁止流通来实现对小说的控制,是最常行的一种方法。因为小说的创作与阅读都是私人行为,很难进行有效的控制,只有禁止属于商业行为的刊刻和市卖即流通环节才最为可行。这种控制也最容易有效,因为控制了小说的流通环节,也就在很大程度上控制了小说的创作和阅读。事实上,这种禁毁政策与方式确实取得了明显的效果,在一定程度上阻碍了小说的传播,使通俗小说的刊刻在清代前期一度陷入萧条。

清前期严酷的政治形势、严厉的思想文化控制与随之而来的小说禁毁政策,使得清代前期杨家将系统小说的传播陷入了萧条。与小说不同,清前期统治者对戏曲的部分控制,却为戏曲的发展网开了一面。清初,由于顺治帝主张节俭,"禁筵宴馈送",因此戏曲演出活动曾一度消歇。至康熙初年开禁,戏曲舞台再度活跃。为维护世道人心,统治者对戏曲演出也实行一定的控制政策,例如,从康熙到咸丰历朝都严厉禁止内城开设戏馆,禁外官蓄养优伶出入戏园,禁止旗人太监出入戏园演戏等。但是,清统治者并不一概地禁止所有的戏曲演出,以严厉著称的雍正帝,都称戏曲演出"在民间必有不容已之情,在国法无一概禁止之理……凡属演戏者,皆为犯法,国家无此科条也"②。可见,朝廷禁止的只是部分场合部分人员的戏曲演出活动,并不是所有的戏曲演出,因为统治者自己也有以戏曲歌舞升平和自身娱乐的需要。清统治者是非常爱好戏曲的,开国之君顺治帝曾急切地寻访尤侗的《读离

---

① 见王利器《元明清三代禁毁小说戏曲史料》,第 24 页,上海:上海古籍出版社,1981。
② 见王利器《元明清三代禁毁小说戏曲史料》,第 37 页,上海:上海古籍出版社,1981。

骚》剧本,表现出对戏曲的浓厚兴趣。康熙南巡时常常以观戏为乐,有时甚至到了每日非戏不宴的地步,还下旨要求宫中艺人勤于练习昆弋诸腔。雍正也不禁止民间职业戏班演戏,提倡"有力之家,祀神酬愿,欢庆之会,歌咏太平"①。最高统治者对戏曲的这种爱好,为戏曲的发展开了方便之门,杨家将的几个文人剧正是在这种环境下产生的。

明末清初统治者对曲艺的忽视,也使曲艺有了一个自由的发展环境。可能是因为统治者所见到的曲艺都是以谈笑解颐为主,所以,他们只把曲艺当作一种简单的娱乐方式,因而没有对其进行特别控制,这就使得明末清初曲艺的发展有了宽松环境。明末曲艺演出比较活跃。姜南《蓉塘诗话》载当时北京唱曲表演的情形:"世之瞽者或男或女,有学弹琵琶,演说古今小说,以觅衬食。北方最多,京师特盛。"②宫廷中也有平话演出。沈德符《万历野获编》说,嘉靖年间武定侯郭勋为谋求进爵,编写了话本《英烈传》,"令内官之职平话者,日唱演于上前"③,说明嘉靖年间宫廷中已经设有专职说书人。邓之诚《骨董琐记》卷六《韩生评话》,谓韩生"善评话,顺治中尝供奉内廷"④,可知清初依然有供奉宫廷的说书人。康熙初年,江南大说书家柳敬亭来到北京,79 岁的他仍能"以评话闻公卿,入都时邀至踵接"⑤。可见,说书艺术在清初的宫廷和上层社会中仍然流行。明末清初这种王公贵族与普通百姓皆喜闻乐见的风气与朝廷的忽视,为杨家将曲艺的发展提供了一定的空间。

总之,明代中后期内忧外患的政治形势与宽松良好的文化氛围,为杨家将系统小说的传播准备了良好的传播环境,使其传播有了一个较高的起点。但是,清代前期,严酷的政治环境与严厉的文化政策,使杨家将系统小说的文本传播十分萧条,只有戏曲曲艺因统治者的爱好与忽视获取了生存发展的一定空间。就环境的适宜宽松看,此期还是

---

① 见王利器《元明清三代禁毁小说戏曲史料》,第 37 页,上海:上海古籍出版社,1981。
②《中国曲艺志》全国编辑委员会、《中国曲艺志·北京卷》编辑委员会编:《中国曲艺志·北京卷》,第 5 页,北京:中国 ISBN 中心,1999。
③〔明〕沈德符:《万历野获编》,第 140 页,北京:中华书局,1959。
④〔清〕邓之诚著,赵丕杰点校:《骨董琐记全编》,第 188 页,北京:北京出版社,1996。
⑤〔清〕曹寅吉《珂雪词》书首附录,见陈汝衡《说书艺人柳敬亭》,第 59 页,上海:上海文艺出版社,1979。

无法与后来几个时期相比,再加上此时又处于杨家将系统小说刚刚形成的阶段,因此,这一时期杨家将系统小说的传播总体上还是不太发达,具有初步兴起的特点。

三、发展期的传播环境

从清中叶到清末,是杨家将系统小说传播的发展期。这一时期,杨家将系统小说的传播环境与初兴期有所不同。我们先来看清中叶杨家将系统小说的传播环境。满族入主中原之后,在剿灭明王朝残余势力的同时,也致力于发展社会的政治经济文化。经过顺治、康熙、雍正三朝的治理,到乾隆年间,生产恢复,经济逐步繁荣,甚至出现了封建时代难得的乾嘉盛世,清王朝统治基本巩固。在这种情势下,清初政治高压有所减弱,这就使小说传播的政治环境相对宽松了一些。

与清初相比,清中叶,民间"夷夏之防"的民族观念有所减弱,统治者对思想文化的控制也就相对松懈,文化环境相对宽松了很多。与前期相同,清中叶依然实行禁毁小说的政策,如乾隆三年(1738 年)两次禁淫词小说,嘉庆七年(1802 年)、十五年(1810 年)、十八年(1813 年)三次禁小说,嘉庆十八年禁开设小说坊肆,道光十四年(1834 年)禁毁传奇演义板书。但与前期的禁毁相比,禁毁法令数量明显减少,效果也不如前期明显。虽然经过历年的禁毁,乾隆年间小说依然是"叠架盈箱,列诸市肆,租赁与人观看"①,嘉庆年间"稗官小说……市井粗解识字之徒,手挟一册"②。禁毁诏令虽难免有夸大,但乾隆、嘉庆朝小说的盛行则是不争的事实。清中叶之后小说禁毁较为严厉的乾隆、嘉庆朝尚且如此,遑论其他? 清中叶之后的小说禁毁政策不像清代前期那么有效,一方面是缘于此时政治控制的相对宽松,另一方面则是缘于出版商与书坊主的努力,从而使通俗小说仍然保持着流通领域的畅通。清中叶禁毁政策的相对松懈与流通领域的畅通,就为杨家将系统小说文本传播的兴盛提供了契机。

清中叶开始,沉湎于太平盛世的统治者,更需要以歌舞升平的戏曲来点缀盛世。乾隆时演剧达到了高峰。据礼亲王昭梿的记载,乾隆

---

① 见王利器《元明清三代禁毁小说戏曲史料》,第 41 页,上海:上海古籍出版社,1981。
② 见王利器《元明清三代禁毁小说戏曲史料》,第 64 页,上海:上海古籍出版社,1981。

曾命张文敏制诸院本进呈,以备乐部演习,凡各节令皆奏演。嘉庆朝演剧规模有所下降,"上以教匪事,特命罢演诸连台,上元日惟以月令承应代之,其放除声色至矣"①。但道光、咸丰年间,宫廷演戏之风又盛行起来,曾搬演过不少宫廷大戏,清宫内甚至还设有专司演剧的机构。宫廷演戏之风盛行,为宫廷大戏等杨家将戏曲的繁荣奠定了基础。

清末情况又有所不同。清末是一个民族危机严重、政府又非常软弱的屈辱时代。自道光、咸丰开始,清王朝盛极而衰,危机连续不断,内有太平天国起义,外有英法俄美等国的侵略,中国漫长的封建社会发生了巨大变化,逐步沦为半殖民地半封建社会。同治之后,虽然随着太平天国运动的失败,清王朝的内忧暂时解决,社会相对平稳,但是外患依然不断。北有俄侵占伊犁,南有日本侵占台湾,光绪年间又发生了中法战争、甲午中日战争,世纪之交又爆发了义和团运动,八国联军趁机入侵京津,民族危机进一步加重。在民族危机日益加剧的时刻,无数仁人志士前赴后继,呼吁改良,力图济世救民,却为以慈禧太后为首的顽固派所不容。但是,病入膏肓的清王朝已经阻挡不了历史的车轮,在资产阶级民主革命者的努力与号召下,终于在1911年爆发了辛亥革命,推翻了清政府的统治,结束了几千年的封建王朝专制制度。清末社会就是在这样一个风雨飘摇的状态之中艰难前行的,此时的清王朝,就像一条行驶在汪洋中的破船,随时都有被大风大浪颠覆的可能。然而,国家不幸诗家幸,这种外患频仍、内忧不断的政治背景,恰为杨家将这种民族情绪强烈的文艺作品的传播提供了适宜的政治环境。

清末内乱外患的政治危机,使得疲于应付的统治者焦头烂额,已经没有余力再对思想文化进行严格的控制,这就使文艺的发展有了一个宽松的文化环境,通俗文艺进一步兴盛。就小说而言,此时,朝廷只有同治六年(1867年)颁布过禁毁小说书版的法令,"禁毁"已变成朝廷的一种姿态,禁毁小说法令更多的时候成为一纸空文,这就为小说的文本传播留下了余地。

戏曲的发展环境更为宽松。面对社会巨变,与仁人志士对国家民

---

① 〔清〕昭梿:《啸亭杂录》,第377页,北京:中华书局,1980。

族未来的忧心忡忡不同,统治者还在继续做着泱泱大国的美梦,甚至及时行乐,一种变态的享乐心理逐渐滋生。无论是同治帝还是握有实权的慈禧太后,以至光绪帝,都是京剧酷嗜者。慈禧太后是一个戏迷,她当政期间,宫中演戏之风最盛。作为万乘之尊的光绪帝也酷爱京剧,兴致来时还会与太监们一起唱上一出。这一时期,甚至还有许多京剧演员如谭鑫培等,因统治者的青睐而备受礼遇。统治者对京剧的酷嗜、对京剧名角的赏识,大大促进了京剧的发展,使它取代昆腔成为宫廷的主要戏曲剧种,并且很快流传到天津、山东、上海等地,逐渐成为全国性的第一大剧种。上有所好,下必甚焉,宫廷演戏之风盛行,也影响了民间,各地方戏也逐渐兴盛起来。京剧与各地方戏的繁荣,使得一时间上至宫廷下至民间,呈现一派歌舞升平的景象。其世风正如王韬《海陬冶游录》所言:"海滨纷丽之乡,习尚侈肆,以财为雄。豪横公子、游侠贾人,惟知挥金,不解文字。……能于酒肉围中、笙箫队里,静好自娱,别出一片清凉界。"在这种文化氛围下,杨家将京剧及地方戏的兴盛也就在情理之中了。

此外,在承平日久、经济文化繁荣的乾隆、嘉庆年间,经过满人与汉人的共同努力,创造了一些影响深远的重要曲种,曲艺呈现繁荣景象。到清末,经过组合分化,许多曲种定型,艺术技巧已非常成熟,曲艺成为娱乐业中仅次于戏剧的一大艺术门类。其中以评书和西河大鼓最吸引人,影响最大。如富察敦崇在《燕京岁时记》中所言:"大鼓,评书,最能坏人心术,盖大鼓多采兰赠芍之事,闺阁演唱,已为不宜;评书抵掌而谈,别无帮衬,而豪侠亡命,跃跃如生。"[1]此说虽存有偏见,但也可以看出清末曲艺尤其是评书鼓书受民众喜爱的程度。在曲艺繁荣的背景下,杨家将曲艺出现大量的评书鼓书书目及规模宏大的唱本等,也就不足为奇了。

总之,清中叶相对稳定宽松与清末内忧外患的政治形势、思想文化控制的削弱与随之而来的小说戏曲曲艺等通俗文艺繁荣的社会文化氛围,为此期杨家将系统小说的传播准备了良好的政治环境与文化环境。正是在这个基础上,杨家将系统小说的文本传播与戏曲曲艺传

---

① 〔清〕潘荣陛、富察敦崇:《帝京岁时纪胜·燕京岁时记》,第 94 页,北京:北京古籍出版社,1981。

播都较明末清初有了很大的发展,进入传播的发展期。

四、繁荣期的传播环境

同清末一样,民国时期也是一个危机四伏的时期。此时,西方列强仍然占据我国部分领土,并在很多地区拥有租界,中国依然处于西方列强的奴役之下。九一八事变之后,日军大举侵华,鲸吞我国的大片领土,中华民族一度到了亡国灭种的危急关头。所以,对外而言,民国时期,中华民族并没有实现真正的独立;对内而言,国民党也并没有实现对国内的完全统治。民国前期,军阀割据,战乱不断,先是袁世凯、张勋复辟,接着是直奉皖等军阀大混战等等,所以,国民党在全国的统治大多数时候是有名无实,这是一个"城头变幻大王旗"的时代。民国后期,国民党又有了与中国共产党的多次战争。因此,与清末一样,民国也是一个动荡的时代。这种中华民族内忧外患的政治背景,为民族情绪强烈的杨家将系统小说的传播提供了一个适宜的政治环境。

尽管民国时期战争不断,但许多地区尤其是北京、上海等大中城市,大多数时候还是相对和平安定的。而且随着这些现代城市的兴起,市民阶层进一步发展壮大。他们对娱乐的需求与日俱增,于是戏曲曲艺等通俗文艺得到进一步发展。与清中后期相比,民国时期的人们对戏曲的爱好有增无减,戏曲艺术得到极大的发展。就京剧而言,辛亥革命后,在新的文化思潮影响与文人的直接参与下,京剧事业继续发展,新人不断涌现,技艺精湛,流派纷呈。在大批京剧表演艺术家与革新家的共同努力下,京剧走向高峰,开始走向世界:民国年间,梅兰芳曾两次出访日本,日本举国轰动,"梅舞"风靡日本舞台,此后他又先后赴美国和苏联演出,引起西方戏剧界的震惊。京剧艺术的蓬勃发展,带动了地方戏的进一步繁荣。一些城市诞生了一些戏曲固定班社,民间的乡村班社也有所发展。这些班社的出现无疑加速了地方戏的发展与传播,如西安的易俗社之于秦腔,冀中冀东的昆曲乡村班社之于昆曲。同时,地方戏之间的交流日益增多,几乎各地都有若干个外来剧种、外来剧目活跃在本地舞台上。戏曲创作演出的繁荣,使看戏成为民国社会的流行风气,这就为杨家将京剧与杨家将地方戏曲的传播提供了良好的文化氛围。

民国初叶，北京开始有人将说唱艺术称作曲艺，这一时期曲艺得到了更大的发展。首先在农村，各类曲艺呈现流派纷呈、名家辈出的兴盛局面，从艺人员急剧增加。例如西河大鼓，就有多个流派的众多艺人活跃在河北乡间。同时，因为民国期间城市的兴起，农民涌入城市谋生，城市人口剧增，为适应不同阶层需要的各种各样曲艺的发展提供了适宜的社会环境。为躲避战乱或获取较高的收入，农村艺人纷纷进入城市献艺谋生，城市曲艺迅速繁荣。以北京为例，作为人口集中、重视消费的大城市，北京吸引了许多职业、半职业的曲艺艺人来京献艺，艺人们各自磨砺，争相提高说唱技巧，从中涌现出很多杰出的代表，说唱艺术因此得到提高。其中，评书依然深入人心，听众很多，原因可能是如云游客所言："戏价已入贵族化中，评书尚守平民化故辙，听一天书茶资一毛钱，尚有富余，无怪闲散阶级人皆嗜评书了。"①有说有唱的西河大鼓传入北京天桥等处的露天书场和茶馆，并且借鉴和移植评书等曲种的书目，改编说唱，《杨家将》就是脍炙人口的书目之一。民众对曲艺的高度需求与曲艺自身的发展，为此时杨家将曲艺的繁荣准备了良好的文化氛围与受众基础。

尽管总体上戏曲曲艺艺术繁荣兴旺，但是因为时局动荡，民国时期戏曲曲艺的发展也有过某种程度的停滞。1937年卢沟桥事变，北平沦陷，此后中国大部分地区一步步沦入日本军国主义的铁蹄之下，国家蒙难，生灵涂炭，社会动荡，民不聊生。日伪的反动统治，使得沦陷区的戏曲曲艺受到了极大摧残，许多戏曲班社解体，艺人流离星散。出于民族气节或个人安危考虑，很多艺人息影舞台，有名者或赋闲在家，或弃演从教，甚至务农；无名艺人则或务农或做小贩，勉强度日。虽然仍有部分艺人坚持在沦陷区或者大后方演出，但相对于抗日战争爆发之前的时期，戏曲曲艺明显陷入萧条状态。解放战争时期，因时局动荡，又有不少艺人息影，戏曲曲艺舞台又一次出现暂时的冷清。在这种政治文化背景下，与民国前期相比，杨家将系统小说的传播也相对萧条了一些。然而，因为长期以来，杨家将戏曲曲艺已经形成了

---

① 云游客：《江湖丛谈》，第80页，北京：中国曲艺出版社，1988。

不少经典剧目、曲目,因此,与其他剧目、曲目相比,这一时期,杨家将戏曲曲艺还是有一定的演出规模,前文所述余嘉锡文与《中国曲艺志》对戏曲、曲艺演出情况的记载就是证明。

总之,民国期间内乱外患危机四伏的政治形势,戏曲曲艺高度繁荣的文化背景,为此期杨家将系统小说的传播准备了适宜的政治环境与文化环境。正是在这个基础上,杨家将戏曲曲艺传播达到了前所未有的繁荣,杨家将系统小说的传播随之进入繁荣期。

五、鼎盛期的传播环境

中华人民共和国成立,结束了自近代以来中华民族不断为西方列强侵略欺凌的屈辱历史。虽然此时的中国贫穷落后,百废待兴,但毕竟基本消除了自近代以来的内忧外患,建立了一个独立自强的新中国。新中国成立初 17 年间,刚刚获得民族独立的中华民族仍然非常需要民族情绪强烈的文艺作品来鼓舞人民。十年浩劫,社会秩序混乱不堪。“文化大革命”结束以后,中国开始进入社会主义建设的新时期。20 世纪 80 年代中叶之前,“文革”给整个民族造成的灾难,使得痛定思痛的人们乐意观看描述忠奸斗争、宣扬爱国精神的文艺作品。所以说,新中国成立初 17 年与“文革”后至 80 年代中叶的中国,都是处于刚刚从民族国家灾难中解脱出来的时期,这就为杨家将系统小说的传播提供了一个适宜的政治环境。

中华人民共和国成立后,高度重视文学艺术的发展。就戏曲而言,新中国成立初,为了发扬爱国主义精神,鼓舞人民在革命斗争与生产劳动中的英雄主义,国家要求对戏曲进行改革,于是戏曲界进行了“改戏”“改人”“改制”的工作。同时,文化部举办大规模的全国戏曲观摩演出大会,大大促进了戏改工作,使这一时期出现了不少优秀的新剧目。20 世纪 50 年代中叶,文化部多次召开全国戏曲剧目工作会议,提出扩大和丰富传统戏曲上演剧目,于是全国各地掀起了挖掘整理传统剧目的高潮。尽管其间遇到了一些挫折,但优秀戏曲剧目还是得到了一定的继承与发展,戏曲事业很快扭转了新中国成立前混乱萧条的局面,迎来了一个蓬勃发展的艺术春天。“文化大革命”中,同其他文化成果一样,戏曲遭到严重摧残,舞台上只剩下几个“样板戏”。“文革"后,迅速恢复上演了一大批传统剧目,在全国范围内掀起了一股"传统热"。戏曲在经历了十年劫难之后,迅速得到复苏,进入新的发展时期。

这一时期,曲艺也得到广阔的发展天地。新中国成立初提出对大鼓说书等曲艺"应当予以重视。除应大量创作曲艺新词外,对许多为人民熟悉的历史故事和优美的民间传说的唱本,亦应加以改造采用"①的方针,曲艺开始了一个革故鼎新的历程。一些全国性和地方性曲艺工作领导机构和专业团体先后成立,以历史传统故事为题材的新曲艺创作与整理改编的传统节目不断涌现,曲艺创作呈现崭新的面貌。"文革"中,曲艺受到了巨大损失。"文革"后,解除了思想禁锢的曲艺工作者,重新焕发了艺术青春,曲艺创作、演出活动十分活跃。同时,曲艺表演活动与电影、电视等电子传播媒介紧密结合,使曲艺获得了发展的新天地。此外,这一时期,为了普及文化知识,丰富人民大众的生活,传播通俗文化的艺术画进入空前繁荣的时期,影视剧也逐渐兴起,开始走入人们的日常生活。

总之,新中国成立至20世纪80年代中叶,国家民族刚刚从灾难中解脱出来的政治形势,戏曲、曲艺、艺术画等通俗文艺繁荣发展的文化背景,为杨家将系统小说的传播提供了适宜的政治环境与良好的文化环境。在此基础上,杨家将系统小说的戏曲、曲艺、绘画传播达到高峰,影视剧传播兴起,杨家将系统小说的传播走向了鼎盛。

自80年代中叶开始,随着改革开放的深入,中国社会不仅开始从产品经济、计划经济体制向商品经济、市场经济体制转型,也开始了制度规范层面与思想文化层面的转型,中国社会进入全面转型期。尤其是90年代以后,多元的现代文化迅速兴起并逐渐兴盛,人们的价值观和道德观随之发生明显变化。追求自我价值、张扬个性成为时代的主流,传统文化与价值观念日益被边缘化。而文学艺术无疑对这种文化转型最为敏感,商品经济对文艺的冲击、公众审美趣味的改变等等,都使80年代中叶以后,尤其是90年代以后的中国文学艺术陷入了彷徨

①《政务院关于戏曲改革工作的指示(一九五一年五月五日)》,见《中国戏曲志》编辑委员会、《中国戏曲志·北京卷》编辑委员会编《中国戏曲志·北京卷附录》,第724页,北京:中国IS-BN中心,1999。

之中。这种传统文化与文学艺术失落的文化背景,再加上 80 年代中叶以来和平发展的政治背景,自然会使代表和体现着传统文化价值观念的杨家将系统小说无法再占有广泛的传播领域,杨家将系统小说的传播进入衰落期。

马克思、恩格斯在《共产党宣言》中说,取代资产阶级社会的,"将是这样一种联合组织,在那里,每一个人的自由发展是一切人的自由发展的条件"①。随后,马克思在《资本论》中指出,未来社会将是一个把每一个人都有完全的自由发展作为根本原则的高级社会形态。也就是说,社会越进步,就越重视社会成员的个人的自由全面发展。杨家将系统小说代表的则是传统的价值观与审美观,它以忠君爱民为荣,以群体利益为先,这就在某种程度上压抑了人的个性与发展。因此,今后可能会出现这样一种局面,除了在国家民族危机的某个或者某些特定时刻,杨家将系统小说会再次出现短暂繁荣外,它会一直延续着衰落的状态。因为,和平与发展将是人类发展不可违背的主流,人的自由全面发展是人类共同的目标。

综上所述,可以发现,不同的传播环境确实对杨家将系统小说的传播产生了重要影响,使它在不同的时期呈现不同的态势。

---

① 马克思、恩格斯著,成仿吾译:《共产党宣言》,第 47 页,北京:人民出版社,1978。

第二章
传播媒介论（上）
——戏曲与古代白话小说的传播

第一节　"三国戏"与《三国演义》的传播

早在长篇章回小说《三国演义》成书之前，金院本和元杂剧中就有许多"三国戏"，并成为小说最后成书的来源之一。在小说成书之后，"三国戏"不断丰富发展，对《三国演义》的传播起到了重要作用。截至《三国演义》电视连续剧（从某种意义上说也可视为"三国戏"）播放的20世纪90年代，可以这样说，没有读过小说文本的人大有人在，没有看过或听过"三国戏"的人却寥寥无几。"三国戏"与小说《三国演义》的关系如何，对《三国演义》的传播起到了怎样的作用，以及如何使文本传播与"三国戏"同步发展，是我们应当关注并给予回答的现实问题。

一、"三国戏"与《三国演义》的关系

金院本与元杂剧中"三国戏"的许多情节，既有为小说《三国演义》所采用者，也有弃置不用者。前者如院本

《赤壁鏖战》、《刺董卓》①，杂剧《虎牢关三战吕布》（武汉臣撰）、《七星坛诸葛祭风》（王仲文撰）、《白门斩吕布》（于伯渊撰）等②；后者如院本《大刘备》、《骂吕布》，杂剧《谒鲁肃》（高文秀撰）、《小乔哭周瑜》（石君宝撰）、《关大王三捉红衣怪》（戴善甫撰）、《王粲登楼》（郑德辉撰）、《关云长大破蚩尤》（元明间无名氏撰）③等。可见在小说成书之前，"三国戏"的情节来源渠道较多，既有《三国志》等史书，也有《三国志平话》以及民间传闻。小说成书之后，尽管仍有某些"三国戏"的情节来自民间传说或金院本、元杂剧，但大量的"三国戏"进一步向小说《三国演义》靠拢，未被小说采用的许多"三国戏"则逐渐被冷淡甚或消亡，与此同时，一批适应当代社会需要的新编"三国戏"陆续产生。

陶君起《京剧剧目初探》④所著录的"三国戏"有 140 种之多，每一剧目几乎都与《三国演义》的情节相联系。有的是一回分为几个剧目，如第八回有《斩张温》《连环计》《凤仪亭》，第二十五回有《屯土山》《破壁观书》《白马坡》，第二十六回有《战延津》《战汝南》《灞桥挑袍》，第二十八回有《卧牛山》《芒砀山》《古城会》，第六十三回有《落凤坡》《荆襄府》《过巴州》等等。有时同一剧目涵盖数回，如《七擒孟获》62 场，包括了第八十七至第九十回的内容。有时几个剧目连在一起演出，如《斩张温》《连环计》《凤仪亭》《诛董卓》四戏连演，名《吕布与貂蝉》，包括了第八和第九两回的内容；再如《群英会》《借东风》《火烧战船》《华容道》四戏连演，称《全部三国志》，包括了第四十五至第五十回的内容；再如《失街亭》《空城计》《斩马谡》三戏连演，简称《失空斩》，包括了第九十五和第九十六两回的内容。

沈伯俊主编《三国演义辞典》所录"三国戏"的数目更为可观，京剧有 245 种，川剧 99 种。河南戏剧研究所编《豫剧传统剧目简介》所录

---

① 〔元〕陶宗仪：《南村辍耕录》卷二五"院本名目"，北京：中华书局，1980。
② 〔元〕钟嗣成：《录鬼簿》，见《中国古典戏曲论著集成》第二册，北京：中国戏剧出版社，1959。
③ 傅惜华：《元代杂剧全目》，北京：作家出版社，1957。
④ 陶君起：《京剧剧目初探》，北京：中国戏剧出版社，1980。

"三国戏"有 79 种。①《山西地方戏曲汇编》所录"三国戏"有 147 种。②

从内容看,后起的"三国戏"基本上与小说文本相一致,但为了适应舞台演出,增强舞台效果,又进行了艺术加工,达到雅俗共赏、通俗生动的目的。如"苦肉计"中诸葛亮的表现,小说第四十六回"用奇谋孔明借箭,献密计黄盖受刑"是这样讲述的:

> 众官扶起黄盖,打得皮开肉绽,鲜血迸流,扶归本寨,昏绝几次。动问之人,无不下泪。鲁肃也往看问了,来至孔明船中,谓孔明曰:"今日公瑾怒责公覆,我等皆是他部下,不敢犯言苦谏;先生是客,何故袖手旁观,不发一语?"孔明笑曰:"子敬欺我。"肃曰:"肃与先生渡江以来,未尝一事相欺,今何出此言?"孔明曰:"子敬岂不知公瑾今日毒打黄公覆,乃其计耶? 如何要我劝他?"肃方悟。孔明曰:"不用苦肉计,何能瞒过曹操? 今必令黄公覆去诈降,却教蔡中、蔡和报却其事矣。子敬见公瑾时,切勿言亮先知其计,只说亮也埋怨都督便了。"③

京剧《赤壁鏖兵》中则是:

> (鲁肃见孔明自饮,夺其酒杯掷地。)
>
> 鲁　肃　我不服你了。
>
> 诸葛亮　大夫,你怎么又不服我了?
>
> 鲁　肃　我家都督,怒责黄盖,众官皆都求情。可你到此乃是一个客位,连一个人情都不讲,竟在一边吃酒,那个酒就如此好吃? 我不服你了!
>
> 诸葛亮　啊,大夫,你错怪我了。他二人一个愿打,一个愿挨,与我什么相干?
>
> 鲁　肃　啊,想世上的人,有愿挨打的么?
>
> 诸葛亮　此乃是计啊!
>
> 鲁　肃　怎么又是一计? 倒要请教。
>
> 诸葛亮　大夫!(唱[西皮摇板])

---

① 胡世厚:《三国演义与三国戏》,载《古典文学知识》1994 年第 6 期。

② 郭维中、赵威龙:《三国演义与三国戏曲及三国文化》,见刘世德主编《罗贯中与〈三国演义〉论集》,香港:天马出版有限公司,2004。

③〔明〕罗贯中著,〔清〕毛纶、毛宗岗评改:《三国志演义》,第 477 页,济南:山东文艺出版社,1991。

他二人定的是苦肉之计。

鲁　肃　收蔡中、蔡和呢？

诸葛亮　（接唱）收蔡中与蔡和暗通消息。

鲁　肃　今日事？

诸葛亮　（接唱）黄公覆受苦刑尽是假意，

　　　　见公瑾切莫要说我先知。

（笑）哈哈哈……（下）①

将两者进行比较，可以看出戏剧唱词基本上是从小说变化而来，但也略有不同。一是诸葛亮由"袖手旁观"变成了"在一边吃酒"。因为"吃酒"便于演员表演，而"袖手旁观"则显得呆滞，同时可以更好地表现诸葛亮的胸有成竹。二是诸葛亮的道白更为通俗，让他径直说出"一个愿打，一个愿挨"，使听众更易理解。三是进一步突出了鲁肃忠厚老实的性格特征，小说中诸葛亮稍加点拨，鲁肃便明白了周瑜的用意。戏曲中鲁肃听了"一个愿打，一个愿挨"后还不明白，继续问道："想世上的人，有愿挨打的么？"诸葛亮说这是计，他接着问："怎么又是一计？"又问："收蔡中、蔡和呢？"这些问话既是舞台表演的需要，也充分显示了鲁肃颇为憨厚的性格。

近人武櫵瘿指出："余观《白门楼》一剧，吕布被缚，有责骂貂蝉一折。或问余曰：《演义》载白门楼吕布被擒，貂蝉并无下落，此后生死存亡，不得而知。戏剧之上，乃如此扮演，且另有《关公月下斩貂蝉》一剧。信乎？否乎？予曰：否。"②吕布斩貂蝉或关公斩貂蝉，都不见于小说文本，在戏曲舞台上却有较大影响。20世纪80年代以来，适应社会的需要，出现了几部新编"三国戏"。其中影响较大的有《曹操与杨修》《曹操举贤》等，曹操不再是反面形象，与《三国演义》有着明显不同。90年代播出的电视连续剧《三国演义》基本上忠实于原著，但也做了一些改动。如第七集《凤仪亭》对貂蝉结局的处理，第三十七集《横槊赋诗》增加了人物师勖等等。③ 更为重要的是，从小说文本转换成电视画

---

① 北京市艺术研究所、上海艺术研究所：《中国京剧史》，第94页，北京：中国戏剧出版社，1999。

② 武櫵瘿：《三国剧论》，见朱一玄《三国演义资料汇编》，第828页，天津：百花文艺出版社，1983。

③ 沈伯俊：《三国漫话》，第389页，成都：四川人民出版社，2000。

面,面临着许多难以克服的矛盾,这又必须以牺牲文本为条件。① 由此可见,"三国戏"对小说文本总要做或多或少的改动,有时甚至是较大的改动,而这些又会直接影响《三国演义》的传播效果。

二、"三国戏"的传播力度与范围

与阅读小说文本相比,观赏戏曲不仅更为轻松,而且可以不受文化程度的限制,因此"三国戏"的传播范围、传播力度在某种意义上甚或要超过《三国演义》的文本传播。清人顾家相曾说:"盖自《三国演义》盛行,又复演为戏剧,而妇人孺子、牧竖贩夫,无不知曹操之为奸,关、张、孔明之为忠,其潜移默化之功,关系世道人心,实非浅鲜。"②近人三爱说得更为具体透彻:

> 戏曲者,普天下人类所最乐睹、最乐闻者也,易入人之脑蒂,易触人之感情。故不入戏院则已耳,苟其入之,则人之思想权未有不握于演戏曲者之手矣。使人观之,不能自主,忽而乐,忽而哀,忽而喜,忽而悲,忽而手舞足蹈,忽而涕泗滂沱,虽些少之时间,而其思想之千思议万变化,有不可者也。故观《长坂坡》《恶虎村》,即生英雄之气概……由是观之,戏园者,实普天下人之大学堂也;优伶者,实普天下人之大教师也。③

从以上所说可以看出,戏曲比小说的受众要宽泛得多,艺术感染力更为直接,而且传播的地域也极为广阔。许多剧目不仅见于京剧,还分别见于河北梆子、同州梆子、晋剧、秦腔、豫剧、徽剧、汉剧、湘剧、川剧、桂剧、粤剧、滇剧等地方戏种,只不过有时剧名有所不同。如京剧、川剧、豫剧、秦腔、河北梆子之《虎牢关》,汉剧、同州梆子则名《三战吕布》;京剧《三让徐州》,汉剧则名《战徐州》。

戏曲演员的精彩表演,使人物形象更加具体可感,个性也更加鲜明。清人余嵩庆赞赏演员孙彩珠的表演,说他演《黄鹤楼》《群英会》诸剧,"为公瑾后身,衣服丽都,神采飞动,嫣然一笑,倾阳城,迷下蔡,不

① 沈伯俊:《三国漫话》,第377页,成都:四川人民出版社,2000。
② 顾家相:《五余读书廛随笔》,第54页,见孔另境《中国小说史料》,上海:上海古籍出版社,1982。
③ 三爱:《论戏曲》,见朱一玄《三国演义资料汇编》,第790页,天津:百花文艺出版社,1983。

足多也"①。另一位清人苕溪艺兰生则对徐小香等演员的演技大加赞美:"岫云主人徐小香,精音律,向以昆生著名,评曲者必首屈一指。顾自矜异,园主几聘请而未肯轻出。兼善黄腔,尝于堂会观《群英会》一剧,时主人演周郎,王九龄演诸葛,张喜演鲁肃,赶三演蒋干,须眉毕现,凛凛如生。就中主人与九龄,尤出色当行,真所谓一时瑜、亮。"②精彩的表演使人百看不厌,并可留下长久的回忆。著名演员徐小香擅演周瑜,其表演艺术让人过目不忘。吴焘曾说:"余尤爱徐伶于打盖一场走场时,手拂雉尾,摇曳多姿,尽态极妍,无美不备,迄今四十余稔矣,犹历历悬吾心目间也。"③

以戏曲作为传播方式,演员成为传播者,其对《三国演义》的理解便会直接影响到接受者。关羽和诸葛亮是演员们特别崇拜的对象,由他们扮演的这两位人物也就格外引人注目。近代剧评家周剑云认为:"关公戏乃戏中超然一派,与其他各剧,绝然不侔。演者必熟读《三国演义》,定精神、艺术二类。所谓精神者,长存尊敬之心,扫除龌龊之态(伶界对于关公,崇拜之热度,无论何人,皆难比拟,群称圣贤爷而不名),认定戏中之人,忘却本来之我,虔诚揣摩,求其神与古会。策心既正,乃进而研究艺术。以余所见,第一在扮相之英武。要求扮相之佳,尤在开脸之肖。关公之像,异乎常人之像,眼也、眉也、色也,皆有特异之点,可以意会,难以言传。第二在做工之肃穆。要求之好,尤在举动之镇静。关公之武艺,异于常人之武艺,儒将风度,重如泰山,智勇兼全,神威莫测。用力太猛,则荒于粗野;手足无劲,则近于萎靡。以是舞刀驰马,极不易做,此则勤习无懈,方能纯化。"④

能达到这一标准的演员屈指可数。绰号"三麻子"(即王洪寿)的演员扮演关公,"须发苍白,两鬓已斑,双目忽开忽合,严威凛然……一

① 〔清〕余嵩庆:《撷华小录·丽品》,见朱一玄《三国演义资料汇编》,第784页,天津:百花文艺出版社,1983。
② 〔清〕苕溪艺兰生:《侧帽余谭》,见朱一玄《三国演义资料汇编》,第785页,天津:百花文艺出版社,1983。
③ 〔清〕吴焘:《梨园旧话》,见朱一玄《三国演义资料汇编》,第785页,天津:百花文艺出版社,1983。
④ 周剑云主编:《菊部丛刊》,见朱一玄《三国演义资料汇编》,第297页,天津:百花文艺出版社,1983。

若其人足以代表关公者"。《三国演义》第七十五回"关云长刮骨疗毒"一段,笔墨不多却相当生动:"佗乃下刀,割开皮肉,直至于骨,骨上已青;佗用刀刮骨,悉悉有声。帐上帐下见者,皆掩面失色。""三麻子"深深领会了这段描写的精神,在表演时"与马良饮酒对弈。华元化且刮且窥,防其痛也。'三麻子'于此仅蹙其眉,暗示疮疼,遂即不以为意,此场态度最佳"。再如"败走麦城,几个趟马姿势,非常遒劲,一跃被擒,关公、周仓横插而下,尤见精彩"。① 他对关羽推崇备至,每当演出之前,都要面对关羽神像焚香礼拜。登台亮相,就如同关羽英灵附着其身。观众"观其蚕眉凤目、枣颜美髯,巍巍乎若天神由玉阙而下降尘埃,不由不肃然起敬"。广东一带的许多人将其照片顶礼供奉,认为是关公再生。②

　　演员对《三国演义》文本一般比较熟悉,并在关键时候能有所发挥。吴焘在《梨园旧话》中记载了这样一件轶闻:"余三胜于《三国演义》一书,素所研习,颇能贯串其词句。记得某科团拜堂会,有巨公欲令程、余、张三伶共演一剧,提调戏者令三人自行商酌,议定演《战成都》,程饰刘璋,张饰刘先主,余饰马超。金谓此剧之马超无可表见。迨余登场,于刘璋诘问其因何投降刘先主,超将刘璋如何暗弱,先主如何仁义,且为景帝裔孙,谱系班班可考,人心所附,天命归之,弃暗投明,实由于此,洋洋数十语,顿挫有法,英气逼人,观者无不拍掌。"③还是这同一场戏,扮演刘璋的演员也能够别出机杼,既表现出了刘璋的昏庸,又表现出了他的仁慈。刘璋对马超说:"孤岂肯失信于你?""明带有忍痛决绝之神气。"他对诸葛亮说:"好一个不得已而为之!""则带有嬉笑怒骂之神气。及后迁往公安,对刘备云:'事到如今,任你君臣所为。'则带一种凄惶之神气。""至责备玄德君臣时,拂袖冷笑,大义凛然,足使玄德、孔明冷水浇身,开口不得。对严颜几句唱工,亦足令二

---

　　① 周剑云主编:《菊部丛刊》,见朱一玄《三国演义资料汇编》,第 793 页,天津:百花文艺出版社,1983。
　　② 周剑云主编:《菊部丛刊》,见朱一玄《三国演义资料汇编》,第 800 页,天津:百花文艺出版社,1983。
　　③ 〔清〕吴焘:《梨园旧话》,见朱一玄《三国演义资料汇编》,第 785 页,天津:百花文艺出版社,1983。

臣短气。"①

著名京剧演员程长庚扮演诸葛亮特别出色,但他"只演《安五路》《天水关》两出。询其何以不演《战北原》《空城计》诸剧,据谓殊失诸葛公谨慎身份"②。程长庚认为诸葛亮一向用兵谨慎,不可能冒"空城计"之类的风险,出于他对诸葛亮这一人物的理解,因此他有选择地演出诸葛亮戏。女演员苗鑫茹演《徐母骂曹》,分寸把握得十分得体。徐庶到许昌后,派人来接母亲,看到来人没有家书,"乃作踌躇疑虑之态"。"至与操辩论时,一段说白,字字沉着,而又斩截,如并州剪,如哀家梨,令人神爽。若夫通体唱工,则运用嗓音,全由丹田底含吮而出,绝非放开喉咙。乍听之,则响遏行云;细按之,则毫无神韵者可比。"③

不仅扮演正面人物如此,反面人物同样如此。一位艺名为"鹧鸪"的演员饰演董卓,"微惜躯干不肥,袍内又不加衬衣,行动似不雄壮。而奸险刻毒之态溢于眉宇间,笑是奸笑,乐是奸乐,怒是奸怒,神情堪称独绝"。他在"大宴"一场戏中,"一见貂蝉,色迷心窍,情不自禁,碍于王允,又故作庄重之态,老奸巨猾,可发一噱"。在"梳妆"一场中,"明明是染疾,暗将色欲戕人一层意思表白,含蓄不露,令人味乎其言"。在"掷戟"一场中,"得机得势,所惜凤仪亭太不壮观耳"。再如曹操的扮演者,黄润甫、郝寿臣、侯喜瑞、袁世海等,都曾被誉为活曹操。他们对曹操性格特征的把握有所不同,因此在脸谱及表演上也各有侧重。黄润甫突出了其奸狠,郝寿臣突出了其变化多端,侯喜瑞注重其善用权术,袁世海则更注重其复杂性格,但基本上都与小说文本中的曹操形象相一致。到了 20 世纪 80 年代,在《曹操与杨修》及《曹操举贤》中,曹操的形象发生了质的变化,却不足以改变人们心目中曹操"白脸奸臣"的形象,这也可看出"三国戏"的巨大影响。

随着社会的发展变化,传统戏曲受到了一定程度的冷落,"三国戏"也不例外。20 世纪 90 年代后的许多年轻人是通过电视连续剧了

---

① 〔清〕武樗癭:《三国剧论》,见朱一玄《三国演义资料汇编》,第 825 页,天津:百花文艺出版社,1983。

② 〔清〕吴焘:《梨园旧话》,见朱一玄《三国演义资料汇编》,第 786 页,天津:百花文艺出版社,1983。

③ 〔清〕武樗癭:《三国剧论》,见朱一玄《三国演义资料汇编》,第 830 页,天津:百花文艺出版社,1983。

解《三国演义》的。这部连续剧以忠实于原著为制作标准,对于《三国演义》的传播起到了极大的推动作用。

三、"三国戏"对小说传播的影响

毫无疑问,"三国戏"极大地促进了"三国故事"的传播,对《三国演义》文本的传播却有着正负两方面的作用。从正面来说,提高了《三国演义》的知名度,增强了人们阅读原著的兴趣。这可以从《三国演义》出版情况看出。随着 20 世纪 90 年代《三国演义》电视连续剧的播出,全国范围内掀起了一个出版《三国演义》的热潮,先后有近百家出版社出版了各种形式的《三国演义》,绣像本、插图本、评点本、校注本、白话本、缩写本、豪华本、改写本、儿童本等等,不一而足。大小书店都可以同时见到几种不同版本的《三国演义》,家家户户几乎都有一部甚至多部《三国演义》。

与此同时,"三国戏"对《三国演义》文本的传播也有着负面的影响。首先,出现以看"三国戏"取代阅读原著的问题。从本质上说,《三国演义》和"三国戏"都是对三国故事的传播,只不过传播的媒介有所不同。实际上两者还是有很大的区别。文本的文学描写可以给接受者留下极大的想象空间,调动读者的再创造能力。但是读原著需要一定的文化程度和阅读能力,这就使不具备这些条件的接受者受到了限制。而观看"三国戏"则比阅读原著更为轻松便利,因此许多能够阅读原著的读者也放弃了对原著的阅读,而仅仅以看"三国戏"为唯一的接受途径。更为严峻的是戏剧舞台上的传统"三国戏"日见衰微,电视连续剧几乎成为许多接受者尤其是年轻人的唯一接受方式。而电视连续剧无论多么忠实于原著,也与小说文本存在着一定的差距。因此,观看"三国戏"应当推动阅读《三国演义》,而不应当取代阅读《三国演义》。

其次,"三国戏"尽管比文本要更加具体形象,但自有其无法替代文本之处。"三国戏"突出了人物形象,但淡化了全书的整体结构。前面已经指出,《三国演义》中大约 20 回没有对应的"三国戏",其中不乏重要的情节。如第六回"焚金阙董卓行凶,匿玉玺孙坚背约",第三十三回"曹丕乘乱纳甄氏,郭嘉遗计定辽东"等。虽然有时一回改编成了几出"三国戏",但仍然无法与文学叙述相比。如根据第八回"王司徒巧使连环计,董太师大闹凤仪亭"改编的戏剧有《斩张温》《连环计》《凤仪亭》,应当说已经很全面了,但小说文本中的许多细节甚至是比较重要的情节无法交代。这一回的开头是蒯良劝刘表乘孙坚已死之机夺取江东,刘表却要以孙坚之尸换回黄祖,以至于丧失了大好时机。这一细节充分表现了刘表的昏庸无能,"三国戏"中却没有对应的剧目。20世纪90年代播出的电视连续剧长达84集,但依然无法解决这一问题。正如沈伯俊先生所指出的那样,"小说的浪漫情调、传奇色彩与电视剧的求实风格"之间存在着明显的矛盾,如"张飞大闹长坂桥"在小说第四十二回"张翼德大闹长坂桥,刘豫州败走汉津口"中是这样描写的:"只见张飞倒竖虎须,圆睁环眼,手绰蛇矛,立马桥上。"见到曹操及其部下后,他连喝三声。第一声使曹军"尽皆股栗";第二声使曹操"颇有退心";第三声"喊声未绝,曹操身边夏侯杰,惊得肝胆碎裂,倒撞于马下。操便回马而走。于是诸军众将一齐望西逃走"。这种精彩夸张的描写在电视连续剧中却处理得极为平淡。如果说这类缺陷还可以弥补的话,那么,"小说的丰富情节与电视剧的取舍剪裁"之间的矛盾却难以解决。① 因为小说以文字为传播媒介,电视剧则以画面为传播媒介。小说描写一个情节可以随意挥洒,可以运用插叙、倒叙、补叙等多种叙述手法。电视连续剧则有其独特的规律,如时间的跳跃性不能太大,每一集要在有限的时间内完成一个相对独立的故事情节,而且要有高潮、有起伏。实际做起来却有不少困难,高潮不够明显,情节仍有许多遗漏。

再次,"三国戏"的某些改动有时与小说文本相去甚远。如诸葛亮羞辱司马懿之事,小说叙述比较简单:"孔明乃以巾帼并妇人缟素之服,盛于大盒之内,修书一封,遣人送至魏寨。""司马懿看毕,心中大怒,乃佯笑曰:'孔明视我为妇人耶?'即受之。"②然后奏闻魏主,请与蜀兵交战。但其真实用意是希望借主君之命稳定军心。晋剧则将此情节改编成了一出闹剧,让诸葛亮与司马懿、司马昭父子同台登场。诸

---

① 沈伯俊:《三国漫话》,第382页,成都:四川人民出版社,2000。
② 〔明〕罗贯中著,〔清〕毛纶、毛宗岗评改:《三国志演义》,第1064~1065页,济南:山东文艺出版社,1991。

葛亮命司马昭把巾帼女衣拿回去,让司马懿穿上,然后,司马懿有一段
非常滑稽的唱词:

> 把一个老司马扮就裙钗。
>
> 大司马出营来一摇三摆,
>
> 学一个妇人走步步徘徊。
>
> 私下演官下用我再学拜,
>
> 东摇摇西摆摆意态娇乖。
>
> 戴一顶美翠冠乌云外坠,
>
> 胭脂粉香气浓涂满双腮。
>
> 樱桃口不大点儿胡须遮盖,
>
> 小金莲赛舟船踏在尘埃。
>
> 司马昭与父王把马来带,
>
> 咱父子今日里同拜土台。

更为可笑的是,当诸葛亮说:"你若朝着西蜀,将我主大拜二十四
拜,口称我奴家大司马拜揖,山人即刻收兵回川。"司马懿竟然当真要
拜。其子司马昭说:"父王不可,岂不怕后人耻笑!"他却说:"儿呀,自
古常言柔能克刚。孔明他今日羞不死为父,为父倒要气死他个牛鼻子
孔明。"接着唱道:

> 学一个无耻人面皮要厚,管教他诸葛亮老命难留。
>
> 我朝着西蜀忙叩首,回头来再拜汉武侯。
>
> 汉大丞相,我奴家大司马与你拜、拜、拜!

诸葛亮没想到司马懿会如此举动,惊讶地说道:"天哪! 山人定下此
计,本想把这老贼羞死,不料他不顾羞耻,身穿女衣,头戴凤冠,站立土
台之下,一拜再拜。看来山人计谋不成,反落人笑。真叫人气——唉,
有了。我不免对着他营兵丁与我营将士将他辱骂一场。"但是,司马懿
不但没有生气,反而气得诸葛亮"咽喉断,一口黑血上下翻"。[①] 这种处
理方式与小说文本产生了较大的距离,司马懿尽管显得可笑,却能忍
辱负重,不因小失大。相反,诸葛亮未能达到目的,占得先机。如果以
观看此类"三国戏"取代阅读《三国演义》文本,其间的差距可想而知。

---

① 郭维中、赵威龙:《三国演义与三国戏曲及三国文化》,见刘世德主编《罗贯中与〈三国演
义〉论集》,香港:天马出版有限公司,2004。

综上所述，"三国戏"对三国故事的传播起到了极大的作用，却不能替代《三国演义》文本的传播。如何恢复传统"三国戏"对接受者的吸引力，并通过"三国戏"调动人们阅读《三国演义》文本的热情，是我们应当认真思考的问题。

第二节　"水浒戏"与《水浒传》的传播

一、"水浒戏"与《水浒传》的成书

元杂剧中的"水浒戏"非常丰富。元钟嗣成《录鬼簿》著录"水浒戏"共 16 种，明无名氏（一说贾仲明）《录鬼簿续编》著录"水浒戏"5 种，其中包括少量元明间的作品。至近人王国维《曲录》卷二"杂剧部上"、卷三"杂剧部下"共著录元及元明间的"水浒戏"30 种。① 傅惜华《元代杂剧全目》著录的"水浒戏"更多，其卷一、卷二著录"初期杂剧家作品"22 种，卷四著录"末期杂剧家作品"1 种，共计元代 23 种；卷六又著录"元明间无名氏作家作品"11 种。② 如此看来，明初之前已有 34 种"水浒戏"在社会上流传。这些只有存目的明初之前的"水浒戏"，完整保留下来的只有《李逵负荆》《双献功》《燕青博鱼》《还牢末》《争报恩》《黄花峪》《闹铜台》《大劫牢》《东平府》《九宫八卦阵》十种。③

早在 1920 年，胡适便研究过"水浒戏"与《水浒传》的关系，他认为：

> 元朝水浒故事非常发达，这是万无可疑的事。元曲里的许多水浒戏便是铁证。但我们细细研究元曲里的水浒戏，又可以断定元朝的水浒故事决不是现在的《水浒传》；又可以断定那时代决不能产生现在的《水浒传》。④

胡适为了证明元代不可能产生现在的《水浒传》，便指出了"水浒戏"与

---

① 王国维：《海宁王静安先生遗书》，北京：商务印书馆影印本，1940。
② 傅惜华：《元代杂剧全目》，北京：作家出版社，1957。
③ 这十种杂剧分别见于《明万历间脉望馆钞校本》《孤本元明杂剧》和《元曲选》。
④ 胡适：《中国章回小说考证·〈水浒传〉考证》，第 14 页，合肥：安徽教育出版社，1999。

小说《水浒传》的许多不同之处。实际上元代的 30 多种"水浒戏"对水浒故事的传播起到了重要作用,与《水浒传》有着或多或少的关联,并直接影响《水浒传》成书。

《李逵负荆》相当于百回本《水浒传》第七十三回"黑旋风乔捉鬼,梁山泊双献头"的内容,当然内容又不完全一样。杂剧写李逵下山到酒家王林家买酒,见王林哭哭啼啼,问其缘由,王林诉说女儿满堂娇被名叫宋江和鲁智深的两人抢走。李逵闻听大怒,奔回山寨,砍倒了杏黄旗,并要杀掉宋江和鲁智深。宋江辩称实无其事,李逵不信,于是宋江和李逵立下军令状:如有此事,宋江情愿自尽;若无此事,则取李逵之头。然后下山与王林当面对质,王林说并非此二人。李逵深感惭愧,向宋江负荆请罪。吴用等为之求情,宋江命李逵捉拿冒名顶替的歹徒以赎罪。冒充宋江、鲁智深者,一名宋刚,一名鲁智恩。两人再次到王林店中,王林上山报告消息,李逵迅速下山捉住两人。小说则写李逵、燕青二人元宵节外出看灯,返回时在刘太公处借宿,听见刘太公夫妇一夜哭啼不止,问之,则告以小女被宋江和一后生抢走。李逵认定后生就是柴进,大闹山寨。宋江和柴进为证清白,与李逵一起到刘太公庄上对证,结果不是。李逵知道自己做错了后,没有求情,而是要把头割下来,让燕青拿去给宋江。燕青教他负荆请罪之法,他说:"好是好,只是有些惶恐。不如割了头去干净。"①回到山寨后,宋江命燕青协助李逵捉拿两名歹徒。燕青先射倒一剪径贼人,从其口中得知两名歹徒一叫王江,一叫董海。然后由其引路,杀死两名歹徒,救出刘太公之女。小说显然受到了杂剧的影响,并在其基础上做了一些改动,情节更为曲折,对话更为生动。

除了《李逵负荆》之外,今存其余九种明初之前的"水浒戏"故事均不见于小说《水浒传》。《双献功》《燕青博鱼》《还牢末》《争报恩》《黄花峪》《闹铜台》六种皆以惩治奸棍淫妇为重要内容,这一点倒与小说相符,如武松杀潘金莲、杨雄杀潘巧云、卢俊义杀贾氏等。《大劫牢》写李应等五人招韩伯龙上梁山之事,虽不见于小说,但李应等人所用手段亦与小说中卢俊义、徐宁等上梁山相似。《东平府》写王英至东平府买

---

① 《水浒传》,第 1227 页,济南:山东文艺出版社,1998。

花灯,见吕彦彪设擂比武,无人敢敌。王英登台胜之,并抢夺观众花灯回山。东平府知府率众追捕,王英将追赶者亦擒上梁山。此情节小说中虽无,但若置于小说之中,也没有什么突兀之处。《九宫八卦阵》写梁山好汉接受招安后,适逢辽寇入侵,宋江率众人排九宫八卦阵以御之,大获全胜,宋江被授沧州节度使,部下亦俱授官。宋江能排九宫八卦阵,似九天玄女传授,与小说也不矛盾。唯朝廷授予宋江等人官职,与小说不符。

现存这几种"水浒戏"还透露出影响小说创作的许多信息。如《李逵负荆》第一折宋江上场自报家门,便说道:"某曾为郓州郓城县把笔司吏,因带酒杀了阎婆惜,迭配江州牢城营;路打这梁山过,遇见晁盖哥哥,救某上山。哥哥三打祝家庄身亡,众弟兄推某为首领。某聚三十六大伙,七十二小伙,半垓来的小喽啰,威镇梁山。"①《双献功》《燕青博鱼》《黄花峪》等都有相似的道白。就现有资料可知,早在南宋时,王偁《东都事略·侯蒙传》就有宋江三十六人的记载,宋元之际周密《癸辛杂识续集》卷上记载了龚圣与作"宋江三十六赞"并序。宋江杀惜事在《大宋宣和遗事》中也有记载,但"七十二小伙"的说法则始见于以上几种杂剧。可见小说明显受到了这些杂剧的影响,但又没把杂剧的内容统统纳入小说之中。

再看只有存目的"水浒戏",这一点就更为清楚。在这些存目中,写李逵的有十种之多。据《录鬼簿》所载,山东东平杂剧作家高文秀一人编写了八种关于李逵的杂剧,除今存的《双献功》之外,另外存目的七种为:《黑旋风诗酒丽春园》《黑旋风大闹牡丹园》《黑旋风敷演刘耍和》《黑旋风斗鸡会》《黑旋风穷风月》《黑旋风乔教学》《黑旋风借尸还魂》;另一位杂剧作家康进之编写了两种,《黑旋风负荆》今存,存目者为《黑旋风老收心》;还有杨显之编写的《黑旋风乔断案》,红字李二编写的《板踏儿黑旋风》。虽然这些杂剧的整个剧情我们无从详知,但从题目便不难看出,元杂剧中的李逵与小说中的李逵存在着不小的差别。《黑旋风乔断案》或许对小说有些影响,百回本《水浒传》第七十四回"燕青智扑擎天柱,李逵寿张乔坐衙",写燕青去泰安与任原相扑,一

---

① 傅惜华等编:《水浒戏曲集》第1集,第33页,上海:上海古籍出版社,1985。

比高低,李逵偷偷下山随行。燕青相扑取胜后,李逵一人来到寿张县,穿上知县的绿袍靴帽,命人来告状,他来断案,竟将打人者释放,却将被打者枷号示众。至于杂剧中所描写的李逵的其他趣事,如"大闹牡丹园""敷演刘耍和""穷风月""乔教学"等等,与小说主旨相去甚远,故小说编撰者弃而不用。但小说中李逵风趣、滑稽的一面,必定受到了元杂剧的影响。

在存目的"水浒戏"中,除了李逵的戏之外,据傅惜华《元杂剧全目》,著录较多的还有关于宋江的三种:元明间无名氏《宋公明排九宫八卦阵》(存)、《宋公明劫法场》、《宋公明喜赏新春会》;关于武松的三种:红字李二《折担儿武松打虎》和《窄袖儿武松》,高文秀《双献头武松大报仇》;关于燕青的两种:李文蔚《燕青博鱼》(存)和《燕青射雁》;关于鲁智深的两种:元明间无名氏《鲁智深喜赏黄花峪》(存)和《鲁智深大闹消灾寺》。可以推知,宋江、武松、燕青、鲁智深等人也是深受喜爱的梁山英雄,故关于他们的杂剧相对较多。其中宋江劫法场、喜赏新春会、武松打虎、武松大报仇、燕青射雁等在小说中都有相关的故事情节,鲁智深大闹消灾寺应与小说中的大闹五台山有一定联系。只有《窄袖儿武松》,不知所叙为何内容。另外,红字李二的《全伙儿张弘》应为小说中的船火儿张横,《病杨雄》应为小说中的病关索杨雄。无名氏的《张顺水里报冤》与百回本第六十二回"托塔天王梦中显圣,浪里白条水上报冤"相一致,只有无名氏的《小李广大闹元宵夜》不见于小说。由此可见,在小说《水浒传》成书并刊行之前,"水浒戏"对于梁山故事的传播起到了重要作用。

值得一提的是明初周宪王朱有燉(1379年～1439年)虽为皇室贵族成员,却也写了两种"水浒戏",一为《豹子和尚自还俗》,一为《黑旋风仗义疏财》。这两种杂剧显然受到了元人的影响,故明代戏剧理论家祁彪佳对两剧分别评曰:"虽极意摹元,而实自得三昧之妙";"即如《货郎》数调,反令元人望后尘矣"。① 从取材来看,两剧分别写鲁智深和李逵,也与元杂剧取材相一致。其故事内容虽不见于小说,但写梁山好汉最终归顺朝廷又与小说相同。

---

① 〔明〕祁彪佳:《远山堂剧品》,见中国戏曲研究院《中国古典戏曲论著集成》(六),第147页,北京:中国戏剧出版社,1980。

二、明清时期的"水浒戏"

长篇章回小说《水浒传》何时刊行？据现有资料推算应不晚于嘉靖十年（1531 年）。李开先《一笑散·时调》曰：

　　崔后渠、熊南沙、唐荆川、王遵岩、陈后冈谓《水浒传》委曲详尽，血脉贯通，《史记》而下，便是此书。且古来更未有一事而二十册者。倘以奸盗诈伪病之，不知叙事之法、史学之妙者也。①

这里提到的崔后渠即崔铣，熊南沙即熊过，唐荆川即唐顺之，王遵岩即王慎中，陈后冈即陈束，这五人加上李开先分别是弘治十八年（1505 年）至嘉靖八年（1529 年）的进士，并成为"嘉靖八才子"的重要成员。他们相聚京城前后不过数年②，因此一起议论《水浒传》的时间也应在嘉靖十年（1531 年）前后。他们众口一词地称赞《水浒传》的叙事之法，必定都已熟读过《水浒传》。李开先称其"一事而二十册"，可见是刻本，这是我们今天所知道的有关长篇小说《水浒传》刊行的最早记载。嘉靖十九年（1540 年）高儒在《百川书志》中著录《忠义水浒传》一百卷，很可能就是李开先等人所读到的分装为二十册的《水浒传》。

《水浒传》正式刊行之后，各种版本陆续出现，其传播当然愈加广泛。但是，阅读小说要有一定的文化水平，还要有一定的购买力。明中叶印刷业和造纸业虽有长足进展，但一部二十册的小说价格依然不菲。清人昭梿曾说"士大夫家几上无不陈《水浒传》《金瓶梅》，以为把玩"③。作为一名普通读者，要想拥有一部《水浒传》却并非易事。所以坊间为降低价格，才会印各种简本、巾箱本。频繁的战乱、自然灾害及统治者的禁毁，也对《水浒传》的传播造成了威胁。据有关资料可知，嘉靖年间武定侯郭勋曾刻过《水浒传》，但很早便失传了。④ 清初金圣叹腰斩《水浒》后，除七十回本之外，其余版本也较为罕见。"水浒戏"却可以弥补这方面的不足，因此，在《水浒传》小说刊行之后，明清两代的"水浒戏"更为盛行，与小说《水浒传》的内容更为一致，进一步推动

---

　　①〔明〕李开先：《词谑·一笑散·时调》，见马蹄疾编《水浒资料汇编》，第 351 页，北京：中华书局，1980。
　　② 路工辑校：《李开先集·吕江峰集序》，北京：中华书局，1959。
　　③〔清〕昭梿：《啸亭续录》，见朱一玄《明清小说资料选编》，第 354 页，济南：齐鲁书社，1990。
　　④〔明〕沈德符：《万历野获编》，第 139 页，北京：中华书局，1980。

了《水浒传》的传播。

李开先作于嘉靖二十六年(1547年)的《宝剑记》获得了极大成功，被文学史家誉为"明中叶三大传奇"之首。此剧现存明嘉靖二十八年(1549年)原刻本，比现存最早的百回本"天都外臣序"《忠义水浒传》要早整整40年。其故事情节与小说基本相合，只是林冲被高俅迫害的原因与小说有所不同。《宝剑记》中的林冲不再是处处退让，而是出于国家利益，一再上本参奏高俅、童贯等人祸国殃民的罪行。他虽被贬职，依然不改忧国忧民的性格，再度上本揭露高俅等奸党的腐败行为，并请求面奏君主。面对林冲的浩然正气，高俅、童贯之流才处心积虑地施展阴谋诡计，加害于林冲，高衙内对林冲妻子的调戏也在林冲上本之后。李开先之所以做如此改动，与其本人曾上书直谏而遭贬谪的政治经历相关。前人对此却表示过不满，如明人祁彪佳认为："以林冲为谏诤，而后高俅设白虎堂之计，末方出俅子谋冲妻一段，殊觉多费周折。"①这实际上说明小说《水浒传》的故事情节已被人们所认可，对其略加改动，都会招致非议。祁彪佳曾多次表示这种态度，在评《鸾刀记》时说道："以卢俊义为记，能仿佛《水浒》笔意，便为高手。"在评《青楼记》时说道："窃宋江一事，全无作法。止是顺文敷衍。犹稍胜于荒俚者。"②

明代万历年间形成了创作"水浒戏"的高潮，不少著名戏剧家都热衷于"水浒戏"的创作。"吴江派"领袖沈璟作有《义侠记》，受到时人的好评，吕天成《曲品》将之列为"上上品"，祁彪佳《远山堂曲品》将之列为"雅品"。沈德符为该剧作序称：

> 予从先生乞得稿本，而《义侠》则已梓行矣。先生亟止勿传。而世闻是曲已久，方欣欣想见之。且武松一崔苻之雄耳。而闾里少年，靡不侈谈脍炙。今度曲登场，使奸夫淫妇、强徒暴吏，种种之情形意态，宛然毕陈。以之风世，岂不溥哉？③

此剧所演武松事，全出于《水浒传》，唯独增加了武松之妻贾氏。近人

---

①〔明〕祁彪佳：《远山堂曲品》，见朱一玄《水浒传资料汇编》，第525页，天津：南开大学出版社，2002。

②〔明〕祁彪佳：《远山堂曲品》，见朱一玄《水浒传资料汇编》，第525～526页，天津：南开大学出版社，2002。

③〔明〕沈德符：《万历野获编》，北京：中华书局，1980。

董康认为此剧之所以能够成功，是因为小说本身已非常精彩。"蜈蚣岭、十字坡、景阳冈、快活林、鸳鸯楼、飞云浦、二龙山，未入水浒时，其事迹最热闹。作者略据以敷演，已足耸人观听。而打虎一折，尤众所共赏。至叙其与兄友爱而不幸处变，西门庆之奸黠，潘金莲之淫荡，王婆之刁诡，武大之愚懦，亦皆曲尽。"①从这一评价可以看出，"水浒戏"对《水浒传》的传播起到了有力的推动作用，其中《打虎》《戏叔》《别兄》《挑帘》《捉奸》《杀嫂》等折，至今还在昆剧舞台上盛演不衰。同时也告诉人们，按照小说的内容加以适当改编，"水浒戏"就可以取得成功。

另一位"吴江派"的重要成员、沈璟之侄沈自晋创作了《翠屏山》，完全依据《水浒传》。著名文人陈与郊改编李开先的《宝剑记》为《灵宝刀》，与李作稍有不同，增加了开封府尹竹之有，让林冲的妻子贞娘出家为尼，而丫鬟锦儿代之死。许自昌撰有传奇《水浒记》，增加了张三郎借茶、阎婆惜活捉及张三郎调戏宋江正妻孟氏等内容。稍后，王昇有改订本《水浒记》，将宋江之妻孟氏删去。张子贤的《聚星记》，李素甫的《元宵闹》，无名氏的《青楼记》《高唐记》等，除个别细节稍有不同外，其余全与小说相一致。只有无名氏的《鸾刀记》，改动略大。小说中卢俊义的妻子贾氏本与李固同谋，后与李固一起被梁山好汉所杀。剧中则写贾氏贞烈自守，先上梁山。小说中李固与卢俊义同被梁山好汉捉住，吴用将李固放回，结果李固到官府告发。剧中李固却没有随卢俊义一起被捉。作者力求团圆结局，所以贾氏虽开始淫乱，最终还是归于贞节。但这种改动，并不被人们所认同，所以"梨园所演，多从改本……叙贾氏、李固处，亦一一与演义（指《水浒传》）吻合"②。可见，此时的"水浒戏"只有与小说《水浒传》相一致，才能得到人们的认可。"水浒戏"也就成为《水浒传》传播的重要方式。

这一创作潮流一直延续到明末乃至清代。"二拍"的编撰者凌濛初把《宋公明闹元宵杂剧》收到了《二刻拍案惊奇》小说集中，使这一杂剧迅速传播开来。著名小品文作家张岱作有杂剧《乔坐衙》，虽仅有一

---

① 董康：《曲海总目提要》，见朱一玄《水浒传资料汇编》，第542页，天津：南开大学出版社，2002。

② 董康：《曲海总目提要》，见朱一玄《水浒传资料汇编》，第558页，天津：南开大学出版社，2002。

折,却受到时人好评。祁彪佳称赞道:"慧业文人,才一游戏词场,便堪夺王、关之席。"①清初著名戏剧家洪昇撰有"水浒戏"《闹高唐》,虽然基本情节与《水浒传》毫无二致,但洪昇毕竟是戏剧大家,所以其艺术感染力甚至超越了小说。董康认为:"写皇城夫人之烈,柴大娘子之贞,公孙胜母之节,则以巾帼愧须眉,有《水浒》所未及者。"②再如李渔(一说范希哲)所撰《雁翎甲》演徐宁故事,史集所撰《清风寨》演花荣故事,无名氏所撰《双飞石》演张清和琼英故事,无名氏所撰《河灯赚》演雷横和朱全故事等,或以百回本《水浒传》为据,或以百二十回本《水浒传》为据,改动之处较少。

　　清代文人编撰的"水浒戏",也有做较大改动者。如邱园(一说明朱佐朝)所撰《虎囊弹》,前面部分与小说相同,后面却有较大改动。剧中写赵员外为仇人花子期诬陷,说他与梁山贼人相通,被逮入狱。其妻金氏鸣冤于种经略师道,中军牛健有令,凡诉冤者,要被悬于竿上,弹以一百虎囊弹。能不惧怕者,可证明确有冤情。金氏愿受弹不惧,牛健才为其投状于师道。审明实情后,赵员外被释放。从这一点看,显然已不是专写鲁智深故事,而是要突出金氏之节操。剧名《虎囊弹》,也似乎与小说《水浒传》没有什么联系。此剧被人们所认可,流传甚广,后改编为京剧,直至今日仍有演出。

　　再如无名氏所撰《鸳鸯笺》,借《水浒传》某些人物情节,却表现了与小说完全不同的主旨。剧中写王英避乱逃生,来至郓州,欲投祝家庄。时公孙胜往投宋江,两人相遇,结义而别。祝家庄前任武术教师栾廷玉刚死,王英成为新任教师。在一次打猎时,王英与猛虎搏斗并将猛虎杀死,扈三娘羡其勇敢,王英则爱慕三娘之美色。时迁偷吃李应酒店中的鸡黍酒食,醉卧庭中,李应欲擒之,迁乃纵火。李应请祝家人协助,王英早对祝家弟兄二人不满,想借此机会投奔梁山。路上又遇故交郑天寿,于是与时迁结伴而行。但王英思念扈三娘,夜间在鸳鸯笺上题诗以表心意。时迁得知王英内心所思,便趁王英熟睡之际,

<hr/>

　　①〔明〕祁彪佳:《远山堂剧品》,见朱一玄《水浒传资料汇编》,第527页,天津:南开大学出版社,2002。

　　②董康:《曲海总目提要》,见朱一玄《水浒传资料汇编》,第547页,天津:南开大学出版社,2002。

将诗笺偷出,来至扈三娘卧室。三娘也思念王英,同样在鸳鸯笺上题诗一首。时迁将两人诗笺互换,两人惊骇以为神异。后宋江攻打祝家庄,王英阵前被三娘捉住,三娘有意与其结为夫妇,将其关在室内。后宋江又将三娘捉住,王英给宋江一信并附上鸳鸯笺,于是宋江使两人结为夫妻。最后,祝家庄投降梁山,共受朝廷招安,一起征讨方腊。此剧笔墨集中于王英和三娘的相思相爱,更接近才子佳人戏。

以上两剧的情节虽然与小说距离较大,但毕竟仍将小说中人物作为正面人物。而康熙年间出现的《宣和谱》(介石逸叟撰)则与小说大唱反调,故又名《翻水浒》。该剧最后让王进、栾廷玉、扈成等剿平梁山,郑振铎认为"殆受金圣叹腰斩《水浒传》之影响,并又为俞仲华《荡寇志》作前驱"①。实际上这与清朝统治者视《水浒传》为诲盗之书并多次下令禁毁有关。但统治者的禁毁和某些文人的刻意改编都没能阻挡住"水浒戏"的继续发展,清代后期京剧盛行,"水浒戏"创作再次进入高潮。

三、京剧中的"水浒戏"

陶君起《京剧剧目初探》②共著录自道光至 20 世纪 50 年代中期的"水浒戏"67 种。这些"水浒戏"具有以下一些特点:

首先,故事内容集中于百回本《水浒传》的前七十回,前七十回几乎每回都有相对应的"水浒戏"。有的是一剧演小说中的某一回故事,如《九纹龙起义》演第二回故事,《拳打镇关西》演第三回故事,《醉打山门》演第四回故事等等。有的是一剧演小说中前后几回故事,如《野猪林》从"鲁智深倒拔垂杨柳"开始,直到"林教头风雪山神庙"结束,相当于小说第七回至第十回的内容。《生辰纲》从"赤发鬼醉卧灵霄殿"开始,至"吴用智取生辰纲"结束,相当于小说第十四回至第十六回的内容。《三打祝家庄》从"宋公明一打祝家庄"到"宋公明三打祝家庄",如同小说第四十七回至第五十回的内容。尤其是有关武松的剧目,从《景阳冈打虎》直至《夜走蜈蚣岭》,有 8 种之多。有时连演,总名《武

---

① 郑振铎:《劫中得书记》,见朱一玄《水浒传资料汇编》,第 567 页,天津:南开大学出版社,2002。

② 陶君起:《京剧剧目初探》,北京:中国戏剧出版社,1963。

松》，又称《武十回》，相当于小说第二十三回至第三十二回的内容。相比之下，七十回之后较少，仅有《丁甲山》《神州擂》《涌金门》《龙虎玉》《平江南》等寥寥数种，这显然与清代以来七十回本流传最广有关。

　　其次，不少京剧"水浒戏"的故事情节与小说《水浒传》不相一致，它们是小说《水浒传》传播中的"变异"现象，程度不同地改变了小说的主旨，最明显的是由英雄传奇演变成了才子佳人戏。明代传奇《虎囊弹》《水浒记》已露其端倪，京剧中的《虎囊弹》和《借茶活捉》则加以继承，仅略做修改。《花田错》又名《花田八错》，是京剧的保留剧目，影响较大。其剧情与小说有很大不同，仅借鲁智深大闹桃花村的一点缘由，改编成了才子佳人戏。小说中的刘太公在剧中成了刘员外，其女玉燕与丫鬟春兰去花田择婿，看中了书生卞机，订于第二天派家人来请。卞机与李忠、周通是朋友，周通访卞不遇，正巧刘家仆人来请卞机，误将周通带至家中。春兰见非其人，告知主人。刘员外以金谢过，周通不允，限三日后来娶玉燕。春兰复访卞机，始知误会。归告玉燕，两人让卞机乔扮女装，来刘家共商解救之策。这时周通已至，误将卞机抢走。刘员外状告周通，周去官衙之前将卞机交其妹玉楼看管。玉楼识破卞机乃一男子，与卞同逃。周通又要强娶玉燕，不料鲁智深借宿在此，被鲁痛打。卞机最后娶玉燕、玉楼二女为妻。这显然与小说《水浒传》大异其趣，可以说是在小说传播中发生"变异"的典型。再如《罗家洼》，写孙二娘之父孙伯权在罗家洼摆设擂台，为女选婿。曹老西打擂，菜园子张青上台比武获胜，与孙二娘结为夫妇。借张青与孙二娘之名，表现的完全是另一种意趣。

　　再次，还有一些京剧"水浒戏"虽与小说的主旨相一致，故事情节却改动较大。如《二龙山》写史文恭邀金眼和尚、银眼和尚、小和尚助战，三僧宿于张青、孙二娘店中。张、孙夜刺三僧，暗中格斗，金、银二僧被杀，小和尚逃走。再如《一箭仇》写活捉史文恭者不是卢俊义，而是阮氏兄弟。《清风寨》又名《娶李逵》，写清风寨山主刘通欲强娶张志善之女，李逵、燕青借宿张家，知而不平。李逵乔装新娘，燕青伪装其弟。洞房中李逵痛打刘通，又与燕青合力将刘杀死，火烧刘之山寨。《百花庄》《蔡家庄》两戏比较接近，前者写百花庄庄主死于梁山好汉之手，其儿子白天章、女儿白月娥蓄意报仇，摆擂台延揽武士。燕青、石秀奉命前去探听虚实,正遇白月娥练武。燕青假作比武,佯与定情,回山报与宋江。宋江设计派燕青与众人前去打擂,李逵也私自前往,将白氏兄妹擒获。后者写蔡家庄蔡继泉、蔡芙蓉兄妹聚众与梁山为敌,重阳节之夜,梁山好汉下山,郑天寿乔装牙婆,与扈三娘、孙二娘、顾大嫂进入蔡家庄。蔡继泉误以郑为女,加以调戏。郑欲刺之未成,双方格斗。鲁智深、李逵、武松等人乘虚攻入,共歼蔡氏兄妹。《女三战》和《男三战》(又名《红桃山》)两戏专以武打为主,前者写梁山三位女将大战张叔夜,后者写关胜、林冲、花荣大战红桃山女盗张月娥。以上剧目是民间京剧艺人编撰而成,故对梁山好汉多有赞美。

复次,有些京剧"水浒戏"据《水浒传》的不同续书改编而成,这是以前"水浒戏"所没有的,对《水浒传》的传播同样起到了重要作用。如根据陈忱《水浒后传》改编的《打渔杀家》(一名《庆顶珠》,又名《讨鱼税》),在舞台上久演不衰。该剧写阮小二改名萧恩,与女儿桂英打鱼为生。故人李俊与朋友倪荣来访,同饮舟中。土豪丁自燮派丁郎催讨鱼税,李、倪斥之,丁郎回去报告主人。丁又派武术教师到萧家勒索,被萧恩痛打一顿。萧恩到县衙首告,被县官吕子秋杖责,逼其向丁赔礼道歉。萧恩忍无可忍,携女儿黑夜过江,假献庆顶珠,闯入丁府,杀死丁氏全家。有些剧目的情节虽不见于《水浒后传》,其精神却比较一致,如《昊天关》《太湖山》《艳阳楼》等,都写梁山英雄及其后代与官府斗争之事。根据俞万春《荡寇志》改编的"水浒戏"不是太多,只有《九阳钟》、《战濮州》(一名《美人一丈青》)等几种影响较大,大多以陈希真之女陈丽卿为主要人物。

令人感兴趣的是清统治者一方面大力禁毁《水浒传》,一方面又让"水浒戏"进入了宫廷之中。清人昭梿在其笔记《啸亭续录》卷一"大戏节戏"中记载说:

> 命庄烙亲王谱蜀汉《三国志》典故,谓之《鼎峙春秋》;又谱宋政和间梁山诸盗及宋金交兵、徽钦北狩诸事,谓之《忠义璇图》。其词皆出日华游客之手,惟敷衍成章,又抄袭元明《水浒》《义侠》《西川图》诸院本曲文,远不逮文敏矣。①

---

① 〔清〕昭梿:《啸亭续录》,见朱一玄《水浒传资料汇编》,第538页,天津:南开大学出版社,2002。

尽管增加了宋金交兵及徽钦二帝被金人掳获的情节,但主要内容仍是梁山好汉之事。所谓"大戏节戏",即每逢庆典聚会时上演的重头戏,登台演出的都是著名京剧演员。可见"水浒戏"对《水浒传》的传播有着多么重要的作用。

四、"水浒戏"对小说传播的影响

据有关资料可知,"水浒戏"受到观众的普遍喜爱,并涌现了不少专演"水浒戏"的著名演员。清人李斗《扬州画舫录》称:

> 程班大面冯士奎以《水浒记》刘唐擅场。……黄班三面顾天一以武大郎擅场,通班因之演《义侠记》全本,人人争胜,遂得名。尝于城隍庙演戏,神前龟《连环记》,台下观者大声鼓噪,以必欲演《义侠记》,不得已,演至服毒,天一忽坠台下,观者以为城隍之灵。①

此则记载虽有虚诞成分,但不难看出观众对《义侠记》的喜爱,甚至超过了"三国戏"《连环记》。当然,这与演员的出色表演有关。不仅梁山好汉等正面人物有著名演员扮演,次要角色甚至反面角色也有不少名角扮演。李斗又称:

> 京师萃庆班谢瑞卿,人谓之小耗子,以其师名耗子而别之也。工《水浒记》之阎婆惜,每一登场,座客亲为傅粉,狐裘罗绮,以不得粉渍为恨。关大保演阎婆惜效之。自是扬州有谢氏一派。

清代著名学者焦循在《剧说》卷六中记载了一位名叫丁继之的演员,以扮演赤发鬼刘唐而著称。年已八十,仍登台演出,人们尊敬地称他为"民间地上仙"。②

与阅读小说相比,"水浒戏"更容易为人们所接受。正如近人三爱所说:

> 戏曲者,普天下人类所最乐睹、最乐闻者也,易入人之脑蒂,易触人之感情。……故观《长坂坡》《恶虎村》,即生英雄之气概;观《烧骨计》《红梅阁》,即动哀怨之心肠;观《文昭关》《武十回》,即

---

① 〔清〕李斗:《扬州画舫录》,见朱一玄《水浒传资料汇编》,第537页,天津:南开大学出版社,2002。
② 〔清〕焦循:《剧说》,见朱一玄《水浒传资料汇编》,第564页,天津:南开大学出版社,2002。

起报仇之观念……由是观之,戏园者,实普天下人之大学堂也;优伶者,实普天下人之大教师也。①

20世纪20年代,有观众写了一篇《观戏记》,其中说道:"广州班往往取小说之一节、一茎、一花、一木而牵合之,潮州班其所演小说,积日累月,尽其全部而后已。《三国演义》《水浒》《隋唐演义》等书,当其常演之本,不独只字不遗,即其声音笑貌偶有差错,万目哄之。……其演《水浒》也,如与宋江、武松为伍,杀贪官,诛淫妇,民权兴也,官权灭也。"②观众是如此熟悉"水浒戏",演员的表演稍有差错,便会引起观众的不满。而且由于演员的精彩表演,"水浒戏"比小说《水浒传》更容易深入人心。有人便担心"水浒戏"会产生负面作用。清人金连凯在《梨园粗论》中便说:"余平生最恶,莫甚梨园……夫盗弄潢池,未有不以此为可法……《水浒传》下诱强梁:实起祸之端倪,招邪之领袖,其害曷胜言哉?此观剧之患也。"他还写了八首诗专言戏剧之害,其中说"水浒戏"一首曰:"锣鼓喧阗闹不休,李逵张顺斗渔舟。诸公莫认如儿戏,盗贼扬眉暗点头。"③

"水浒戏"还直接影响了小说的创作,最典型的例子便是《红楼梦》中引用了《虎囊弹》的唱词。此剧结尾鲁智深唱了一支曲子,名叫〔寄生草〕,曲曰:"漫揾英雄泪,相离处士家。谢慈悲剃度在莲台下。没缘法转眼分离乍。赤条条来去无牵挂。那里讨烟蓑雨笠卷单行,一任俺芒鞋破钵随缘化。"④《红楼梦》第二十二回写宝玉感到人生无比苦恼,联想起了戏文中"赤条条来去无牵挂"的唱词,也提笔填了一首〔寄生草〕:"肆行无碍凭来去……从前碌碌却因何,到如今回头试想真无趣。"这表明《红楼梦》的作者曹雪芹对《虎囊弹》不仅十分熟悉,而且非常喜爱。

前面曾说到京剧中有许多"水浒戏",实际上,京剧之外,其他地方剧种如川剧、豫剧、徽剧、晋剧、汉剧、湘剧、秦腔、评剧、越剧、粤剧、河

---

① 三爱:《论戏曲》,见朱一玄《水浒传资料汇编》,第564页,天津:南开大学出版社,2002。
② 无名氏:《观戏记》,见朱一玄《水浒传资料汇编》,第565页,天津:南开大学出版社,2002。
③ 〔清〕金连凯:《梨园粗论》,见朱一玄《水浒传资料汇编》,第539页,天津:南开大学出版社,2002。
④ 浴血生:《小说丛话》,见朱一玄《水浒传资料汇编》,第566页,天津:南开大学出版社,2002。

北梆子等,都有同名剧目演出。20世纪50年代以来,"水浒戏"开始搬上银幕,80年代之后又被改编为电视连续剧。山东电视台制作播出的《水浒传》电视连续剧曾经轰动一时,好评如潮。90年代中央电视台制作的大型电视连续剧《水浒传》播出之后,许多观众对原著发生了兴趣,这些都使《水浒传》的传播达到了高潮。

第三节 "西游戏"与《西游记》的传播

长篇章回小说《西游记》在"唐僧取经故事"历代传播积累的基础上完成,在这一过程中,"西游戏"占据着重要位置。长篇小说《西游记》问世之后,根据小说改编而成的"西游戏",对《西游记》的广泛传播更发挥着重要作用。比较小说成书之前与小说成书之后的"西游戏",可以发现小说《西游记》刊行之前,取经故事尚处于变化之中,而在其刊行之后,取经故事便被定型化,几乎所有的"西游戏"都是根据小说改编而成。与此同时,这些"西游戏"又都未能表现小说本身所具有的哲理内涵。

一、元明间的"西游戏"

现知最早的"西游戏"当为宋代的戏文《陈光蕊江流和尚》①和金代的院本《唐三藏》②。虽然两剧剧本已佚,但从剧名不难看出,两剧都以唐僧为主人公,前者重点写其出身,后者或许已涉及取经内容。除此而外,尚有与孙悟空形象有一定关系的武打短剧《水母砌》③以及写二郎神的《二郎神杂剧》④。但这些"西游戏"与大约同时出现的《大唐三藏取经诗话》⑤相比,内容要简单得多。造成这一现象,乃因宋金时期的戏剧样式尚处于雏形阶段,尚不具备表现复杂内容的方式和手段。

---

① 〔明〕徐渭:《南词叙录》,见中国戏曲研究院编《中国古典戏曲论著集成》三,北京:中国戏剧出版社,1980。

② 〔元〕陶宗仪:《南村辍耕录》,北京:中华书局,1980。

③ 〔元〕陶宗仪:《南村辍耕录》,北京:中华书局,1980。

④ 〔明〕田汝成:《西湖游览志》卷三"偏安佚豫",杭州:浙江人民出版社,1980。

⑤ 关于《大唐三藏取经诗话》成书时间,大多数学者认为应在南宋。

元代是戏剧形式迅速成熟和发展的时期,"西游戏"也出现了繁盛的局面。

元钟嗣成《录鬼簿》共著录元代"西游戏"五种,分别是:《镇水母》(高文秀撰)、《刘泉进瓜》(杨显之撰)、《劈华岳》(李好古撰)、《眼睛记》《西天取经》(吴昌龄撰)。① 这五种戏的剧本今皆不存,赵景深先生在其所辑《元人杂剧钩沉》中收录了吴昌龄《西天取经》的两套曲文。② 第一套主要写众官员送唐僧启程,突出表现尉迟恭勤王救驾之事,所以主唱者为尉迟恭。而在百回本长篇小说《西游记》中,乃唐太宗率众官员亲自为唐僧送行。第二套写唐僧途经西夏之事,主唱者由净扮演,他见到唐僧后说:"师傅你自出国到西天的路程有十万八千余里。过了俺国,此去便是河湾东敖、西敖、小西洋、大西洋,往前就是哈密城、狗西番乌斯藏、车迟国、暹罗国、天主国、天竺国、伽毗卢国、舍卫国,那国内有一道横河,其长无许,其阔有八百余里。有一桥,名曰铁线桥;若过得此桥,便是释迦谈经之所,叫作伽耶城,歧折峪。往前就是五印度雷音寺了。"这里所说取经路程除了车迟国、天竺国两处见于小说《西游记》外,其余全不见于小说。由此可以推知,吴昌龄的《西天取经》杂剧与小说《西游记》的内容相去较远。

另外四种杂剧中,《镇水母》题目正名为《木叉行者降妖怪,泗州大圣降水母》,大概与孙悟空的出身有某些关联。《劈华岳》全名《巨灵神劈华岳》,或许与二郎神的传说有关。《眼睛记》全名《哪吒太子眼睛记》,显然是写哪吒的故事。只有《刘泉进瓜》写唐太宗入冥事,与小说《西游记》的联系较为密切。另曹楝亭本《录鬼簿》及《今乐考证》《曲录》尚著录《鬼子母揭钵记》③,剧本也已不存,其所写故事为后来杨景贤的《西游记》杂剧所采用。

明无名氏(一说贾仲明)《录鬼簿续编》著录元代"西游戏"两种,分别是《蟠桃会》(钟嗣成撰)和《浑水母》(须子寿撰)。④ 两剧剧本今皆不存,仅能从题目推知一二。《蟠桃会》全名《宴瑶池王母蟠桃会》,其中

---

① 〔元〕钟嗣成:《录鬼簿》,上海:上海古籍出版社,1978。
② 赵景深辑:《元人杂剧钩沉》,上海:上海古典文学出版社,1957。
③ 傅惜华:《元代杂剧全目》,北京:作家出版社,1957。
④ 〔明〕无名氏:《录鬼簿续编》,上海:上海古籍出版社,1978。

或许有孙悟空偷吃蟠桃之事。《涴水母》全名《泗州大圣涴水母》，疑与孙悟空的出身有关。明祁彪佳《远山堂剧品》著录元无名氏所撰"西游戏"两种，分别是《猿听经》《锁魔镜》。① 值得庆幸的是，这两种剧本保留到了今天。前者有明脉望馆藏校《古名家杂剧》本和《元明杂剧》本，正名为《龙济山野猿听经》，剧中野猿"曾在瑶池内偷饮了琼浆"，"曾在天宫内闹了蟠桃"。他化身为书生袁逊，在龙济山听修公讲经谈禅，求仙悟道，除却了轮回六道。② 这些情节与小说第一回孙悟空的身世有关。后者有明脉望馆校藏《续古今名家杂剧》本和《孤本元明杂剧》本，题目作《三太子大闹黑风山》，正名作《二郎神醉射锁魔镜》，所写不仅有二郎神的故事，还有哪吒、牛魔王以及黑风山黑风洞的故事。③ 这些人物或地点虽与小说有关，但情节又与小说有很大差距。从上举几种元代"西游戏"的大体内容不难看出，此时关于取经故事的传说尚十分零乱，许多内容不见于百回本小说《西游记》。

二、关于《西游记杂剧》

《录鬼簿续编》还著录了元明间戏剧家杨景贤的《西游记杂剧》，今存"明杨东来先生批评《西游记》"本④，因其在"取经故事"的传播中占有重要地位，对小说《西游记》的成书具有重要影响，故应做一细致分析。全剧共六卷二十四折，目如下：

第一卷	之官逢盗	逼母弃儿	江流认亲	擒贼雪仇
第二卷	诏饯西行	村姑演说	木叉售马	华光署保
第三卷	神佛降孙	收孙演咒	行者除妖	鬼母皈依
第四卷	妖猪幻惑	海棠传耗	导女还裴	细犬禽猪
第五卷	女王逼配	迷路问仙	铁扇凶威	水部灭火
第六卷	贫婆心印	参佛取经	送归东土	三藏朝元

---

① 〔明〕祁彪佳:《远山堂剧品》，载《中国古典戏曲论著集成》(六)，北京:中国戏剧出版社，1980。

② 〔元〕无名氏:《龙济山野猿听经》杂剧，载明赵琦美辑《脉望馆钞校本古今杂剧》，见《古本戏曲丛刊》四集，北京:商务印书馆，1958。

③ 王季烈编:《孤本元明杂剧》第4册，北京:中国戏剧出版社，1958。

④ 〔明〕杨景贤:《杨东来先生批评〈西游记〉杂剧》，见《古本戏曲丛刊》初集，北京:文学古籍刊行社，1953。

第一卷四折讲述唐僧出身事,这一故事在宋元时期较为流行,前面所说宋代戏文《陈光蕊江流和尚》和金院本《唐三藏》便都讲述了这一故事。今存《大唐三藏取经诗话》第一节题原缺,其内容不得而知,但后文说到唐僧前世曾两次取经,并未提起其出身事。现存较早的明代世德堂本《西游记》虽然对此没有完整的叙述,但在许多地方仍保留了简略介绍。清代的《西游证道书》《西游真诠》《新说西游记》各本,都补上了这一故事。可以证明小说中的这一部分内容主要受到上述几种"西游戏"尤其是这本《西游记杂剧》第一卷的影响而写成。

第二卷四折演述唐僧启程情形,内容与以往戏剧相似而与后来的小说所写迥异。第五折"诏饯西行"似据元吴昌龄《唐三藏西天取经》杂剧改写而成,但两者表现的重点有所不同。与赵景深先生所辑录的吴昌龄《唐三藏西天取经》杂剧两套曲文相比较,吴剧第一套〔仙吕〕由尉迟恭主唱,杨剧的主唱也是尉迟恭。吴剧第一支曲〔点绛唇〕开头便唱"一来为帝王亲差",说明尉迟恭是奉唐太宗之命为唐僧送行。在〔油葫芦〕一曲中又唱道:"十八处都将年号改,某扶立起这唐世界。师傅道俺杀生害命也罪何该,想当日尉迟恭怎想到今日持斋戒!"抒发了尉迟恭的感慨,后面几支曲便主要写其勤王救驾之事。杨剧"诏饯西行"的题目已说明是奉诏送行。同样在〔油葫芦〕一曲中尉迟恭唱道:"想俺那兴唐出战时,一日价几处止,到如今老来憔悴鬓如丝,却将那定国安邦志,改作了养性修身事。往常时领大军,今日个拜国师,英雄将生扭的称居士,怎禁那天子自拜辞。"也表明了尉迟恭的内心,关于勤王救驾之事却没有了。

第六折"村姑演说",似也从吴剧而来。吴剧第一套曲文开头交代:"杂随意扮众男女乡民;丑扮王留儿……旦扮胖姑儿,穿衫背心系汗巾;同从上场门上。"这说明"胖姑儿"是众多乡民中比较突出的一个,但可惜有关她的唱词未能保留下来。杨剧此折通过"胖姑儿"的独特视角写唐僧与众送行官员的形象,风趣幽默。尤其是写唐僧的一段更令人忍俊不禁:"则见那官人们簇拥着一个大擂槌,那擂槌上大生有眼共眉,我则道瓠子头葫芦蒂。这个人也忒煞蹊跷,恰便似不敢道的东西,枉被那旁人笑耻。"再如写众文官:"一个个手执着白木植,身穿着紫褡背,白石头黄铜片去腰间系,一双脚似踹在黑瓮里。"这种表现形式与著名的元代散曲《高祖还乡》异曲同工,却与小说的描写相去甚远。"木叉售马""华光署保"两出也不见于小说,但保留了较古传说的痕迹。

第三卷第九折"神佛降孙"和第十折"收孙演咒",写孙悟空被降伏事。孙悟空已经由《大唐三藏取经诗话》中的"白衣秀才"猴行者变为"孙行者"。他说:"一自开天辟地,两仪便有吾身。曾教三界费精神,四方神道怕,五岳鬼兵嗔,六合乾坤混扰,七冥北斗难分,八方世界有谁尊,九天难捕我十万总魔君。"说明他与天地同生,并曾搅乱三界。他还娶了金鼎国女子为妻,盗了太上老君的金丹,在九转炉中炼得铜筋铁骨,火眼金睛。又偷了王母仙桃百颗,仙衣一套,被李天王追拿。这些内容显然比《大唐三藏取经诗话》大大丰富了,有些与小说相一致,如盗金丹、偷仙桃,有些小说中则没有,如娶妻、盗仙衣。他还说:"小圣弟兄姊妹五人,大姊骊山老母,二妹巫枝祇圣母,大兄齐天大圣,小圣通天大圣,三弟耍耍三郎。"这一家庭组成人员与小说中所写完全不同。小说中孙悟空乃是仙石所化,他"广交贤友",会了牛魔王等七个弟兄,又自封为"齐天大圣",众结拜弟兄分别为"平天大圣""覆海大圣""混天大圣""移山大圣""通风大圣""驱神大圣"。剧中李天王奉玉帝之命点八百万天兵,领数千员神将到花果山捉拿孙悟空,其子哪吒与悟空相斗,又命眉山七圣共同搜山,最后由观音菩萨出面,将悟空压在了花果山下,等候保护唐僧西天取经。这些情节虽与小说不完全一致,但可以推知,正是杂剧中的这些或详或略的描写,为小说的创作打开了思路。

第三卷第十一折"行者除妖"写收服沙僧事。剧中沙僧自称是"玉皇殿前卷帘大将军,带酒思凡,罚在此河,推沙受罪"。他"血人为饮肝人食",先后九次吃掉"九世为僧"的西天取经僧人,但孙行者轻而易举地将他收服。小说中的情节则要丰富得多,沙僧也曾被玉皇大帝亲口封为卷帘将,只不过因为"失手打破玉玻璃"而被贬在流沙河上。他神通广大,尤擅水战,孙悟空、猪八戒与他斗了数个回合也难分胜负,最后只好去求观音菩萨。观音菩萨派了木叉行者才将他收服。第十二折"鬼母皈依",曹楝亭本《录鬼簿》著录有元吴昌龄的《鬼子母揭钵记》杂剧,但剧本已佚。此出是否据吴剧改编,不得而知。剧中写唐僧、行者、沙僧等正行走之间,忽然听见有小孩啼哭之声,唐僧命行者背他到前面人家。行者知其为妖怪,一刀将其砍下山洞,那妖怪却早已将唐僧捉走。行者和沙僧只好去见观音菩萨,又去见世尊。原来,这孩子的母亲名鬼子母,世尊命揭帝用钵盂把小孩盖将来。鬼子母前来救他,但揭不开钵盖,最后被哪吒捉住。唐僧则被世尊救出。这一出内容在小说中演变成红孩儿的故事,红孩儿乃牛魔王与铁扇公主之子,于是鬼子母揭钵之事便被删掉了。

第四卷四折专写收服猪八戒之事。猪八戒称"自离天门到下方","乃摩利支天部下御车将军",他"盗了金铃","顿开金锁","潜藏在黑风洞里"。听说裴公的女儿海棠想与未婚夫朱郎相见,便趁机化作朱郎去赴约会,将海棠掠到了洞中。孙行者偶然发现猪妖在洞外饮酒,调戏海棠,便搬起一块大石扔了过去。猪妖惊骇而走,海棠则以手帕为信请行者转交裴公。裴公见信后十分悲痛,请行者去救海棠。行者毫不迟疑地去洞中将海棠带回,从海棠处得知,猪妖最怕二郎细犬。行者前去降伏猪妖,不分胜负,只好请观音菩萨出面,差二郎神带着细犬打败了猪妖。唐僧向二郎神求情,饶恕了猪妖,让他一起去西天取经。不难看出,这些情节与小说内容有着较大差异。小说中的描写更为生动有趣,对猪八戒性格的刻画更富有人情味,而且更符合小说的总体布局。

第五卷第十七折"女王逼配"写女儿国之事。女儿国国王寂寞凄凉,听说唐僧取经路过此地,便要留他做丈夫,被悟空设计解脱。小说则在此基础上紧接着写琵琶洞中的女妖蝎子精,进一步深化了这一题旨。从第十八折至第二十折演述过火焰山事:铁扇公主乃风部下祖师,为带酒与王母相争,反却天宫,在铁鎈山居住,和骊山老母是姊妹,但没有丈夫。孙行者去铁扇公主处借扇,因出口不逊,被铁扇公主一扇子扇得"滴溜溜半空中",只好求救于观音。观音于是委派雷公、电母、风伯、雨师等将火扑灭。这与小说"三借芭蕉扇"相比,不仅情节要简略得多,前后缺少联系,更重要的是未能显示出孙悟空的本领和弱点。

第六卷四折演述取经结局:孙行者、猪八戒、沙和尚一一圆寂,只有唐僧一人回到中原,这与小说所写差别更大。小说写师徒四人因没给阿傩、伽叶送上"人事",结果取到的是"无字经"。幸亏燃灯古佛提醒,他们重新向如来佛要真经。如来佛却说"经不可轻传,亦不可以空取",又说"因你那东土众生,愚迷不悟,只可以此传之耳",其中都有着深刻寓意。小说最后写唐僧师徒一行历经八十一难,将佛经送回东土,然后分别受如来佛之封,修成正果,使全书前后紧密相连,成为一部完整的取经故事,而其寓意也由此更显深刻。

三、"西游戏"与小说《西游记》的传播

学者们根据《永乐大典》卷一万三千一百三十九"送"字韵"梦"字条①和朝鲜古代教科书《老乞大·朴通事谚解》②,证明明初永乐年间之前,曾有一部比较完整的《西游记平话》。将这两种材料与杨景贤《西游记杂剧》及长篇小说《西游记》相比,可以发现这样几个问题。《永乐大典》仅保存"魏征梦斩泾河龙"一节,此事不见于《西游记杂剧》,却见于小说《西游记》。《朴通事谚解》(以下简称《谚解》)保存的情节较多,其中既有与《西游记杂剧》(以下简称《杂剧》)相同者,也有不同者。如关于孙行者的经历,二者有多处极其相近:都曾偷过王母娘娘的蟠桃和太上老君的金丹,这与小说中所写一致;都曾偷王母仙衣一套要做庆仙衣会,这一情节为小说中所无;都曾被李天王追拿,这又与小说相一致。同是关于孙行者,又有许多不同:如《杂剧》中的孙行者自称"通天大圣",《谚解》中却号"齐天大圣",与小说一致;《杂剧》中孙行者住的是花果山紫云罗洞,《谚解》中却是花果山水帘洞,与小说一致;《杂剧》中李天王命哪吒捉拿孙行者,《谚解》中却是李天王举二郎神捉拿孙行者,与小说一致;《杂剧》中诸神将未能降伏孙行者,观音菩萨最后将其压在了花果山下,《谚解》中孙行者被执当死,观音上请于玉帝,免其一死,并将其于花果山石缝内纳身,与小说皆不同。

再如取经路上所遇到的磨难,《杂剧》主要演述了"女儿国"和"火焰山"两事,《谚解》则详细地讲述了"车迟国"斗法事。关于取经的结局,《杂剧》中孙行者、猪八戒、沙和尚三人各自圆寂而去,只有唐僧一

---

① 见郑振铎:《中国文学研究》上,第251~252页,北京:人民文学出版社,2000。
② 〔朝鲜〕边暹等编辑:《朴通事谚解》,见刘荫柏编《西游记研究资料》,第248~253页,上海:上海古籍出版社,1990。

人返回东土。《谚解》中却是唐僧证果"檀佛如来",孙行者证果"大力王菩萨",猪八戒证果"香华会上净坛使者"。通过以上比较不难看出,当时取经故事虽未完全统一,但与宋元时期相比,已经渐趋一致。另外也可发现,《谚解》比《杂剧》更接近于长篇小说《西游记》。

明代还有一剧值得一提,这就是无名氏的《二郎神锁齐天大圣》①杂剧。该剧收在明赵琦美辑《脉望馆钞校本古今杂剧》中,其作期应在明万历之前。此剧中花果山上有兄弟三人,大哥是"通天大圣",老二是"齐天大圣",三弟是"耍耍三郎"。另有姐姐"龟山水母"和妹子"铁色猕猴"。姐姐"龟山水母""因水渰了泗州,损害生灵,被释迦如来擒拿住,锁在碧油潭中,不能翻身"。大哥"通天大圣"是玉皇殿下小神仙,因为扳折了苍龙角,被罚在深山数百年。弟弟"耍耍三郎"自称是"孙行者"。老二"齐天大圣"听说太上老君炼九转金丹,食之者能延年益寿,便偷了仙丹数颗,又盗了仙酒数十瓶,在花果山水帘洞中大排宴会,庆赏金丹御酒。这些情节既不同于以往戏剧,也不同于后之小说。这说明直到明万历百回本《西游记》刊刻之前,有关取经的故事仍未完全定型。

百回本小说《西游记》刊行之后,"西游戏"便基本上依照小说的情节进行编演了,而且这种趋势愈到后来愈加明显。明代后期祁彪佳《远山堂曲品·具品》著录了明代陈龙光的传奇《西游》,并评论道:"将一部《西游记》,板煞填谱,不能无其所有,简其所繁,只由才思庸浅故也。"②所谓"板煞填谱",所谓"不能无其所有,简其所繁",正好说明陈龙光这部《西游》传奇基本上忠实于百回本的小说原著,未能有多少突破。

《寥天一斋曲谱》收有三种清中叶抄本"西游戏":《撇子》和《认子》皆演唐僧出身事,《猴变》演孙悟空闹天宫事。③这几种"西游戏"编写于清中叶之前,虽由小说改编而来,但编者仍做了程度不等的改动。

① 〔明〕无名氏:《二郎神锁齐天大圣》,见〔明〕赵琦美辑《脉望馆钞校本古今杂剧》,《古本戏曲丛刊》四集,北京:商务印书馆,1958。
② 〔明〕祁彪佳:《远山堂曲品》,见刘荫柏编《西游记研究资料》,第414~415页,上海:上海古籍出版社,1990。
③ 《寥天一斋曲谱》,见刘荫柏《西游记研究资料》,第423~424页,上海:上海古籍出版社,1990。

至清中叶之后,"西游戏"就几乎全部照搬小说情节了。郑振铎先生专力搜集《西游记》戏曲,其《西谛书目》①著录清代《西游记杂剧》五种五卷:《通天河》一卷,《盘丝洞》一卷,《车迟国》一卷,《无底洞》一卷,《西天竺》一卷;又有《无底洞传奇》一卷。这些剧目与小说《西游记》完全一致。再看傅惜华先生从清宫耿太监手中购得的《耿藏剧丛》②所收"西游戏"剧目,这些剧目皆存清抄本:《西游记》存十二出,"演唐僧过宝象国遇妖事";《莲花洞、金兜山》分别演平顶山和金兜洞青牛怪之事;其他《盘丝洞》《狮驼岭》《西梁国》等所演都与小说相一致;唯有《红梅山》一剧不见于小说(详后)。

最明显的是陶君起《京剧剧目初探》③所收"西游戏",百回本《西游记》前九十回都有相应的京剧剧目。有的是一剧搬演小说一回的内容,如《水帘洞》又名《花果山》《美猴王》,演闹龙宫事,见小说第三回;《五行山》演悟空拜玄奘为师事,见小说第十四回;《鹰愁洞》演收服白龙马事,见小说第十五回;《流沙河》又名《收悟净》,演收服沙僧事,见小说第二十二回;《女儿国》又名《女真国》,演西梁女国事,见小说第五十四回;《琵琶洞》演蝎子精事,见小说第五十五回等等。有的是小说中的一回由几剧搬演,如小说第十二回便有《唐王游地府》《李翠莲》《刘全进瓜》等三种剧目。

因为百回本《西游记》常常由相关几回构成某一故事单元,因而许多京剧剧目往往包括了小说几回的内容。如《拜昆仑》演孙悟空拜须菩提为师事,见小说第一、二回;《闹天宫》又名《安天会》,演悟空大闹天宫事,见小说第四至第六回;《高老庄》演悟空降伏八戒事,见小说第十八、十九回;《五庄观》又名《万寿山》,演偷吃人参果事,见小说第二十四至第二十六回;《黄袍怪》又名《宝象国》《美猴王》,演宝象国事,见小说第二十七至第三十一回;《平顶山》又名《莲花洞》,演金角、银角大王事,见小说第三十二至第三十五回;《火云洞》又名《红孩儿》,演红孩儿事,见小说第四十至第四十二回;《车迟国》演车迟国斗法事,见小说

---

① 郑振铎:《西谛书目》,见刘荫柏《西游记研究资料》,第 421 页,上海:上海古籍出版社,1990。

② 《耿藏剧丛》,见刘荫柏《西游记研究资料》,第 422～423 页,上海:上海古籍出版社,1990。

③ 陶君起:《京剧剧目初探》,见刘荫柏《西游记研究资料》,第 424～434 页,上海:上海古籍出版社,1990。

第四十四至第四十六回;《通天河》演降伏通天河鱼妖事,见小说第四十七至第四十九回;《金兜山》演青牛怪事,见小说第五十至第五十二回;《双心斗》又名《真假美猴王》,演六耳猕猴事,见小说第五十六至第五十八回;《芭蕉扇》又名《火焰山》《白云洞》,演过火焰山事,见小说第五十九至第六十一回;《盘丝洞》演蜘蛛精事,见小说第七十二、七十三回;《无底洞》又名《陷空山》,演无底洞白鼠精事,见小说第八十至第八十三回;《九狮洞》又名《竹节山》,演九头狮事,见小说第八十八至第九十回。上述剧目所演内容与小说完全一致。

《狮驼岭》一剧与小说情节略有出入。此剧又名《狮驼国》,演唐僧师徒四人路经狮驼岭,遇青狮、白象、大鹏阻挡去路。悟空破阴阳瓶、力降狮象,但中了大鹏之计,四人被擒。悟空伺机逃出,请如来佛降伏了三妖。这些情节系据小说第七十四、七十七回改编,虽与原作有某些不同,但毕竟能在小说中找到依据。还有个别剧目不见于小说,如前面曾提到的《红梅山》,又名《金钱豹》,演金钱豹占据红梅山,欲强娶乡绅邓洪之女。唐僧等寻宿至此,悟空、八戒分别幻化为丫鬟和邓女拟捉金钱豹。金钱豹设飞叉阵困住悟空,最后悟空请天兵降伏之。再如《盗魂铃》,又名《二本金钱豹》《八戒降妖》,演八戒被女妖诱入洞中,洞中有"魂铃",摇动时即能摄人魂魄。八戒盗之,众妖追击,悟空接应八戒,力败群妖。再如《金刀阵》演悟空被封为"斗战胜佛"后,因大鹏摆金刀阵,南极仙翁无计破之,悟空盗刀,遂大破金刀阵。但总体来说,在小说《西游记》广泛传播之后,"西游戏"便基本上搬演小说的故事内容了。

上文所论述的所有"西游戏",只有《西游记杂剧》比较完整地演述了取经故事的全过程。但从其整体结构来看,与小说《西游记》的结构布局有着本质的不同,而这种总体布局又决定着全书的寓意主旨。《西游记杂剧》六卷的排列顺序是:唐僧出身,官员送行,降伏孙行者、沙和尚、猪八戒,路经女儿国、火焰山,最后参佛取经,返回东土。这一结构安排表明此剧的中心是"取经"过程,外无他意。百回本小说《西游记》的结构安排则是:孙悟空闹三界,取经缘由,悟空、八戒、沙僧先后加入取经行列,取经路上种种磨难,径回东土,五圣成真。一是唐僧出身置于卷首,一是悟空故事放在最前。这一变化说明故事的主人公已经由唐僧变成了孙悟空。主人公的变化又使小说的寓意和主旨随之改变，即已经不把重点放在"取经"之上，而有他意寓焉。这一寓意，明人称之为"游戏中暗藏密谛"①，至于暗藏何种"密谛"，则见仁见智，莫衷一是。考之于这种特定的结构安排，明人谢肇淛所说"求放心之喻"②，或许更接近著者的本意吧。

除《西游记杂剧》之外的其他"西游戏"，基本都只演述"取经故事"的某一方面。《西游记》刊行之后的大量"西游戏"，包括所有的京剧和地方剧目，虽然合在一起，似乎也能表现出取经故事的全过程，但由于它们受到单剧演出的限制，因而对于接受者来说，很难将这些孤立的剧目合成一个整体来加以理解和接受。于是便造成了一种奇怪的现象：一方面，"西游戏"对小说《西游记》的广泛传播起到了至关重要的作用，许多接受者都是通过"西游戏"才得知小说中的许多人物与情节；另一方面，由于"西游戏"单剧演出的现实，又使接受者只能对《西游记》产生片面的理解。例如看了《美猴王》，便以为小说是肯定造反与自由；看了《火焰山》，便以为小说是赞颂智慧与计谋；看了《车迟国》，便以为小说是鼓励降妖伏魔；看了《女儿国》，又以为小说是宣传清规戒律等等。至于小说本身所包含的"密谛"，便被这些"西游戏"一一化解了。

第四节 "封神戏"与《封神演义》的传播

与印刷媒介相比，舞台媒介有着特殊的优势：一是其演出普及，受众面广，遍及城乡；二是戏曲演出犹如现身说法，活灵活现，其感人至深且传播快捷。所以，才有了"说不如讲，讲不如演"的说法。舞台戏曲是民众喜爱的民间文化形式，是世俗生活的艺术代言体，是民众的精神食粮，比其他的文学艺术形式更接近于民众的欣赏习惯。由于戏曲改编对小说素材不仅具有依赖性，也具有能动性，包括选择性和再

---

① 〔明〕《李卓吾先生批评〈西游记〉》总批，见朱一玄编《明清小说资料选编》，第494页，济南：齐鲁书社，1989。

② 〔明〕谢肇淛：《五杂俎》卷一五事部三，第312页，上海：上海书店出版社，2001。

造性,因此,以舞台戏曲传播《封神演义》,不仅能促进戏曲的发展,更丰富了封神故事的传播渠道。通过考察《中国剧目词典》《中国豫剧大辞典》《中国戏曲剧种大辞典》以及《古本戏曲剧目提要》,发现《封神演义》被改编成的戏曲种类繁多,有 30 多种。以京剧、豫剧较多,秦腔、川剧也不少,另外还有高腔、皮黄、梆子、徽剧、湘剧、滇剧、粤剧、汉剧、晋剧、邕剧、赣剧、河北梆子、闽剧、大弦子戏、横歧调、昆腔、辰河戏、湖南祁剧、罗戏、宜黄腔、桂剧、越调、宛梆、定县秧歌、话剧等,许多剧种均有传抄本或仍在演出。其中的《反五关》、《炮烙柱》、《比干挖心》、《绝龙岭》(《闻仲归天》)、《陈塘关》(《哪吒出世》)、《渭水河》(《飞熊入梦》、《文王访贤》、《八百八年》)、《进妲己》(《反冀州》、《献妲己》)、《女娲宫》)、《大回朝》(《太师回朝》)、《黄河阵》(《九曲黄河阵》、《混元金斗》)、《梅山收七怪》(《梅花岭》)、《摘星楼》、《碧游宫》(《三进碧游宫》、《诛仙阵》)等剧已成为传统剧目,多年来盛演不衰。

与小说文本相比,由演员在台上以唱念做打虚拟出角色、情境的戏曲,显然是更新奇而生动的载体,又因看戏、听戏跨过了读小说的"文字"门槛,受众更多。在戏曲作为大众流行文化的时代,演出内容需要不断更新丰富,演出剧目的需求量不断增大,小说有现成的故事,广为流传者尚有现成的知名度,自然成为优先考虑的取材对象。把小说人物搬上舞台,戏剧成了作品的又一个传播媒介。

一、"封神戏"演出情况

嘉靖初年,以"封神榜"为蓝本改编的《九龙柱》,剧情从女娲庙降香起到闻太师火烧九龙柱为止。清代,还上演了许多出自《封神演义》的剧目,例如演哪吒神话故事的秦腔《哪吒闹海》、皮黄《陈塘关》;表现殷纣王昏庸致误国自焚的梆子、皮黄《比干挖心》《火焚摘星楼》等,长期盛演不衰。清代中期,出现了根据《封神演义》改编的"香火戏",老百姓演此戏主要为祈求庄稼丰收、火烛安全、牲畜兴旺。乾隆时,演《封神演义》中邓九公、土行孙效顺归周的《顺天时传奇》梨园传抄本流行,共十余出。据周贻白先生《中国戏曲剧目初探》一文记载,通过对当时全国流行的皮黄剧目较为全面的搜集,改编自通俗小说《封神演义》的剧目达 17 种之多。

　　不仅民间,朝廷也出现了许多"封神戏"。杂糅了《西游记》和《封神演义》情节的明杂剧《哪吒三变》排场极为热闹,就是内廷供奉之作。乾隆以后,一些词臣把有关封神的历史演义和民间传说搜集综合,加入道德说教和封建观念,形成结构齐全、卷帙浩繁的整本大戏《封神演义》,无疑为作品的传播造了更大的声势,且为后来京剧剧目增添了广泛的来源。如清传奇《封神榜》就是据《封神演义》有关情节改编而成。同题材戏曲作品还有清宫大戏《封神天榜》,清茂苑啸侣传奇《封神榜》,清人传奇《千秋鉴》,京剧连台本戏《封神榜》。清李调元《剧话》曾记载乾隆时有敷演"太公封神传"的戏曲,可惜今未见传本。不过,史料曾记载乾隆皇帝寿诞时演出《封神演义》的盛况:"有时神鬼毕集,面具千百,无一相肖者。神仙将出,先有道童十二三岁者作队出场,继有十五六岁,十七八岁者,每队各数十人,长短一律,无分寸参差,又按六十甲子,扮寿星六十人,后增至一百二十人。"①据徐珂《清稗类钞》载:"孝钦后嗜读小说,如《封神传》《水浒》《西游记》《三国志》《红楼梦》等书,时时批阅。且与《封神传》《水浒》《西游记》《三国志》节取其事,编入旧剧,加以点缀,亲授内监,教之扮演。"②上层统治者对封神故事的喜好,无疑加强了《封神演义》的传播。

　　由于《封神演义》是长篇神话小说,因此比较适合改编成连台本戏。连台本戏是继承了传统戏曲艺术而发展出来的一种新形式,好比小说中的长篇,也像电视剧中的连续剧。每本形成一个段落,每本之末,留下一个"扣子"——悬念,让观众再来看下一本。不同于一般本戏和传统京剧那样,本戏没有布景,只在台上有一块"守旧"——大幕,再设一桌二椅,一切均是虚拟,而连台本戏则运用布景、道具,因此,很有吸引力。《封神榜》连台本戏自清代就盛行,比如内廷大戏《封神天榜》(10 本)等,后来流行全国。进入 20 世纪,尤其是三四十年代,《封神榜》连台本戏一度抢滩各大剧场,曾为许多名剧团的拿手好戏。它们与各种改编自《封神演义》的折子戏一起,共同组成璀璨的《封神演义》戏曲景观。八九十年代,随着人们生活节奏的加快,观众无暇观看耗时几天甚至几个月的连台本戏,随着整个连台本戏演出的式微,《封

---

　　① 〔清〕赵翼:《檐曝杂记》,第 11 页,北京:中华书局,2010。
　　② 〔清〕徐珂:《清稗类钞》(宫闱类),第 394 页,北京:中华书局,2003。

神榜》连台本戏逐渐淡出多数观众的视野。

整个 20 世纪,上海京剧团上演的《封神榜》连台本戏最为持久火爆。原因是很明显的:首先,大上海经济发达,文化繁荣,存在着大量的有钱有闲阶层。其次,连台本戏不但情节曲折,唱腔新颖,还利用机关布景、现代灯光,使剧情和人物更符合市民阶层的审美情趣,因而大受上海观众欢迎,连台本戏也便有了牢固的群众基础。《封神榜》连同《七侠五义》《西游记》《火烧红莲寺》和《狸猫换太子》等,成为京剧连台本戏的代表剧目。

在众多的《封神榜》连台本戏中,海派大师周信芳于二三十年代编演的 16 本《封神榜》京剧尤为引人注目。此剧是周信芳与小杨月楼、刘汉臣、王芸芳联合编导,根据同名长篇神话小说《封神演义》改编的。周信芳在戏中饰姜子牙,小杨月楼饰妲己,皆红极一时。前 10 本分别于 1928 年、1929 年、1930 年在老天蟾舞台演出。后 6 本分别于 1930 年、1931 年在新天蟾舞台上演。剧情曾一度登载在上海《新闻报》上,《申报》则刊登整版演出广告。广告不仅详细介绍每一个角色由哪位名角登台演出,而且加入人物的剧照,以照片展示戏中人物的全新服饰和造型,这种戏曲广告比以往单纯的文字介绍更加生动和直观。在这里,报纸成了宣传《封神榜》的又一传播媒介。而报纸庞大的发行量、低廉的价格、强大的社会影响力足以让《封神榜》戏剧拥有难以估量的受众。这种广告效应的结果是,激起了观众对《封神榜》京剧连台本戏极大的热情。其中有数本一次连演两个月以上,前后共演三年之久,上座始终不衰。如果不是观众对剧情有极大的兴趣,京剧团很难维持这种旷日持久的演出。当然,吸引观众的不仅仅是故事情节,还有演员的惊人功底和非凡名声,更重要的还是连台本戏本身既具有机关布景又能成功塑造人物的艺术魅力。这种艺术魅力是以文字为主要表达手段的小说难以达到的。后来单折演出的许多京剧剧目,比如《文王访贤》《姜太公出世》《炮烙柱》《鹿台恨》,大都是从京剧连台本戏《封神榜》中选出的。为了适应时代的要求,周信芳又对其中一些剧目重新改编。《鹿台恨》又名《比干挖心》,属连台本戏《封神榜》中一部分。1935 年,周信芳重新编写成为《新鹿台恨》,与旧本不同,增加了"姜桓楚被害""姜文焕造反""箕子微子出亡"等情节,于当年 5 月 1 日首演,周信芳自饰比干。改编之后的《新鹿台恨》,戏剧冲突更强烈了,激起观众对纣王和妲己残害忠良的极大愤慨,显示了强烈的艺术震撼力。

随着时代的进步,布景制作水平也有所提高,连台本戏的吸引力不减当年。1980年,新昌高腔剧团排演连台本戏《封神榜》,运用了"妲己化身""白鹤卸头""神鹰叼人""哪吒复生"等机关布景,配以幻化的灯光,对深化剧情、强化舞台气氛产生了良好效果,使《封神演义》的传播呈现更丰富多彩、新颖独特的面目。

除了各种京剧连台本戏《封神榜》之外,尚有种类繁多的其他改编自《封神演义》的戏曲保存。反观上百种封神戏曲,会发现这样一种现象:尽管小说《封神演义》中有名有姓的人物不下数百,而改编成戏曲之后,出现在剧中的主要人物只有几十个,出现频率较高的几个人,包括姜子牙、闻太师、黄飞虎、纣王、妲己、比干等。无论小说中、影视剧中,还是戏曲中,都对姜子牙特别重视。姜子牙并不是《封神演义》凭空创造的一个文学形象,他有着历史的真实性。姜子牙隐居垂钓和辅周灭纣之事在《周志》《水经注》《搜神记》《吕氏春秋》《史记》等典籍中均有记载。也就是说,历代文人对这个人物早就熟知。可是,对于一般民众来说,很少直接接触这些史籍。于是,姜子牙就成了各朝各代文人创作的题材。创作者总是想用自己的方式去迎合读者的阅读期待,创造出更生动真实的姜子牙,各种有关姜子牙的文学形式应运而生。小说有《武王伐纣平话》和《封神演义》,电影有《姜子牙火烧琵琶精》《封神榜传奇之姜子牙》等,戏曲作品有传奇《摘星楼》和地方戏剧目《姜子牙卖面》《渭水河》《反五关》《金鸡岭》《界牌关》等几十种。小说和戏曲作品都蕴含着鲜明的主题,在姜太公身上体现着作者的美好理想。《封神演义》及以此为题材的戏曲突出表现儒家"以仁政反暴政,以有道伐无道"的政治理想,也通过姜太公事业的成功,突出表现儒家倡导的"修身、齐家、治国、平天下"的人生理想。这些都是读者所钦羡和赏识的,所以读者更容易接受这些文学作品,从而给了创作者一种动力。而文学作品的传播,又扩大了姜子牙的社会影响。后来的创作者从《封神演义》中挖掘创作素材时,首先要考虑读者(观众)的大众口味。因为,如果观众能从舞台上看到自己或自己熟悉的形象,就会感到亲切,比较容易获得共鸣,从而产生美的享受。所以,受欢迎的文学形象就成为影视剧、舞台艺术家的首选。可以说,长久的文化积淀,受众的选择,是姜子牙备受艺术家青睐的主要原因。

与姜子牙不同的是,闻仲不见于史料记载,却仍有《陈十策》《大回朝》《绝龙岭》《阴回朝》等戏曲受到观众欢迎,这是因为闻太师具有非同一般的人格魅力。闻仲在商朝国运日下之时力挽狂澜,他不单是一个商朝的太师,也是一个用兵的大将,更是唯一连纣王都敬畏的人,只有闻仲指责纣王之过而纣王不敢动他分毫。闻仲礼贤下士,交游满天下,如邀请西海九龙岛的四圣(王魔、杨森、高友干、李兴霸)①和峨眉山罗浮洞赵公明协助伐周。而在小说剧情中,闻仲与姜尚的关系就如同《三国演义》司马懿与孔明的关系一样,闻仲始终不是姜尚的对手。总其一生,他是威严、睿智、骁勇的化身,他对失道寡助的纣王忠心不二,他最后为日薄西山的殷商身丧绝龙岭。"箕子微子一概的忠臣,或斩或留或拘或放,一个一个俱斩尽。只剩下老闻仲孤掌难鸣,不能够扭乾坤,不由得老泪双淋!"②面对闻太师的无奈、凄凉,谁能不一掬同情之泪? 至于其他人物,比如亚相比干、武成王黄飞虎等,历史上确有其人,且都曾在特定的历史时期叱咤风云。他们身上所体现出的某种精神和价值追求,符合普通老百姓的审美趣味,所以,至今他们的戏仍在各地上演,仍活在观众的心中。

二、"封神戏"改编情况

20世纪取材于《封神演义》的戏曲对原作进行了怎样的改编,为什么如此改编,以及这种改编对小说的传播有何影响,都应给予充分的关注。试以绍剧名段《黄飞虎反五关》和京剧传统剧目《摘星楼》为例,略做说明。

绍剧《黄飞虎反五关》根据小说《封神演义》第三十至第三十四回改编而成,是在"百花齐放,推陈出新"的戏曲方针指引下,剧作家整理的新编剧目。大致剧情为:商汤年间,纣王宠妲己,行暴虐,在鹿台下设虿盆酷刑,把原姜皇后旧部七十二宫女推入虿盆,喂食毒蛇,情状惨

---

① 〔明〕许仲琳:《封神演义》,第316页,北京:中国书店,1990。
② 周信芳:《封神榜》京剧老唱片,1929。

不忍睹。武成王黄飞虎闯入鹿台直谏被责。妖后妲己因黄飞虎曾火烧狐狸洞而心怀刻骨之仇,趁机传黄飞虎之妻贾夫人元宵入宫朝贺,骗至摘星楼,唆使纣王君戏臣妻。贾氏被逼坠楼尽节。黄飞虎之妹黄贵妃闻讯上楼问罪,被纣王踢下楼台致死。噩耗传来,黄门诸将义愤填膺,欲反朝歌。黄飞虎为保全"七代忠良"名节,负屈忍辱,冒死再谏,以致横遭午门斩首之祸。诸将义劫法场营救,反被黄飞虎严斥。妲己亲临法场下旨赐剑,威逼黄飞虎亲手杀子,以表忠君真心。黄飞虎此时方豁然醒悟,遂与愚忠决裂,反出朝歌,西行而去,连破临潼关、潼关。纣王、妲己慌忙施计前堵后追,使黄飞虎在穿云关险遭暗算。至界牌关,守将黄衮虽系黄飞虎之父,但因不明是非,愚忠纣王,而阻止西行,并欲绑黄飞虎回京请罪,以求赦免。此刻,朝廷追兵已到,随军钦使传旨进关,命黄衮拿获叛臣,就地正法。黄飞虎立斩钦使,毁旨激父同归西行。不料黄衮蒙昧于名节,竟自刎尽忠。黄飞虎等至汜水关受阻,俱被守将余化之"摄魂旗"妖术所擒。正当万分危急之时,西岐周武王派遣先行官哪吒越关救援,合力攻打汜水关。哪吒施展乾坤圈斗败妖旗,砸开关隘;黄飞虎放出神鹰,啄擒蜘蛛精余化,诛灭守将韩荣。黄飞虎终于反出五关,统率正义之师投奔西岐,推进了兴周灭纣的历史潮流。

与小说《封神演义》相比,剧本做了以下改动。首先,小说中黄飞虎妻死妹殒之后,是周纪用激将法激反黄飞虎,他才愤而反出朝歌。剧本则改为黄飞虎虽痛失妻、妹,仍负屈忍辱,冒死再谏,终遭午门斩首之祸。接着,妲己亲临法场下旨赐剑,逼迫黄飞虎亲手杀子,才使黄飞虎豁然醒悟。其次,小说中黄飞虎之父黄衮最初得知儿子反了朝歌之后,虽然要捉拿、解往朝歌请罪,但最终中了黄明的圈套,被迫就范,和黄飞虎一起投奔西岐。剧本中,黄衮始终蒙昧于名节,竟自刎尽忠。再次,小说中是哪吒金砖砸伤韩荣,乾坤圈打败余化,取汜水关,然后送黄飞虎等人至金鸡岭作别。剧本中变成哪吒施展乾坤圈斗败妖旗之后,黄飞虎放出神鹰,啄擒蜘蛛精余化,诛灭守将韩荣。最后,小说中黄飞虎父子汜水关受阻后,是乾元山金光洞太乙真人(哪吒的师傅)预见黄家父子有厄,派哪吒前往营救。剧本中是西岐周武王派遣已成为先行官的哪吒越关援救。从小说到戏曲的这些变化,可以看出《封神演义》传播过程中呈现的一些特征。

这出绍剧的改编遵循了"推陈出新"的原则,对原著做了较大的改动。小说中的这段情节写出了"君使臣以礼,臣事君以忠","君不正,臣投外国"的主题。这与全书总的主旨是相吻合的。而剧本完全褪掉了小说中宗教的外壳,把故事放在商周之争的历史大背景中,阐明了"受天子七世恩荣"的黄飞虎反五关的正义性、合理性。他身为国家重臣,受殷朝知遇之恩,是"七世忠良"的后代,要与朝廷决绝,并非易事。因此,在家门惨遭不幸之时,复仇愿望与浓厚的忠君思想之间形成了尖锐的冲突,他在矛盾中痛苦挣扎,仍没有贸然反商,而是选择忍辱受屈、冒死直谏,这是作为仁臣的正常举动。然而,歹毒的妲己步步相逼,让黄飞虎手刃亲生儿子,这击溃了他能忍耐的最低防线,使他走上了背君弃商之路。这比小说更符合黄飞虎的忠臣世家的身份,也告诉观众,黄飞虎之所以反商完全是被逼的。这种情形有点像《水浒传》里的豹子头林冲的遭遇,尽管他们都选择了背叛朝廷,但并不能影响他们在观众心目中的高大形象,他们和那些主动卖国求荣之徒不可同日而语。作品肯定了黄飞虎反抗暴君的正义行动。很明显,故事虽然发生在殷代末年,剧中人物的思想面貌以及矛盾冲突,则是置于更广阔的封建社会的背景来描写的。

黄飞虎之父黄衮,是殷商德高望重的老臣,对伴君多年的他来说,对国家的忠诚比身家性命更加重要。他不愿儿子"背君亲之大恩,弃七代之簪缨,绝腰间之宝玉,失人伦之大礼"[1],他认为黄飞虎是"忘国家之遗荫,背主求荣,无端造反"[2]。他想用自杀谢罪天下,以表忠贞。小说中的黄衮在诸多变故面前,终于随儿子共赴西岐。戏曲比较真实地将黄衮对殷商的忠贞进行到底,最终拔剑自刎。这种愚忠是相当符合人物性格的,尤其是黄衮这样年老的大臣,国家动荡之时,他们往往采取舍命报国,以保名节。古典戏曲中,这种人物并不鲜见。然而从另一角度看,却与整个故事大背景不甚协调。毕竟纣王无道,拥周反商是大势所趋,黄衮却甘愿逆潮流而动。这与人民群众对封建统治秩序的反叛心理和对社会现状的思变心理不太吻合。因此这一改动似

① 〔明〕许仲琳:《封神演义》,第275页,北京:中国书店,1990。
② 〔明〕许仲琳:《封神演义》,第275页,北京:中国书店,1990。

乎不能算多么成功,戏曲应该根据观众的心理需求进行选择和改编,不能仅仅顾及情节的合理性。剧本最后把消灭余化和韩荣的功劳安放在黄飞虎身上,基本符合戏剧改编原则,毕竟本剧是黄飞虎反五关,应当突出他的英勇善战,所向披靡。前来助阵的哪吒只能是他的陪衬,不应喧宾夺主。此剧虽在情节上做了改动,但这种改动毕竟只是几处细节,总的主题并未发生变化。

再看京剧传统剧目《摘星楼》。剧中写周武王伐商纣,大军围困朝歌。纣王遣殷破败至周营求和未遂,大骂姜尚;东伯侯姜文焕怒而杀之。其子殷成秀为父报仇,又被姜斩于马下。百姓因不堪纣王暴政蹂躏,开城迎接周兵。纣王与姜尚决战,不敌。姜尚历数纣王十大罪状,纣王已陷穷途末路,乃入摘星楼自焚而死。此剧取材于《封神演义》第九十五至第九十七回。此剧从情节看,与小说内容差别不是太大。因为小说的情节已经相当具有戏剧性,纣王最后的下场也是罪有应得,符合观众的心理期待,因此,剧本几乎照搬了小说情节。

通过以上两个剧本,我们可以总结《封神演义》在舞台传播上的大致特征。首先,《封神演义》是一部想象力极为丰富的优美神话故事。全书人物众多,情节曲折,比较适合改编成戏曲,且改动一般比较小,几乎不需增加另外的人物。即使有个别戏曲改动较大,也符合剧情发展需要和受众的审美价值取向,具有鲜明的时代特征。总的看来,大多数改编的戏曲比小说更显精致,这也是许多封神戏曲比小说《封神演义》传播得更加广泛的原因。其次,中国戏曲情况复杂,但有一个大致的归向,那就是复现动乱的时代,张扬雄健的精神,歌颂正直的英雄。尤其是《封神演义》,它主要是叙述朝代的更迭,有奸佞和忠勇的比照,波诡云谲的战斗,精妙绝伦的谋略。在戏曲中若过多地宣扬神怪,或者宗教纷争,未免给人厌倦之感。因此,大多数封神戏曲都突破了宗教的局限,赋予人物更多的历史使命感。剧本往往体现下层人民对于朝廷、对于历史的一种揣想、理解和看法,所以,剧中"因果报应"等封建观点普遍比小说有所减少。再者,众多封神戏还有一个特点,同一来源的戏曲故事往往受不同地域不同习俗的影响,产生很多变体,或者舞台效果,或者情节有些许差异。比如,同样取材于《封神演义》第三十至第三十四回的戏曲,绍剧与京剧就有些不同。绍剧,上文已做分析。京剧《黄飞虎反五关》的高潮在"激反""午门大战"两场戏中。在前场，当黄飞虎得悉妻子贾氏在摘星楼被纣王调戏，为保存贞操而坠楼身亡，胞妹黄贵妃为斥妲己而被纣王摔死之后，心情既悲且愤，本欲进宫找纣王理论，但一想到黄门七代忠良，自己是臣，纣王是君，更何况君要臣死，臣不得不死。一想到这里，就只能容忍作罢。可面对着三个儿子啼哭索母，周纪、黄明、龙环、吴谦四个结义兄弟与自己反目，在一旁冷嘲热讽，自己内心异常矛盾。剧作者用欲扬先抑的手法，让黄飞虎在矛盾中徘徊、挣扎，让观众为这个满脑子愚忠思想的人物气结。当故事发展到黄飞虎毅然决定反出五关时，又让观众松了口气，甚至为之鼓掌。这些情节与绍剧基本相同，不过在演员演出时，舞台设置有些差异。另外，京剧中，黄明等用计迫使黄衮同反出关的情节取代了绍剧中黄衮自刎尽忠的愚忠举动，这种改动就提高了戏曲的思想性，使黄衮的思想和行为与整个舞台气氛相协调。

在众多的封神戏曲中，神话舞剧《凤鸣岐山》算得上标新立异，引人注目。中国舞剧是一门独立的新兴艺术，用这种艺术形式去演绎古典小说《封神演义》，具有独特的意义。舞剧《凤鸣岐山》虽取材于《封神演义》，以商灭周兴这段历史为背景，但因是神话，就不大拘泥于历史事实，同时也不是全部照搬小说，而是根据舞剧艺术特有的表现手段，对小说中的情节内容、人物关系做了概括和艺术的诠释，对小说中不健康的部分加以删舍。作为一种现代艺术形式，剧作编写了武王与明玉之间荡气回肠的爱情故事，颇能吸引观众。该剧创作时所选择的人物，是在历史许可范围内的典型化，按照舞剧艺术自身的规律进行的艺术再创造。它既具有历史的时代风貌，又注意当今的时代特点，也就是力求民族艺术现代化，使其符合现代人的审美需要。从中可以看出编导、作曲、舞台美术设计在创作思想上对舞剧现代化问题进行了许多大胆的探索。用高雅的舞蹈形式传播古典通俗小说，增加了小说《封神演义》的艺术魅力。

总之，封神戏曲与《封神演义》小说一起互相影响，互相补充，共同充实和完善了封神故事，使人们从中获得更多的艺术享受。小说的传播为戏曲的创作和传播奠定了基础，提供了蓝本，戏曲的传播不仅促进自身的发展，更是丰富了《封神演义》的内涵，扩大了小说的社会意义和价值。同时由于封神戏曲的雅俗共赏、流传性广的特点,使得很多平民百姓从中受惠,间接受到中国传统文化的教育。

第五节 "杨家将戏"与杨家将系统小说的传播

杨家将系统小说产生不久,对杨家将系统小说的戏曲改编也就开始了,因此戏曲传播是杨家将系统小说传播中一种最为传统的方式。无论是部分地借鉴杨家将系统小说的内容编撰而成的戏曲,还是完全取材于杨家将系统小说的戏曲,都扩大了杨家将系统小说的传播,都属于杨家将系统小说戏曲传播的范畴。

一、明末清初时期的"杨家将戏"

明末传奇《三关记》和《祥麟现》,是今天所知最早借鉴杨家将系统小说的内容编撰而成的戏曲。《三关记》为明施凤来所撰。如《曲海总目提要》所言:"《三关记》之谢金吾拆毁天波楼、六郎私下三关、焦赞杀死谢金吾内容俱与元人《谢金吾》杂剧相同。八大王德昭奏请赦延昭死,充军汝州,焦赞充军邓州,则与元剧异,自此以后则另自结撰。"①实际上,与元剧不同的八大王德昭奏请赦延昭死,延昭充军汝州,焦赞充军邓州,正与《杨家府演义》《北宋志传》情节相同,其后内容虽是作者另自结撰,但亦有《杨家府演义》的影子。施凤来是万历丁未年(1607年)会元,因为"记云虎林会元施凤来撰",所以此剧当是施凤来于万历丁未年中会元之后所作。而万历丁未年时,杨家将系统长篇小说至少已经有万历二十一年(1593年)唐氏世德堂刊《南北宋志传》和万历三十四年(1606年)卧松阁刊刻的《杨家府演义》流传于世了。所以施氏肯定受到了杨家将系统小说的影响,"此记有据杨家将演义者"也就是情理之中的事了。当然,因作者也曾另自结撰,"亦有与《杨家将演义》相左者"②。

---

① 黄文炀:《曲海总目提要》,第 457 页,天津:天津古籍出版社,1992。
② 黄文炀:《曲海总目提要》,第 458 页,天津:天津古籍出版社,1992。

明末姚子翼所撰《祥麟现》,讲述的是因杨文鹿之妻不容其纳妾,其兄文标佯据其产,激文鹿妻连纳数妾,后生七子团圆的故事,主角是杨文鹿,杨延昭、王钦若等只是陪衬而已。该剧中有杨文鹿出师辽国和番被萧后配以夜珠,夜珠与宋军在天罡阵中交兵恰值分娩,夜珠走入天魔阵,血光冲破天罡、天魔两阵,两阵皆败,杨延昭遂破辽兵等情节。这些情节很明显是挪用杨家将小说中杨四郎招赘辽国,柴郡主阵中产子等情节改编而成。因此,黄文炀谓其"所引杨延昭、王钦若等,皆本《北宋演义》《杨家将传》二书"①。也就是说,《三关记》和《祥麟现》都是文人据杨家将系统小说改编而成。

清代前期,杨家将系统小说继续被文人改编为戏曲,其代表就是明末清初著名文人李玉作的《昊天塔》。此剧承袭元人杂剧《昊天塔孟良盗骨》而来,据《杨家府演义》"孟良盗骨"事增饰而成。无名氏作的《清风府》,也应是这一时期的作品,当与李玉《昊天塔》一样,承袭元杂剧《谢金吾诈拆清风府》,并依杨家将小说增饰而成。这种文人剧本因为不很流行,所以声名不显。此外,据乾隆年间的《昭代箫韶·凡例》,"旧有……《女中杰》《昊天塔》等剧,亦系杨令公父子之事",可知《女中杰》当也是清代前期的作品。虽然其"既非《通鉴》正史,又非《北宋演义》,乃演义中节外之枝",故宫廷词臣编写《昭代箫韶》时"概不取录"②,但因杨门女将形象是在杨家将系统小说中逐步鲜活起来的,所以,该剧应该也是受杨家将系统小说的影响而出现的。直到清末,该剧仍是昆班常见剧目,可见其影响深远。它的出现,标志着杨门女将形象开始受到戏曲艺人的关注。

由上所述可以看出,明末清初的杨家将戏曲,或者在承袭元杂剧的基础上再据杨家将系统小说增饰而成,或者将杨家将系统小说的情节挪用来另起炉灶,并非完全由杨家将系统小说改编而成,只是部分地借鉴了杨家将系统小说的情节或人物。

---

① 黄文炀:《曲海总目提要》,第 602 页,天津:天津古籍出版社,1992。

② 嘉庆八年内府刻昆曲本《昭代箫韶·凡例》,见曾白融《京剧剧目辞典》,第 528 页,北京:中国戏剧出版社,1989。

二、清中叶至清末的"杨家将戏"

清中叶之后,杨家将系统小说的戏曲传播有了很大发展。这一时期,据杨家将系统小说编演了大量的戏曲,并在舞台上广为流行,从宫廷大戏到京剧、地方戏,杨家将戏曲的编演呈现出一片热闹的景象。

首先出现的是杨家将宫廷大戏。提到清代的杨家将戏,就不能不提到宫廷大戏《昭代箫韶》。它对杨家将戏的繁荣,乃至整个杨家将系统小说的传播,都可谓功莫大焉。《昭代箫韶》是乾隆皇帝敕令,宫廷词臣王庭章等奉命编写的连台本戏。"其源出自《北宋志传》演义……今依《北宋传》……略增正史为纲领,创成新剧。"①该剧凡十本,每本二十四出,共计二百四十出,体制宏大,是现存最长的杨家将题材的剧本。该剧曾由升平署于道光十七年(1837 年)、道光二十四年(1844年)、咸丰八年(1858 年)排演过三次。光绪二十四年至二十六年(1898年~1900 年),慈禧命人将原昆曲本翻改成皮黄本四十本,共一百零五出(至第七本第三出),因为八国联军入侵京津才停止,在宫内曾搬演过一次。与《昭代箫韶》相同,《铁旗阵》也是清中叶宫廷文人编撰的连台本宫廷大戏,共二十四本,演杨七郎、杨八郎平南唐故事,曾于道光十五年(1835 年)、道光二十三年(1843 年)、咸丰五年(1855 年)、光绪二十三年(1897 年)搬演。另外据《升平署档案》与王芷章《清升平署志略》,《女中杰》《肃靖边》《忠义烈》等杨家将戏都在宫廷演出过。这些专供宫廷宴乐演出的清宫大戏,大都体制恢宏,辞藻绮丽,主要以昆曲演出。

上述宫廷大戏虽基本依杨家将系统小说改编或生发而来,但与小说相比,仍然有一些变化。以《昭代箫韶》为例:小说中有征西夏的内容,《昭代箫韶》剧剔除了这一情节,使故事更加清晰;小说中有较多荒诞不经的情节,《昭代箫韶》剧中这种情节有所减少;最值得注意的是民族战争与忠奸斗争内容比重的变化。小说中杨家将与辽、西夏的战争占了绝大多数篇幅,杨家、八王等忠臣与潘仁美等奸臣的斗争,虽然也占了一定篇幅并贯穿于部分章回中,但只是次要内容。《昭代箫韶》

① 曾白融:《京剧剧目辞典》,第 528 页,北京:中国戏剧出版社,1989。

就不同了,该剧自辽兵入寇起,至萧后降宋止,杨家、八王等忠臣与潘仁美等奸臣的斗争内容明显增加,占了剧本大约三分之二的篇幅,杨家将与辽斗争的内容则明显减少,只有大约三分之一的篇幅。与小说相比,《昭》剧民族矛盾淡化而忠奸斗争强化了。这是这一时期杨家将宫廷大戏的主要特点,这种改变既与突出戏剧冲突的需要有关,更与清统治者的文化心理与欣赏趣味相关。

道光、咸丰年间,京剧逐渐形成,杨家将京剧也逐渐兴起,并成为京剧常演剧目。例如,八大本的京剧连台本戏《雁门关》,就是四喜班于道光、咸丰年间在北京首排的,以后各班多有排演,名伶梅巧玲、王瑶卿等工于此戏。另据道光二十五年(1845 年)刊刻的《都门纪略》一书记载,当时北京七个有名的戏班,除了嵩祝班外,其余六个班都有擅长杨家将剧目及角色者,这些剧目与角色占了《都门纪略》所列剧目及角色五分之一左右的比例。当时著名的老生"前三杰"程长庚、余三胜、张二奎都有擅演的杨家将戏。由此可见,在京剧形成过程中,杨家将戏已经颇成气候。

清末京剧成熟之后,杨家将戏更成为舞台上盛演不衰的剧目。此时,杨家将京剧单行本戏就有 50 出左右。在同治、光绪、宣统年间,京剧舞台上常演的有《金沙滩》、《李陵碑》(又名《托兆碰碑》)、《四郎探母》、《穆柯寨》、《辕门斩子》、《破洪州》、《洪羊洞》等 17 种,在数量上仅次于《三国演义》、《隋唐演义》、《水浒传》、《东周列国志》、《说岳全传》。这一时期的京剧表演艺术家,大都有擅演的杨家将剧目,例如,"老生后三杰"的谭鑫培、汪桂芬、孙菊仙,著名老生杨月楼、刘鸿声,著名武生俞菊笙,光绪末年知名花旦路三宝,著名花脸金秀山。同光年间著名旦角梅巧玲,还创演了曾享誉北京剧坛的《雁门关》萧太后一角。京剧艺术革新家王瑶卿修改整理的《穆桂英》至今上演不衰。①

这一时期,杨家将地方戏也逐渐发展起来,全国几十种地方戏多有杨家将剧目。例如,扬剧有连台本幕表戏《十二寡妇征西》《全部杨家将》。河北梆子、晋剧、豫剧的杨家将剧目最多,例如晋剧中的中路梆子,就有几十种杨家将剧目。杨家将地方戏的发展,受到杨家将京

---

① 关于京剧演出情况,参见苏移《京剧二百年概观》,北京:北京燕山出版社,1989。

剧的重要影响,例如秦腔、徽剧、河北梆子、豫剧中的《雁门关》,就是在京剧连台本戏《雁门关》的影响下形成的,其中梆子亦名《南北和》,至今仍在舞台演出。

这些杨家将京剧和地方戏,都与杨家将系统小说有直接或间接的关系:或者在杨家将系统小说的启发下由艺人加工创造而成,如《演火棍》;或者取材于《昭代箫韶》,再由艺人创作生发而成,如《四郎探母》。《昭代箫韶》又是基本依《北宋传》改编而成。因此,杨家将系统小说是这些杨家将戏的渊源,《昭代箫韶》成为杨家将系统小说和戏曲之间的桥梁。这些戏曲基本都秉承了杨家将系统小说忠君为国的基本精神。其中最值得注意的,就是京剧《穆柯寨》、扬剧《十二寡妇征西》等以杨门女将为主角的戏曲作品的出现,它们使杨门女将形象进一步丰满突出。

三、民国年间的"杨家将戏"

民国年间,杨家将戏曲走向了高峰。民国早期,京剧杨家将戏依然盛行于舞台。根据郑振铎的记载,20 世纪 20 年代之前,"《李陵碑》《四郎探母》以及《辕门斩子》诸戏,是舞台上最流行的戏剧"[①]。此后,杨家将京剧依然盛演不衰,而且数量很多,并形成了一些经典剧目,成为许多京剧表演艺术家的保留剧目。如余嘉锡所言:"今戏剧之所搬演,除东汉、三国、水浒、说岳、封神、西游诸戏外,尤以演杨家将者为最多,大约无虑数十本,而四郎探母、李陵碑、洪羊洞诸剧,以为谭派须生所常演,尤盛行一时,虽妇人孺子,无不知有老令公、余太君、杨六郎者。"[②]从民国时期杨家将戏的演出阵容,也可看出杨家将戏的盛况。著名老生余叔岩、马连良、王凤卿,著名武生尚和玉、盖叫天等,都有擅演的杨家将剧目,"四大名旦"中的梅兰芳和程砚秋也都有擅长的杨家将戏。杨家将戏还走出了国门,《洪羊洞》是 1919 年梅兰芳一行首次赴日本演出的 22 个剧目之一。

伴随着杨家将京剧剧目演出的火爆,民国年间出现杨家将京剧剧

---

① 《时事新报·鉴赏周刊》第十八期,1925 年 10 月 6 日,见郑振铎《郑振铎古典文学论文集》,第 450 页,上海:上海古籍出版社,1984。
② 余嘉锡:《余嘉锡论学杂著·杨家将故事考信录》,第 421 页,北京:中华书局,1963。

本出版的热潮。根据《民国时期总书目》"京剧条"所载,像《(京津名角)唱戏大全》《(名伶秘本)大戏典》《戏学指南》等剧本总集,都收录了不少杨家将剧的代表作,《(全部)四郎探母》《李陵碑》《穆柯寨》等经典剧目的剧本屡有单行本出版。此外,在京剧"音乐条"下所列《京调工尺戏曲大观合刊》《京调曲谱精选》等曲谱选集中,收录了不少杨家将剧目的曲谱,《四郎探母》等经典剧目的曲谱还有单行本。这些剧本曲谱虽然主要面向京剧艺人与京剧票友,但也使杨家将戏曲的传播进一步深化。

民国年间,随着地方戏之间交流的增强,许多地方戏都赴省外演出。例如,以杨家戏驰名的上党梆子,就于此期赴山东、河北演出。各种杨家将地方戏超出了地域的限制,走向了省外,传播范围更广,演出频率更高,地方戏中的杨家将戏也出现了繁荣的局面。总之,民国时期无论是京剧还是地方戏,与前一个时期相比,杨家将戏演出的兴盛程度都有过之而无不及,并且形成了《四郎探母》《洪羊洞》等许多经典剧目,佘太君等杨门女将形象更为丰满,杨家将戏曲达到了空前繁荣的程度,形成了杨家将戏曲传播的高潮。

四、新中国成立后的"杨家将戏"

新中国成立后至 20 世纪 80 年代中叶,杨家将戏曲迎来了又一个高潮。先是新中国成立初到"文革"前的十几年间,对传统剧目的改革与创新尤多,并且取得了较大的成绩,使杨家将传统剧目得到了进一步继承与发扬。以豫剧为例,1954 年,马金凤、宋词整理了豫剧传统剧目《穆桂英挂帅》,马金凤扮演的穆桂英融合了青衣、刀马、武生各行当的表演技巧,创立了帅旦行当,该戏曾获河南省首届戏曲观摩演出大会剧本一等奖,并曾四次进京、两次进中南海演出;1959 年,由陈宪章整理导演、常香玉主演的豫剧传统剧目《破洪州》得到毛泽东称赞;根据传统剧目整理而成的《佘太君挂帅》《寇准背靴》《穆桂英》等,被重新搬上舞台,反响良好。再以京剧为例,经过加工修改,京剧传统剧目《三岔口》的反面人物黑店店主刘利华成为正面人物,并形成了一套充分发挥戏曲虚拟美学原则的高难武打技巧,使该戏成为武戏精品,并多次获奖;1959 年,梅兰芳剧团首演了根据同名豫剧改编的《穆桂英挂帅》,这是梅兰芳自中华人民共和国成立后创排的唯一新戏、晚年代表作;同年根据扬剧《百岁挂帅》改编成的京剧《杨门女将》,由中国京剧院首演;此外,《佘赛花》《挡马》《托兆碰碑》等传统剧目也被改编并重新上演。豫剧、京剧而外,其他很多剧种的杨家将剧目也都有所创新,如扬剧传统剧目《百岁挂帅》等等。

杨家将戏不仅改编多,演出也很兴盛。马金凤的《穆桂英挂帅》演出遍及二十多个省市,累计演出三千余场。这一时期戏曲电影的出现,也使杨家将戏曲传播更广。1958 年,马金凤的《穆桂英挂帅》由江南电影制片厂摄制为戏曲艺术片,此后,京剧《杨门女将》《战洪州》及上党梆子《三关排宴》等也陆续被拍成电影,在国内外发行,并在全国巡回放映,使杨家将经典剧目得到了更深入的普及。这些剧目的改编,丰富了杨家将人物尤其是女性形象,使佘太君、穆桂英等女将形象在民间妇孺皆知,她们的名字甚至成了巾帼英雄的代名词。

此时杨家将戏曲剧本的出版也达到了前所未有的高潮。根据全国总书目的收录,新中国成立初尤其是 20 世纪 50 年代中叶到"文革"前,每年都有少则十几本多则几十本的杨家将剧本出版发行,其中既包括京剧、山西梆子、豫剧等传统杨家将戏的剧种剧本,也包括粤剧、潮剧、湘剧等多种南方地方剧种的杨家将剧本。

十年浩劫后,杨家将戏的演出又出现复苏与繁荣的局面。以河北省各剧种 1981 年上演的传统剧目为例,河北梆子、评剧、京剧、豫剧四个剧种中,每个剧种都有十几个杨家将剧目,占了将近十分之一;丝弦、平调落子、老调、乱弹、西调、曲剧等剧种,都有若干个杨家将剧目上演。不仅以演杨家将戏著称的河北省如此,此时杨家将戏的演出可以说是遍及大江南北。从东北的二人转到海南的琼剧,再到边疆的剧种如新疆曲子剧等,都或整理或移植了杨家将剧目,将杨家将戏搬上了当地的戏曲舞台。根据《中国戏曲志》的收录,全国各省市都有杨家将戏上演,而且大多是多个剧种、多个剧目。同时,每年仍有杨家将剧本出版发行。

总之,从新中国成立后到 20 世纪 80 年代中叶,对传统剧目的改编,使杨家将传统剧目得到继承发扬,也使佘太君、穆桂英等杨门女将形象得到完善,更加深入人心。而舞台演出的兴盛与戏曲电影的拍摄放映,也使杨家将戏在民间得到前所未有的广泛普及,从而使杨家将戏曲形成了继民国之后的第二个高潮。

20世纪80年代中叶之后,杨家将戏曲传播走向低潮。这一时期虽然部分杨家将戏曲继续在舞台演出,但是局限在小范围内,观众以中老年人为主。杨家将戏曲成为明日黄花。杨家将戏曲的风光不再,与整个戏曲艺术的衰落是一致的。

与小说相比,戏曲这种艺术形式的娱乐性普及性更强,更容易为广大文化水平较低的民众所接受,因此,随着清中叶以后民间戏曲的逐步繁荣,杨家将的戏曲传播也很快就取代小说的文本传播,成为民国一直到20世纪80年代中叶杨家将系统小说最重要的传播方式。杨家将戏曲在民间的广泛传播,也使戏曲所塑造的众多丰满的杨家将人物形象走入普通百姓的心中,深化了杨家将系统小说的传播。

第三章
传播媒介论(下)
——20世纪古代白话小说的传播媒介

媒介,简单地说,就是传递大规模信息的载体,是书籍、报纸、杂志、广播、电视、电影等的总称。① 本书绪论对20世纪之前白话小说的传播媒介已经做了概述,20世纪之后日渐发达的科学技术,使传播媒介得到极大的丰富,新兴的广播、电影、电视、网络等传播媒介,以其全新的表现技巧和视听语言突破时空限制,快速、广泛、高效地展开传播,成为古代白话小说传播的生力军。传统的书籍、戏曲、曲艺等传播媒介在广播、影视等的冲击之下,在保持原有传播形式的同时,适时地与时代需要相结合,调整传播内容,并借助科技手段,把广播、影视、网络等电子传播介质巧妙地移植过来,推出了全新的电子图书、戏曲光盘等传播形式,在古代白话小说的传播中发挥着不容忽视的重要作用。本章拟略述各种媒介的传播情况,并分析其在古代白话小说传播过程中的作用以及呈现的特征。

---

① 李彬:《传播学引论》,第128页,北京:新华出版社,1993。

第一节　书籍出版

书籍出版是 20 世纪以来古代白话小说的重要传播媒介,若以出版数量为依据,可以把古代白话小说的传播分为三大部类:一是《三国演义》《水浒传》《西游记》"三言二拍"《儒林外史》《红楼梦》等几部名著,二是《封神演义》《东周列国志》《说唐全传》《说岳全传》《镜花缘》《三侠五义》等二流作品,三是其他长篇及中短篇白话小说。以下就各个部类的出版印刷情况做一简要分析,从中不难看出名著在书籍传播中的绝对优势。

一、20 世纪《三国演义》等历史小说的出版传播

古代白话小说名著的版本情况十分复杂,因此选择何种版本出版成为一个首要问题,《三国演义》《水浒传》尤为突出。《三国演义》现存明刊本 30 余种,清刊本 70 余种,当代学者如沈伯俊、陈翔华、周兆新等①将其分为三个系统,或在此基础上分为四个系统②。三分法为:《三国志传》系统、《三国志通俗演义》系统、《三国志演义》系统。因为第三个系统存在着过渡版本,所以四分法就是把三分法的第三个系统一分为二,这样可以更好地说明版本之间的关系。此处采用四分法,即:《三国志传》系统、《三国志通俗演义》系统、批评本系统、毛本系统。这四种版本在 20 世纪的印刷次数如下表:

版本	印刷次数	比例
志传系统	4	2.07%
通俗演义系统	5	2.59%
批评本系统	4	2.07%
毛本系统	180	93.27%
合计	193	

① 梅新林、韩伟表:《三国演义研究的百年回顾及前瞻》,载《文学评论》2002 年第 1 期。
② 厚艳芬:《三国演义版本演变述略》,载《北方论丛》1996 年第 4 期。

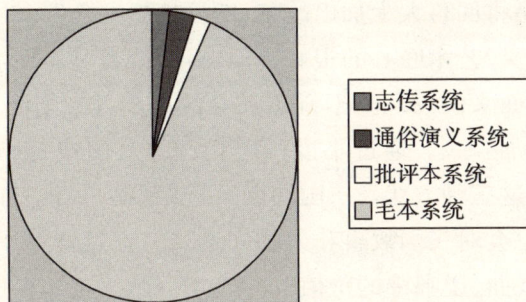

从上表中可以清楚地看到毛批本在印刷上的优势。其实,在清初毛氏父子修订《三国演义》之后,他们的批本很快就替代诸明刻本而风行于世,成为三百年来最为流行的本子。20世纪的印刷只不过是这种现象的继续罢了。

对此现象,当代学者多从毛本与嘉靖本的对比中来寻找原因。但也可以从传播学的角度重新审视这个问题,从出版社、毛批本本身、读者这三个方面来寻找原因。其中毛批本本身的原因已经有许多学者研究,可略而不论。另两个方面的原因则需着重分析。

从出版社来说,利益是首要追求。能以最小的代价获取最大的利益,就是出版社的成功。为了利益的实现,出版社必须考虑读者的需求,然后以最小的成本运作。毛本《三国演义》是最有影响、最常见到的版本,出版社可利用旧有刻板而不需另外花费时间、金钱重新整理,即使需要重新整理,也要容易得多。另一个原因还在于毛本《三国演义》的字数比其他版本要少。

从毛本本身来说,确有不少优长之处,郑振铎、何满子、陈翔华、黄霖、沈伯俊、陈辽等都曾发表过论文做专门论述,其主要观点可概括如下:一是思想内容上,“更加突出地宣扬尊刘抑曹的正统观念与封建伦理道德,同时又加强了儒家的民本思想”①。二是艺术手法上,毛本中的主要人物形象“既鲜明又丰富,既复杂又统一,既摒弃了矛盾抵牾的描述,又不脸谱化、标签化”②。整饰原书的语言,“使之成为简洁流畅

---

① 陈翔华:《毛宗岗与三国志演义》,载《古典文学知识》1994年第6期。
② 黄霖:《有关毛本三国演义的若干问题》,见《三国演义研究集》,第326~342页,成都:四川社会科学院出版社,1983。

的文字,特别是将回目大大加以改革,面目焕然一新"①。另外,毛氏父子对"《三国演义》艺术匠心的很好揭示,对于读者是有所启示的"②。

从读者方面来说,20世纪,随着社会的进步,《三国演义》的读者群比明清时期更加广大。通过小说一再刊行、"三国戏"频繁演出、民间说唱作品上演这三种方式,《三国演义》可谓家喻户晓。即使没有读过原作,许多人也会对三国故事和人物知道二三。这样一来就使读者的阅读期待,与戏曲、说唱中的价值取向趋于一致。毛本《三国演义》中,刘备、曹操的性格特征前后更为统一,正好符合了读者的这种期待。以上三方面的原因,促成了毛本在20世纪继续成为最流行的本子。

从20世纪印刷情况的统计表中,还可以发现印刷地点的变化:50年代以前,印刷地点几乎全为上海;1949~1979年,印刷地点集中在北京(人民文学出版社);80年代以来,印刷地点不再集中为某一城市,而是遍及全国各地。

50年代之前的上海是全国民族企业最发达的城市,它具有最好的工业基础、商业氛围、销售网络、交通等多种优越的条件,又有清代就已经存在的旧的书坊积累的材料和经验,上海理所当然地成为此时印刷出版小说的中心。

50年代之后,北京作为首都,成为全国政治、经济、文化的中心。新闻出版是国家控制比较严格的部门,出版发行需要经过多种审批手续,人民文学出版社在这一方面具有较大优势,成为出版古典文学作品较多的出版社。

80年代以后,一方面由于较为灵活的出版政策,一方面由于对经济利润的追逐,刺激了古典小说的出版。于是各家出版社纷纷出版包括《三国演义》在内的明清小说。

《三国演义》在20世纪的印刷次数呈阶段性发展趋势。这一百年大致可以分成四个时期:

(1)1900年至1937年抗战之前,共印刷全本39次、节本11次。

---

① 郑振铎:《三国志演义的演化》,见《中国文学论集》,第252~349页,上海:开明书店,1934。
② 郑振铎:《三国志演义的演化》,见《中国文学论集》,第252~349页,上海:开明书店,1934。

(2) 1937年抗战开始至1949年新中国成立前,共印刷全本1次、无其他任何节选本。

(3) 1949年至1976年"文革"结束,共印刷全本5次、节本2次。

(4) 1976年至1999年,共印刷全本178次、节本4次。

不难看出,这四个时期的印刷次数极不均匀,第一、四两个时期数量比较大,第二、三时期则比较萧条。之所以造成这种局面,与各时期的政治、经济、文化背景分不开。第一个时期是中国文学研究从传统向现代转化的发生、发展时期。梁启超认识到小说的巨大作用,在《论小说与群治之关系》一文中提出,"小说有不可思议之力支配人道",所以,"今日欲改良群治,必自小说界革命始;欲新民,必自新小说始"。①这种观点大大提高了小说的地位,促进了小说的出版印刷。1919年五四新文化运动爆发,胡适、陈独秀等大力提倡"平民文学"。小说和戏曲被作为"平民文学"空前地受到重视,诸多著名学者对其进行研究,将其带入大学课堂。还有出版社对《三国演义》进行标点和分段,对普通读者提供了很大的方便,同时也促进了销售。② 第二个时期是战乱时期(1937~1949),《三国演义》印刷几乎为零。第三个时期(1949~1976),由于种种原因,《三国演义》出版印刷极不景气。第四个时期(1976~20世纪末),《三国演义》出版印刷急剧增多。

20世纪,《三国演义》节缩本共计出版印刷28次,除去周振甫叙订的节本在1955年重印外,其他均无重印。说明节缩本的出版不像原本《三国演义》那样经久不衰,这是因为节缩本既非原貌又不完整,尽管能节省阅读时间,但有其无法克服的缺点,所以并不受欢迎。

对于108回、70余万字的鸿篇巨制《东周列国志》来说,书籍一直是其传播的主要媒介。与明清时期相比,20世纪《东周列国志》书籍传播的形式、内容都极大地丰富起来,有排印本、普及本、改编本、选本、实用本、评论本、连环画本、电子本等多种形式。

余邵鱼以编著者和刊行者的双重身份,使列国志系列小说一经产

---

① 见邓绍基、史铁良主编:《20世纪中国文学研究—明代文学研究卷》,第1页,北京:北京出版社,2001。

② 如亚东图书馆于1921年出版汪原放标点的《三国演义》。

生就搭上了小说刊刻高潮的列车,不仅使小说在整个明清时代广泛流传,也使小说文本得到很好的保存。《东周列国志》的版本系统比较简单。20世纪30年代以前出版的《东周列国志》,绝大多数以清刻本成山房本和经纶堂蔡编本为底本,四五十年代多在成山房本和经纶堂蔡编本的基础上,参考郑振铎所藏冯梦龙编的《新列国志》旧刻本校订出版。50年代以后,多根据作家出版社1955年的本子校订修改出版。除了单行本之外,由于《东周列国志》在小说史上的特殊地位,还被收入多种丛书出版发行,如中国古典文学菁华便携文库、中国古典小说珍本丛书、中国古典名著珍藏本、百姓家藏书系、中国古典小说名著百部等。丛书赋予其"名著""珍本"的称号,提高了它的文学地位,增强了它的影响力,推动了它的传播。

与版本的简单、固定相比,小说的编著者却一直没有得到确定,出现了多个作者的复杂情况。如:六七十年代台湾出版的《东周列国志》,编著者或署余邵鱼,或署冯梦龙,而且前者还占多数。有的把蔡元放定为小说的编著者,如时事出版社1995年出版的现代语文版的《东周列国志》署"(清)蔡元放著"。有的把冯梦龙、蔡元放都定为编著者,如中华书局1996年出版的《东周列国志》署"(明)冯梦龙、(清)蔡元放编"。中国盲文书社2000年出版的编著者则署冯梦龙。编著者的杂乱在某种程度上反映了对《东周列国志》研究的欠缺,虽然这并不会影响小说的内容,但会妨碍读者了解列国志系列小说之间复杂的关系。

普及本和选本是为了契合时代发展,满足普通受众新的文本需要,进一步推广和扩大小说传播而产生的通俗读本。普及本有1995年中国戏剧出版社本、1997年吉林人民出版社本和2000年吉林文艺出版社本等,其白话和图文并茂的形式使小说更生动、易懂,受到普通受众的欢迎,有效地促进了小说的大众传播。此外,经过编辑的加工、润色,趣味性和可读性增强,而且方便携带和传阅,传播效果显著。仅80年代就出版了十几种选本,印刷近百万册,极大地推动了小说精彩片断的传播。但在大力推广普及本和选本的同时,也应认识到普及本和选本的双刃剑性质,充分重视其模糊原著、割裂原著的负面作用,应积极提高它们的文学质量,使其最大程度贴近原著面貌。

二、20 世纪《水浒传》的出版传播

从明代中期,《水浒传》即被翻刻,开始流行。传世的版本主要有百回本、百二十回本和七十回本三个系统。20 世纪以来,文本出版仍是《水浒传》传播的最基本、最常见的媒介。

20 世纪初至抗日战争爆发以前,是《水浒传》出版的第一个高潮期。这一时期,石印、铅印等印刷技术的引进,大大促进了出版事业的发展,在经济文化发达的上海,出版社如雨后春笋般崛起。同时由于此时部分先进的知识分子开始用西方的民主政治思想来研究《水浒传》,借以抨击现状,引起了广大民众对这部小说的浓厚兴趣,所以《水浒传》在 20 世纪前期再次焕发了生命力。其中由金圣叹腰斩后的七十回本最为流行,各个出版社变换花样争相印行。据不完全统计,截至 1937 年,全国出版的七十回本《水浒传》就有 48 种之多。比较受欢迎的主要是句曲外史序本和王仕云评本。句曲外史序本有上海书局、粤海书庄、章福记、天宝书局、扫叶山房等石印本,中华书局、奉天第五监狱铅印本等,共 20 多种;王仕云评本有锦章书局石印本,中新书局、鸿文书局、广益书局、广兴书局等铅印本。这些版本大多增加了插图、绣像,以吸引读者。如锦章书局石印王仕云评本中有绣像 12 幅,每幅 3 人,计 36 人。正文每册插图一页两幅,12 册计 24 幅。上海书局 1905 年石印句曲外史序本除增加宋江、吴用、公孙胜三人的绣像外,还以潘金莲、潘巧云、阎惜姣人像,盖为投合当时市民阶级的阅读趣味。新文化运动中,由于胡适等人提倡使用新式标点符号,所以 20 年代后新式标点《水浒》成为时尚之品,并逐渐普及。如 1920 年 8 月,上海亚东图书馆出版了由汪元放标点的《水浒》,1921 年局部修订再校后重版,1928 年重排九版。之后,1923 年世界书局排印的《足本水浒传》,1926 年上海中央编译局出版的李菊庐标点的《新式标点水浒》,1930 年三民公司排印的《水浒传》、新文化书局排印的《水浒》,1934 年上海大达图书供应社出版的《历史长篇说部新式标点水浒传》等等,都采用了新式标点符号。除以上这些版本外,1908 年燕南尚生《新评水浒传》,1927 年群学社出版的许啸天序本《水浒》,1929 年上海大东书局邓狂言《水浒索隐》等,也是较有影响的本子。

同时,胡适、鲁迅、郑振铎等人的研究,促进了百回本和百二十回本《水浒传》的传播。1925 年 7 月,北京燕京印书局据李玄伯藏本排印了《百回本水浒》,共分五册,卷首为李宗侗《重刊忠义水浒传序》,次李玄伯《读水浒记》。1934 年 1 月,北京北平流通图书馆出版《仿明版重刊百回水浒》,一百回五册,实据李玄伯排印本重印,原题冲霄汉阁主校点,首高冲汉《重刊忠义水浒传序》,卷首仍附李玄伯《读水浒记》。1929 年 10 月,上海商务印书馆出版一百二十回的《水浒》,分 20 册,是据明万历四十二年(1614 年)袁无涯刊百二十回本《出相评点忠义水浒全传》排印,去掉原书插图,增加了胡适的《水浒传新考》《水浒版本源流沿革考》,列入《万有文库》丛书。1932 年,上海商务印书馆又据 1929 年纸型重印,内容、排列均与《万有文库》本同,唯改订为二册,编入《国学基本丛书》。1933 年,北平流通图书馆又仿袁本排印,题《仿明刻忠义水浒传》。

抗日战争时期,《水浒传》出版较少。其间,只有重庆进文书店、江西赣县章贡书局等少数几个出版社出版了七十回本。另外,在日本统治之下的伪满洲国,于 1943 年 5 月由长春艺文书局据袁本排印了百二十回本《忠义水浒全书》,平装五册,首载胡适《水浒传新考》。次年,伪满洲国图书株式会社又据艺文书局版重印,卷首增加了郑振铎的《水浒传的演化》。

中华人民共和国成立后,文化部艺术局制订了刊行古典小说的计划。1951 年,人民文学出版社成立,开始有计划地进行古代小说名著的整理。直至"文革"开始前,《水浒传》整理出版工作一直卓有成效地进行着,一些重要的、久已失传的版本得以重见天日,促进了《水浒传》的研究与普及。1952 年 10 月,人民文学出版社校注出版了第七十一回《水浒》,平装三册。这是新中国成立后出版的第一部《水浒》,依据清初金圣叹删改的七十回本修订而成。这次出版删去金圣叹伪加的"噩梦",复楔子为第一回,复"排座次"为第七十一回,并把金圣叹妄改之处一一恢复原样。正文每回前插增光绪三十三年仿泰西法石印本之笑仙逸史全图,回末有注释。1954 年 3 月,人民文学出版社又出版了一百二十回本《水浒全传》的汇校本,由郑振铎、王利器校点,专供研究之用。1956 年 6 月,北京文学古籍刊行社出版《水浒志传评林》,据王古鲁在日本日光慈眼堂所摄《京本增补校正全像忠义水浒志传评林》的照片影印。该书款式共分三栏,上栏是评语,中栏是插图,下栏是正文。插图雕刻古朴,是一部现存较早而规模宏大的连环版画。尤足珍贵的是,这些图画形象地反映了明代的一些社会生活,给文化研究工作者提供了可贵的参考资料。1957年9月,商务印书馆再据1929年《万有文库》纸型重印一百二十回的《水浒》,抽去胡适二考,精装二册。1961年7月,中华书局上海编辑所以此为底本,以人民文学出版社《水浒全传》本参校,重新排印出版了《水浒全传》。书中附有图像,图选用人民美术出版社在1955年出版的《水浒全传插图》104幅,像用苏州人民出版社1959年印制的陈老莲的《水浒叶子》复制。书末有李希凡《谈谈水浒全传的思想情节和人物》一文。这是一个适合于一般读者阅读的较为完善的本子。1966年1月,中华书局上海编辑所影印北图所藏《明容与堂刻水浒传》,根据王古鲁所摄日本内阁文库藏的容与堂本的照片,补充了"李卓吾叙"和缺页、残页,线装二函二十册,由中华书局出版。后又有平装四册本,由上海人民出版社于1973年出版。

"文革"中进行的所谓"破四旧"运动,将包括《水浒传》在内的大量书籍查抄、焚毁。直到1973年,由于毛泽东对《水浒传》有了新的认识评价,《水浒传》的出版工作重新受到重视。这一年,中华书局出版《明容与堂刻水浒传》,是据1966年版的二十册线装本影印。1975年,毛泽东发起"评《水浒》,批宋江"运动,又在客观上促进了《水浒传》在全国的出版和传播,形成了短暂的繁荣景象。仅1975年,先后印行的《水浒传》主要版本就有三种:(一)人民文学出版社一百回本《水浒传》。该版本是据北京图书馆所藏明万历末年杭州容与堂刻本校勘标点的。(二)上海人民出版社一百二十回本《水浒全传》。此本是以明万历末年杨定见序的一百二十回本为底本校定排印的。(三)人民文学出版社七十一回本《水浒》。此本是在1952年人民文学出版社七十一回本的基础上重新修订后再版的。

20世纪80年代之后,迎来了文化出版事业的又一次高潮。出版社遍及全国主要城市,改变了新中国成立后人民文学出版社和中华书局两家垄断出版界的局面,为《水浒传》大量出版提供了有利条件。至

20世纪末,全国各主要出版社出版了几十种《水浒》本子。如四川文艺出版社、花山文艺出版社、河北人民出版社和岳麓书社有一百二十回本《水浒全传》,文化艺术出版社有七十回本《水浒》,齐鲁书社、山东文艺出版社有一百回本《水浒传》。人民文学、中华书局以及上海古籍三大出版社更是当仁不让,它们出版的各个版本最有权威性,也最受读者青睐。《水浒》的大量出版为其在大众中的传播与普及奠定了良好的基础。

由于《水浒传》的巨大影响,自它诞生以来,就有无数的续书、仿作应运而生。著名的有《水浒后传》《后水浒传》《荡寇志》等。进入20世纪以后,《水浒传》的续书有程善之《残水浒》十六回、姜鸿飞《水浒中传》三十回和张恨水《水浒新传》、谷斯范《新水浒》、刘盛亚《水浒外传》等。其中,姜鸿飞《水浒中传》、谷斯范《新水浒》和张恨水《水浒新传》都作于抗日战争期间,是鼓舞民族斗志之作。程善之《残水浒》,1933年镇江新江苏日报馆出版。它从第七十一回写起,描写了梁山泊内部的分裂,众头领间的离心离德,互相猜忌,互相残杀,直至于众叛亲离,被张叔夜擒拿归案为止。马蹄疾认为它是"继俞万春《荡寇志》以后出现的又一部歪曲农民起义的小说"[1]。其实不然,据包明叔《残水浒叙》言:作者本人年轻时就"发扬蹈厉,有革故鼎新之志","尝以醉心改革之论,为清吏所侦",因"格于环境,亦自无以行其志",所以"时时为稗官小说之言,以资娱乐,今兹《残水浒》,其一也"[2]。秋风《残水浒小引》更斥《荡寇志》"纯为帝王辩护,其理想已甚卑鄙;无端生出陈希真诸人,崇拜帝王之余,增以迷信,其尤妄矣"[3]。则程善之赓续《水浒》的目的,除了为其续成全豹以外,当有影射民初政治的含义在内,只是作者隐晦而未直接说出而已。刘盛亚的《水浒外传》,1947年10月由上海怀正文化社发行。该书以流传戏曲《庆顶珠》(即《打渔杀家》)为依据,以阮小七(萧恩)之女萧桂英和花荣之子花逢春恋爱为线索,描写了梁山泊残存将领及其后代重新组织起义抵抗外族侵略的故事。

---

① 马蹄疾:《水浒书录》,第361页,上海:上海古籍出版社,1986。
② 马蹄疾:《水浒书录》,第362页,上海:上海古籍出版社,1986。
③ 马蹄疾:《水浒书录》,第362页,上海:上海古籍出版社,1986。

20 世纪 30 年代后,《水浒传》还产生了大量的删节本,有邹仁达选辑《水浒传精华》,王忆庵改订《水浒》,胡怀琛改编《水浒传》,宋云彬叙订《洁本水浒》,张越瑞节编《节本水浒传》,倪国培《水浒传节选》,中华书局《水浒》(节选本)等等。删节者目的各不相同。有的是为了更适合儿童观看,如王忆庵改订《水浒》五十回,是要"剪裁修改,嘉惠儿童"(吴研因《水浒五十回序》)。有的是为了节选出《水浒传》中最精彩的部分,如张越瑞《节本水浒传》,只选出鲁达、林冲、武松、李逵四人的故事,选者认为"《水浒传》创造的人物,最成功,与最能表达作者创造力的,要算鲁达、林冲、武松、李逵四个","真正好文章,就在写鲁达等四个人的二十三四回里"(《导言·节选水浒传的意见》);1962 年～1963 年中华书局上海编辑所的节选本《水浒》,从《水浒传》中选出《鲁智深》《林冲》《武松》《智取生辰纲》和《三打祝家庄》五本故事,列入《工农通俗文库》。还有的则是着眼于删除封建糟粕,如胡怀琛《水浒传》、宋云彬《洁本水浒》都删去了原书中戴宗"神行法"一天能行八百里和公孙胜能呼风唤雨之类神怪色彩浓厚的故事。这些《水浒传》节选本由于篇幅简短,情节引人入胜,所以更贴近读者,为《水浒传》的传播普及做出了很大贡献。直至当代,还有许多节本被多次重印。如宋云彬《洁本水浒》,1955 年宝文堂书店重版,改名为《水浒节本》,1981 年新华出版社据宝文堂书店本重校出版,改名为《水浒》,1982 年宝文堂书店核校后,增加了必要的注释,也以《水浒》之名再版。

另外,以水浒故事为题材的各种儿童普及读物、故事新编与戏说水浒等文学样式,更是花样翻新,五花八门。如 1954 年,少年儿童出版社编选出版了《林冲》十八段、《三打祝家庄》十二段、《智取生辰纲》二十段。1954 年～1957 年,北京通俗读物出版社出版了《黄泥岗》《野猪林》《武松打虎》《大破连环马》《李逵接娘》《三打祝家庄》《林冲雪夜上梁山》《鲁智深》《黑旋风李逵》《大闹江州》《三败高太尉》《智取玉麒麟》等系列读物。1956 年～1957 年,上海文化出版社出版了《花和尚鲁智深》《拳打镇关西》《野猪林》《智取生辰纲》《宋江和方腊的故事》《浔阳楼》《闹江州》《三打祝家庄》等。1957 年 9 月,山西人民出版社出版了由周绍良节编的《林冲的故事》《李逵的故事》《鲁智深的故事》《武松的故事》等。

水浒的故事新编，有西泠冬青、陆士鄂《新水浒》，茅盾《豹子头林冲》《石碣》，陆墟《水浒二妇人》，任仓厂《武松故事新编》《潘金莲故事新编》，冰清《黄泥岗》，江村改编《花和尚》《武松全传》《大名府》等。其中，《新水浒》和茅盾所著《豹子头林冲》《石碣》都较有新意。晚清先后出版过三部题为《新水浒》的小说。其一为光绪三十年(1904年)《二十世纪大舞台》连载，仅载一、二回，署名"寰镜庐主人"，写一亡国之君和一胖和尚、一道姑闯荡江湖事。其二为光绪三十三年(1907年)鸿文恒记书局、新世界小说社发行，计二十八回，署"西泠冬青演义，谢亭亭长评论"。西泠冬青说："《水浒》所演的一百另八个人物，其中虽有忠臣，有孝子，有侠义，然究竟算不得完全国民，况且奸夫淫妇，杂出其间，大有碍于社会风俗，所以在下要演出一部《新水浒》，将他推翻转来，保全社会。"书中借梁山英雄之名宣传新思想。谢亭亭长序云："百八男女皆与议，隐然一小共和国，然则此书实为宪政之萌芽。"书中写卢俊义将家产的三分之一充作国民捐；雷横办警察训练班，但在上海错抓革命党。柴进办招待所，石勇办邮电局，张顺办渔业公司，汤隆开炼铁工厂，乐和出席音乐会。王英恋野鸡，扈三娘愤而赴日本留学。鲁智深做僧监，安道全任军医。吴用办女学堂，顾大嫂到天足会演讲。张顺飞弹打击日本兵，单廷圭创设自来水，皇甫端招降红胡匪。这些都反映了社会的发展与变迁。其三为1909年陆士鄂出版的《新水浒》。此书是陆氏在1909年接连出版的三部"旧作翻新"小说(《新水浒》《新三国》《新野叟曝言》)之一。《新水浒》情节纯是对前面所介绍的同名书的模仿，在思想深度和表现手法上则更进一步。此书紧扣当时的政治形势，写梁山英雄听说朝廷正在变法，成立了梁山会，派众会员下山经营各种新事业。蒋敬与时迁合伙，办起了总义银行；郑天寿来到雄州，开办尚德女学堂，陶宗旺以大公馆做妓院；扈三娘开办夜总会；侯健在江州开办军衣铺；李立、李俊办起了揭阳岭矿务公司；汤隆、刘唐开办铁路；林冲任陆军学堂监督；卢俊义筑造铁路；萧让办《呼天日报》；武松在清河兴办运动会；石秀买彩票，中了头彩等等。重阳节一过，梁山会年会会期已到，各人报告收益，由裴宣评判等级，结果第一名由扈三娘获得，共得银四十八万三千二百两。李逵非但分文未得，反而输掉许多银子，被列为下等。有论者指出，在作者笔下，这些梁山的英雄们从"替天行道"变成了巧立名目搜刮钱财,显然是在讽刺那些正在进行中的维新事业。① 小说以旧瓶装新酒的形式全面反映了那个时代社会生活的各个方面,而《水浒传》只是为其"故事新编"提供了一个叙事框架而已。以上这些小说中全新的内容,让人强烈地感受到当时剧烈社会变革前夕的躁动气息。

茅盾所著《豹子头林冲》和《石碣》,都是从水浒人物、故事中借来一点因由敷衍情节。《豹子头林冲》是茅盾运用历史唯物主义的观点,写农民起义领袖的探索之作。作者细致地描写了林冲初上梁山时怎样怄着白衣秀士王伦的气,在一夜里的思想斗争。短篇小说着重表现了豹子头林冲由忍耐到爆发的过程,从而突出了林冲性格中革命性的一面。《石碣》则专写梁山泊"石碣"的秘密,小说通过金大坚与萧让的对话,揭示出实际是军师吴用让金大坚和萧让暗地刻石碣天文,希望借以号召出身不同的梁山英雄们团结一致,共同"替天行道"。此书出版于九一八事变前夕,作者借古喻今的政治寓意是明显的。

20 世纪 80 年代以后,出现了大量"戏说水浒"的小说作品。特别是网络文学盛行的今天,个性化创作得到了极大的满足,各种戏说水浒故事你方唱罢我登场。只要打开"戏说水浒"这一网页,众多的新生水浒故事就呈现在面前,读来令人莞尔。如《潘金莲开夜校》,故事从武松在杭州六合寺出家写起,写潘金莲的鬼魂找到武松,用弗洛伊德精神分析学开导武松,对其进行性启蒙。文章的创新之处在于用现代心理学成果对《水浒》人物的行为进行诠释,尤其是揭示了梁山好汉们不爱女色唯好武力杀戮的内驱力,这也许可以为读者们解开一个悬置脑中多年的疑团吧。其他如《梁山别传》,借梁山竞选十杰讽刺当今社会一些人争名夺利、部分领导干部以权谋私的行为;《武大郎当国王》用戏谑的口吻讽刺了日本人,揭露他们侵略中国的贼子野心。这些戏说故事大多是从现代人的视角来分析《水浒》人物行为,或者用《水浒》人物演绎现代故事,体现了现代人的《水浒》观,反映了现代人的生活面貌和生活特色。

---

① 汤哲声:《故事新编:中国现代小说的一种文体存在——兼论陆士鄂〈新水浒〉、〈新三国〉、〈新野叟曝言〉》,载《明清小说研究》2001 年第 1 期。

可以说,以上这些形式的共同特征是以《水浒传》为母题,或在原有的故事基础上加以改写,或仅仅借用《水浒》人物名字、故事因由另起炉灶,甚至有些是根本与《水浒传》毫不相干的。不管怎样,这都说明《水浒传》已经成为我国文艺的一个重要源泉,它以丰富的营养滋润和灌溉了此后的文学园地。后世许多伟大的作家及其作品都不同程度地汲取了《水浒传》的营养,其沾溉后人可谓多矣!

三、20 世纪《西游记》等神魔小说的出版传播

20 世纪《西游记》的出版印刷出现了两个高峰期,第一个是 30～40 年代,第二个是 80～90 年代。20 世纪,随着西学东渐的浪潮以及文学界、小说界革命的逐步推进,《西游记》得到许多现代学术先驱者的关注,出现了《西游记》出版印刷的第一个高峰期。第二个高峰期的到来首先跟中国社会的重大转折有关。20 世纪 60 年代以来的十几年内,古典名著的出版几近空白。人们对文学的阅读期待使得包括《西游记》在内的古典文学作品再次出现印刷出版的高峰。其次,与《西游记》的学术研究在经历了“文化大革命”之后的再次复苏乃至重新掀起高潮有着重大关系。新时期的《西游记》研究起步于 20 世纪 70 年代末 80 年代初,改革开放给学术研究带来了自由的空气,人们的思想又一次得到解放,新思潮的涌起,给中国古典文学研究带来勃勃生机。这是中国古典文学研究的空前繁荣期,《西游记》的研究也不断深入。学术界的关注使得《西游记》的印刷出版迅速达到高潮 。另外,受经济大潮的冲击,20 世纪 80 年代后期,《西游记》出版印刷更多呈现出追逐经济利益的特点,古典文学名著无疑可以给出版社(商)带来极大的经济利益。

从出版印刷的地点来看,20 世纪 30 年代以上海为中心。新中国成立以后,除上海外,另一中心是北京,人民文学出版社从 50 年代直到 20 世纪末所出版印刷的包括《西游记》在内的古典文学书籍当是最具有权威性的印刷版本。80 年代之后,则呈现遍地开花的局面,各地出版社尽量打造自己的特色:平装本、精装本、插图本、绣像本、珍藏本、袖珍本等等,不一而足,装订越来越精美。这可以给读者更多选择的余地,但是与社会需求量相比,出版印刷的无序和盲目性显得特别

突出。

从印本形式看,20世纪三四十年代主要是新式标点本和节录本。50年代以后,基本是新版横排本。80年代以后,版式各异,影印本、绣像本、线装本、评点本、插图本、回评本、改写本、缩编本等都有。发行量比较大和相对通行的是人民文学出版社1979年出版的以明世德堂刊本为底本并参校其他清刻版本进行重排的本子。90年代以来,《西游记》更多是作为古典小说名著或系列丛书中的一种印行,例如《中国古典文学名著丛书》《名家绘图珍藏全本四大古典小说》《中国古典小说名著》《中国古典小说名著丛书》等,并且注重面对中小学生。出版印刷的商业性特点越来越突出,从商家借以赢利的动机也可感受到包括《西游记》在内的古典文学名著,直至今日仍然有其感染力和特殊的地位。

《封神演义》现存版本有三:一为明舒载阳刊本(李云翔序),二为周之标序本,三为褚人获序本。"今唯周之标序本及褚人获序本通行。"①此三种版本当为后来各种刻本之所从出。现知《封神演义》最早刻本为明代金阊书坊舒冲甫刻本,二十卷一百回,藏于日本内阁文库,全称《新刻钟伯敬先生批评封神演义》。据封面识语,刻者为金阊书坊舒冲甫。第二卷第一页又署"金阊载阳舒文渊梓行",或为一人,或是一家,今难详考;正文半页十行,每行二十字;字为扁体。图五十页白面,精彩细致。此种刻本国内无存。通行本有清覆明本,别题《封神传》。蔚文堂覆明刊本也是通行本,别题《商周列国全传》,"钟伯敬先生评"。清覆明本和蔚文堂覆明刊本均载常州周之标君建序。清四雪草堂订正本,题"钟伯敬先生评原本""四学草堂订正",康熙三十四年(1695年)褚人获序。后有四雪草堂覆本,乾隆间茂选楼刊小字本,康熙三十四年序善成堂藏版本,康熙四十七年(1708年)茂选楼刊本。国内存本尚有广百宋斋石印本、德聚堂本等。四雪堂是清前期颇为活跃的名肆,于康熙五十年(1711年)刊有覆明天启本《新刻钟伯敬先生批评封神演义》,图版与天启本同,唯将图题自版面移至版心。刀刻不如明版灵动,也有不少插图。此版本虽不是最早的版本,但它不仅为后

① 孙楷第:《中国通俗小说书目》,第171~172页,北京:作家出版社,1957。

来许多注本、评本、绣像本提供了底本,也有力地扩大了《封神演义》的传播范围。清代最著名的坊刻本图书,首推上海"扫叶山房"本。它是清代经营历史最长久的私家书坊,光绪九年的《新刻钟伯敬先生批评封神演义》即由此书坊刊印。清光绪十五年(1889年),上海出现了广百宋斋铅印本《绣像封神演义》,有近二百幅插图,图文并茂,更有利于阅读。

通俗小说价格昂贵,所以刻印者们在"适俗"上大做文章,请名人作序、评点,加注释、绣像,有时假冒名人之名作序评点,以扩大影响。明中叶,为通俗小说评点作序者不乏状元、进士、社会名流,提高了作品的知名度,从而加快了作品的传播范围和速度。比如,《封神演义》批点者署名为万历进士钟惺,尽管可能是伪托,但对《封神演义》的传播是大有裨益的,抬高了作品在读者心目中的地位。康熙二十年(1681年)文名甚高的褚人获评《封神演义》说:"此书直与《水浒》《西游》《平妖》《逸史》一般诡异,但觉新奇可喜,怪变不穷,以之消长夏,祛睡魔而已,又何必究其事之有无哉? 又何必论其文之优劣哉?"①这样的评论对读者有极强的引导作用,对《封神演义》的传播和刊行起了重大的促进作用。晚清进士俞樾作《封神诠解》,评点《封神演义》,认为作品设想奇特,会意巧妙。《封神诠解》虽是稿本,流行不如钟伯敬评本广泛,但在一定范围内对《封神演义》的传播起到了促进作用。

一些文人对作品的批评会引起读者的好奇心,促使更多的读者去关注作品。清人梁章钜云:"林樾亭(名乔阴)先生尝与余谈,《封神传》一书是前明一名宿所撰,意欲与《西游记》《水浒传》鼎立而三,因偶读《尚书·武成》篇'唯尔有神尚克相予'语,衍成此传。"②初步考证了成书过程,已涉及对作品的研究。解弢在其《小说话》中说:"做小说须独创一格,不落他人之窠臼,方为上乘。若《西游记》《封神演义》《金瓶梅》《儒林外史》《水浒传》,皆能独出机轴者。""《水浒》如燕市屠狗,慷慨悲歌。《封神》如倚剑高峰,海天长啸。"③很明显,已十分关注作品的

---

① 〔明〕许仲琳:《封神演义》,清康熙四雪草堂刊本卷首。

② 〔清〕梁章钜:《浪迹续谈》,见朱一玄《明清小说资料选编》,第558页,济南:齐鲁书社,1990。

③ 解弢:《小说话》,见朱一玄《明清小说资料选编》,第558页,济南:齐鲁书社,1990。

艺术成就。成之在《小说丛话》中这样评价《封神演义》:"如《齐谐》志怪之书,本于人生无何等之关系,读之殊不足以动人喜怒哀乐之情,但其事自知的方面言之,甚为恢奇,故足以厌人好奇之心,而人亦喜读之。如《封神》《西游记》等,皆此类也。"①还有人说:《西游记》及《封神演义》,神怪小说之杰作也。其思想之宏阔奇伟,实令人惊服。总之,这种批评式的研究对《封神演义》的传播作用是不可低估的。毕竟,文学批评为读者和听众提供了理解和评价作品的指南,不仅影响作品的传播范围,而且在一定程度上左右着读者的态度。

通过查阅《小说书访录》《中国国家书目》《全国总书目》《民国时期总书目》《古典小说戏曲书目》等目录,可以大致总结 20 世纪《封神演义》出版印刷情况。从时间和地域看,出版印刷出现了极不均衡的现象:五四新文化运动后的 30 年和 20 世纪最后的 20 年是出版的高峰期,20 世纪最初的几年、抗战期间及"文革"期间是出版的低潮期。"文革"期间,在大陆印刷次数寥寥无几的情况下,台湾却有七个出版社出版《封神演义》。从出版种类看,有《封神演义》排引本、普及本、校点本、改编本、连环画本等。

同一种小说,在不同历史时期出现出版不均衡的现象,这与社会政治、经济、文化等背景分不开。1900 年的"庚子事变"是中国近代史上的一大惨剧,《辛丑条约》的签订更将 1840 年以来民族的屈辱导向极端,时人每每将庚子国耻的乱因,归咎于传统小说的流毒,并且对于传统神魔小说发出了严厉的谴责。科普作家顾均正便指出:"若今年庚子五、六月拳党之事,牵动国政,及于外交,其始举国骚然,神怪之说,支离末究,尤《西游记》、《封神榜》绝大隐力之发见矣。而其弊足以毒害吾国家,可不慎哉!"②当时普遍以为传统神魔小说是散布迷信思想的祸源,并因而导致义和团盲从神功幻术的悲剧。自此,神魔小说与庚子肇祸的想当然的关联,即成为晚清科幻小说抨击迷信的主题。一些文学作品也透露这种倾向,比如吴趼人《新石头记》中贾宝玉劝诚

①　成之:《小说丛话》,载《中华小说界》1914 年第 1 卷第 8 期。
②　顾均正:《和平的梦》序文,转引自叶永烈《论科学文艺》,第 83 页,北京,科普出版社,1979。

薛蟠不要入伙义和团,说道:"你须知什么剪纸为马,撒豆成兵,都是那不相干的小说附会出来的话,哪里有这等事!"不料,薛蟠反驳说:"亏你还是读书人,连一部《封神榜》也不曾看过。难道姜太公辅佐武王打平天下,不是仗着诸天菩萨的法力吗?"虽然透过诙谐嬉笑的方式陈述,却深刻反映了时人心目中神魔小说毒害社会的观点。在这样的政治文化背景下,神话小说《封神演义》不被刊行,实属自然。

　　随着维新运动的到来,小说的社会影响力开始受到关注。康有为、梁启超等人坚决扬弃小说为"小道"的传统观念,相继掀起"小说界革命"和"戏曲改良运动",首先标举"小说(含戏曲)为文学上之最上乘",从价值取向上开始动摇传统诗文的正宗地位,极力提高小说的社会地位。随着文坛上"小说界革命"的展开,人们开始用一种崭新的视角审视中国传统的章回小说,尤其着眼于"文学上小说之价值,社会上小说之势力,东西各国小说学进化之历史及小说家之功德,中国小说界革命之必要及其方法等"①。胡适、陈独秀等先驱者极力倡导小说,认为"元明剧本,明清小说,乃近代文学之粲然可观者"②。小说的社会地位得以确立。五四新文化运动中,许多学人站在文学改良或文学革命的立场上,对中国传统文学进行新的价值评估,由此又引发一场研究革命,从而彻底改变了以往的古典文学研究格局,戏曲、小说等白话文学的研究堂而皇之地登上了大雅之堂,并取得了前所未有的成就。与"新文化运动"密切关联,新闻业、出版业等新兴文化事业在此时期异军突起。1923年底和1924年中,鲁迅《中国小说史略》上下册先后出版,把小说作为一门学问肯定下来,自然引起社会各界对通俗小说的关注。近代经济发展又为出版提供了必要的物质条件,经济发达的上海成为刊印通俗小说的重镇,在小说的出版印刷方面取得了前所未有的成就。20世纪二三十年代,《封神演义》出版印刷的百分之九十是在上海进行的。比如上海元昌书局、上海世界书局、上海共和书局、上海大成书局、上海广益书局、上海文艺出版社、上海文明书局、上海广

① 陈平原、夏晓虹:《二十世纪中国小说理论资料》第一卷,第42页,北京:北京大学出版社,1997。
② 陈独秀:《文学革命论》,载1917年2月《新青年》2卷6号。

百宋斋等,都于20年代前后印刷出版了小说《封神演义》。1925年12月,上海文明书局出版的《封神传》共十册,为标点校阅本;1934年7月出版的《封神传》共四册,是何家铭用新式标点校阅的。这些工作给普通读者提供了极大的阅读方便,即使那些没有多少文学功底的人也可以读懂作品,这样会有更多的小说爱好者购买、阅读《封神演义》。强大的小说消费群体促使更多的出版社加入出版印刷《封神演义》的队伍。

　　1937年"卢沟桥事变"拉开了全民族抗战的序幕,社会动荡,烽烟四起,出版社无法正常营运,几乎没有《封神演义》出版物。直到1946年12月,上海广益书局出版了胡协寅校勘的绘图《封神演义》一至四册。新中国成立后,对古代文学遗产的政策是批判继承,然而在具体确定究竟哪些遗产应该批判或继承和如何去批判与继承的问题时,就遇到了无法克服的困难。于是,继承的东西越来越少,批判的东西越来越多,以至于把"剔除其封建性的糟粕,吸收其民主性的精华"的口号变成"越是精华越要批判"了。这种"极左"思想的极端发展,就是十年"文化大革命"。这时候已经不再讲对传统文学的继承,而是开始对民族文学遗产进行彻底的批判了。所以,这期间只有作家出版社和人民文学出版社分别于1955年和1973年出版了《封神演义》。直到"文革"结束后的1979年和1983年,人民文学出版社才重印《封神演义》。台湾在六七十年代出版《封神演义》却势头不减。比如,世界书局的《封神榜》(4册),文源出版社的《封神演义》(1册),桂冠出版社的《封神演义》(2册),伟文图书编辑部的《封神榜》(1册),世一编辑部的《封神演义》(1册)等等。上述出版物的作者都署名许仲琳,文化出版社和"大中国"出版社出版的《封神演义》却署名陆西星,这可能与当时学界认为《封神演义》的作者是陆西星的呼声较高有关。

　　"文革"结束后,古代白话小说的整理和出版在数量和质量上都有了巨大的飞跃。不仅古典名著有多种校本、注释本问世,就是大量的以往不太为人们关注的二三流小说也都得到了整理出版。每部根据古典小说改编的电视连续剧热播之后,出版商总能抓住良机,及时地将印刷作品推向市场,让读者再一次掀起购书狂潮。读者的热情,印刷书籍的骤增,出版业的繁荣,使《封神演义》在普通百姓中的传播与普及空前广泛而迅速。

　　20世纪,《封神演义》印刷出版的图书种类繁多,有影印本、校点本、缩本、全本、绘画本等等,不一而足。20世纪初期出版的《封神演义》有八卷本、十卷本、十二卷本、十九卷本,但大多是百回本,只有1923年上海世界书局石印的《绘图封神演义》总共是八卷六十八回。总的来说,传播中的各类《封神演义》内容出入不是太大,文本内容的相对固定对作品的传播是有益的。民国线装(大字足本连环图画)《封神榜全传》,每回一图,则对各版本的出版有着较高的参考价值。此外,台北天一出版社1985年出版《封神演义》十卷一百回,向读者展现了最接近作者原著的版本,共有图一百幅。卷首有序,末署"邗江李云翔为霖甫"。目录及卷端题"新刻钟伯敬先生批评封神演义"。卷二题"钟山逸叟许仲琳编辑","金阊舒载阳文渊梓行"。回后有总批,正文中有夹批。此本据日本内阁文库藏金阊舒载阳刊本影印,第二回回末缺。这就是前面提到的国内无存的版本,其出版不仅有较高的文物价值,而且对补充校订其他通行本有较高的订正作用。20世纪初的30年中出版的《封神演义》有一半是绣像绘图的。一方面可以吸引读者,尤其是在连环画大潮来临之前,更能吸引青少年读者的阅读兴致;另一方面,对那些识字不多而又热爱《封神演义》的读者来说,可以通过欣赏绘图大致了解作品中的人物和情节。说到绘图本,有一部书不可不提及,就是《封神真形图》,1985年由台北天一出版社出版。全书有五十一幅像,其中有"原始天尊""七杀星张奎""桃花星高兰英""金龙如意正龙玄坛真君赵公明""哼将军郑伦""哈将军陈奇"和"分水将军申公豹",图后有诗赞。图由明代人绘,但不题撰人。很多读者想一睹为快,但大陆少见发行。

　　新中国成立后至80年代之前,虽然《封神演义》的印刷次数不多,但是,有传播价值的版次不少。上文提到的作家出版社于1955年出版的普及本《封神演义》(上下册)一版后,曾多次印刷。它根据清初四雪草堂刊本排印,用广百宋斋石印本、蔚文堂本、德聚堂本参校。1958年6月精装本面世,可见其受欢迎程度。1973年,人民出版社将作家出版社的旧纸型重印,曾参照三余堂本及《问琴阁丛书》本酌加改正,成为至今仍堪称最普及的本子之一。随后,1979年12月、1983年5月重印,在社会上流传较广。人民文学出版社1992年出版、1998年印刷的《车王府曲本:封神榜(全三册)》是以中山大学图书馆藏复抄本车王府曲本为底本,以北京大学图书馆藏原抄本参校的版本,给读者耳目一新之感,也是常见的、受欢迎的本子之一。这些本子当是读者购买《封神演义》的首选。

在小说传播过程中,学术精英所起的作用是不可低估的。他们不仅负责版本的整理、校勘,还要做理论性的系统梳理。30年代中期,足本《封神传》在上海文艺出版社和上海世界书局出版。其中,世界书局出版的《封神传》附有赵苕狂写于1934年8月的《封神传考》及《封神传人物词典》,具有较高的史料价值及学术价值。广东人民出版社于1980年11月出版了《封神演义》,此本根据清康熙年间的四雪草堂刊本排印。这部《封神演义》曾于1921年由上海广益书局刊行,原本没有分段和标点。此本在这些方面做了一些工作,改正了一些错别字,并请暨南大学彭骏对全书做了校阅。以黄秋耘《略谈封神演义》作为书的序言,每回有回后总评,并有十幅绘图,属于较有传播价值的本子。1981年3月,西湖书社亦出版了此版本。1990年电视连续剧热播给《封神演义》的出版带来的直接影响就是,此后几年内《封神演义》出版物数量一路飙升。电视剧播出当年,四川文艺出版社就推出了新校点本《封神榜》,比以前出版的本子更完善。1991年,上海古籍出版社连续三次出版了《封神演义》,到1995年已创下连续七次印刷的纪录,可见其销售异常火爆。1996年广州花城出版社的《封神演义》,绣像全图新著,由卢叔度、吴承学校注,比较符合现代人的阅读心理和审美习惯。学者们不仅关注《封神演义》版本的整理、校勘,还从理性的角度对作品进行更深层次的思考,这种思考很受文学功底深厚的读者的青睐。比如1960年香港说文社卫聚贤的《〈封神榜〉故事探源》,1985年台北华正书局的《台湾民间信仰与〈封神演义〉之比较研究》,1974年10月李乔的《细品封神榜里的哪吒》等等。这些充满理性而又不乏趣味性的文字,将读者带进了《封神演义》的魔幻殿堂,从中领略到作品的神秘与优美,进而从另一个层面促进了《封神演义》更深广的传播。

四、20 世纪《金瓶梅》的出版传播

进入 20 世纪，现代印刷出版成为信息传递的最基本的渠道，较之人工誊写与书坊刊刻的传播方式，文字信息进入了机械化和规模化的高效生产时代。传播内容在被大量复制的同时，其印刷样式也得到改进与丰富，古代小说作品出现了排印本、影印本、校点本、译注本、标点本、评论本等传播目的各异的样式。但对于《金瓶梅》而言，由于其自身的特点，导致其传播方式在遵循现代传播模式的基础上被附加了其他的出版样式，因此具有了其他作品不具备的印刷出版特点。

第一，以《真本金瓶梅》《古本金瓶梅》为代表的伪本《金瓶梅》。1916 年 5 月，存宝斋出版了《绘图真本金瓶梅》铅印本，一百回，精装两册。卷首有同治三年蒋敦艮的序和乾隆五十九年王昙的《金瓶梅考证》，两篇文章一唱一和，均声称《真本金瓶梅》是《金瓶梅》的原本。而实际上这个"真本"的原本是张竹坡评本的《第一奇书》，除了第二、三、四回为重新撰写外，其他情节都直袭之于《第一奇书》。它在维持原书的主要篇幅和线索的基础上，将所有的污秽描写删去净尽，但不仅删除，还要改写，不仅改写，还要增补。此外，《真本金瓶梅》还将书中的山东方言全部改为比较通俗流行的白话语言。在动了如此大的"手术"之后，删改者不肯自承删改，偏要以正宗自居，所以便不得不改头换面为"真本"而成为一部彻头彻尾的"伪作"。1926 年，上海卿云图书公司排印出版《古本金瓶梅》，一百回，平装四册。书中前言声称"从藏书家蒋剑人后人以重价得此抄本"，并且在出版后登报申明此书"内容雅洁，绝无淫秽文字"，用"穆安素大律师"名义"依法尽保护之责"。但实际上《古本金瓶梅》只是《真本金瓶梅》的易名重印而已，两书本质上没有任何的区别，都是伪书。然而这两部书一再被重印和翻印，如上海三友书局、香港文光书局出版的《古本金瓶梅》，台北启明书店出版的《绘图古本金瓶梅》，香港广智书局、台湾高雄大众书局排印出版的《真本金瓶梅》，台湾文友书局出版的《警世奇书金瓶梅》等，流传甚广。对此进行传播学的考察，《金瓶梅》伪作同样属于传播范畴，而且是 20世纪早期《金瓶梅》传播的重要形式。伪作的产生与当时的传播环境有着密切的关系，从传播媒介看，是依托现代出版技术的兴起而诞生的时代产物,在传播目的上契合了政府传播规范,迎合了受众的心理需求。但它改变了故事原貌,歪曲了部分情节,不能真正全面地体现《金瓶梅》的价值和意义。虽然得到了大范围的传播,但就其本身而言,既不是成功的删节本,也不是成功的改编本。在《金瓶梅》研究不断深入的今天,《金瓶梅》伪作已经失去了价值和意义。

　　第二,基于文献资料整理的影印本。这种利用现代传播媒介恢复《金瓶梅》原貌的出版方式缘自 1932 年在山西介休《新刻金瓶梅词话》的发现。词话本原刻本后被北京图书馆收购,1933 年 3 月,古佚小说刊行会采用部分学者集资的方式以此为底本影印了 104 部,并配以通州王氏所藏《金瓶梅》崇祯刻本图像,合为完本。"北京古佚小说刊行会"影印本的问世,使不同于存世的其他《金瓶梅》版本的词话本刻本内容得以流传,促进了《金瓶梅》在 20 世纪 30 年代的出版热和研究热,形成了相互促进的良性循环和欣欣向荣的传播局面,所以该本具有较高的传播地位,由于印量较少,存世不多,同时也具有很高的文物价值。1957 年,文学古籍刊行社又据该影印本重印 2000 册,线装本,两函二十一册,二百幅插图合为一册。出版说明中称,该书影印的目的是供古典小说研究者参考。该书为内部发行,发行对象是:省委书记、副书记,同一级别的各部正副部长以及专门研究人员。不仅词话本出版了影印本,说散本也出于文献资料整理的目的得到影印。北京大学出版社于 1988 年 8 月出版了北京大学图书馆善本丛书本,其中便有据北大图书馆藏本影印的《新刻绣像批评金瓶梅》,四函三十六册,每回插图两幅,全书共二百幅。该书发行对象为副教授以上的研究人员,每一位购书者均以编号登记。上述影印本的出版,除却一定的政治性目的外,基本出于文献整理的目的,对"金学"的不断深入和发展壮大起到了提供原始性资料的作用。由于影印本保持了古典原貌,学术性较强,所以受众面较小,加之发行量有限,导致传播范围比较狭窄。

　　第三,逐步开放的整理本。古典文学作品基于自身的传统文化特点,只有句读,所以 20 世纪在其面向大众的传播过程中必须进行现代标点。同时为了适应受众的要求,对作品进行相应的注解,也是古典文学走向现代的一个重要使命。而对于《金瓶梅》而言,原始底本是民间艺人的说唱材料,加上广泛流传后遭到不断窜改、增删,所以难读难懂。而且除了通过校勘来纠正上述错讹外,还有一个重要的任务,就是适应现代出版规范的要求对淫秽描写情节进行处理。1935 年 5 月至 1936 年 4 月,郑振铎校点《金瓶梅词话》,分刊于其主编《世界文库》第一至十二册(上海生活书店出版)。此校点本以王孝慈藏崇祯本校勘,有详细校记,删去淫秽描写内容,并注明字数。但因《世界文库》停刊,只刊出三十三回。虽然此本出版发行不是很完整,但其为适应现代读者阅读习惯而尝试的新式出版方法,开创了真正属于《金瓶梅》文本系统删节本的大众普及之路。此后,1935 年 10 月,施蛰存校点的《金瓶梅词话》,正文五册一百回,各册附插图八页,由上海杂志公司以"中国文学珍本丛书第一辑第七种"之名印行。全书分段、标点(句号、引号、冒号),改正一些明显错字,删去淫秽描写内容,注明字数。同时,上海中央书店使用此校点本的纸型印作襟霞阁《国学珍本文库》第一集《金瓶梅词话》,正文五册一百回,独特之处在于附图一册,另刊有《金瓶梅删文补遗》一小册。施蛰存先生的本子点校精良,水平较高,三四十年代被多次翻印,是流传较广的词话本普及本。但由于战乱频仍导致文化出版事业停滞,《金瓶梅》的传播普及也受到了影响。

新中国成立后,意识形态的政治文化思维一度导致《金瓶梅》普及本出版的空白。直到 1985 年 5 月,人民文学出版社出版戴鸿森校点的《金瓶梅词话》删节本,两册一百回,选用崇祯本三十五幅插图,分别插入正文有关处,印量 10000 册。此本是官方出版社第一个《金瓶梅》整理本。《校点说明》中说:"我们的愿望是试图提供这样一个《金瓶梅词话》的整理本:既方便于一般文艺工作者、古典文学爱好者的浏览、借鉴,也可供研究工作者的取资,基本上不致有失真之憾。"本书除依据崇祯本、第一奇书本、容与堂本《水浒传》外,还据《盛事新声》《词林摘艳》《雍熙乐府》及明本戏曲校正书中的文字和词曲进行校点,因此具有相当的科学严谨性。1995 年 8 月,岳麓书社出版了白维国、卜健校注的《金瓶梅词话校注》,全四册,一函,无插图,印量 3000 套。该本底本用日本大安株式会社影印本,参校崇祯本、《水浒传》等及近人校本。删除了底本中跟情节发展关系不大的那部分直接描写性行为的文字,但是涉及性器与性行为的一般性叙述及暗示性文字(包括韵文)

不删,以免情节支离,文字破碎。能够深刻反映人物性格的文字也没有删除,删节处均注明字数。此本最大的特点是注释详明,对原书中涉及的典章故事、职官称谓、释道方术、风俗游艺、建筑陈设、服饰器具、饮食医药、方言俗语,以及诗、词、曲、赋、偈语等,均加注释,具有很强的工具性。

20世纪八九十年代,随着改革开放政策的深入落实,《金瓶梅》整理本的出版传播开始出现新一轮热潮,除了词话本系统外,崇祯本和第一奇书本这两个评注版本系统也得到了整理出版。1987年,齐鲁书社出版王汝梅、李昭恂、于凤树校点的《张竹坡批评第一奇书金瓶梅》,全二册,印量10000套。以张竹坡批评《金瓶梅》第一奇书清康熙间刊本为底本,参校绣像崇祯本(包括翻刻本)与第一奇书的九种版本。对于原书中淫秽部分,酌情删除,注明所删除字数,全书合计删除10385字。该本的最大特点是在删节处理上较戴鸿森校本更为合理,保留文本信息较多,发行量也大,具有相当大的传播范围。另外,第一奇书本整理本是1994年10月吉林大学出版社出版的王汝梅校注的《皋鹤堂批评第一奇书金瓶梅》,印量3000册,全二册一百回,每回有校记、注释。该本以吉林大学图书馆藏张评覆刻本为底本,参校张评初刻本。1991年8月,浙江古籍出版社出版张兵、顾越点校,黄霖审定的《新刻绣像批评金瓶梅》,收录在《李渔全集》第十二、十三、十四卷,印量3500套。依据底本为日本内阁文库藏《新镌绣像批评原本金瓶梅》,参校上海图书馆藏本和北大图书馆藏本等诸本,二百幅插图,有删节,但未注明字数。崇祯本整理本的印刷出版中最引人注目的是《金瓶梅》崇祯本会校足本的出版。1989年6月,齐鲁书社出版王汝梅会校的《新刻绣像批评金瓶梅》。该本是根据国家新闻出版署文件批准,为适应学术研究需要而出版的。这是崇祯本问世以来第一次出版排印本,一字不删,二百幅插图按照原版印制。20世纪《金瓶梅》的整理本印刷传播经历了三四十年代和八九十年代两次热潮,在适应社会现代化过程中整体上呈现逐步开放的特点,同时表现《金瓶梅》不断面向大众传播、满足受众需求的整理倾向。

第四,香港、台湾地区的印刷出版。由于香港和台湾独特的传播环境,相对内地而言,《金瓶梅》的印刷出版得到了一定的自由。据胡文彬《金瓶梅书录》所载,各种版本系统种类繁多,主要有:1955年台北四维书局印行的《金瓶梅词话》,全一百回,四卷,精装二册;1956年台湾文友书店出版的《金瓶梅词话》,全一册,删节本;1963年1月,香港文海出版社出版的沈亚公校订的《足本金瓶梅词话》,上下二册;台湾联经出版事务公司影印出版原北京图书馆所藏的《金瓶梅词话》原本;香港上海杂志公司、香港光华书局都出版过影印日本毛利家藏本的《金瓶梅词话》;1980年12月,台湾增你智文化事业有限公司出版的《金瓶梅词话》;1982年8月,香港太平书局出版的《全本金瓶梅词话》,全六册;香港旧小说社石印出版的《绘图第一奇书本》,全一百回,二十卷;1963年,"大中国"图书公司出版的《金瓶梅》;1974年,台北文源书局出版的《大字足本金瓶梅》;台湾世社出版的《金瓶梅》,全三册;1980年,台湾书局出版的刘本栋校订、缪天华校阅的《金瓶梅》。

港台地区的《金瓶梅》印刷出版虽然自由度较高,但整体上看版本相对芜杂,精校的版本较少,甚至伪本还有一定的市场。值得称道的有两个本子。一是刘本栋校点的《金瓶梅》,台湾三民书局"中国古典名著"本,1980年3月印行,无插图。该本全书分段、标点,删除秽语,但未注明字数,书后附简单释词。最大特点是据崇祯本、竹坡本,甚至《古本金瓶梅》来改正《金瓶梅词话》中的一些错误。此外,该本还统一了一些字词,用现在流行的字词取代了至今已不流行的一些早期白话词语。经过如此整理,《金瓶梅》词话本的可读性得到了充分的提高,传播范围也得到了广泛的拓展。"如果说,《金瓶梅词话》过去的读者只限于文史研究者和较高文化读者,刘本则将之推广到广大的居中等文化程度的读者。所以,直到今天,刘本仍是海外华语区拥有最多读者、比较易得的《金瓶梅词话》文本。"①一是梅节校订的《梦梅馆定本金瓶梅词话》,香港梦梅馆1999年出版。梅节先生从20世纪80年代中期开始校勘、整理《金瓶梅词话》,参考明清和近人版本数十种,书籍四百四十种,二十年间三易其稿,相继出版了"全校本""重校本""三校定本"三个本子。该本就是"三校定本"。此本改正原本错误上万处,完善充实了版本内容,恢复了鲜活流畅的《金瓶梅》词话本的风貌。该本

---

① 梅节:《〈金瓶梅词话〉校读记》,第13页,北京:北京图书馆出版社,2004。

成为《金瓶梅》版本系统中一个有独立地位和特殊价值的本子,在受到学术界和读书界的注目的同时广泛传播。

第五,富有理性色彩的评论本。1940年8月,天津书局出版姚灵犀的《瓶外卮言》,平装,一册,260页。这是第一部专门研究《金瓶梅》的著作。它填补了《金瓶梅》没有专著研究的空白,同时开始了《金瓶梅》评论文本的出版。评论本主要是为了系统深入地研究《金瓶梅》而出版的学术性论著,包括资料汇编、作者成书考证、对作品文本的分析和研究论文集等四个方面。关于资料汇编,有1985年12月北京大学出版社出版侯忠义、王汝梅编《金瓶梅资料汇编》,1985年10月南开大学出版社出版朱一玄编《金瓶梅资料汇编》,1986年9月黄山书社出版方铭编《金瓶梅资料汇录》,1987年中华书局出版黄霖编《金瓶梅资料汇编》,1987年台湾天一出版社出版魏子云编《金瓶梅研究资料汇编》,1991年1月北京大学出版社出版周钧韬编《金瓶梅资料续编(1919～1949)》等。关于作者成书考证,主要有1980年10月百花文艺出版社出版朱星的《金瓶梅考证》,1984年齐鲁书社出版张远芬的《金瓶梅新证》,1984年陕西人民出版社出版蔡国梁的《金瓶梅考证与研究》,1986年辽宁人民出版社出版刘辉的《金瓶梅成书与版本研究》,1989年辽宁人民出版社出版黄霖的《金瓶梅考论》等。关于作品文本的分析包括作品内容的赏析和理论视角的探讨,主要有1989年北京师范大学出版社出版石昌渝主编的《金瓶梅鉴赏辞典》,1990年上海古籍出版社出版上海市红楼梦学会、上海师范大学文学研究所编的《金瓶梅鉴赏辞典》,1990年吉林大学出版社出版王汝梅的《金瓶梅探索》,1991年上海文艺出版社出版王启忠的《金瓶梅价值论》,1996年学林出版社出版田秉锷的《金瓶梅人性论》等。研究论文集,主要有1986年人民文学出版社出版徐朔方、刘辉编《金瓶梅论集》,1987年上海古籍出版社出版徐朔方编选校阅、沈亨寿等翻译的《金瓶梅西方论文集》,1990年起江苏古籍出版社、知识出版社等出版中国金瓶梅学会编纂的六辑《金瓶梅研究》等。对比《金瓶梅》文学文本,其评论本在传播上具有明显的特点:一是学术理性色彩浓厚,但多注重研究领域的广泛开掘,拓宽了受众的接受面;二是出版相对自由,而且随着研究的深入其发行数量持续累增,成为《金瓶梅》出版的主体,在文学文本出版受阻受限时推动了《金瓶梅》在 20 世纪的传播。

考察《金瓶梅》在 20 世纪的印刷出版,既经历了官方禁止传播,也实现了官方发行的肯定传播。印刷媒介的改进提供了传播的便利性,但传播历程的曲折和坎坷也形成了《金瓶梅》出版的怪现象,比如伪本一度盛行,港台地区的自由出版,内地研究意义上的出版物占据传播媒介主体,还有现实生活中盗版现象的猖獗。在某种意义上说,这些都是在传播媒介改进的前提下《金瓶梅》艺术魅力的不自觉播散和传播潜力的全面爆发。

五、"三言""二拍"的出版传播

由于历史的原因,"三言""二拍"在 20 世纪前半期主要借助《今古奇观》所选篇目得以部分流传。20 世纪初,《今古奇观》以石印本的形式出现,如光绪三十四年(1905)上海书局出版了石印本《绘图今古奇观》,1913 年天宝书局也采用石印技术印行了一部《绘图今古奇观》。同时,还有部分"三言""二拍"中故事的单行本行世,如 1915 年上海铸记书局出版了石印本《卖油郎独占花魁》单行本。①

20 世纪 20 年代,长期以来在中国本土被认为亡佚了的"三言"、"二拍"的原书,经过中日两国学者的努力而得以面世。30 年代,郑振铎校订的"三言"原书作为《世界文库》的一部分翻刻印行。随着"三言""二拍"各种版本在日本和中国陆续发现,国内开始出现了一些排印本和影印本。

到了 50 年代,"三言""二拍"经多方搜集、校勘和整理之后,陆续一一排印面世了。《全像古今小说》(即《喻世明言》)原书四十卷,系明末天许斋刊本,天启初年刊行。原刻本中国已佚,日本现存两部,分别藏于其内阁文库和尊经阁。日本藏有的这两部书亦各有残缺,王古鲁曾全部摄照携归。1947 年,商务印书馆据王古鲁带回的日本内阁文库所藏天许斋《古今小说》原刻本和覆刻本的照片排印出版了此书。此书以内阁文库本为主,内阁文库本所间有的缺页,则据日本尊经阁别本校订补足。1955 年,文学古籍刊行社重印了这部根据王古鲁所摄照

---

① 见韩锡铎、王清原编纂:《小说书坊录》,第 103 页,沈阳:春风文艺出版社,1987。

片排印的《古今小说》。其后，1958 年，人民文学出版社在许政扬的主持下，"以文学古籍刊行社重印本作底本，校以原照片，并参考《清平山堂话本》和《今古奇观》，订正了一些错字，原书句读，易成标点符号"①，书前附有明天许斋刻本《古今小说》扉页、总目及部分插图，并以《喻世明言》之名，再次出版了这部书，受到人们的欢迎，成为国内影响较大的一个本子。

《警世通言》，初版本是天启甲子年（1624 年）金陵兼善堂刊本，藏于日本东京大学东洋文化研究所。北京图书馆藏有一部三桂堂王振华覆明刊本，近代国内有根据传抄排印的世界文库本。1956 年，人民文学出版社据世界文库本校以三桂堂本重新校勘印行了此书，原缺的三十七卷用另外的抄本补足，由严敦易校注，对个别色情描写做了删节。此本亦得到广大读者的认可，多次重印发行，成为现在影响较大的一个普及本。同年，人民文学出版社还出版了顾学颉校注本的《醒世恒言》，刊行时为繁体字竖排版。因为《醒世恒言》原刻本在国内已不容易见到，初刻本即天启丁卯年（1627 年）的金阊叶敬池刊本目前藏于日本内阁文库，所以，这个本子只好以世界文库本覆排明代叶敬池刻本为底本，并参校藏于北京图书馆的衍庆堂刻本和《今古奇观》等书。书前附有明叶敬池刻本《醒世恒言》的扉页、目次及部分插图。对于原本错讹缺漏之处，加以订正、增补；对于个别色情描绘的字句，做了必要的删节；对于过于猥亵的《金海陵纵欲亡身》一篇，则整篇删去，存目。为了帮助一般读者的了解，还做了一些简单的注释。这个本子重印过几次，发行数量较多。为适应读者的需要，20 世纪 80 年代改成新版简体字横排版，并对全书的标点和注释做了修订和增补。

《拍案惊奇》原刊本在国内早已亡佚，仅日本日光轮王寺慈眼堂法库藏有一部尚友堂本，为天下孤本。国内研究者在 1941 年之前根本不知道世间尚有《拍案惊奇》原刊本存在。1941 年，王古鲁与日本学者丰田穰访书于日本日光轮王寺，始知《拍案惊奇》原刊本尚存。1957 年，上海古典文学出版社出版了王古鲁的《初刻拍案惊奇》校注本。因王古鲁在 1941 年时仅仅拍摄了尚友堂本《拍案惊奇》的少量书影，未

---

① 《喻世明言·前言》，第 15 页，北京：人民文学出版社，1958。

将全书摄回,故其校注本仍只能以另一个版本覆尚友堂本为底本,脱误不少;覆尚友堂本所缺失的四卷,也只据《今古奇观》补入了一卷。至于《二刻拍案惊奇》,目前所见到的最完整的本子是藏于日本内阁文库的明尚友堂本。北京图书馆也藏有一部尚友堂本《二刻拍案惊奇》,但除了佚去原书第四十卷外,第十三卷至三十卷也已经缺失。后来,王古鲁从日本抄回了内阁文库藏本《二刻拍案惊奇》,加上标点和注释,于 1957 年由上海古典文学出版社出版。此后二十多年里,国内学者一般都是利用这个本子来研究《二刻拍案惊奇》。

王古鲁以一人之力而抄录这样一部好几十万字的作品,不可避免会有脱误。例如,他在抄录第二十三卷时,漏抄了好几行,他因此认为此回的文字与《拍案惊奇》卷二十三不尽相同,甚至还以为"这也许是可以帮助我们将来解决上述问题(即《二刻》此卷的内容何以与《拍案惊奇》卷二十三相同的问题)的一个关键"①。尽管如此,王古鲁先生在发现和介绍《拍案惊奇》和《二刻拍案惊奇》方面的劳绩,仍是值得我们感激的。70 年代末 80 年代初,著名学者章培恒利用在日本访学的有利条件,搜集了大量关于"二拍"的珍贵资料,并且开始着手于"二拍"的重新整理。1982 年,上海古籍出版社出版了由章培恒整理的《拍案惊奇》,底本改用尚友堂本,并且将全书重新校点。王古鲁所作注释及其所撰《本书的介绍》等文仍然保留,既供读者参考,也作为对已经逝去的王先生的纪念。至于三十七卷以下的注释,则系章培恒所作。与此同时,章培恒还以日本内阁文库藏本的照片为底本,重新整理了《二刻拍案惊奇》,并由上海古籍出版社出版。书中依旧保留了王古鲁的注释及古典文学出版社版《二刻拍案惊奇》所附的王氏文章。考虑到其可能对读者存在的负面影响,出版时对"二拍"中有关两性关系的描写均做了删节。同时,原书带有的眉批和夹批,由于排印困难,也均删去。80 年代,由章培恒整理、王古鲁注释的《拍案惊奇》《二刻拍案惊奇》一经面世,便成为国内研究"二拍"最具权威的底本。

20 世纪 50 年代人民文学出版社整理出版的"三言"及 80 年代上

---

① 见古典文学出版社版《初刻拍案惊奇》附录《覆尚友堂本和消闲居本〈初刻拍案惊奇〉》,转引自《二刻拍案惊奇·前言》,第 2 页,上海:上海古籍出版社,1985。

海古籍出版社出版的"二拍",是公认的"三言""二拍"最好的本子。到了 20 世纪后半期,福建人民出版社、江苏古籍出版社、陕西人民出版社等多家出版社相继推出"三言""二拍"印本;进入 90 年代,海南出版社、齐鲁书社等几家出版社还出版了未经今人删改的"三言""二拍"的足本。

第二节　曲艺、绘画

同戏曲媒介一样,说唱等曲艺形式与古代白话小说的关系非常密切。说唱艺术曾经孕育了古代白话小说的产生,而在小说成书以后,说唱艺术也与戏曲家一样,不断地取材于小说,通过重新创作与频繁演出,使古代白话小说得到进一步的丰富和发展,并且使小说的内容普及于社会。明清时期,讲唱文学就得到了长足的发展。讲唱文学大致可以分为两类,即只说不唱的评话和又讲又唱或以唱为主的一类,后者主要包括弹词、鼓词、子弟书、宝卷等。讲唱文学的发展在很大程度上得益于通俗小说的传播。通俗小说对讲唱文学的影响,不仅在于为之提供了大量的故事题材,而且将小说的手法引入讲唱文学中,从而使其在艺术技巧上得到提高。

以说唱为主的曲艺与戏曲有明显的不同。戏曲是代言体,而曲艺是故事角色之外的局外人的讲述体。曲艺多是艺人第三人称的讲唱,偶尔模仿剧中人物声口。关于戏曲和曲艺的不同,近人觚庵曾指出:"戏剧与评话二者之有功小说,各有所长。有声有色,衣冠面目,排场节拍,皆能辅助正文,动人感情,则戏剧有特色;而嬉笑怒骂,语语松快,导于曲文声调之未尽会解,费时费钱均极短少,茶余酒罢,偷此一刻空闲,已能自乐其乐,则评话有特色也。"[1]评话如此,其他一些说唱艺术也往往如此。总的来说,戏曲和曲艺共同在书籍媒介的传播之外,起了重要的补充作用。在广播、电影、电视普及之前,通过戏曲和

---

① 转引自陈翔华:《诸葛亮形象史研究》,第 411 页,杭州:浙江古籍出版社,1990。

曲艺接受古代白话小说是许多接受者可行有效的方式。即使是在电视普及的时代，戏曲和曲艺仍然拥有不少观众。相比而言，戏曲上演需求的条件比曲艺要多，如各个角色的演员、乐工、服装道具等，戏曲舞台也要合乎演出的要求。曲艺则灵活得多，只需一二名演员自弹自唱，演出场合也较简易。所以，它的适应性更强，演出更容易，传播范围更广。

一、曲艺

20 世纪出现了多位以讲唱三国而出名的艺术家：吴阔瀛、连阔如、张致兰、陈士和、赵英颇、袁阔成、单田芳、顾玉田、顾朝桢、胡德田、俞玉田、徐寿田、陈效田等。① 他们或手拿板鼓、胡琴，或仅凭三寸不烂之舌，以出色的表演受到广大听众的欢迎。1949 年，连阔如在一些作家、学者的帮助下，对《三国》的书道儿做了新的处理，再次在电台播讲。1983 年，袁阔成与中央人民广播电台及营口人民广播电台合作，录制了全部《三国演义》，播出后在全国赢得了广大听众的喜爱，青少年尤为欢迎。曲艺与广播媒介联姻，促成了《三国演义》的广泛传播。

评书《三国》经历代艺人加工创造、丰富发展，口述记录字数已远远超出小说《三国演义》。说《三国》的艺人按照评话艺术的特点，围绕曹操、刘备、孙权三方面的龙争虎斗安排回目，敷衍故事，刻画人物，不断增补有关细节，乃至整章整节，使情节更加曲折具体，人物形象更丰满生动。最负盛名的扬州评话《三国》，由一部书发展为前、中、后《三国》三部书。《三国》作为扬州评话、苏州评话、杭州评话、福州评话、北方评书、湖北评书、四川评书的主要书目，在全国及东南亚地区广泛演出。清凉道人《听雨轩笔记》卷三指出："小说所以敷衍正史，而评话又以敷衍小说。小说间或有与正史相同，而评话则皆海市蜃楼，凭空架造。"②

例如《三国演义》写火烧新野后，刘备听从诸葛亮之计，携民弃樊

---

① 《中国曲艺志》全国编辑委员会：《中国曲艺志》，北京卷第 92 页，江苏卷第 132 页，北京：新华出版社，1980。

② 转引自陈翔华《诸葛亮形象史研究》，第 414 页，杭州：浙江古籍出版社，1990。

城南走以避曹兵;而评话在讲说撤离樊城时,却"凭空架造"出诸葛亮派遣张飞阻挡曹操的"战樊城"之事。苏州评话《战樊城》(唐耿良整理本)说:诸葛亮已收张飞为徒弟,乃令他"点五十军卒,进樊城保守关厢,杀退曹操百万大军",以掩护刘备军民撤退。张飞不敢接令,诸葛亮说道:"愚师有锦囊在此,其中自有妙计。"他给的竟是一个空锦囊。因为张飞依赖心很重,自己不动脑筋,所以诸葛亮用空锦囊"把他逼一逼",要让他学会多动脑筋,想计策。曹操大军逼近樊城,张飞果然情急生智,令军卒用稻草生烟,家将在城上跑马,而自己在吊桥上向曹兵招手。曹操疑诸葛亮诱敌,乃令退兵,狼狈而走。这个故事既无历史依据,也不见于小说《三国演义》,完全是评话家的想象虚构。既不违背小说中诸葛亮形象的特点,又在他足智多谋特点上有所发展。还有一种情况是增加细节描写。"草船借箭"在扬州评话中的字数是小说的十倍,更加细腻而精致地刻画诸葛亮的音容举止。扬州评话中说诸葛亮用周瑜的令箭,暗调四十只船、八百军卒,开近曹军水寨,齐擂八百面花香皮鼓,接受曹兵射来的箭。他在船上时而"哈哈"大笑,时而凝神倾听。至于诸葛亮在船上如何估测他所要"借"的十万支箭,小说中并无交代,而扬州评话中增补了这样的细节:诸葛亮将倒满酒的杯子放在桌上,两眼盯着酒杯。随着船一面受箭的增多可以发现,船斜则桌歪、杯歪、酒溢,诸葛亮从酒溢多少便能推算出获箭的数量。评话通过诸如此类细节的增补,使人物形象更加丰满,情节更加生动了。

有关水浒故事的评书与小说《水浒传》相比,主要有以下几个特点。首先,故事情节本于原著,但又有很大的丰富和发展。明末清初大说书家柳敬亭的《水浒》已经"与本传大异"[1],而今天扬州评话中的《水浒传》,经过清乾隆以来二百多年间艺人的不断加工、修改,已经有了很大发展。著名扬州艺人王少堂讲的《武十回》《宋十回》《石十回》《卢十回》,就有四百余万字。仅《武十回》就能讲七十五天之久,单是"武松杀嫂"这一段,可以连讲十几个晚上。原书中关于武松的描写,从武松打虎到二龙山落草,不过八万多字,经过加工以后,扩展到一百多万字。王少堂在《整理扬州评话〈武松〉的经验》一文中,说自己的

---

[1] 〔明〕张岱:《陶庵梦忆》,第 128 页,青岛:青岛出版社,2005。

"水浒评话的来源一部分是取自《水浒传》原书,而大部分——也是这部评话中最有特色的部分,则是历代评话艺人不断创造,一代一代地传下来,一代一代地丰富它,由原书中关于武松的描写的八万多字扩大到一百多万字,这里边不知有多少人花了多少心血,它是历代艺人不断加工丰富的结果"。又如山东快书《武松》头一回《东岳庙》中武松铲除恶霸李家五虎,以及《石家庄》中除方豹的故事,都是原著中所没有的。《石家庄》说的是作恶多端的恶霸方豹,看中了石家庄拼命三郎石秀的妹妹石桂香,硬要娶来做妾,武松乔装成石桂香,坐进八抬大轿,上方豹山寨入洞房,一顿拳头将其打死。这是移植了《水浒传》中"小霸王醉入销金帐,花和尚大闹桃花村"的情节,把梁山其他英雄的故事加以借用,以突出武松的英雄形象,也是一种别开生面的艺术创造。其次,民间曲艺对水浒人物刻画得更加精细入微。如在扬州评话中,说书人通过演说,能把武松与石秀、李逵与刘唐区分得十分清楚,毫不混杂。王少堂讲的《武十回》,在人物刻画、细节描写方面精雕细琢,又讲究口词、手势、身段、步法、眼神,在表演时做到恰如其分。诚如老舍所形容:"一抬手,一扬眉,都能紧密配合他口中所说的,不多不少,恰到好处,使人听到他的叙述,马上就看到了形象。"[①]

民间曲艺是口头文学,面对的受众主要是广大的老百姓,这就要求讲说内容必须符合老百姓的口味,艺术表现上能够深刻地吸引听众。在长期的讲说实践中,历代艺人形成了一套较高的吸引听众的技巧,他们用"扣子"或"关子"紧紧抓住听众。"扣子"是连接情节的针线,也是制造悬念的手段。民初的何云飞说《石秀跳酒楼劫法场》时,石秀一脚举起,久久不跳,可连说十八天之久。扬州、无锡、南京、苏州一带人,一谈起王少堂的评书就眉飞色舞。但曲艺也不仅是依靠卖关子吸引听众,切入故事迅速,先声夺人,也是抓住观众的诀窍。

50年代以后,艺人社会地位提高,激发了他们的创作热情,在全国范围内掀起了改写旧本、创作新本的浪潮,而艺人文化素养的普遍提高又保证了创作质量,这些不仅丰富了传播内容,还增加了传播内容的艺术含量。如汪福昌、费力在整理、改写费俊良编述的《伍子胥》时,

---

① 《听曲感言》,载《人民日报》副刊 1958 年 8 月 12 日。

"先行查阅了《左传》《史记》以及《史记志疑》等书中的有关文字;把《东周列国志》和评话手稿中的主要事件和人物进行核对和比较;还阅读了现代作家的有关著作"①,在此基础上,对费书内容进行增删和改写,保留优秀情节和内容,如原书中伍子胥"衔冤走国"中用的"金蝉脱壳"计;修改了与历史真实偏差较大的情节,如原书把伍子胥说成是专诸刺王僚的主要策划者,与史实不符;对费书中描写单薄和空白的地方,做合理的添补,如费书叙述楚世子芈建阴谋夺取郑国君位只有几百字,改写本将其扩展为一万字,并与追捕伍子胥一段合起来,编成新回目"衔冤走国"。改写后的《伍子胥》评话艺术水平得到很大提高,更符合受众的审美、娱乐要求,深受听众喜爱,传播广泛。

据近代学者考证,有关封神故事在明代初叶就有词话本。而小说诞生之后,评书、琴书、鼓书、评弹、二人转等说唱艺术家又从小说中挖掘素材,重新创作。在创作与演出过程中,封神故事不断丰富和完善,使曲艺和小说中的封神故事同时得到传播和发展。

评书说唱具有更大的时间和空间的自由。单田芳把一百回小说《封神演义》改编成评书时,变成了广播版一百二十五回、一百四十回,甚至电视版一百八十回。广播媒介可以使传播范围无远不及,无处不在。而在电视普及之前,几乎家家有广播,所以受众数量不可计数。除了单田芳之外,说唱《封神演义》的艺术家还有袁阔成、连阔如等。尤其是评书大师袁阔成,他的评书《封神演义》对原著做了较大改编。去其糟粕,加强了科幻部分的情节,着重讲述古人通过科学幻想的力量,惩恶扬善,反抗压迫,战胜灾害,平息干戈,梦想创造一个和平繁荣的理想社会。评书所面对的观众中有不少是文化水平较低的群众,所以要进一步强化娱乐性、教育性、通俗性,改编的故事情节不仅生动曲折,节奏轻松明快,风格活泼幽默,而且语言浅显易懂,才能赢得更多的听众。袁阔成根据小说敷衍出《封神演义》二百回(电台原版),还加工创造了《封神演义续集》一百回、《新封神演义续集》一百三十回、《封神演义》(电视版)一百回。由此可见,评书内容和字数远远超出小

---

① 费俊良编述,汪福昌、费力重编:《伍子胥》(扬州评话),第498页,北京:中国曲艺出版社,1985。

说，其灵活多样的表现形式，引人入胜的说唱内容，精彩美妙的表演技巧，给我们留下了宝贵的曲艺财富。

除了以散文讲述为主要表演形式的评书外，曲艺中还有以说唱结合或以唱为主的鼓词、子弟书、弹词、木鱼书、龙舟歌、四川竹琴、河南坠子、八角鼓、单弦、快书、京韵大鼓、山东琴书、辽宁大鼓、陕南道情、青海平弦、东北二人转等多种形式。

《封神演义》成书以后，曾经改编为多种形式的曲艺节目，内容丰富多彩，蒙古艺人希日布用蒙古族说唱艺术演唱《封神演义》，被称为当代著名的说书艺人。此外，西河大鼓用边说边唱的形式演唱《封神演义》，带给人们新的艺术享受。还有单琴大鼓、乐亭大鼓等地方曲艺，都以通俗易懂、脍炙人口的说唱形式博得听众的喜爱。这些曲艺形式来源于小说，又充实了小说，在小说《水浒传》的传播过程中，同样起着举足轻重的作用。

如山东快书《武松》开头曰：

闲言碎语不要讲，表一表好汉武二郎。

他学拳来到少林寺，功夫练到八年上。

京韵大鼓《闹江州》开篇云：

我表的是宋江在乌龙院杀了阎氏女，

问了个充军发配去到江州关。

李万、张千二解差，

提解好汉宋黑三。

都是简短快捷，为迅速切入做铺垫。

在艺术上，民间曲艺的表现力很强，也是吸引听众的重要原因。如京韵大鼓《野猪林》，董超、薛霸正要杀害林冲，鲁智深大吼一声，人似天外飞来，接着便是肖像描写：

只见他腰悬戒刀手持着禅杖，

雄赳赳，二目圆睁；气愤愤，他的胡须扎撒像钢针。

明亮亮的日月金箍头上戴，

浓眉环眼，大耳垂轮。

狮子鼻衬火盆口，

他的脸，黑中透紫赛烟熏。

把人物勾勒得栩栩如生。王少堂的扬州评书则表白多,官白少;表白深透,既能表,也能演。他在表白中贯足了神。例如《武松杀嫂》,在杀嫂前用表白叙述武松如何藏刀、祭奠、排座位、劝酒,细节刻画深透。人们从说书人身上可以看到武松矫健的动作、激愤的神态,把人物性格刻画得惟妙惟肖。

在内容上,民间曲艺更贴近群众的日常生活,故群众无不喜闻乐道。京韵大鼓《闹江州》中,李逵到江边讨鲤鱼,原著中的情节是鱼行主人张顺未到,暂时不能开舱。唱词里却改为"前次他将我鱼买,直到如今未给钱",李逵成了"吃白食"的。李逵还说:"你不知大太爷在衙门里住吗,吃两条糟鱼要的什么钱?"分明是讽刺那些依仗官势,鱼肉乡里的鹰犬。这些改动结合下层百姓的切身感受,寄托了为他们鸣不平的内在含义。苏州评话《水浒》的有关回目中,则插入听众熟悉的江南风物人情,《武十回》中王婆、乔郓哥、何九等均被描绘成苏州式的市井人物;《宋十回·初会牡丹亭》对琵琶亭、浔阳江的描写,体现了江南园林建筑的特色。

正是由于曲艺具有上述种种面向群众的特点,所以它起到了《水浒传》宣传普及的作用。民间曲艺的口头文学和文学作品之间的关系是互动的,小说为曲艺提供了原始的素材,曲艺则有助于水浒故事的普及和传播。

明清时期,"三言""二拍"的传播是在与讲唱文学的不断相互影响、渗透中进行的。源出于变文的弹词,内容浅显,表演形式生动,极受广大市民青睐,是流行于南方诸省的一种讲唱文学形式。许多著名的弹词,都是以"三言""二拍"的故事为题材敷衍而成的,其中以"三言"故事为蓝本的弹词最多,而且最为流行。现在所能见到的最早的弹词作品《白蛇传》就是改编自《警世通言》中的小说《白娘子永镇雷峰塔》,清嘉庆年间陈遇乾曾据此作长篇弹词《义妖传》。著名的弹词《百宝箱》《占花魁》演绎的正是"三言"中的名篇《杜十娘怒沉百宝箱》和《卖油郎独占花魁》,由于演的是确有其人其事的明际名妓的故事,投合市民口味,自然风靡一时。在北方地区,鼓词是影响最大、人们最喜闻乐见的讲唱文学形式。鼓词所述,多为金戈铁马、国家兴亡之事,也关注儿女情长、悲欢离合之情,其可以取材的通俗小说更为丰富,白娘子、玉堂春、杜十娘的故事都有鼓词流传。此外,"三言""二拍"的故事在宝卷中也有反映。小说《吕大郎还金完骨肉》一篇被分别演绎成了写吕玉、吕宝事的《还金得子宝卷》和写金钟事的《昧心恶报宝卷》。不可否认,"三言""二拍"出现后,在社会上产生了巨大影响,颇受欢迎,成为多种讲唱文学改编其中故事的重要原因。所以,小说《杜十娘怒沉百宝箱》一出,有关的弹词、鼓词、子弟书、木鱼书便纷纷出现,并行于世。就连俞伯牙碎琴如此文人化的故事也被入于《满江红杂曲》,广为传唱,市民们对此也能接受,这不能不说是得益于"三言"中《俞伯牙摔琴谢知音》故事的流传。同时不难发现,"三言"中那些被改编为弹词的作品,往往也是戏曲改编的热点。毋庸置疑,小说被改编为多种艺术形式进行传播,反过来自然会进一步推动小说自身的流传。"三言""二拍"之所以能够在更广地域内和更大的受众群中流传,很大程度上得益于其故事被多种形式的讲唱文学进行了相应的改编。

清代以前,说唱岳飞故事已有久远的历史,但至今未见有作品流传下来。《说岳全传》成书之后,被改编为多种形式的曲艺节目,有评书、子弟书、扬州评话、苏州评话、京韵大鼓、河南坠子、道情、快书、弹词及南词小引、八角鼓、五更调等等,在民众中影响很大。

清代曲艺作品多为民间艺人所为,主要用来谋生,且都以抄本流传,所以文本能够完整保存下来的并不多,其中长篇石派书《风波亭》①《精忠传弹词》②具有较高的文学造诣。石派书《风波亭》,石玉昆作。"石派书"为清代中叶北京著名民间艺人石玉昆所创的一种说唱形式。石玉昆平生作品较多,《风波亭》为其代表作品之一。作品叙述岳飞身后故事,主要情节为"隗顺盗尸""施全行刺""疯僧戏秦""胡迪骂阎""何立入冥"等内容,而在细节上有所改造,其中"胡迪骂阎"与"何立入冥"的故事占了将近全文一半的篇幅。"胡迪骂阎"与"何立入冥"情节皆是借阳间人士游历地狱的过程说明善恶有报,果报不爽。文中还有大量神圣救护、岳飞显灵、阴司景象、岳飞成神、秦桧冥报的情节叙述,这些都说明述说因果、劝善惩恶是本作品的主旨。而文章以一真道人

---

① 见杜颖陶、俞芸编《岳飞故事戏曲说唱集》,第124～212页,上海:上海古籍出版社,1985。
② 〔清〕周颖芳:《精忠传弹词》铅印本,上海:商务印书馆,1931。

说因果,"照阴镜"照见阴间景象,打消巩氏、银瓶起兵报仇的念头为结束,以消极的"劝人不必苦结冤,留下英明万载传。善恶自有神知道,弃开愤恨镜花缘"总结全文,颇有《说岳全传》证说因果之风,而大大过之,这些都证实了作品篇首所言"循环之理,报应昭彰"的主旨。

作品叙事态度鲜明,情绪激烈,颇有民间大胆泼辣之风。如众位功臣祭奠岳飞,遭受奸贼王俊阻挠,武烈侯王德大怒,痛打王俊,"单臂一扬加劲打,皮开肉绽血流红","头晕眼花冒金星,一连又是十数下,鼻青脸肿尽皆平",很长一段描述痛打情景,酣畅淋漓,大快人心。而更激烈的是对高宗皇帝的指责、叱骂。王德祭奠时哭诉:"只怨高宗负你功,无道的,昏君安心不认错。"岳夫人的痛骂则深入高宗人格:"宋高宗,讲成和议罢刀兵,父兄深仇全不顾,偷安忍耻度光阴,生成的,软弱无能志量浅,那有中兴恢复志。"高宗庙号在二人口中讲出,颇有些荒唐可笑,再加上语句中体现的强烈怨恨、不满的批判意识,较之前代作品中对高宗指责的含蓄与暗示,更加直接、质朴、大胆,体现出鲜明的民间观念、民间做派。

作品充分展现了说书精雕细刻的特长,细部刻画生动传神,且极富生活气息,在鬼神报应贯穿始终的情节中,处处不忘点染生活笔墨。想来在当日说书场上,这是颇为吸引观众的地方。施全行刺后,有一段巡捕文汴遭遇秦府管家秦能的描写。秦能为了索取贿赂,对文汴百般刁难,冷笑说:

> 将官你呢？你镀了灯草灰了不成？说这个轻巧话儿！打你的汛地钻出贼来,提溜则明晃晃的腰刀,来刺当朝的宰相,把府里的亲兵一顿刀杀了七八十个,你就该拿个活的才是——太师爷好审问他的口供:谁是做主,谁是窝家,恶贼共有多少。怎么你竟擅自做主,割了头来？啊！是咧,想必这件事情之内一定有你,唯恐贼人脱不过刑法,说出实话来,你先把他杀了,好没对证。好个将官的胆子,晒干了比巴斗还大！

当文汴许诺送一千两银子,秦能立马变了声口,带笑说:

> 将爷,你不晓得,我与令亲是掰不开的交情,托妻、献子的朋友。你既提他,诸事就完了,何必你又费心？既承厚爱,小弟竟不推辞。将爷只管放心,这件事情在我身上,若有一点磕碰,抹了红

嘴唇儿见你。

一副仗势欺人的恶奴嘴脸刻画无遗。看到此,我们不由得感慨说书艺人情节设置的生动,语言叙述的传神,对人情世事的洞察。而后文描述秀才胡迪自言自语、咕咕哝哝,摔掉了鞋,跑岔了气,活画出一副耿直、穷酸、迂腐的书呆行状,细节既多,刻画又细,是历来胡迪骂阎故事中刻画胡迪形象最生动成功的一次。众多精彩之处,让人不得不叹服作者运用语言炉火纯青、臻于化境的功夫。这种赞叹甚至使人忘记作品劝人向善、力证果报的主题,而客观上,生动传神的叙述,在不知不觉中感染了民众,使得善恶报应观念潜移默化,深入人心。

《精忠传弹词》,二卷七十三回,周颖芳依据《说岳全传》改编。从序言可知,周颖芳是秉持儒家传统道德的女性,甚至曾割股事亲①,而且她"生平爱慕古名臣,以宋岳忠武为首推"。其改编小说为弹词的动机乃是"冀其精忠事迹,家喻户晓,不惑于无稽之谈"②,其良苦用心在于教忠教孝,发扬名节。

《精忠传弹词》依据《说岳全传》改编,将原文的散文叙述转换为韵语,内容大略与其相同,而稍微变动。最大的不同是,弹词删掉了《说岳全传》开篇结尾大鹏鸟下凡与女土蝠、赤须龙转世的神话设置,作者认为这样的荒诞之说会使人不辨是非。作者还删去了疯僧戏秦、何立入冥的情节。疯僧戏秦为岳飞故事中成形最早、在民间流传最广的情节单元,周颖芳删除此节,可能是嫌其荒诞不经。而删去何立入冥的情节的原因,作者自言:"此事不须重细表,前词演戏尽堪摹,书中删去闲文章。"(六十六回)可以看出删此的理由是避免重复。何立入冥与胡迪骂阎游历地狱情节大略相似,前文刚刚叙过胡迪故事,因此说不须重新细表。在《说岳全传》以及石派书《风波亭》中,胡迪故事与何立故事同时存在,并行不悖,虽然有所重叠,但两个故事有其不同的来源,有其单独演变的历史,作品将各种不同风貌的单独故事保存完整,自有其价值所在。而周颖芳将其删除,大概仍出于正统儒家"不语怪、力、乱、神"的传统。作品中胡迪故事虽然保留,但篇幅大大消减,也说

---

① 徐德升:《精忠传弹词序》,见周颖芳《精忠传弹词》铅印本,上海:商务印书馆,1931。
② 李枢:《精忠传弹词序》,见周颖芳《精忠传弹词》铅印本,上海:商务印书馆,1931。

明此点。《说岳全传》中韩起龙、韩起凤、牛通暴力抢亲情节,可能因为内容庸俗,格调低下,关涉色情,有伤风化,也被作者删除。总之,只要是有违作品宗旨的情节,都遭到节略的命运。第五十一回,岳家军与金人襄阳大战时,岳飞怒斩敌将,四名番将的名字为:孙汝权、曹汝操、张汝嵩、魏汝贤,分别暗喻篡夺国家神器的孙权、曹操和权奸严嵩、魏忠贤。作者微小细节上的精心设置,表达了笔底春秋的褒贬态度。徐德升序中赞:"自始至终,总归诸数,教忠教孝,隐寓箴铭,娓娓万言,真有令人读之而感愤流涕者矣。"李枢赞:"周夫人著此书,虽属弹词小品,而表扬大节,激励人心,名教攸关,至大且重。"

作品在金戈铁马、英雄好汉的战事中,增添几许旖旎的女性色彩,虽然这色彩仍带着浓重的道德规范痕迹。《说岳全传》中有岳飞之女银瓶小姐投井事,但描述简略。《精忠传弹词》则铺衍详尽,篇幅增大。作品写银瓶夜晚写本,欲伏阙上书,以身代父,最终因为秦桧防范严密而不果,悲痛愤恨之余,抱父赐八角银瓶投井自尽。文中增添侍婢颖儿与小姐一起女扮男装出门的情节,带有女作家写作弹词的独特风貌。银瓶小姐是作者心目中的理想女性,婢女颖儿在其死后的一段哭诉正好概括了这种理想:"谁可及蕙质兰心才绝调,输她咏絮锦回文。谁可及簪花夺得江郎笔,兰闺应合号词林。果不负身为大将名门女,穿杨妙技诚如神。果不负忠孝传家庭训美,上书叩阙女中英。最难得温柔如玉儒兼雅,承欢孝悌秉天真。最难得宽洪德行慈祥态,镇日嫣然不易嗔。"(六十一回)对银瓶小姐文武双全、忠孝道德的歌颂,正代表了作者对于女性典范的理想,而其中对文才与德行的浓重渲染,也可以看出作者重视文才德行的个人偏好。对女性形象、女性典范的专注描写,体现了作品的女性创作特色。《精忠传弹词》长达五十多万言,言辞优美,笔触细腻,以弹词写英雄杀伐征战事,兼有大江东去的豪迈和浅吟低唱的柔婉,令人叹服。

除《精忠传弹词》外,由《说岳全传》改编的长篇《精忠传》在评书、评话、西河大鼓、河南大鼓书、渔鼓、河南坠子、道情、内蒙古乌力格尔书目(蒙古族曲种,汉译为"蒙语说书")等曲艺中均有曲目,名字又有《说岳》《精忠说岳》《岳飞传》《岳传》等,名目、版本众多,可以看出受欢迎程度和传播之广泛。这些文本大都删去了开篇结尾大鹏鸟下凡及女土蝠、赤须龙转世的设置,或从岳飞进京、枪挑小梁王开始,或从金兀术二进中原开始,结束有的到"风波亭岳飞遇害"止,有的到"笑死牛皋,气死兀术"止,尽管种类不同,长短、细部描述有所差异,但主要情节都与《说岳全传》大略相同。

评书表演以夹叙夹议为特点,其说表细腻,情节紧张,人物生动,很受听众欢迎。清末民初艺人潘诚立说《精忠传》最负盛名。他文化水平高,说功又好,说牛头山高宠报号,直入金营护卫粮车,十决十荡,万夫辟易,非常精彩。东北军阀张作霖曾请他到沈阳大帅府赛说《精忠传》。其他著名评书艺人,如黄诚志、双厚坪、张少兰等,也擅说《精忠传》。20世纪70年代崛起的评书表演女艺术家刘兰芳在传统评书的基础上重新整理,定名为《岳飞传》,搬上书坛。1979年首先在辽宁鞍山广播电台演播后,在广大听众中引起强烈反响,后有17个省市62家电台相继播出。春风文艺出版社出书,印行110万册。

除长篇之外,岳飞故事说唱作品还有许多短篇,多截取岳飞故事的片断,其中"疯僧扫秦""胡迪骂阎"两类故事占据了大部分,并且名目、种类、版本众多,如快书、牌子曲、子弟书、梆子腔、京韵大鼓等等,都有《疯僧扫秦》《扫秦》《全扫秦》《谤阎》《胡迪骂阎》这样的故事,仅快书《谤阎》就有《胡迪骂阎》《胡迪谤阎》《谤阎醒劝》共四个不同的名字。这些现象说明在岳飞故事的民间流传中,"疯僧扫秦""胡迪骂阎"两类故事最受欢迎,也最为普及。这些各种不同的"疯僧扫秦""胡迪骂阎"故事说唱文本,虽然名目不一,种类不同,长短各异,但核心情节一样,内容大同小异,只是细部不同,详略不一,遣词用语不尽相同而已。这么多叙述同一故事的不同版本出现,说明此类故事在民间流传非常广泛。

其他有关岳飞故事的曲艺作品还有很多①,如《十二金钱弹词》,石派书《岳武穆》,鼓词《五鬼分尸奸秦桧》,河南鼓子曲《岳武穆奉诏班师》,南词小引《岳武穆》,八角鼓《精忠》《精忠四季山歌》《岳飞五更调》等等。这些作品大多篇幅短小,内容简略,概括岳飞一生事迹,歌颂英雄,指斥奸佞,抒发不平。这些不同种类、不同题材作品的出现,说明

---

① 参见杜颖陶、俞芸编《岳飞故事戏曲说唱集》,上海:上海古籍出版社,1985。

岳飞故事流传范围广泛,影响极大。

二、绘画

文学作品的插图是画家通过熟谙原作内容,倾力构思创作,将原作的意境、神韵以绘画语言的形式和谐地表达出来。看一本书,如果有图,我们总是先翻看图,然后再从头阅读,有时书读完了,印象最深的还是插图,这就是插图的吸引力。插图之于文学作品可以起到补充形象可视性的不足,深化作品主题,发展故事及其情节的矛盾冲突等作用。通过对插图的欣赏,可以使读者对文学作品的主题及情节产生更直观、更深刻的理解,留下具体、生动的印象。插图是明清小说传播的一个重要媒介。小说插图既有对文本情节的提示及说明作用,又有对人物形象的刻画和展示作用,从而帮助和引导读者理解文本内容,提高阅读兴趣。更可贵的是,小说插图往往具有一定的文献资料价值,便于不同时代的读者更好地了解作品产生的时代及其社会背景。

插图很早就被用于《三国演义》的传播。开始是单个人物的绣像,如明代万历二十年(1592年)双峰堂刊行的《三国演义》,就增加了“全像”。后来发展到情节画,如崇祯年间雄飞馆二刻的《三国水浒全传英雄谱》二十卷,插图就占了整整一卷(100页),其中《三国演义》图有62页。[1] 1908年上海益文书局出版的《三国志》,朱芝轩编绘,有图200多幅,全书的精彩故事在图中都有所展现。1933年朱润斋、周云舫编绘的《三国志演义》,采用上图下文的形式,已接近连环画。[2] 新中国成立后较有影响的连环画是上海人民美术出版社出版的《三国演义》连环画,一套60册,从1958年陆续出版,1963年出第二版,以后以此版为底本多次印刷。其他出版社也出版过《三国演义》连环画,但不如上海人民美术出版社发行量大,也很少有再版的机会。

在故事画形成及流传的过程中,人物画并没有消失。绣像依然在很多版本中可以见到。另外,还有众多的门画和年画采用三国人物画。从《全国总书目》的著录可以发现一个问题:20世纪五六十年代年

---

① 见朱一玄、刘毓忱编《三国演义资料汇编》,第224页,天津:南开大学出版社,2003。
② 见《三国演义画本序言》,第1页,济南:山东美术出版社,1994。

画中有不少的情节画,80 年代以后,就成了清一色的人物画。

除了这两种表现形式以外,绘画还可以通过其他介质存在。如工艺品中的条屏等。在《全国总书目》中可以查到不少此类工艺品。另外还有邮票,中国国内现已发行《三国演义》邮票共 5 套。这 5 套邮票共同构成《三国演义》的情节线索,1988 年～1998 年陆续发行。《三国演义》藏书票,现已知上海人民美术出版社发行过两套,画面节选自该出版社出版的《三国演义》连环画。电话磁卡上的画面也有《三国演义》的内容。襄樊市邮电局发行了一套 26 张的《三国演义》电话磁卡。总之,《三国演义》通过绘画这种媒介,可以有多种表现方式。

绘画是水浒故事最早的载体之一。宋李嵩作有《宋江三十六人画传》(一作高如、李嵩绘),虽已不传,由龚开所作《宋江三十六人画赞》却保留了最早的水浒人物和绰号。明代的水浒画以陈洪绶(老莲)所绘《水浒叶子》和杜堇《水浒人物全图》最为著名。此外,还有丁云鹏《梁山点将录》,王诚之、刘启先《忠义水浒传插图》等。清代则有马起凤《水浒画相》、嵩裕厚《水浒画谱》、徐钶《水浒一百单八将图》等。20 世纪水浒绘画中有许多都是对明清著名水浒绘画和插图的翻刻。如1940 年中国版画史社影印了郑振铎藏陈老莲《水浒叶子》;1959 年,江苏人民出版社重印此本,所用底本是苏州桃花坞刻本。1949 年,东西文化社、金陵大学文学院委托上海华夏图书出版公司影印明崇祯刻本《英雄谱图赞》,由王古鲁编,倪青原跋。1955 年,人民美术出版社出版陈启明校订的《水浒全传插图》,系据北京大学图书馆所藏杨定见本《忠义水浒全传》中刘君裕所绘插图为底本。1963 年,马蹄疾曾编《水浒插图选集》,搜集了十一种水浒刻本的六十七幅插图,惜未出版。

20 世纪重新为《水浒传》绘插图的作品相对于用明清旧刻本翻印的则比较少,仅有孟超文、光宇绘《水浒梁山英雄传》,1949 年上海学习出版社出版。这是因为《水浒传》的旧本插图古香古色,和原书浑然一体,相得益彰。另外,陈老莲的《水浒叶子》等绘画艺术很有特色,既表现了原书最典型、最动人的故事和场面,又有本身的独创性,深受读者喜爱。其中每幅画各有画赞,如鲁智深云:"老僧好杀,昼夜一百八。"扈三娘云:"桃花马上石榴裙,锦伞英雄娘子军。"柴进云:"哀王孙,孟尝之名几灭门。"武松云:"申大义,斩嫂头,啾啾鬼哭鸳鸯楼。"杜堇所绘《水浒人物全图》每幅画赞则与《水浒叶子》不同,如鲁智深云:"焉知圆寂,佛祖不识;一棒打杀,与狗子吃。"武松云:"杀虎未为武,丘嫂猛于虎。"扈三娘云:"罔谈彼短,靡恃己长;天壤之间,乃有王郎。"安道全云:"活一人,杀万人,夏无且,秦越人。"①

连环画这一艺术形式在中国由来已久,战国时代的铜器画就已经有了记载攻战事迹的连环画面。明清时期,随着木版印刷的发展,连环画面通过木刻印刷出版,或上图下说,或左图右文,形式上更为接近今天的连环画。20世纪初叶,在上海形成并开始广泛流传的通俗图画读物开始被称为连环画。新中国建立后,连环画作为一种通俗的传播文化的艺术形式迅速发展。连环画的题材,大都根据文学作品移植而来。中外著名的小说、历史故事、戏剧、电影等,是改编连环画的主要根据。由于题材丰富多样,艺术形式一般又具有通俗普及的特点,因而长期以来以特有的群众性、文娱性和知识性而拥有众多的读者。

20世纪连环画对于水浒故事在广大少年儿童中的传播起了重要的作用。最早的《水浒传》连环画有李澍臣绘《连环图画水浒传》640幅,1928年上海世界书局印行。另有周云舫绘《第五才子水浒》连环图画,共有470余幅。据不完全统计,我国近代画家为《水浒传》一书作的连环画,共出版有80余种。② 20世纪五六十年代,《水浒传》的连环画册激增。1950年以后,每年都有数种水浒故事的连环画问世。1955年~1963年,北京朝花美术出版社和人民美术出版社联合出版26册《水浒》系列连环画,影响较大。这部画册根据七十一回本《水浒传》改编,由墨浪、卜孝怀等六位画家分工绘制,近3 000幅图画,其篇幅之长在我国连环画史上是罕见的。它的编绘和出版,是一项巨大的系统工程,也是集体智慧和劳动的结晶。这部画册无论从选材、思想内容和艺术技巧等方面,都比以往的《水浒传》图画有所提高。它们概括了七十一回本《水浒传》的基本内容,首尾连贯,环环紧扣,每一册又能够单独成为一个完整的故事。这部画册的画面比较严谨,布局多变,对背

---

① 蒋瑞藻:《缺名笔记》,见朱一玄《水浒传资料汇编》,第611页,天津:南开大学出版社,2002。

② 郑公盾:《水浒论文集》,第157页,银川:宁夏人民出版社,1983。

景、服装和兵器的考证也下过一定功夫。在众多的《水浒》连环画中，仍是以武松、李逵、林冲、鲁智深、宋江、燕青、石秀等人物以及"三打祝家庄""拳打镇关西""智取生辰纲""闹江州""野猪林"等著名故事情节为主要题材。因为图文并茂，形式活泼，特别为广大少年儿童所喜爱。可以说，许多人对水浒的了解都是从翻阅连环画册开始的。另外，《水浒传》单幅年画与画片为数众多。如 1957 年以后出版的杨柳青年画、桃花坞木刻年画等系列年画，尤为广大人民群众喜闻乐见。

在吴承恩《西游记》问世之前三百多年，敦煌壁画已出现玄奘以及牵马随行的猴形人。《西游记》成书之后，更被一些丹青高手用绘画的形式表现出来。从《西游记》中的插图插页，到年画、门画、连环画，其形式可谓丰富多彩。绘画一般采用单幅形式，在内容传达上受到一定限制，连环画则可以克服这一不足。

古典文学作品采取连环画形式的"开山之作"，就是《西游记》。《西游记》这一题材从 1925 年连环画诞生开始，直到 20 世纪末，始终引起画家的极大兴趣，作品不断出新。50 年代是《西游记》连环画创作的高峰期，从印册数量上高于其他几部古典小说名著。其中，以河北人民美术出版社出版的作品最多，并且改编范围广，《西游记》中有名的故事几乎都出版了连环画册。60 年代前期出现了各种民族语言版本的《西游记》连环画册，但故事单一，只有《孙悟空三打白骨精》一种。可以看出，政治因素对文学传播的深刻影响。自 1980 年起，连环画创作进入新的高潮。首先是重新出版印刷 50 年代出版过的连环画。其次，出版地也比 50 年代增多，几乎每个省的美术出版社均有连环画出版。另外，根据《西游记》改编创作的连环画套书开始丰富起来。系列连环画的出版，可以让读者了解《西游记》的全貌，对《西游记》的传播十分有利，但也不排除经济利益的因素使得这部有卖点的著作被许多人改编、绘制，以至于重复出版。特别是 90 年代以来，《西游记》连环画一个非常突出的特点是单本画册几乎没有了，越来越讲究纸张和印刷的精美，价格也越来越昂贵。

从 20 世纪 80 年代起，随着《西游记》被陆续搬上银幕、荧屏和舞台，中国电影和中国戏剧出版社相继出版了大批戏剧、电视剧和电视系列剧剧照本的《西游记》题材连环画。《西游记》从"画"到"影"，大大丰富了《西游记》题材连环画的形式,也体现了传播媒介之间的相互影响渗透。

　　《封神演义》连环画是 20 世纪印刷传播媒介中的重要一种。50 年代、80 年代、90 年代,是《封神演义》连环画发展的三个鼎盛时期。1925 年,上海世界书局率先创造出由陈丹旭绘制的第一套真正意义上的连环画册,上图下文,大幅图画配上简短说明。其中就有取材于中国古典名著的《封神榜》。封面上明确写着“男女老幼,娱乐大观”八个字,小巧便于携带,价钱便宜,公开销售后颇受欢迎,不仅孩子爱看,大人们也喜欢。著名国画家程十发 1957 年绘的彩色连环画《哪吒闹海》,制作精美,尤其能引起少年儿童的阅读兴趣。1958 年出版的成套的《封神演义》故事,发行量也较可观。

　　“文革”以后,1977 年～1985 年为连环画创作高峰期,出版了一大批连环画精品。浙江人民出版社、天津人民出版社、人民美术出版社等十余家出版社出版封神故事连环画。其中,天津人民出版社的成绩引人注目。其连环画多以《封神演义》系列故事的形式出版,基本是一本叙述一个故事。70 年代末 80 年代初,人民美术出版社出版的《封神演义》连环画,受欢迎程度盛况空前,全国新华书店系统一次性订货高达 300 万册。由于纸张紧缺,出版社只能提供 50 万册。1980 年出现 16 开大本彩色连环画《哪吒闹海》,外文出版社发行。1981 年出版连环画《土行孙》,多达 150 万册;印刷量少的如《飞虎反关》,也超过了 100 万册。1982 年人民美术出版社《哪吒闹东海(连环画)》有 50 万本。1982 年～1983 年,江西人民出版社《封神演义故事》,如《鹿台遗恨》《囚禁西伯》《征战西岐》等,印数 17 万～24 万不等。1982 年～1985 年,人民美术出版社出版《封神演义》连环画,15 分册每册印数 40 万～50 万。浙江人民美术出版社分别于 1981 年、1984 年两次出版《封神演义故事》,还有单本连环画《黄飞虎反五关》《哪吒成才记》《反冀州》《文王回岐山》等。河北人民美术出版社于 1984 年出版 17 册一套的《哪吒》,包括《封神演义》里所有的哪吒故事,此版本于 1988 年再次印刷,深得读者喜爱。另有中国戏剧出版社 1984 年版戏剧连环画《封神榜》全套 6 册,亦极受欢迎。少年儿童出版社出版的黑白连环画袖珍本《封神演义》,共编了 11 个故事,针对儿童读者群体。1985 年,希望出版社出版《封神演义》全套 12 册,故事生动,绘画精美。

20 世纪 90 年代以后,连环画逐渐升温。1989 年,湖南少儿出版社出版全套 4 册《封神演义》连环画。1992 年 8 月,三联书店出版蔡志忠著卡通漫画《封神榜》,画面精美,设计新颖。1993 年,辽宁少年儿童出版社出版的彩图《封神演义》,多达 440 幅。1994 年,上海儿童出版社出版大开本连环画《封神演义》(上下两集),一页两图,共印 6 万多册。岳麓书社于 1995 年出版《封神演义》连环画。彩图中国古典名著《封神演义》分别于 1994 年和 1995 年由浙江少年儿童出版社和江苏少年儿童出版社出版,均多次印刷。2000 年华语教学出版社的《〈封神演义〉注音故事乐园》,注重作品的历史情节,有助于学龄儿童对商周历史的了解。同年,金盾出版社出版《看图读〈封神演义〉》。

其他种类的绘画形式,如门画、香烟画、火柴盒画、邮票、纪念币、磁卡、壁画、人物扑克、剧照条屏等,也相继出现。尤以 90 年代前后居多,仅 1988 年就有十几种门画印刷发行,如贵州美术出版社《封神人物》、广西人民出版社《封神武将》。剧照条屏,如 1990 年江苏美术出版社的《封神榜》(2 张 2 开)。香烟画别具一格,且为《封神演义》的传播起过一定的作用。我国最早的香烟画片诞生在清末民初,《封神演义》香烟画流行于 20 世纪二三十年代。南洋兄弟烟草公司的《封神榜》人物图,共一百枚,堪称微型连环画,一时成为孩子们争相收集的小玩意儿,不少成年人也趋之若鹜。

1985 年,天津火柴厂出版《哪吒闹海》故事图案火柴盒,一套 15 枚。圣文森特在 1996 年中国举行第九届亚洲国际集邮展览期间为中国动画电影《哪吒闹海》发行了纪念邮票,一组 5 枚邮票和一枚小型张。这是迪士尼动画电影邮票在世界发行之后,首次在邮票上见到的中国动画电影邮票。取材于古典名著《封神演义》的《哪吒闹海》,不但为中国人所喜爱,而且被世界人民所熟知。其抑恶扬善的主题和梦幻般的神奇故事及多彩的环境与造型使其成功成为必然,它彰显了中国文化的源远流长和博大精深。上海人民美术出版社还发行了《哪吒闹海》彩色银币和《哪吒闹海》上海地铁纪念磁卡,极为精美,具有收藏价值。1979 年,首都国际机场候机厅落成,大型工笔重彩壁画《哪吒闹海》出现在中外游客面前。另有专题扑克发行,主要是故事人物图,让人们在娱乐过程中领略封神人物风采。

　　据今所见,"三言""二拍"明刊本所附插图是相当精美的,难怪当时一些书坊为了牟利,竟然不顾图不对文,剽窃"三言""二拍"的部分插图附进其他书里,以期速售得利。如明代叶敬池本《警世通言》由吴郡名工郭卓然刻,插图精美,其中《三现身包龙图断案》《赵太祖千里送京娘》《小夫人金钱赠年少》三幅插图便为崇祯刻本《皇明中兴英烈传》一书所窃用。① 明末刻本《拍案惊奇》的插图保存了不少当时社会生活的场景,读者对明末社会的混乱情况可窥知一二。明清小说插图除了因其对阅读能够进行有益的引导而广为流传外,其本身作为版画艺术的审美价值也不容忽视,并由此刺激了插图本小说在广大读者中的传播。

　　20世纪,人民文学出版社等出版部门在印行"三言""二拍"文本时,附印了明刻本原有的封面和插图。这样一来,小说插图能够配合作品内容,图文并茂,相得益彰,对阅读进行有效的引导,同时插图本身也具有不可小视的文献史料和艺术欣赏等价值,故而能够起到继续推动小说流传的作用。此外,"三言""二拍"中的人物和故事仍然成为年画、门画、条屏等民间绘画艺术所喜闻乐见的题材。"苏小妹三难新郎""白蛇许仙断桥相会""杜十娘怒沉百宝箱""秋翁遇仙"等诸多故事,都以情节画或人物画的形态在年画、门画等多种民间绘画艺术形式中被不断展现着。

　　"三言""二拍"的绘画传播中,作用最突出、首屈一指的则是连环画。"三言""二拍"因其篇幅相对短小、平民化、生活化的特点,自然成为连环画争相改编的素材。《千里送京娘》《白蛇传》《秋翁遇仙记》《金玉奴棒打薄情郎》等,多次被改编成连环画单行本的形式出版。80年代,福建人民出版社出版系列连环画《古代白话小说连环画》,由"三言""二拍"中的一些著名篇章改编而成(其中有一篇取自《石点头》,即《侯官县烈女歼仇》)。这套连环画原计划有18分册,从1981年12月到1985年4月,实际只出了14分册,每个分册的发行量都在20万册左右。其中包括《杜十娘怒沉百宝箱》《沈小霞相会出师表》《白玉娘忍

----

① 宋莉华:《明清时期的小说传播》,第90页,北京:中国社会科学出版社,2004。

苦成夫》《滕大尹鬼断家私》等著名作品。绘画者朱光玉、叶毓中、傅伯星、来汶阳、吴声等，都是擅长古典题材连环画创作的高手。在他们的笔下，无论是善良的杜十娘、白玉娘，还是机智的乔太守、陈御史以及丑陋可耻的李甲、庞德等，一个个人物都刻画得栩栩如生，很好地诠释了原作精神。其整体的绘画技法采用了中国传统线描，但在统一中又有各自的风格变化，具有很高的艺术价值和收藏价值。另外，在全国第四届(1986年～1990年)连环画创作评奖中，于水等绘制的《三言二拍精选》获得了套书二等奖。可见，"三言""二拍"与连环画结合是一件双赢的事情。

随着20世纪新的传播媒介不断涌现，连环画也出现了电影连环画、电视连环画、戏曲连环画、摄影连环画、连环幻灯画等崭新的样式，"三言""二拍"连环画的样式也不断丰富起来。中国电影出版社于1981年6月出版了根据上海电影制片厂所摄影片《白蛇传》改编的同名电影连环画，1982年又出版了由金戈改编的同名电影连环画《杜十娘》。另外，北京宝文堂书店在1981年出版了经梁星齐、孙和平改编，由孙和平摄影的戏曲连环画《苏小妹》。可以说，琳琅满目、多种样式的连环画给20世纪"三言""二拍"的读者们提供了更为直观可感和丰富多彩的视觉形象冲击。这是以往的"三言""二拍"绘画传播中所不曾有过的。

"三言""二拍"的绘画渗透进了20世纪中国人日常生活的角角落落。比如，北京首都机场选用李化吉、权正环创作的壁画《白蛇传》来装饰；浙江电信于1994年10月13日发行《白蛇传》田村卡一套四枚，发行量为一万套。这套电话磁卡设计精美，有相当的收藏价值。中国电影出版社、中国戏剧出版社分别出版过故事片《杜十娘》《白蛇传》等的摄影剧照。可以说，20世纪，"三言""二拍"的绘画传播存在于多于以往任何一个时代的传播介质中。

《说岳全传》的绘画传播有插图、连环画、门画、年画、条屏字画、瓷板画等多种样式。《说岳全传》的版本很多都附有插图。齐鲁书社2003年出版的贺兰山校点《插图本说岳全传》，收采清末民初石印版插图58幅，绘制精细，异彩纷呈。在这些精美的绘图中，既有人物的形体相貌、服饰、发式等，于此我们可以想象书中人物的精神风貌、身份地位、性格境遇等；还有当时的社会背景，或田野山川，或街头巷尾，或居家摆设等，每一细微处，每一笔勾勒，皆散发着特定的历史环境信息，通过这些，我们可以了解当时的社会风情、民间风俗、地理风貌、文化特点等，一窥历史原貌。

在《说岳全传》的绘画传播中，最为重要、作用最大的当属连环画。《连环图画岳传》由朱亮基编辑，书画名家陈丹旭绘图，全部3集，每集8册，图画细腻古典，人物形象传神，极具欣赏价值。1929年二版。2001年7月，黑龙江美术出版社整理重印，名字仍为《连环图画岳传》，线装，24开本，6册。1939年4月，上海世界书局出版新文字连环图画《岳飞》，陈鹤琴编，邢舜田绘图，12页32开，说明文字附有拼音。1941年1月，成都铁风出版社出版梁又铭编绘连环图画《岳飞》，共14幅，有说明文字，是民族英雄史画的第一种。

新中国成立后，由《说岳全传》改编的连环画有：1955年～1962年，上海人民美术出版社和新美术出版社出版的《说岳故事选》，徐正平、凌涛等绘图，陈况、李白英等改编，包括《枪挑小梁王》《岳家庄》《挑滑车》《岳飞大破金兵》《王佐断臂》5册，共有图477幅。1958年～1963年，人民美术出版社出版的王亦秋、朱光玉、汪玉山等绘图，高梅仪等改编的《岳传》，包括《岳飞出世》《枪挑小梁王》《岳母刺字》《牛头山》《黄天荡》《双枪陆文龙》《风波亭》等15册，共有图1700余幅。除连环画套书外，还有单册发行本，如人民美术出版社1953年11月出版徐燕荪绘图，张再学、余金改编的《王佐断臂》，1958年出版赵宏本、徐正平绘图，宋书安改编的《牛皋扯旨》，辽宁美术出版社1959年12月出版王左英绘图的《牛头山》等。

20世纪80年代初期，连环画创作和出版迎来了新的辉煌。《说岳全传》连环画创作也在80年代达到顶峰。1980～1982年，河南人民出版社、郑州中州书画社出版潘真、赵贵得绘《说岳全传》8册；1981～1982年，浙江人民美术出版社出版施大畏、韩硕绘《岳飞》上下册；1982年～1985年，辽宁美术出版社出版《岳飞传》10册，福建人民出版社出版傅伯星、王重英、末汶阳等绘《说岳全传》15册。岭南美术出版社、吉林人民出版社、安徽人民出版社、江苏人民出版社、黑龙江人民出版社、河北美术出版社等都出版了说岳连环画套书，还有多种单册本出版。赵宏本、徐正平、傅伯星、王重英、末汶阳、潘真等,都是连环画创作高手。他们所绘连环画人物、景象栩栩如生,活泼生动,文画交融,深受广大读者喜爱。绘画本身具有很高的艺术价值和收藏价值,同时促进了说岳故事的传播。

21世纪初,连环画收藏热逐渐兴起,使连环画出版又有回升的迹象。上海人民美术出版社再版连环画200余种,其中20世纪五六十年代徐正平、凌涛等绘《说岳故事选》于2000年再版,是上海连环画精品百种的一部分,辽宁美术出版社也将20世纪80年代的《岳飞传》再版。除再版外,有的出版社重新改编绘制《说岳全传》连环画。最值得一提的是连环画套书《岳传》40年后再续前缘。1958年~1963年,人民美术出版社出版王亦秋、朱光玉、汪玉山等绘图,高梅仪等改编的《岳传》15册,因内容感人、情节丰富、画面生动而广受青睐,到1984年印数已高达400万册,以后陆续再版,在几代人心中留下了深刻的印象。不过,这套根据《说岳全传》改编的连环画故事,当年出到第15册《风波亭》岳飞遇害截止,原著最后18章回的内容没能得到体现。为了让《说岳全传》的连环画故事完整起来,并使前后画法、风格得以统一,上海连环画收藏家康伟个人投资,组织20世纪五六十年代叱咤连坛的老画家,用中国传统的线描手法把《说岳全传》的故事续完。历时一年精心绘制,到2005年12月,全套6册《后岳传》终于完成并出版。参与绘制的老画家有盛鹤年、卢汶、杨锦文、朱光玉、屠全枫、陈惠冠、杨青华,其中后四位绘制过老版《岳传》。这套传统形式的连环画作品也成为他们的封笔之作。

除连环画外,《说岳全传》中的人物和故事还是年画、门画、条屏、年历画等民间绘画艺术所喜闻乐见的题材。另外,像瓷板画、动漫、壁画、邮票、电话磁卡等,都见有说岳人物或故事的身影。如彩色瓷板画《还我河山》,描绘岳飞全身戎装,骑马执枪,正奋勇冲击。他身后帅旗招展,“岳”字鲜明生动。背景是烟尘滚滚,旗枪如林。岳飞剑眉竖起,怒目圆睁,大有不灭仇敌誓不返的英雄气概。2004年,国内首创的用刻瓷艺术展现名著的大型瓷板刻画《岳飞传》面世。这部长达40.8米的作品,是山东省淄博市淄川区罗村镇瓦村农民王世海一家三口用900天创作而成的,共用瓷砖306块,包括前言、304个故事、后记三部分。瓷刻从第一幅《英雄故里》开始,到最后一幅《抗金英雄岳飞》结束,共展现人物 1818 人次,战马 199 匹,战船 17 艘,栩栩如生。可以说,《说岳全传》的绘画传播存在于多于以往任何一个时代的传播介质中。

第三节　影视、网络

影视网络是 20 世纪出现的新的传播媒介,和其他传播媒介相比,其表现形式更加具有现代气息,故而更易为群众特别是青少年所接受。20 世纪以来,古代白话小说名著不断被改编为影视剧,这成为白话小说传播的重要方式之一。

一、电影

20 世纪初,电影技术传入我国,于是有了第一批国产戏曲电影。据《中国电影年鉴》和《中国艺术影片编目》,可知三国题材电影的特点是,故事片比较少,仅有《华佗与曹操》《关公》《火烧赤壁》三部,其余皆为戏曲片。从剧种上看,三国戏曲电影除了有两部豫剧影片外,其余都是京剧影片。1905 年,中国人尝试拍摄的第一部影片,是将京剧《定军山》片断搬上银幕。① 这是因为京剧是我国流行最广、影响最大的一个剧种,且此时的电影尚处于无声阶段,所以选择了富于动作、武功的《定军山》来尝试拍摄。这部影片只有短短的三本,但它是中国人摄制的第一部影片,也是我国最早的一部戏曲片。这部短片开创了中国电影史的新纪元,同时诞生了戏曲电影这个独特的片种。尤其是在近千年的民族戏曲史上,第一次用胶片生动、形象地记录了中华民族独特的戏曲艺术,及艺术大师谭鑫培的真实形象和精湛表演技艺,是珍贵的艺术遗产。对《三国演义》的传播来说,增加了一种崭新的传播媒介。戏曲电影能够克服戏曲舞台表演的各种限制,在传播次数上可以

---

① 少舟:《中国戏曲电影概述》,见中国电影家协会《中国电影年鉴(1983)》,第 489 页,北京:中国电影出版社,1984。

无限地延长下去,增加传播的地域和时间。

1935 年,新华影业公司出品《周瑜归天》,这是一部黑白有声影片。三国戏曲影片随着电影技术的发展走进了有声时代,胶片不仅可以记录表演家的动作,还可以录下唱腔,这与直接观赏戏曲表演相差无几。1941 年,民华公司拍摄京剧戏曲集锦片《古中国之歌》,其中包括三国戏《水淹七军》。1957 年,两部三国京剧影片出品:叶盛兰、马连良主演的《群英会》和《借东风》。1976 年,为了保存传统剧目的表演技巧和唱腔,赶拍了 53 部传统折子戏。采用录音录像的记录办法拍摄后,再转制成影片,成为一批有价值的戏曲资料而得以保存。这些影片中有不少京剧三国戏:《汉津口》《长坂坡》《空城计》《柴桑口》《让徐州》《借东风》《古城会》《连营寨》。80 年代之后,具有悠久历史的传统戏曲重新回到舞台和银幕,《诸葛亮吊孝》《智收姜维》《吕布与貂蝉》《空城计》等剧目常演不衰。

20 世纪 90 年代以来,三国题材故事片不断出现,风格和手法却发生了巨大变化。1996 年,天山电影制片厂出品《曹操》。此剧撷取杀陈宫、收关羽、官渡之战、赤壁大战、冤杀华佗、曹女骂操等片断,描述了这位历史上赫赫有名的政治家、军事家、文学家跌宕起伏的一生,塑造了具有多重性格的曹操的形象,展现了一幅气势恢宏的三国历史画卷。1996 年,天山电影制片厂出品《诸葛孔明》。该片描述诸葛亮从被刘备三顾茅庐请出,直至六出祁山收复中原,却无建树,病入膏肓,最终带着无尽的遗憾和满腹的韬略离开人世的经过,较为客观地演绎了诸葛亮“鞠躬尽瘁、死而后已”的一生。

1998 年,三国题材电影《超时空要爱》公映,影片极度夸张地表现了一段穿越时空的三国故事:梁朝伟饰演一名便衣警探,在调查案件时,竟然穿梭时空来到三国并变成诸葛亮,经历了各种稀奇古怪的事情,并在三国时代与今天之间徘徊留恋,最终返回现代做了一名普通的小市民。该片无厘头加上机智幽默,竭尽搞笑之能事,具有后现代主义的特点。1999 年,台湾电影《一代枭雄——曹操》公映。这部影片是台湾影帝柯俊雄自导自演的,只在台湾本土赢得了一些反响,看过该片的大陆观众寥寥无几。2008 年,电影《三国之见龙卸甲》发行。影片在 60 多年的时间段里时空穿梭,通过回忆往事再现蜀国名将赵云传奇的一生,依靠漫画式的造型和精彩的动作场面而赢得了票房大热,也通过虚构一位文武双全、琴棋书画样样精通的巾帼英雄——曹婴(曹操孙女)吸引了众多眼球。

电影《赤壁》凭借大导演、大明星、大投入而号称华语电影史上空前的大制作,吸引了广大影迷的眼球,引起了众多媒体的关注。一时间惊起千层浪,《赤壁》俨然成为 2008 年最受瞩目的电影。名著不仅是民族的,也是世界的。吴宇森导演 2004 年从好莱坞归来后,就想拍一部能够在世界上真正表现中国文化和中华民族精神的电影。他希望通过《赤壁》,能够让世界看到中国历史精彩的一面,能够让西方对中国历史多一些了解和认识。于是,吴导以能够让西方观众认同与接受《赤壁》、实现三国文化在世界广泛传播为出发点,运用现代化的艺术表现手法对历史上的赤壁之战进行了情节的改编、人物的再造、主题的重塑以及好莱坞式幽默语言的包装,最大限度地去适应国际化的市场规则和西方观众的口味。

吴宇森曾说:"我希望这是一个比较世界性的'三国',不是我们独有的'三国'。我不想拍纯历史剧。如果是纯历史剧,会给自己很沉重的负担。我觉得'三国'故事应该是像奥运精神一样,团结、坚毅、勇气,还有和平竞争、和平生活的气息和人与人之间真正的友谊。……每个电影都有不同的创作意图,我们不是乱编的,不是把历史故事改成喜剧,是根据史料演绎,有些桥段在里面。……我希望'三国'不仅仅是中国人拥有的,我们要从全新的角度来描写这个故事。我反而注重人物的人性一面,贯彻整个戏里的人文主义、互相关怀,这样自由一些。我希望观众看了之后,觉得人生还是美好的,人与人之间还是可以互相信任的。"[①]在电影《赤壁》中,吴宇森不断与好莱坞接轨,与世界电影接轨,将东方和西方观众都能接受作为第一要务,删除西方难以理解的富有历史内涵的故事细节,把故事情节设计得易于理解、有趣而不复杂。比如删除了刘备摔阿斗的细节,一方面是考虑以人权为重的西方人,难以理解和接受这一行为;另一方面,考虑到西方观众的领悟能力,他们对中国三国时代了解甚少,对人物形象更是难以把握,所

---

① 《三联生活周刊》,2008 年第 24 期。

以无法通过"摔阿斗"这一细节认识刘备爱惜赵云之材、求贤若渴的复杂情感。还有关、张、赵诸位勇将，放弃了胯下宝驹和掌中兵器，纷纷下马徒手厮杀，成为名副其实的"肉搏英雄"，这大概也是出于对西方观众更崇尚直接的武力、血腥的考虑而做出的改动。

对语言上的处理也是三国电影行走世界的一大策略。所以，在一些不影响主干剧情的细节上，吴导仍然延续了好莱坞惯用的招数——幽默。如刘备派代表诸葛亮去东吴游说联盟抗曹时，端起一碗米饭，说道："去东吴的路途遥远，需要体力，多吃点。"周瑜看见刘备编草鞋时，好奇地问："这鞋都是刘公编的么？"关羽插话说："是啊，我们的鞋都是大哥编的，非常坚固。"刘备也回应道："编了很多年，习惯了。"还有诸葛亮给马接生，周瑜问："这个，你也懂？"诸葛亮说："略懂。我帮过牛接生，马应该是一样的吧。"周瑜表示要为新出生的小马驹起个荆楚的名字："叫它萌萌好吗？"另外，"天下兴亡，匹女有责"，"天凉扇扇子，让自己冷静"，"现在好好读书，将来才有饭吃"等等，这些幽默的台词对于国人而言是可笑的，甚至嗤之以鼻，解构了诸葛亮、周瑜、刘备等历史英雄人物的崇高；而对于西方观众而言，他们并没有三国的知识储备，故事中的英雄人物走出严肃，走向现实，以一个普通人的身份走进他们的心里，则是合情合理的，何况这种幽默的手法在好莱坞早已司空见惯。可以说，电影《赤壁》的上映，擦出了三国文化与世界电影对接的火花，正以其独特的方式向世界诠释着东方文化的源远流长与博大精深。

《赤壁》一改《三国演义》中对英雄人物的平面塑造，凸显了英雄的个人性情和生活情趣，使英雄形象更为丰满：周瑜的出场充分展现了中国儒将的风范，既有对战争指挥若定的淡定从容，也有对敌方病逝士兵的同情，既有对妻子的柔情蜜意，也有对音律的如痴如醉；刘备不但能带兵打仗，还擅长编草鞋；鲁肃憨厚老实，还带点儿豪爽；侠肝义胆的关羽拿起书本，教起了情诗"关关雎鸠"；直率莽撞的张飞拿起毛笔，挥斥方遒；深谋远虑、雄心勃勃的孙权在猛虎面前表现出紧张和脆弱；那个"多智而近妖"的诸葛亮，不但好养鸽子，还好说自己不冷静，好开玩笑，带点儿偶促，带点儿幽默……

《赤壁》不再拘泥于《三国演义》里的人物演绎，开始以人为本位，关注人的价值、人与人的道义，将人物的性情、凡夫俗子的特点挖掘出来，把带有神秘色彩和学究气的历史英雄，变成一个个可亲近的人，不但个性十足，而且具有丰富的个人情感，呈现在观众面前的是一个个具有立体感的人物形象。

导演吴宇森的史诗巨制《赤壁》成功地走向世界电影舞台，原因在于吴宇森在中国传统文化与世界艺术审美之间找到了一个契合点。他以世界为舞台，以三国赤壁为基础，以现代人物为主角，以时代精神为灵魂，向世界展示三国的历史、文化以及中华民族的传统精神，并得到了好莱坞的认可。可以说，《赤壁》是华语电影史上全球化的一座里程碑。

20 世纪初期，以《水浒传》为蓝本的戏曲片有《艳阳楼》（1906 年）和《收关胜》（1907 年）。《艳阳楼》由京剧"俞派"创始人俞菊笙主演，《收关胜》由许德义主演。据后人记述，这些戏曲短片当时在戏院放映时，"有万人空巷来观之势"①。作为中国第一批影片，它们首先是被当作一种戏曲演出的纪录而拍摄的。由于条件限制和缺少经验，银幕效果不甚理想。这些戏曲短片，作为中国民族电影的滥觞，虽然隐约预示了电影作为艺术的某些成分，但它们离成熟的电影艺术还有相当的距离。

20 世纪 20 年代以后，以《水浒传》故事为题材的电影逐渐增多，内容日渐丰富。1927 年，上海长城画片公司摄制了《一箭仇》《石秀杀嫂》和《武松血溅鸳鸯楼》，上海青年影片公司摄制了《宋江》，大东影片公司摄制了《武松杀嫂》。1928 年，大东影片公司摄制了《武松大闹狮子楼》。1929 年，复旦影片公司摄制了《大闹五台山》，大中华百合影片公司摄制了《大破高唐州》等。30 年代以前拍摄的这些"水浒"电影都是无声电影。30 年代后，中国出现了有声电影，赢得了更多的观众，促进了电影的繁荣。大量的《水浒传》故事被搬上银幕，成为老幼皆宜的观赏形式。1936 年由新华影片公司摄制的《林冲夜奔》，是较早的配音戏曲影片。继之，1937 年，明星影片公司摄制了《夜奔》；1938 年～1940 年，上海华新影业公司相继摄制了《武松与潘金莲》《四潘金莲》《林冲

① 见《旧剧电影化并非始自梅兰芳》，《电影周刊》第 14 期，1938 年 12 月上海出版。

雪夜歼仇记》《潘巧云》；1940年，上海艺华影业公司摄制了《阎惜娇》
等。

五六十年代，随着电影制作技术的进步，出现了彩色电影。1961
年，上海天马电影制片厂摄制了彩色戏曲艺术片《下书杀惜》，应云卫、
杨小仲导演，周信芳主演。本片是影片《周信芳的舞台艺术》的一部
分，全片包括《徐策跑城》《下书杀惜》两个折目。1963年，该制片厂又
摄制了应云卫导演，著名艺人盖叫天主演的彩色戏曲片《武松》。包括
《景阳冈打虎》《狮子楼》《十字坡》《快活林》《飞云浦》《鸳鸯楼》六个单
折。1963年，北京电影制片厂、香港大鹏影业公司联合摄制了舞台艺
术片《野猪林》，李少春饰林冲，袁世海饰鲁智深。影片突出了林冲和
高俅父子、陆谦之间的冲突。电影中森严的白虎堂，迷蒙的野猪林，高
超的武打艺术，山神庙雪夜歼仇的场面，比以往《水浒传》影片别开生
面，受到观众的热烈欢迎。它说明《水浒传》改编的电影逐步提高了思
想和艺术境界。[①]

60年代以后，内地拍摄的水浒电影较少，香港电影界对《水浒》的
热情却有增无减。1963、1964两年，香港邵氏电影公司接连拍摄了《阎
惜姣》《潘金莲》两部影片。后来，该公司相继拍摄了《水浒传》、《快活
林》(1972年)、《武松》(1982年)。1983年，惠基合众电影有限公司摄
制了彩色宽银幕功夫片《浪子燕青》，由山东省武术协会协助拍摄。90
年代后，香港拍摄的《水浒》电影多是无厘头搞笑之作，故事情节往往
和原著大相径庭。只有1992年拍摄的《水浒传之英雄本色》基本忠实
原著，故事情节小有变动，没有伤筋动骨。影片讲述林冲、鲁智深的故
事，误入白虎堂、野猪林、杀陆谦等情节都有，唯一可惜的是少了"风雪
山神庙"的戏。本片的武打场面使用特技手法拍摄，有助于渲染故事
情节和表现人物的思想性格。在小说《水浒传》中，林冲性格有怯懦和
优柔寡断的一面，而影片用大量场面展示林冲的武术神功，并且通过
和鲁智深的切磋来表现，于是林冲性格中豪迈、刚勇的一面，和重友
情、讲道义的一面得到了淋漓尽致的表现。梁家辉饰演的林冲极有神
采，给观众印象极深，徐锦江演的鲁智深形象也不错。后来拍摄的《黑

---

① 见《大众电影》1963年第11期。

旋风李逵》由徐锦江饰演,故事情节和小说出入较大,李逵竟也谈起了恋爱。1993 年,高志森导演的《水浒笑传》更是和小说完全不搭边。该片把潘金莲和西门庆通奸害死武大郎的故事,竟改成武大郎和潘金莲合伙骗西门庆的钱财,最后把西门庆弄了个不知死活。另外,1993 年高志森拍的一部贺岁古装喜剧《花田喜事》,也有一部分情节取材于《水浒传》中的"小霸王醉卧销金帐",影片中走火入魔的无厘头搞笑逗得人笑破肚皮。1994 年,李翰祥导演《少女潘金莲》。故事背景虽然和原著相似,但由于没有把握原著对日常生活以及对世情百态细微临摹的精髓,过分堆砌色情场面,因此并没有取得预期的收视效果。

由于不同的地域文化背景,港台电影走的是另一条和内地完全不同的路子。他们更强调影视的娱乐功能和票房价值,故所拍摄电影多以面目全非的水浒故事来达到搞笑的目的。因此,其水浒电影便少了一分严肃和理性,多了一分轻松和幽默。尽管如此,港台水浒电影仍然和内地水浒电影共同促进了《水浒》故事的传播。

总之,随着电影技术的发展和艺术的不断进步,水浒题材的电影由无声到有声,由黑白到彩色,制作越来越精美,艺术水平不断提高。不过,以水浒故事为蓝本的电影,仍以武松、宋江、林冲、鲁智深、燕青等人为主。虽然题材有些狭窄,但由于电影的娱乐性、形象性特点,所以更容易吸引观众,文化水平不高甚至不识字的观众也能观赏,这对《水浒传》在广大人民群众中的迅速广泛传播具有重要作用。

1927 年,上海影戏公司推出电影《盘丝洞》(无声默片字幕说明),"一经放映,万人空巷,各影院连卖满座,南洋一带也争购拷贝",并特别编撰《盘丝洞特刊》。① 从此,根据《西游记》改编的电影不断拍出。从《中国电影发展史》②中获得的资料可以看到当时的拍摄情况:

上海影戏公司:《盘丝洞》,1927 年,10 本;《续盘丝洞》,1929 年;《新西游记》,1929 年,10 本,1930 年,10 本第 3 集。

长城画片公司:《火焰山》,1928 年,10 本;《真假孙悟空》,1928 年。

太平洋影片公司:《古宫魔影》(根据《西游记》片段改编),1928 年,

---

① 郑逸梅:《影坛旧闻:但杜宇和殷明珠》,第 32~33 页,上海:上海文艺出版社,1982。
② 程季华主编:《中国电影发展史》,北京:华艺出版社,1980。

9本。

天一影片公司:《孙行者大战金钱豹》(一名《西游记》),1926年,9本;《女儿国》,1927年,12本;《铁扇公主》(一名《孙行者三盗芭蕉扇》),1927年,10本。

大中国影片公司:《猪八戒招亲》,1926年,9本;《西游记孙悟空大闹天宫》,1927年,10本;《西游记无底洞》,1928年,10本。

合群影片公司:《猪八戒大闹流沙河》,1927年。

月明影片公司:《朱紫国》,1928年。

大东金狮影片公司:《大破青龙洞》1、2、3集,1929年。

中国联合影业公司:大型动画片《铁扇公主》,1941年。

艺华影业公司:《新盘丝洞》,1940年,9本。

这一阶段《西游记》电影拍摄较其他几部古典小说名著,不但数量多,而且反响大。其原因在于,电影拍摄开始于默片,电影艺术的效果自然更多倚重于直观的视觉艺术展示,更深的蕴意的表现还需要电影人的不断探索和技术手段的不断进步来取得。《西游记》以其自身独特的情节结构,极强的故事性,内容表达的动作化以及丰富的戏曲舞台表演的经验,大众的熟稔度,成为电影人关注的热点。这一阶段的拍摄地点集中在上海。电影作为那个时代城市的产物,是那时城市文明的标志之一,其传播的影响力相对不够广泛。

新中国成立后,电影艺术成就不断提高,但《西游记》电影的拍摄与新中国成立之前比反而少了。上海电影制片厂于1962年拍摄绍剧《孙悟空三打白骨精》。作为电影作品,绍剧电影《孙悟空三打白骨精》所体现的电影艺术本身的创新并不值得大书特书,首先是那个时代中国电影拍摄技巧的不成熟和技术设备的落后,再就是这部影片更多体现的是传统的《西游记》戏曲所具备的特点——舞台动作设计的可观赏性,对白的大众化,情节的曲折,唱腔的优美,人物刻画的成功,只是表现形式由舞台变成银幕而已。应该说戏剧的编剧导演在这里就是电影的编剧导演,他们更多考虑的是戏曲舞台表演的效果和观众的心理倾向。在这部电影中是否真的具有强烈政治化色彩的时代性,只能由观众的主观性来确定。这部影片是对"传统"的顺承。

上海美术电影制片厂1961年、1964年拍摄的动画片《大闹天宫》

(上、下),是《西游记》动画片的经典之作。因其在动画技巧特别是人物形象塑造方面非常成功,在世界范围内产生了影响,80 年代便风靡国外。①

1995 年,香港回归前夕拍摄的《大话西游》,给 90 年代的中国带来强大的冲击。"这部影片对中国古典名著《西游记》进行游戏式的改造,它用它无聊、琐碎、无知、无畏冲击着传统文化苦心孤诣所创造的大道、正义、真理等等乌托邦词汇整体,将庄重的佛学、道、圣人的化身唐僧等都一起推下圣坛。"②也有人说它昭示着大话时代的到来。由《大话西游》带来的争议一直持续到现在。坚守传统文化阵地的专家学者,对它多持批判的态度,指责其是对传统名著的庸俗化。但是,它深受年轻一代人喜爱,是毋庸置疑的:剧中那一段"爱你一万年"的台词,成为网络的爱情宝典,被网民用 20 种以上的方言重复了无数次。2001 年 5 月 2 日,《大话西游》中另类孙悟空——自尊宝的扮演者周星驰在北京大学礼堂受到青年学生英雄般的欢迎,足以表明它的影响力。

把《大话西游》列为《西游记》电影之一,是因为不管"大话版"对《西游记》的改编如何"荒谬绝伦""荒唐可笑""不可理喻",它与古典小说《西游记》仍保持着千丝万缕的联系:它仍然挂着《西游记》的名字,并且片中基本人物仍然是《西游记》中的人物,总体框架仍然是师徒四人去西天取经等等。如果把这部影片划定是对《西游记》的改编的话,这种改编的确令人无法接受。应该说周星驰版《西游记》其实是利用角色的知名度,借孙悟空的壳,套用好莱坞科幻电影的手法拍出的一部无厘头加罗曼蒂克的电影。剧中周星驰一人分饰孙悟空与至尊宝两角,完全颠覆了孙悟空的形象。《西游记》自问世后,被改编无数次,从来没有人想象到石头里蹦出来的孙悟空会懂得儿女情长,但周星驰就让孙悟空刻骨铭心地爱了,让孙悟空在至尊宝的爱情纠葛中成为一个有血有肉的人,而不仅是一个战斗英雄。他是一个对生活充满种种向往、种种欲望,却又因为自己的平凡而不得不饱尝无奈的小男人。

① 中国电影家协会:《中国电影年鉴(1984)》,第 75～76 页,北京:中国电影出版社,1985。
② 李跃峰:《大话·虚无·存在的意义》,载《武汉科技学院学报》2002 年第 6 期。

其实,如果认为明末清初董说《西游补》是《西游记》的续书而没有异议的话,现在批评"大话西游"是对名著的颠覆和庸俗化,就失之公允了。在《西游补》中,孙悟空也是穿梭在过去未来的时空之中,唐僧也一改原著中的形象,变成了儿女情长的大将军。

1927年,取材于《封神演义》的三部电影《封神榜·杨戬梅山收七怪》《封神榜·哪吒闹海》《封神榜·姜子牙火烧琵琶精》先后与观众见面,均是由大中国影片公司摄制的黑白故事片。尽管是无声电影,因所演故事打斗戏较多,并不影响观众对影片的理解。1928年长城画片公司制作的黑白片《哪吒出世》上映,再现了哪吒从出世到与父亲李靖反目,最后言和的情节。这两部改编自《封神演义》的哪吒题材的电影,使哪吒的形象首次通过银幕逼真地传播给观众,活泼有趣。1929年,大华影片公司又推出根据小说《封神演义》改编的电影《大破黄河阵》,一度获得观众好评。尽管这几部电影皆为黑白片,演员的演技也不见得有多高超,但是,用胶片的形式生动逼真地传播《封神演义》,这是一个良好的开端。

1964年,彩色故事片《妲己》在中国香港亮相。剧中的妲己一改原著中被人唾骂的歹毒形象,被塑造成一位忍辱负重、图谋报家仇国恨的具有远见卓识的女子。她与西歧西伯侯姬昌的儿子姬发相爱,父苏护被纣王惨杀之后曾欲自尽,终以大局为重,隐忍生存,图谋报仇,最终与纣王同归于尽,颠覆了"红颜祸水"的偏见。1974年,"中华卡通"公司得到香港南海影业公司的投资而拍摄的《封神榜》,为台湾第一部宽银幕彩色卡通长片。参与分镜脚本绘制的漫画家蔡志忠先生,原画制作蔡明钦先生、敖幼祥先生、谢台春先生,在海峡两岸动漫界均有很大影响,这对《封神榜》电影的传播无疑有着重大意义。同年,香港地区拍摄了电影《哪吒》。这两部电影扩大了《封神演义》在港台地区的知名度。

1978年以来,美术电影重整旗鼓,优秀作品纷纷出现。上海美术电影制片厂根据《封神演义》改编的电影《哪吒闹海》,是为庆祝新中国成立30周年而摄制的,在80年代的孩子们心中,留下了不可磨灭的印象。《哪吒闹海》是大陆第一部宽银幕动画长片,人们争相观看。这部片子在国外的反响也很好,英国BBC公司专门购得了放映权。BBC

公司购买版权之后,将它在电视上播放,还将播放时间选在圣诞节,这使《哪吒闹海》的传播范围更广了。1980年,《哪吒闹海》成为第一部在戛纳电影节参展的华语动画电影,在电影节期间做特别放映。该片于1983年获菲律宾第二届马尼拉国际电影节特别奖,1988年获法国第七届布尔波拉斯文化俱乐部青年国际动画电影节评委奖、宽银幕长动画片奖。上海美术电影制片厂还将《哪吒闹海》制成影音光碟,销往海内外。这些荣耀足以在国际上掀起"哪吒热",从而使《封神演义》传播速度飙升。1983年,河北电影制片厂与北京电影制片厂合作完成了彩色宽银幕电影《哪吒》。这部片子以河北梆子《哪吒》舞台剧为蓝本,汇集裴艳玲、王湘云、张峰山等著名演员,展现了气势恢宏的神话世界。

1986年,上海美术电影制片厂又推出力作——系列木偶片《擒魔传》。这是根据《封神榜》中"姜子牙下山"改编的一部神话剧,展现《封神演义》故事的浩大场面。造型生动,情节丰富,场面壮观,气势宏大,获上海市文化艺术节优秀影片奖和第六届中国电影金鸡奖。《封神榜传奇·金刚哪吒》(上中下)卡通巨作,是上海美术电影制片厂推出的又一力作,于1997年获金鹰奖。它讲述了哪吒斩妖除魔的传奇经历,其中人物造型与设计都很出色,面孔漂亮,服饰设计结合现代与古代的美感,打斗场面既激烈又精彩。值得一提的是,本片中的很多场景色彩搭配巧妙,使得整个画面似仙境一般。不仅孩子爱看,成人也很青睐。《封神榜传奇》是1999年由上海美术电影制片厂精心打造的百集电视动画片,是国内第一部运用数字化电脑技术制作的国产动画片。它融传奇性、历史性于一炉,通过人、神、魔的超时空大战,传播了正义终将战胜邪恶,光明终将战胜黑暗的鲜明主题。该片获得"金鹰艺术节"最佳电视动画奖、最佳场景设计奖,但在传播的社会效应方面,仍未超过央视老版《封神榜》。

将《金瓶梅》改编成影视作品,是一项难度颇大的艺术改编创作,难度不仅仅在于是否具有成功的艺术表现力,还在于是否具有大众传播的政府许可。20世纪中国内地没有将《金瓶梅》搬上银幕,因为在中国的文化语境中,根据中国古典文学作品改编的影视剧是国家行为、市场力量和知识分子参与的一种共享资源,其中的国家行为占据着主导因素。电视连续剧《红楼梦》于1987年5月在中央电视台和香港亚洲电视台同时播出,最高收视率超过 70%。明代"四大奇书"的其余三部——《三国演义》(1994 年)、《水浒传》(1998 年)、《西游记》(1988 年)——都陆续被改编为电视剧。"四大古典名著改编的显著成就,不仅对广大观众,特别是对青少年观众进行了一次又一次的普及和弘扬中华民族传统文化的教育,掀起了阅读这些名著的热潮,并且向世界人民介绍了中国灿烂的文化遗产,增进了东西方国家的了解和文化交流,在中国电视剧发展史上写下了光辉的篇章。"①可是,对于《金瓶梅》而言,虽然它属于古典名著,但由于最易为人诟病的性描写内容,以及果报思想的作品主题,显然有违上述的政府传播意图和影视出版政策,所以在内地影视界一直属于禁区。

不过,香港地区为《金瓶梅》电影改编提供了相对自由的空间。例如 20 世纪 70 年代中期起,香港导演李翰祥用了十几年时间,先后编导了《金瓶双艳》《惠莲》《武松》《金瓶风月》《少女潘金莲》等影片,形成了独特的《金瓶梅》系列影视作品。《金瓶双艳》更是因为开创"风月片"的新潮而成为李翰祥导演风月影片的代表作。在香港,"风月片"作为一种非主流文化始终存在着。"风月片"这个概念似乎有意用来区分它与一般色情片,其题材多取自中国文人雅士的勾栏文化与凡夫俗子的青楼奇遇。《金瓶双艳》也不例外,影片将《金瓶梅》故事化繁为简,集中描写西门庆如何勾搭上潘金莲和李瓶儿,以及整个西门大宅内妻妾争风吃醋而不得安宁,直到西门庆纵欲而亡。整部影片剪切顺畅,情节紧凑,结局寓意深刻,观众在嬉笑之余,也能体会到原作的警世之意。影片中的一组镜头表现李瓶儿的丈夫花子虚对于妓女的性虐待行为,但观众可能不会感觉这些描写粗俗,因为李翰祥将花子虚改编成为一个性无能者,其性虐待行为正是人物性格和心理的表现,同时反衬出李瓶儿生活的不幸,为她和西门庆偷情找到了借口。上述类似镜头正体现出李翰祥风月片的特色,在雅与俗之间寻找发挥才能的空间,把雅向俗靠拢,俗向雅提升,既要活色生香,又要避免低俗下流。

---

① 张大勤:《辉映历史　激励当代——50 年回眸:国产电视剧发展概观》,载《中国广播电视学刊》1999 年第 8 期。

　　李翰祥对于自己《金瓶梅》系列影片中最满意的是1982年完成的《武松》。剧本根据《金瓶梅》原作的主要情节改编而成,但为了故事的完整而进行了一些合理化增添,比如为刻画武松兄弟的深厚情意而增加了武植、武松患难与共的经历,为摆脱《水浒传》中的超人气息而充分表现武松凡人色彩,作品还特意将武松刻画为失败的英雄形象。影片主要内容是潘金莲因丈夫矮小丑陋,无法满足她的性欲,于是暗恋魁伟强壮的武松。为了兄弟情谊,武松不为所动,但内心深处情欲与理智的矛盾冲突得到了充分的体现。在这种情况下,潘金莲无法抗拒西门庆的进攻,杀死了武植,同西门庆结合,最终死在了为兄长报仇的武松手里。潘金莲死在自己最心爱的武松手里时,那种既痛苦又满足的表情具有震撼力。香港影星汪萍饰演潘金莲,风骚狐媚,恰到好处;狄龙饰演武松,不怒而威,浩气凛然。此片获台湾金马奖最佳女主角、最佳男配角奖及最佳服装设计奖,公映后引起强烈反响。

　　《金瓶梅》中的性描写始终是影视作品改编的最大难题,商业化运作却使之迎刃而解。"1988年11月10日开始,香港电影实行了三级制,所谓'三级制',是把在香港上映的电影分成三类,第一级是老少咸宜的,第二级是儿童不宜观看的,第三级是只准十八岁以上的人士观看。"①因此香港协和影视出品,赖水清导演,杨思敏、单立文、叶仙儿、蔡美优主演的三级电视连续剧《新金瓶梅》便着力于性爱场面的刻画,收到了巨大的商业效益。为吸引受众,影片一味追求情色细节,片尾竟出现潘金莲与武松的激情戏,可以说是胡编乱造。作品由于商业推广而实现了广泛的传播,但在传播内容上与原作相去甚远,失去了真正的传播价值。

　　由上可见,专注于"性"会导致《金瓶梅》的影视改编偏离原作;如果将"性"完全抛弃,也未必一定成功。日本导演若松孝二于1968年拍摄《金瓶梅》,在这方面有可圈可点之处。其一,《金瓶梅》本是一部没有爱情的小说,改编时让潘金莲和武松演绎出一段爱情,是既出乎意料又合乎情理的看点。其二,戏中性爱场景不是很多,镜头也较为干净,更多的性爱镜头集中在人物的面部反映,从而衬托内心世界的

---

① 中国电影家协会:《中国电影年鉴(1988)》,第460页,北京:中国电影出版社,1991。

挣扎和痛苦。此剧的改编也有缺陷,如杜撰出西门庆管家,出人意料地让春梅加入梁山好汉行列等等。

由上所述可以看出 20 世纪《金瓶梅》影视传播的基本特征:第一,传播地域上的断裂性鲜明。内地遭到严厉禁止,我国港台地区和海外则可以相对自由地制作、公映和商业化销售。第二,传播过程中文本信息与价值大量流失。由于影视改编的商业性目的,其改编创作为了迎合受众的低级感官需求而过于泛滥,夸大了部分情节,远离了真实的文本。因此,一方面原作品缺乏时代性和不符合影视表现的信息被删除,另一方面作品的主题和价值也在改编过程中变形。第三,传播效应上的广泛性和复杂性。影视传播是融会现代科学技术和其他多种艺术的产物,相比印刷出版和舞台戏剧传播样式,具有更大的自由性、直观性和便利性,使《金瓶梅》得到了有声有色的广泛传播。但由于改编的影视作品良莠不齐,造成迥然各异的传播效应。

岳飞故事被拍成电影,主要是在抗日战争时期的上海和 20 世纪五六十年代的香港。1936 年,上海电影界三大公司之一的明星影片公司拍摄了由万籁鸣、万古蟾等导演的有声黑白动画片《少年岳飞》。1937 年 11 月,上海失陷,直到 1941 年 12 月太平洋战争爆发,日军碍于外交原因暂未进入苏州河以南的租借地区。这一段时间,被称为上海的"孤岛"时期。当上海沦为炮火连天的战区之际,许多上海的电影工作者纷纷转向武汉、重庆或者香港等地,进行抗战文化活动,也有一部分人仍守在上海,坚持在"孤岛"从事电影文化事业。面对日伪政权的白色恐怖和对进步爱国电影的高压政策,"孤岛"电影举步维艰,但仍有进步爱国电影工作者利用极其有限的条件拍制出一些比较优秀的抗战影片。取自说岳故事的有 1940 年新华影业公司拍摄的吴永刚编剧、导演的黑白片《岳飞尽忠报国》(又名《尽忠报国》),写岳飞与牛皋等五虎将跟周侗学艺,岳飞考武科,枪挑小梁王,后金兵入侵,岳母以"精忠报国"四字刺其背,并激励众人直捣黄龙,恢复中原。岳飞遂率众慷慨就道。1940 年,艺华影业公司拍摄周贻白编剧、岳枫导演的《梁红玉》,主要叙述梁红玉擂鼓助阵,协助韩世忠大败金兵的故事。1941 年,民华公司还拍摄了京剧电影《古中国之歌》,瑞德宝主演,片中包括《水淹七军》《朱仙镇》和《王宝钏》等折子戏。这些影片在特殊的孤岛时期,采用了特殊的表现手段,借古喻今,积极地宣扬爱国抗日思想,社会影响很大。

抗战时期,香港的影人在中华民族面临危亡的历史关头,亦表现出强烈的爱国主义精神,从上海撤退到香港的进步电影人又壮大了香港爱国进步电影的力量。三四十年代,香港拍了一大批爱国抗日影片。其中,新中国影片公司于1940年拍摄了严梦编剧、导演的粤语黑白历史片《岳飞》,敷演了岳飞从出世到风波亭遇害的一生的英勇事迹,宣扬了精忠报国、勇抵外侮的精神。

20世纪五六十年代,香港的电影发展进入"繁荣时期",呈现百家兴起、百花齐放的景象。十六七年间,共拍4000部影片,平均每年200部,粤语片占了3/4,其中粤语戏曲片最为流行,成为主流电影。取自说岳故事的影片也以粤语戏曲片居多。1958年,东方影片公司、大成影片公司拍摄黄鹤声编剧、导演的粤语黑白戏曲片《梁红玉击鼓退金兵》。同年,国贞影业公司、大成影片公司拍摄粤语彩色戏曲片《泥马渡康王》,冯志刚编剧、导演。1961年,权华电影公司、世界片厂拍摄粤语黑白戏曲片《梁红玉血战黄天荡》,也是冯志刚编剧、导演。1962年,宝宝影业公司、星光公司和华艺娱乐制作公司拍摄胡鹏导演的粤语黑白历史片《岳飞出世》。

1977~1987年,中国戏曲电影出现了第二个高潮期。这一时期戏曲电影主要是新编和重新改编历史故事。在新编和重编过程中,一大特点是赋予历史故事较强的现实针对性,使它们具有当代思考,表达新时期以来的思想倾向,使观众产生亲近感。1984年,北京电影制片厂拍摄彩色戏曲片《岳云》,编剧奎生,导演汪宜婉。故事讲述岳飞的儿子岳云自幼习文练武,金兵偷袭岳家庄,危急关头,岳云带领村民、家将杀退金兵,保卫家园。他到牛头山投奔父帅,砸碎了"免战牌",大战金兀术的儿子金弹子。岳云刚满15岁,在战场上却像真正的武将一样,挥舞银锤,大战金兵,获得全胜。这部古代英雄戏既继承了古代英雄观念的一些积极传统,如反抗外族侵略,又增添了新的时代精神,如英雄的平民性。岳云的母亲岳夫人一见儿子习文就高兴,一见他练武就不高兴,生怕他早早离家出征,这正是一个普通母亲的心理感受。岳飞发现砸碎"免战牌"破坏军纪的是自己多年不见的儿子,十分痛心。在人物的性格刻画上表现了英雄性与平民性的双重特征。另外，在叙事形态、电影技巧运用上，也都有了新的发展，程序化动作、舞台化特点减弱了，剧情上升为第一位，生活化形态加强。

20世纪80年代末尤其是90年代以后，人们的价值观和道德观发生了明显变化。追求自我价值、张扬个性成为时代的主流，传统文化与价值观念日益被边缘化，追逐时尚、追求娱乐消费逐渐成为普遍存在的大众文化心理。具有强烈民族情绪，体现传统文化价值观念的岳飞故事，也就无法再像以前一样得到民众的青睐。80年代后期至今，未再见有关岳飞故事的电影出现。

二、电视剧

从20世纪80年代开始，作为诸多大众传播媒介中最年轻的成员，电视开始走进千家万户。以当代社会中覆盖面极广的大众传播媒介——电视为艺术支点的电视剧，作为一种具有巨大生命力的新型视听文化，在20世纪80年代初产生后，很快就在人类文艺园地中异军突起，并迅猛发展起来，显示了空前的优越性，成为当今文艺的一道奇瑰景观。电视剧以现代化的电视传媒为载体，具有覆盖面广、反应迅速、接受便捷而不受时空限制等特点，其影响力和感染力超过其他传媒。

20世纪80年代以来，《三国演义》《水浒传》《西游记》《红楼梦》等几部古代白话小说名著都被不止一次地拍成电视剧。《水浒传》随着电视的普及又一次走进人们的生活。1984年，华山影视公司录制20集电视连续剧《水浒外传》。此剧根据著名评书艺术家袁阔成的评书《水泊梁山》改编。全剧以"鼓上蚤"时迁为贯穿性人物，情节曲折紧张，人物个性鲜明，语言诙谐生动，武打场面气势磅礴，是一部富有传奇色彩的电视剧。另外，五集电视木偶连续剧《黑旋风李逵》，包括《真假李逵》《李逵打虎》《李逵负荆》《李逵打擂》《李逵装官》，趣味性很强，适合少年儿童观看。

80年代，山东电视台用五年时间拍摄了一部大规模的《水浒》电视连续剧，在观众中反响很大。该剧以《武松》开始，以《宋江》作结，全剧以人物志的形式连贯起来。连贯后的《水浒》电视连续剧共有40集

(不包括《引首》和《尾声》),由七部人物志组成,分别是《鲁智深》《林冲》《晁盖》《宋江》《武松》《李逵》《顾大嫂》。

从拍摄时间来说,在整部电视连续剧《水浒》中,《武松》拍摄最早,影响也最大。该剧播出后,观众反响较好,许多人撰文评论。由于改编的巨大成功,《武松》荣获第一届大众电视金鹰奖(1983年度)和第三届(1982年度)全国优秀电视剧"飞天奖"。继《武松》之后相继拍摄的《鲁智深》《林冲》《晁盖》《顾大嫂》等六部电视剧,也较为成功。在拍摄过程中,编导者在忠于原著的基础上,根据剧情发展和人物表现的需要,做了一定的改编,这些改编大多是成功的。例如,《武松》中《夜走蜈蚣岭》一节,小说描写比较简单,电视剧中增添了一些较好的情节,加强了武松为民除害的戏。武松路过快活林时,目睹蒋门神横行霸道,老百姓奄奄一息,对于展示水浒故事的社会背景是有益的。又如《晁盖》一剧,对于晁盖这个人物,编导者颇花费了些笔墨。在《水浒传》中,晁盖由于不在一百零八将之数,"归天及早",这个关键人物便无足轻重了。四集电视连续剧《晁盖》,通过《聚义东溪村》《智取生辰纲》《大战石碣村》《义夺梁山泊》这四个部分,将晁盖的重要作用凸显出来,在观众心目中树立起了这个梁山事业奠基者的形象。这是电视连续剧对《水浒传》在思想上和艺术上的强化和升华。众多专家学者认为此剧"是一部忠于原著的好戏","艺术上有追求、有用心"。[①] 另外,《顾大嫂》从妇女解放的角度表现古代的巾帼英雄,再现梁山女英雄的风采。顾大嫂这个人物较有代表性,其在电视连续剧中富有美学色彩。[②] 山东电视台这七部水浒人物连续剧播出后,引发了人们对《水浒传》这部一度被遗忘的古典名著的热情,也成为电视剧改编古典名著的先声。

1998年,中国电视剧制作中心拍摄了电视连续剧《水浒传》。该剧从表现北宋末年农民起义的特定内容出发,大胆地取舍、强化,进行艺术再创造,把鲁智深、林冲、晁盖、吴用、武松、宋江、李逵、顾大嫂等梁山英雄表现得性格鲜明,栩栩如生。电视剧以现代科技手段将《水浒

---

① 《电视连续剧〈晁盖〉座谈会纪要》,载《山东广播电视报》1985年3月25日。
② 王晓家:《水浒戏考论》,第481页,济南:济南出版社,1989。

传》中极具个性的人物、情节以及中国古代的市井民俗、服饰、建筑等更直观、更逼真、更生动地展现在荧屏上，使这一古典文学巨著迅速走红。该剧主题歌《好汉歌》经歌手刘欢演绎，迅速火爆，歌词"该出手时就出手，风风火火闯九州"，一时在大街小巷回荡不绝。小说《水浒传》在剧集播映期间再次成为热门书籍。可以说，20世纪引发全国性的"水浒热"，除了"文革"时期的"评《水浒》"运动之外，就应属央视版《水浒传》的播出了。

98版电视剧《水浒传》基本依据百回本《水浒传》，引发学术界乃至广大观众的激烈争论。中国艺术研究院副院长李希凡评论道：电视剧《水浒传》的改编比其他几部古典名著的改编都成功，因为它结构完整，取舍得当，人物性格鲜明。它略去了招安之后为朝廷的多次征战，把笔墨都放在"征方腊"上，极力渲染悲壮惨烈的气氛，浓缩了《水浒传》的悲剧内涵。① 不过，也有学者指出，百回本的特定内容和七十回本的巨大影响，使得电视剧改编者陷入多重进退维谷的尴尬境地。第一，百回本的基本倾向是，肯定招安和攻打方腊的行为是"忠义"的，这正与当代人的认识相左。第二，七十回本中招安没有成为事实，更没有两支起义军的相互残杀，梁山好汉是英雄形象，自始至终基调一致。而百回本中梁山好汉由英雄变成了奴才，陷入自我矛盾的尴尬之中。第三，从实际效果看，改编者采用百回本的目的之一是以梁山义军的悲剧结局引发观众的悲壮、崇高之感，但实际上，许多观众认为，该剧后半部分的情节令人"憋气"，剧中人物与水浒英雄的形象大相径庭。②

另外，影视剧对《水浒传》这样的古典小说改编是应该忠实于原著，还是应该做现代性改造，也成为争论的一个焦点。原著与改编之间的关系，其实永远是一个悖论。完全按照原著机械照搬，不加变动，那只能是假古董，而且原著中确有许多封建糟粕应予以剔除，如武松快意恩仇中的滥杀无辜、对女性的轻蔑态度等等。但是，如果对原著随意改动，漫无边际地任意发挥，则会消解古典名著的积极意义，沦为

---

① 见《光明日报》1998年2月11日第2版《众说纷纭〈水浒传〉》。
② 张稔穰：《评电视剧〈水浒传〉的版本选择及改编的尴尬》，见《稗海厄谈》，第377～379页，长春：吉林人民出版社，2002。

当代大众娱乐的花边和点缀。如何把握二者之间的度,关键在于如何更生动、传神地传达原著的精神。改编与忠实,都以不能违背这一原则为前提。如央视版《水浒传》对潘金莲进行了全新的演绎,改编者用现代人的意识和眼光对小说加以改造,将潘金莲塑造成一个美丽、善良、不幸的女子,对其不幸婚姻寄予同情。许多批评者非常尖锐地指出:电视剧将现代人的爱情观、价值观误植入古典情境中,牵一发而动全身,褒扬潘金莲的美丽善良,就是对武松凶残的控诉。改编者没有把握好度,为了美化和同情潘金莲而损害了武松形象。另外,编剧强给李逵安排些"爱情戏",显得不伦不类,应属败笔。这些对原著的改动,背离了原著的精神,造成了与全书主旋律的不和谐。如此看来,既要根据我国人民的欣赏习惯和审美需要,充分发挥我国民族艺术的优秀传统,做到人物完整,情节合理,有头有尾,使起、承、转、合交相呼应,层层推进,前后统一,又要充分注意到当代观众的欣赏习惯和审美趣味、审美心理特点,这是中国古典文学名著改编时应继续探索的问题。

94版电视剧《三国演义》,无论在情节设计还是人物塑造以及所传达的历史观、价值观等方面,都严格遵循原著的精神,其中人物的关键对白尽量使用书中的文言文原话,让人感到一种厚重的历史韵味。与此同时,改编者还站在当今时代的高度,运用现代审美观对小说文本进行再创造,无论深度还是力度,都可称为中国电视史上古典名著改编的扛鼎之作。

94版电视剧《三国演义》不仅再现了原著中的三国故事,而且使名著进一步普及。电视剧播放期间,各地新华书店的《三国演义》脱销,《三国演义》连环画卖掉了200万套。有的报纸说,电视剧的播出,在出版界引起一场"三国大战",许多国家购买这部电视剧的播放权。可以说在促进小说广泛传播的过程中,94版电视剧起着不可估量的影响,真正做到了"普及我国经典名著,弘扬民族文化"。94版电视剧《三国演义》像一坛陈年老酒,随着时代的发展,至今仍然散发着醇厚的芳香。虽然刚播放时,因资金不足而出现频繁更换演员、一人饰演多角、武戏缺乏特技等问题而受到非议,但是它在吃透原著精神的基础上,把握当今观众的审美心理而做出的重大尝试,是值得肯定的。

2010年5月2日晚,四大卫视联手首播高希希执导的新版《三国》。与94版电视剧《三国演义》严格遵从原著不同,新《三国》重点在"新"上做文章:以小说《三国演义》和史书《三国志》为蓝本,打破《三国演义》的叙事结构,重新塑造曹操、刘备和孙权三个人物形象。该剧集结了强大的演员阵容和巨额投资,又借助CG特效①而使场面显得气势磅礴,但因颠覆传统的情节设计、雷人的现代台词、过于独特的人物表演以及演员形象、场景制作等引起如火如荼的争议。屏幕上群雄争霸,你争我夺,屏幕下网友论战方兴未艾。甚至有网友评论说:如果说看旧版是一种享受的话,看新版绝对是一种煎熬。这从另一方面折射出94版电视剧《三国演义》在观众心目中的地位是不可颠覆的。

《西游记》电视剧的拍摄播出在八九十年代呈现热闹非凡的局面。1987年春节播出的由中央电视台拍摄,杨洁导演,六小龄童主演的25集电视连续剧《西游记》,一经播出,便取得全国电视剧最高收视率,得到各界人士的认可,好评如潮,并且成为寒暑假地方台必播的节目。这部电视连续剧一方面标志着中国电视剧艺术的逐步成熟,另一方面,从对作品的改编上体现出了时代的发展,科技的进步,人们思想观念的转变等特点。导演杨洁把《西游记》里大量的佛经偈语、晦涩的对白全部删除,只给观众最清楚的故事情节。不少场景还拉到了名山大川拍摄,美不胜收。编导在改编《西游记》时,本着"忠于原著、慎于创新"的原则,对原著取其精华,弃其糟粕,突出人物思想感情的刻画。原著共一百回,有的情节重复雷同,比如唐僧总是被妖精诱骗、裹胁,险些丧命。有的情节宣扬封建迷信、因果报应,改编时都加以舍弃,然后提炼集中,改编成25集。并从我国人民群众喜爱章回小说这样的民族传统审美趣味出发,采取了拍摄系列剧的形式。《西游记》在荧屏上第一次塑造了美猴王孙悟空以及唐僧、猪八戒、沙僧等主要人物形象,从形象造型到性格把握,均受到观众和专家一致好评。

---

① CG原为"computer graphics"的英文缩写。随着以计算机为主要工具进行视觉设计和生产的一系列相关产业的形成,国际上习惯将利用计算机技术进行视觉设计和生产的领域通称为CG。它既包括技术,也包括艺术,几乎囊括了当今电脑时代中所有的视觉艺术创作活动,如平面印刷品的设计、网页设计、三维动画、影视特效、多媒体技术、以计算机辅助设计为主的建筑设计及工业造型设计等。

　　《西游记》的角色基本都属于类型化形象。"形似"是人们首先关注的,这一定程度地忽略了对表演艺术的精细要求,遮盖了表演上的不足。另外,在继承传统的表演技巧的同时,这部剧还借重电视表演的优势,尽量突出人物的心理刻画,使人物形象更加丰满,也使其具有了时代特色。例如,成功地把孙悟空塑造成集猴气、神气、人气为一身的形象。猴气是孙悟空的生物属性,也是人物形体动作的特征,没有这一点,也就成不了"美猴王";神气是孙悟空的神话传奇色彩,是人物神通广大,武艺高强,变化多端,上闹天宫、下闹地府的斗争性、反抗性的具体体现;人气是社会属性,是人物的人情味。这一点在剧中表现得尤为深刻,如《三打白骨精》一集对师父的依恋不舍,《智激美猴王》一集对师父的深情怀念,都很动情感人。唐僧这个人物,原著过多地渲染了他的软弱,是非不分,人妖不辨。剧中突出他"不得真经誓不回还"的坚定信念以及善良、宽厚、富于同情心的特点。猪八戒、沙僧的形象也有新的变化。继承传统的通俗文学故事性、情节性,并在大众可以接受的范围内突出《西游记》的人性化特色,是这部电视剧成功的根本,即"忠于原著,慎于创新"。

　　也有人认为,电视剧《西游记》诙谐加轻松,单纯而童稚,完全迎合了大众文化的简单要求,这却是以背叛或牺牲原著精髓为代价的,它没有拍出原著《西游记》的"佛性"与"禅机",没有体现师徒四人复杂的关系,没有挖掘出每个角色的个性和内心,人们在电视剧中看到的《西游记》是一部被大众传媒架空了的所谓经典。① 这里涉及名著改编的宗旨以及小说传播接受过程中主旨接受的变异问题。不管怎么说,只要看看这部剧作的收视率以及直到今天每年寒暑假地方电视台将之作为必播电视剧的现实,就可以感觉到这部剧作虽然存在这样那样的缺陷,但仍然不失为经典之作。

　　2000 年,中央电视台播出了基本保持 20 世纪 80 年代电视剧《西游记》原班人马而拍摄的《西游记》续集。续集大量采用了电脑三维特技,但对于已经在电影中看过星球大战、地球爆炸的观众来说,这只

────────────

① 王芳:《论电视版四大名著》,网络版《文化周刊》2002 年 10 月 24 日。http://www. chinakol. com/YULE/mingxing/mingxingjx/yingpian/200107/24.asp

能算初级阶段。加上节奏缓慢,台词不精警,让迷醉于周星驰《大话西游》的新生代观众无法提起兴趣。但续集在毁誉参半中仍然获得了继央视版电视剧《水浒传》之后的又一高收视率。90年代还有一部港版《西游记》电视连续剧,即1996年耗资千万港元,由张卫健饰孙悟空的电视剧《西游记》,也因大胆的改动和明星组合阵容受到观众的强烈关注。1998年,中央电视台推出52集大型系列动画片《西游记》,以全新的动画技术、富有现代气息的人物造型和对白受到大众特别是少儿的认可。

从绍剧电影《孙悟空三打白骨精》到央视25集电视连续剧《西游记》,再到90年代港版《大话西游》、连续剧《西游记》,《西游记》这部古老的文学著作不断被翻新改编,在新的传媒时代焕发无限生机,同时给制作者带来无限的商机。与其他几部作品相比,《西游记》在新时代的传播中仍然是被改编拍摄的热点。应该说,这些作品从商业运作的角度看都是成功之作,当然也使得《西游记》的传播更为广泛。

1986年,根据《封神演义》改编的电视剧《姜子牙下山》在福建电视台播放,不仅扩大了作品的影响,更扩大了姜子牙的影响,剧中突出了姜子牙的高尚人格、无穷智慧和非凡能力。1990年,由傅艺伟、蓝天野等主演的36集央视版《封神榜》与观众见面;2001年,由陈浩明、温碧霞主演的TVB(香港无线电视台)版《封神演义》(又名《忠义乾坤》《爱子情深》)又现荧屏。这两者之中,还是央视版《封神榜》名气最盛。该剧"忠实于原著,慎于翻新",力图用原作本来的艺术力量来争取观众的认可。事实上,这部电视连续剧当时创下了极其出色的收视率,在观众中引起很大反响。电视台刚一播放,议论蜂起,意见纷纭。热烈赞颂者有之,尖刻批评者也有之,有的小报上甚至认为改编是失败的。尽管对此次改编褒贬不一,但它毕竟引起了人们的关注。人们在品评电视剧的同时,自然会再度重温原著,会进一步思考将通俗小说搬上银幕的最佳思路,从而推动影视改编的发展。因此有理由认为,这次改编基本上是成功的。其中有各方面的因素,最重要的一点,是电视剧没有死板地拘泥于原著,而是在确保商周之战的主线剧情不变的基础上,对原著做较大幅度却是合情合理的改动。比如,繁枝冗节,能省即省,尤其是在对战争场面的处理上,像诛仙阵和万仙阵都是阐截二教第二代弟子外加五大教主的群体性大型斗法,剧中仅仅保留前者,且把守阵者由十天君缩减为赵公明一人,破阵时侧重描写烈焰、寒冰、风吼、金光四阵,其余诸阵一笔带过。改动之后,重点突出,效果醒目。几段爱情的成功改编,使整个剧作多了人情味与可看性。比如姬发与商青君的爱情,演绎得缠绵悱恻,深刻动人。再一个就是添加诸如偷情、床上、浴池、争风吃醋之类的"调味品",这也无可厚非,毕竟随着影视业被推向市场,商业收益日益成为影视文化赖以生存发展的基础,这就有必要适度迎合观众的审美趣味,提高收视率。另外,剧作摒弃了原著中落后的不合时宜的思想,也是必要的。

1999年,新加坡电视机构与上海永乐影视集团公司联合推出20集电视连续剧《莲花童子哪吒》。该剧取材于《封神演义》灵珠子和哪吒在天上、人间发生的神话故事,从现代观众欣赏特点和娱乐要求出发进行了重新创作,虽是观众熟悉的题材,却是观众感到陌生的全新内容。全剧紧紧抓住正义和邪恶、美与丑这一主题,颂扬了正义,鞭挞了丑恶。剧中制作了巨龙、怪树、水淹陈塘以及腾云驾雾、翻江倒海等大量的电脑特技镜头,激烈的打斗场面达190多场,几乎占全剧的2/5,集可看性和商业运作于一体。据说在香港亚视播出时,创下了颇高的收视率。

综合考察20世纪《封神演义》的影视传播情况,无论电影还是电视,都特别突出哪吒,其他人物成了陪衬,尤其是电影,哪吒题材占一半以上。哪吒题材虽是"旧瓶",但每次装的都是质量不同的"新酒"。它适合这个时代人的口味,迎合民众潜在的传统审美心理。比如,人们认同哪吒身上所体现的正义、力量与勇气,敬佩他的自由和反叛精神,更折服于他对于生命的意义的理解。他对于生命的热爱远超过对生存本身的占有,甚至为了生命的意义而宁愿牺牲。哪吒"护国佑民,忠孝两全"的精神,聪明正直、机智勇敢、活泼天真的形象,是我们民族精神、传统文化的重要组成部分,这是哪吒小英雄的真实之所在,生命力之所在。同时,作为神话小说的《封神演义》,由于追求情节的奇幻,而忽略了形象的意蕴寄托。全书塑造了几百个人物形象,却只有哪吒等几个极少数人物性格略有可观,其余形象多为平面式的,苍白无力,活不起来。改编者肯定会选取塑造成功的形象去做文章。改编后的哪吒影视剧,几乎每一部都有新的看点。

由此可见,将古典小说改编成影视剧时,要注意符合大众心理。只有经过时代审美风尚的沐浴和洗礼,才能使古老的题材获得新生,它的潜在的传播优势才能转化为事实上的传播优势。总之,传播者的原因也好,受众的原因也罢,在《封神演义》影视传播过程中,哪吒故事独领风骚,却是事实,哪吒故事成了《封神演义》最闪光的部分。人们愿意重温哪吒故事,传播者更乐得把它看作富矿,一次次地开发。在由小说到影视的现代化过程中,传播者以现代审美时尚对传统神话故事的改写,是打通传统与现实之间的联系所做的必要努力,或许能为传统文化的现代转变提供一点儿有益的经验。

除了央视老版《封神榜》用真人演出外,其余几乎全是动画,这与《封神演义》是一部神话小说有关。任何一个国家的动画片都和神话或童话结有亲缘关系。神话故事构思新奇,想象丰富;人、神、鬼、兽同台,山、海、天、洞都有,变化多端,画面美妙;动作性很强,适合拍入动画片镜头。而动画影像效果又可以展示形体的任意变化,以及动物、景物、器物的拟人活动,能够充分发挥真人实物所难以表达的夸张的幻想。小说《封神演义》描写的大小战役不计其数,剧中人物云来雾去、天马行空,许多场景需要特技,这就需要传播者充分发挥神话中上天入地的想象力,结合现代电脑技术和数码技术,打造全新的动作和画面。这样才能使剧作再现古代神话的奇异境界和各路神怪仙妖无奇不有的法术和打斗场面。儿童是一个庞大的观众群体,他们比成人有更充裕的时间欣赏美轮美奂的影视剧。声画并茂、趣味横生的影视剧比枯燥的说教更奏效。把儿童作为影视开发的市场,前景无限。尤其是少年英雄哪吒,和许多孩子年龄相仿,剧中人物的思想言行会和他们产生共鸣。随着社会的进步,人们的生活节奏越来越快,图像化的东西日趋增多,对图像的需求增加。这一需求反映在文化娱乐上,就是具有视听效果以及逼真的角色的幽默画、动画片越来越受关注,不仅是少年儿童,很多成人也成为忠实受众。

三、网络

20 世纪 40 年代,计算机诞生。60 年代,在军事科学技术领域提出方案,建立能够连接各通信节点的计算机网络,科研人员可以在网上互相交换数据和资料。之后,这一新的通信手段不断得到改进,诞生了独立于军方以外的大学计算机网,并获得飞速发展。90年代,国际互联网(Internet)走出了科研世界,变成公众通信网。中国在网络建设方面几乎与世界同步。网络迅速成为中国古典小说传播的重要媒介。通过多媒体和信息高速公路,我们可以在许多网站阅读中国古代白话小说的电子文本,可以观看电视片,欣赏绘画、剧照,还可以参与讨论(书面文字的、语音的),进行互动式传播。网络这一现代媒介大大丰富了古代小说的传播方式,在古代小说的传播中扮演着越来越重要的角色。

网络传播以其先进的技术为基础,能够超越传统的传播媒介而成为最有生命力的一种传播方式。它的传播有以下特点:

首先,传播媒介容量大,传播数量多。无论有多少相关资料,只要你愿意,它都可以悉数照收,全文播发,如在雅虎、搜狐、新浪等网站输入主题词,出现的相关条目数以万计。虽然有些条目是在不同网站的重复计次,但这正如同版印刷的多次重印或某种论点的反复被引用,正说明它的影响之广。数以千万计的资料条次,让其他传播媒介望尘莫及。

其次,传播内容丰富。打开网页,会发现条目下的具体内容丰富多彩,有原著的电子文本,有古今研究者的学术论文,有相关资料介绍,有相关新闻(如纪念会召开、纪念馆落成等),有网络教学的教案、试题,还有各色人等阅读的体会以及联系现实生活、个人经历所做的发挥等等。

再次,传播形式交叉渗透。网络具有传输文字、影像、声音、图形的功能,而文学作品又具有多元意象,二者的契合可以使作品以文字、广播、电视、绘画、戏剧等形式在网络上传播。所以,网络不仅仅单纯提供文字资料,更能实现文学作品的艺术情境的表达,以及受众与受众之间相互的感发。这种立体化、人性化传播能够充分保证作品的完整性。

第四,传播速度快,更新频繁。在网络上,无论传播者,还是接受者,随时把鼠标轻轻一点,只需零点几秒,相关信息就会出现在预期位置上,实现自己的传播目的或接受意愿。这比印书、借书、卖书、买书,按时间接收广播、电视节目,都要快捷自由得多。如果需要某资料,可以把它下载下来,存在自己的文件夹中。过上不长一段时间,就会发现又有一些新资料被补充进来。网络传播总是走在各种传播的前沿。

第五,传播接受费用低廉。网络依赖先进的设备基础,以巨大的容量、多元的功能、快捷的速度为人们所钟爱。以资料查询来讲,上网一天花不了几元钱,可获资料若干。如果用其他传播方式,去买书、借书、通信、打电话等,获取同样的资料,则要贵得多,慢得多,还不一定搜寻到。

第六,传播的接受面广,效果更深入。资料上网,远播全球,可以用中文简体,也可用中文繁体,还可以用外语。这个四通八达的开放式无墙图书馆对全世界产生的影响是无可估量的。如果有兴趣,还可以在 BBS(网上论坛)上参与讨论。如此沟通、交流、碰撞,可把对古代小说的解读和研究引向深入。这正是传播的成效所在。

最后,读者对古代小说的接受可以与网上讨论同步进行,而这在一定程度上改变了读者的知识背景与接受心理。古代小说的故事在网络中的延续、改编,往往以解构和颠覆为主,形成古代小说传播的富有时代特色的语境。打破时空障碍,营造"全球共此时"的完全开放的信息空间,传播迅捷化,阅读全球化,可以为古代白话小说赢得前所未有的传播范围和传播速度。

网络上有关古代白话小说的网页不可胜数,而且不断更新。有关《三国演义》的网站有 12689 处,这一数字还在不断变化中。网络上传播的主要形式有:在线阅读文本和他人对此书的研究文章;在线收听、观看《三国演义》的戏曲、曲艺和影视;参与《三国演义》的讨论;参与在线的三国游戏,如《三国 online》等等。《水浒传》作为电子文本被搬上各个网站和网页,随时供读者查阅,还被变换成许多新的形式。一些软件开发商把《水浒》故事制作成水浒游戏,如《水浒英雄传》《水浒传之梁山英雄》《水浒外传之少年英雄》《水浒传天导 108 星》和《水浒传——聚义篇》等众多版本,深受青少年欢迎。《西游记》同样如此,如《西游记》《新西游记》《大话西游》等网络游戏,亦深受网民喜爱。一方面是网络这一全新的传播媒介,另一方面是面对商品社会中的大众趣味,如何做到商品和艺术、传统与现代的较好结合,如何利用网络这一全新的传播媒介,将古代小说变为当代人的精神食粮,是一个全新的课题。

网络上有无法统计的封神网站,不仅可以阅读明人著的《封神演义》,还可以读到当代新编《封神演义》。如以《封神榜》主要人物为主人公而展开故事情节的《封神榜校园奇幻系列》,既有《封神演义》中的姜子牙、哪吒、妲己、土行孙等人物,又真实地再现了现代中学的校园生活。网上观看《封神演义》影视剧,只要是发行过的《封神演义》影视剧,观众可以随意选择,克服了传统方式观看影视剧受时空局限的缺点。网上收听、观看《封神演义》的戏曲和曲艺,观众足不出户即可一睹几十年前艺术大师的演出风采。网上观看或发表以《封神演义》为主题的讨论,主要见于各种论坛,比如北大中文论坛等,读者可以各抒己见。参与网上花样繁多的封神游戏。《封神演义》很适合改编成游戏,书中那奇幻的故事,神通广大的人物,稀奇古怪的各类法宝、仙术,为游戏创作提供了取之不尽的源泉。因此,许多游戏公司打封神牌,《封神传说》《真封神》《魔法封神》等游戏先后诞生。玩游戏时,可以操作角色在岐山、碧游宫、朝歌、鹿台等场景中同敌人作战。《封神online》是一款网络游戏,游戏世界设定在商末混乱的时代,玩家面对的不只是毒蛇猛兽,还有妖魔鬼怪,而这些神话生物不只是玩家的对手,也是重要伙伴;玩家在游戏中可拥有神仙专属的坐骑——神兽,神兽除了可以作为代步的工具,更有瞬间行千里的特异功能,吸引了玩家的兴趣。相对于电影、音乐、书籍等作为知识载体的角色,网络游戏既有其自身的知识功用,又具有娱乐功能,对商周那段历史知之甚少的玩家,通过玩游戏可以大致了解纣王的残暴以及商周更迭的原因。还可以在网上查阅与《封神演义》有关的资料,浏览最新研究动态等等。比如对《封神演义》最新的解读,对小说作者的最新考证等。

相对于其他古代白话小说名著,《金瓶梅》在网络传播中信息量更大更新,频率更快,传播范围更广,传播样式也比较复杂。主要有以下几种方式:

第一,电子版书籍。有20多家网站载录,诸如"亦凡书城""亦凡公益图书馆""中华书库""大唐中文网""明清小说研究网""中华禁书网""天涯在线书库""黄金书屋"等网站。阅读方式各异,有的采用在线阅读,有的需要下载阅读,有的设置了会员权限。版本系统不一,有词话本,也有说散本。文字录入校对水平也有差异,有的认真校对,有的则是敷衍了事。相对于印刷出版媒介而言,电子版书籍还存在权威性和责任心的不足,其依托网络而产生的巨大的传播力度,却是印刷出版难以企及的。

第二,改编的衍生信息。所谓衍生信息,是指以母本为基础,根据当下受众的审美需求而在主题思想、故事情节、人物形象以及媒介形式和传播手段等方面进行改编或重新设计的信息。《金瓶梅》网络衍生信息主要是色情改编,变相地将原著中的性描写内容放大,以此吸引观众。比如某网站中的《金瓶梅新话》,便是截取《金瓶梅》中潘金莲与琴童私通后被西门庆拷打的一段情节,重新润色,增添刺激感官的色情和暴力描写,格调低下,庸俗不堪。还有一种是搞笑改编,采用戏说、无厘头、荒诞派等手法,对故事人物、语言、情节等进行后现代风格的改编,几乎运用流行文化的所有因素进行全方位包装。如《新金瓶梅》便以搞笑的形式讲述潘金莲嫁给武大郎之前的轶事。身家千万的暴发户武大郎对寄人篱下的小保姆潘金莲一见钟情,致使小保姆与小学徒西门庆青梅竹马、两小无猜的纯真爱情,在金钱与欲望面前受到严峻的考验。可见,搞笑改编与原著相比,已经面目全非、不伦不类了。

第三,网络游戏。主要是《金瓶梅之偷情宝典》《新金瓶梅》等成人游戏,根据《金瓶梅》故事情节和人物特点设计制作而成。基本攻略是游戏玩家扮演生性风流的西门庆,根据不同情况必须用一些或光明或下作的手段把诸多美女逐个娶进家门。这种多变性使得游戏变得更加具有不明确性和模糊性,对于游戏玩家来说在游戏之中拥有更多的自由和选择,而游戏中采用的多媒体影像资料也随时随地给予游戏玩家新鲜的感受。

第四,相关文化信息。主要有动态化的文化新闻,比如拍摄《金瓶梅》电视剧的新闻评论,最新的出版信息简介,召开学术会议的新闻报道等。还有文学常识性的相关介绍,如"中国诗词网"录有《中国古代小说百科》中沈天佑对《金瓶梅》的介绍,"黄金书屋"等网站上载复旦大学出版社出版的《中国文学史》中关于《金瓶梅》的章节。此外,研究成果选登也属于这个传播范畴。如"中国学术期刊网""学术平台网"收录历年"金学"研究著作,建立起规范科学易于检索的中文数据库,成为学术活动网络传播的重要平台。

网络传播是人类有史以来增长最快的传播手段。网络传播融合了大众传播(单向)和人际传播(双向)的信息传播特征,在总体上形成一种散布型网状传播结构。《金瓶梅》在这种传播结构中可以整合多种传播形式,文字、图片、音像等媒介可以自由地配套使用,在传播方式上加速了信息的流动,在接受方式上方便了受众,极大地提升了传播效率。

网络是个极其广阔也极其自由的空间,其传播方式是完全开放的。传统的传播方式,诸如上文论述的印刷出版、舞台戏曲、影视等,都需要特定的物质条件,有着固定的地点和活动空间,而且受到一定的法律和规则的制约,具有公开性和可管理性。网络传播则完全不同,它可以是群体,也可以是个体,可以是公开合法的存在,也可以是隐蔽的游动式的存在。这种完全开放式自由式的传播,在一定程度上给《金瓶梅》的传播带来了负面效应。尤其是网络传播中对于《金瓶梅》文本信息的改编,由于强调"眼球效应"而出现一些变异现象。这对《金瓶梅》文本传播带来了不规范化的消极影响,导致其文学价值的扭曲甚至丧失。还有一些不法分子借助网络上的自由性、虚拟性空间,散播淫秽文化产品,牟取暴利,在某种程度上消解了《金瓶梅》的社会认同度,使本来逐步走向开放的《金瓶梅》传播,再次陷入公众舆论和道德批判的困境。

总之,随着时代的进步,广播、电视和书籍、杂志、电影等传统媒介在传播上的差异正在缩小或消失;交互式传播媒体的出现,使得传统的传播者与受众之间的相互关系正面临巨大的变化,势必给文学传播带来新的机遇和挑战。网络传播的方式大有可为,目前应一方面将更多的古代白话小说资料上网,以丰富网络资源,另一方面,应注意将资料条理化、规范化,更重要的是在繁多的信息中凸显出独特的价值意义和个性魅力。

第四章
传播内容论

传播内容解答"传播什么"的问题,但由于传播者构成的复杂情况,传播者对于传播内容的介入和主导呈现出了多样化,可以是理性的,也可以是感性的,可以是理智的,也可以是情感的,可以是有意识的,也可以是潜意识的,可以是道德的,也可以是哲学的,等等。本章通过对《金瓶梅》、济公故事和《说岳全传》传播内容的分析,不难发现传播内容相对于文本内容更为复杂,其信息量更大,动态性更强,层次性也更分明。

第一节 《金瓶梅》传播内容分析

《金瓶梅》的传播内容远远大于其自身的文本内容。当文本内容被运用恰当的传播技巧而成为一本可读性强的《金瓶梅》时,还出现了另外两个"版本"。一本是越读越厚的《金瓶梅》,因为传播中不断衍生出新的热点,无数字面背后的文化密码被解析出来,论说不尽,附加在真实文本上,使其内容越来越丰富。还有一本越读越薄的《金瓶梅》，因为文本内容中的人物、故事、主题在传播过程中被人们熟知而日渐简单化、符号化，其张扬的精神元素被反复提取而变成微言大义的生活箴言和时代法则。

一、潜隐于文本之下的文化密码

文本内容是《金瓶梅》传播的重中之重，但文本内容之下还潜隐着《金瓶梅》自身独具的文化密码，经过研究者为主力的传播者反复研读文本而不断开掘出丰富的传播内容。

第一，作者之谜。同中国古代名著相比，《金瓶梅》的作者为谁，最为扑朔迷离。因为从《金瓶梅》以抄本的形式流传起，有关作者的信息便具有不确定性，并因之造成了少见的难度。四百年来，人们执着地探索它的作者，因为要研究一部里程碑式的文学巨著，却不明其作者，不免影响对作品的认识。于是，作者研究成为"金学"研究中最具学术含量的诱人沃土，也成为百年"金学"论争的第一热点，因为其少有的难度而被称为"金学"中的"哥德巴赫猜想"。海内外众多研究者投身其中，虽然尚无定论，但成果不菲。国内外发表的研究《金瓶梅》作者之论文 179 篇，探讨出具有可能性的作者近 60 人，涉及从明代嘉靖中叶至万历三十年半个多世纪的许多知名文人。[①] 有关研究内容占据金学史之半壁江山，自然成为《金瓶梅》传播的一个比重极大的内容。

回顾作者研究的历史，我们可以清晰地把握解析这一文化密码的艰辛过程。在 20 世纪之前，学界依据清康熙十二年（1673 年）宋起凤所作《稗说》，盛行明代嘉靖年间学者王世贞作《金瓶梅》之说。在传播同时，传奇色彩日益浓郁，论述创作意图也五花八门（诸如"复仇说""伪画致祸说""苦孝说"等）。直到 20 世纪初，王县的《金瓶梅考证》与蒋瑞藻的《小说考证》仍主王世贞说。否定王世贞说较早且影响较大的是鲁迅。鲁迅在 1924 年版《中国小说史略》中指出："作者不知何人，沈德符云是嘉靖间大名士，世因以拟太仓王世贞，或云其门人。由此复生谰言。"但鲁迅本人也未拿出有力的证据加以论证，故说服力不大。到 1934 年，吴晗在《〈金瓶梅〉的著作时代及其社会背景》一文中，

---

① 许建平：《〈金瓶梅〉作者研究八十年》，载《河北学刊》2004 年第 1 期。

以极其严谨的考证,对"王世贞说"予以否定。半个世纪后,1979 年,朱星发表《〈金瓶梅〉的作者究竟是谁》等文和《金瓶梅考证》一书,列举十点理由,重申王世贞说,而后周钧韬对其加以补充和发挥,重新在"金学"界掀起了波澜。"金学"研究的复兴正是从这次对作者的再次探觅破解工作开始的。随着研究的深入,研究者的视野呈现多元兼容状态,研究成果也层出不穷。吴敢先生在《20 世纪金瓶梅研究史长编》中提纲挈领加以总结,主要有徐朔方、吴晓铃、赵景深、杜维沫、卜键以及日本日下翠等人提出的李开先说,张远芬、郑庆山等人提出的贾三近说,黄霖、郑闰、李燃青、吕钰及台湾魏子云、杜松柏等人提出的屠隆说,鲁歌、马征等人提出的王稚登说等,次要者还有李先芳、田艺蘅、丘志充、薛应旗、赵南星、冯惟敏、谢榛、徐渭、汤显祖、冯梦龙、沈德符、丁惟宁等人选,包括只知字号,未坐实某人的,已达到 57 人。不仅作者身份成为传播内容,连带研究方法也被卷入传播的链条,成为重要的一环。陈大康在《明代小说史》中归纳为十种方法:(1) 取交集法;(2) 诗文印证法;(3) 署名推断法;(4) 排斥法;(5) 综合逼近法;(6) 联想法;(7) 猜想法;(8) 破译法;(9) 索隐法;(10) 顺昌逆亡法。①研究成果与研究方法成为在传播层面的重要内容,但文献资料十分有限,而且缺乏确凿之内证,因此难以证明作者的姓名、籍贯、生平,只能推测代替实证,所以一直终无结论,最后陷入以资料证资料、往复循环的怪圈,耗费了大量研究者的心血。吴小如先生指出:"试看,屈原的生卒年,施耐庵其人的有无,以及笑笑生究竟是谁,恐怕终将成为学术界长期争议和辩论的课题,从而不得不存疑阙殆。所以我一向主张,在一部作品的作者问题无法彻底解决的情况下,我们应该把气力用在作品的研究分析上,而不宜只是在那些一时无法得出结论的牛角尖里兜圈子。对于《金瓶梅》,亦当作如是观。"②所以,20 世纪《金瓶梅》作者之谜的探索在传播学层面经历了沉寂后繁荣,而后逐步消歇的动态过程。

① 陈大康:《明代小说史》,第 477~484 页,上海:上海文艺出版社,2000。
② 吴小如:《我对〈金瓶梅〉及其研究的几点看法》,载徐朔方、刘辉编《金瓶梅论集》,第 21 页,北京:人民文学出版社,1986。

第二，成书问题。这也是《金瓶梅》研究中迄无结论、悬而未决的文化密码。成书问题主要包括两个方面的内容，一是成书年代，一是成书方式。同作者之谜一样，这两个问题的探索主要是在研究者与研究机构的层面展开，也有部分民间文学爱好者加入。

对于成书年代的研究，主要有"嘉靖说""万历说"两种意见。"嘉靖说"的主要依据，一是明人笔记的确切记载，二是作品文本的许多内证如佛道二教的活动、海盐腔与山坡羊等小令的流行，太监、皇庄、女番子、金华酒、书帕等均为嘉靖朝事。主要的研究者有龙传仕、朱星、周均韬、日下翠、刘辉、卜键、陈诏、郑培凯、李忠明、王尧、盛鸿郎、杨国玉等。随着《金瓶梅》词话本的发现，"万历说"在20世纪30年代后来居上。当时，郑振铎发表《谈〈金瓶梅词话〉》，吴晗发表《〈金瓶梅〉的著作时代及其社会背景》，两篇文章先后呼应，成为一时之论。1957年，赵景深随之附议，研究阵营开始壮大，主要有黄霖、马泰来、鲁歌、马征、李洪政、许建平、魏子云、梅节等。此外，调和"嘉靖说"和"万历说"的折中观点，堪称鼎足而立。以张鸿勋的《试谈金瓶梅的作者、时代、题材》、杜维沫的《谈谈〈金瓶梅词话〉的成书及其他》、徐扶明的《金瓶梅写作时代初探》、潘承玉的《金瓶梅新证》等研究论作为代表。似乎调节折中的方式与两大论派的论争对《金瓶梅》研究和传播而言是一个相对稳定的存在方式，在对成书方式问题的分析上也是复制了这一模式。先有"个人创作说"流传数百年，一度成为定论。1954年8月29日，潘开沛在《光明日报》发表《〈金瓶梅〉的产生和作者》一文，认为《金瓶梅》是在同一时间或不同时间里由许多艺人集体创作而成，遂有"集体累积说"问世，随即引发不同意见。徐梦湘于次年4月17日在《光明日报》发表《关于〈金瓶梅〉的作者》一文予以反驳，坚持"个人创作说"，认为《金瓶梅》完全是有计划的个人创作。此后，随着新时期《金瓶梅》研究的深入，研究者纷纷加入这两大学术阵营进行争鸣与探讨，开始出现对《金瓶梅》过渡性作品的折中定位，周均韬、霍现俊、陈大康等人都持此观点。

综上，对于成书问题的分析，由于与作者之谜同样从属于创作环节，虽然依赖于作品，却是存在于作品文本之外的传播内容。于是，作者之谜难求定论，成书问题聚讼纷纭。这些潜隐在文本之下的文化密码激励着解析者们观点的碰撞和思想的交锋,从而不断丰富着《金瓶梅》的传播内容。

二、凸现在文本之中的情色特征

《金瓶梅》是一部写性的书,文本中字里行间所流露的性爱意识构成了小说的叙述动力。全书八十万字,有近二万字描写赤裸裸的性行为。这些极不雅驯的内容使小说获得"淫书"的恶谥,明清时代便被口诛笔伐,屡遭毁禁。显然,性描写已经成为《金瓶梅》文本传播中最引人注目的特征,它之所以被突出,到底说明了什么,同时又遮蔽了什么,这是一个无法回避的话题。将文本中性描写内容纳入传播学研究视角进行分析,能够提供全新的、客观的解答。

首先,《金瓶梅》自问世以来就存在着性描写内容,手抄本时代沈德符即说它"坏人心术",李日华说此书是"市诨之极秽者",董其昌甚至说"决当焚之",肯定它在抄本流传时就有秽语。究其原因,文学艺术是社会现实的反映,必须从明代社会现实去找污秽描写的成因。随着商品经济迅速发展,明中叶起,城市日益繁荣,追求物质财富、正视生理欲望 、解脱情爱羁绊,渐成社会思潮,《金瓶梅》自然会打上明末社会风气的印痕。鲁迅先生指出:"又缘衰世,万事不纲,爰发苦言,每报峻急,然亦时涉隐曲,猥黩者多。后或略其他文,专注此点。因予恶谥谓之'淫书',而在当时,实亦时尚。"[1]在这种社会背景下创作《金瓶梅》,消除了传统的小说人物概念化、偶像化的弊病,充分展示人物丰富多姿的个性和社会生活的方方面面。《金瓶梅》作为古典小说的优秀代表,其艺术成就也使文本得到广泛的传播。在传播过程中,文本中的性描写的传播也是不可避免的,由于性描写的负面影响而被禁止传播,也是不可避免的。

从传播学角度看,可以说性描写内容是《金瓶梅》的天然缺陷,但这种缺陷成为文本组成和传播中不可忽视的有机部分,因为它既是《金瓶梅》对小说艺术的贡献,同时也是抹杀,既是《金瓶梅》传播的阻力,同时也是动因。比如《金瓶梅》研究中,作为研究热点的性描写争

---

① 鲁迅:《中国小说史略》,第 144～145 页,北京:东方出版社,1996。

论同时成为了传播内容。一方观点主张《金瓶梅》中的性描写是内在的,有机的,不可或缺的。早期对《金瓶梅》性描写予以一定积极评价,论著多从其史料价值出发。20 世纪中叶之后,才逐渐转入更为深入的研究,一是性描写作为《金瓶梅》的叙述视角之于体现小说主题的意义,二是性描写作为《金瓶梅》的叙述动力之于推进故事情节和人物性格发展的意义。与以上意见相左的另一方则认为《金瓶梅》中的性描写是外在的、附加的,至少是过度的,因此将其删除也无伤全局。虽然他们并不全盘否认《金瓶梅》性描写的价值,但认为这些性描写没有节制,过于泛滥,于社会于读者有害无益。徐朔方在《论〈金瓶梅〉的性描写》一文中这样写道:"不是闪闪发光的东西都是金子。性描写并不必然等同于个性解放,正如同杂乱的性关系并不必然就是封建婚姻制度的叛逆。"①对比这两种观点,前者多在史料价值、叙事功能方面立论,后者则多从社会教化、审美品格方面阐发。应该承认,对《金瓶梅》性描写的价值评判具有一定的复杂性,但对性描写进行恰当的处理确有相当合理的实践性。虽然性描写作为《金瓶梅》的一个重要组成部分是无法抹去的事实,而且已经渗透至作品的形象、叙事与主题之中,与小说几乎无法分离,但又不是不可删削的。作者的矛盾心态在于一方面以色劝惩,另一方面又玩味于色,致使性描写失于节制,过多过滥,对于一般读者会产生负面影响。但在不伤害题旨、形象、叙事的前提下,删削一些也无妨。蔡国梁在《金瓶梅考证与研究》中指出:"古典作家、古典文学作品的思想就是这么精华与糟粕杂糅在一起的,一时不易分辨清楚,认识自然也就大相径庭了。不过,我们且不要把脏水与孩子一起泼掉。我们把烂疤挖掉,这只苹果大部分还是可以吃的。"②

在现实传播实践环节也证明了部分删节方式的有效性。因为经过分析,"所谓《金瓶梅》的性描写,在叙述上实际可以分为四种情况,一是关系的一般叙述,二是直接性行为(如性交过程)的描摹,三是对性欲、性行为的渲染(大部分采用铺陈扬厉的韵文),四是对性、性心

---

① 徐朔方:《论〈金瓶梅〉的性描写》,转引自梅新林、葛永海《金瓶梅研究百年回顾》,载《文学评论》2003 年第 1 期。

② 蔡国梁:《金瓶梅考证与研究》,第 17 页,西安:陕西人民出版社,1984。

理、性意识的提示和强调"①。第二种情况对读者有着很大的腐蚀和蛊惑，负面影响最大，出于传播目的的考虑应该被删除。其他三种情况则需要酌情处理，毕竟，"描绘性特征实际上是更高一级的文化层次。以性行为为内容的动态艺术倒是便于人们理解，而以性特征为内容的凝态形象则更有利于人们审美心灵的体验，审美理想的驰骋，启迪读者的丰富想象，净化人们性的审美的情趣"②。对比人民文学出版社和齐鲁书社前后出版的两个著名的《金瓶梅》删节本，我们在具体的传播实践环节便可以得出结论。

1985 年，人民文学出版社出版戴鸿森校点的《金瓶梅词话》删节本。此删节本删去 19161 字，所删字数从"量"上看相当惊人，然而其中有许多不是非删不可的，存在着删节扩大化倾向，导致文本信息过度丢失。如描写潘金莲夏夜帐中点烛捉蚊，为删除性描写内容，连这一情节也删除了。这段删文如下：

> 西门庆因起早送行，着了辛苦，吃了几杯酒就醉了。倒下头鼾睡如雷，鼾鼾不醒。那时正值七月二十头天气，夜子有些余热。这潘金莲怎生睡得着，忽听碧纱帐内一派蚊雷，不免赤着身子起身来，执着烛，满帐照蚊，照一个烧一个。回首见西门仰卧枕上，睡得正浓，摇之不醒。③

潘金莲涉性前捉蚊赤身是一种自然状态，而且有助于刻画人物性格心理，推动情节进一步发展，这些文字便没有必要删除。类似的情况在戴鸿森校本中还有很多，显然 19161 字是扩大了的删除数字。其后齐鲁书社出版的"第一奇书"的删节本，删去了 10385 字，几乎减半。性描写并不是全部过度，过度的是淫而又秽的性描写。什么是淫秽的、什么是雅洁的性描写内容，便需要进行适度的区分。负责的"守门人"行为会使《金瓶梅》的文本内容得到有效的传播。

通过个例分析，我们应进一步认识到，在作为伟大世情小说的《金瓶梅》的思想价值和艺术成就被日益认识的今日，问题的关键恐怕不

---

① 李时人：《论〈金瓶梅〉的性描写》，载张国星编《中国古代小说的性描写》，第 217 页，天津：百花文艺出版社，1993。
② 曾庆瑞：《揭开人性的另一层面纱》，载《竹林小说论》，台北：台北智燕出版社，1990。
③ 〔明〕兰陵笑笑生：《金瓶梅词话》第十八回，第 410 页，香港：太平书局，1982。

在于以量化分析说明性描写内容各种情况,纠缠于性描写多少的是与非,对全面认识和传播《金瓶梅》并无多大的裨益。性描写是《金瓶梅》的重要标志之一,文本中存在的情色特征实际上是无法通过字数删汰而消磨掉的。它是《金瓶梅》文本中的烙印,也是《金瓶梅》传播的重要内容。我们需要做的,是通过理性分析、客观评述来正视这一内容,而不是群情汹汹、攘臂怒斥来讨伐这一内容。具有情色特征的《金瓶梅》,有多层次的文化研究价值,在科学昌明、人文繁盛的今天,应该更多从文化学、美学、叙事学和自然科学中的性学的角度多方面地审视。

三、张扬于文本之外的精神元素

抛却文本内容中的性描写部分,《金瓶梅》具备一部伟大作品的全部条件。对《金瓶梅》在中国文学史上的地位做出划时代评价的郑振铎先生,谈到《金瓶梅》的意义时说:"如果除净了一切的秽亵的章节,她仍不失为一部第一流的小说,其伟大似更过于《水浒》《西游》《三国》,更不足和她相提并论。"①其文本内容中所表现出来的精湛绝伦的写实艺术和独树一帜的创作思维,营造了复杂而伟大的主题。作品对人类、人性、生命悲剧的深层思考与对社会、历史、民族命运的反复探索,超越文本而外化为深刻的社会批判精神与浓郁的哲学思辨色彩。这些精神层面上的存在,成为文本之外的主要传播内容。

作为个体的人,作品中体现出来的个人地位的上升、感性欲望的张扬以及人生旅途的宿命感,经过传播过程直指受众的心灵深处。《金瓶梅》的时代并不曾僵死,至今还顽强地生存着。那个时代的五脏六腑中孕育出来的人物依旧持有着自身独特的灵魂,从文本中跳跃出来,在受众的口耳之间与心灵之间延续着自己的生命。"我们的生活中,原不缺少西门庆、蔡太师、应伯爵、李瓶儿、庞春梅、潘金莲。他们鲜衣亮衫地活跃在中国的土地上,出没于香港与纽约的豪华酒店,我曾亲眼见到过他们。"②《金瓶梅》在文本之外张扬了个人层面的人生

---

① 郑振铎:《谈〈金瓶梅词话〉》,见方铭编《金瓶梅资料汇录》,第248页,合肥:黄山书社,1986。
② 田晓菲:《秋水堂论金瓶梅》,第13页,天津:天津人民出版社,2003。

体验与深刻体认,成为传播内容中的极具分量的精神元素。而这样一部独树一帜、不同凡响的作品,在集体层面凝聚了民族的深层心理与社会的真实记录,具备了严肃的现实品格和认真的历史实感。作品中儒释道三种民族文化内涵演绎出了丰富奇异的思想意蕴,成为我们民族审视自身发展历程的文化瑰宝。而对于社会演进与时代发展的全方位的客观记录,提供了解析社会历史的文化标本,在传播过程中凸现超一流的认识价值。

第二节　从话本到小说文本——以济公小说为例

济公出现在文学作品中,最早不是小说。南宋僧人居简(1164年~1246年)是济公的师侄,有《湖隐方圆叟舍利铭》,说道济是"天台临海李都尉文和远孙,受辞于灵隐佛海禅师,狂而疏,洁而沾,着语不刊削要,未尽合准绳,往往超诣,有晋宋名缁逸韵。信脚半天下,落魄四十年"。而在宋、元人编纂的书籍里,也有多处收录道济的诗歌。如南宋潜说友纂《咸淳临安志》卷三十八录其《题玉泉》诗一首;宋释法应、元释普会编《禅宗颂古联珠通集》卷三、四、六、七中,分别录其颂古诗四首;元孟宗宝编《洞霄诗集》卷八,录其《游洞霄》诗一首。①

一、关于济公其人

尊为神佛的济公,史上确有其人。关于济公的传记有很多。② 济公有自述《供状》,见于《道藏精华录·济祖师文集》,《钱塘湖隐济颠禅师语录》有所增饰;宋释居简著有《北涧集》,收有《湖隐方圆叟舍利铭》;明释大壑著有《南屏净慈寺》十卷,收《道济传略》;明释明河《补续高僧传》卷十九有《二颠师传》,其中有对济颠的记述;明释传灯《天台

① 参见许红霞《道济及〈钱塘湖隐济颠禅师语录〉有关问题考辨》,载《北京大学古文献研究所集刊(一)》,北京:燕山出版社,1999。
② 参见许尚枢《济公生平考略》,载《东南文化》1997年第3期;许尚枢《天台山济公活佛》,北京:国际文化出版社,1997。

山方外志》收《济颠传》;清《天台县志》中记济颠;修于清雍正年间的
《浙江通志》收《道济传略》;清书法家梁同书有《宋道济和尚复向碣》;
《大清统一志》记道济。到了近现代,各种佛道传记词典尽数收录济颠
或道济词条。从这些材料中,可以大略考证济公生平。

　　"幼生宦室",是济公在《自述》中对自己身世仅有的提及。对于济
公的家世背景,也多有考证。于今我们可以知道的,就是济公的确出
身宦门,及至出家之时,仍旧是家道殷实。净慈寺高僧居简是济公的
师侄,他的《湖隐方圆叟舍利铭》称他是"天台临海李都尉文和远孙"。
《佛史别传》《中国佛学人名辞典》和禅宗研究专家潘桂明先生都认为,
"文和"系"和文"之误。明释传灯《天台山方外志》《天台县志》则称他
是"高宗李驸马之后"。"高宗"当系"太宗"之误,济公祖上李遵勖乃太
宗驸马都尉。

　　李氏源出陇西,约当南北朝时,迁山西新绛,支分上党,衍为望族。
家族世代仕宦,且为将门,为官清正,颇有政绩。李氏历世积善信佛,
济公祖上李崇炬、李遵勖、李端愿还是禅宗临济宗的著名居士,其事迹
见于僧传、灯录①。这些都不能不给其后裔带来影响,济公的出家便是
体现。随着宋室南迁,济公父辈们流寓浙东天台,隐居县城西北赤城
山麓永宁村。长子李茂春家道殷实,年近四旬始得子,这就是济公。

　　济公出家的年龄,一些传记未见记载,见于记载的,多为"十八
岁"。明释大壑《道济传略》,明释传灯《天台山方外志》,清《天台县志》
《浙江通志》皆记十八岁。这种说法基本可信。此外,《中国佛学人名
词典》记"弱冠",萧天石先生在《济颠禅师大传》持"年十七,即剃度"②
的说法,但这些说法属于少数。

　　一般说来,都认为济公自杭州灵隐寺出家皈依佛门,南屏山净慈
寺是他最后栖身之处。传记中所记,也多为这两个地方。明释大壑
《南屏净慈寺》,明释传灯《天台山方外志》,《天台县志》,《浙江通志》,
所记皆为二寺。济公出家的第一站,也有不同说法。当代许尚枢先生

---

　　① 灯录,即"传灯录",是禅宗历代传法机缘的记载,譬如灯火相传,辗转不绝,所以叫"传灯
录"。

　　② 萧天石:《济颠禅师大传序》,载《济颠禅师大传》,北京:佛教文化出版社/文山精舍,1981。

所持说法是济公出家于闻名中外的天台宗祖庭国清寺。① 所据当是地处济公故乡，但未见详细考证，历代传记中也不曾有记载。

济公来到杭州，投奔慧远为师。慧远（1103 年～1176 年），字瞎堂，俗姓彭，四川眉山人，是力主抗金的禅宗杨岐派高僧圆悟克勤的弟子，能言善辩，号"铁舌远"。绍兴末年，先后住持护国、国清、虎丘、鸿福诸寺。后受诏住灵隐，多次召入内廷奏对，讲经说法，赐号"佛海禅师"。他为济公授具足戒。济公却难耐坐禅，不喜念经，嗜好喝酒吃肉，经常溜出山门，来到飞来峰下，与顽儿做呼洞猿和斗蟋蟀的游戏。此后，出入歌楼酒肆，浮沉市井，破衣烂衫，状态疯狂。寺众许之，瞎堂云："佛门广大，岂不容一颠僧？"遂不敢摈。自是人称济颠。②

慧远逝世后，济公失去了庇护。转投净慈寺德辉长老，升作书记僧，寺中榜文开疏多出自他的笔下，最后圆寂寺中。在净慈寺中，发生过一件颇能体现济公神通的事情："火发寺毁，济行化严陵，以袈裟笼罩诸山，山木尽拔，浮江而出，报寺众曰：木在香积井中。六丈夫勾之而出，盖六甲神也。"（《大清一统志》）③这件事还见于明释大壑《道济传略》《浙江通志》等处，是济公最著名的故事之一。香积井历经损毁重建，至今犹在，是济公神通的一个见证。

济公的卒年，在居简《湖隐方圆叟舍利铭》中有明确的记载："嘉定二年（1209 年）五月十四死于净慈。"居简是济公的师侄，净慈寺第三十七代住持，所记可信。而济公生年未载于《湖隐方圆叟舍利铭》，以致众说纷纭。

当代台湾《佛光大辞典》，以及《台州地区志》《中国大百科全书》皆记道济生卒年为 1150 年～1209 年。《辞海》记道济 1148 年～1209 年（或 1208 年）；《天台县志》记道济 1148 年～1209 年。这两种说法比较相近。济公临终时作有偈语："六十年来狼藉，东壁打到西壁。如今收拾归来，依旧水连天碧。"如果"六十年来狼藉"作为济公的生平来计算，那么，济公的生年应该在 1149 年左右。居简《湖隐方圆叟舍利铭》

---

① 许尚枢：《济公生平考略》，载《东南文化》1997 年第 3 期。
② 转引自许尚枢：《天台山济公活佛》，北京：国际文化出版社，1997。
③ 转引自许尚枢：《天台山济公活佛》，北京：国际文化出版社，1997。

没有提到生年,但是说他"信脚半天下,落魄四十年",应该指出家后的时间。前文已述济公十八岁出家,如果济公出家四十余年,那么活六十岁左右,基本符合条件。著名历史学家陈垣《释氏疑年录》曾考证,济公生于宋高宗绍兴十八年(1148 年),卒于宋宁宗嘉定二年(1209 年),世寿六十二。

明释大壑《道济传略》记载:"母王氏,梦吞日光而生,绍兴三年十二月初八日也。"即 1133 年~1209 年。也就是说,济公活了七十六岁。大壑也曾任净慈寺住持,这一说法出自济公入灭之地,似乎可信性较大。清梁同书《宋道济和尚复向碣》也将济公生年记为绍兴三年。如果居简所言"信脚半天下,落魄四十年"不做考虑,只以"六十年来狼藉"作为济公出家的时间来计算,济公十八岁出家,七十六岁的说法也能说得过去。

《济颠语录》是现存最早明确写出济公出生年月的书。据其所载,济公生于"宋光宗三年",即绍熙三年(1192 年),由此而至嘉定二年(1209 年),只活了十八岁。而通常说法是济公十八岁出家。如果济公生年十八岁,也不可能写出"六十年来狼藉"偈语。所以这种说法不足取信。

《辞源》记济颠"公元 1129~1202 年"。这种说法仅此一处,与其他观点出入较大,不知有何依据。

综合上述说法,济公最为合理的生卒年当是 1148 年(或 1150 年)~1209 年,出家四十余年,享年六十余岁。

济公出家前的俗名,一般见到的有三种,李心远,李修缘,李修元。关于济公生平的权威文献《湖隐方圆叟舍利铭》,没有提及其俗名。《济颠语录》用"李修元",《济公传》用"李修缘",当代《佛光大辞典》《辞海》《天台县志》《台州地区志》皆用"李心远"。

历代僧传、志书,只载法号,罕提俗名,古人平时一般用字,正名在成人后多隐讳。世俗人这样,方外人尤甚,"僧不问姓,道不问岁"。这三个名字,读法相近,实为一音之讹,是音近异写,都带有浓厚的隐逸之气,宗教色彩一个更比一个鲜明。用以解释家族佛释传统的影响以及济公本人与佛之缘,都很贴切。

济公法名道济,一般认为是杭州灵隐寺慧远大师所取。"道济"的意思,是以佛教真理、佛法普济众生,普度信众,体现大乘佛教"饶益有情"的精神。济公在净慈寺任书记僧,执掌文书。《济颠语录》亦有颇多僧俗称济公为济书记的地方。因此"济书记"也算是济公的一个名号。

居简为济公写的《塔铭》题为《湖隐方圆叟舍利铭》。铭中说:"叟名道济,曰湖隐,曰方圆叟,皆时人称之。"后世僧传则多作"字湖隐,号方圆叟"。明释大壑《道济传略》,及《浙江通志》《中国人名大辞典》《佛光大辞典》《中国佛学人名词典》《中国大百科全书》所记皆是如此。至于《钱塘渔隐济颠禅师语录》中的"渔隐",一般认为是"湖隐"之误。

济公在世时,人们就称他为"济颠"。当年僧众告他违背戒律,灵隐寺住持瞎堂慧远却说:"佛门广大,岂不容一颠僧?"于是,"济颠"就成为法名道济之外的绰号。济公不喜念经,嗜好酒肉,衣衫褴褛,浮沉市井,游戏人间,却时常救人于水火,既颠且济,这个称呼是对其外貌和精神的最好概括。至于济公、圣僧、济公活佛等名号,都是后代人对高僧道济的尊称了。

综上所述,济公生平简况如下:济公(1148 年或 1150 年~1209年),天台人,法名道济,本名李心远,字湖隐,号方圆叟,俗称济颠。十八岁出家杭州灵隐寺,后迁净慈寺,任书记僧,并于净慈寺圆寂。

二、关于济公小说话本

讲述济颠故事的小说,现在所知最早为明晁瑮《宝文堂书目》所著录的《红倩难济颠》平话,但未见传本。田汝成《西湖游览志余》第十四卷①载有济颠事迹:

> 济颠者本名道济,风狂不饬细行,饮酒食肉与市井浮沉,人以为颠也,故称济颠。始出家灵隐寺,寺僧厌之,逐居净慈寺,为人诵经下火,累有果证。年七十三岁端坐而逝,人有为之赞曰:非俗非僧,非凡非仙,打开荆棘林,透过金刚圈,眉毛厮结,鼻孔撩天,烧了护身符,落纸如云烟,有时结茅宴坐荒山巅,有时长安市上酒

———————————

① 文渊阁四库全书电子版:四库史部,地理类,山水之属,西湖游览志—西湖游览志余,卷十四。

家眠,气吞九州岛,囊无一钱,时节到来奄如蜕蝉,涌出舍利八万四千。赞叹不尽,而说偈言,呜呼,此其所以为济颠也耶。今寺中尚塑其像。①

胡胜先生对济公小说话本的流变有比较详细的考证,现简述如下:明嘉靖间杭州已有说话人讲"济颠"故事。今天所见济公系列小说话本中最早的一种是题"仁和沈孟柈述"的《钱塘渔隐济颠禅师语录》。为明隆庆三年(1569 年)刊,题四香高斋平石监刊本,不分回目,现藏于日本内阁文库。孙楷第《中国通俗小说书目》卷三"明清小说部甲"及《日本东京所见小说书目》卷四"明清部三·灵怪类"有著录。

据陈桂声《话本叙录》,此书又有明崇祯间杭州写刻本,题《济颠语录》;清初刊本,题《钱塘渔隐济颠师语录》;清乾隆九年甲子(1744 年)吴门仁寿堂刊本,题《济公传》,分十二卷,第一卷第一页题"西湖渔樵主人编",卷首有序,后署"乾隆九年季春金陵旅寓枫亭王宣撰"。其中《钱塘渔隐济颠师语录》,见路工收入《明清平话小说选》第一辑(上海古典文学出版社 1958 年版),且云"有清初刊本",未见。1984 年人民文学出版社出版路工、谭天合编《古本平话小说集》上下册,收入此书。据编者介绍,此书简称为《济颠语录》,全称为《钱塘渔隐济颠师语录》,据崇祯本排印。又路工著《访书见闻录》载,此书为明崇祯年间写刻本,半页十行,每行二十字。所以将此书归为崇祯本。清乾隆本《济公传》,孙楷第云:"内容与内阁文库之《济颠语录》全同,文字亦几全数沿用。唯分为十二卷,各立标题而已。"

又据《古本稀见小说汇考》,有《新镌绣像麴头陀济颠全传》三十六则,康熙刊本,大连图书馆藏。有图十二页,正文每半页八行,每行二十字。题"西湖香婴居士重编","鸳水紫髯道人详阅","西墅道人参定"。首有康熙戊申(1668 年)自序,署"香婴居士"。香婴居士即王梦吉。梦吉字长龄,杭州人。此书内容大致同《济颠语录》。所不同者,第四则以下涉及径山、嵊县等地址,均为《济颠语录》所无。"李修元悟道焚经""渡钱江中途显法""过茶坊卧游阴府""罩袈裟万木单撑""显水族烹而复活"等情节也是新的。可以设想此本是居住在西湖的王梦

---

① 〔明〕天花藏主人:《醉菩提传》,第 319 页,北京:人民文学出版社,1999。

吉以《济颠语录》为基础,兼采民间传说与文人作品加以充实编写,但应是根据隆庆本改编的,故而题为"西湖香婴居士重编",由另外二人"详阅""参订"。当归入隆庆本。所不同者,此书分则,且有标题,又于书前著高宗、孝宗事,后加禅师圆寂后轶闻数则。

此外就是天启本,即天启间刻本《济颠罗汉净慈寺显圣记》(见于冯梦龙所编《三教偶拈》),现藏日本东京大学东洋文化研究所。天启本较前两者改动较大。除书名改为《济颠罗汉净慈寺显圣记》,且将无竟斋赞语移至书末,不见图像。此书国内原仅见于满文译本《三教同理小说》。比之于前两种版本,此书虽书名有异,文字有所增饰,但细勘之下,可发现它是隆庆本的变种。日本东京大学东洋文化研究所双红堂文库所藏《三教偶拈》卷首有冯梦龙的"叙":"偶阅王成公(王阳明)年谱……因思向有济颠、族阳小说,合之而为三教备焉。"由此可知,天启本《济颠罗汉净慈寺显圣记》是经过冯梦龙改编加工的旧作。从文中可以看到凡隆庆本粗略简陋处皆加以修订、补缀,烦冗处删减合并,使文气前后贯通,简洁利落。①

孙楷第先生的《日本东京所见小说书目》卷四"灵怪类"以及《中国通俗小说书目》卷三"明清小说部甲",都著录了明隆庆本,书名皆为《钱塘渔隐济颠禅师语录》。包括上面所提清初刊本《钱塘渔隐济颠师语录》,也为"渔隐"而不是"湖隐"。但据孙楷第先生考证,宋释居简《北涧集》有《湖隐方圆叟舍利铭》,题下侧注"济颠"二字。文中云道济为天台李氏子,时人称为"湖隐",全与本书合。而且在宋释法应、元释普会所编集的《禅宗颂古联珠通集》卷三、四、六、七所收道济四首诗的试题下,也都标明了"湖隐济"。所以,"渔隐"为"湖隐"之误是可以确定的。所以今所见版本,包括排印本在内,无论什么年间的版本,多题为《钱塘湖隐济颠禅师语录》或者《济颠语录》。②

济公是一位富有传奇色彩的历史人物。他的所作所为在其生前就已经成为街谈巷议的新闻,在他身后,人们出于崇敬和怀念之情,更

---

① 参见胡胜《济公小说的版本流变》,载《明清小说研究》1999 年第 3 期。
② 参见黄永年《记清康熙刻本〈济颠语录〉》,载陈桂声《话本叙录》,第 92 页,珠海:珠海出版社,2001。

是有意无意地加以神化。我们可以这样揣测《钱塘渔隐济颠禅师语录》的产生：京都杭城的说话人采掇那些坊间流传的传闻、妇孺皆知的故事以及脍炙人口的济公诗文，加以连缀、编排，予以记录、描摹、润色，成为说话人据以讲述的话本。联系书中讲述语气和套话，属于话本无疑，由"仁和沈孟柈述"的"述"字推测，沈最有可能是一位说书艺人。此书不分卷，不分回，这正是早期平话的特点，又加掺杂俗语，夹录诗词，粗略简朴的形态，显示出曾在民间流传的迹象。路工先生"疑为元、明之际说话人所用的底本"①，是颇有见地的。

根据这种说法，从《钱塘湖隐济颠禅师语录》的内容来看，既有讲参禅悟道之事的，如道济出家后参远瞎堂等；又有滑稽说笑的成分，如翻跟斗、唱山歌等；甚至有不严肃的内容，如写济公出入坊曲，与妓女戏弄，有染无著等。所以它应属于说参请或说诨经类的话本小说。黄永年先生认为它的性质应同于《东坡居士佛印禅师语录问答》，把它定为"说参请"话本，当"非无知妄说"。② 其他本子的《济颠语录》从回目来看，皆由此而来，尽管情节有所疏通、润色，但话本痕迹依旧明显。因此，话本小说当是济公小说发展的第一阶段。

三、关于济公小说文本

《醉菩提》上承《济颠语录》，下启清中叶以后出现的《济公全传》，较之前者完整而生动，较之后者简洁而少枝蔓，为济公故事演变中至关重要的本子。

据《古本稀见小说汇考》：《新镌济颠大师醉菩提全传》别题《新镌济颠大师玩世奇迹》，凡二十回，约七万二千字，不分卷，署"天花藏主人编次"，卷首有桃花庵主人序，宝仁堂刊本，大连图书馆藏；又有《醉菩提全传》四卷二十回，无回目，亦署"天花藏主人编次"，道光二十七年（1847年）大文堂刊本，伦敦英国博物院图书馆藏；又，《舶载书目》亦著录此书，题"西湖墨浪子偶拈"，有天花藏主人序；此书国内尚有北京大学图书馆藏务本堂刊本，亦题"天花藏主人编次"，桃花庵主人序。

---

① 路工：《明清平话小说》（一），第236页，上海：上海古籍出版社，1986。
② 黄永年：《记清康熙刻本〈济颠语录〉》，载陈桂声《话本叙录》，第92页，珠海：珠海出版社，2001。

《醉菩提传》校点后记中说:《醉菩提》全称《济颠大师醉菩提全传》,又名《济颠大师玩世奇迹》《济公全传》《济公传》《皆大欢喜》《度世金绳》等。题"天花藏主人编次",亦有题"西湖墨浪子偶拈"者。①《醉菩提》现知有乾隆、道光、同治、光绪多种刊本,该次点校以乾隆五十三年(1788年)金阊古讲堂本为底本。

据上,《醉菩提》虽然版本众多,但主要是两种,有题"天花藏主人编次"者,有题"西湖墨浪子偶拈"者,但都未能注明二本之间的关系。据胡胜《济公小说的版本演变》,这二者一为繁本,一为简本。署"天花藏主人编次"者为简本,题"西湖墨浪子偶拈"者为繁本。二者异同归纳如下:

	相同之处		不同之处
1	书名同。	1	简本有桃花庵主人的序,繁本无。
2	人物情节几乎全同。	2	繁简本在分回上有四处错前错后之别。(1)繁本第六回开头一段,简本中移到第五回末尾。(2)繁本十二回开始一大段文字,简本将之并入十一回。(3)繁本十三回开头一段,在简本则成为十二回末尾文字。(4)繁本十九回开头,是简本十八回的尾声。
3	分回同,皆二十回。(见附录)	3	繁本与简本的每回开头不同。繁本每回正文前皆有一首诗词曲作为引子;简本除第一回以外皆无。
4	回目基本相同。(见附录)	4	繁本正文中夹杂的诗赋、偈文、曲词、联语等,比简本多四十七处左右。
		5	文字详略不同。繁本八万多字,简本约七万。

除了内容情节的异同之外,繁简本之间也有个先后的问题。据胡胜先生考证,当是繁本在前,简本由繁本改编而来。简本文字相形之下更为简洁明快。繁本承自"语录"的诗词文多为简本舍弃不用。

据《古本稀见小说汇考》,《醉菩提》之后有《济公传》,十二卷,每卷一联目,题"西湖渔樵主人编",卷首有序,署"乾隆九年季春金陵旅寓枫亭王宣撰",清乾隆吴门仁寿堂刊本,日本宫内省图书寮藏。此版本不能亲见,回目据孙楷第先生《日本东京所见小说书目》卷四"明清部

① 〔明〕天花藏主人:《醉菩提传》,第1页,北京:人民文学出版社,1999。

三"，也有残缺(第五卷)。且孙先生认为，"内容与内阁文库之《济颠语录》全同，文字亦几全数沿用，唯分为十二卷各立标题而已"①。

据大部分目录来看，《济公传》第一卷"罗汉投胎高僧辞世，明通佛性灵光一点"，当为《醉菩提全传》中第一回"静中动罗汉投胎，来处去高僧辞世"与第二回"茅屋两言明佛性，灵光一点逗禅机"所合;第二卷当为《醉菩提》第三回与第四回所合，第七卷由第十四回与第十五回合并而来。其他第三、四、六、八、九、十、十一、十二各卷回目，分别和第六、八、十二、十五、十六、十七、十九、二十各回回目除个别文字外，基本相同。因此基本可以断定，《济公传》为《新镌济颠大师醉菩提全传》的缩本。

《济公传》回目 (《日本东京所见小说书目》)	所对应《新镌济颠大师醉菩提全传》回目 (《古本稀见小说汇考》)
第一卷 罗汉投胎高僧辞世，明通佛性灵光一点	第一回 静中动罗汉投胎，来处去高僧辞世; 第二回 茅屋两言明佛性，灵光一点逗禅机
第二卷 从师落发枉坐芳心，悟彻菩提癫狂度世	第三回 近恋亲守身尽孝，远从师落发归宗; 第四回 坐不通前真苦恼，悟得彻后假癫狂
第三卷 扫得开突然而去，放不下依旧再来	第六回 扫得开突然便去，放不下依旧再来
第四卷 施绫绢乞儿受恩，化盐菜济公像局	第八回 施绫绢乞儿受恩，化盐菜济公被逐
第五卷 失载	
第六卷 佛力颠中收万法，禅心醉里出无名	第十二回 佛力颠中收万法，禅心醉里指无名
第七卷 榜文叩阍惊天子，酒醉吐装佛像金	第十四回 榜文叩阍惊天子，酒令参禅动宰宫 第十五回 解冤结死人走路，显神通醉后装金
第八卷 救生祸遭死人走路，解前冤指张公得银	第十五回 解冤结死人走路，显神通醉后装金
第九卷 不避嫌裸体治女痨，恣无礼大言供醉状	第十六回 不避嫌裸体治痨，恣无礼大言供状
第十卷 前生后世为死夫妻订盟，转蠚成灵替虫将军下火	第十七回 死夫妻订盟后世，勇将军转蠚成灵
第十一卷 救人不彻叹佛力不如天数，悔予多事懒饮酒倦于看山	第十九回 救人不彻因天数，悔予多端懒看山
第十二卷 去来明一笑归真，感应神千秋显圣	第二十回 来去明一笑归真，感应神千秋显圣

① 孙楷第:《日本东京所见小说书目》，第98页，北京:人民文学出版社，1981。

　　而《济颠禅师语录》三十六则回目如下：

第一则　　　　《太上皇情耽逸豫，宋孝宗顺旨怡亲

第二则　　　　梵光师泄机逢世，韦驮神法杵生嗔

第三则　　　　看龙舟旃檀显化，住天台嗣接前因

第四则　　　　国清寺忽倾罗汉，本空师立地化身

第五则　　　　王见之媒身馆谷，李修元悟道焚经

第六则　　　　野狐禅嘲诗讪俗，印泰峰忿激为僧

第七则　　　　李修元双亲连丧，沈提点招引杭城

第八则　　　　访径山西湖驻足，拜瞎堂剃发潜形

第九则　　　　坐云堂苦耽磨炼，下斋厨茹酒开荤

第十则　　　　选佛场独拈僧顶，济颠师醉里藏真

第十一则　　　冷泉亭一棋标胜，呼猿洞三语超群

第十二则　　　济公师大分衣钵，出明珠救范回程

第十三则　　　渡钱塘中途显法，到嵊县古塔重新

第十四则　　　天台山赤身访舅，檀板头法律千钧

第十五则　　　十锭金解冤张广，八功水救拔王筝

第十六则　　　上红楼神常拥护，落翠池鬼也修行

第十七则　　　陈太尉送归寮院，众僧徒计逐山门

第十八则　　　剪淫心火炎子午，除隐孽梦报庚申

第十九则　　　放虾蟆乞儿活命，看蛇斗闲汉逃屯

第二十则　　　古独峰恶遭天谴，陈奶妈雨助龙腾

第二十一则　　过茶坊卧游阴府，见猛虎夜唪邪髡

第二十二则　　看香市沿途戏谑，借雷公拨正邪萌

第二十三则　　救崔郎独施神臂，题疏簿三显奇文

第二十四则　　檀长老谕严戒律，济颠师法喻棋枰

第二十五则　　净慈寺伽蓝识面，京兆府太尹推轮

第二十六则　　闹街坊醉书供状，随猎骑赔脱荆榛

第二十七则　　昭庆寺偶听外传，莫山人漫自评论

第二十八则　　访别峰印参初志，传法嗣继续孤灯

第二十九则　　梦金容多金独助，罩袈裟万木单撑

第三十则　　　三昧语红蝇出鼻，九里松死客还魂

第三十一则　　倍巍栏吐成飞走,进图画服济饥贫
第三十二则　　梦旃檀移归天府,剃梵化衣钵犹存
第三十三则　　显水族烹而复活,护高松不至为薪
第三十四则　　沁诗脾济公回首,拈法语送入松林
第三十五则　　六和塔寄回双履,伽蓝殿复整前楹
第三十六则　　焚化师宗风大振,表济公百世香云

可见《济颠禅师语录》与《济公传》回目几无相通之处,版本传承当以《醉菩提全传》更多。

至于收在《西湖佳话》中的《南屏醉迹》,主要摘取济公到净慈寺以后为施主治病、托梦化缘、古井运木和折服权贵等故事,题"古吴墨浪子搜辑",不分卷,约一万五千字。据《古本稀见小说汇考》①,《醉菩提全传》与墨浪子撰《西湖佳话》中《南屏醉迹》,仅文字繁简不同,内容亦无甚殊异。但由于经过整理润饰,《南屏醉迹》显得条理化,语言典雅,明显优于《醉菩提全传》。

至光绪初期,则有郭小亭《评演济公传》(即通常所言《济公全传》)。此书为济公故事集大成之作,自出现后,便广受欢迎。② 姚聘侯序云:"言非表诸浅近,其言不足以感人;事不设为神奇,其事不足以垂训。盖圣经贤传,原道义所攸关;而野史稗官,尤雅俗所共赏也。"③可见,济公小说受欢迎,在于以神奇、谐趣的济公事迹垂训于世。济公世俗化的神佛形象,三分不像神,七分倒像人,与神圣化神佛形象相比,与平民百姓、善男信女的距离更近,生活在他们中间,使人感到亲切,因而受读者欢迎。

《评演济公传》的作者为郭小亭。有关郭小亭的资料不多。《评弹通考》载《评演济公传》资料三则。第一则录有姚聘侯写于光绪三十二年(1906 年)的《评演济公传》序文,其中说明此书作者为郭小亭。"适有友人阎君华轩,携郭小亭先生所著是书来,张君翻阅一遍,觉文言道俗,如历其境,如见其人……遂商于津门煮字山房主人魏君岱坡,不惜

---

① 谭正璧、谭寻:《古本稀见小说汇考》,第 308 页,浙江文艺出版社,1984。
② 许尚枢:《试论济公小说的演变》,载《东南文化》1994 年第 2 期。
③ 谭正璧、谭寻:《评弹通考》,第 56 页,北京:中国曲艺出版社,1985。

重资,付之石印。"①姚聘侯的序文,不但指出《评演济公传》作者为郭小亭,更叙述他和魏岱坡商量将此书付之石印的出版过程。此外,《评弹通考》中所载的《评演接续后部济公传》三则之二,姚聘侯写于光绪丙午年(1906)的《评演接续后部济公传》序,提"《济公传》一书,初刻方成,已不胫而走。阅之者不无遗珠之憾,乃复言于煮字山房主人岱坡魏君,求其完璧。遂重资求郭小亭先生所著续本,付之石印,粲然大观。美乎备矣!"②《评演济公传》广受读者欢迎,书商便重金求郭小亭著续本,郭小亭因而写成《评演接续后部济公传》。

自郭小亭《评演济公传》及续书出现后,众多济公续书相继推出,构成蔚为大观的《济公传》系列小说。至于续书的作者,可稽考的资料也不多。浙江古籍出版社《济公传》系列小说出版说明载:《四续济公传》至《十续济公传》出自坑余生之手。吉林文史出版社《济公全书》出版说明则录《四续济公传》和《九续济公传》的作者是葛啸侬,《六续济公传》《七续济公传》的作者是坑余生,至于其他续书的作者,却未能稽考。至于刊本方面,浙江古籍出版社1991年~1992年辑校《评演济公传》至《四十续济公传》,分六集十二册出版。吉林文史出版社1997年出版《中国神怪小说大系济公全书卷》,将《评演济公传》至《四十续济公传》,分十五册出版。总体而言,续书借《评演济公传》广受欢迎之势蓬勃而出,却有不少缺失和粗疏之处,如情节雷同,枝叶蔓生,结构松散等,艺术价值不高。唯其所赖以产生和表现的时代背景及思想意义,才更能证明它们的存在意义。

新中国成立后,济公小说继续得以发展,改编和创作等都存在。有取自民间传说的连环画《济公前传》,以及由民间艺人编述的《济公外传》,再创作的《济公后传》等等。此外,还有各种关于济公的故事读本等等。

---

① 谭正璧、谭寻:《评弹通考》,第56页,北京:中国曲艺出版社,1985。
② 谭正璧、谭寻:《评弹通考》,第56页,北京:中国曲艺出版社,1985。

第三节　从故事到小说文本——以《说岳全传》为例

早在《说岳全传》成书之前,岳飞抗金救国的事迹已在民间喧腾众口。从南宋开始,到元、明、清初,五百多年来以民间传说、说话、戏曲、小说等各种方式广泛传播,岳飞故事也由英雄史实逐步演变成为丰富的具有浓厚传奇色彩的英雄传奇故事。

一、宋元时期的岳飞故事

关于岳飞的生平事迹,现存最早的记载当是岳珂编撰的《鄂王行实编年》一书。历史上,岳飞因主张抗金于公元 1141 年被奸臣秦桧以"莫须有"的罪名毒杀。做贼心虚的秦桧为掩世人耳目,对有关岳飞事迹的记载大加销毁。直到岳飞死后 62 年,即 1203 年,岳飞孙子岳珂编撰《鄂王行实编年》成书,才将岳飞一生事迹掇拾起来。岳珂在《金佗粹编》卷九中讲述了编撰经过:

> 自幼侍先臣霖膝下,闻有谈其事之一二者,辄强记本末,退而识之。故臣霖亦怜其有志,每为臣尽言,不厌谆复。在潭州时,今国子博士臣顾杞等尝为臣霖搜剔遗载,订考旧闻,茸为成书。……(臣)自年十二三,甫终丧制,即理旧编。……意旧编所载,容有阙遗,故姑缓之。逮臣来发游京师,出入故相京镗门,始得大访遗轶之文,博观建炎、绍兴以来纪述之事,下及野老所传,故吏所录,一语涉其事,则笔之于册。积日累月……盖五年而仅成一书……①

由此可知,岳珂编书所依据的材料,一是其父岳霖的叙述和根据"遗载""旧闻"编成的"旧编",一是流传在社会上的"遗轶之文"和"野老所传""故吏所录"。可见有关岳飞的故事很早就在民间流传开了,故事在民众中间经过几十年的辗转流传,必然随着国人爱憎感情的影

---

① 〔宋〕岳珂编,王曾瑜校注:《鄂国金佗粹编续编校注》,第 826~828 页,北京:中华书局,1989。

响而有所增减,岳珂的记载必不可免地包含有民间传说的成分。其后南宋末年章颖撰《南渡四将传》,元代脱脱修《宋史》,以及元、明以来各种史传,叙岳飞事迹都以岳珂此著为蓝本。因此,岳珂所吸收的民间传说的成分也一直保留下来。现在我们所看到的有关岳飞的史传材料,已经不完全是史家客观的记载,而是包含了民间传说的成分。

到南宋末年,岳飞故事已成为说书人讲述的重要故事内容之一。《梦粱录》卷二十"小说讲经史"一节里说道:"……又有王六大夫,原系御前供话,为幕士请给,讲诸史俱通,于咸淳年间敷衍《复华篇》及《中兴名将传》,听者纷纷,盖讲得字真不俗,记问渊源甚广。"①岳飞是南宋中兴名将里杰出的人物,《复华篇》是演述南宋抗金故事,当然会讲述岳飞的战功和事迹。罗烨《醉翁谈录》提到了书场中有关于中兴名将的故事,云:"新话说张(浚)、韩(世忠)、刘(锜)、岳(飞),史书讲晋、宋、齐、梁。……说国贼怀奸从佞,遣愚夫等辈生嗔;说忠臣负屈衔冤,铁心肠也须下泪。"②这里还提到"说话"的具体内容("说国贼怀奸从佞","说忠臣负屈衔冤")和所达到的效果("遣愚夫等辈生嗔","铁心肠也须下泪"),这完全可以归结为岳飞故事的内容和精神。

文人笔记中最早收录岳飞传说故事的是《夷坚志》,涉及岳飞的有八则③,它们为故事的早期形态提供了可贵的资料。如《辛中丞》言岳飞梦中得知将有牢狱之灾,"辛中丞被旨推勘";《猪精》言善相者说岳飞乃猪精托世,必"建功立业,位至三公,然猪之为物,未有善终,必为人屠宰"。皆含有神怪色彩,与岳飞之死有关,可见最牵动人心的是岳飞的含冤惨死,故此或归咎人事或碍于天命。《新刊大宋宣和遗事》中有关岳飞的内容很少,只是提到岳飞乃中兴名将之一和邀击兀术大捷,基本是忠于史实,粗陈梗概。④ 此书对明代岳飞小说有极大的影响。熊大木《大宋中兴通俗演义》大量采用本书,在采用过程中做了增多于删的工作,沿袭痕迹十分明显。

岳飞故事中最为人所熟知又最大快人心的莫过于"东窗事犯"。

---

① 〔宋〕吴自牧:《梦粱录》,第320页,西安:三秦出版社,2004。
② 见丁锡根编著《中国历代小说序跋集》,第587~588页,北京:人民文学出版社,1996。
③ 〔宋〕洪迈著,何卓点校:《夷坚志》,第131~133、364~369、644~645、772~773、881~882、1098、1410~1411页,北京:中华书局,1981。
④ 〔宋〕无名氏:《新刊大宋宣和遗事》,第111、141页,上海:上海古典文学出版社,1954。

南宋时有关故事已广为流传,宋人笔记中多有记载,如洪迈《夷坚志》:

> 秦桧矫诏逮岳飞父子下棘寺狱,遣万俟卨锻炼之,拷掠无全肤,终无服辞。一日,桧于东厢窗下画灰密谋,其妻王氏赞成之曰:"擒虎易,放虎难。"飞遂死狱中……后桧挈家游西湖,舟中得暴疾。昏闷之际,见一人披发瞋目,厉声责曰:"汝误国害民,杀害忠良,我已诉于天矣,汝当受铁杖于太祖皇帝殿下。"桧自此怏怏不怿以死。未几,其子熺亦死。方士伏章见熺荷铁枷,因问:"秦太师何在?"熺泣曰:"吾父现在酆都。"方士如其言以往,果见桧与万俟卨俱荷铁枷,备受诸苦。桧嘱方士曰:"可烦传语夫人,东窗事犯矣!"卨在铁笼下与桧争辩杀岳飞事。①

宋无名氏《朝野遗记》②、曾慥《信笔录》③、《江湖杂记》④等也有相关记载,之后元明清各代不仅有许多文献有类似记载,而且戏剧、小说也大多吸收了这段故事的主要内容。

入元以后,岳飞故事的传播受到了相当的压抑。元与金一样,都是异族入主中原,对于岳飞故事中"壮志饥餐胡虏肉""直捣黄龙府"的种种气势,自然难以忍受。入元后,岳庙两次被废。元朝一代,杂剧、南戏只见"东窗事犯"一种题材,"说话"记载仅有一则。杨维桢《东维子文集》卷六《送朱女士桂英演史序》在介绍了朱桂英的身世及她擅记稗官小说后说:"因延至舟中,为予说道君艮狱及秦太师事,座客倾耳耸听。"⑤"秦太师事",据杨维桢《岳鄂王歌·小序》可知大概。小序曰:"予读飞传,冤其父子死,而阴报之事史不书,乃见于稗官之书。张巡之死,誓为厉鬼以杀贼,乌不知飞死不为厉以杀桧乎?"⑥杨维桢所听到的"秦太师事",极有可能和今本《说岳全传》第六十九回"打擂台同祭岳王坟,愤冤情哭诉潮神庙"、第七十二回"黑蛮龙三祭岳王坟,秦丞相嚼舌归阴府"的情节相类。

---

① 今《夷坚志》此条已佚,转引自《曲海总目提要》卷十三"精忠记"条,第605页,北京:人民文学出版社,1959。
② 〔宋〕无名氏:《朝野遗记》,见《笔记小说大观》第六编第三册,台湾:新兴书局,1981。
③ 曾氏原书已佚,《元一统志》"铁围山"条引录,见《永乐大典》卷2340,中华书局影印本。
④ 见〔清〕褚人获《坚瓠集》甲集卷四,杭州:浙江人民出版社,1986。
⑤ 《四部丛刊初编集部》《东维子文集》,第46页,上海:商务印书馆,1985。
⑥ 〔元〕杨维桢:《杨维桢诗集》,第279页,杭州:浙江古籍出版社,1994。

元孔文卿作《地藏王证东窗事犯》是现存最早的岳飞戏，保存在《元刊杂剧三十种》里，称为《大都新刊关目的本东窗事犯》，题目为"岳枢密为宋国除患，秦太师暗结勾反谏"，正名"何宗立勾西山行者，地藏王证东窗事犯"①。贾仲明的吊词提到"捻《东窗事犯》，是西湖旧本"②。按"西湖旧本"编写，当与当时流行的民间传说关系甚为密切。剧中把岳飞塑造成一个正气磅礴、忠孝两全、壮志难酬、负屈含冤的英雄形象，既有对含冤被诬的愤怒抗争，对皇帝不辨忠奸的控诉，更有对奸臣的切齿痛骂，比起后来只强调"为全忠孝"的作品丰满得多。剧本还借鉴民间传说，创作出"疯僧扫秦"和"何宗立诉说秦桧阴司受刑"二折，借助于民间的幽冥观念，表达出人们痛恨权奸，希望英雄沉冤得雪的爱憎感情，在舞台上历演不衰。元代能创造出如此感人的岳飞形象，与元蒙统治者的残暴统治，各级官吏违法乱纪，民众有冤难申的社会背景有关。

在南戏中，有明徐渭《南词叙录》"宋元旧篇"下著录的《秦桧东窗事犯》③，《永乐大典》卷三十七"戏文十五"著录为《秦太师东窗事犯》，惜剧本已不存，仅在《九宫正始》里存有佚曲五支。另外，宋元之际有无名氏所作《宋大将岳飞精忠》④，写岳飞绍兴十年（1140 年）在河南郾城大破金兀术"铁浮图""拐子马"的战役。剧中对拐子马的描写一直沿用到《说岳全传》，是岳家军与金兵交战的经典场面。

二、明代从故事、戏曲到小说文本

明代，岳飞故事进入持续发展阶段，涌现大批作品。明中叶之后，岳飞故事更是纷纷出现，这与当时社会环境有密切关系。明代后期，一方面，商品经济空前繁荣，市民阶层勃兴，促进了小说、戏曲等通俗文学的繁荣，另一方面，政治环境恶劣，宦官专权，异族入侵，岳飞之类英雄故事正是人们发泄心中怨愤，激励斗争意志的最好题材。这一时期岳飞题材的创作呈现两种不同的创作倾向："标举纪实"和"走向虚

① 宁希元校点：《元刊杂剧三十种新校》下册，第 82 页，兰州：兰州大学出版社，1980。
② 〔元〕钟嗣成、贾仲明：《新校录鬼簿正续编》，第 93～94 页，成都：巴蜀书社，1996。
③ 〔元〕徐渭著，李复波、熊澄宇注释：《南词叙录注释》，第 135 页，北京：中国戏剧出版社，1989。
④ 见王季烈《孤本元明杂剧》，北京：中国戏剧出版社，1958。

构"。这种"虚实分流"的创作走向,是在明人关于小说"虚实"理论探讨的大背景下形成的。"标举纪实"的有《大宋中兴通俗演义》系列小说与《精忠旗》传奇;"走向虚构"的包括《岳飞破虏东窗记》《精忠记》《续东窗事犯传》等,以及其他戏剧和说书作品,在数量上远远超出前者。即使"标举纪实"的作家,也免不了受到传说影响,加入一些虚构的情节。可见岳飞故事和其他题材的小说、戏剧的演变一样,由依傍史实而走向虚构情节,反映了小说、戏剧作为文学创作的内在的文体特性。

成化年间传奇《岳飞破虏东窗记》①和《精忠记》,是承元代"东窗事犯"系统而来,《精忠记》是《东窗记》的改编本。《东窗记》是最早以岳飞一生事迹来编写的戏剧作品,结构完整,情节丰富,描写细致,较以前截取岳飞故事某一段来敷衍的杂剧,呈现出更成熟的形态。它基本上包括了岳飞故事的大部分内容,从岳飞奉召出征写起,举凡朱仙镇大捷,十二道金牌召岳飞班师,秦桧东窗设计,大理寺审问,风波亭岳飞父子被害,银瓶投井,施全刺秦桧,疯僧扫秦,秦桧病死,阴审秦桧,岳飞全家死后为神等等历史的、传说的情节和原来元剧里的情节,都被一一容纳到这个戏里,其中的核心情节一直沿用于后来的岳飞故事。此剧还大大加强了对岳飞形象忠君思想、封建伦理道德意识的塑造。"父死于忠,子死于孝,妻女死于节义,忠良贤孝,萃于一门",为了保全忠孝之名,让岳云、张宪同死,这是岳飞故事中被论者斥为表现"愚忠"思想的行为最烈者。本剧最早描写此情节,后《说岳全传》加以沿袭发挥。

《精忠记》三十五出,吕天成《曲品·能品九》著录,不题撰人。②《精忠记》改编自《东窗记》,通过调换、合并、分拆、增订等方法,使剧情发展更为顺畅,重要情节更为突出,收到了更好的戏剧效果,较《东窗记》影响更大。青霞仙客《阴抉记》、陈衷脉《金牌记》及冯梦龙《精忠旗》皆改编自此剧,清焦循《剧说》卷六则载有多个观看《精忠记》以假当真,群情激愤,殴击秦桧扮演者的故事,可见该剧在当时影响之大。

除上述作品外,明代尚有不少虚构性较强的岳飞故事作品。戏剧

---

① 今存明代金陵富春堂刊本,四十折,《古本戏曲丛刊》初集收入。
② 〔明〕吕天成著,吴书荫校注:《曲品校注》,第186～187页,北京:中华书局,1990。

有张四维《双烈记》，演韩世忠与梁红玉事迹，杂糅民间传说，有较多虚构成分；陈与郊《麒麟罽》改编自《双烈记》，做了些增补，多虚构失实，较原作更芜杂。① 祁麟佳《救精忠》，《远山堂剧品》云："阅《宋史》，每恨武穆不得生。乃今欲生乎？有此词，而桧、卨死，武穆竟生矣。"②应写岳飞没有被害，直捣黄龙，为日后《如是观》等"翻精忠"的滥觞，今已佚。凌星卿《关岳交代》，《远山堂剧品》云："关壮缪、岳武穆平生，大略相类；但谓其一为天尊，一为天将，交代如人间常仪，则见属俚犀。惟勘桧、卨一案，或可步《昙花》后尘。"③可知虚构情节也不少，今已佚。陈衷脉《金牌记》、青霞仙客《阴抉记》均已佚，《远山堂剧品》著录。前者评曰："《精忠》简洁有古色，而详敷终推此本。且其联贯得法。武穆事功，发挥殆尽。"后者评曰："前半与《精忠》同。后半稍加改撺，便削原本之色。"④所谓"详敷""改撺"都是增加虚构的成分。邵灿的《香囊记》中也有岳飞领兵破兀术的内容。小说有赵弼《效颦集·续东窗事犯传》⑤、《古今小说·游酆都胡母迪吟诗》⑥，此处岳飞开始以神仙形象出现。明代董说《西游补》借孙悟空在"未来世界"为阎王审问秦桧，施以各种酷刑，最后把他化为脓血水，以解恨意，中间插入拜岳飞为师的情节，别出机杼。⑦

另外，明末岳飞故事在说书场上亦颇为流行。周郿峰《春酒堂文集·杂忆七传柳敬亭》记载：

> 癸巳值柳敬亭天虞山，听其说数日，见汉关壮缪（关羽）、唐李（光弼）郭（子仪），见宋鄂（岳飞）蕲（韩世忠）二王。剑戟刀槊，钲鼓起伏，髑髅模糊，跳踯绕座，四壁阴风旋不已。予发肃然指，几

---

① 参见郭英德《明清传奇综录》，第 162~163 页，石家庄：河北教育出版社，1997。

② 〔明〕祁彪佳：《远山堂剧品》，《中国古典戏曲论著集成》六集，第 164 页，北京：中国戏曲出版社，1959。

③ 〔明〕祁彪佳：《远山堂剧品》，《中国古典戏曲论著集成》六集，第 192 页，北京：中国戏曲出版社 1959。

④ 〔明〕祁彪佳：《远山堂剧品》，《中国古典戏曲论著集成》六集，第 74、91 页，北京：中国戏曲出版社，1959。

⑤ 〔明〕赵弼：《效颦集》，第 57~66 页，北京：古典文学出版社，1957。

⑥ 〔明〕冯梦龙著，许政扬校注：《喻世明言》，第 504~516 页，北京：人民文学出版社，1995。

⑦ 〔明〕董说：《西游补》第九回，第 38~45 页，上海：上海古籍出版社，1983。

欲下拜,不见敬亭。①

文中说到"宋鄂(岳飞)蕲(韩世忠)二王",必是在说岳飞故事,听众有"发肃然指,几欲下拜"的激动,技艺之高可想而知。清初李玉《清忠谱》第二出"书闹",描写姑苏城李王庙前的李海泉讲说《岳传》,并引录大段说书原文,内容为韩世忠"雄州关"抗金一段,写韩忠心报国,雄州关立下功劳,却被奸臣童贯诬以"按兵不举"罪名囚解。② 此段故事既不见于《宋史·韩世忠传》,也不见于《说岳全传》,与此相近的是第十七回"梁夫人炮炸失两狼"。此段文字是目前唯一能看到明代演说《岳传》的记录,说明明代岳飞故事在杭州以至江南一带说书场上十分流行,而且有各种不同内容的故事。

嘉靖年间出现了第一部取材于岳飞故事的长篇通俗小说——熊大木编《大宋中兴通俗演义》。明中叶通俗小说的繁荣,印刷技术的进步,造纸业、出版业的发展,使坊刻业盛极一时,大量通俗小说被书坊刊刻,广泛传播。《大宋中兴通俗演义》问世后,即风行一时,仅据至今尚存的刊本统计,它在明后期至少曾被七家书坊翻刻,同时还有精美抄本传入皇宫。③《大宋中兴通俗演义》的编写方法是:"以王本传行状之实迹,按《通鉴纲目》而取义。至于小说与本传互有同异者,两存之以备参考。"④可见此书是以史书为框架,主要倾向是"纪实",但也吸收一部分民间传说资料。此书写了岳飞传奇式的一生,但涉及岳飞以外的人物和事件十分庞杂,而且插入大量表、书、诏令等,难怪后来的删节者以此书芜杂而病之。

明末两部岳飞小说都是在《大宋中兴通俗演义》的基础上删节而成。《岳武穆精忠传》六卷六十八回,邹元标编订,将回目改为偶句,合并、删去部分内容,与《大宋中兴通俗演义》差别不大。《岳武穆尽忠报国传》七卷二十八回,于华玉编。于华玉认为《大宋中兴通俗演义》荒

---

① 转引自胡士莹《话本小说概论》,第 380 页,北京:中华书局,1980。

② 原文见李玉《清忠谱·书闹》,王起主编《中国戏曲选》,第 863~866 页,北京:人民文学出版社,1985。

③ 孙楷第《日本东京所见小说书目》论及《大宋演义中兴英烈传》时曾云:"余曾见法人铎尔孟氏藏一明抄大本。图嵌文中,彩绘甚工,虽不免匠气的是嘉靖时内府抄本。则当时此书曾进御矣。"

④〔明〕熊大木:《大宋中兴通俗演义序》,据明万历书林万卷楼刊本。

诞情节太多,所以"痛加剪剔,务其简雅","正厥体制,芟其繁芜,一与正史相符"①。这样删削的结果,减弱了小说的生动性、传奇性,变成正史的复述,失去了小说作为艺术品的审美价值。

改编自《精忠记》的《精忠旗》传奇也标举"纪实"的旗帜。崇祯墨憨斋刻本,《古本戏曲丛刊》二集收入,署"西陵李梅实草创","东吴龙子犹详定"。李梅实生平不详,龙子犹即冯梦龙。冯梦龙不满《精忠记》的"俚而失实",过分吸收民间传说故事,虚构情节而违史实,因此据《宋史》本传和《汤阴庙记》进行改编②,删去部分虚构尤其是迷信色彩较浓的情节。在删削的同时增加了部分内容,如第二折"岳侯涅背"、第四折"逆桧南归"、第六折"奸党商和"、第九折"御赐忠旗"、第十六折"北朝复地"等,通过这些增入或修订,使岳飞之忠、秦桧之奸、金人之骄更为突出,具有极强的感染力。另外,还增入一些早已流传而未见于《精忠记》的故事,如第三十二折《湖中遇鬼》、第三十四折《岳庙进香》、第三十五折《何立回话》等。对于增入这些不见于史书的情节,冯梦龙亦承认"微有妆点"。可见即使强调"纪实"的作家,也免不了吸收民间传说的"虚构"成分。

三、清初从故事、戏曲到小说文本

清代,岳飞故事进入成熟阶段,作品多带有浓烈的"英雄传奇"色彩。清初四部戏剧作品,都采用"虚实结合"的创作手法,极力突出岳飞以至岳雷的传奇经历和英雄色彩。

《续精忠》与《如是观》叙述的内容,均不见于史书,前者写岳飞死后,其子岳雷和牛皋之子牛通等人,为岳飞报仇,诛杀秦桧父子;后者大书岳飞直捣黄龙,迎还二圣。两剧均不满意前代作品对于岳飞遇害的处理,力图摆脱历史的本来面貌,创作出合乎读者意愿的故事结局,理想化色彩十分浓烈,后者尤甚。《续精忠》二卷二十五出,现存清代绥中吴氏藏旧抄本,《古本戏曲丛刊》二集收入。此剧为岳飞死后的故事提供了一个范式,就是以岳雷为主的岳家小将故事。从故事结构的角度来说,打破了元明以来岳飞冤死,秦桧地狱受刑的结局,把岳飞故

---

① 〔明〕于华玉:《岳武穆尽忠报国传凡例》,据明崇祯友益斋刊本。
② 参见《曲海总目提要》卷九"精忠旗"条,北京:人民文学出版社,1959。

事分成"岳飞一生"与"岳家小将"两部分,加入岳飞后代为父报仇,手刃秦桧一家,以及大破金兵的结局,表达了人民的善良愿望。这种安排为《说岳全传》所沿用。

《如是观》一名《倒精忠》《翻精忠》,二卷三十出。①《曲海总目提要》谓:"闻系明末时吴玉虹作,以《精忠》直叙岳飞之死,而秦桧受冥诛,未足快人意,乃作此以翻案,述飞大功,桧受显戮,一善一恶,当作如是观。"②《如是观》是人们对岳飞高度崇拜的产物,人们非但不满足于过去流行的阴间果报故事,也不满足于岳雷为父报仇,非要岳飞直捣黄龙,迎还二圣,诛杀秦桧不可。《如是观》,清初在反清意识极度浓烈的江南一带甚为流行,可见其时代意义。

朱佐朝《夺秋魁》③和李玉《牛头山》④,分别写岳飞少年和中年的英雄事迹。《夺秋魁》分上下两卷,上卷写岳飞秋试夺状元、力劈小梁王柴贵,不见于《宋史·岳飞传》,下卷写岳飞洞庭湖征剿杨么,据正史增饰,虚实参半。《说岳全传》中都有相关情节,演变轨迹极为明显。《牛头山》主要写岳飞牛头山保驾、大败金兵的故事,于史无证。《说岳全传》第三十六回至第四十二回基本上是据此剧敷衍,插入许多情节和人物,如"呼延灼救驾""牛皋运粮与下书""高宠挑滑车""岳云锤震金弹子"等等。

岳飞故事经过五百多年的流传演变,经过民众的传说,艺人的加工,戏曲与小说作家的创作,到这时已具备相当丰满的人物形象和曲折复杂的故事情节。文人钱彩将种种故事综合起来,加以整理加工,创作出集大成之作《说岳全传》。《说岳全传》全称《精忠演义说本岳王全传》,二十卷八十回,封面题"仁和钱彩锦文氏编次,永福金丰大有氏增订"。作者钱彩生平无考,书前有金丰《序》,上署"甲子孟春上浣,永福金丰识于余庆堂","甲子"为康熙二十三年(1684年)或乾隆九年

① 见杜颖陶、俞芸编《岳飞故事戏曲说唱集》,第219～313页,上海:上海古籍出版社,1985。
② 参见郭英德《明清传奇综录》,第553～554页,石家庄:河北教育出版社,1997。
③ 见杜颖陶、俞芸编《岳飞故事戏曲说唱集》,第7～56页,上海:上海古籍出版社,1985。
④ 现存丹徒严氏藏旧抄本,《古本戏曲丛刊》三集收入。

（1744年）。①

《说岳全传》对前代岳飞故事的结构模式重新调整，以岳飞一生事迹为主线，旁及宋金交兵故事，结构上以岳飞冤死为界，前段叙述岳飞出生到遇害，后段叙述岳飞遇害后岳雷等人的故事。按此框架，编书者把前代相关故事加以增删和改动，重新编排。第一是加入大量的情节来塑造岳飞的英雄形象。首先详尽描述岳飞出生到赴秋闱的少年时代：以第一、二回来交代整个故事的主题和主角，展示岳飞先天地存在的神性；通过写岳飞拜师周侗，与牛皋、王贵、汤怀四人结义，沥泉洞杀蛇得神枪，与宗泽谈兵，枪挑小梁王，着意渲染岳飞少年英雄的形象。其次，着力描写岳飞与金兵交战的神勇，如一战败粘罕，二战败兀术，这些情节均不见于早前的岳飞故事。经过一系列描写树立岳飞屡破金兵的英雄形象。再次，叙述岳飞平乱过程中，义降吉青、余化龙、何元庆、杨再兴、王佐等将，进一步强化岳飞义结天下豪杰的英雄形象。后段是岳传中虚构性最强的部分，除了叙述以岳雷为中心的岳家小将大破金兵的故事，而且穿插了早已出现且相对定型的"东窗事犯""疯僧扫秦""胡母迪游地狱"等故事。第二是在戏剧作品的基础上进一步着力渲染英雄意识和传奇色彩，凸显"英雄传奇小说"的特征，即金丰所说"以言乎虚，则有起、有复、有变之足观"②。

除重整结构模式外，小说还以浓墨重彩强化人物的典型性。以"岳武穆之忠，秦桧之奸，兀术之横"以及"牛皋之义"③最为突出，岳飞的忠君形象发展至巅峰：从其幼年即性格刚毅，文武双全，写到投军抗敌大展神勇，使金人闻名胆丧，再到为国君平定内乱，义结豪杰；牛头山保驾，临危受命，舍身救主；北伐金人，兵至朱仙镇，场场大战，触目

---

① 关于"甲子"的确切时间，目前因资料不足尚无法定论，学界也有不同意见。李梦生《中国禁毁小说百话》中"甲子一般认为是康熙二十三年"；《中国通俗小说总目提要》中"清康熙间金氏余庆堂刻本"；柳存仁《伦敦所见中国小说书目提要》认为"最近的一个甲子是乾隆九年，这大约是这部书的成书时代"；张俊《清代小说史》认为"甲子，当为康熙二十三年（1684年），一说指乾隆九年（1744年）"；《中国古代小说百科全书》中石昌渝认为"甲子为康熙二十三年或乾隆九年，可知成书当在康乾间"。

② 〔清〕金丰：《说岳全传序》，见钱彩编次、金丰增订《说岳全传》，第1页，上海：上海古籍出版社，1995。

③ 〔清〕金丰：《说岳全传序》，见钱彩编次、金丰增订《说岳全传》，第1页，上海：上海古籍出版社，1995。

惊心,较《宋大将岳飞精忠》《精忠记》《精忠旗》的描述更峰回路转,曲折动人,抗敌为国的英雄形象无出其右;最后以奉诏班师,狱中惨受酷刑而不屈,至风波亭遇害,忠君形象发展至巅峰,岳飞忠君爱国的典型形象至此臻为完善。当然,岳飞的"愚忠"也是论者最为诟病的一点。如岳飞奉诏班师一事,前代作品多写岳飞大破金兵,意欲直捣黄龙之际受金牌之召班师,是逼不得已之举,《说岳全传》则由岳飞亲口说出不顾一切班师的原因:

> 本帅因枪挑小梁王,逃命归乡,年荒岁乱,盗贼四起。有洞庭湖杨幺差王佐来聘本帅,本帅不曾去,却结识了王佐,故有断臂之事。我母恐我一时失足,将本帅背上刺了"精忠报国"四个大字,所以一生只图尽忠。既是朝廷圣旨,那管他奸臣弄权。①

这里展示了岳飞"尽忠"的思想本质,再加上要岳云、张宪同来受死的行为,使岳飞"愚忠"的典型达到无以复加的地步。

《说岳全传》结构波澜壮阔,情节一环紧扣一环,人物形象典型生动,有"令人听之而忘倦"②的效果,同时高扬的民族意识和忠奸之辨的思想内容符合平民百姓的认识,使它拥有广大的读者。《说岳全传》问世以后,很快取代其他说岳题材的小说,广泛流传。其后产生的有关岳飞题材的戏曲、说唱等各种文艺形式,大多从《说岳全传》取材加以改编。因此,《说岳全传》问世以后,岳飞故事的传播就变成了以《说岳全传》为主角的传播。从清中后期到整个 20 世纪,以《说岳全传》改编的岳飞故事蔚为大观,从传统的戏曲、曲艺、小说,到近现代电影乃至今天的网络文学等等,以各种传播形式在民众中间敷衍流传。

---

① 〔清〕钱彩编次,金丰增订:《说岳全传》,第 351 页,上海:上海古籍出版社,1995。
② 〔清〕金丰:《说岳全传序》,见钱彩编次、金丰增订《说岳全传》,第 1 页,上海:上海古籍出版社,1995。

第五章
传播诠释论

第一节 百回本《水浒传》的文本构成与意义诠释

一、问题的提出

按照诠释学的理论,文本意义的实现有赖于理解和诠释,诠释是文学作品的存在方式。如同加达默尔所说:"谁通过阅读把一个文本表达出来(即使在阅读时并非都发出声音);他就把该文本所具有的意义指向置于他自己开辟的意义宇宙之中。"①这种观点虽有一定的道理,但也有片面之处。文学作品既是读者阅读的对象,也对阅读、诠释有着客观规定性。《水浒传》作为一部优秀的古代文学作品,有着十分广阔的诠释空间,但是,这种诠释空间又不是无限的和不确定的。以往研究者对《水浒传》的诠释可谓众说纷纭,莫衷一是,甚至相互辩难,歧见迭出。在读者与文本的互动中,其意义被不断发现,不断丰富,不断扩大,不断更新,充分体现了诠释的多样性、历史性和时代性。然而对诠释的客观规定性却重视不够,因

---

① 〔德〕加达默尔著,洪汉鼎译:《真理与方法》,第649页,上海:上海世纪出版集团译文出版社,1999。

而导致对其意义诠释的主观随意性,似乎《水浒传》可以根据主观理解和时代政治的需要而任意解读,以至于违反作品文本自身的客观规定性,造成误读和曲解。

文学作品的客观规定性包含众多因素,文本构成则是众多因素之一。《水浒传》的成书过程比较复杂,在文本最终写定之前,已经有史书、野史、笔记、话本、戏曲及传闻对其故事做了种种不同的描述。因此,不少学者认为,《水浒传》的文本是由民间创作与文人加工共同完成的,或主张集体创作说,或持文人写定说。早在20世纪上半叶,鲁迅、胡适、李玄伯、俞平伯等学者都对此做过深入研究。鲁迅先生就小说中的征辽情节指出:

> 然破辽故事虑亦非始作于明,宋代外敌凭陵,国政弛废,转思草泽,盖亦人情,故或造野语以自慰,复多异说,不能合符,于是后之小说,既以取舍不同而分歧,所取者又以话本非一而违异,田虎王庆在百回本与百十五回本名同而文迥别,迨亦由此而已。[①]

这段话有三层意思:其一,有关梁山好汉的故事在社会上流传甚广;其二,《水浒传》的文本因写定者取舍不同而产生分歧;其三,文本的构成直接决定着文本的意义。

胡适先生根据他当时所掌握的资料,认为最早的本子大概是“招安以后直接平方腊的本子,既无辽国,也无王庆田虎,这个本子可叫做‘X’本……也许就是罗贯中的原本”。这一认识来源于有关宋江的早期记载,如《大宋宣和遗事》等。胡适又说,后来有人“硬加入田虎王庆两大段,便成了一种更长的本子……这个本子可叫做‘Y’本”。“后来又有一种本子出来,没有王庆田虎两大段,却插入了征辽国的一大段。这个本子可叫做‘Z’本。”[②]这就是说,《水浒传》文本因写定者取舍增删的不同而出现种种不同的版本。胡适先生进而认为,明嘉靖年间武定侯郭勋家中传出的本子是假托郭勋之名,此本“虽根据‘X’‘Y’等本子,但其中创作的成分必然很多。这位改作者(施耐庵或汪道昆)起手确想用全副精力做一部伟大的小说,很想放手做去,不受旧材料的拘

---

① 鲁迅:《中国小说史略》,第114页,北京:东方出版社,1996。

② 胡适:《中国章回小说考证·百二十回本忠义水浒传序》,第119~120页,上海:上海书店据实业印书馆1942年版复印,1979。

束,故起首的四十回(从王进写到大闹江州),真是绝妙的文字。……但作者到了四十回以后,气力渐渐不加了,渐渐地回到旧材料里去,草草地把他一百零八人都挤进来,草草地招安他们,草草地送他们去征方腊。这些部分都远不如前四十回的精彩了。七十回以下更潦草的厉害,把元曲里许多幼稚的《水浒》故事,如李逵乔坐衙,李逵负荆,燕青射雁等等,都穿插进去。拼来凑去,还凑不满一百回。王庆田虎两段既全删了,只好把'Z'本中篇幅较短的征辽国一段故事加进去"①。胡适认为,尽管百回本《水浒传》的前四十回、中间三十回和后三十回存在着艺术上的明显差异,却完成于一位写定者之手。造成这种现象的主要原因,胡适认为是写定者"渐渐地回到旧材料里去"。这就是说,由于部分情节源于已有故事,因此造成全书文本构成的不平衡。至于写定者为何要"草草地招安他们",为何要"草草地送他们去征方腊",为何要把王庆田虎两段删掉,又为何要把征辽故事加进去,胡适先生没有做进一步的分析。

这一观点被后来许多学者所认可,同时也认识到文本构成的差异所造成的各部分意义的不同。如袁世硕先生指出:

> 《水浒传》这一百回小说,大体上说是叙写梁山泊起义军的初步形成(第一回为引子,从第二回王进被迫走关西到第四十回白龙庙小聚义)、发展壮大(从第四十二回宋江受天书到第七十一回梁山忠义堂排座次),到梁山泊全伙受招安、征辽、征方腊,从而遭到毁灭的结局。……这样三个有内在联系的部分,叙写的重心,表现的意旨,蕴含的思想精神,则有所转移、变化,并不完全一致,可以说是形成了音调不同的三部曲。②

也有学者认为《水浒传》全书贯串着一条主线,各个故事又有相对独立性。如齐裕焜先生论道:

> 《水浒传》的主题思想呈现出多元融合的趋势。我们既要看到施耐庵们表现"忠奸斗争"的创作意图,又要看到作品实际展示了歌颂农民革命的客观意义。既要看到忠奸斗争的思想是把全

---

① 胡适:《中国章回小说考证·百二十回本忠义水浒传序》,第125~126页,上海:上海书店据实业印书馆1942年版复印,1979。
② 袁世硕:《水浒传·前言》,第7页,济南:山东文艺出版社,1995。

书串联在一起的主线，又要看到串联在这一条主线上的英雄小传和相对独立的故事，是闪耀着农民革命思想和市民道德理想的珍珠。所以，我们在分析《水浒传》复杂的思想内容时，要把作者的主观意图与作品的客观意义区分开来，把《水浒传》的部分章节与贯串全书的主线、局部与整体区分开来，这样才能摆脱那种非此即彼的简单的逻辑判断，承认《水浒传》的思想内容是农民阶级、市民阶层和封建进步知识分子思想的多层次的融合，承认《水浒传》是既矛盾又统一的艺术整体，也许这样一来的认识更符合《水浒传》的实际。①

齐裕焜先生根据"《水浒传》的实际"，也就是小说的文本构成做出这样的诠释：从作者的主观意图、贯串全书的主线和小说的整体意义来看，其主旨是"忠奸之争"；从作品的客观意义、部分章节和小说的局部来看，则"闪耀着农民革命思想和市民道德理想"。这一观点基本符合小说文本的实际，但应指出的是，在分析作者主观意图时，使用了传统的伦理道德观念即"忠义"，在分析客观意义时，使用了当今的观念即"农民革命""市民道德理想"，因此，两者自然会出现不一致、不协调。

但也有不同见解出现，如侯会先生推测："《水浒传》最精彩的前半部（大致为前四五十回）当由一位才华横溢又愤世嫉俗的下层文人独立创写；小说不同凡响的思想艺术成就，也是由这前半部书奠定的。至于小说后半部的续写整理，则很可能如某些学者所说，是由郭勋门客之流接笔完成，时间当在嘉靖初年，要迟于天才作家的早期创写。"②这就是说，文本完成于不同编写者之手。要之，《水浒传》的文本整体与部分之间、部分与部分之间存在着明显的差异，从而导致文本构成的复杂化并影响着对文本意义的诠释，只有对《水浒传》的文本构成有一个正确的认识和把握，才能够对其意义做出合乎实际的诠释。

实际上，无论百回本《水浒传》是出于一位写定者之手，还是出于众人之手，为了寄托自己的理想情怀，最后的写定者对原有的记载、故事均做了必要的取舍、修改。将百回本《水浒传》与此前正史、野史、笔记、话本、戏曲有关记载进行比较，辨明《水浒传》对原有故事做了怎样

---

① 齐裕焜主编：《中国古代小说演变史》，第 241 页，兰州：敦煌文艺出版社，1990。
② 侯会：《疑〈水浒传〉前半部撰于明宣德初年》，载《文学遗产》2005 年第 5 期。

的取舍和加工改造；原有故事在写进全书后发生了什么变化，写定者为何要做这种加工改造，这些取舍和修改如何影响着小说的文本构成等等，对于理解把握小说的文本意义具有重要作用。金圣叹在《水浒传》第一回回前评中慨叹："吾特悲读者之精神不生，将作者之意思尽没，不知心苦，实负良工。"①或许有些研究者不同意这种观点，认为小说写定者的意图不能限定小说文本的意义。但不可否认的是，小说写定者的良苦用心直接决定着文本的构成，因而应成为对作品诠释时的重要依据。

二、关于前十三回

侯会先生通过对《水浒传》人物出场诗的考察，得出一个很有启发性的看法："前十三回（严格地讲是十二回半）的内容，是由另外的作者补写的；十二回以后的部分，才是《水浒》的原始面貌。试将前十三回删掉，我们会发现，摆在人们面前的仍是一部完整的《水浒传》。"②这一问题，聂绀弩先生也曾提出："最早的《水浒》本子，当只有宋江、晁盖等人的故事，很可能就是从时文彬升厅开始的。以前的那些人物：林冲、鲁智深、史进，甚至杨志在内，都和晁盖、宋江他们没有关系。……所以以前的差不多十三回，都可能是后加的。"③把《大宋宣和遗事》与百回本《水浒传》稍做比较，可以发现这一说法有一定道理。《大宋宣和遗事》"元集"开头即写杨志卖刀，接下来便是智取生辰纲，晁盖、宋江早早便已出场。④百回本《水浒传》却在此前加上了王进、史进、鲁智深、林冲等人的故事，从而使文本显得十分独特。这样一种文本构成，实际上对全部文本的意义都有着重要影响，值得推敲。

《水浒传》前七十回主要叙写众好汉上梁山的过程，在此之前，却先写了一位为躲避高俅迫害而私走延安府的禁军教头王进。对此，胡适先生做出如下解释：

---

① 《水浒传》，第2页，济南：山东文艺出版社，1995。
② 侯会：《〈水浒〉源流新证》，第279～280页，北京：华文出版社，2002。
③ 聂绀弩：《论〈水浒〉的思想性和艺术性是逐渐提高的》，载《中国古典小说论集》，上海：上海古籍出版社，1981。
④ 〔宋〕无名氏：《大宋宣和遗事》，见朱一玄《明清小说资料选编》，第275～281页，济南：齐鲁书社，1990。

　　郭本的改作者却看中了王庆被高俅陷害的一小段,所以把这一段提出来,把王庆改作了王进,柳世雄改作了柳世权,把称王割据的王庆改作了一个神龙见首不见尾的孝子,把一段无意识的故事改作了一段最悲哀动人又最深刻的《水浒》开篇。①

　　王进的故事是否确如胡适所说,是由王庆改编而来,姑且不论。胡适从文本的构成入手,意识到这种开篇"最悲哀动人又最深刻",却很有道理。至于其深刻表现在何处,值得人们深思。王进与后来同样遭到高俅迫害的林冲不同,他没有投奔梁山,而是"私走延安府"。因此,王进的故事不在于揭示"官逼民反""乱自上作"的旨意,因为他既没"反",也没"乱"。王进之所以要去延安府,小说交代得很明白:第一,"那里是用人去处,足可安身立命";第二,"那里是镇守边庭,用人之际,足可安身立命"。王进三番五次强调去延安府的理由,就是要镇守边庭,这与后来梁山好汉接受招安、"奉诏破大辽"用意一致。可见小说写定者在开篇就为全书的意义定下基调,这一基调不是"赞美农民革命",也不是鼓吹"官逼民反""乱自上作",而是避开当道的奸佞,去寻找自己的用武之地,为国家效力。

　　王进故事结束后,接下来是史进的故事。龚开《宋江三十六赞》"九纹龙史进"的赞语为:"龙数肖九,汝有九文。盍从东皇,驾五色云?"②胡适认为其中含有"希望草泽英雄出来重扶宋室的意思"。③《大宋宣和遗事》中也有九纹龙史进之名。值得注意的是,《水浒传》中的史进开始时专与盗贼为敌。他指斥陈达说:"汝等杀人放火,打家劫舍,犯着弥天大罪,都是该死的人。"陈达回答:"四海之内,皆兄弟也。"史进却说:"什么闲话!"竟将陈达活捉了,准备"解官请赏"。朱武、杨春为解救陈达,双双来到史进庄前,表示愿与陈达一起"就英雄手内请死"。史进寻思道:"他们直恁义气!我若拿他去解官请赏时,反教天下好汉们耻笑我不英雄。"又对他们说道:"你们既然如此义气深重,我

　　① 胡适:《中国章回小说考证·百二十回本忠义水浒传序》,第125页,上海:上海书店据实业印书馆1942年版复印,1979。

　　② 〔宋〕周密:《癸辛杂识续集》,见朱一玄《明清小说资料选编》,第269~272页,济南:齐鲁书社,1990。

　　③ 胡适:《中国章回小说考证·水浒传考证》,第15页,上海:上海书店据实业印书馆1942年版复印,1979。

若送了你们,不是好汉。"不仅不将三人解送官府,反而与三人结为朋友。当官府闻讯前来捕拿陈达等人时,史进表明"若是死时,与你们同死,活时同活"的决心。四人杀死仇人和前来拘捕的都头后,来到少华山寨,朱武等要挽留史进,史进说道:"我今去寻师父,也要那里讨个出身,求半世快乐。"史进与师父王进的想法一样,也要在边庭上"讨个出身"。① 金圣叹对此评道:"可见英雄初念,亦止要讨个出身,求半世快乐耳。必欲驱之尽入水泊,是谁之过欤? 此句是一百八人初心。"②由此可见,史进与王进一样,也不愿落草为寇,也想去边庭立功,同时在王进故事的基础上,增加了对"义气"的推重。

高俅逼走王进后,又将林冲逼上梁山,其用意或如金圣叹所说,是为了表明"乱自上作"。有趣的是,在高俅设计迫害林冲之前,小说讲述的却是鲁智深的故事,从而使小说的文本结构与"乱自上作"之间再次产生疏离效应。按照情节进展,并非没有鲁智深出场便引不出林冲的故事,这就不能不引起思考:在鲁智深的故事中,小说写定者又寄予怎样的用意呢? 在宋元梁山好汉的有关资料中,鲁智深是一个比较活跃的人物。南宋罗烨《醉翁谈录》记载的宋代话本小说名目中就有《花和尚》③,龚开《宋江三十六赞》中"花和尚鲁智深"的赞语是:"有飞飞儿,出家尤好。与尔同袍,佛也被恼。"《大宋宣和遗事》三十六位将领中也有"花和尚"鲁智深,当其他三十三人都已聚齐时,鲁智深和张横、呼延绰尚未加入进来。然后说,"那时有僧人鲁智深反叛,亦来投奔宋江"。现存 22 种元杂剧剧目中虽然没有以鲁智深为主角的戏,但在康进之的《李逵负荆》中,鲁智深被歹徒冒名顶替,并与宋江一起下山对质。元明间杂剧无名氏所撰《鲁智深喜赏黄花峪》(存)、《鲁智深大闹消灾寺》(佚)都以鲁智深为主角,前者剧本保存在《孤本元明杂剧》中,写鲁智深投宿黄花峪云岩寺,正值梁山好汉追拿的歹人蔡衙内躲避在此,鲁智深将其擒获,带往梁山处死。另一剧《梁山五虎大劫牢》中鲁智深是次要角色,第三折他的上场诗曰:"敢战官军胆气粗,经文佛法

---

① 《水浒传》,第 32~43 页,济南:山东文艺出版社,1995。
② 《水浒传》,第 43 页,济南:山东文艺出版社,1995。
③ 〔宋〕罗烨:《醉翁谈录·甲集卷一·舌耕序引·小说开辟》,见朱一玄《明清小说资料选编》,第 268 页,济南:齐鲁书社,1990。

半星无。裓裟影里真男子,削发丛中大丈夫。"①

在上述故事中,鲁智深"路见不平,拔刀相助"的特点还不是那么明显,然而在《水浒传》中,鲁智深最突出的性格特征便是急人所难,无拘无束。为救助素不相识的金老父女,他三拳打死了镇关西,又大闹五台山。为救助林冲而不惜得罪高俅,最后无处安身,只好去二龙山落草。鲁智深的落草与林冲有所不同,他的落草实在有些"好汉做事好汉当"的味道,是江湖义气促使他最终走上了梁山。也就是说,通过鲁智深的故事,小说肯定赞美的是他那"禅杖打开危险路,戒刀杀尽不平人"的英雄豪气。一部大书,以王进、史进和鲁智深三人的故事开篇,强调的是到边庭立功,即"忠于朝廷"和对义气的推崇。显然,传统伦理道德观念中的"忠义",成为百回本《水浒传》前数回要表现的主要内容。

在现存梁山好汉的各种资料中,尚未发现林冲独自一人被逼上梁山的故事。龚开《宋江三十六赞》中没有林冲的名字,《大宋宣和遗事》中林冲是十二指使之一,与杨志等结义为兄弟,一起去太行山落草为寇。在宋江得到的九天玄女娘娘的天书中,有了林冲的姓名及绰号。在现存二十余种元杂剧的剧本或剧目中,均未见关于林冲的剧目。只是在元明间无名氏《梁山七虎闹铜台》中,林冲作为配角出现,并有一首上场诗:"从在东京为教首,今来山内度时光。银甲金盔光闪烁,青骢战马紫丝缰。"②林冲的身份是"东京教首",与小说中林冲的身份极为相似。他在该剧中的作用却微乎其微,其地位并不多么重要。

在小说《水浒传》中,林冲却成为举足轻重的人物。小说写定者将其故事置于全书前面,当然有其深刻用意。学界的普遍观点是,林冲是被高俅逼上梁山,因此体现了"官逼民反""乱自上作"的用意和题旨。但认真分析,林冲初上梁山并未受到应有的欢迎,反而受到气量狭小的山寨头领王伦的刁难。小说写定者安排给他一个重要任务,即火并王伦。在除掉王伦之后,吴用要扶林冲为山寨之主。林冲大叫

---

① 〔元〕无名氏:《梁山五虎大劫牢》,载《孤本元明杂剧》(三),中国戏剧出版社影印涵芬楼藏版。

② 〔元〕无名氏:《梁山七虎闹铜台》,载《孤本元明杂剧》(三),中国戏剧出版社影印涵芬楼藏版。

道:"我今日只为众豪杰义气为重上头,火并了这不仁之贼,实无心要谋此位。今日吴兄却让此第一位与林冲坐,岂不惹天下英雄耻笑!……今有晁兄,仗义疏财,智勇足备,方今天下,人闻其名,无有不伏。我今日以义气为重,立他为山寨之主,好么?"十一位头领排好座次后,晁盖命大伙"竭力同心,共聚大义"。"自此梁山泊十一位头领聚义,真乃是交情浑似股肱,义气如同骨肉。"①小说写定者编撰林冲故事的用意,一是感叹英雄处处被人欺侮乃至于无立足之地的不幸与悲哀,揭露嫉贤妒能的社会现实;二是通过林冲火并王伦,体现梁山英雄的义气。

三、"智取生辰纲"与晁盖、杨志

"智取生辰纲"是《水浒传》的大关目。这一故事在《大宋宣和遗事》中也是比较重要的内容,将两者做一比较,可以看出小说写定者的用意。《大宋宣和遗事》中,"北京留守梁师宝,将十万贯金珠、珍宝、奇巧段物,差县尉马安国一行人,担奔至京师,赶六月初一日为蔡太师上寿"②。小说中则首先交代梁中书乃蔡京之婿,为感谢蔡京的提携之力,准备将十万贯钱的金银珠宝送给蔡京祝寿,这就把祝寿与朝廷奸佞的勾结联系起来。《大宋宣和遗事》对晁盖等八人的来历未做任何交代,他们劫取生辰纲就是为了劫财。被官府发现后,他们认为"劫了蔡太师生日礼物,不是寻常小可公事,不免邀约杨志等十二人,共有二十个,结为兄弟,前往太行山梁山泊去落草为寇"③,使用的是中性话语。小说则不然,智取生辰纲成为一曲江湖义气的赞歌。先写晁盖"祖是本县本乡富户,平生仗义疏财,专爱结识天下好汉,但有来投奔他的,不论好歹,便留在庄上住;若要去时,又将银两赍助他起身"④,可见晁盖是一位声名远扬的义士,并非重财之人。再写晁盖认义东溪村,救下刘唐。其中出现的两个都头朱仝和雷横,皆以"仗义"闻名。

---

① 《水浒传》,第315~320页,济南:山东文艺出版社,1995。

② 〔宋〕无名氏辑:《大宋宣和遗事》,见朱一玄《明清小说资料选编》,第276页,济南:齐鲁书社,1990。

③ 〔宋〕无名氏辑:《大宋宣和遗事》,见朱一玄《明清小说资料选编》,第277页,济南:齐鲁书社,1990。

④ 《水浒传》,第217~218页,济南:山东文艺出版社,1995。

刘唐认为生辰纲乃"不义之财,取而何碍。便可商议个道理,去半路上取了,天理知之,也不为罪"①。突出了劫取生辰纲乃正义之举。因此,金圣叹连连赞曰:"可见是义旗。"②

第十五回"吴学究说三阮撞筹",最能见出智取生辰纲的义气。阮氏弟兄先是说梁山"几个贼男女聚集了五七百人,打家劫舍,抢掳来往客人",因此"绝了我们的衣饭",继而又羡慕他们"不怕天,不怕地,不怕官司,论秤分金银,异样穿绸锦,成瓮吃酒,大块吃肉,如何不快活!我们弟兄三个,空有一身本事,怎地学得他们"!③当吴用说明来意后,他们又说:"这腔热血,只要卖于识货的!"然后,公孙胜前来应"七星聚义"。可见智取生辰纲是出于对生活现状的不满,是出于对当政者榨取民脂民膏的义愤。他们显然不是被逼上梁山,而是主动出击。正如李贽所评:"晁盖、刘唐、吴用,都是偷贼底。若不是蔡京那个老贼,缘何引得这班小贼出来?"④着重强调他们的"义气"。

与此相关的是晁盖在梁山上的地位和作用。侯会先生指出:

> 在《水浒传》的众多谜团中,晁盖之谜最不易解。……他一出场,小说作者便介绍他"人物轩昂,语言洒落"(第十五回),分明是一派领袖风度,很像要率领众人大干一场的样子。可是他后来的表现却令人失望,不过是结交了七八条好汉,劫了一宗财货。此后又火并王伦,杀了一个虽说胸襟不宽,却也是绿林朋友的白衣秀士王伦。至于与官军、土豪等恶势力的直接对抗,晁天王却总显得力不从心。……奇怪的是,对这位才具一般、功劳有限的前任寨主,宋江等人却奉若神明。……这个原型人物,应即洞庭义军开山领袖钟相。⑤

实际上,晁盖之名虽不见于史乘、笔记,在龚开《宋江三十六赞》和《大宋宣和遗事》中,却是地位十分重要的人物。《宋江三十六赞》中,宋江位列三十六人之首,晁盖位列倒数第三,绰号"铁天王"。《大宋宣和遗事》中,宋江得到了九天玄女的天书,三十六人中没有宋江,吴加

① 《水浒传》,第222页,济南:山东文艺出版社,1995。
② 《水浒传》,第222页,济南:山东文艺出版社,1995。
③ 《水浒传》,第236～237页,济南:山东文艺出版社,1995。
④ 《水浒传》,第216页,济南:山东文艺出版社,1995。
⑤ 侯会:《〈水浒〉源流新证》,第46～47页,北京:华文出版社,2002。

亮在首位,晁盖位列最后。宋江到梁山时,晁盖已死,众人共推宋江做了首领。吴加亮向宋江道:"是哥哥晁盖临终时分道于我:'从政和年间朝东岳烧香,得一梦,见寨上会中合得三十六数。若果应数,须是助行忠义,卫护国家。'"①由此可见,在百回本小说《水浒传》成书之前,有关晁盖的故事已经广为流传,百回本《水浒传》写定者既采用已有故事,又做了两点非常明显的改动。

其一,从吴加亮的介绍可以得知,晁盖为梁山确定的方针是"助行忠义,卫护国家",是忠义并行。小说写定者却再三突出他的"义",而不提他的"忠"。小说在晁盖出场时便为他定下了基调:一是"仗义疏财",二是"最爱刺枪使棒"。而宋江除了"仗义疏财""爱习枪棒"外,又多了"孝敬"一条。最为明显的是晁盖主持的梁山议事处是"聚义厅",宋江坐了第一把交椅后的第一件事就是将"聚义厅"改成"忠义堂"。因此,李贽在第六十回回后评中说:"改聚义厅为忠义堂,是梁山泊第一关节,不可草草看过。"

其二,小说还尽量写出晁盖的许多弱点与不足,以烘托宋江的智慧与肚量。在《大宋宣和遗事》中,是晁盖主动邀了杨志等人去梁山落草为寇。小说中却写晁盖在生辰纲事发后,茫然不知所措,一切皆听命于吴用。第四十七回,杨雄、石秀火烧祝家庄后投奔梁山,晁盖听说事因时迁偷鸡而起,不禁勃然大怒,喝命将两人斩首。其理由是"这厮两个,把梁山好汉的名目去偷鸡吃,因此连累我等受辱"。宋江则赶忙出面相劝。通过一系列描写,使"晁盖虽未死于史文恭之箭,而已死于厅上厅下众人之心非一日也"②。可见小说所做的这两点改动,其用意是以晁盖单一粗豪的"义"来烘托宋江更为全面细心的"忠、孝、义"。

在宋元话本和戏曲中,杨志是一个十分活跃的人物。罗烨《醉翁谈录》记载的话本小说名目中有《青面兽》,龚开《宋江三十六赞》中"青面兽杨志"的赞语是:"圣人治世,四灵在郊。汝兽何名,走旷劳劳?"③

---

① 〔宋〕无名氏辑:《大宋宣和遗事》,见朱一玄《明清小说资料选编》,第280页,济南:齐鲁书社,1990。
② 〔清〕金圣叹:《水浒传》第六十回回前评。见《水浒传》,第1012页,济南:山东文艺出版社,1995。
③ 〔宋〕周密:《癸辛杂识续集》,见朱一玄《明清小说资料选编》,第272页,济南:齐鲁书社,1990。

《大宋宣和遗事》中杨志是十二指使之一，因为等候孙立被大雪阻隔，旅途贫困，只好将一口宝刀拿出货卖。"遇一个恶少后生，要买宝刀，两个交口厮争，那后生被杨志挥刀一斫，只见颈随刀落。"①杨志因此发配卫州军城，孙立等十一位指使将其救下，同往太行山落草为寇。元明间无名氏杂剧《宋公明排九宫八卦阵》中，宋江、卢俊义分别被朝廷任命为征北总兵、副总兵，吴用、公孙胜为军师。吴用荐举杨志为前部先锋时，说道："论俺梁山众将，惟有杨志英雄，可做前部先锋也。"②可见杨志地位的重要。

百回本《水浒传》对此做了一些修改。第十二回，杨志向林冲等人交代身世，说自己因失落花石纲而避难他乡。但他不愿在梁山落草，来到东京却不被高俅起用。无奈之下，只好去卖祖上留下的宝刀，与泼皮牛二发生争执，一时性起，杀了牛二。投奔梁中书并受到器重，一度使杨志志得意满。生辰纲被盗，使其命运发生变化，不等别人来劝，自己便想去落草为寇。与《大宋宣和遗事》相比，《水浒传》把马县尉丢失生辰纲的事移植在了杨志身上，让杨志的雄心壮志多次受到打击，与王进、林冲有着相同的命运。李贽对此评论道："杨志是国家有用人。只为高俅不能用他，以致为宋公明用了。可见小人忌贤嫉能，遗祸国家不小。"③同样显示了批评嫉贤忌能的含义。

四、关于宋江及其结局

宋江不仅是《水浒传》中梁山好汉的首领，也是性格最为复杂的人物。将百回本《水浒传》中的宋江与各种正史、野史、笔记、话本、戏曲等资料中的宋江做一比较，可发现一些有趣的变化，从这些变化最能看出小说写定者的意图。关于宋江落草为寇的起因，《大宋宣和遗事》讲述得比较简略：晁盖因劫取生辰纲被官府捉拿，宋江星夜报知晁盖。为答谢宋江相救恩义，晁盖让刘唐把一对金钗酬谢。宋江将金钗"与

①〔宋〕无名氏辑：《大宋宣和遗事》，见朱一玄《明清小说资料选编》，第276页，济南：齐鲁书社，1990。

②〔元〕无名氏：《宋公明排九宫八卦阵》，载《孤本元明杂剧》（三），北京：中国戏剧出版社影印涵芬楼藏版。

③《水浒传》，第189页，济南：山东文艺出版社，1995。

那娟妓阎婆惜收了;争奈机事不密,被阎婆惜得知来历"。后来,宋江见"故人阎婆惜又与吴伟打暖,更不采着。宋江一见了吴伟两个,正在偎倚,便一条忿气,怒发冲冠,将起一柄刀,把阎婆惜、吴伟两个杀了",并在墙上写了四句诗,明白说道:"要捉凶身者,梁山泊上寻。"官府前去捉拿宋江,宋江在九天玄女庙中躲过,得到天书,上有三十六将的姓名。于是,宋江带领朱全等九人直奔梁山。这时晁盖已死,众人推让宋江做了首领。① 元杂剧《黑旋风双献功》中,宋江说:"因带酒杀了阎婆惜,被告到官,脊杖六十,迭配江州牢城。因打此梁山经过,有我八拜交的哥哥晁盖知某有难,领喽啰下山,将解人打死,救某上山,就让我坐第二把交椅。"②可见在小说成书之前,宋江上梁山的过程实在是非常简单。在《水浒传》中,宋江上梁山的道路却比任何人都更加艰难。

首先,当他听到晁盖劫取了生辰纲时,便认为是"犯了弥天之罪",认为上梁山"于法度上却饶不得",对晁盖等人"落草为寇",他既吃惊又惧怕。③ 其次,他杀死阎婆惜,不是情杀,而是因为阎婆惜口口声声要到公厅上相见,他害怕犯下背叛朝廷的罪名。再次,宋江宁愿担惊受怕,也拒绝落草为寇。"大闹清风寨"后,宋江已无路可走了,这才与众好汉一起投奔梁山。接到父亲病故的消息后,他撇下众弟兄,要回家奔丧。被官府捕获,刺配江州牢城,路经梁山泊,晁盖等人劝他留下,他说:"哥哥,你这话休题! 这等不是抬举宋江,明明的是苦我。……小可不争随顺了哥哥,便是上逆天理,下违父教,做了不忠不孝的人在世,虽生何益。"④最后,"浔阳楼题反诗",被判了死刑,梁山好汉劫法场将他救出,这才被逼上了梁山。《水浒传》所做这番改动,显然是要突出宋江的忠孝。

小说对宋江结局的安排,更可见出小说写定者的用意。南宋王偁的《东都事略》是较早记述有关宋江事迹的一部野史,后来脱脱等修撰

---

① 〔宋〕无名氏辑:《大宋宣和遗事》,见朱一玄《明清小说资料选编》,第 278~280 页,济南:齐鲁书社,1990。

② 〔元〕无名氏:《黑旋风双献功》,载《孤本元明杂剧》(三),北京:中国戏剧出版社影印涵芬楼藏版。

③ 《水浒传》,第 327 页,济南:山东文艺出版社,1995。

④ 《水浒传》,第 599 页,济南:山东文艺出版社,1995。

《宋史》时基本采用这些记述。《东都事略》卷十一《徽宗本纪》称："（宣和三年）夏四月庚寅，童贯以其将辛兴宗与方腊战于青溪，擒之。五月丙申，宋江就擒。"卷一百零三《侯蒙传》云："宋江寇江东，蒙上书陈制贼计曰：'宋江以三十六人，横行河朔、京东，官军数万，无敢抗者，其材必过人。不若赦过招降，使讨方腊以自赎，或足以平东南之乱。'"卷一百零八《张叔夜传》云："叔夜募死士千人，距十数里，大张旗帜，诱之使战。密伏壮士匿海旁，约候兵合，即焚其舟。舟既焚，贼大恐，无复斗志，伏兵乘之，江乃降。"①以上三条或云宋江就擒，或云宋江投降。所谓招降讨方腊，只不过是侯蒙的建议，是否实现，不得而知。据方勺《泊宅编》卷五记载，平定方腊之乱的是"童贯、常德军节度使二中贵，率禁旅及京畿、关右、河东蕃汉兵"②。南宋范圭《宋故武功大夫河东第二将折公墓志铭》云："宣和初年，王师伐夏，公有斩获绩……方腊之叛，用第四将从军……公遂兼率三将兵。奋然先登，士皆用命。腊贼就擒，迁武节大夫。班师过国门，奉御笔：'捕草寇宋江。'不逾月，继获，迁武功大夫。"③根据这一记载，宋江是在方腊被平之后，才被朝廷捕获，根本不可能参与平方腊之役。

但有些书中，又确切地记载宋江曾参与平方腊之役。如李埴《十朝纲要》卷十八称："宣和元年十二月，诏招抚山东盗宋江。……宣和三年二月庚辰……知州张叔夜招抚之，江乃降。六月辛丑，辛兴宗、宋江破贼上苑洞。"④徐梦莘《三朝北盟会编》卷五十二引《中兴姓氏奸邪录》称："宣和二年，方腊反睦州……以贯（指童贯）为江浙宣抚使，领刘延庆、刘光世、辛兴宗、宋江等军二十余万往讨之。"⑤杨仲良《续资治通鉴长编纪事本末》卷一百四十一云："（宣和）三年四月，戊子，初，童贯与王禀、刘镇两路预约会于睦歙间，分兵四围，包帮源洞于中，……王

①〔宋〕王偁：《东都事略》，见朱一玄《明清小说资料选编》，第 261 页，济南：齐鲁书社，1990。
②〔宋〕方勺：《泊宅编》，见朱一玄《明清小说资料选编》，第 262 页，济南：齐鲁书社，1990。
③〔宋〕范圭：《宋故武功大夫河东第二将折公墓志铭》，见朱一玄《明清小说资料选编》，第 274 页，济南：齐鲁书社，1990。
④〔宋〕李埴：《十朝纲要》，见马蹄疾编《水浒资料汇编》，第 444 页，北京：中华书局，1980。
⑤〔宋〕徐梦莘：《三朝北盟会编》卷五十二引《中兴姓氏奸邪录》，见马蹄疾编《水浒资料汇编》，第 447 页，北京：中华书局，1980。

涣统领马公直并裨将赵明、赵许、宋江,既次洞后。"①宋无名氏所辑《大宋宣和遗事》称:"朝廷无其奈何,只得出榜招谕宋江等。有那元帅姓张名叔夜的,是世代将门之子,前来招诱宋江和那三十六人归顺宋朝,各受武功大夫诰敕,分注诸路巡检使去也。因此三路之寇,悉得平定。后遣宋江平方腊有功,封节度使。"②

除了野史、正史记载之外,民间也流传着关于宋江及三十六人的故事。南宋龚开曾说:"宋江事见于街谈巷语,不足采著。余年少时壮其人,欲存之画赞……于是即三十六人,人为一赞,而箴体在焉。盖其本拨矣,将使一归于正,义勇不相戾,此诗人忠厚之心也。余尝以江之所为,虽不得自齿,然其识性超卓,有过人者。立号既不僭侈,名称俨然,犹循轨辙,虽托之记载可也。古称柳盗跖为盗贼之圣,以其守一至于极处,能出类而拔萃。若江者,其殆庶几乎。"③龚开肯定了宋江的"义勇""立号既不僭侈""守一至于极处",在"呼保义宋江"的赞语中又说:"不假称王,而呼保义。岂若狂卓,专犯忌讳?"④在其他人物的赞语中,也多次提及"义勇",如"大刀关胜":"大刀关胜,岂云长孙? 云长义勇,汝其后昆。"⑤再如"赛关索杨雄":"关索之雄,超之亦贤。能持义勇,自命何全?"⑥可见当时人们对宋江及三十六人的主要评价是"义气",这正是小说中梁山好汉的突出特征。

不同的记载同时存在,关键在于百回本《水浒传》的写定者做何选择。显然,这位写定者没有选择宋江被擒或投降等记载,而是选择宋江受招安、平方腊,并在此基础上做了重要改动。第一,宋江不是被动

---

① 〔宋〕杨仲良:《续资治通鉴长编纪事本末》,见马蹄疾编《水浒资料汇编》,第 445 页,北京:中华书局,1980。

② 〔宋〕无名氏辑:《大宋宣和遗事》,见朱一玄《明清小说资料选编》,第 281 页,济南:齐鲁书社,1990。

③ 〔宋〕周密:《癸辛杂识续集》,见朱一玄《明清小说资料选编》,第 269~270 页,济南:齐鲁书社,1990。

④ 〔宋〕周密:《癸辛杂识续集》,见朱一玄《明清小说资料选编》,第 270 页,济南:齐鲁书社,1990。

⑤ 〔宋〕周密:《癸辛杂识续集》,见朱一玄《明清小说资料选编》,第 270 页,济南:齐鲁书社,1990。

⑥ 〔宋〕周密:《癸辛杂识续集》,见朱一玄《明清小说资料选编》,第 272 页,济南:齐鲁书社,1990。

接受招安,也不是在走投无路的情况下接受招安,而是在节节胜利、大败官军的情况下主动争取朝廷招安。第二,接受招安后,成为朝廷的一支重要军事力量,是征辽、平方腊的主力军。第三,屡立战功,结果反被朝廷奸佞毒害而死。这些改动尤其是最终的悲剧结局,寄予着小说写定者的深刻用意。写定者的特定立意是通过文本的特定结构安排表达出来的,不顾及这一点,就很难对《水浒传》做出合理的诠释。被朝廷视为盗贼的梁山好汉,在宋江带领下,打出了"替天行道、护国安民"的旗号,一心要归顺朝廷,为国效力。在征辽、平方腊的大小战役中,实现了"护国安民"的心愿。结果不但没有得到应有的封赏,反而惨遭毒害。这种文本构成不仅从客观上否定了接受招安,也不仅表现了忠奸之争,而且从本质上揭示了社会现实的残酷。这种揭示体现了《水浒传》写定者对社会现实的清醒认识,具有超越时空的普遍意义。

五、关于武松、李逵及其他

《宋江三十六赞》"行者武松"的赞语是:"汝优婆塞,五戒在身。酒色财气,更要杀人。"①从这一赞语看,民间传说中的武松虽已出家为僧,却"酒色财气"样样俱全,除此之外,似乎把杀人也当作等闲之事。《大宋宣和遗事》的三十六人名单中也有行者武松之名,但没有写他的事迹。傅惜华《元杂剧全目》著录武松的戏三种:红字李二《折担儿武松打虎》《窄袖儿武松》,高文秀《双献头武松大报仇》。这些杂剧在《水浒传》中有着类似的故事情节,即"武松打虎""武松斗杀西门庆"等。值得注意的是,小说中的武松连喝十八碗酒,照样敢过景阳冈,说明他的确有着非同寻常的酒量和打虎英雄的豪气。小说中的武松确实"更要杀人",从武松为兄复仇及"血溅鸳鸯楼"等情节不难看出。"财""色"两字却与其毫不相干,拒绝潘金莲的挑逗便是明证。可见小说写定者对以往关于武松的传说也做了取舍,突出了武松的英雄胆量、大丈夫的"义气"及其同样被奸佞小人陷害嫉恨的命运。

龚开《宋江三十六赞》中"黑旋风李逵"的赞语是:"风有大小,不辨

---

① 〔宋〕周密:《癸辛杂识续集》,见朱一玄《明清小说资料选编》,第 271 页,济南:齐鲁书社,1990。

雄雄。山谷之中,遇尔亦凶。"①元杂剧中李逵的戏有十余种之多,即高文秀编写的八种:《黑旋风双献功》《黑旋风诗酒丽春园》《黑旋风大闹牡丹园》《黑旋风敷演刘耍和》《黑旋风斗鸡会》《黑旋风穷风月》《黑旋风乔教学》《黑旋风借尸还魂》;康进之编写的两种:《黑旋风负荆》《黑旋风老收心》;杨显之和红字李二各编写的一种:《黑旋风乔断案》《板沓儿黑旋风》。其中只有《黑旋风负荆》《黑旋风乔断案》《黑旋风乔教学》三种与《水浒传》的情节相关,而且主要是在七十回之后。其他李逵戏,《水浒传》写定者没有采用,其中原因值得注意。这些李逵戏的剧本大都没有保存下来,但从题目不难看出,这些杂剧中的李逵形象,与小说中那抢起板斧不分青红皂白乱砍乱杀的李逵简直有天壤之别。也就是说,小说写定者根据需要对李逵戏做了取舍,其取舍标准则是能否表现李逵的粗蛮和"义气"。

尽管关于李逵的杂剧很多,但都没有交代他流落江湖的原因。小说中借戴宗之口说他"因为打死了人,逃走出来"。至于为何将人打死,从他蛮横的性格便可猜测出。他初见宋江,"扑翻身躯便拜",由此可以见出他的忠义性格。如果将杂剧《黑旋风负荆》和小说第七十三回"黑旋风乔捉鬼,梁山泊双献头"稍做比较,可以发现,小说中的李逵失去了戏剧中的"滑稽之趣,喜剧之美","只重于表现李逵急躁性子与耿直义气"②。《黑旋风双献功》剧本今存,其对李逵形象的刻画既生动又可爱,小说写定者却弃置不用。究其原因,乃是此剧表现的是为扭曲的婚姻打抱不平,这与小说写定者的意图相左,因而内容类似的《燕青博鱼》《还牢末》《争报恩》等一概没有采用。可见,小说写定者写李逵一定要表现出其蛮横与义气,只有这样,才能成为宋江的衬托,才能说明他后来反对接受招安的简单与粗率。

罗烨《醉翁谈录》记载了公案类话本小说《石头孙立》,《水浒传》第四十九回"解珍解宝双越狱,孙立孙新大劫牢"的内容应与《石头孙立》有关。但《石头孙立》在话本小说中属于公案类,与《三现身》(即《警世通言·三现身包龙图断冤》)同属一类,所述故事应是以审案为主,在

---

① 〔宋〕周密:《癸辛杂识续集》,见朱一玄,《明清小说资料选编》,第271页,济南:齐鲁书社,1990。

② 涂秀虹:《元明小说戏曲关系研究》,第132页,上海:三联书店,2004。

小说中,其立意却发生了变化。解珍、解宝在毛太公父子和官府相互勾结欺压下,面临着被害死的危险。就在这危急关头,遇到小节级乐和,"为见解珍、解宝是个好汉,有心要救他",于是帮忙传递消息给顾大嫂和孙新夫妻二人。乐和见到顾大嫂时说:"小人路见不平,独力难救。只想一者占亲,二乃义气为重,特地与他通个消息。"孙新为了救出解珍、解宝,决定劫牢,又联络了"为人忠良慷慨"的绿林好汉邹渊、邹闰。孙立是登州提辖,开始时犹豫不决,后来见众人态度十分坚决,叹了口气,说道:"你众人既是如此行了,我怎地推却得开? 不成日后倒要替你们吃官司? 罢,罢,罢! 都做一处商议了行。"劫牢救出解珍、解宝之后,为了复仇,又将王孔目及毛太公"一门老小尽皆杀了,不留一个"。① 这些行为既有"官逼民反""乱自上作"的用意,更包含着对"义"的赞美。

六、关于受招安与"征四寇"

百回本《水浒传》第七十二回至第八十二回写聚义后的梁山好汉接受招安的过程,除七十回本外,这一内容在各本《水浒传》中大致相同。值得注意的是,元杂剧《黑旋风负荆》《黑旋风乔断案》被改写为第七十三回"梁山泊双献头"、第七十四回"李逵寿张乔坐衙"。按照《水浒传》的结构方式,李逵的个人事迹本应安排在排座次之前,小说写定者对有关李逵的元杂剧十分感兴趣,但又无法安排在前半部分,只好将能够表现李逵忠义的有关内容插写于此。接下来,"两赢童贯""三败高俅"写梁山事业蒸蒸日上,势不可当。正是在节节胜利的情况下,梁山好汉全伙接受了招安。这样一种文本构成是以往任何有关水浒故事所没有的,因而也最可看出小说写定者的意图。无论宋人的野史、笔记,还是元人修的正史,无论民间传闻,还是元杂剧,宋江一伙或是被擒,或是投降,或是无奈接受招安,都没有在大胜官军的前提下主动争取招安。再看一下紧接着的第八十三回"宋公明奉诏破大辽,陈桥驿滴泪斩小卒",小说写定者的意图非常明确,即肯定梁山好汉接受招安是为了"护国安民",以梁山好汉的委曲求全反衬朝廷奸佞的可憎

---

① 《水浒传》,第 831~839 页,济南:山东文艺出版社,1995。

可恨,从而突出了忠奸之争。

百回本《水浒传》没有征田虎、征王庆的故事。明天都外臣(汪道昆)在《水浒传序》中说:"故老传闻:洪武初,越人罗氏,诙诡多智,为此书,共一百回,各以妖异之语引于其首,以为之艳。嘉靖时,郭武定重刻其书,削去致语,独存本传。余犹及见《灯花婆婆》数种,极其蒜酪。余皆散佚,既已可恨。自此版者渐多,复为村学究所损益。盖损其科诨形容之妙,而益以淮西、河北二事。赭豹之文,而画蛇之足,岂非此书之再厄乎!"①按天都外臣的说法,田虎、王庆事乃"村学究"所加。明袁无涯在《忠义水浒全书发凡》中却说:"古本有罗氏致语,相传《灯花婆婆》等事,既不可复见;乃后人有因四大寇之拘而酌损之者,有嫌一百廿回之繁而淘汰之者,皆失。郭武定本,即旧本,移置阎婆事,甚善;其于寇中去王、田而加辽国,犹是小家照应之法。不知大手笔者,正不尔尔,如本内王进开章而不复收缴,此所以异于诸小说,而为小说之圣也欤!"②按袁无涯的说法,田虎、王庆事则原来就有,征辽事反而是后来增加。要之,百回本《水浒传》去田虎、王庆而存征辽、平方腊,其用意值得研究。

胡适先生研究《水浒传》有一个十分明显的思路,即把梁山故事的变化与时代特点相结合。早在20世纪20年代,他就指出:

> 元朝的梁山泊强盗渐渐变成了"仁义"的英雄。元初龚圣与自序作赞的意思,有"将使一归于正,义勇不相戾,此诗人忠厚之心也"的话,那不过是希望的话。他称赞宋江等,只能说他们"名号既不僭侈,名称俨然,犹循故辙",这是说他们老老实实的做"强盗",不敢称王称帝。龚圣与又说宋江等"与之盗名而不辞,躬履盗迹而不讳"。到了后来,梁山泊渐渐变成了"替天行道救生民"的忠义堂了!这一变化非同小可。把"替天行道救生民"的招牌送给梁山泊,这是《水浒》故事一大变化,既可表示元朝民间的心

---

① 〔明〕天都外臣(汪道昆):《水浒传序》,第313页,见朱一玄《明清小说资料选编》,济南:齐鲁书社,1990。
② 〔明〕袁无涯:《忠义水浒全书发凡》,见朱一玄《明清小说资料选编》,第326~328页,济南:齐鲁书社,1990。

理，又暗中规定了后来《水浒传》的性质。①

他又说："宋元人借这故事发挥他们的宿怨，故把一座强盗山寨变成替天行道的机关。明初人借他发挥宿怨，故写宋江等平四寇立大功之后反被政府陷害谋死。明朝中叶的人——所谓施耐庵——借他发挥他的一肚皮宿怨，故削去招安以后的事，做成一部纯粹反抗政府的书。"②按照胡适先生的思路，宋江最终的悲剧结局乃明人为讽刺明统治者杀害功臣而写。尽管这一结论可能还不够准确，却指出了《水浒传》写包括田虎、王庆在内的四寇的用意。

再来看前人的论述。明李贽《忠义水浒传序》曰："《水浒传》者，发愤之作也。……施罗二公身在元，心在宋，虽生元日，实愤宋事。是故愤二帝之北狩，则称大破辽以泄其愤；愤南渡之苟安，则称灭方腊以泄其愤。敢问泄愤者谁乎？则前日啸聚水浒之强人也，欲不谓之忠义不可也。"③李贽将小说的文本构成与所指意义密切联系，明确地指出百回本《水浒传》为何要写征辽、平方腊。按照李贽的说法，破大辽、平方腊是生活在元代的施罗二人由于"实愤宋事"才编写出来。这一观点似乎很有说服力，但认真想来，既然已生活于元代，为何又"实愤宋事"呢？实际上，百回本《水浒传》写定者去田虎、王庆而存破辽、平方腊，目的只有一个，就是强调梁山好汉以"护国安民"为宗旨，并且付诸行动。

总之，《水浒传》的文本构成直接决定着其意义。应当说金圣叹早就发现了这一点，他之所以腰斩《水浒传》，正是基于这一点。他在第七十一回的批语中说："后世乃复削去此节，盛夸招安，务令罪归朝廷而功归强盗，甚且至于衮然以忠义二字冠其端，抑何其好犯上作乱至于如是之甚也！"④按照金圣叹的意见，让梁山好汉接受招安、破辽、平方腊，就是"罪归朝廷而功归强盗"，就是宣扬强盗也有忠义，这是决不

---

① 胡适：《中国章回小说考证·水浒传考证》，第24～25页，上海：上海书店据实业印书馆1942年版复印，1979。

② 胡适：《中国章回小说考证·水浒传考证》，第58～59页，上海：上海书店据实业印书馆1942年版复印，1979。

③ 〔明〕李贽：《忠义水浒传序》，见朱一玄《明清小说资料选编》，第317页，济南：齐鲁书社，1990。

④ 《水浒传》，第1192页，济南：山东文艺出版社，1995。

能允许的,因此他要将七十一回之后的内容全部删掉。也就是说,要想改变百回本《水浒传》的题旨,必须改动其文本,这不恰好说明百回本《水浒传》的文本构成与其意义之间有着密切的关联吗?这种关联可以归纳为两个方面:第一,对已有故事即各位好汉上梁山的行迹,写定者竭力强化其义气的内涵,或纳入英雄豪杰屡遭嫉妒迫害的框架之内;第二,对全书的文本构成,写定者鲜明地以"忠奸之争"作为贯穿始终的线索。尽管这两个方面磨合得还不那么理想,以至于造成对其意义诠释的分歧和争议,但只要认真地分析和比较,其文本的构成与意义之间的联系还是不难把握的。

第二节 《西游记》的原旨与接受

所谓"原旨",即作者希望通过作品要表达出来的本初旨意。它与创作意图既有联系又有区别。按照文学创作的一般规律,作者在进行一部文学作品的创作时,总会带着某种意图,或者说要通过这部作品传达某种思想、情感、意志、愿望甚或某种潜在意识等等。但是,作者的意图是否能够与作品所传达的实际情况相一致,则存在着很大的疑问。这首先是因为作者在进行创作时,很可能许多事情同时出现在他的脑海里,从而造成意图的复杂多变。其次,作者要运用语言创造出形象,再由这些形象表达出其意图,在这一转换过程中,其意图也难以原封不动地保留下来。这就是说,在分析、解读作品时,希望通过揭示作者的所谓"意图",进而揭示该作品的"原旨",实际上是极不可靠的。至于"主题",则是读者在阅读过程中对作品做出的归纳,与"原旨"相去甚远。读者可以根据自己的理解来归纳作品的主题,认识作品的"原旨"却必须考虑到作者的意图。那么,如何把握作品的"原旨"呢?

从逻辑上说,每一部文学作品都应有其"原旨",实际情况却并不如此简单。尤其是像《西游记》这样的"奇书",自问世以来,其"原旨"便引起人们的浓厚兴趣。从阐释学角度看,正是这种种对"原旨"的探求,在不断丰富着《西游记》的内涵。然而,自 20 世纪 20 年代胡适、鲁迅等对明清以来各种观点基本上予以否定后,大多数研究者接受他们的意见,这实际上是不公正的。这不仅仅是因为包括胡适、鲁迅在内的评论者们对《西游记》这部小说"原旨"的揭示,曾受到了前人的启发;更本质的问题在于,无论多么高明的评论者,都要受到各自主客观条件的限制,都很难穷尽这部小说的全部内涵。因此,心平气和地重新审视明清以来一些有代表性的观点,分析其产生的主客观原因,可以更好地看出《西游记》"原旨"的揭示历程及其规律,对于更好地认识这部小说的性质不无裨益。

一、明人的见解

就今天所掌握的有关资料看,明代关注《西游记》并对其原旨做出阐释者,有陈元之、李贽、谢肇淛、袁于令、盛于斯、吴从先等人。细加分析便会发现,他们的见解有一个共同之处,即《西游记》是一部心与魔相关之作,但对心是否能够统魔以及如何统魔,又有着不同的见解。

世德堂本《西游记》卷首有陈元之序,该序作于壬辰年即万历二十年(1592 年)。陈元之,有的研究者认为就是世德堂本《西游记》校订者华阳洞天主人[1],他的序言就显得格外重要,在某种程度上可以视为小说写定者对小说"原旨"的说明。该序在引用司马迁和庄子两段话后,说道:"若必以庄雅之言求之,则几乎遗《西游》一书。"[2]在他看来,《西游记》是一部"踸踔滑稽""卮言漫衍"之书。"踸踔"同"跰弛",《汉语大字典》释为"支离"。"卮言",出自《庄子·寓言》:"卮言日出,和以天倪。"陆德明释文引司马云:"谓支离无首尾言也。"[3]简略谈了自己的见解之后,陈元之又说道:"旧有叙,余读一过。亦不著其姓氏作者之名。岂嫌其丘里之言与?"那么,旧叙是如何理解《西游记》的原旨呢?陈元之接着说:

> 其叙以狲,狲也;以为心之神。马,马也;以为意之驰。八戒,其所戒八也;以为肝气之木。沙,流沙;以为肾气之水。三藏,藏神、藏声、藏气之三藏;以为郛郭之主。魔,魔;以为口耳鼻舌身意恐怖颠倒幻想之障。故魔以心生,亦以心摄。是故摄心以摄魔,

① 张锦池:《西游记考论》,第 406~421 页,哈尔滨:黑龙江教育出版社,1997。
② 刘荫柏:《西游记研究资料》,第 555 页,上海:上海古籍出版社,1990。
③ 汉语大字典编辑委员会:《汉语大字典》,第 70 页,武汉:湖北辞书出版社,1986。

摄魔以还理。还理以归之太初，即心无可摄。此类以为道道成耳。此其书直寓言者哉！①

这一旧叙大概是最早提出《西游记》"原旨"乃为"摄心"主张者。其推理方法是首先认定《西游记》是一部"寓言"之书，再根据小说中屡称孙悟空为"心猿"、白马为"意马"，取经路上又是以悟空为主降妖伏魔，遂得出这一结论。陈元之基本上同意这一说法，他接着说："唐光禄既购是书，奇之，益俾好事者为之订校，秩其卷目梓之，凡二十卷数千（十）万言有余，而充叙于余。余维太史、漆园之意，道之所存，不欲尽废，况中虑者哉？故聊为缀其轶叙叙之。不欲其志之尽埋，而使后之人有览，得其意忘其言也。"②

为了让后世读者充分了解这一原旨，他再三强调这部小说的寓言性质："彼以为浊世不可以庄语也，故委蛇以浮世。委蛇不可以为教也，故微言以中道理。道之言不可以入俗也，故浪谑笑虐以恣肆。笑谑不可以见世也，故流连比以明意。于是其言始参差而俶诡可观；谬悠荒唐，无端崖涘，而谈言微中，有作者之心傲世之意。夫不可没已。"③

稍后，出现《李卓吾先生批评西游记》。尽管人们对该书是否为李贽所评存疑，其中的观点却发人深思。其"序言"称："不曰东游，而曰西游，何也？东方无佛无经，西方有佛与经耳。西方何以独有佛与经也？东生方也，心生种种魔生。西灭地也，心灭种种魔灭，然后有佛，有佛然后有经耳。然则东独无魔乎？曰：已说心生种种魔生矣，生则不灭，所以独有无佛耳。无佛则无经可知。记中原有南瞻部洲，乃是口舌凶场，是非恶海，如娶孤女，而云挞父翁，无兄而云盗嫂，皆南瞻部洲中事也。此非大魔乎？佛亦如之何哉？经亦如之何哉？此所以不曰东游，而曰西游也。批评中，随地而见此意，职须读者具眼耳。"④序言承认西方有佛与经，同时指出"心生种种魔生，心灭种种魔灭"，"生则不灭，所以独有无佛耳"。这种种"大魔"，即使佛经也无可奈何。这

---

① 刘荫柏：《西游记研究资料》，第 555～556 页，上海：上海古籍出版社，1990。
② 刘荫柏：《西游记研究资料》，第 556 页，上海：上海古籍出版社，1990。
③ 刘荫柏：《西游记研究资料》，第 556 页，上海：上海古籍出版社，1990。
④ 〔明〕李贽：《批点〈西游记〉序》，见朱一玄《明清小说资料选编》，第 493～494 页，济南：齐鲁书社，1989。

就是说,虽然看到了心与魔的关系,但并不认为心可以统魔。这倒是与李贽一贯的思想主张相一致。

再后的谢肇淛,则是另一种说法。《明史》卷二八六《文苑二》郑善夫传附谢肇淛小传,但失误甚多。今人印晓峰先生曾予以辨析,知其生于隆庆元年(1567年),卒于天启四年(1624年),为万历二十年(1592年)进士,历任南京刑部、兵部主事,工部屯田司主事、都水司郎中,云南布政使司左参政,卒于广西左布政使任上。为官勤勉,政务之暇,勤于著述,尤以《五杂俎》最为著名。① 李维桢《五杂俎序》指出,"在杭(谢肇淛字)此编,总九流而出之","兼三才而用之,即目之儒家可矣"。② 这一评价是有道理的,尽管此书很"杂",其主流则是儒家思想。在卷十五"事部三"中谢肇淛对《西游记》的"原旨"做了如下评论:

> 小说野俚诸书,稗官所不载者,虽极幻妄无当,然亦有至理存焉。如《水浒传》无论已。《西游记》曼衍虚诞,而其纵横变化,以猿为心之神,以猪为意之驰,其始之放纵,上天下地,莫能禁制,而归于紧箍一咒,能使心猿驯服,至死靡他,盖亦求放心之喻,非浪作也。③

谢肇淛明确提出了"求放心"之说,其本源则来自《孟子》。孟子曰:"仁,人心也;义,人路也。舍其路而弗由,放其心而不知求,哀哉!人有鸡犬放,则知求之,有放心,而不知求。学问之道无他,求其放心而已矣。"④ 从谢肇淛一贯的主张看,他更为重视早期儒家的学说。就在同一卷中,他说道:"新建良知之说,自谓千古不传之秘,然孟子谆谆教人孝弟,已拈破此局矣,况又鹅湖之唾余乎?……夫道学空言,不足凭也,要看真儒,须观作用。"⑤同时,这一见解又与全书的结构相吻合。"其始之放纵",指小说前七回悟空闹乱三界。"心猿驯服,至死靡他",指取经路上悟空一往无前的表现。这就是所谓的"至理"。

袁于令(1592年~1674年)《西游记题词》曰:"文不幻不文,幻不

---

① 印晓峰:《五杂俎·出版说明》,见谢肇淛《五杂俎》,第1~2页,上海:上海书店出版社,2001。

② 〔明〕李维桢:《五杂俎·序》,见《五杂俎》,第1页,上海:上海书店出版社,2001。

③ 〔明〕谢肇淛:《五杂俎》卷一五"事部三",第312页,上海:上海书店出版社,2001。

④ 《孟子·告子上》。

⑤ 〔明〕谢肇淛:《五杂俎》卷一五"事部三",第302页,上海:上海书店出版社,2001。

极不幻。是知天下极幻之事,乃极真之事;极幻之理,乃极真之理。故言真不如言幻,言佛不如言魔。魔非他,即我也。我化为佛,未佛皆魔。魔与佛力齐而位逼,丝发之微,开头匪细。摧挫之极,心性不惊。此《西游》之所以作也。"袁于令认为"言佛不如言魔",因为"魔非他,即我也"。"我化为佛,非佛即魔。"这实际上是肯定了"魔"存在的合理性。袁于令从小说家的角度又指出,对《西游记》所谓"原旨"不必过于拘泥。他说道:"说者以为寓五行生克之理,玄门修炼之道。余谓三教已括于一部,能读是书者于其变化横生之处引而伸之,何境不通?何道不洽?而必问玄机于玉匮,探禅蕴于龙藏,乃始有得于心也哉?"①

作为一般文人,盛于斯、吴从先也认为《西游记》"极有深意","皆关合性命真宗"②,是"一部定性书"③。

上述几位评论者或为文人学者,或为小说家,或为异端思想的代表,他们对《西游记》"原旨"的理解虽然有着或大或小的差别,但都应当引起我们的高度重视,因为他们最接近小说产生的年代,生活在与小说产生的同一文化背景之中。陈元之、谢肇淛似乎更重视"摄心""求放心",而袁于令、李贽只是说到心与魔之关系。尤其是李贽,他所谓"此非大魔乎?佛亦如之何哉?经亦如之何哉",实际上是说面对这种种"魔",佛经亦无可奈何。这些差别有着时代文化思潮的原因。明代中后期"心学"成为思想的主流,并形成许多派别。王守仁认为"心者,天地万物之主也","心外无理,心外无事,心外无物"④。他所强调的心,还是一种远离情欲、只存天理之心。因此,陈元之、谢肇淛认为应当收回这颗放纵的心。王学左派则肯定人欲的合理要求,追求个性的自然发展,认为"穿衣吃饭,即是人伦物理"⑤,"私者,人之心也,人必有私而后其心乃见"⑥。因此,李贽才会肯定种种"魔"存在的合理性,

---

① 〔明〕袁于令:《西游记题词》,见朱一玄《明清小说资料选编》,第 493 页,济南:齐鲁书社,1990。

② 〔明〕盛于斯:《休庵影语》,见朱一玄《明清小说资料选编》,第 495 页,济南:齐鲁书社,1990。

③ 〔明〕吴从先:《小窗自纪》,见朱一玄《明清小说资料选编》,第 496 页,济南:齐鲁书社,1990。

④ 〔明〕王守仁:《王阳明全集》,第 457、396 页,北京:红旗出版社,1996。

⑤ 〔明〕李贽:《焚书》卷一《答邓石阳》,第 4 页,北京:中华书局,1975。

⑥ 〔明〕李贽:《藏书》卷三二《德业儒臣后论》,第 544 页,北京:中华书局,1974。

他的这种见解显然更为强调《西游记》的某一方面。

二、清人的见解

清代《西游记》的众多评论者有一个共同点,即一方面承认《西游记》原旨的不可妄求,另一方面一心要找到其原旨,于是歧义迭出,争论渐烈。其中,刘廷玑应当说是一位聪明的学者。他虽然感觉到《西游记》"为证道之书",但紧接着又说"平空结构,是一海市蜃楼耳。此中妙理,可意会不可言传,所谓语言文字,仅得其形似者也"。[①] 很有些现代批评的味道。其他的批评者就没有这样通达了,他们对《西游记》"原旨"做出了许多阐述,按其主张可分为四种类型:一是延续"求放心"之说,代表人物是黄周星和汪象旭;一是力主"三教同源"说,代表人物是尤侗、刘一明和张含章;一是认定"教人诚心为学"说,代表人物是张书绅;一是主张"游戏三昧"说,代表人物是阮葵生。其中影响最大的是"三教同源"说。

黄周星、汪象旭共同评点的《西游证道书》一百回,卷首有虞集序,一般认为该序实即评点者假托之作。汪象旭,名淇,杭州人,曾编印《吕祖全传》《尺牍新语》等多种书籍,故可能为杭州书坊主人。黄周星,字九烟,江宁人,明末进士,曾官户部主事。这篇序基本上沿袭明代"求放心"之说,只不过说得更为具体,甚至还联系小说某些情节。如说:"此心放,则为妄心,妄心一起,则能作魔,如心猿之称王称圣而闹天宫是也。此心收,则为真心,真心一见,则能灭魔,如心猿之降妖缚怪而证佛果是也。"这可以视为对谢肇淛观点的补充。这篇序言还特别指出:如果将《西游记》等同于《齐谐》稗乘之流,则如同"井蛙夏虫",因为《西游记》"皆取象之文","多寓言之蕴"。[②] 但是,汪象旭、黄周星的见解随后受到不少人的批评。这表明清代人对《西游记》的理解与明代已经有了明显的分歧。

尤侗(1618年~1704年)曾被顺治皇帝称为才子,他于康熙丙子年(1696年)为"悟一子批评邱长春真人证道书《西游记真诠》"撰写了

①〔清〕刘廷玑:《在园杂志》,见朱一玄《明清小说资料选编》,第499页,济南:齐鲁书社,1990。
②〔元〕虞集:《西游记序》,见朱一玄《明清小说资料选编》,第496页,济南:齐鲁书社,1990。

序言。在这篇序言中,他先是肯定"记《西游记》者,传《华严》之心法也",接着又说:"虽然,吾于此有疑焉。"他的怀疑就是取经本来为佛教事,而"世传为邱长春之作"。"今有悟一子陈君,起而诠解之,于是钩《参同》之机,抉《悟真》之奥,收六通于三宝,运十度于五行,将见修多罗中有炉鼎焉,优昙钵中有梨枣焉,阿阇黎中有婴儿姹女焉。"最后得出《西游记》乃佛道儒三家思想融会贯通之书的结论:"若悟一者,岂非三教一大弟子乎?"

尤侗之所以有这种认识,一是与他本人的学养有关。正如他在这篇序言开头所说:"三教圣人之书,吾皆得而读之矣。东鲁之书,存心养性之学也;函关之书,修心炼性之功也;西竺之书,明心见性之旨也。"①二是与全真道主张三教合一的思潮相关。他所说的《参同》《悟真》,皆道教经典。《周易参同契》,东汉魏伯阳撰,是道家系统地炼丹的最早著作。《悟真篇》,宋张伯端撰,用诗词百篇演说道教内丹法术,与《周易参同契》相互发明,是道教南宗的重要典籍。所谓"六通",乃佛教"六神通"之略,即通过修持禅定可以得到神秘灵力。所谓"三宝",乃道教教义名词,即道、经、师三宝。其他"十度""修多罗""优昙钵""阿阇黎",皆佛教教义;"五行""炉鼎""梨枣""婴儿姹女",皆道教教义。

为了探求《西游记》的正旨或原旨,清代著名道士刘一明下了许多功夫。刘一明(1734年~1821年),号悟元子,别号素朴散人,是全真道龙门派第十一代传人。他学道于栖云山(今兰州市东南),研究《周易》《参同契》《悟真篇》之理,著有《阴符经注》《参同直指》《悟真直指》《修真辩难》《象言破译》《悟道录》《西游原旨》等书,坊间汇刻为《道书十二种》。刘一明为清一代内丹学大家,融会儒佛道三家思想。乾隆戊寅年(1758年),25岁时,他就完成《西游原旨》的著述。在该书序言中,他说道:"其书阐三教一家之理,传性命双修之道……悟之者在儒即可成圣,在释即可成佛,在道即可成仙。"他认为汪象旭"未达此义,妄议私猜,仅取一叶半简,以心猿意马,毕其全旨,且注脚每多戏谑之语,狂妄之词",于是"使千百世不知《西游》为何书者,皆自汪氏始"。

---

① 〔清〕尤侗:《西游真诠序》,见朱一玄《明清小说资料选编》,第498~499页,济南:齐鲁书社,1990。

他认为"悟一子陈先生真诠一出,诸伪显然,数百年埋没之《西游》,至此方得释然矣"。① 他又认为《真诠》尚未尽善尽美,于是他在每回之下,细加解释。显然,刘一明是从道士这一特定角度解读《西游记》,却与尤侗不谋而合。

刘一明的几位弟子樊于礼、王阳健、张阳金、冯阳贵、夏复恒等,极为赞赏老师的见解,都为《西游原旨》写了跋语。樊于礼在讲述《西游原旨》从撰写到刊印过程之后,说道:"计生平著述,此书最为原起,而授刻独后,所谓以此始,而亦以此终也。"接着重述其师之言:"惟《西游记》一书,借俗语以演大道,其间性命源流,工程次第,与夫火候口诀,无不详明而且备焉。学者苟有志玩索,超凡入圣,无过此书矣。故《原旨》之作,较诸书更加详慎。"然后,樊于礼谈了自己的感受:"礼读《原旨》之注,而有味乎《西游》之本旨,因并读《真诠》之注,而知其《西游》之大旨。……足知先天性命之学,原本《太易》《阴符》《道德》诸经,乃圣人穷理尽性至命之学。"②

不仅刘一明的弟子推崇《西游原旨》,当时许多人亦纷纷予以首肯。如梁联第称:"《西游原旨》之书一出,而一书之原还其原,旨归其旨,直使万世之读《西游记》者,亦得旨知其旨,原还其原矣。道人之功,夫其微哉?"③杨春和说道:"晋邑悟元子,羽流杰士也。其于《阴符》《道德》《参同》《悟真》,无不究心矣。间尝三复斯书,二十余年,细玩白文,详味诠注,始也由象以求言,由言以求意,继也得意而忘言,得言而忘象,更著《西游原旨》,并撰读法,缺者补之,略者详之,发悟一子之所未发,明悟一子之所未明,俾后之读《西游记》者,以为入门之筌蹄可也;即由是而心领神会,以驯至于得鱼忘筌,得兔忘蹄焉,亦无不可也。"④苏宁阿则径直认为悟一子、悟元子"二子之注功翼《西游》,《西

---

① 〔清〕刘一明:《西游原旨序》,见朱一玄《明清小说资料选编》,第508～509页,济南:齐鲁书社,1990。

② 〔清〕樊于礼:《读〈西游原旨〉跋》,见朱一玄《明清小说资料选编》,第513～514页,济南:齐鲁书社,1990。

③ 〔清〕梁联第:《栖云山悟元道人〈西游原旨〉叙》,见朱一玄《明清小说资料选编》,第510页,济南:齐鲁书社,1990。

④ 〔清〕杨春和:《悟元子〈西游原旨〉序》,见朱一玄《明清小说资料选编》,第510～511页,济南:齐鲁书社,1990。

游》之书功翼宗门道教。自兹以往，悟而成道者，吾不知有恒河几多倍矣"①。此后，《西游原旨》多次刊行，主持刊行者总是给予高度评价。

继承尤侗、刘一明的主张，并且能够与小说实际相联系的，是嘉道年间的张含章。他的弟子何廷椿说他"得异人渊源之授，由是造诣益深。……平生博览群籍，探源溯流，以为圣贤仙释，教本贯通"。张含章对《西游记》评价特别高，认为此书"托幻相以阐精微，力排旁门极弊，诚修持之圭臬，后学之津梁也"。于是"手为批注，以明三教一源"②，著《通易西游正旨分章注释》，并分别写了自序和跋。在跋中，他说道："《西游》之大义，乃明示三教一源。故以《周易》作骨，以金丹作脉络，以瑜迦之教作无为妙相。"然后，用比附的方法来证明这一观点。如说："齐天大圣者，言天亦同此道，非有异也。其闹天宫，乃赞乾元先天而天弗违之义。……开首七回，于悟空一人身上，明金丹至秘，非师莫度之旨。十回至十二回，明离飞火扬神发为知之害。……自二十七回至七十七回六章，或明真心之不可暂离，或明二气之宜详辨，或明丹道法象于月，或明返魂亦在乎人，或明水火之不宜偏胜，或明旁门之自取殒身，或示真铅一味，或现虚无圈子，总教人善为调济，实力承当，毋生二念……"③

"三教同源"说与全真道在清代的中兴有着密切关系。从顺治到乾隆，几代帝王都对全真道的道禅融合及清静无为之道较有兴趣，并给予褒扬。如康熙褒封全真中兴高道王常月，雍正封南宗祖师张伯端为"大慈圆通禅仙紫阳真人"，乾隆拨款修白云观，两度亲至白云观礼敬，并为邱处机书写楹联，表示对全真道宗旨的尊重和仰慕。④ 王常月认为人心险恶，诸罪皆由心生，制心须持戒入定。制身则能皈依师宝，制心则能皈依经宝，制意则能皈依道宝。刘一明正是王常月的传人。

当然，也有不同意"三教同源"说的，如张书绅、阮葵生等。张书绅

---

① 〔清〕苏宁阿：《悟元子注〈西游原旨〉序》，见朱一玄《明清小说资料选编》，第511～512页，济南：齐鲁书社，1990。

② 〔清〕何廷椿：《通易〈西游正旨〉序》，见朱一玄《明清小说资料选编》，第501～502页，济南：齐鲁书社，1990。

③ 〔清〕张含章：《〈西游正旨〉后跋》，见朱一玄《明清小说资料选编》，第504～506页，济南：齐鲁书社，1990。

④ 牟钟鉴、张践：《中国宗教通史》，第900页，北京：社会科学文献出版社，2003。

于乾隆戊辰年（1748）所撰《西游记总论》开头便说："予幼读《西游记》……茫然不知其旨。""及游都中，乃天下人文之汇，高明卓见者，时有其人。及聆其议论，仍不外心猿意马之旧套；至心猿意马之所以，究不可得而知也。"他不满足于前人的见解，一心要找到真正的原旨。看到《安天会》的呈文后，他"触目有感"，从而认定《西游记》"只是教人诚心为学，不要退悔"，所谓"心不诚者，西天不可到，至善不可止"。① 显然这是他本人的一种感受，从某种意义上却也丰富了《西游记》的内涵。

阮葵生则是"游戏"说的最早提出者。他在回答山阳县令关于是否可将《西游记》作为吴承恩的著作载入县志时，说道："然射阳才士，此或其少年狡狯，游戏三昧，亦未可知。要不过为村翁孰童笑资，必求得修炼秘诀，则梦中说梦。以之入志，可无庸也。"②《西游记》作者是否为吴承恩，我们暂不追究，但阮葵生认为若要从《西游记》中求得"修炼秘诀"，是"梦中说梦"。他的"游戏"说为理解《西游记》"原旨"开辟了一条新路。需要提及的是，阮葵生所谓"以之入志，可无庸也"，应理解为不同意将《西游记》写入县志，原因倒不是不承认吴承恩的著作权，而是因为其"游戏三昧"，价值不高。因此，同治《山阳县志》、光绪《淮安府志》才会将《西游记》删掉。

清代著名学者焦循同意阮葵生的"游戏"说。他先是指出："今揆作者之意，则亦老于场屋者愤郁之所发耳。黄袍怪为奎宿所化，其指可见。"随后说道："然此特射阳游戏之笔，聊资村翁童子之笑谑，必求得修炼秘诀，亦凿矣。"③焦循看出小说中的情节与作者身世的关联，作者在以游戏之笔进行调侃。这是从作品实际出发得出的结论。

三、今人的见解

20 世纪 20 年代，"游戏"说得到胡适、鲁迅等学者认同。尤其是胡适，他在 1923 年所写《西游记考证》结论部分说道："《西游记》被这三四百年来的无数道士和尚秀才弄坏了。道士说，这部书是一部金丹妙

---

① 〔清〕张书绅：《〈西游记〉总论》，见朱一玄《明清小说资料选编》，第 500 页，济南：齐鲁书社，1990。

② 〔清〕阮葵生：《茶余客话》，见朱一玄《明清小说资料选编》，第 456～457 页，济南：齐鲁书社，1990。

③ 〔清〕焦循：《剧说》卷五，见朱一玄《明清小说资料选编》，第 460 页，济南：齐鲁书社，1990。

诀。和尚说,这部书是禅门心法。秀才说,这部书是一部正心诚意的理学书。这些解说都是《西游记》的大仇敌。现在我们把那些什么悟一子和什么悟元子等等的'真诠''原旨'一概删去了,还他一个本来面目。……这部《西游记》至多不过是一部很有趣味的滑稽小说,神话小说;他并没有什么微妙的意思,他至多不过有一点爱骂人的玩世主义。"①与以往的评论相比,胡适并没有提供更多的东西。他所说的"滑稽",明代陈元之早已点出;他所说的"爱骂人的玩世主义",与陈元之所说"浪谑笑虐"也没什么区别。但是,他对悟元子刘一明的否定,倒使我们想起刘一明对汪象旭的否定。只不过刘一明提出自己的独到见解,胡适则重复明代人的观点而已。

鲁迅简略回顾悟一子、张书绅和悟元子对《西游记》"原旨"的阐释史后,指出:"特缘混同之教,流行来久,故其著作,乃亦释迦与老君同流,真性与元神杂出,使三教之徒,皆得随宜附会而已。"鲁迅比较客观地看到小说本身三教融合的特征,所以也就难免三教之徒的附会。然后,鲁迅又表示"假欲勉求大旨",则谢肇淛"求放心"之喻,"已足尽之"。② 这就是说,鲁迅对《西游记》"原旨"最少发表了三种意见:"游戏"说,"三教同源"说和"求放心"说。

胡适和鲁迅受到五四新文化运动的影响,对儒佛道三教持批判态度,更重视小说的文学性和娱乐性,所以才会有上述理解。但是,胡适的解释毕竟过于简单化了,他只抓住小说外在的某些特点,缺乏对小说的全面理解。鲁迅的解释比较全面,但又不够深入。因此,整个20世纪对《西游记》原旨的探寻就从未停止过。如五六十年代盛行的"造反"说、"农民起义"说、"投降"说、"镇压"说等等。从严格意义上讲,这些观点只能视为对小说主题的解释,而不是对"原旨"的理解。因为它脱离了作品产生的那个特定时代,是社会政治意识不断强化的结果。其弊端是将小说的整体割裂开来,或用"双重主题"说、"主题转化"说强做解释。20世纪80年代以来,许多学者认识到这一问题的复杂性,尽量避免将问题简单化、武断化,而是以一种开放的态度,将小说置于其产生的那个时代,重新探讨。其中,比较有代表性且有新意的是以

---

① 胡适:《胡适古典文学研究论集》,第923页,上海:上海古籍出版社,1965。
② 鲁迅:《中国小说史略》,第131~132页,北京:东方出版社,1996。

下几家。

张锦池在《西游记考论》中，从"孙悟空形象的演化史""世德堂本的怪异署名""观音和孙悟空的关系""与《水浒》的思想异同""与《焚书》的思想联系"等五个方面做了考察，认为《西游记》"所提出的核心问题，是究竟什么样的人才才是真正的治平人才以及如何对待这类人才。认为道学之中已几无治平之人，期望能有观音式的人物去发现并起用孙悟空式的人物，以扫荡社会邪恶势力，共建玉华国式的王道乐土，这便是作者的创作本旨"。这一观点着眼于人才问题，显然受到"重视人才"思潮的影响。同时，他还指出，"大闹天宫"在一定程度上"概括了新兴市民势力反对传统封建等级的观念和制度，提出了具有早期启蒙色彩的民主平等要求"，从而反映了"新兴市民社会势力机智、聪明、奋迅进取、积极乐观以及个人奋斗的阶级特性"①。这些见解前人未曾论及，为人们提供新的阅读角度。

袁世硕先生也探讨小说的主旨问题。袁先生说："唐僧取经的故事，原是弘扬佛法的，后来加入了道教的神道，增加了故事的趣味性，原旨被冲淡了，但大旨没有改变。《西游记》小说一开头就把热情赋予了孙悟空，借着原有的一点因由，渲染其对诸界神祇的轻慢、桀骜不驯，便显示了与取经故事原旨相悖的倾向，注定后面的取经故事也要发生肌质的变化。""在这既定的取经故事的大框架里，在许多与各种妖魔斗法的生动有趣的情节里，作者注入了寻常的世态人情。""在小说中，一切都被世俗化了，读者从神魔斗法里看到的往往是自己熟悉的社会诸相。将神佛世俗化，时而投以大不敬的揶揄、调侃，也便在一定程度上解除了其原是人为的神秘性、神圣性，但觉得好玩，而丢掉了虔诚的敬畏。这就是《西游记》小说的精髓、价值之所在。"②袁先生从小说所叙写的实际内容和艺术效果入手，得出以上结论。

林辰先生在《神怪小说史》中对以往诸家评论打了个比方："试想旧说、新说、今说，都有道理，又都不能完全自圆其说而否定他说。这正像那个瞎子摸象的故事：摸着腿的说是柱，摸着肚的说是壁，摸着鼻的说是蛇。因此，笔者认为：像《西游记》《水浒传》《三国演义》这样经

---

① 张锦池：《西游记考论》，第 252～293 页，哈尔滨：黑龙江教育出版社，1997。
② 袁世硕：《文学史学的明清小说研究》，第 125～146 页，济南：齐鲁书社，1999。

过长期积累的集大成之作,内容十分庞杂,主题是多元的而不是单一的,不宜于用什么单一的主题去套它。"①林先生的见解十分通达,这也正是阐释学的观点。但是,林先生终于还是要对《西游记》的原旨做出自己的解释。他认为:"《西游记》是一部鼓励人们勇敢向上的神怪小说,是一部具有寓言性和讽刺性的作品。……笔笔不离世事人情……尽管也有崇佛抑道的倾向性,但儒释道三教合一的思想仍居于主导地位。"②所谓"鼓励人们勇敢向上",与张书绅"只是教人诚心为学,不要退悔"大体相当。"三教合一"更是前人多次提及。林先生所强调的"寓言性",尽管前人多次说过,却是这部小说的本质特征之所在。

袁行霈先生主编的《中国文学史》第七编第八章由黄霖先生撰写,其中对《西游记》原旨做了这样的概括:"就其最主要和最有特征性的精神来看,应该说还是在于'游戏中暗藏密谛'(李卓吾评本《西游记总批》),在神幻、诙谐之中蕴涵着哲理。这个哲理就是被明代个性思潮冲击、改造过了的心学。因而作家主观上想通过塑造孙悟空的艺术形象来宣扬'明心见性',维护封建社会的正常秩序,但客观上倒是张扬了人的自我价值和对于人性美的追求。"③黄霖先生认为作者主观的意图与作品客观的效果之间存在着差异,对主观意图的分析与明代评论者的观点相一致,对客观效果的分析则颇有新意。

不仅年辈稍长的学者在认真地苦苦探索,一些年轻学者也在做着不懈的努力。李安纲教授在其五卷本《〈西游记〉奥义书》的自序中指出:"《西游记》的主题并不是'滑稽''谐剧'和'好玩',而是在表现全真道的教义……并不是在讽刺佛教、道教,而是以道教全真教经典《性命双修万神圭旨》为原型,混一三教,整合文化,从而建立自己的结构体系。"具体来说,"第一回采用了宋代俞琰的《乾坤交变十二壁挂图》的结构,前七回孙悟空的故事又采用了邱处机的《大丹直指》的结构;儒、释、道三教学说各自成体系,却又浑然一体,毫无龃龉地统一在《性命双修万神圭旨》的网络结构之中"。"孙悟空是人类心灵的象征,而心灵就是佛,所以最终正果是'斗战胜佛'。因为修道就是修心,修心才

① 林辰:《神怪小说史》,第 301 页,杭州:浙江古籍出版社,1998。
② 林辰:《神怪小说史》,第 304 页,杭州:浙江古籍出版社,1998。
③ 袁行霈主编:《中国文学史》第四卷,第 152 页,北京:高等教育出版社,1999。

能成道,必须无往而不斗,无斗而不胜,才能脱去凡心,成就圣心、佛心。"①这些见解延续并发展了清代刘一明等全真道的观点,只不过说得更为直接、更为全面了。

陈文新、乐云合著《〈西游记〉:彻悟人生》,认为:"《西游记》是一部具有浓郁象征意味的神魔小说","是一部寓有心性修养的严肃主题的书"。"对《西游记》的主旨,我们不可过于拘泥。《西游记》的内涵不限于劝学,不限于谈禅,也不限于讲道。但用'求放心'来论说其大旨还是较为合适的。所谓'求放心',即将放纵的心收回,这是一个心性修养的命题。从这样一个视角看问题,《西游记》所写的一连串降魔服怪之役可以理解为对自我心灵中各种欲望的克服。"②显然与明代陈元之、谢肇淛的观点基本一致。

于是,我们可以发现,从明代到今天的四百余年中,对《西游记》原旨的阐释与接受,似乎经过了一个否定之否定的过程。之所以说是"似乎",是因为谁也否定不了谁,就像谁也说服不了谁一样。尽管如此,还是应当重视小说产生的那个特定时代的种种特征。因为只有这样,才不至于离作品的实际过于遥远。至于读者根据自己的阅读体会而归纳出种种主题,这倒不必去深究,因为《西游记》本身就是一部寓言性小说,其中的神也好,怪也好,只不过是象征手段而已。

第三节 《儒林外史》的主题接受

主题是文学作品内容的重要组成部分,主题的概念经常被人们从不同层次上加以使用。广义地说,它可以指贯穿作品题材的一条主线,以及从各种现象中概括出的共同本质,以及作者对此的评价。狭义地说,一部文学作品的主题应当是作者通过作品描绘的社会生活所显示出来的思想意义和作家对于这种生活现象的认识和评价。因此,主题既包括作品显示出来的客观意义,又包括作者主观的创作动机及

---

① 李安纲:《〈西游记〉奥义书》,第8~9页,北京:中国社会科学出版社,2002。
② 陈文新、乐云:《〈西游记〉:彻悟人生》,第167~176页,武汉:武汉大学出版社,2002。

作品的创作主旨。对主题思想的阐释过程，实际上就是对作品从不同
角度接受的过程，对创作主旨问题的探讨推动了作品传播效果的深
化。《儒林外史》在两个多世纪的传播过程中，对其主题见仁见智，歧
见迭出。对《儒林外史》主题接受做历史考察，有助于搞清《儒林外史》
在传播过程中对接受者产生了怎样的影响，这是关于传播意义的本质
思考。对《儒林外史》主题的接受，一方面表现出纵向上的连续性和继
承性，另一方面在不同时代又受到不同时代社会思潮的影响，表现出
阶段性和发展性。前者表现为古今解读之共性，后者则表现为接受时
代的独特性。

一、清代《儒林外史》的主题接受

《儒林外史》问世之后，吴敬梓的挚友程晋芳在《怀人诗》第十六首
中说："《外史》纪儒林，刻画何工妍。"①在吴敬梓身后，程晋芳所撰写的
《文木先生传》中又说："《儒林外史》五十卷，穷极文士情态。"②易宗夔
在《新世说》中也说是"穷极文人情态"③。徐珂在《清稗类钞》中认为是
作者"著书自述身世"④。卧本第三十七回评语说："名之曰儒林，盖为
文人学士而言。"⑤这一类评说被概括为"穷极文士情态说"。严格地
说，这不能说道出了小说的主题，只能说指出了小说的主要描写对象。
不过，从广义的主题概念看，它概括了小说题材的主线，对各种现象之
本质的探求和作者流露出的态度也都由此体现。天目山樵《识语》称
此书："描写世事文，实情实理，不必确指其人，而遗貌取神，皆酬接中
所频见，可以镜人，可以自镜。"⑥正是其中反映出的思想性、是非性，才
使之起到借鉴的作用。所以，作者不仅把社会上看到的一些现象罗列
出来，而且以此为载体，表现自己的理想。确切一点儿说，《儒林外史》

---

① 〔清〕程晋芳：《勉行堂诗集》卷二，见李汉秋《儒林外史研究资料》，第 9 页，上海：上海古籍
出版社，1984。
② 〔清〕程晋芳：《勉行堂文集》卷六，见李汉秋《儒林外史研究资料》，第 11 页，上海：上海古
籍出版社，1984。
③ 〔清〕易宗夔：《新世说》卷二，第 28 页，上海：上海古籍书店，1982。
④ 〔清〕徐珂：《清稗类钞》第 8 册，第 3765 页，北京：中华书局，1981。
⑤ 〔清〕吴敬梓：《儒林外史》，第 515 页，上海：上海古籍出版社，1984。
⑥ 〔清〕天目山樵：《识语》，见李汉秋《儒林外史研究资料》，第 135 页，上海：上海古籍出版
社，1984。

的主题是作者通过"穷极文人情态"描写炎凉世态,"意在警世"①,并提出社会改革的想法,创造一个理想的社会。

清代关于《儒林外史》主题的另一类评说,被概括为"功名富贵说"。最具代表性的是"闲斋老人"的观点。他在卧闲草堂本的序中说:"夫曰《外史》,原不自居正史之列也;曰'儒林',迥异玄虚荒渺之谈也。其书以功名富贵为一篇之骨:有心艳功名富贵而媚人下人者;有倚仗功名富贵而骄人傲人者;有假托无意功名富贵自以为高,被人看破耻笑者;终乃以辞却功名富贵,品地最上一层,为中流砥柱。篇中所载之人,不可枚举,而其人之性情心术,一一活现纸上,读之者,无论是何人品,无不可取以自镜。"②另,卧本回末总评指出:"'功名富贵'四字是全书第一着眼处。"(第一回)"'功名富贵'四字,是此书之大主脑,作者不惜千变万化以写之。"(第二回)③其后的黄小田评、天目山樵评、齐省堂评等,都沿其流,推其波,助其澜。如黄评说功名富贵为"一篇主意"(第一回)④,并指出其中的正面人物寄托了作者的理想和希望。天目山樵评对此说做了发挥:"功名富贵具甘、酸、苦、辣四味,炮制不如法令人病失心疯,来路不正者能杀人,服食家须用淡水浸透,去其腥秽及他味,至极淡无味乃可入药。"⑤其意并非一概否定功名富贵,但认为需要加以处理。齐评在光绪十四年(1888)增补齐省堂本东武惜红生叙,叙中说:"其命意,以富贵功名立为一编之局。"在开首《一枝金》词"功名富贵"四字上眉批:"全书主脑"。⑥

功名富贵本是人之常情,令作者忧心、痛心的是在追逐功名富贵的过程中,迷失了自我本性。这种唯利是图的风气一旦蔓延开来,使一些本性纯朴的年轻人,不由自主地被无情地卷裹进去。人格堤防的普遍崩塌,造成了众多的寡廉鲜耻之徒。作者所感忧虑和痛楚的就是

---

① 〔清〕邱炜萱:《客云庐小说话》,见李汉秋《儒林外史研究资料》,第 32 页,上海:上海古籍出版社,1984。

② 〔清〕吴敬梓:《儒林外史》,第 763～764 页,上海:上海古籍出版社,1984。

③ 〔清〕吴敬梓:《儒林外史》,第 16,32 页,上海:上海古籍出版社,1984。

④ 〔清〕吴敬梓:《儒林外史》,第 1 页,上海:上海古籍出版社,1984。

⑤ 〔清〕天目山樵:《识语》,见李汉秋《儒林外史研究资料》,第 136 页,上海:上海古籍出版社,1984。

⑥ 李汉秋:《儒林外史研究资料》,第 143 页,上海:上海古籍出版社,1984。

这种群体性的本性迷失。正如卧本评语："'功名富贵'四字是此书之大主脑，作者不惜千变万化以写之。"①

二、20 世纪《儒林外史》的主题接受

20 世纪《儒林外史》的主题接受，在承继清代的"穷极文人情态说"和"功名富贵说"的基础上，又从不同的角度对《儒林外史》的创作主旨和作品主题做出了新的阐释。这说明《儒林外史》具有丰富的思想内涵和历史文化意蕴，留给读者很大的感受与思考空间。这正是《儒林外史》这部古典小说在"当下"社会仍焕发生命力的根本原因。

关于主题表述，最有影响的说法是"反科举"说。此说众口相沿，持续半个世纪，呈直线传播形态。直到改革开放后，在多元化的文化背景下，各种说法才渐次多了起来。对于一开始相分离的"丑史"说和"痛史"说，有的研究者试图使二者彼此靠拢加以整合。如宁宗一在《吴敬梓对中国小说美学的贡献》中说："我之所以长期认为《儒林外史》既可以说是'丑史'也可以说是'痛史'或二者兼而有之的原因，就在于我常想到《儒林外史》是一部历史的反思性的小说。"②痛，并丑着，是那个时代许多士人的真实写照。至于为了配合"批林批孔"运动而提出的"反儒"说，已被诸多研究者论证是站不住脚的，那完全是为了政治的需要而使之沦为政治斗争的工具，丧失了文学的独立性。另外，还有"揭露社会黑暗""批判封建礼教""知识分子的出路探寻"等说法，都是从某一个侧面来阐释《儒林外史》的主题，显示了《儒林外史》巨大的文化包容性和价值生命的不断成长。

20 世纪初，研究者承袭并扩展了"穷极文人情态"说。如浴血生将《儒林外史》归入"社会小说"，认为"读《儒林外史》者，盖无不叹其用笔之妙，如神禹铸鼎，魑魅魍魉，莫遁其形"③。天僇生认为"《儒林外史》之写卑劣"属于"痛社会之混浊"之列。④ 黄摩西说《儒林外史》"写社会

---

① 〔清〕吴敬梓：《儒林外史》，第 32 页，上海：上海古籍出版社，1984。
② 宁宗一：《一个古代小说家的历史反思》，载《光明日报》1986 年 8 月 26 日。
③ 浴血生：《小说丛话》，见李汉秋《儒林外史研究资料》，第 258 页，上海：上海古籍出版社，1984。
④ 王无生：《中国历代小说史论》，见郭绍虞《中国近代文论选》（上），第 220～223 页，北京：人民文学出版社，1981。

中种种人物"①。

　　当时一些知识分子受西方新思潮、新观念影响,出自改良社会、革新文化的需要,极力强调小说对社会改良的作用。如梁启超的名言:"欲新一国之民,不可不新一国之小说。欲新道德必新小说,欲新宗教必新小说,欲新政治必新小说,乃至欲新人心,欲新人格,必新小说。"②

　　20 世纪 20 年代,鲁迅说到《儒林外史》是吴敬梓"既多据自所闻见,而笔又足以达之,故能烛幽索隐,物无遁形,凡官师,儒者,名士,山人,间亦有市井细民,皆现身纸上,声态并作,使彼世相,乃在目前……""敬梓多所闻见,又工于表现,故凡所有叙述,皆能在纸上见其声态,而写儒者之奇形怪状,为独多而独详。"③都是承袭、扩展了《儒林外史》"穷极文人情态"说。

　　胡适在 1920 年写的《吴敬梓传》中首次明确地提出"反科举"说。"这书的'楔子'一回,借王冕的口气,批评明朝科举用八股文的制度。道:'将来读书人既有此一条荣身之路,把那文行出处都看得轻了。'这是全书的宗旨。"在分析了马二论举业的言论后指出:"就是要提倡一种新社会心理,叫人知道举业的丑态,知道官的丑态;叫人觉得'人'比'官'格外可贵,学问比八股文格外可贵,人格比富贵格外可贵。……一部《儒林外史》的用意只是要想养成这种社会心理。"④此后众口相沿,"反科举"说成为对《儒林外史》主题最有代表性的一种阐释。

　　1971 年,在所谓"批林整风"运动中,因在林彪家中查到一些褒扬孔孟的材料,于是肯定林彪是极右,并把批林与批孔相联系。从五四时期提出"打倒孔家店"以来,批孔已不足为奇,但"文革"后期把批孔与尊法扬秦结合起来,却为以往所无。认为法家主张法治,主张厚今薄古,而儒家满口仁义道德,主张厚古薄今。在这样的历史背景下,对《儒林外史》的研究开始变味。

　　当时电台的新闻联播中曾播出简讯:上海某大学工农兵学员写了《儒林外史》是反儒尊法的作品一文。公开发表的文章中影响较大的

　　① 黄摩西:《小说小话》,载《小说林》1907 年第一卷第 1 期。
　　② 梁启超:《论小说与群治之关系》,见《饮冰室合集》,第 6 页,上海:上海中医学院出版社,1989。
　　③ 鲁迅:《中国小说史略》,第 198 页,上海:上海古籍出版社,2004。
　　④ 胡适:《胡适论中国古典小说》,第 330 页,武汉:长江文艺出版社,1987。

是《儒家知识分子的百丑图——谈〈儒林外史〉》,文章说:"对于儒家知识分子的丑恶面目,以及造就这批丑类的儒家教育制度,广大劳动人民和先秦以来的历代法家、进步思想家都曾做过尖锐的揭露和批判。这是历史上批儒反孔斗争的一个重要方面。吴敬梓的《儒林外史》,则是通过生动、鲜明的艺术形式,把这种揭露和批判形象化、典型化,从而构成了一幅儒家知识分子的百丑图。……给革命人民提供了一份形象的历史教材。"①此后又出台一批类似的文章,如《撕去'仁义道德'的遮羞布——从王仁的绰号谈起》②《对儒家教育的形象批判——读〈儒林外史〉》③《批判儒家教育思想的生动材料——读〈儒林外史〉》④。

传播面较广的著作有两种。一是由安徽大学、滁县地直和全椒县三结合的《儒林外史》研究小组撰写的《儒林群丑的讽刺画卷——评吴敬梓的〈儒林外史〉》(1975 年印发写作提纲;1976 年作为安徽大学学报增刊发行;1977 年由安徽人民出版社公开印行,第一次印刷 18 万册)。书中明确指出:"我们认为《儒林外史》是一部具有鲜明的反儒倾向的政治历史小说","可以帮助我们加深理解普及、深入、持久地开展批林批孔的伟大意义"。另一个是由南京师范大学整理的《儒林外史》,1977 年人民文学出版社正式出版,所附前言《吴敬梓和他的〈儒林外史〉》指出:"当时,尊儒反儒的斗争,拥护还是反对程朱理学的斗争十分激烈",《儒林外史》"具有鲜明的反儒倾向……它对我们今天反修防修、彻底批判反动的孔孟之道并肃清其流毒的现实,是具有借鉴作用的。"

对于"丑史说"尚可接受,说成是"反儒",则令人匪夷所思。政治要求文学成为服务的工具,要求文学充分发挥其政治历史功能。这种超越艺术边界的政治干预,有泛意识形态化的负面影响,造成了对《儒林外史》本来面目的曲解,也遏制了它作为文学艺术的生力。

"四人帮"倒台以后,古典文学研究逐步摆脱极左思潮的困扰,纠正了一些错误认识。1977 年,至少有三篇文章对"反儒说"提出异议:

---

① 郑轩:《儒家知识分子的百丑图——谈〈儒林外史〉》,载《教育革命通讯》1974 年第 10 期。
② 《撕去"仁义道德"的遮羞布——从王仁的绰号谈起》,载《解放日报》1974 年 10 月 30 日。
③ 《对儒家教育的形象批判——读〈儒林外史〉》,载《新教育》1975 年第 3 期。
④ 《批判儒家教育思想的生动材料——读〈儒林外史〉》,载《中山大学学报》1976 年第 1 期。

丰家骅《〈儒林外史〉"反儒说"质疑》①,任访秋《反儒欤·尊儒欤·——就〈儒林外史〉思想主流问题谈一点看法》②,以及陈美林《略论吴敬梓的"治经"问题》③。此后一些研究者往往对"文革"时的"反儒说"提出批评,恢复了学术研究中实事求是的态度。

20 世纪 80 年代,傅继馥发表《一代文人的厄运——〈儒林外史〉主题新探》④。文中指出:"第一回回目大书'敷陈大义,隐括全文'。作者提示全书的主旨大义是什么呢? 打开第一回,迎面便刮起一阵可怕的怪风,传来一声惊心动魄的呼喊:'一代文人有厄!'这就是作者对全书主题思想的提示,并且确定了对一代文人遭遇厄运的基本态度是同情,一代文人形象的主要特征是厄运的受害者,而不是厄运的制造者。……《儒林外史》为一代文人请命,写的是儒林痛史,而不是儒林丑史。……小说对广大士子在讽刺其'把文行出处都看轻了'的同时,又描写他们在长期腐蚀和百般折磨下,仍然在心灵上保持着一些值得同情的甚至是善良的品格,明确地显示他们并不是什么丑类。""他们中了毒还没有觉悟,放了毒却不是有意害人。小说把他们写成是厄运的受害者,而不是写成群丑。在进行辛辣的讽刺的同时,倾注着深切的同情。"随后,郭因发表《知识分子的痛史——评〈儒林外史〉》⑤。他在文中说:"作者本人就是一个痛苦了一生的儒……他写的《儒林外史》,实在是哀人写哀事,悲人写悲剧,痛人写痛史,惺惺惜惺惺。要说讽刺,那也是含着泪花在讽刺,是一种不幸的知识分子对不幸的知识分子无可奈何的辛酸的自我嘲弄式的讽刺。"

20 世纪 80 年代"文化热"催生的对《儒林外史》从文化角度进行的研究一直到世纪末还方兴未艾。如王平的《〈儒林外史〉:文化反思与整合的艺术显示》⑥认为:"《儒林外史》是一部具有丰富文化内涵和清

---

① 丰家骅:《〈儒林外史〉"反儒说"质疑》,载《南京师范学院学报》1977 年第 3 期。

② 任访秋:《反儒欤·尊儒欤·——就〈儒林外史〉思想主流问题谈一点看法》,载《开封师范学院学报》1977 第 6 期。

③ 陈美林:《略论吴敬梓的"治经"问题》,载《南京师范学院学报》1977 年第 4 期。

④ 傅继馥:《一代文人的厄运——〈儒林外史〉主题新探》,载《社会科学战线》1982 年第 1 期。

⑤ 郭因:《知识分子的痛史——评〈儒林外史〉》,载《读书》1982 年第 3 期。

⑥ 王平:《〈儒林外史〉:文化反思与整合的艺术显示》,载《天津师范大学学报》1995 年第 5 期。

醒文化意识的古典小说,这主要表现在作者通过小说中的人物和情节,对绵延几千年的文化体系进行了深刻的反思,同时根据自身的经历感受和时代思潮的要求,对这一文化体系又给予了重新整理组合。"类似的讨论又如皋于厚《祭泰伯祠与〈儒林外史〉的文化意向》①,胡发贵《一曲文坛的挽歌:试论〈儒林外史〉的文化意蕴》②等。

戴燕《从马二先生到四大奇人——〈儒林外史〉对封建文化的深刻批判和对新文化的模糊向往》认为:"《儒林外史》是对封建文化严肃的反思,日益没落腐朽的封建文化毒害和麻醉着中国士大夫,马二先生比范进等人更深刻地体现了封建文化的反动。……人们一方面无法彻底摆脱封建文化深入骨髓的侵蚀,但又是在憧憬着朦朦胧胧的未来。四大奇人的出现似乎便寄托了吴敬梓的希望,尽管对封建文化的反思带有强烈的悲剧色彩,但有悲剧比没有悲剧好,有悲剧说明了站在时代思潮最前列的文学家们已经从麻木状态中清醒过来。"③

宁宗一《一个古代小说家的历史反思》指出,吴敬梓"意在通过自己对民族文化和民族性格以及民族素质的宏观的历史反思,引导当时和以后的知识分子走向更高的精神境界"。《儒林外史》"通过几个典型人物的活生生的心灵世界,展示了民族文化的实相,从而强劲地呼唤人们对民族文化的积极扬弃和择取"。④

《儒林外史》作为一部文人独立创作的小说,一方面,其主题必然与作者的创作动机密切相关,它承载了作者对现实社会有意识或无意识的艺术认识和感受。这是作品主题的客观存在性,不能离开文本,任意解说。另一方面,不同文化背景的读者,对于作品主题的认识和理解会有不同。读者的接受从不同角度显示和影响着作品传播的意义和价值,亦即小说传播后真正在人们心中所起的作用。也就是说,文学作品的意义虽然已潜藏于文本当中,但最终还是在接受过程中实现的,其内涵之所以能被挖掘出来,是因为文本本身具有丰富而潜在

---

① 皋于厚:《祭泰伯祠与〈儒林外史〉的文化意向》,载《南京师范大学学报》1993 年第 2 期。
② 胡发贵:《一曲文坛的挽歌:试论〈儒林外史〉的文化意蕴》,载《明清小说研究》1994 年第 2 期。
③ 戴燕:《从马二先生到四大奇人——〈儒林外史〉对封建文化的深刻批判和对新文化的模糊向往》,载《南京师范大学学报》1985 年第 1 期。
④ 宁宗一:《一个古代小说家的历史反思》,载《光明日报》1986 年 8 月 26 日。

第五章 传播诠释论

的意蕴,在精神上与各时代的人们在某方面产生了契合,从而能够明确地把这种思想与感受用语言表达出来,潜在的意义就转化成外显的意义,潜在的功能就变成现实的作用了。

第四节 《红楼梦》的诠释空间

一部优秀的文学作品,往往具有十分广阔的诠释空间。这种诠释空间的形成,首先决定于作品本身艺术生命力的永久性,所含信息的多样性以及思想内涵的丰富性。但是,这种诠释空间又不是无限的和不确定的。一方面,文学作品一经创作出来,自身便具有了历史客观性。这种历史客观性包含这样几个因素:一是固定的文本形态,二是作品文献史料、典章制度等方面的规定性,三是作者所处社会环境的历史客观性。作品所表述的形象、所蕴涵的意义,都无法摆脱这些因素的范围和限定。从另一方面来说,这种诠释空间能否被充分发现和挖掘,还取决于诠释者的审美能力、艺术悟性、人生经验、历史知识、逻辑推理以及哲学思想等诠释能力。在某一特定的历史时期,对同一部作品的意义之所以会产生种种不同甚至截然相反的诠释,并不是因为作品文本发生了变化,而是诠释者自身主观因素有着许多差异,甚至是巨大的差异。自《红楼梦》问世以来,人们对其意义的诠释就从未停止过。正如诠释学理论所主张的那样,在读者与文本的互动中,《红楼梦》的意义被不断发现,不断丰富,不断扩大,不断更新;同时,不可否认,有时被误读或扭曲。只有那些具备了最为充分条件的诠释者,才有可能对其做出全面、丰富、准确、深刻的诠释。

一、《红楼梦》文本形态的客观规定性

一般地说,一部文学作品的文本形态是固定的,《红楼梦》自然也不例外。如果说有什么特殊性的话,那就是《红楼梦》的版本比较复杂,人们根据不同的版本会做出不同的诠释。但从《红楼梦》诠释的历史和现状来看,版本的不同的确曾经导致某些歧义的产生,然而它并非产生歧义的主要原因。那么,《红楼梦》文本形态的客观规定性有哪

些具体内涵呢？

首先，文本所叙故事的时间是客观存在的。文本时间与故事时间及现实时间之间具有一定的对应关系，由此决定文本形态的客观规定性。关于《红楼梦》文本的叙事时间，今有周汝昌先生《红楼纪历》、周绍良先生《红楼梦系年》、张笑侠先生《红楼梦年表》和秦淮梦先生《红楼梦本事编年新探》以及部分论文专论此事。尽管《红楼梦》中有关岁时节序、人物年龄的描述存在某些矛盾和混淆不清之处，但从整体上看，其叙事的时间脉络还是基本清楚的。《红楼梦》第一回"甄士隐梦幻识通灵，贾雨村风尘怀闺秀"，写甄士隐梦中见一僧一道携顽石下凡历劫。周汝昌先生认为："是即暗写宝玉降世之时，故六十二、六十三回叙宝玉生辰在夏天，约当四月下旬。"周绍良先生也认为："顽石下凡历世，自指宝玉降生而言，当即《红楼梦》之开始。"秦淮梦先生则认为顽石并非宝玉，神瑛侍者才是宝玉的前身，顽石夹带于其中得以来到人世，因此宝玉降辰是在第二年。其间虽有争议，但相差不过仅有一年。①

小说中不时透露出有关人物年龄或岁时节令的信息，只要认真阅读，并不难把握。如第一回说甄士隐之女英莲"年方三岁"，第二回写黛玉"年方五岁"，贾雨村应聘做了黛玉的老师。小说接着写道，"看看又是一载的光景"。从语气上说，贾雨村在林家应是第二年了，黛玉应为七岁。冷子兴对贾雨村称宝玉"如今长了七八岁"。宝玉比黛玉年长一岁，故应为八岁。又说"贾蓉今年才十六岁"，比宝玉年长八岁。至第十三回为使秦可卿丧礼风光，贾蓉捐官填写履历表，年二十岁。因此可以推断自第二回至第十三回小说文本所叙故事时间为四年。第二十五回宝玉被马道婆所害，癞头和尚抚摸玉石，说："青埂峰一别，展眼已过了十三载矣！"宝玉此时周岁应为十三岁，虚岁则为十四岁。因此可以推断从第二回至第二十五回，小说文本所讲述的故事时间是五年，从第十三回至第二十五回则应为一年多。第二十二回，凤姐说"薛大妹妹今年十五岁"，一般是指虚岁，宝玉比宝钗小一岁，故应为十四岁。从第十八回至第八十回共写三年之事，因此至第八十回时，宝

① 参见秦淮梦《〈红楼梦〉本事编年新探》，第8页，北京：中国文联出版社，2002。

玉的年龄为十六岁。

由此可见,《红楼梦》文本的叙事时间是基本清楚的。刘心武先生在其《揭秘》中也多处以文本叙事时间作为依据,但他为了证明自己的"秦学"之说,歪曲了文本的叙事时间。如他说:"实际上《红楼梦》的第一回到第八十回,整个儿是写的清朝从康熙、雍正到乾隆朝的故事,其中,第十八回后半部到第八十回都是乾隆时期的事。"①为了证明这一论点,他举出第二十七回中曾说这一年的四月二十六日是芒种节,根据《万年历》,乾隆元年(1736 年)就是这一天交芒种节,因此他认为从第十八回后半回到第五十三回上半回写的是一年之事,即乾隆元年事。如此说来,时年十四岁的宝玉应生于十四年之前,即雍正元年(1723 年),故事也应开始于这一年。刘心武先生又说秦可卿是在太子胤礽"第二次被废的关键时刻落生的,所以在那个时候,为了避免这个女儿也跟他一起被圈禁起来,就偷运出宫,托曹家照应"。②　太子胤礽第二次被废是康熙五十一年(1712 年),按刘先生的说法,秦可卿应生于这一年,这样一来就比宝玉年长十一岁。但前面已从文本时间得知,贾蓉比宝玉年长八岁,如果秦可卿比宝玉年长十一岁的话,则秦可卿比自己的丈夫贾蓉还要大三岁。刘先生在《红楼望月·元春为什么见不得"玉"字》中又明白告诉我们:"秦可卿'画梁春尽落香尘'时应恰是二十岁。"③小说文本也明确指出,为秦可卿丧礼风光,贾蓉捐官填写的是二十岁。那么,秦可卿与丈夫究竟同岁呢,还是年长三岁呢?

不妨再换一角度来看。按刘先生的说法,秦可卿生于太子被废的康熙五十一年(1712 年)。秦可卿死于哪一年呢?刘先生说:"当然第十三回、十四回、十五回,应该说还是清楚的,包括第十六回,内容都是雍正暴亡、乾隆登基那个时候发生的一些事情。"④这就是说,秦可卿死于雍正十三年(1735 年)。照此推算,秦可卿死时又成了二十三岁。由于刘心武先生为证明自己的观点而背离了文本的叙事时间,因而陷入了自我矛盾之中。

---

①　刘心武:《刘心武揭秘〈红楼梦〉》第十五讲《秦可卿被告发之谜(下)》,第 219 页,北京:东方出版社,2005。以下凡引本书只注明第几讲及页数。

②　刘心武:《刘心武揭秘〈红楼梦〉》第十三讲《秦可卿原型大揭秘(下)》,第 192 页。

③　刘心武:《红楼望月》,第 86 页,上海:书海出版社,2005。

④　刘心武:《刘心武揭秘〈红楼梦〉》第十五讲《秦可卿被告发之谜(下)》,第 220 页。

刘先生还有一个观点,即认为小说"第一回至第十六回,应该大体上是雍正时期,更具体地说,是在雍正朝晚期,也就差不多是雍正暴死之前"。"第十六回实际上讲的是雍正暴亡和乾隆登基的情况。"①但前面他已述及,小说从第十八回后半回至第五十三回上半回都是乾隆元年之事,那么,按照这种说法,从第十六回至第十八回前半回这两回半的时间也应是同一年之事。实际情况如何呢? 请看小说文本的叙述:第十六回大观园开始动工修建,是在贾琏和黛玉从南方返回之后,因此贾琏和黛玉从南方返回之时,即大观园动工修建之日。第十二回结尾处写道:"谁知这年冬底,林如海的书信寄来,却为身染重病,写书特来接林黛玉回去。""作速择了日期,贾琏与林黛玉辞别了贾母等,带领仆从,登舟往扬州去了。"②第十四回交代"林姑老爷是九月初三日巳时没的,二爷带了林姑娘同送林姑老爷灵到苏州,大约赶年底就回来"③。第十六回又说"林如海已葬入祖坟了,诸事停妥,贾琏方进京的。本该出月到家,因闻得元春喜信,遂昼夜兼程而进,一路俱各平安"④。贾琏原定年底到家,后又说"出月到家",从前后语气推测,所谓"出月",应是指"出十一月"。因听到元春晋封为凤藻宫尚书的喜讯而"昼夜兼程",于是又提前了几天,也就是说十一月底之前即回到家中了。贾琏回来的"次日","便往宁府中来,合同老管事的人等,并几位世交门下清客相公,审察两府地方,缮画省亲殿宇,一面察度办理人丁"。⑤ 也就是说,贾琏回来的第二天,就开始了大观园的修建。第十七回开头便说:"又不知历几何时,这日贾珍等来回贾政:'园内工程俱已告竣……'"⑥于是,贾政率众人入园题匾额,园中景象是"佳木茏葱,奇花闪灼"⑦,当是初夏时令。从前一年的冬天到第二年初夏,大观园主体工程基本竣工,也符合实际。"王夫人等日日忙乱,直到十远将尽,幸

① 刘心武:《刘心武揭秘〈红楼梦〉》第十七讲《贾元春判词之谜》,第 242 页。
② 〔清〕曹雪芹:《红楼梦》,第 161 页,济南:山东文艺出版社,1993。
③ 〔清〕曹雪芹:《红楼梦》,第 179~180 页,济南:山东文艺出版社,1993。
④ 〔清〕曹雪芹:《红楼梦》,第 197 页,济南:山东文艺出版社,1993。
⑤ 〔清〕曹雪芹:《红楼梦》,第 206 页,济南:山东文艺出版社,1993。
⑥ 〔清〕曹雪芹:《红楼梦》,第 211 页,济南:山东文艺出版社,1993。
⑦ 〔清〕曹雪芹:《红楼梦》,第 213 页,济南:山东文艺出版社,1993。

皆全备","于是贾政方择日题本"①,恩准次年正月十五日贾妃省亲。显然,修建大观园前后用了近一年时间,也正符合后文黛玉所说"大观园盖才盖了一年"。

由此可见,第十六回元春晋封为凤藻宫尚书是在十一月,第十七回大观园建成是在第二年的初夏,第十八回元春省亲则在转过年来的正月十五了。因此,从第十六回到第十八回,文本讲述了三个年头之事。如果按刘心武先生的说法,第十六回是"雍正暴亡和乾隆登基",乾隆登基是九月初三,元春这时被册封为贵妃,接下来就是乾隆元年(1736年)元春省亲,那大观园是何时修建的呢? 为了证明自己的观点,而置小说文本的叙述时间于不顾,当然难以令人信服。

二、人物身份与人物之间关系是诠释的重要依据

文本中对人物身份、人物之间关系的描述,也是诠释的重要依据。如第二回冷子兴演说荣国府时说道:"自荣公死后,长子贾代善袭了官……如今代善早已去世,太夫人尚在,长子贾赦袭着官;次子贾政,自幼酷喜读书,祖父最疼,原欲以科甲出身的,不料代善临终时遗本一上,皇上因恤先臣,即时令长子袭官外,问还有儿子,立刻引见,遂额外赐了这政老爹一个主事之衔,令其入部习学,如今现已升了员外郎了。"②这里交代得明明白白,两个儿子都是贾母所生,不存在过继问题。刘心武先生却认为曹雪芹"过分地忠于生活原型,他太写实了",小说中的贾政就是现实生活中曹寅的侄子曹頫,因曹寅唯一的儿子早逝,曹頫便过继给了曹寅。由此推断,小说中的贾政也是过继来的,所以贾母和贾政的关系十分冷淡。③

刘心武先生试图以此证明《红楼梦》中的人物都是有生活原型的,然而不难看出其逻辑上的混乱。如果贾政真过继给了贾代善,那么,贾赦就不应当被称为长子,更不应当让贾赦袭官。如果与现实生活中的曹家相对应,也是曹頫继任了江宁织造,而不是他那未过继的几位哥哥。再说,也绝无兄弟中一人过继给伯伯或叔叔,其他兄弟跟着去

---

① 〔清〕曹雪芹:《红楼梦》,第229页,济南:山东文艺出版社,1993。

② 〔清〕曹雪芹:《红楼梦》,第25页,济南:山东文艺出版社,1993。

③ 刘心武:《刘心武揭秘〈红楼梦〉》第二讲《贾府婚配之谜》,第41页。

当儿子的道理。曹頫是曹寅弟弟曹宣(荃)之子,如果曹寅相当于小说中的贾代善,曹宣就相当于小说中的贾代化。小说中的贾政、贾赦岂非都成了贾代化的儿子?现实生活中,曹寅是长子,曹宣是次子,又与小说中贾代化居长不合。因此,小说文本中人物的身份是不能够随意与现实生活中的人一一比附的。至于小说中为何让贾政居住在正厅正房,应与"祖父最疼"四字相关。荣国府在荣国公去世后,贾代善成为主人,由于祖父的疼爱,贾政一直住在府中,长孙贾赦成家后另居别院。贾代善去世后,贾母健在,自然就与贾政住在一起。刘心武先生一会儿说曹雪芹"太写实了",一会儿又说"实际上荣国府只有这么一个过继的儿子,为什么他要写贾赦呢?这点就是他发挥他的艺术想象力,以及他的艺术虚构了。如果太忠实于生活的真实,写起来就很麻烦,所以他就归并同类项。因为贾赦确实在小说里面是贾政的哥哥,在生活原型当中也确实是曹頫的哥哥,他和贾政之间他们是亲兄弟,但是他没有过继给贾母,明白吗?他没过继给贾母,他怎么能住在荣国府的院子里呢?他当然是在另外一个院落居住。明白这个逻辑了吧?"①刘心武先生认为他的论证很有逻辑性,但是我们不禁要问:既然贾赦因为没有过继给贾母,就不能住在荣国府的院子里,那小说又为什么让他成为了贾母的长子,又为什么让他袭了官呢?这又是什么逻辑呢?

再来看小说中对秦可卿的描述。第八回结尾处说得十分明白,她是秦业从养生堂抱来的。"长大时,生的形容袅娜,性格风流。因素与贾家有些瓜葛,故结了亲,许与贾蓉为妻。"②她不仅"生的袅娜纤巧","行事又温柔和平",因此贾母把她视为"重孙媳中第一个得意之人"。③这些描述本来并无特殊之处,刘心武先生却做起了文章,认为以贾家之地位,绝不可能与养生堂抱来的野种结亲,于是先来揭示"贾府婚配之谜"。然而,在揭示这一谜底时,刘心武先生又曲解了文本的描述,犯了逻辑上的错误。刘心武先生以贾代善、贾政、贾琏或与"四大家族"中的史家结亲,或与"四大家族"中的王家结亲为例,证明"四大家

---

① 刘心武:《刘心武揭秘〈红楼梦〉》第二讲《贾府婚配之谜》,第43页。
② 〔清〕曹雪芹:《红楼梦》,第123页,济南:山东文艺出版社,1993。
③ 〔清〕曹雪芹:《红楼梦》,第65页,济南:山东文艺出版社,1993。

族是互相婚配的,娶媳妇绝不能随便,而且首先考虑四大家族里面有没有合适的"。如果四大家族中一时没有合适的,也要找一个"诗礼大家"的女儿做媳妇,比如李纨就是如此。①

　　然而,荣宁二府中的媳妇并非都出身于显赫家庭,刘心武先生也看到了这一点,如邢夫人、尤氏等。对此应如何解释呢? 刘先生认为那是因为邢夫人、尤氏都是填房的缘故。填房即续娶之妻,是原配夫人过世后又明媒正娶的妻子,是第二任正室夫人,与原配夫人相比,地位丝毫没有降低,那为何家庭条件就一定会降低呢? 如果说因为填房的年龄较小,或容貌娇媚,因此家庭条件有所降低,也还说得过去。但小说中的邢夫人年龄、相貌均无甚优长之处,尤氏的年龄与贾珍也无多大悬殊,其容貌则显然不及尤二姐和尤三姐。所以,刘心武先生论证的这一逻辑并不严谨,他却按照这一逻辑继续推论:"那么根据整个的这些描写,我们可以形成这样一个逻辑,就是贾氏宗族在为贾蓉选择媳妇的时候能够不重视吗? 即便四大家族里面找不到合适的,类似李纨这样的家庭背景的能不能找一个,如果这样也找不到的话,起码可以以贾赦的填房和他自己的继母为坐标系,找一个过得去的,血缘很清楚,家境也还过得去,身份也还可以的这样一个女子吧。""秦可卿的寒微出身,显然与贾府这个百年大族的地位极不匹配,她成了贾府众多媳妇中的一个例外。"②

　　前面已经引述了小说中的描写,秦可卿是秦业从养生堂抱来的,因此,其出身就应当以秦业的家庭为背景,而不必再去追问她亲生父母的家境如何。秦业"现任营缮郎",且"素与贾家有些瓜葛,故结了亲"。尤其是秦可卿"长大时,生的形容袅娜,性格风流"。就这些条件看,丝毫不亚于邢夫人和尤氏。秦业五旬之上得的儿子秦钟,在王熙凤眼中竟把宝玉比下去了。秦业为秦钟延师读书,"因去岁业师亡故,未暇延请高明之士,只得暂时在家温习旧课"。秦业虽然"宦囊羞涩",但还是"东拼西凑的恭恭敬敬封了二十四两贽见礼,亲自带了秦钟,来代儒家拜见了"③。可见与邢家、尤家相比,家境也并非更为寒酸。因

---

① 刘心武:《刘心武揭秘〈红楼梦〉》第二讲《贾府婚配之谜》,第35页。
② 刘心武:《刘心武揭秘〈红楼梦〉》第二讲《贾府婚配之谜》,第37~38页。
③ 〔清〕曹雪芹:《红楼梦》,第123页,济南:山东文艺出版社,1993。

此,秦可卿嫁与贾蓉为妻,并非不可想象。至于贾母为何特别喜欢秦可卿,小说中也交代得清清楚楚:"贾母素知秦氏是个极妥当的人,生的袅娜纤巧,行事又温柔和平,乃重孙媳中第一个得意之人。"①这里所说的"重孙媳中第一个得意之人",应指整个家族而言。因为贾家是一个百年大族,依贾母的辈分而论,此时的重孙媳妇除秦可卿外,尚有他人。第十三回听到秦可卿去世的消息,贾菖、贾菱、贾芸、贾芹、贾蓁、贾萍、贾藻、贾蘅、贾芬、贾芳等与贾蓉平辈的便来了十几位,其中应有已娶妻者。但刘心武先生却说:"贾母就等于有一个预言,就是以后贾琏你也生了一个儿子,也娶了一个媳妇,我现在都不用动脑筋,肯定比不了秦可卿;或者你贾宝玉今后也有一个儿子,也娶媳妇,或者贾环也有儿子,也娶媳妇,但都比不了秦可卿。……怎么能够事先就断定,贾兰不管娶什么媳妇,秦可卿都永远是第一得意之人呢?"②贾母又不是神仙,怎么能够做出这种荒唐的预言呢?退一步说,贾母赞赏的是秦可卿做事妥当、温柔和平,这与她的血统、出身也根本挨不上,倒是一位出身平民之家的媳妇更有可能具备这些优点。

刘心武先生还从脂本与程高本个别不同之处寻找到了根据,这就是脂本中秦业的名字在程高本中改成了"秦邦业"。刘心武先生认为,这一改动事关重大。他解释道:"可见高鹗和程伟元对这个名字是敏感的,为什么?因为在古本《红楼梦》上,脂砚斋在批语里面对'秦业'这个名字是有非常明确的评论的。脂砚斋怎么评论的呢?她说'妙名,业者孽也'。""秦就是谐音'感情'的这个'情',业就是谐音'孽',合起来的意思就是因为有感情而造成罪恶。""高鹗、程伟元他们也可能看出这个含义了,他们不想因为这个书稿惹事,甚至还有更坏的想法,所以就把它改了。"③

为了证明秦可卿非同小可的出身,刘心武先生真可谓动了脑子。但脂砚斋对秦业名字及其官职的批语并非仅有刘心武先生所引这几个字,下面紧接着又批道:"盖云情因孽而生也。官职更妙!设云因情孽而缮此一书之意。"脂批明明说"情因孽而生",刘心武先生却反过来

---

① 〔清〕曹雪芹:《红楼梦》,第65页,济南:山东文艺出版社,1993。
② 刘心武:《刘心武揭秘〈红楼梦〉》第五讲《秦可卿生存之谜》,第65页。
③ 刘心武:《刘心武揭秘〈红楼梦〉》第四讲《秦可卿抱养之谜》,第46页。

说"因为有感情而造成罪恶"。不要小看这一改动,因为它直接关系到刘心武先生的立论基础。"情因孽而生",是说情产生于孽障。试看秦业的一儿一女,皆因孽情而命丧黄泉,这就是小说要表明的用意。正如秦可卿的判词所说:"情天情海幻情身,情既相逢必主淫。"秦钟、秦可卿的短暂一生证明了孽情之不可取。但如按照刘心武先生的理解,"因为感情而造成罪恶",那就是贾珍和秦可卿因为有了感情,结果导致不顾大局的罪恶。再说,如果秦业这个名字如此敏感,不改动就会"惹祸",那么,比这更为敏感的地方太多了。如刘心武先生反复强调的"义忠亲王老千岁",这些地方难道程、高就不怕"惹祸"吗?实际上,程、高改秦业之名为"秦邦业",是为了淡化秦可卿"淫丧"的事实,与脂砚批语建议删改的用意尽量相一致。

第五回秦可卿引宝玉到上房休息,宝玉见屋内挂着《燃藜图》,又有一副对联,写的是"世事洞明皆学问,人情练达即文章",便坚决不肯在此休息。于是,秦可卿将他带到自己的卧室。小说对秦可卿卧室做了一番细致的描述,其用意显然是与上房的庄重世俗形成鲜明对比。上房乃贾珍与尤氏居室,从其布置可见出两人生活的平庸乏味。秦可卿的卧室如此奢华淫靡,则暗寓其与贾珍的暧昧关系。所以,甲戌本在此批道:"艳极,淫极。"在"案上设着武则天当日镜室中设的宝镜"下批道:"设譬调侃耳。若真以为然,则又被作者瞒过。"[①]武则天本为太宗之妃,却成为高宗之后,这就是其调侃之意。但是,刘心武先生认为这些描写是为了证明秦可卿的公主身份,所以他对"寿昌公主"和"同昌公主"的典故特别感兴趣,但小说中接着说"展开了西子浣过的纱衾,移了红娘抱过的鸳枕",莫非秦可卿又成了为国牺牲爱情的西施和与张生大胆幽会的莺莺吗?看来,刘心武先生真被脂砚所言中,"又被作者瞒过"了。

三、文物史料与典章制度是诠释的客观依据

《红楼梦》是一部描写现实生活的文学作品,其文本中有关文物史料、典章制度等信息即成为诠释的客观依据。如第五十三回写荣国府

---

① 〔清〕曹雪芹:《红楼梦》,第66页,济南:山东文艺出版社,1993。

元宵开夜宴,宴席上陈设着一件"缨络"屏风,然后说道:"凡这屏上所绣之花卉,皆仿的是唐、宋、元、明各名家的折枝花卉……"因此,小说讲述的故事应发生在明代之后。此回中还提及"御田胭脂米","庚辰本"批曰:"《在园杂志》有此说。"《在园杂志》乃清人刘廷玑所作,又知刘廷玑为辽阳人,康熙四十二年(1703 年)曹寅曾有诗赠别刘廷玑。①因此可进一步得知,《红楼梦》的创作时间应在康熙、雍正之后。经过几代学者的不倦努力,对《红楼梦》文本中的文物史料、典章制度等已经做了许多可信的考证,对文本做出诠释时,必须遵循这些客观依据。

《红楼梦》第十三回,贾珍要为秦可卿寻一副好棺木,可巧薛蟠店里有一副樯木板,"原系义忠亲王老千岁要的,因他坏了事,就不曾拿去"②。所谓"千岁",是封建时代对诸王乃至于皇后的称呼,并非专指太子,常见于小说、戏曲之中。刘心武先生却说:"我认为,千岁在这里就是指太子,就是指在皇帝薨逝以后,登基当新皇帝的那个人。"大概刘心武先生也感到这样说有些武断,所以他接着摆出了立论的前提:"清朝跟明朝很不一样,清朝皇帝对其儿子的分封,从来都不是均等的。比如康熙分封诸皇子,那时候叫他们阿哥,他就不是一律都封王,就是有的只封为贝子,有的只封为贝勒,有的,像十三阿哥胤祥,都成年了,比他岁数小的十四阿哥都封爵位了,他还没被册封,他是直到康熙死了雍正当了皇帝,才被封为亲王的。明朝皇帝的儿子受封后,去封地居住为王,清朝皇子分封后,都留在京城里,极个别的让其住在城外,但也不是封到外省为王。在清朝的政治生活里,本来并没有千岁这样一种称呼;但是清朝在康熙那一朝,康熙曾经册立过太子,而且明确地告示天下,在他众多的儿子里,太子就是唯一被指定的皇位继承人,因此,曹雪芹笔下的'义忠亲王老千岁',就是喻指康熙立的太子胤礽。"③

说实在的,笔者也十分希望刘先生的这一立论前提能够成立,因为这样一来,许多问题便可迎刃而解。认真读了这段话后,却感觉是在绕圈子,绕来绕去,还是原地未动。又因为这直接关系到刘心武先

① 秦淮梦:《〈红楼梦〉本事编年新探》,第 193 页,北京:中国文联出版社,2002。
② 〔清〕曹雪芹:《红楼梦》,第 167 页,济南:山东文艺出版社,1993。
③ 刘心武:《刘心武揭秘〈红楼梦〉》第六讲《秦可卿出身之谜》,第 86 页。

生立论的基础，为了不至于误解刘先生的原意，所以下面逐句做一辨析。刘先生说："康熙分封诸皇子，那时候叫他们阿哥，他就不是一律都封王，就是有的只封为贝子，有的只封为贝勒，有的，像十三阿哥胤祥，都成年了，比他岁数小的十四阿哥都封爵位了，他还没被册封，他是直到康熙死了雍正当了皇帝，才被封为亲王的。"不错，康熙的确没有对所有皇子都封王，然而现在的问题是，除了太子胤礽外，是否其他皇子都未封王呢？答案显然是否定的。这其实并不是什么秘密，史籍载之甚明：康熙四十八年（1709 年）十月，封皇三子胤祉为诚亲王，皇四子胤禛为雍亲王，皇五子胤祺为恒亲王。同时，还封皇七子胤祐为淳郡王，皇十子胤䄉为敦郡王，皇九子胤禟、皇十二子胤祹、皇十四子胤禵俱为贝勒。① 而在此之前康熙三十七年（1698 年）三月，曾封长子为直郡王，三子为诚郡王，四子、五子、七子、八子俱为贝勒。可见康熙册封诸子，首先要看其年龄，另外还要看其表现。如长子允禔虽曾被封为直郡王，但康熙四十七年（1708 年）因"咒诅太子"而被革爵，当然不可能再被封为亲王。皇十子被封为郡王，而皇九子却被封为贝勒。因此只要表现良好，到了一定年龄，便可得到册封。在这一问题上，康熙并没有什么偏向。十三阿哥没被册封，而十四阿哥却被册封，也事出有因。十四阿哥颇有指挥才能，如康熙五十七年被任命为抚远大将军，视师青海。而三子当时未被册封，当然是因为其表现尚不太令人满意的结果。

刘先生又说："明朝皇帝的儿子受封后，去封地居住为王。清朝皇子分封后，都留在京城里，极个别的让其住在城外，但也不是封到外省为王。"②这与论题似无关系，不知道刘先生说这番话的用意何在。如果说是绕弯子，也绕得太远了些。刘先生接着又说："在清朝的政治生活里，本来并没有千岁这样一种称呼；但是清朝在康熙那一朝，康熙曾经册立过太子，而且明确地告示天下，在他众多的儿子里，太子就是唯一被指定的皇位继承人。"③不知刘先生所说的"政治生活"是何含义。如果是指朝廷政治，那么，在哪一朝代的政治生活里有"千岁"这种称

① 赵尔巽等《清史稿·圣祖本纪（三）》，第 276 页，北京：中华书局，1977。
② 刘心武：《刘心武揭秘〈红楼梦〉》第六讲《秦可卿出身之谜》，第 86 页。
③ 刘心武：《刘心武揭秘〈红楼梦〉》第六讲《秦可卿出身之谜》，第 86 页。

呼呢？"千岁"这一称呼主要见于小说、戏曲之中，《红楼梦》就是明证。康熙首次册立太子，是在康熙十四年（1675 年），太子时年仅两岁。因此当时康熙还没拥有"众多的儿子"，仅有非嫡出的长子胤禔和太子胤礽。至于说"太子就是唯一被指定的皇位继承人"，简直就等于什么也没说。然而问题在于，刘先生在这儿巧妙地改换了概念，他直接把"千岁"与"太子"画了等号。于是便堂而皇之地宣称："因此，曹雪芹笔下的'义忠亲王老千岁'，就是暗喻康熙立的太子胤礽。"①刘先生自认为论证得十分严谨，但问题恰恰就出在这里。试想，一切都是那么确定无疑，太子就是千岁，而且只有太子能够被称为千岁，那还用什么"暗喻"？简直是洞若观火！然而，这样一来，曹雪芹不太明目张胆了吗？刘先生所破解的谜还有什么神秘性可言？一个"秦业"之名，都那么敏感，以至于程伟元、高鹗为不"惹祸"而改为了"秦邦业"，为何如此容易"惹祸"之处，反视而不见了呢？

刘先生的弯子至此还未结束，他又说："对这个人物，曹雪芹使用的语言非常地精到，他叫做'坏了事'。为什么这个人后来没把这个棺木拿去做棺材呢？这个人后来'坏了事'。'坏了事'这个含义既含混又清晰。含混在哪里呢？就是如果你不懂清朝政治的话，你就会觉得糊里糊涂，是不是死掉了呀？不是。为什么说它很准确呢？如果他死了，就说他死了，不就结了吗？但是它又很准确地传递出一个信息，他没说这个人死。"②实际上没有刘先生说的那么深奥，就是不懂清朝政治，也明白"坏了事"和"死了"不是一个概念。然后说"它又很准确地传递出一个信息"，这个信息是什么呢？即"他没说这个人死"。关键是"这个人"指的是谁，刘先生绕了许多圈子后，却丝毫没有任何进展。刘先生意在证明所谓"坏了事"，就是指太子被废。太子首次被废是在康熙四十六年（1707 年），时年三十四岁。康熙四十八年（1709 年）复立，五十一年（1712 年）二次被废，时年三十九岁。可见第二次被废，或按刘先生的理解"坏了事"，太子还不满四十岁。很难想象，一个正当壮年且准备登基的太子却早早为自己准备好了棺木。再说废太子于雍正二年（1724 年）去世后，雍正追封为和硕理亲王，谥曰"密"。这样

---

① 刘心武：《刘心武揭秘〈红楼梦〉》第六讲《秦可卿出身之谜》，第 86 页。
② 刘心武：《刘心武揭秘〈红楼梦〉》第六讲《秦可卿出身之谜》，第 86 页。

一种地位，也不至于死后不敢使用一副上等棺木。如果一定要找出小说文本所说的那位"坏了事"的"义忠亲王老千岁"究竟是谁，那么，雍正朝被治罪的亲王非止一人，尤其是雍正四年（1726 年）被改名为"阿其那"、"削籍离宗"的廉亲王，不久即病故于禁所。还有雍正八年（1730 年）被革除爵位的诚亲王允祉，宗人府等衙门议奏其"行事残刻，罪恶日稔，应削去和硕亲王，革退宗室，即行正法"①。这两位亲王似乎更符合小说中的描述，道理很简单，废太子对雍正已构不成什么威胁，倒是允祉、允禵等人内外盘结，相机而动，雍正宣布他们的罪恶之一便是"陷害故太子"。因此，说那位"坏了事"的"义忠亲王老千岁"是指废太子，显然于理不通。再退一步说，如果秦可卿果然是一位出身高贵的公主，那贾政又何必劝说"此物恐非常人可享者"呢？可见，秦可卿还是一位常人。

四、社会历史环境是诠释的重要客观依据

文学作品的作者生活在一定的社会历史环境中，这一社会历史环境具有客观规定性，是对作品进行诠释时的重要客观依据。现存脂本《石头记》的早期抄本甲戌本、己卯本、庚辰本尽管是过录本，但其创作时间是可以肯定的，即在乾隆十九年甲戌（1754 年）年间，"脂砚斋甲戌抄阅再评本"《石头记》已经面世了。该本残存十六回，其中包括第十四回"林如海捐馆扬州城，贾宝玉路谒北静王"。回前脂砚斋有批曰："路谒北静王，是宝玉正文。"②这就是说，小说文本中的北静王形象最迟在乾隆十九年（1754 年）已经塑造出来了。但是，刘心武先生在第十一讲"北静王之谜"中说："北静王叫什么名字呢？他叫水溶。那么，在清朝的皇家里面有没有一个人叫水溶呢？没有，但是有一个人叫永瑢。……明摆着，水溶是从永瑢这个名字演化来的。那么，永瑢是谁呢？永瑢是乾隆的一个儿子……他借用了永瑢这个名字，各去一点，构成小说当中水溶这个名字……"③刘先生很会联想，但只要认真核实一下，其似是而非的真实面貌就昭然若揭了。不错，乾隆的确有个儿

---

① 印鸾章编：《清鉴》，第 353 页，上海：上海书店，1985。
② 〔清〕曹雪芹：《红楼梦》，第 173 页，济南：山东文艺出版社，1993。
③ 刘心武：《刘心武揭秘〈红楼梦〉》第十一讲《北静王之谜》，第 150 页。

子叫永瑢,但他生于乾隆八年(1743年),至甲戌本抄成时,他才十二岁。小说中却说他"年未弱冠,生得形容秀美,情性谦和。……自己五更入朝,公事一毕,便换了素服,坐大轿鸣锣张伞而来"①。古人二十为弱冠,北静王虽然年轻,但也应为十八九岁。无论如何不能设想,一个未满十二岁的少年便能入朝为官。刘先生又说北静王的另一个原型是康熙的第二十一个儿子允禧,其根据就是他的谥号是"靖","北静王的'静'字,很可能就是从'靖'字演化过来"②。但是,允禧死于乾隆二十三年(1758年),只有死后才能得到"靖"的谥号,而此时甲戌本已问世四年之久了。③ 由此可见,违背了小说作者所生活时代的历史规定性,所做出的诠释就会漏洞百出,难以让人信服。

刘先生所谓的"秦学"有一个重要观点,即曹家与太子关系十分密切,因此曹家才会冒着风险,在太子二次被废的关键时候,藏匿了太子的女儿秦可卿。在第八讲"曹家浮沉之谜"中说道:"曹家和康熙、和太子胤礽的这种亲密关系,被写进了《红楼梦》。"④曹家与康熙关系密切,从曹玺到曹寅,再到曹颙、曹𫖯,三代四人连任江宁织造,深得康熙顾眷,这是人人皆知的事实。但说曹家与太子的关系也十分密切,就必须拿出确凿的证据了。刘先生所举出的最重要的证据就是"林黛玉在荣国府所看到的那副楹联,和真实生活当中胤礽在做太子的时候写的对联加以对比,你就会发现这两副对联是有血缘关系的"⑤。接着,刘先生费了很多笔墨,绕了很多弯子,来证明这副对联为太子所写。但仅凭刘先生的这种推论是难以让人信服的。我们不妨换一个思路来考察曹家与太子的关系。首先,曹家对康熙的感情是不容置疑的,康熙对太子的态度直接决定着曹家对太子的态度。在太子二次被废之前的康熙五十年(1711年)十月,康熙对太子已彻底失去了信心。请看史实:

> 康熙五十年十月,上察诸大臣为太子结党会饮,谴责步军统
> 领托合齐,尚书耿额、齐世武,都统鄂缮、迓图。托合齐兼坐受户

① 〔清〕曹雪芹:《红楼梦》,第182页,济南:山东文艺出版社,1993。
② 刘心武:《刘心武揭秘〈红楼梦〉》第十一讲《北静王之谜》,第153页。
③ 详细论证见沈治钧《何须漫相弄,几许费精神》,载《红楼梦学刊》2006年第1期。
④ 刘心武:《刘心武揭秘〈红楼梦〉》第八讲《曹家浮沉之谜》,第109页。
⑤ 刘心武:《刘心武揭秘〈红楼梦〉》第八讲《曹家浮沉之谜》,第110页。

部缺主沈天生贿罪，绞；又以镇国公景熙首告贪婪不法诸事，未决，死于狱，命剖尸焚之。齐世武、耿额亦以得沈天生贿，绞死。鄂缮夺官，幽禁。迓图入辛者库，守安亲王墓。上谕谓："诸事皆因允礽。允礽不仁不孝，徒以言语货财嘱此辈贪得谀媚之人，潜通消息，尤无耻之甚。"①

尽管康熙还没有宣布再废太子，但其态度已很鲜明。凡与太子结党营私者，不论官职高低，均受到严惩。在这种情况下，曹家还要藏匿太子之女，那真有些不可思议了。

其次，再看太子二次被废后的情况。康熙五十二年（1713 年），赵申乔疏请立太子。康熙有一段较长的谕旨，对废太子评论说："允礽仪表、学问、才技俱有可观，而行事乖谬，不仁不孝，非狂易而何？凡人幼时犹可教训，及长而诱于党类，便各有所为，不复能拘制矣。立皇太子事，未可轻定。"②

康熙五十四年（1715 年），允礽趁为福晋看病之机，"以矾水作书相往来，复嘱普奇举为大将军，事发，普奇等皆得罪。五十六年（1717 年），大学士王掞疏请建储，越数日，御史陈嘉猷等八人疏继上，上疑其结党，疏留中不下。五十七年（1718 年）二月，翰林院检讨朱天保请复立允礽为太子，上亲诏诘责，辞连其父侍郎朱都纳，及都统衔齐世，副都统戴保、常赉，内阁学士金宝。朱天保、戴保诛死，朱都纳及常赉、金宝交步军统领枷示，齐世交宗人府幽禁"③。

康熙六十年（1721 年）三月，"掞复申前请建储。越数日，御史陶彝等十二人疏继上。上乃严旨斥掞为奸，并以诸大臣请逮掞等治罪，上令掞及彝等发军前委署额外章京"④。可见，自康熙五十年（1711 年）十月太子二次被废之前，直到康熙去世，康熙对太子的态度极为鲜明，曹家对此当然十分清楚。反过来，此时康熙对曹家的关照却非同一般。在太子被废当年，曹寅患疟疾而亡，康熙即令其子曹颙补放织造郎中，继任江宁织造。康熙五十三年（1714 年）底，曹颙因赴都染病身

① 赵尔巽等：《清史稿·诸王六·允礽传》，第 9065～9067 页，北京：中华书局，1977。
② 赵尔巽等：《清史稿·诸王六·允礽传》，第 9065 页，北京：中华书局，1977。
③ 赵尔巽等：《清史稿·诸王六·允礽传》，第 9066 页，北京：中华书局，1977。
④ 赵尔巽等：《清史稿·诸王六·允礽传》，第 9067 页，北京：中华书局，1977。

故。康熙曾传谕内务府,对曹頫给予很高的评价。内务府按照康熙旨意,"将曹頫给曹寅之妻为嗣,并补放曹頫江宁织造之缺,亦给主事职衔"①。康熙对曹頫始终非常重视。因此,无论是曹颙,还是曹頫,都不可能置康熙的严命而不顾,去交结废太子一党。

反而是到了雍正朝,情况发生变化。雍正继位后,便封允礽子弘皙为理郡王。雍正二年(1724年)十二月,允礽去世,追封谥。雍正六年(1728年),弘皙进封亲王。可见雍正对废太子父子十分宽厚。对曹家却迥然不同了,曹頫每因故被斥责,直至雍正五年(1727年)被撤职抄家,"枷号催追"②。在这种情况下,曹家怎么可能与太子一派勾勾搭搭呢?

最后,看乾隆刚刚即位时的情况。刘先生认为这时的政治形势极为复杂。他说道:"李白当时有一句诗叫做'双悬日月照乾坤'。史湘云引用这句诗就意味着在乾隆朝的时候,在现实生活当中的曹家的头上出现了日月双悬的情况……'日'当然是乾隆了,'月'是谁啊?有没有月?有月啊!好大一个月亮!他是谁?""如果乾隆他是太阳的话,弘皙就被人们认为是月亮。"刘先生并再三强调"这个论断是有论据支撑的"。③ 这些论据是什么呢? 就是乾隆曾说弘皙"擅敢仿照国制,设立会计、掌仪等七司"。还说弘皙"自以为旧日东宫之嫡子,居心甚不可问"。按照刘先生的观点,《红楼梦》中的"月亮是有特殊的寓意的,喻谁的? 就是喻废太子以及他的儿子,更具体地说,是弘皙的一个代号"。他接着又说:"我说月喻太子,完整的意思是,《红楼梦》里许多地方出现的关于月亮的文字,都是在明喻或暗喻或借喻义忠亲王老千岁及其残余势力。就其生活原型而言,不仅包括胤礽,也包括弘皙,'太子'是一个复合的概念。"④不难看出刘先生思维的混乱。如果"月喻太子"中的太子指的是允礽,那么,他在第二次被废时,康熙仍健在,不可能有什么"双悬日月"出现。雍正即位第二年,他即死去,也构不成"双悬日月"的局面。因此,刘先生认为贾雨村《口号一绝》"天上一轮才捧

① 参见故宫博物院明清档案部编辑《关于江宁织造曹家档案史料》。北京:中华书局,1975。
② 参见故宫博物院明清档案部编辑《关于江宁织造曹家档案史料》。北京:中华书局,1975。
③ 刘心武:《刘心武揭秘〈红楼梦〉》第九讲《日月双悬之谜》,第123~125页。
④ 刘心武:《刘心武揭秘〈红楼梦〉》第九讲《日月双悬之谜》,第130页。

出，人间万姓仰头看"，喻指"月亮已经非常地膨胀了"，是站不住脚的。因为按照刘先生所推断的文本叙述时间，小说故事此时刚刚开始，贾雨村初登场应在康熙末、雍正初，怎么能说这时的"月"就"已经非常地膨胀了"呢？

如果"月"专指弘晳，"双悬日月"专指乾隆即位时的政治情形，那也与史不合。乾隆元年（1736 年）即封允礽之孙永璥为辅国公，说明乾隆并未将废太子之后视为权力的觊觎者。到了乾隆四年（1739 年）冬十月，"允禄与弘晳、弘昇、弘昌、弘晈等，私相交结，往来诡秘"。"弘晳听信安泰邪术，大逆不道"。[1] "宗人府议削爵圈禁"。乾隆的态度却没有那么严厉，他的谕旨是："庄亲王宽免。理亲王弘晳、贝勒弘昌、贝子弘普俱削爵。弘昇永远圈禁。弘晈王爵，系奉皇考特旨，从宽留王号，停俸。"[2]很快又"以允礽第十子弘曣袭郡王。……允礽第三子弘晋、第六子弘曦、第七子弘晀、第十三子弘晥皆封辅国公"[3]。可见发生在乾隆四年（1739 年）的这场政治风波，乾隆本人并没有看得多么严重，怎能构成"双悬日月"的政治局势呢？

《红楼梦》真实地展现了封建社会末期贵族之家由盛到衰的演变过程，并且揭示了其中的原因。荣、宁二府的盛主要是依靠政治的原因，是凭借着朝廷的封赏。其由盛转衰的原因却是多方面的，其中一个非常隐晦又非常深刻的原因，便是朝廷内部的倾轧，瞬息万变的政治风云。这些原因不仅无法避免，而且不能明说。曹雪芹不愧是一位高手，他用扑朔迷离之笔隐而不露地暗示着贾府衰落的政治原因，从而造成了更大的恐惧和悲剧效果。封建专制的残酷狠毒与变幻不定，令人不寒而栗，一旦卷入朝廷政治旋涡之中，命运便难以自行把握。贾府的兴衰与朝廷政治发生了关联，便时时存有不祥的预感，说不定什么时候灾难便会降临到自己头上，从而产生人生如梦的幻灭感。这正是曹雪芹给读者开辟的广阔的诠释空间。如果一定要像刘心武先生那样，将小说中的艺术描写与历史事件和人物一一对号入座，恐怕只能再次陷入"猜笨谜"的窘境之中。

---

① 印鸾章：《清鉴》，第 380 页，上海：上海书店，1985。
② 赵尔巽等：《清史稿·高宗本纪》，第 362～363 页，北京：中华书局，1977。
③ 赵尔巽等：《清史稿·诸王六·允礽传》，第 9065～9067 页，北京：中华书局，1977。

第六章
传播价值论

　　一部文学作品在诠释过程中的价值取向,与作品本身的思想内容既有联系,又有所不同。古代白话小说在其诠释史上,对其价值取向呈现出多元化的态度。这种情况的产生有主客观两方面的原因:诠释者的哲学观、文学观、道德观,是主观方面的原因;古代白话小说内容自身的复杂性及社会文化思潮,是客观方面的原因。对这些现象和原因做出实事求是的分析和论述,对于更好地把握和实现古代白话小说的多重价值,避免诠释过程中价值取向的扭曲,具有重要意义。

第一节　《水浒传》诠释的价值取向

　　对一部文学作品进行诠释,诠释者的价值取向具有举足轻重的作用。由于诠释者的价值取向不同,对于同一部作品,往往会得出截然相反的结论。《水浒传》诠释中的价值取向亦复如是。如明人认为是"忠义"之作,清人则认为是"诲盗"之作;明人对宋江称赏有加,清人则对之深恶痛绝。之所以产生这种不同甚至截然相反的见解,主要是诠释者采取了不同的价值标准。某一见解一旦形成,又会造成深远影响。这种现象应引起今人的高度重视,以避免对古典名著进行诠释时,出现不必要的偏颇与失误,甚而导致对古典小说采取全面肯定或彻底否定的态度。

一、社会政治价值取向

所谓社会政治价值取向,是从社会政治角度做出的考量,主要着眼于小说对社会政治所产生的作用和功能。有趣的是,同样从社会政治价值取向出发,明清两代的诠释者却做出了不同的评价。

明代许多论者认为《水浒传》乃"忠义"之作,其价值在于赞颂强烈的民族意识,肯定对权奸政治的不满与抗争。其中呼声最高的是著名思想家、异端思潮的代表李贽,他的《忠义水浒传序》可称得上是一篇全面肯定《水浒传》为忠义之作的宣言。他首先指出,《水浒传》是一部"发愤之作","施、罗二公,身在元,心在宋;虽生元日,实愤宋事。是故愤二帝之北狩,则称大破辽以泄其愤;愤南渡之苟安,则称灭方腊以泄其愤。敢问泄愤者谁乎?则前日啸聚水浒之强人也,欲不谓之忠义不可也"[①]。这就是说,《水浒传》在梁山好汉身上寄托着强烈的民族意识和对南宋朝廷的极端不满,所以他们必定是忠义的化身。他接着分析"水浒之众,何以一一皆忠义"的原因。按照他的理解,小德应当服从大德,小贤应当服从大贤。现在却是"以小贤役人,而以大贤役于人","其势必至驱天下大力大贤而尽纳之水浒矣","则谓水浒之众,皆大力大贤有忠有义之人可也"。他所说的"小贤、小德",显然是指把持朝政的蔡京、高俅、童贯、杨戬等人,是他们把宋江等"大贤、大德"之人逼上了梁山。

李贽特别肯定宋江的"忠义":"独宋公明者,身居水浒之中,心在朝廷之上:一意招安,专图报国;卒至于犯大难,成大功,服毒自缢,同死而不辞,则忠义之烈也!真足以服一百单八人者之心;故能结义梁山,为一百单八人之主。"宋江之所以接受招安是为了"报国",即使最后被毒死,也成为视死如归、大忠大义的壮烈之举。可见李贽把"报

---

① 〔明〕李贽:《忠义水浒传叙》,见马蹄疾编《水浒资料汇编》,第 4 页,北京:中华书局,1980。

国"作为忠义的最高准则,宋江等梁山好汉一心为国,所以他们自然而然成为忠义的化身。

李贽最后呼吁人们都要认真来读《水浒传》:"故有国者不可以不读,一读此传,则忠义不在水浒,而皆在于君侧矣。贤宰相不可以不读,一读此传,则忠义不在水浒,而皆在于朝廷矣。兵部掌军国之枢,督府专阃外之寄,是又不可以不读也,苟一日而读此传,则忠义不在水浒,而皆为干城心腹之选矣。否则,不在朝廷,不在君侧,不在干城心腹,乌乎在? 在水浒。此传之所为发愤矣。"曲终奏雅,李贽终于说出了他的真实用意,即《水浒传》可从反面警惊上至帝王、下至将相,不要像道君皇帝那样昏庸,不要像蔡京、高俅那样迫害贤良,如此一来,朝廷上下就会都是忠义之人。反过来,就只能把忠义之人统统驱赶到水浒梁山,朝廷之上则成为奸佞小人的天下。

在李贽之前,论者曾称《水浒传》为"义勇"之作,或"礼义"之作,也是从社会政治角度做出的诠释。明代略早于李贽的另一位著名学者郎瑛在《七修类稿》卷二十五"辩证类·宋江原数"中,从别一角度认为梁山好汉为"礼义"之徒。他说:"史称宋江三十六人横行齐、魏,官军莫抗,而侯蒙举讨方腊。周公瑾载其名赞于《癸辛杂志》。罗贯中演为小说,有替天行道之言。今扬子、济宁之地,皆为立庙。据是,逆料当时非礼之礼,非义之义,江必有之,自亦异于他贼也。"①郎瑛认为宋江必有"非礼之礼,非义之义",因而"异于他贼"。所谓"非礼之礼,非义之义",即与正统的"礼""义"有所不同的"礼""义",这种"礼""义"却很受当地民众的拥戴,所以在其活动过的地区"皆为立庙"。

大概在李贽撰写这篇序言的同时,万历二十二年(1594 年)双峰堂刻印了《水浒志传评林》。该本卷首有署名为"天海藏"的一篇序言,开篇便说道:"先儒谓尽心之谓忠,心制事宜之谓义。愚因曰:尽心于为国之谓忠,事宜在济民之谓义。若宋江等,其诸忠者乎,其诸义者乎!"接着,序言作者称梁山好汉"愤国治之不平,悯民庶之失所",揭竿而起,锄强扶弱,劫富济贫。因此,"有为国之忠,有济民之义","岂可曰:

---

① 〔明〕郎瑛:《七修类稿》,见马蹄疾《水浒资料汇编》,第 471 页,北京:中华书局,1980。

此非圣经,此非贤传,而可藐之哉?"①这位"天海藏"与李贽可谓同声相求,见解完全一致。

　　明代自李贽之后,对《水浒传》的诠释多以社会政治作为价值取向。如杨定见在《忠义水浒全书小引》中讲述了刻印此书经过,其中说道:"吾探吾行笥,而卓吾先生所批定《忠义水浒传》及《杨升庵集》二书与俱,挈以付之。无涯欣然如获至宝,愿公诸世。吾问二书孰先? 无涯曰:'《水浒》而忠义也,忠义而《水浒》也,知我罪我,卓老之《春秋》近是。其先《水浒》哉! 其先《水浒》哉!'"②袁无涯可谓深得李贽之心,径直把《水浒传》与"忠义"画上了等号,使杨定见大为感动。再如"五湖老人"从批评当时假道学出发,在明宝翰楼刻本《忠义水浒全传》卷首序中说:"余于梁山公明等,不胜神往其血性。总血性发忠义事,而其人足不朽。……余于《水浒》一编,而深赏其血性,总血性有忠义名,而其传亦足不朽。"③"大涤馀人"则从有益于人文之治出发,在明末芥子园刻本《忠义水浒传》卷首"缘起"中说:"自忠义之说不明,而人文俱乱矣。……急则治标,莫若用俗以易俗,反经以正经。故特评此传行世,使览者易晓。亦知《水浒》惟以招安为心,而名始传,其人忠义也。施、罗惟以人情为辞,而书始传,其言忠义也。"④

　　如此众多的评论者都众口一声地将社会政治作为诠释《水浒传》的价值取向,这就不仅仅是人文思潮问题,而与当时的朝政有关。李贽所谓"以小贤役人,而以大贤役于人","天海藏"所谓"尽心于国之谓忠""愤国治之不平","五湖老人"所谓"总血性有忠义名"等等,并非空发议论,而都有着极强的针对性。只要看一下自正德、嘉靖以来宦官如何专权,党争如何尖锐,忠良如何遭受迫害,就不难明白这些论者的用意了。宦官刘瑾,奸相严嵩、严世蕃父子等先后把持朝政数十年,结

---

　　①〔明〕天海藏:《题水浒传叙》,见朱一玄《水浒传资料汇编》,第192页,天津:南开大学出版社,2002。

　　②〔明〕杨定见:《忠义水浒全书小引》,见朱一玄《水浒传资料汇编》,第187页,天津:南开大学出版社,2002。

　　③〔明〕五湖老人:《忠义水浒全传序》,见朱一玄《水浒传资料汇编》,第188页,天津:南开大学出版社,2002。

　　④〔明〕大涤馀人:《刻忠义水浒传缘起》,见朱一玄《水浒传资料汇编》,第199页,天津:南开大学出版社,2002。

党营私,迫害忠良。如此腐败的朝政当然会激起人们对忠义的强烈呼唤。朝政既然被这样一批小人把持着,人们自然就会将目光转向水浒中的英雄。诚如李贽所说:"不在朝廷,不在君侧,不在干城心腹,乌乎在? 在水浒。"可见明代论《水浒传》者以政治伦理作为价值取向,对梁山义军给予了充分的肯定。

到了明清之际,以金圣叹为代表的许多评论者突然众口一词地否定《水浒传》为"忠义"之书。金圣叹为被自己腰斩的《第五才子书施耐庵水浒传》写了三篇序言,在第二篇序言中他对"忠义"之说大加挞伐。他首先分析了《水浒》这一书名的含义:"观物者审名,论人者辨志。施耐庵传宋江,而题其书曰《水浒》,恶之至、迸之至、不与同中国也。"为何"水浒"这一名称"恶之至、迸之至、不与同中国也"? 这是因为"王土之滨则有水,又在水外则曰浒,远之也。远之也者,天下之凶物,天下之所共击也;天下之恶物,天下之所共弃也。若使忠义而在水浒,忠义为天下之凶物恶物乎哉?"所以他认为施耐庵当初之所以命名此书为《水浒》,已包含水浒众人绝对不可能"忠义"的用意。"而后世不知何等好乱之徒,乃谬加以忠义之目。呜呼! 忠义而在《水浒》乎哉?"甚至进一步指斥道:"以忠义予水浒者,斯人必有忝其君父之心,不可以不察也。"①这无疑将批评的矛头直指李贽等明代的评论者。

接着金圣叹论述了"忠义"不在水浒而在朝廷的道理:"忠者,事上之盛节也;义者,使下之大经也。忠以事其上,义以使其下:斯宰相之材也。忠者,与人之大道也;义者,处己之善物也。忠以与乎人,义以处乎己:则圣贤之徒也。……且水浒有忠义,国家无忠义也? 夫君则犹是君也,臣则犹是臣也,夫何至于国而无忠义? 此虽恶其臣之辞,而已难乎为吾之君解也。父则犹是父也,子则犹是子也,夫何至于家而无忠义? 此虽恶其子之辞,而已难乎为吾之父解也。"他认为说《水浒》为"忠义"就等于否定了国家的忠义,否定了"君父"的存在。

在金圣叹看来,宋江等人"其幼,皆豺狼虎豹之姿也;其壮,皆杀人夺货之行也;其后,皆敲扑劓刖之余也;其卒,皆揭竿斩木之贼也。有王者作,比而诛之,则千人亦快,万人亦快者也。如之何而终亦幸免于

---

① 〔清〕金圣叹:《水浒传序二》,见《第五才子书施耐庵水浒传》卷一,北京:中华书局,影印贯华堂刻本,1975。

宋朝之斧锧?彼一百八人而得幸免于宋朝者,恶知不将有若干百千万人思得复试于后世者乎?耐庵有忧之,于是奋笔作传,题曰《水浒》,意若以为之一百八人,即得逃于及身之诛僇,而必不得逃于身后之放逐者,君子之志也。而又妄以忠义予之,是则将为戒者,而反将为劝耶?"金圣叹认为施耐庵原作仅有七十回,结末让梁山贼人"即得逃于及身之诛僇,而必不得逃于身后之放逐",故以"惊噩梦"作结。罗贯中反而使之受招安、灭方腊,一一封赏,遂成"恶札"。

金圣叹生活于明末清初,上距几位明末的评论者不过十数年,而观点却发生了巨变,其原因亦当从现实社会政治中去寻找。早在20世纪20年代胡适曾讨论过这一问题,他说:

> 圣叹最爱谈"作史笔法",他却不幸没有历史的眼光,他不知道《水浒》的故事乃是四百年来老百姓与文人发挥一肚皮宿怨的地方。宋、元人借这故事发挥他们的宿怨,故把一座强盗山寨变成替天行道的机关。明初人借他发挥宿怨,故写宋江等平四寇立大功之后反被政府陷害谋死。明朝中叶的人——所谓施耐庵——借他发挥他的一肚皮宿怨,故削去招安以后的事,做成一部纯粹反抗政府的书。①

因为胡适当年没有见到七十回本之外的《水浒传》,对《水浒传》成书演变的过程还把握得不太准确,所以他的这一段论述存在不少问题。尤其说腰斩《水浒》是明朝中叶人所为,更为不妥。这样一来他就无法解释为何明代后期,众多评论者都称赞《水浒》为忠义之作,而不是什么"纯粹反抗政府的书"。

实际上金圣叹并非"没有历史的眼光",应该说他的眼光不仅看到了历史,而且更加重视了现实政治。请看金圣叹在七十回本"楔子"前的批语:

> 哀哉乎,此书既成,而命之曰《水浒》也。是一百八人者,为有其人乎,为无其人乎?诚有其人也,即何心而至于水浒也?为无其人也,则是为此书者之胸中,吾不知其有何等冤苦,而必设言一百八人,而又远托之于水涯。吾闻率土之滨,莫非王臣,普天之

---

① 胡适:《水浒传考证》,见胡适:《中国章回小说考证》,第43页,合肥:安徽教育出版社,1999。

下，莫非王土也。一百八人而无其人，犹已耳。一百八人而有其
人，彼岂真欲以宛子城、蓼儿洼者，为非复赵宋之所覆载乎哉？吾
读《孟子》，至伯夷避纣居北海之滨、太公避纣居东海之滨二语，未
尝不叹纣虽不善，不可避也；海滨虽远，犹纣地也；二老倡众，去故
就新，虽以圣人，非盛节也。彼孟子者，自言愿学孔子，实未离于
战国游士之习，故犹有此言，未能满于后人之心。若孔子其必不
出于此。今一百八人而有其人，殆不止于伯夷、太公居海避纣之
志矣。大义灭绝，其何以训？若一百八人而无其人也，则是为此
书者之设言也。为此书者，吾则不知其胸中有何等冤苦，而为如
此设言。然以贤如孟子，犹未免于大醇小疵之讥，其何责于稗官？
后之君子，亦读其书、哀其心可也。①

金圣叹说得何等明白！"殆不止于伯夷、太公居海避纣之志"，言外之
意就是要超出两位古代圣贤的志向，亦即要"大义灭绝"，揭竿而起。
作书之人"其胸中有何等冤苦，而为如此设言"，也就是说，《水浒传》的
作者是有意而为的，绝不是无病呻吟。

但金圣叹在《读第五才子书法》的开头又曾说："施耐庵本无一肚
皮宿怨要发挥出来，只是饱暖无事，又值心闲，不免伸纸弄笔，寻个题
目，写出自家许多锦心绣口，故其是非皆不谬于圣人。后来人不知，却
于水浒上加忠义字，遂并比于史公发愤著书一例，正是使不得。"②因此
有人（如胡适先生）认为金圣叹前后矛盾，"没有历史的眼光"。然而，
就在这段话后面，金圣叹接着说：《水浒传》有大段正经处，只是把宋
江深恶痛绝，使人见之，真有犬彘不食之恨。从来人却是不晓得。《水
浒传》独恶宋江，亦是歼厥渠魁之意，其余便饶恕了。"看来，金圣叹认
为《水浒传》的作者还是有所为而发的，只是不同意"忠义"之说而已。
究竟出于何种原因，使金圣叹对"忠义"之说如此痛恨呢？说起来十分
简单，正是明末农民起义使金圣叹产生了这种见解。胡适先生对此曾
有一段论述：

---

① 〔清〕金圣叹：《第五才子书施耐庵水浒传》楔子评语，北京：中华书局，影印贯华堂刻本，
1975。
② 〔清〕金圣叹：《读第五才子书法》，见《第五才子书施耐庵水浒传》卷三，北京：中华书局，影
印贯华堂刻本，1975。

这部七十回的《水浒传》处处"褒"强盗,处处贬官府。这是看《水浒》的人,人人都能得着的感想。圣叹何以独不能得着这个普遍的感想呢? 这又是历史上的关系了。圣叹生在流贼遍天下的时代,眼见张献忠、李自成一班强盗流毒全国,故他觉得强盗是不能提倡的,是应该"口诛笔伐"的。圣叹是一个绝顶聪明的人,故能赏识《水浒传》。但文学家金圣叹究竟被《春秋》笔法家金圣叹误了。他赏识《水浒传》的文学,但他误解了《水浒传》的用意。他不知道七十回本删去招安以后事正是格外反抗政府,他看错了,以为七十回本既不赞成招安,便是深恶宋江等一班人。所以他处处深求《水浒传》的"皮里阳秋",处处把施耐庵恭维宋江之处都解作痛骂宋江。这是他的根本大错。①

胡适先生指出金圣叹出于对现实社会的考虑而反对称颂梁山好汉,这无疑是正确的。但这恰恰说明了金圣叹对《水浒传》的本来用意是非常清楚的,而绝非"误解了《水浒传》的用意"。金圣叹在《水浒传序二》里说得再明白不过:"彼一百八人而得幸免于宋朝者,恶知不将有若干百千万人思得复试于后世者乎?"所以他绝不允许宋江等人接受招安,所以明明是他腰斩《水浒传》,却偏偏要伪造出一个七十回本的"施耐庵古本"。胡适先生大概也被金圣叹的"皮里阳秋"所迷惑了,因此才认为在金圣叹之前,确实存在着一种七十回本的《水浒传》;而金圣叹又误解了施耐庵,把"恭维宋江之处都解作痛骂宋江"。这简直就像是一个连环错,现在应当把它们一一理清了。

二、道德伦理价值取向

所谓道德伦理价值取向,是从道德善恶角度做出的考量,主要着眼于人们行为的道德水准。与前述相同,从同样的道德伦理价值取向出发,不同时代的诠释者做出了完全不同的评价。明人沈德符《万历野获编》卷五"武定侯进公"称,嘉靖年间,武定侯郭勋家中有《水浒传》一部,"今新安所刻《水浒传》善本,即其家所传,前有汪太函序,托名天

---

① 胡适:《水浒传考证》,见胡适:《中国章回小说考证》,第 43 页,合肥:安徽教育出版社,1999。

都外臣者"①。尽管此本现已无可得见,那篇序言却保留了下来,此序落款署"万历己丑孟冬",即万历十七年(1589年),这应是我们今天所能够知道的对《水浒传》较早的评论之一。该序对宋江有一大段分析:

> 江以一人主之,始终如一。夫以一人而能主众人,此一人者,必非庸众人也。使国家募之而起,令当七校之队,受偏师之寄,纵不敢望鄂将军、韩忠武、梁夫人、刘岳二武穆,何渠不若李全、杨氏辈乎?余原其初,不过以小罪犯有司,为庸吏所迫,无以自明。既嵩目君侧之奸,拊膺以愤,而又审华夷之分,不肯右维辽而左维金,如郦琼、王性之逆。遂啸聚山林,凭陵郡邑。虽掠金帛,而不虏子女。唯蠹蝼墨,而不戕善良。诵义负气,百人一心。有侠客之风,无暴客之恶。是亦有足嘉者。②

该序从三个方面肯定了宋江的所作所为:一是能够率领梁山众人,"始终如一","必非庸众人也",也就是说宋江是一位难得的将帅之才。这是从能力上对宋江的肯定。二是宋江之所以"啸聚山林",乃是"为庸吏所迫"。同时又出于对朝廷内忧外患的现实和不肯屈服于辽金异族侵略者的考虑。这是从道义上对宋江的肯定。三是虽然落草为寇,但"有侠客之风,无暴客之恶"。这是从道德善恶上对宋江的肯定。既然宋江完全是一位正面人物形象,那么,以他为首的梁山好汉当然也就不是盗贼。这位"天都外臣"又以孟子的观点为据,证明梁山众人不过是"窃钩者",而蔡京、童贯、高俅之徒"诚窃国之大盗也"。甚至认为"道君为国,一至于此,北辕之辱,固自贻哉",这与前举李贽所说"大贤处下,不肖处上","以小德役大德,小贤役大贤"的观点相一致,为梁山好汉啸聚山林做了辩解。

另一位明人张凤翼说得更加直接:"礼失而求诸野,非得已也。论宋道,至徽宗,无足观矣。当时,南衙北司,非京即贯,非俅即勔,盖无刃而戮,不火而焚,盗莫大于斯矣。宋江辈逋逃于城旦,渊薮于山泽,指而鸣之曰:是鼎食而当鼎烹者也,是丹縠而当赤其族者也!建旗鼓

---

① 〔明〕沈德符:《万历野获编》卷五"武定侯进公",见马蹄疾《水浒资料汇编》,第471页,北京:中华书局,1980。
② 〔明〕天都外臣(汪道昆):《水浒传序》,见马蹄疾《水浒资料汇编》,第1页,北京:中华书局,1980。

而攻之。即其事未必悉如传所言,而令读者快心,要非徒虞初悠谬之论矣。乃知庄生寓言于盗跖,李涉寄咏于被盗,非偶然也。兹传也,将谓海盗耶,将谓弭盗耶?斯人也,果为寇者也,御寇者耶?彼名非盗而实则盗者,独不当弭耶?"①这就是说,朝廷一班奸佞才是最大的盗贼,宋江等梁山好汉"建旗鼓而攻之",不是什么强盗,而是"御寇"的正义之师。

明万历甲寅年(1614 年)刊行的吴从先《小窗自纪》卷三有《读水浒传》一文。尽管该文所论述的故事内容与今知各本多有不同,但对宋江的评价却与前述几人的观点完全一致:

> 及读稗史《水浒传》,其词轧札不雅,怪诡不经。独其叙宋江以罪亡之躯,能当推戴,而诸人以穷窜之合,能听约束,不觉抚卷叹曰:天下有道,其气伸于朝,天下无道,其气礴于野,信哉!夫江,一亭长耳,性善饮,朋从与游,江能尽醉之,且悉其欢。人驯谨,而其中了然呐厚,而其诺然,抚孤济茕,人人得呼公明,人人咸愿为公明用也。……吁!江宁贼也哉?归则整徒众,扣河北而河北平,击山东而山东定。……及江请取方腊以赞,而方腊受馘。功高不封,竟毙之药酒中。呜呼!宋之君臣亦忍矣哉!……江之用心,不负夫宋;而宋之屠戮,惨加于江。……则江之非贼明矣。②

吴从先将宋江与蔡京、童贯等人做了比较,得出了以上结论,全面肯定了宋江的所作所为。

明末崇祯年间,书商将《水浒》《三国》合为一刻,名之《英雄谱》,卷首有杨明琅所撰序言,称:"夫《水浒》《三国》,何以均谓之英雄也?曰:《水浒》以其地见,《三国》以其时见也。……向使遇得其时,而处当其地,则桃园之三结,与五臣之赓歌何以异?梁山一百八人与周廷师师济济何以异?……公明主盟结义,专图报国,虽为亚父之交欢可也。……又无所谓圣君贤相者,以大竞其用,用卒究其才。则时安得不为三国,地安得不为水浒?而英雄之卒以《三国》《水浒》见也,又其

---

① 〔明〕张凤翼:《水浒传序》,见朱一玄《水浒传资料汇编》,第 170 页,天津:南开大学出版社,2002。

② 〔明〕吴从先:《小窗自纪》,见朱一玄《水浒传资料汇编》,第 193~194 页,天津:南开大学出版社,2002。

英雄所以已哉？然此谱一合，而遂使两日英雄之士，不同时不同地而同谱。"①口口声声称梁山众人为英雄，认为朝廷无圣君贤相，才使他们或"不遇其时"，或"不遇其地"，否则就像历代英雄一样，可以名垂史册。

从万历十七年（1589 年）的"天都外臣"到崇祯年间的杨明琅，在几十年的时间之内，众多论者的观点如此一致，远非个人好恶所可解释。他们出于对奸佞把持朝政的憎恶，反过来推许宋江等人的抗争。他们出于对朝廷文臣武将皆无能之辈的失望，反过来称颂宋江等人的能力。一句话，他们是把宋江等人当作正义与善的代表来看待的。

当然，明代也有个别人持有异议，如明容与堂本《水浒传》卷首有无名氏（或曰怀林）所撰的《梁山泊一百单八人优劣》一文②，对包括宋江在内的梁山众人做了不同的评价。该文称李逵为"梁山泊第一尊活佛"，因为他"为善为恶，彼俱无意"，"无成心也，无执念也"。其他如"石秀之为杨雄，鲁达之为林冲，武松之为施恩，俱是也"。但宋江则不同，"逢人便拜，见人便哭……是假道学，真强盗也"。该文显然受到了李贽"童心说"的影响，认为只有"绝假纯真，最初一念之本心"才是真心，不应受外在"闻见道理"的干扰。即使如此，他还是强调若宋江"能以此收拾人心，亦非无用人也。当时若使之为相，虽不敢曰休休一个臣，亦必能以人事君，有可观者矣"。仍然肯定了宋江的能力和才干。吴用虽"一味权谋，全身奸诈"，但"倘能置之帷幄之中，似亦可与陈平诸人对垒"。对梁山其余众人，该文则认为不过是一班强盗而已。

然而若与清代论者相比，此文的观点就算是非常温和的了。前面已经说到，金圣叹在《读第五才子书法》中曾断言："《水浒传》有大段正经处，只是把宋江深恶痛绝，使人见之，真有犬彘不食之恨。""《水浒传》独恶宋江，亦是歼厥渠魁之意，其余便饶恕了。"出于这一判断，他在回评中处处揭露宋江的虚伪可恶。金圣叹为何"独恶宋江"呢？请看他在七十回本第十七回的评语：

　　　　此回始入宋江传也。宋江盗魁也，盗魁则其罪浮于群盗一

　　①〔明〕杨明琅：《叙英雄谱》，见朱一玄《水浒传资料汇编》，第 204 页，天津：南开大学出版社，2002。
　　②〔明〕无名氏：《梁山泊一百单八人优劣》，见《明容与堂刻水浒传》卷首，上海：上海人民出版社影印本，1975。

等。然而从来人之读《水浒》者，每每过许宋江忠义，如欲旦暮遇之。此岂其人性喜与贼为徒？殆亦读其文而不能通其义有之耳。自吾观之，宋江之罪之浮于群盗也，吟反诗为小，而放晁盖为大。何则？放晁盖而倡聚群丑，祸连朝廷，自此始矣。宋江而诚忠义，是必不放晁盖也；宋江而放晁盖，是必不能忠义者也。此人本传之始，而初无一事可书，为首便书私放晁盖。然则宋江通天之罪，作者真不能为之讳也。……凡费若干文字，写出无数机密，而皆所以深著宋江私放晁盖之罪。盖此书之宁恕强盗，而不恕宋江，其立法之严有如此者。[①]

金圣叹不愧是一位善辩之才，为了证明"独恶宋江"的观点，他能够找出如此之多的理由。但从中也不难看出，他认为宋江及梁山众人都是"群丑""强盗"。因此，他要添加"惊噩梦"一节，并在结尾处评道："吾观《水浒》洋洋数十万言，而必以天下太平四字终之，其意可以见矣。后世乃复削去此节，盛夸招安，务令罪归朝廷，而功归强盗，甚且至于衰然以忠义二字而冠其端，抑何其好犯上作乱，至于如是之甚也哉？"[②]他认为宋江等人是强盗，与其反对"招安"、反对称《水浒》为"忠义"出于同一原因，即"生在流贼遍天下的时代"，"故他觉得强盗是不能提倡的，是应该口诛笔伐的"。应当说，金圣叹是一位能够自觉地将文学作品的诠释与现实政治相结合的高手。

金圣叹的观点受到了清代读者的普遍认同，这可以从他删改的七十回本成为清代最流行的本子得到证明。顺治十四年（1657 年）醉耕堂本《第五才子书水浒传》卷首有王仕云《水浒传总论》一文，开头即说："施耐庵著《水浒》，申明一百八人之罪状，所以责备徽宗、蔡京之暴政也。然严于论君相，而宽以待盗贼，令读之者日生放辟邪耻之乐，且归罪朝廷以为口实，人又何所惮而不为盗？余故深亮其著书之苦心，而又不能不深憾其读书之流弊。后世续貂之家，冠以忠义，盖痛恶富贵利达之士，敲骨吸髓，索人金钱，发愤而创为此论。其言益令盗贼作

---

① 〔清〕金圣叹：《第五才子书施耐庵水浒传》第十七回评语，北京：中华书局影印贯华堂刻本，1975。

② 〔清〕金圣叹：《第五才子书施耐庵水浒传》第七十回评语，北京：中华书局影印贯华堂刻本，1975。

护身符。"①论调与金圣叹如出一辙。王仕云在为该本写的序言中,对金圣叹的观点又有一定修正:"此百八人者,始而夺货,继而杀人,为王法所必诛,为天理所不贷,所谓忠义者如是,天下之人不尽为盗不止,岂作者之意哉?"他认为金圣叹还没能够把作者"示戒之苦心"阐扬殆尽,于是他进而指出:"《水浒》百八人,非忠义皆可为忠义,是子舆氏祖述孔子性相近之论,而创为性善之意也夫。"②这就是说,梁山众人还是可以成为忠义之士的,但必须"生尧舜之世","不幸生徽宗时","遂相率而为盗耳"。尽管做了这些修正,但还是将梁山众人视为了强盗。

金圣叹等人目睹明清之际"流贼遍天下"的社会现实,故对《水浒传》有以上之评价,其观点却一直影响到了清中叶乃至清末。乾隆年间,天下逐渐由乱而治,但依然视《水浒》为"诲盗"之书。乾隆四十二年(1777年),龚炜在其《巢林笔谈》卷一中说:"施耐庵《水浒》一书,首列妖异,隐托讽刺,寄名义于狗盗之辈,凿私智于穿窬之手,启闾巷党援之习,开山林哨聚之端,害人心,坏风俗,莫甚于此!"③将《水浒传》完全视为诲盗之书,甚至认为《水浒传》的文字亦不必推崇:"古来写生文字,供人玩味者何限,而必沾沾于此耶?"也有人"截取百十五回本之六十七回至结末,称《续水浒》,一名《荡平四大寇传》,附刊七十回之后以行"④。该本卷首有"赏心居士"写于乾隆壬子年(1792年)的序,称"以群焉蚁聚之众,一旦而驱驰报国,灭寇安民,则虽其始行不端,而能幡然悔悟,改弦易辙,以善其终,斯其志固可嘉,而其功诚不可泯"。⑤虽然肯定了梁山众人的"幡然悔悟",但还是认为"其始行不端"。光绪十三年(1887),"梦痴学人"在其《梦痴说梦·前编》中也认为:"即以《水

① 〔清〕王仕云:《水浒传总论》,见朱一玄《水浒传资料汇编》,第307页,天津:南开大学出版社,2002。
② 〔清〕王仕云:《第五才子书水浒传序》,见朱一玄《水浒传资料汇编》,第306页,天津:南开大学出版社,2002。
③ 〔清〕龚炜:《巢林笔谈》,见朱一玄《水浒传资料汇编》,第323页,天津:南开大学出版社,2002。
④ 鲁迅:《中国小说史略》,第116页,北京:东方出版社,1996。
⑤ 〔清〕赏心居士:《续水浒征四寇全传叙》,见朱一玄《水浒传资料汇编》,第309页,天津:南开大学出版社,2002。

浒》《金瓶》而言,其书久经焚毁,禁止刊刻,至今毒种尚在。"①

金圣叹之说的影响可谓既远且深,甚至曾受西方思想浸熏的某些评论者也未能走出金圣叹所笼罩的阴影。著名报人王韬于光绪十四年(1888 年)为《第五才子书水浒传》撰写了一篇序言②,他说:"试观一百八人中,谁是甘心为盗者? 必至于途穷势迫,甚不得已,无可如何,乃出于此。盖于时,宋室不纲,政以贿成,君子在野,小人在位,赏善罚恶,倒持其柄。贤人才士,困踬流离,至无地以容其身。其上者隐遁以自全,其下者,遂至失身于盗贼。呜呼! 谁使之然? 当轴者固不得不任其咎。能以此意读《水浒传》,方谓善读《水浒》者也。"这是对金圣叹"上自乱作"观点的继承。接下来他又说:"近来兵革浩劫,未尝非此等荡检逾闲之谈,默酿其殃。然则《水浒》一书,固可拉杂摧烧也。"既然如此,那为何还要刊行,并为之作序呢? 他借"顽石道人"之口解释道:

> 鄙意,与其逆以遏之,不如顺以导之。世之读《水浒》者,方且以宋江为义士,虽耐庵、圣叹,大声疾呼,指为奸恶,弗顾也。……耐庵于《水浒传》,终结以一梦,明示以盗道无常,终为张叔夜所剪除。于是山阴忽来道人遂有《结水浒》之作,俾知一百八人者,丧身授首,明正典刑,无一漏网。今我以《水浒传》为前传,《结水浒传》为后传,并刊以行世,俾世之阅之者,懔然以惧,废然以返,俾知强梁者不得其死,奸回者终必有报。即使飞扬跋扈,弄兵潢池,逆焰虽张,旋归澌灭,又何况区区一方之盗贼哉? 两书并行,自能使诈悍之徒,默化于无形,乖戾之气,潜消于不觉,而后耐庵、圣叹之苦心,亦可大白于天下。

稍后的严复、梁启超等大名鼎鼎的近代启蒙思想家,虽然认识到了小说的"入人之深、行世之远",或小说所具有的"熏、浸、刺、提"的艺术感染力,但依然视《水浒传》为"诲盗"之书。严复、夏曾佑认为"稗史小说"比国史更易流传,特于光绪二十三年(1897 年)在《国闻报》上附印小说。应当说其见解极有道理。但同时他们又说:"《水浒传》者,志

---

① 〔清〕梦痴学人:《梦痴说梦》,见朱一玄《水浒传资料汇编》,第 327 页,天津:南开大学出版社,2002。
② 〔清〕王韬:《水浒传序》,见朱一玄《水浒传资料汇编》,第 327~328 页,天津:南开大学出版社,2002。

盗也,而蒦狐父之豪,往往标之以为宗旨……盖天下不胜其说部之毒,而其益难言矣。"①梁启超在其著名论文《论小说与群治之关系》(1902年)中多次提及《水浒传》,认为"读《水浒》竟者,必有余快,有余怒。"但他又认为《水浒传》能够引导人们成为盗贼:"今我国民绿林豪杰,遍地皆是,日日有桃园之拜,处处为梁山之盟,所谓'大碗酒、大块肉、分秤称金银、论套穿衣服'等思想,充塞于下等社会之脑中,遂成为哥老、大刀等会,卒至有如义和拳者起,沦陷京国,启召外戎,曰:惟小说之故。呜呼! 小说之陷溺人群乃至如是,乃至如是!"②

直至今日,金圣叹之说依然影响甚巨。著名国学家钱穆先生曾评曰:"但最可怪者,乃是《水浒》作者独于忠义堂上众所拥戴之领袖呼保义及时雨宋公明,却深有微词。……此层最是《水浒》作者写此一部大书之深微作意所在,把自己一番心情混合在社会群众心情中曲曲传达。……然而直要待到圣叹出来为之揭发,于是圣叹乃一本作者之隐旨,而索性把后面平方腊为国建功衣锦还乡种种无当于原作者之隐旨的一刀切断,只以忠义堂一梦来结束,而成为此下最所流行之七十回本,此亦是圣叹对《水浒》一书之绝大贡献。"那么,《水浒传》作者为何要对宋江"深有微词"呢?钱穆先生接着分析道:"今既认为《水浒》一书之作意,乃为同情社会下层之起而造反,而对于利用此群众急切需要造反之情势,处心积虑,运使权谋,出为领袖之人物,则不予以同情。因此乃宁愿为王进之飘然远引。若果把握住此一作意,则惟有在元末明初之智识分子,乃多抱有此心情,恰与本书作意符合。而圣叹之直认施耐庵为《水浒》作者之意见,乃大值重视。"③这就是说,《水浒传》作者对元末农民起义是同情的,但对朱元璋利用农民起义夺取政权则"深有微词",只有元末明初的知识分子才会有此种心情。

综上所述可以看出,否定宋江为忠义之士、认为梁山好汉是盗贼的观点往往是出于社会政治的考虑。一旦采取了道德伦理的角度,那么态度就会发生明显变化。同样是金圣叹,一方面指责梁山好汉是盗

① 严复、夏曾佑:《国闻报附印说部缘起》,见朱一玄《水浒传资料汇编》,第335页,天津:南开大学出版社,2002。
② 梁启超:《论小说与群治之关系》,见朱一玄《水浒传资料汇编》,第336页,天津:南开大学出版社,2002。
③ 钱穆:《中国文学论丛》,第154～155页,北京:三联书店,2002。

贼,另一方面却极力赞颂鲁智深、李逵等好汉:"鲁达自然是上上人物,写得心地厚实,体格阔大。""李逵是上上人物,写得真是一片天真烂漫到底,看他意思,便是山泊中一百七人,无一个人得他眼。《孟子》'富贵不能淫,贫贱不能移,威武不能屈',正是他好批语。"①可见,不同的价值取向便会做出不同的评价。

三、人性文明价值取向

所谓人性文明价值,是一种超越时代、超越民族,具有人类普适性的价值,主要着眼于对人及其生存、生命的尊重。不少论者以这一价值取向来诠释《水浒传》,认为《水浒传》虽然是一部艺术水准极高的小说,但正因如此,其泯灭人性的负面因素危害就更为深重。明清时期都有论者做过这方面的论述。如明代小说家余象斗在万历二十二年(1594年)双峰堂刻本《水浒志传评林》中曾指出:"李逵只因要朱仝上山,将一六岁儿子谋杀性命,观到此处有哀悲。惜夫! 为一雄士苦一幼儿,李逵铁心,鹤泪猿悲。"但余象斗的立场未能坚持始终,他对李逵"乔捉鬼"而杀死一对青年男女,反而认为"此理当然"。金圣叹也曾指出,宋江等人"其幼,皆豺狼虎豹之姿也;其壮,皆杀人夺货之行也"。"豺狼虎豹""杀人夺货"显然违背了人性文明。道光年间徐谦曾指出:"李卓吾极赞《西厢》《水浒》《金瓶梅》为天下奇书,不知凿淫窦,开杀机,如酿鸩酒,然酒味愈甘,毒人愈甚矣。"②但由于时代的原因,这些评论者对人性文明的理解还不那么科学。进入20世纪之后,有关这方面的论述就更为严厉和深刻了。

五四新文化运动提倡科学民主,张扬人的价值。在这一历史文化背景下,许多论者认为《水浒传》是"非人的文学"。1918年,周作人发表《人的文学》,指出《水浒传》不是"人的文学",属于"强盗书类","有碍于人性的生长,破坏人类的平和"。③胡适在《中国新文学运动小史》

---

① 〔清〕金圣叹:《水浒传读法》,见《第五才子书施耐庵水浒传》卷一,北京:中华书局影印贯华堂刻本,1975。

② 道光戊戌陈氏刻本《桂宫梯》卷四《最乐编》,见马蹄疾《水浒资料汇编》,第386页,北京:中华书局,1980。

③ 周作人:《人的文学》,见《新青年》第5卷第6号。

中也认为《水浒传》等小说"思想内容实在不高明,够不上人的文学"①。1929 年,鲁迅先生在杂文《流氓的变迁》中指出:"李逵劫法场时,抡起板斧来排头砍去,而所砍的是看客。"②1933 年,又在《集外集序言》中说道:"我却又憎恨张翼德型的不问青红皂白,抡起板斧来排头砍去的李逵,我因此喜欢张顺的将他诱进水中去,淹得他两眼翻白。"③也许鲁迅是借古讽今或另有所指,但毫无疑问,他对李逵滥杀无辜是不满的。

进入 20 世纪 80 年代以来,许多论者再次以人性文明作为价值取向对《水浒传》提出质疑或批评。2001 年,陈洪、孙勇进在《漫说水浒》中指出:"水浒世界里的很多血腥气冲鼻的行为,连追求正义的幌子都没有,完全是为蛮荒的嗜血心理所驱使。"④2004 年,王学泰、李新宇在《〈水浒传〉与〈三国演义〉批判:为中国文学经典解毒》一书中认为,中国有许多所谓"经典"需要解毒,学者应该继续五四时提倡的价值重估,把"那些野蛮的、残忍的、反文明、反人道、与人类健康文明相冲突的东西一一揭示出来"⑤。

2010 年,三联书店出版了刘再复的《双典批判》。该书以人性文明作为价值取向,对《水浒传》的两大基本命题"造反有理"和"欲望有罪"进行了尖锐的批判。刘再复认为:"《水浒传》的造反,可区分为两种不同性质的大类型,一是社会性造反,二是政治性造反。前者是反社会,后者是反政权。"⑥然后,他将《水浒传》的造反与《西游记》的造反进行比较,得出如下结论:

> 《西游记》唐僧、孙悟空师徒搭配结构的隐喻,是我国原形优秀文化凝聚而成的伟大隐喻,其深刻的内涵恰恰给人类反抗、造反行为作了三项最宝贵的提示,这三项如下:

> (1)任何造反都应有慈悲导向。即鲁迅所说的,革命乃是为

---

① 胡适:《中国新文学运动小史》,见《胡适文集》第一卷,第 137 页,北京:北京大学出版社,1998。
② 鲁迅:《三闲集·流氓的变迁》,见《鲁迅全集》,第 161 页,北京:人民文学出版社,1981。
③ 鲁迅:《集外集序言》,见《鲁迅全集》,北京:人民文学出版社,1981。
④ 陈洪、孙勇进:《漫说水浒》,第 54 页,北京:三联书店,2001。
⑤ 王学泰、李新宇:《〈水浒传〉与〈三国演义〉批判:为中国文学经典解毒》,天津:天津古籍出版社,2004。
⑥ 刘再复:《双典批判》,第 27 页,北京:三联书店,2010。

了"救人",不是为了"杀人"。

（2）任何造反都不可越过一定的道德边界。即必须持守一定的"度"。

（3）任何造反的手段都必须合人类生存延续的总目的性，即合乎人性准则。

《水浒传》的造反与《西游记》的造反不同之处在于它缺乏慈悲导向，像李逵排头杀人的行为，把四岁的小衙内砍成两段的行为，把恋爱的男女剐成肉块的行为，均未受到作者与读者的谴责，均被认为是英雄行为。以往的《水浒》评论者充分肯定水浒英雄的种种行为，皆用一个理由，因为他们拥有伟大的目的：替天行道。论述中把目的与手段分开，仿佛为了一个崇高的目的，什么卑鄙凶残的手段都可以使用，未意识到目的与手段是密不可分的互动结构，使用黑暗的手段、卑劣的手段不可能达到光明、崇高的目的。"无法无天"的野蛮行为不可能"替天行道"。我们对《水浒传》的批判，正是在指出，在替天行道的旗号下的无法无天行为并不合理。①

那么，《水浒传》中哪些行为"无法无天"呢？刘再复认为，"智取生辰纲""血洗鸳鸯楼"以及张青、孙二娘的人肉饭店，便属于这种行为。"智取生辰纲"采用的是"以盗易盗、以暴易暴，以一种不合理规则取代另一种不合理规则的办法，只能让人类处于万劫不复的黑暗循环之中"②。"血洗鸳鸯楼"中的武松一连杀死了十五个人，其中多数是无辜者，武松却理直气壮，兴高采烈。更令人不能容忍的是后人如金圣叹等对此大加赞赏。"武松杀人杀得痛快，施耐庵写杀人写得痛快，金圣叹观赏杀人更加痛快，《水浒》的一代又一代读者也感到痛快。在皆大欢喜、皆大痛快中是否有人想到，无辜的小丫鬟人头落地，无辜的马夫人头落地，无辜的佣人人头落地。小丫鬟、小马夫也是生命，也是有父亲有母亲有兄弟有姐妹有肤发有心灵的生命。武松砍杀这些无辜的生命时不但没有心理障碍而且心满意足，金圣叹对于这种砍杀行为，不仅没有心理恻隐而且拍手称快，而后代读者面对惨不忍睹的血腥，

---

① 刘再复：《双典批判》，第32～33页，北京：三联书店，2010。

② 刘再复：《双典批判》，第39页，北京：三联书店，2010。

却个个一睹为快，一睹再睹，看热闹，看好戏，看血的游戏。"①特别是张青、孙二娘开的人肉饭店，"公然制作人肉包子，凡路过他店铺的人，都可能被剁成肉酱，连武松都差点被砍杀被吃掉，这是骇人听闻的野蛮到极点的野兽行为"②。刘再复认为："菜园子文化，其实是一种非人文化，即不把人当人的文化。这不仅是张青的原则，也是梁山的原则。"③然后，他总结道："《水浒传》的社会性造反，其造反的逻辑是：社会规则不合理，所以我使用什么手段对付社会均属合理，包括抢劫、滥杀、开人肉包子黑店。这一逻辑用更简明的语言表达，是社会恶，我可以比社会更恶；社会黑，我可以比它更黑。在此逻辑下，造反有理变成抢劫有理，杀人有理，吃人有理。"④

不仅社会性造反如此，刘再复认为《水浒传》所描写的"政治性造反"同样有种种反人性的表现。如为逼迫朱仝上山，李逵残忍地杀死了沧州知府四岁的儿子。为逼迫医生安道全上山给宋江治病，张顺杀死了安道全眷恋着的妓女李巧奴及妓院中其他三人，然后嫁祸于安道全，使安道全不得不上了梁山。为了让秦明入伙，宋江等使用计谋，不惜让秦明一家老小死于刀斧之下，不惜对无辜百姓进行无端的烧杀，断送了不计其数的生命。为了逼迫卢俊义上山，吴用设下毒计，从题反诗嫁祸于卢俊义到强行绑架，从对李固欲擒故纵到放回卢俊义使其陷入绝境，以至于为救卢俊义而不惜屠城。不仅使卢俊义饱受摧残，而且使其家庭破裂，尤其使大名府百姓蒙受一场大灾难。李逵等各路兵马不分青红皂白一路砍杀，杀得天昏地暗，全城一片刀光剑影，"城中将及损伤一半"。⑤

另一命题"欲望有罪"，主要是指小说反映的妇女观。刘再复认为："中国古往今来对妇女的蔑视、鄙薄、排斥、诋毁，在《水浒》中走到了极端。"⑥《水浒传》中的妇女不是人，而是物，大体上属三类物，即尤物（如潘金莲、潘巧云、阎婆惜），器物（如扈三娘、李巧奴），动物（如孙

---

① 刘再复：《双典批判》，第44～45页，北京：三联书店，2010。
② 刘再复：《双典批判》，第39页，北京：三联书店，2010。
③ 刘再复：《双典批判》，第41页，北京：三联书店，2010。
④ 刘再复：《双典批判》，第48页，北京：三联书店，2010。
⑤ 刘再复：《双典批判》，第57页，北京：三联书店，2010。
⑥ 刘再复：《双典批判》，第63页，北京：三联书店，2010。

二娘、顾大嫂等）。水浒英雄对三者中的尤物充满仇恨,皆报以斧头与刀剑。他们更是把婚外恋的女人视为头等罪犯,皆判处死刑,送入地狱。"①李逵成为《水浒传》主要英雄,因为他不仅善于杀人,而且绝对不近女色,也不许其他兄弟接近女色。如第七十三回"黑旋风乔捉鬼"中,李逵将热恋中的一对青年男女砍下头来后,还要碎尸万段,对两具尸体乱剁一阵。至于对婚外"偷情"的女子潘金莲、潘巧云和阎婆惜,《水浒传》无一例外地判了死刑。武松杀嫂、杨雄杀妻、宋江杀惜,分别成为小说的重点情节。在《水浒传》作者看来,"情欲不仅有罪,而且有大罪,有死罪,有千刀万剐的天下第一罪;支持这种残酷法庭与残酷刑场的是中国千百年形成的大男子主义的'夫权'文化——'夫为妻纲'的绝对化,使婚姻之后男方实现了对女方的绝对占有,包括生命权情欲权的绝对占有"②。

　　可以看出,与以往论者相比,刘再复对《水浒传》的批判更为严厉,更为深恶痛绝。似乎《水浒传》能够长期流传,受到读者普遍喜爱,就是因为广大接受者与《水浒传》的作者有着完全相同的非人性的价值取向,最少是缺乏应有的甄别力。实际情况并非如此。因为《水浒传》具有多重而复杂的价值,更多的接受者着眼于其社会政治价值或道德伦理价值,以这两种价值取向来看《水浒传》,自有其无法替代的重要价值。

　　许多论者试图从不同的角度对《水浒传》的暴力给予辩解。如张锦池先生认为,梁山好汉之所以残害无辜,是因为"法外之人的恐慌心理,以牙还牙的复仇意识,立德立功的价值观念,时不我待的起伏心潮,汇成一种'左倾'盲动情绪,于是,'敢笑黄巢不丈夫'也就成为他们心理流程的暗流"③。邓程在《〈水浒传〉主题新探》中认为:"《水浒》的这些描写,是有针对性的。那就是针对宋代文弱的风气的一种过激描写,同时《水浒》人物的天真、豪爽,以及叙述的幽默,表明作者的描写是带有夸张戏谑成分的。我想,我们再也不应说这样那样的外行话

　　① 刘再复:《双典批判》,第63～64页,北京:三联书店,2010。
　　② 刘再复:《双典批判》,第69页,北京:三联书店,2010。
　　③ 张锦池:《中国四大古典小说论稿》,第153～154页,北京:华艺出版社,1993。

了。"①王前程在《怎样看待〈水浒传〉中的暴力行为》中认为,《水浒传》中的乱砍滥杀现象是正义集团成长过程中的必然现象;梁山好汉暴力倾向是黑暗专制社会的产物;"替天行道"绝非一块空招牌,不能因为小说中的暴力行为就否认水浒主流的正义性;水浒渲染血腥场面,带有迎合市民审美口味的成分。② 刘坎龙在《论〈水浒传〉的"嗜杀"与化解》中认为,《水浒传》作者从艺术构思、叙事技巧和世俗认可的伦理观念出发,对水浒好汉的"嗜杀"行为进行了化解。③ 崔茂新认为,中国古代社会,官民对立导致下层民众的"仇官心理",这种心理压抑得越久,它对于杀戮贪官就越是快意。④ 还有的论者从阶级性、历史性等方面提出不同的见解。如张同胜在《〈水浒传〉诠释史论》中说道:"在人性论的视角下对《水浒传》中的'暴力'行为进行批评,归根到底,其实是一个阶级性的问题。"⑤"如何看待、认识梁山好汉的滥杀无辜,还要有马克思主义所讲的历史主义原则,即对于历史现象的诠释不能不考察其产生的具体历史情境。"⑥

上述论者虽然努力做出种种解释,但并不否认《水浒传》中滥杀无辜和蔑视妇女是一种过激行为。如果采取人性文明的价值取向,那么,就可以旗帜鲜明地给出答案,从根本上否定这种行为。问题在于,尽管《水浒传》确实存在这种不良倾向,但它的其他价值不应就此抹杀。这才是我们应当采取的对待古典小说名著的正确态度。

第二节 《封神演义》传播接受的价值取向

就文学成就来说,《封神演义》在传统长篇说部中算不上一流的作品,这几乎是评论家一致的公论。若从其他角度,譬如作为一部神话小说,《封神演义》的重要性却又相当独特。或许有人会认为,《封神演

---

① 邓程:《〈水浒传〉主题新探》,载《贵州社会科学》2004 年第 3 期。
② 王前程:《怎样看待〈水浒传〉中的暴力行为》,载《湖北民族学院学报》2005 年第 3 期。
③ 刘坎龙:《论〈水浒传〉的"嗜杀"与化解》,载《新疆教育学院学报》2005 年第 3 期。
④ 崔茂新:《论小说叙事的诗性结构——以〈水浒传〉为例》,载《文学评论》2002 年第 3 期。
⑤ 张同胜:《〈水浒传〉诠释史论》,第 342 页,济南:齐鲁书社,2009。
⑥ 张同胜:《〈水浒传〉诠释史论》,第 344 页,济南:齐鲁书社,2009。

义》不能算作严格意义上的神话,但如果注意到封神故事在民间流传的持久性,并且考虑到西方许多类似作品却并无人怀疑其神话属性的话,我们把《封神演义》看作神话而不仅仅是神魔小说或神异小说,当不为过。著名神话学家杨堃先生指出:"如果《封神演义》仅是一部神异小说,不是神话,那么民间宗教的许多神话,均将失去依据。"①笔者认为,受到社会各阶层、各年龄段人士欢迎的《封神演义》,不仅是一部神话小说、一部成人童话,还是一部奇特的英雄神话。

一、《封神演义》的神话价值

不论对创作者,还是接受者,神话题材都颇具吸引力。人们对于神话故事的热衷,应该说缘于好奇尚异的天性,对于耳目之外所未经闻的神秘世界总是怀有许多憧憬。吕思勉对此的解释是:"盖人莫不有好奇之性,他种奇异之事,其奇异皆为限界的,惟神怪则为超绝的,而魇人好奇之性,则超绝的恒胜于限界的故也。"②神话故事能最大限度地满足人们的好奇心,是其他现实性题材所不可比拟的。它完全以驰骋想象为能事,"事无可稽,情有可信"③,不必恪守现实逻辑的制约。可以呼风唤雨,偷天换日,上达九霄云外,下及幽冥黄泉,远至遐方异域,近限咫尺方寸,变幻莫测,出人意表。真正是"讲鬼怪令羽士心寒胆战","演霜林白日升天,教隐士如初学道"。④ 这些故事难免有迷信成分,但对于飘然云间的世外仙真的企羡,不妨看作是人类梦想超越生命极限的潜意识表现。时代虽然变迁,但神话题材的吸引力并未因此而有所减弱。这就是长久以来,封神故事传播不衰的首要因素。

我们知道,一个富于想象力的民族不能没有自己的神话。"如果说中国古代文化的一个非常显著的特征是神话形象的历史化,那么到了中世纪则相反,历史人物经历了神话的过程……"⑤《封神演义》以其

---

① 杨堃:《论神话的起源与发展》,载《民间文学论坛》1985 年第 1 期。

② 陈平原、夏晓虹:《二十世纪中国小说理论资料》,第 428 页,北京:北京大学出版社,1989。

③〔明〕许仲琳:《新刻钟伯敬先生批评封神演义》第一百回,见《明清善本小说丛刊初编》,台北:台湾天一出版社影印本,1987。

④〔明〕许仲琳:《新刻钟伯敬先生批评封神演义》第一百回,见《明清善本小说丛刊初编》,台北:台湾天一出版社影印本,1987。

⑤〔俄〕李福清:《中国神话故事论集》,载《民间文学论坛》1982 年第 2 期。

历史框架与幻想描写的成功结合,将武王伐纣这一载诸史典的重大事件神话化,借此重塑上古诸神的形象,绘制民族化"神谱",恢复神话英雄的威名。而且,《封神演义》的瑰玮壮烈的史诗规模,尤能震撼人心,使读者在严肃的政治伦理主题中窥出某种"宿命"的悲剧色彩。作为神话小说,《封神演义》的艺术魅力毋庸置疑,所以,几百年来,《封神演义》得以延绵不绝地传播。可以认为,《封神演义》问世,刻板畅销民间,较少遭受文网厄运,这与它穿上"神话的外衣"不无关系。

此外还有一个重要原因,就是在虚幻的迷雾下,蕴含着更为深刻的现实意义。林语堂说:"奇幻小说或曰神怪小说,涉及妖魔与神仙的斗法,包罗了民间传统的很大部分。这种传统与中国人的心灵非常接近。在中国人的心灵中,超自然的东西总是与现实纠缠在一起的。"《封神演义》小说用许多笔墨暴露纣王设炮烙、造虿盆、剖孕妇、敲骨髓、残害忠良、涂炭生灵的罪行,这正是明中叶以后,厂卫横行,民不聊生的残暴政治现实的折光。书中对纣王沉湎酒色、久不设朝等描写,与明代后期朝政腐败的一些事实有相合之处,而它表现出来的那些新观念,显然与当时出现的浪漫主义社会思潮有着密切的联系。小说中还有几个章回中描写神将使仙法,致使几座城池遭瘟疫侵害,也是直指现实。在小说成书的时代,也就是明朝中叶,是中国历史上有记载以来疫病最严重的时期。据《明史》记载,1408 年~1643 年,共有大规模疫病流行数十次,死亡人数惊人。面对这样的景象,许仲琳对于瘟疫一定深有感触,才会有"一城中烟火全无,街道上并无人走,皇城内人声寂静,止闻有声唤之音"①这样恐怖的描写。可见,《封神演义》具有多么巨大的现实意义。如果联系到明末所酝酿的农民大起义,它的意义就更大了。这不正是皇帝无道、官逼民反、朝代更迭的直接影射吗?

二、《封神演义》的借鉴价值

《封神演义》广泛传播,既得益于其本身的思想、艺术成就,又由小说以外的许多原因造成。统治阶级的喜好或政策对文学作品的传播

---

① 〔明〕许仲琳:《封神演义》,第 557 页,北京:人民文学出版社,1973。

起着至关重要的作用。明代许多皇帝痴迷于通俗小说和戏曲,皇帝的雅兴延及朝臣,于是阅读讲论通俗小说竟成为一种时尚。这种风气切实提高了通俗小说的社会地位,为通俗小说的繁兴、传播提供了良好的社会文化环境。清代,诸多帝王对封神戏曲的喜爱,对社会各阶层进一步认识《封神演义》小说的价值也具有引导之功。虽然 20 世纪初期因庚子事变而使《封神演义》一度遭到排斥,但是,这种禁毁反而激起人们的好奇心,成为一种特殊的传播动力,促使人们更加关注和了解《封神演义》。

抗战时期,华北联大举行开学典礼,校长成仿吾请毛泽东做报告。毛泽东在演讲中说:"当年姜子牙下昆仑山,元始天尊赠了他杏黄旗、四不像和打神鞭三样法宝。现在你们出发(联大将迁到抗日根据地去——作者注)上前线,我也赠给你们三样法宝,这就是:统一战线,武装斗争,党的建设。"①在这里,毛泽东引用《封神演义》中姜子牙的故事,借题发挥,将中国革命取得成功的根本经验概括成"三件法宝"。毛泽东这番演讲,对即将奔赴抗日前线的师生们有很深的启发,他们从毛泽东的讲话中获得了思想,也获得了力量。对《封神演义》中被讨伐的对象商纣王,毛泽东做了一分为二的评价。他肯定了纣王的能文能武,否定了他的放荡、荒淫、独裁和残暴。1955 年 3 月 31 日,毛泽东在中国共产党全国代表会议上的讲话中指出:"世界上的事情,总是一物降一物,有一个东西进攻,也有一个东西降它。看《封神榜》就知道,哪有一个'法宝'是不能破的呀? 那样多的'法宝'都破了。我们相信,只要依靠人民,世界上就没有攻不破的'法宝'。"

毛泽东是伟人,具有权威性,在一定程度上代表政府的态度。他在多次会议、多种场合提到《封神演义》,对封神故事的传播无疑起到了导向作用。毛泽东正是在反复阅读与引用中,加深对《封神演义》原著的理解,同时对封神故事做了有力的宣传。神虽然是人造出来的,但不经政治措施的推动,也是行之不远的。

学界名人对《封神演义》的赞赏,也对作品起到了重要的宣传作用。胡适认为:"《封神榜》似从《水浒》石碣脱胎出来,但《封神》中的三

---

① 成林编著:《毛泽东的智源·从姜子牙的"三件法宝"到一分为二地评价商纣王》,第 4 页,海口:海南出版社,2002。

十六路，一路未完，一路已起；十绝阵未破，而赵公明兄妹等都已出场。其章法之波澜起伏，实胜于《西游》。"①梁启超则肯定了《封神演义》的哲理性："言英雄则《三国》《水浒》《说唐》《征西》，言哲理则《封神》《西游》。自余无量数之长章短帙，樊然杂陈，而各皆分占势力之一部分。"②这种评论肯定会引起出版社、学术研究者及广大读者的高度重视，就会有更多的出版物和关于《封神演义》的学术论文出现，广大读者阅读作品就会表现出更大的热情，《封神演义》的传播也会进入新一轮的良性循环之中。

对于《封神演义》的主题，有人认为此书只是神鬼封建的东西，讲的是武王伐纣的演义故事，有人认为这部书只是宣扬了道家为尊的思想，也有人说这只是一时游戏之作，还有的传说认为这本书不是许仲琳的作品，而是施耐庵为了脱罪而创作的。众说纷纭，表明了人们对《封神演义》研究的深入和全面。"一千个读者就有一千个哈姆莱特"。受众对《封神演义》的理解和接受直接影响着它的传播。因为文学作品的意义是在读者阅读的具体过程中不断生成的，接受活动对于作品价值的确立具有十分重要的作用。

接受者分为一般型接受者和研究型接受者，他们共同组成作品的传播者。《封神演义》在不同时代的传播过程中，传播者逐渐形成了一个庞大的队伍。最初是小说的读者，他们通过人际传播将封神故事传播开来。接着是书坊主，他们的介入使《封神演义》在更广泛范围内的传播成为可能。后来就是戏曲、曲艺的作者，他们从小说《封神演义》中选择素材，进行加工。这样又出现了封神故事的大批观众和听众。在此期间一直有一个群体，他们已不是一般的读者或观众，他们开始系统而有条理地研究《封神演义》小说、戏曲等，他们就是《封神演义》的研究者。各个时代的读者或观众就是作品的一般型接受者，创作者和研究者就成了研究型接受者。随着时间的推移，越来越多的人参与到作品的传播过程中。在传播过程中自觉不自觉地吸附读者看重的或者再创造过程中新生出来的东西，内容越来越丰富充实，博大精深，

① 易竹贤辑录：《胡适论中国古典小说》，第560页，武汉：长江文艺出版社，1987。
② 梁启超：《告小说家》，见陈平原、夏晓虹《二十世纪中国小说理论资料》，第483页，北京：北京大学出版社，1989。

从而使《封神演义》传播愈加顺利。

接受活动是读者对作品主动选择、具体创造并重新发现其意义的过程。读者在接受过程中的价值取向，又影响了新的作品形式的产生。一般的读者，大都关注《封神演义》的故事情节。文化水平较低的群体，由于接触历史知识的机会较少，他们会把《封神演义》中的大部分情节看成历史，当成历史知识加以传播。戏曲、曲艺、影视作品的创作者们，是在《封神演义》中确有史实的情节基础上的再加工、再创造，就再次成为封神作品的受众，加之戏曲、曲艺、影视等传播媒介消除了文字的障碍，这就是以姜子牙、黄飞虎等为题材的戏曲深受欢迎的原因。青少年喜欢哪吒不畏强暴、舍生取义的美德，为他的勇敢精神所折服。于是，关于哪吒的故事便通过连环画、动画影视等传播媒介在儿童中间广泛传播，哪吒从一个家喻户晓的民间传说中的小英雄，成长为具有时代特征的现代儿童。除了他身上固有的古典性、民族性之外，他还逐渐具有了冒险精神、创新精神、团队精神、强烈的好奇心、爱心、互助精神等闪现着人性光辉的品质。哪吒形象的变化是传播的结果，更是受众选择的结果。研究型接受者的目光不仅仅停留在《封神演义》故事的层面，他们更多的时候是对作品做宏观的审视。他们分析作品的意义、主旨，考察作者、写作年代，论证作品与现实的关系等等。比如《封神演义》作者，目前有三种说法：一为鲁迅等之许仲琳说[1]，二为孙楷第、柳存仁等之陆西星说[2]，三为章培恒等之许仲琳与李云翔之合作说[3]。其他还有对小说文本的研究，如曾勤良《台湾民间信仰与封神演义之比较研究》[4]，卫聚贤《〈封神榜〉故事探源》[5]等。这些研究型读者的论著成了《封神演义》传播内容的一部分，记录着传播的成果和轨迹，对《封神演义》的传播起着推波助澜的作用。

---

[1] 鲁迅：《中国小说史略》，第133页，北京：东方出版社，1996。

[2] 孙楷第：《中国通俗小说书目》，第196～197页，北京：人民文学出版社，1982。

[3] 章培恒：《封神演义前言》，见《封神演义新整理本》，第1～13页，南京：江苏古籍出版社，1991。

[4] 曾勤良：《台湾民间信仰与封神演义之比较研究》，台北：华正书局，1985。

[5] 卫聚贤：《〈封神榜〉故事探源》，香港说文社，1960。

三、《封神演义》的史学价值

《封神演义》问世以来,对它的定位就意见不一。有人认为它是历史小说,有人认为它是神怪小说。如果把它归入神怪小说,从艺术价值看,它逊于《西游记》太多;若把它看成一部历史小说,从文中材料的历史真实性看,它又与《东周列国志》等相差甚远。于是,处于尴尬境地的小说《封神演义》,长期以来较少得到小说研究者的青睐,尽管它在民间流传广泛。

清代的褚人获曾写《封神演义序》,肯定《封神演义》是历史小说,并指出它的社会效果是教人光明正大地对暴君和暴虐政治进行讨伐。"武王既定天下,分封一千八百国,首封太公于齐,周公于鲁,析圭儋爵,位居五等之上。其伐纣也,为堂堂正正之师,何尝有阴谋诡秘之说,如《封神演义》一书所云者。"①褚人获认为《封神演义》即是演这段历史。他还认为,书中宣扬姜子牙所体现的"民贵君轻""民为本"的君臣大义,恰好是历史演义小说提供的鲜明生动的画面所产生的教育作用,读这本小说,"太公之本末,彰彰如是"。这是演义小说的特点所在,是史书不能达到的。至于小说中丰富的"荒诞不经"的瑰丽奇特的幻想,褚人获认为这是可以吸引读者的。我们不应因为"子不语怪、力、乱、神"而"斥于仲尼之门者","圣门广大,存而不论可也,又何必究其实之有无哉"。小说中虚构的部分,能引人入胜,应该保存,应该为"圣门"所包容。

更多的学者认为《封神演义》是神怪小说。如唐韬在《小说话》中说:"知《西游记》《封神演义》,神仙佛怪,与世事毫不相涉,作者亦自隐匿,怪哉!"鲁迅先生更是把《封神演义》划入神怪小说之列。"似志在于演史,而侈谈神怪,什九虚造,实不过假商周之争,自写幻想。"②现在的文学史基本上把《封神演义》看作继《西游记》之后又一部比较成功的神魔小说。

那么,应如何理解《封神演义》归类之争的现象呢?

实际上,神话与历史一直以来是密切相关的。因为远古神话被后

---

① 〔明〕许仲琳:《封神演义》卷首,清康熙四雪草堂刊本。
② 鲁迅:《中国小说史略》,第133页,北京:东方出版社,1996。

来的改编者们赋予了浓厚的人文色彩,而带有明显的历史化倾向。这对神话本身而言,是一件不幸的事情,对今天的人们来说,却是十分有益的。鲁迅先生说过,中国人的历史知识,大抵是从小说及由小说改编而成的戏文中学来的。因此,今天的读者,不但能从神话中获得心智的启迪和艺术的熏陶,还能学到不少历史、地理等文化知识。

虽然《封神演义》虚构想象的成分居多,但也不乏史实的内容。司马迁在《史记》中的《三代世表》《殷本纪》《周本纪》中,对于殷纣王的亡国史有着详细的记述,是《封神演义》第二部分主要取材来源。纣王的荒淫,在《孟子》中有所揭露:"坏宫室以为污池,民无所安息;弃田以为园囿,使民不得衣食。"书中所写剜比干之心事,在《论语》中有所反映:"微子去之,箕子为之奴,比干谏而死。"这一切说明,《封神演义》不是随心所欲的杜撰,敷衍历史,而是对殷纣王做了深刻的揭露和无情的鞭挞。到了商周大战部分,又写得玄虚而荒诞,体现了神话特色。虚实相参,本来就是历史演义小说的特色,但是,《封神演义》略有不同,因为它以"封神"之事为主,其中的历史人物及史实只是辅助的角色,使读者在观赏通俗的神话故事之余,对商朝末年情况也有初步认识。对于那些无法通过读书了解远古晦暗不明的殷商历史的普通百姓来说,小说《封神演义》或由此衍生出的评书、戏曲等传播媒介则成了他们获得艺术熏陶的同时,了解历史的唯一渠道。

除了上面提到的人物之外,书中所提到的其他人物如妲己、姜太公等的事迹亦大多见于史册,作者将这些历史事实加以想象改编,再加入诸路众神,形成这部结构庞大的神话小说。其中许多人物及神仙的形象早已深入人心,成为大家耳熟能详的神明,甚至成为大众膜拜的对象。由于封神演义成功地将各种神仙佛怪的事迹加入历史事件中,深受民众喜好,如今更结合现代科技,改编成电影、电视剧甚至游戏,表现于大众眼前,使《封神演义》产生不同的风貌,更展现其历久弥新的价值。

四、《封神演义》的民俗学价值

长期以来,学术界大致有一个共同的看法:《西游记》在文学艺术方面的成就超过《封神演义》许多,《西游记》为四大奇书之一,是第一流的作品,《封神演义》最多和《三宝太监西洋记》一样,属二流作品。作为小说,《封神演义》的文学价值以及本身的粗糙之处是显而易见的,但从民俗学的角度看,它在传播过程中所体现出来的价值却应引起足够的重视。

对传统的民间社会来说,直接看过《封神演义》这本书的人或许不是很多,听说过《封神演义》故事的人却一定不少。以描述英雄传奇为主的作品,其中的故事很容易和民间传说互为渗透,也易于成为说唱或戏曲的题材。借着故事的说唱,戏曲的改编,影视的演出,《封神演义》中的故事在民间的传播相当广泛。故事传播得广泛,并不一定代表它具有特殊的重要性。《封神演义》在民间的传播,不只是其中某些"故事"为人所乐道,更是其中的"人物"被世人认了"真"。如同顾均正所说:"最奇的那《封神传》里造出了许多菩萨……哪个不当他是个真菩萨,哪个还晓得他是做《封神传》的这个人造孽;即使晓得是《封神传》里造出来的,也当《封神传》这部书是实有其事,忘记了做《封神传》的人信口胡言。"①文学作品对民众的影响,一般来说很难从作品本身的文学艺术方面去讨论,因为那是属于"精致"的文化,只对受过高深文学熏陶的人起作用。普通老百姓会从小说中找寻他们想要的东西,有可能会把它融入自己的生活之中。

据说,四川省宜宾市及其附近地区有众多的名胜古迹和景区地名,与《封神演义》一书描写相符。哪吒师从太乙真人学道的"金光洞",在宜宾市郊的七星山上可以找到;哪吒闹海,打死东海龙王三太子,尸骨抛在东海口,今宜宾南广河口有"龙脊石"可供欣赏;李靖手中托有一座玲珑宝塔,传说为燃灯道人所赠,今宜宾灵鹫山上可以看到燃灯道人的修炼之所——圆觉洞,且有一座"鹫洲塔(现名旧洲塔)"巍然屹立。在民间信奉哪吒的人更多了,宝岛台湾建有哪吒庙370多座,香火极为旺盛。《封神演义》中的人物成为一种信仰,一种寄托,甚至是一种文化象征。对于《封神演义》这部在民间存在极大影响的神魔小说,聂绀弩先生指出:"《封神榜》作为大众读物之一,在中国旧社会里面,占着它确乎不拔的支配地位。'姜太公在此,诸神回避'的纸

---

① 顾均正:《和平的梦》序文,见《和平的梦》,第1页,上海:上海文化生活出版社,1948。

条儿,到处都可以碰见;财神赵公明、东岳大帝黄飞虎以及麒麟送子的三霄娘娘,就是不认识字,没有直接看过这书的乡下放牛的砍柴的人们,也背得出一两套来。"①这与《封神演义》小说、戏曲等的传播不无关系,更是封神故事传播的价值所在。

《封神演义》的神仙来自神话、仙话和宗教故事,这些神仙经过《封神演义》的改造和描写,又凭借通俗文学与大众的亲密关系,便广泛流传于民间,给民间信仰以深刻的影响。而且诸神的形态、神性,也获得各个地区基本一致的认同,比如赵公明、黄飞虎、申公豹等。在这一过程中,官方的利用、提倡起到了重要的促进作用,这是显而易见的;但文学作品、民间说唱所起的传播作用,同样是不可低估的。明末以后《封神演义》的流行影响到各方面的民间宗教活动,现在民间流行的哪吒的形象是跟《封神》一样的。哪吒本是道教神,《封神演义》在民间流行之后,民间信仰也受到强烈的影响,到头来哪吒完全成为佛教神将。很多庙供的哪吒的形象,就是"骑风火轮,持火尖枪,又持乾坤圈,身缠混天绫"。这个形象人们几乎都知道,无论戏剧,还是电影、电视剧,完全一致。这个形象,当然是《封神演义》形成的。不仅哪吒神像,许多流传很久的神灵,也因为《封神演义》的传播而完全变成《封神演义》中所描写的造型。比如赵公明,他真正成为武财神,与《封神演义》有很大的关系。在此书中,他被封为"金龙如意正一龙虎玄坛真君",统帅招宝、纳珍、招财、利市四位财神,并负有"迎财纳祥,追逃捕亡"的职责。尽管关于他的传说很早就有,但是,《封神演义》问世之后,其财神的形象才最终完成。小说创造的其他许多神仙,也都被请进地方庙宇,有些佛寺竟供奉托塔天王,有些道观竟祭祀本来是佛教人物的准提,被民间顶礼膜拜的就更多了。《封神演义》反映民俗内容甚丰。除上文提到的之外,还有寿星、神农氏药王、火神罗宣、灶王张奎、瘟神吕岳、门神高明与高觉、雷神闻仲、开路神方相等,几乎将天上星宿及诸神全部包括。一部长篇小说对民间信仰产生如此深远的影响,小说史上仅《封神演义》而已。

---

① 聂绀弩:《论〈封神榜〉》,载《太白》1934 年第 3 期。

第三节 《金瓶梅》新中国成立前传播与接受的价值取向

　　一部文学作品的价值是在其传播与接受过程中实现的,其价值取向则多元并存,因人而异。《金瓶梅》传播与接受的价值取向亦复如是。如词话本卷首廿公作的跋语虽然简短,却指出了《金瓶梅》三方面的价值:第一,"有所刺"的功利价值;第二,"曲尽人间丑态"的认识价值;第三,"处处埋伏因果"的劝惩价值。① 满文本《金瓶梅序》说道:"历观编撰古词者,或劝善惩恶,以归祸福;或快志逞才,以著诗文;或明理言性,以喻他物;或好正恶邪,以辨忠奸。"②这种多元的价值取向贯穿于其问世以来的四百余年间。本节拟对新中国成立前《金瓶梅》的价值取向进行归纳总结,并初步分析其产生的原因,以期更好地把握和实现《金瓶梅》的多重价值,并避免其价值取向扭曲。

一、伦理教化价值

　　就今天所掌握的资料看,对《金瓶梅》最早做出价值判断的当为袁宏道。他在万历二十四年(1596 年)致董其昌的信中说道:"《金瓶梅》从何得来? 伏枕略观,云霞满纸,胜于枚生《七发》多矣。"③枚乘是汉代著名辞赋家,在其代表作《七发》中,吴客指出楚太子"久耽安乐,日夜无极","纵耳目之欲,恣支体之安",因而患病在身。只有请博闻强识的君子来启发诱导,改变其贪图安乐的情志,才可能痊愈。袁宏道认为《金瓶梅》告诉人们相同的道理,而且更为重要深刻,于是才有"胜于枚生《七发》多矣"的赞叹。袁宏道对《金瓶梅》教化价值的肯定与其文学观相一致,是明末特定社会思潮的表现。

　　强调《金瓶梅》的价值在于以轮回报应达到劝惩的教化目的,词话本欣欣子序最具代表性。从《金瓶梅》的情节结构看,西门庆、潘金莲、

---

① 〔明〕廿公:《金瓶梅词话跋》,见《金瓶梅词话》,第 1 页,北京:人民文学出版社,1985。
② 〔清〕佚名:《满文本金瓶梅序》,见黄霖《金瓶梅资料汇编》,第 5 页,北京:中华书局,1987。
③ 〔明〕袁宏道:《袁宏道集笺校》本卷六《锦帆集之四——尺牍》,见黄霖《金瓶梅资料汇编》,第 227 页,北京:中华书局,1987。

李瓶儿、庞春梅等男女主人公皆因放纵欲望,终于败亡,这大概是小说作者的初衷。欣欣子或许担心读者不能体会作者的良苦用心,而专注于淫乱的描写,所以在序中反复说道:"无非明人伦,戒淫奔,分淑慝,化善恶,知盛衰消长之机,取报应轮回之事,如在目前,始终如脉络贯通,如万系迎风而不乱也,使观者庶几可以一哂而忘忧也。""既其乐矣,然乐极必悲生。""至于淫人妻子,妻子淫人,祸因恶积,福缘善庆,种种皆不出循环之机,故天有春夏秋冬,人有悲欢离合,莫怪其然也。合天时者,远则子孙悠久,近则安享终身;逆天时者,身名罹丧,祸不旋踵。"①在欣欣子看来,以轮回报应实现教化目的,这是《金瓶梅》最为重要的价值。

那么,如何看待小说中"语涉俚俗,气含脂粉"的淫秽描写呢?欣欣子认为:"富与贵,人之所慕也,鲜有不至于淫者。哀与怨,人之所恶也,鲜有不至于伤者。"显然,对"乐而不淫,哀而不伤"的传统诗教提出不同见解。他指出,《金瓶梅》"虽市井之常谈,闺房之碎语",但"使三尺童子闻之,如饮天浆而拔鲸牙,洞洞然易晓。虽不比古之集理趣,文墨绰有可观"。这也就是他在序言中所说的"一哂而忘忧",实际上在不经意中道出了《金瓶梅》寓教于乐的价值。

与其同时的东吴弄珠客为《金瓶梅》作序的第一句话就是:"《金瓶梅》,秽书也。"然后,他又指出:"然作者亦自有意,盖为世戒,非为世劝也。"所谓"为世戒,非为世劝",即此书是以西门庆、潘金莲等人为反面人物来告诫世人,并非让世人以其为榜样。所以,他说:"读《金瓶梅》而生怜悯心者,菩萨也;生畏惧心者,君子也;生欢喜心者,小人也;生效法心者,乃禽兽耳。"②东吴弄珠客强调的依然是《金瓶梅》的劝惩价值。

清康熙年间紫髯狂客与欣欣子的见解十分一致。他在《豆棚闲话总评》中说:"趣如《西门传》而不善读之,乃误风流而为淫。其间警戒世人处,或在反面,或在夹缝,或极快,或极艳,而悲伤零落,寓乎其间,

---

① 〔明〕欣欣子:《金瓶梅词话序》,见《金瓶梅词话》,第1页,北京:人民文学出版社,1985。
② 〔明〕东吴弄珠客:《金瓶梅词话序》,见《金瓶梅词话》,第1页,北京:人民文学出版社,1985。

世人一时不解者也。"①同为康熙年间的满文本《金瓶梅序》的作者主要
以报应轮回观念来肯定《金瓶梅》的劝惩价值:"其于修身齐家、裨益于
国之事一无所有。至西门庆以计力药杀武大,犹为武大之妻潘金莲以
春药而死,潘金莲以药毒二夫,又被武松白刃碎尸。如西门庆通奸于
各人之妻,其妇婢于伊在时即被其婿与家僮玷污。吴月娘背其夫,宠
其婿使入内室,奸淫西门庆之婢,不特为乱于内室……西门庆虑遂谋
中,逞一时之巧,其势及至省垣,而死后尸未及寒,窃者窃,离者离,亡
者亡,诈者诈,出者出,无不如灯消火灭之烬也。其附炎趋势之徒,亦
皆陆续无不如花残木落之败也。其报应轻重之称,犹戥秤毫无高低之
差池焉。"②由此可见,清康熙年间《金瓶梅》流传甚广,以至于满族统治
者也十分重视此书,他们所看重的正是《金瓶梅》的劝惩价值。

近代论者大都注意到《金瓶梅》的教化价值。四桥居士在《续金瓶
梅序》中指出:"《金瓶梅》一书,虽系空言,但观西门平生所为,淫荡无
节,蛮横已极,宜乎及身即受惨变,乃享厚福以终?至其报复,亦不过
妻散财亡,家门零落而止,似乎天道悠远,所报不足以蔽其辜,此《隔帘
花影》四十八卷所以继正续两编而作也。"③这实际上是说《金瓶梅》的
报应轮回还不够充分。著名小说家吴趼人在1906年《月月小说》第一
卷发表的《杂说》中说:"《金瓶梅》《肉蒲团》,此皆著名之淫书也,然其
实皆惩淫之作,此非著作者之自负如此,即善读者亦能知此意,固非余
一人之私言也。顾世人每每指为淫书,官府且从而禁之,亦可见善读
者之难其人矣。"④吴趼人身为小说家,十分明白不能仅仅从表面来理
解小说的创作心理和创作动机,而应当从更深的层面把握小说家的良
苦用心。

1936年上海新文化书社再版本《古本金瓶梅》前有观海道人所撰

---

① 〔清〕紫髯狂客:《豆棚闲话总评》,坊间石印本《豆棚闲话》卷末,见黄霖《金瓶梅资料汇
编》,第264页,北京:中华书局,1987。

② 康熙四十七年满文本《金瓶梅》卷首,见黄霖《金瓶梅资料汇编》,第5~6页,北京:中华书
局,1987。

③ 〔清〕四桥居士:《续金瓶梅序》,见黄霖《金瓶梅资料汇编》,第17页,北京:中华书局,
1987。

④ 吴趼人:《杂说》,《月月小说》1906年第一卷,见黄霖《金瓶梅资料汇编》,第322页,北京:
中华书局,1987。

序言,落款时间为大明嘉靖三十七年,显系伪托。他再三强调《金瓶梅》的劝惩价值:"子不观乎书中所纪之人乎? 某人着,邪淫昏妄,其受祸终必不免,甚且殃及妻孥子女焉。某人者,温恭笃行,其获福终亦可期,甚且泽及亲邻族党焉。此报施之说,因果昭昭,固尝详举于书中也。至于前之所以举其炽盛繁华者,正所以显其后之凄凉寥寂也;前之所以详其势焰熏天者,正所以证其后之衰败不堪也。一善一恶,一盛一衰,后事前因,历历不爽,此正所以警剔乎恶者,奖励乎善者也。"①

有论者从显与隐的辩证关系入手,肯定《金瓶梅》的教化价值。如西湖钓叟《续金瓶梅集序》认为:"《金瓶梅》旧本,言情之书也。情至则流易于败检而荡性。今人观其显不知其隐,见其放不知其止,喜其夸不知其所刺。……《西游》阐心而证道于魔,《水浒》戒侠而崇义于盗,《金瓶梅》惩淫乱而炫情于色,此皆显言之,夸言之,放言之,而其旨则在以隐,以刺,以止之间。唯不知者曰怪,曰暴,曰淫,以为非圣而畔道焉。"②这位论者同样肯定《金瓶梅》的伦理教化价值,但能够顾及小说的实际描写,提醒读者要透过表面内容把握住其实质。

与《三国演义》《水浒传》《西游记》有大量戏剧改编不同,《金瓶梅》改编为戏曲的数量较少。刊刻于乾隆乙卯年(1795 年)由画舫中人改编的《奇酸记》传奇共四折,每折六出,共二十四出。第一折"梵僧现世修灵药",包括"灵药现身""西门贾毒""子虚钱配""玉楼酸赏""卖奸买毒""降神修药"六出。最后一折"禅师下山超孽业"包括"普静寻徒""琵琶变调""孟舟感故""祭金杀敬""爹儿双变""孝成酸释"六出。从这些出目不难看出,其用意主要是惩戒淫乱。③ 郑小白改编的《金瓶梅传奇》分为上下两卷,共三十四出。该剧将《水浒传》和《金瓶梅》有关内容糅为一体,以西门庆和潘金莲为主人公,目的也在于劝诫淫乱。④

---

① 襟霞阁主重编:《古本金瓶梅》,上海新文化社 1936 年再版,见黄霖《金瓶梅资料汇编》,第 12 页,北京:中华书局,1987。

② 〔清〕西湖钓叟:《续金瓶梅集序》,清刊本《续金瓶梅》卷首,见黄霖《金瓶梅资料汇编》,第 14 页,北京:中华书局,1987。

③ 清乾隆乙卯年刻《奇酸记》,见黄霖《金瓶梅资料汇编》,第 367~374 页,北京:中华书局,1987。

④《古本戏曲丛刊》三集影印旧钞本《金瓶梅传奇》,见黄霖《金瓶梅资料汇编》,第 375~376 页,北京:中华书局,1987。

由《金瓶梅》改编的子弟书有"得钞傲妻""哭官哥""不垂别泪""春梅游旧家池馆""永福寺""挑帘定计""葡萄架""续钞借银"等名目。① 从这些名目可以看出,改编者似乎更为注重表现世态炎凉。

二、社会认识价值

前面说到词话本《金瓶梅》廿公所作跋语,寥寥数语,却以"曲尽人间丑态"六字概括了《金瓶梅》的社会认识价值。谢肇淛《金瓶梅跋》则对其社会认识价值分析得比较全面:"其中朝野之政务,官私之晋接,闺闼之媟语,市里之猥谈,与夫势交利合之态,心输背笑之局,桑中濮上之期,尊罍枕席之语,驵侩机械意智,粉黛之自媚争妍,狎客之从谀逢迎,奴怡之稽唇淬语,穷极境象,骇意快心。譬之范工抟泥,妍媸老少,人鬼万殊,不徒肖其貌,且并其神传之。信稗官之上乘,炉锤之妙手也。"②这段话从几个方面形象地概括了《金瓶梅》对社会各个方面的反映,强调了《金瓶梅》的认识价值。首先,《金瓶梅》表现的社会生活面十分广阔,上至朝廷政务,下至市井猥谈,均有细致描写。其次,对各个社会阶层的精神面貌刻画得惟妙惟肖。他特别声明:"有嗤余诲淫者,余不敢知。"

清初谢颐(即张潮)在《金瓶梅序》中充分肯定张竹坡对《金瓶梅》认识价值的挖掘:"故悬鉴燃犀,遂使雪月风花、瓶罄篦梳、陈荃落叶诸精灵等物,妆娇逞态,以欺世于数百年间,一旦潜形无地,蜂蝶留名,杏梅争色,竹坡其碧眼胡乎!向弄珠客教人生怜悯畏惧心,今后看官睹西门庆等各色幻物,弄影行间,能不怜悯,能不畏惧乎!其视金莲,当作弊屦观矣。"③

进入 20 世纪以来,评论者更为重视《金瓶梅》的社会认识价值。平子(即狄葆贤)在 1904 年《新小说》第八号《小说丛话》中论道:"《金瓶梅》一书,作者抱无穷冤抑,无限深痛,而又处黑暗之时代,无可与言,无从发泄,不得已藉小说以鸣之。其描写当时之社会情状,略见一

① 中国曲协辽宁分会据傅惜华藏本编印《子弟书选》,见黄霖《金瓶梅资料汇编》,第 377~403 页,北京:中华书局,1987。
② 〔明〕谢肇淛:《金瓶梅跋》,见黄霖《金瓶梅资料汇编》,第 3 页,北京:中华书局,1987。
③ 〔清〕张潮:《金瓶梅序》,见《金瓶梅》,第 1 页,济南:齐鲁书社,1991。

斑。然与《水浒传》不同:《水浒》多正笔,《金瓶》多侧笔;《水浒》多明写,《金瓶》多暗刺;《水浒》多快语,《金瓶》多痛语;《水浒》明白畅快,《金瓶》隐抑悱恻;《水浒》抱奇愤,《金瓶》抱奇冤。处境不同,故下笔亦不同。"①

天僇生(即王钟麒)1907年在《月月小说》第二卷《中国三大家小说论赞》中说:"时则若王氏之《金瓶梅》。元美生长华阀,抱奇才,不可一世,乃因与杨仲芳结纳之故,致为严嵩所忌,戮及其亲,深极哀痛,无所发其愤。彼以为中国之人物、之社会,皆至污极贱,贪鄙淫秽,靡所不至其极,于是而作是书。盖其心目中,固无一人能少有价值者。彼其记西门庆,则言富人之淫恶也;记潘金莲,则伤女界之秽乱也;记花子虚、李瓶儿,则悲友道之衰微也;记宋蕙莲,则哀谗佞之为祸也;记蔡太师,则痛仕途黑暗,贿赂公行也。嗟乎! 嗟乎! 天下有过人之才人,遭际浊世,把弥天之怨,不得不流而为厌世主义,又从而摹绘之,使并世之恶德,不能少自讳匿者,是则王氏著书之苦心也。轻薄小儿,以其善写淫媒也宝之,而此书遂为老师宿儒所诟病,亦不察之甚矣。"②认定王世贞是《金瓶梅》作者,固然有待商榷,对《金瓶梅》社会认识价值的论述却是深刻稳妥的。

废物(即王文濡)1915年在《香艳杂志》第九期《小说谈》中特别强调《金瓶梅》对下层社会的认识价值:"《金瓶梅》何以为才子之作,以其所描写为下等社会情事也。中上两等社会,吾人固习见而习闻之。执笔状之,则连篇累牍,势不难举,身所接拘,心所蕴蓄,目所见,耳所闻,一一如数家珍。况我国下等社会,情事尤为复杂,描写更难着笔。西人小说家,如司各脱、迭更司辈,其著作脍炙人口者亦以此。元美为有明一代作家,文字古奥,直追秦汉,何以降心为此? 即曰有所为而为,惩淫可也,导淫诲淫不可也。"在《废物赘语》中又说:"小说以叙述下流社会情况为最难着笔。非身入其中,深知其事者,断不能凭空结撰,摹绘尽致,此文人学士之所短。而旧小说如《金瓶梅》等书,所以旷世不

---

① 狄葆贤:《小说丛话》,《新小说》1904年第八号,见黄霖《金瓶梅资料汇编》,第303页,北京:中华书局,1987。

② 王钟麒:《中国三大家小说论赞》,《月月小说》1907年第二卷,见黄霖《金瓶梅资料汇编》,第319页,北京:中华书局,1987。

一见也。"①

陈独秀、胡适、钱玄同等五四新文化运动的代表性人物,对古代文学的价值基本持否定态度,且不时表现出矛盾和过激的心态。1917年,他们就包括《金瓶梅》在内的古代小说的价值问题展开过讨论。钱玄同在《与陈独秀书》中说:"我以为元明以来的词曲小说,在《中国文学史》里面,必须要详细讲明。并且不可轻视,要认做当时极有价值的文学才是。"②在《寄胡适之先生》中说:"《金瓶梅》一书,断不可与一切专谈淫猥之书同日而语。此书为一种骄奢淫逸、不知礼义廉耻之腐败社会写照。观其书中所叙之人,无论官绅男女,面子上是老爷、太太、小姐,而一开口,一动作,无一非极下作极无耻之语言之行事,正是今之积蓄不义钱财而专事打扑克、逛窑子、讨小老婆者之真相。"③

陈独秀在《答钱玄同》中回答说:"中国小说,有两大毛病:第一是描写淫态,过于显露;第二是过贪冗长。(《金瓶梅》《红楼梦》细细说那饮食衣服装饰摆设,实在讨厌。)这也是'名山著述的思想'的余毒。"④但他此前在《答胡适》中曾说:"足下及玄同先生盛称《水浒》《红楼》等为古今说部第一,而均不及《金瓶梅》,何耶? 此书描写恶社会,真如禹鼎铸奸,无微不至,《红楼梦》全脱胎于《金瓶梅》,而文章情健自然,远不及也。乃以其描写淫态而弃之耶? 则《水浒》《红楼》又焉能免?"⑤在陈独秀看来,《金瓶梅》的价值甚至要超过《水浒传》和《红楼梦》,原因即在于《金瓶梅》对社会的描写无微不至。

胡适不同意钱玄同的观点。他在《答钱玄同》中说:"先生与独秀先生所论《金瓶梅》诸语,我殊不敢赞成。我以为今日中国人所谓男女情爱,尚全是兽性的肉欲。今日一面正宜力排《金瓶梅》一类之书,一

---

① 王文濡:《小说谈》,《香艳杂志》1915 年第九期;《废物赘语》,《临时增刊南社小说集》,文明书局 1917 年版。分别见黄霖《金瓶梅资料汇编》,第 326、327 页,北京:中华书局,1987。

② 钱玄同:《与陈独秀书》,《新青年》1917 年 8 月 1 日第三卷第六号,见黄霖《金瓶梅资料汇编》,第 345 页,北京:中华书局,1987。

③ 钱玄同:《寄胡适之先生》,《新青年》1917 年 8 月 1 日第三卷第六号,见黄霖《金瓶梅资料汇编》,第 345~346 页,北京:中华书局,1987。

④ 陈独秀:《答钱玄同》,《新青年》1917 年 8 月 1 日第三卷第六号,见黄霖《金瓶梅资料汇编》,第 342 页,北京:中华书局,1987。

⑤ 陈独秀:《答胡适》,《新青年》1917 年 6 月 1 日第三卷第四号,见黄霖《金瓶梅资料汇编》,第 342 页,北京:中华书局,1987。

面积极译著高尚的言情之作,五十年后,或稍有转移风气之希望。此种书即以文学的眼光观之,亦殊无价值。何则? 文学之一要素,在于'美感'。请问先生读《金瓶梅》,作何美感?"①钱玄同在同期《新青年》回答说:"至于前书论《金瓶梅》诸语,我亦自知大有流弊,所以后来又写了一封信给独秀先生,说'从青年良好读物上面着想,实在可以说,中国小说没有一部好的,没有一部该读的',这就是我自己取消前说的证据。且我以为不但《金瓶梅》流弊甚大,就是《红楼》《水浒》亦非青年所宜读。"②钱玄同对《金瓶梅》价值所表现出的矛盾态度,是五四时期全盘否定传统文学激进思潮的产物,对后来的学术界造成了一定影响。

与他们三位相比,鲁迅先生的意见显然更为中肯稳妥。他在《中国小说史略》中说:"作者之于世情,盖诚极洞达,凡所形容,或条畅,或曲折,或刻露而尽相,或幽伏而含讥,或一时并写两面,使之相形,变幻之情,随在显见,同时说部,无以上之。""故就文辞与意象以观《金瓶梅》,则不外描写世情,尽其情伪,又缘衰世,万事不纲,爱发苦言,每极峻急,然亦时涉隐曲,猥黩者多。"③鲁迅先生不为一时的政治功利所左右,其学术思想更为严谨和公允,经得起历史检验。

三、审美艺术价值

最早对《金瓶梅》的审美艺术价值做出全面论述的是张竹坡。他在《竹坡闲话》《金瓶梅寓意说》《金瓶梅读法》以及回评中对《金瓶梅》的悲剧价值、叙事结构、人物刻画、反讽手法等都做了细致分析。他说:"《金瓶梅》,何为而有此书也哉? 曰:此仁人志士、孝子悌弟不得于时,上不能问诸天,下不能告诸人,悲愤鸣唈,而作秽言以泄其愤也。"④在众人对《金瓶梅》作者揣测之时,张竹坡却能跳出这一思维定式,从文学发生学和审美的角度对《金瓶梅》的创作主旨做出概括。他认为

① 胡适:《答钱玄同》,《新青年》1918 年正月十五日第四卷第一号,见黄霖《金瓶梅资料汇编》,第 345 页,北京:中华书局,1987。
② 钱玄同:《答胡适之》《新青年》1918 年正月十五日第四卷第一号,见黄霖《金瓶梅资料汇编》,第 348 页,北京:中华书局,1987。
③ 鲁迅:《中国小说史略》,第 142、144 页,北京:东方出版社,1996。
④ 〔清〕张竹坡:《竹坡闲话》,见《金瓶梅》,第 8 页,济南:齐鲁书社,1991。

《金瓶梅》与司马迁创作《史记》有相同之处:"《金瓶梅》到底有一种愤懑的气象。然则《金瓶梅》断断是龙门再世。"①这就从审美意识上肯定《金瓶梅》一书充满悲剧意蕴,从而揭示《金瓶梅》的审美价值。

在《金瓶梅读法》中,张竹坡从多个方面挖掘和总结《金瓶梅》的艺术价值。关于《金瓶梅》的叙事结构,他说:"《金瓶》有板定大章法,如金莲有事生气,必用玉楼在旁,百遍皆然,一丝不易,是其章法老处。他如西门至人家饮酒,临出门时,必用一人,或一官来拜,留坐,此又是生子加官后数十回大章法。《金瓶梅》一百回到底俱是两对章法。合其目,为二百件事。然有一回,前后两事,中用一语过节。又有前后两事,暗中一笋过下。"②"读《金瓶》须看其入笋处。如玉皇庙讲笑话,插入打虎。请子虚,即插入后院紧邻。"③"《金瓶》每于极忙时,偏夹入他事入内。如正未娶金莲,先插娶孟玉楼;娶孟玉楼时,即夹叙嫁大姐。生子时,即夹叙吴典恩借债。官哥临危时,乃有谢希大借银。平儿死时,乃入玉箫受约。择日出殡,乃有请六黄太尉等事。皆于百忙中,故作消闲之笔,非才富一石者何以能之?"④

关于《金瓶梅》的人物刻画,他说:"《金瓶》内正经写六个妇人,而其实止写得四个:月娘,玉楼,金莲,瓶儿是也。然月娘则以大纲故写之。玉楼虽写,则全以高才被屈,满肚牢骚,故又另出一机轴写之。然则以不得不写,写月娘,以不肯一样写;写玉楼,是全非正写也。其正写者,惟瓶儿,金莲。然而写瓶儿,又每以不言写之。夫以不言写之,是以不写处写之。以不写处写之,是其写处单在金莲也。单写金莲,宜乎金莲之恶冠于众人也。"⑤关于《金瓶梅》的反讽手法,他说:"又月娘好佛,内便隐三个姑子,许多阴谋诡计,教唆他烧夜香、吃药安胎,无所不为,则写好佛,又写月娘之隐恶也,不可不知。"⑥

清代学者刘廷玑是一位极有艺术鉴赏能力的学者。他对《金瓶梅》的人物描写和结构技巧等艺术价值格外赞赏,说道:"文心细如牛

① 〔清〕张竹坡:《金瓶梅读法》,见《金瓶梅》,第45页,济南:齐鲁书社,1991。
② 〔清〕张竹坡:《金瓶梅读法》,见《金瓶梅》,第26页,济南:齐鲁书社,1991。
③ 〔清〕张竹坡:《金瓶梅读法》,见《金瓶梅》,第27页,济南:齐鲁书社,1991。
④ 〔清〕张竹坡:《金瓶梅读法》,见《金瓶梅》,第38页,济南:齐鲁书社,1991。
⑤ 〔清〕张竹坡:《金瓶梅读法》,见《金瓶梅》,第28页,济南:齐鲁书社,1991。
⑥ 〔清〕张竹坡:《金瓶梅读法》,见《金瓶梅》,第34页,济南:齐鲁书社,1991。

毛茧丝,凡写一人,始终口吻酷肖底,掩卷读之,但道数语,便能默会为何人。结构铺张,针线缜密,一字不漏,又岂寻常笔墨可到者。"①

　　20世纪初是《金瓶梅》的审美艺术价值被充分挖掘的时期,许多评论者如平子、曼殊、黄人、姚锡钧等将《金瓶梅》与《红楼梦》《水浒传》《西厢记》做了比较,由于他们充分认识到《金瓶梅》的审美艺术价值,其见解就比较客观公允。平子(即狄葆贤)在1904年《新小说》第八号《小说丛话》中论道:"其中短简小曲,往往隽韵绝伦,有非宋词、元曲所能及者,又可以征当时小人女子之情状,人心思想之程度,真正一社会小说,不得以淫书目之。"②他在《小说新语》中说:"或谓《金瓶》有何佳处,而亦与《水浒》《红楼》并列? 不知《金瓶》一书,不妙在用意,而妙在语句。吾谓《西厢》者,乃文字小说,《水浒》《红楼》,乃文字兼语言之小说;至《金瓶》则纯乎语言之小说,文字积习,荡除净尽,读其文者,如见其人,如聆其语,不知此时为看小说,几疑身入其中矣。此其故,则在每句中无丝毫文字痕迹也。"③

　　曼殊(近人多认为是梁启超之弟梁启勋,而非苏曼殊)持相同观点。他在《小说丛话》中说:"吾见小说中,其回目之最佳者,莫如《金瓶梅》。""《金瓶梅》之身价,当不下于《水浒》《红楼》,此论小说者所评为淫书之祖宗者也。余昔读之,尽数卷,犹觉毫无趣味,心窃惑之。后乃改其法,认为一种社会之书以读之,始知盛名之下,必无虚也。……至于《金瓶梅》,吾固不能谓为非淫书,然其奥妙,绝非在写淫之笔。盖此书的是描写下等妇人之行动也。虽装束模仿上流,其下等如故也;供给拟于贵族,其下等如故也。若作者之宗旨在于写淫,又何必取此粗贱之材料哉? 论者谓《红楼梦》全脱胎于《金瓶梅》,乃《金瓶梅》之倒影云,当是的论。若其回目与题词,真佳绝矣。"④

　　黄人在《小说小话》中说:"语云:'神龙见首不见尾。'龙非无尾,一

① 〔清〕刘廷玑:《在园杂志》,见黄霖《金瓶梅资料汇编》,第253页,北京:中华书局,1987。
② 狄葆贤:《小说丛话》,《新小说》1904年第八期,见黄霖《金瓶梅资料汇编》,第303页,北京:中华书局,1987。
③ 狄葆贤:《小说新语》,《小说时报》1911年第九号,见黄霖《金瓶梅资料汇编》,第304页,北京:中华书局,1987。
④ 曼殊《小说丛话》,《新小说》1904年第八期,见黄霖《金瓶梅资料汇编》,第305页,北京:中华书局,1987。

使人见,则失其神矣。此作文之秘诀也。我国小说名家能通此旨者,如《水浒记》,如《石头记》,如《金瓶梅》,如《儒林外史》,如《儿女英雄传》,皆不完全,非残缺也,残缺其章回,正以完全其精神也。""《金瓶梅》主人翁之人格,可谓极下矣,而其书历今数百年,辄令人叹赏不置。此中消息,惟熟于盲、腐二史者心知之,固不能为赋六合,叹三根者之徒言也。"①

姚锡钧(号鹓雏)在 1916 年《春声》第一集《稗乘谈隽》中说道:"《金瓶梅》如急湍峻岭,殊少回旋;《石头记》如万壑争鸣,千岩竞秀。《金瓶梅》如布帛粟食,仅资饱暖;《石头记》如琼裾玉佩,仪态万方。""词家北宋得美成,南宋得梦窗,而白石峙其中。以我所见,说部中《水浒》《金瓶梅》《石头记》殆亦相似。《水浒传》大刀阔斧,气象万千,为之初祖。《金瓶》一变而为细笔,状间阎市井难状之形,故为隽上。《石头记》则直为工笔矣。然细迹之,盖无一不自《金瓶》一书脱胎换骨而来。""《石头》多词曲,《金瓶》多小曲;《石头记》绘阀阅大家,《金瓶梅》写市井编户;各有所当也。然《石头记》词曲,恰未臻上乘。"②

梦生在 1914 年《雅言》第一卷第七期《小说丛话》中说:"《金瓶梅》乃一最佳最美之小说,以其笔墨写下等社会、下等人物,无一不酷似故。若以《金瓶梅》为不正经,则大误。《金瓶梅》乃一惩劝世人、针砭恶俗之书。若以《金瓶梅》为导淫,则大误。""《金瓶梅》开卷以酒色财气作起,下却分四段以冷热分疏财色二字,而以酒气穿插其中,文字又工整,又疏宕,提纲挈领,为一书之发脉处,真是绝奇绝妙章法。写'财'之势力处,足令读者伤心;写'色'之利害处,足令读者猛省;写看破财色一段,痛极快极,真乃作者一片婆心婆口。读《金瓶梅》者,宜先书万遍,读万遍,方足以尽惩劝,方不走入迷途。"③

① 黄人:《小说小话》,《小说林》1907 年～1908 年第一卷至第九卷,见黄霖《金瓶梅资料汇编》,第 312 页,北京:中华书局,1987。

② 姚锡钧:《稗乘谈隽》,《春声》1916 年第一集,见黄霖《金瓶梅资料汇编》,第 332 页,北京:中华书局,1987。

③ 梦生:《小说丛话》,《雅言》1914 年第一卷第七期,见黄霖《金瓶梅资料汇编》,第 337 页,北京:中华书局,1987。

四、关于负面价值问题

对《金瓶梅》负面价值的认定，主要集中在其露骨的淫秽描写上。就现有资料看，最早对此表示关注的是董其昌、袁中道等人，他们认为此书"诲淫"。袁中道在《游居柿录》中记录董其昌对《金瓶梅》两种截然相反的态度。董其昌既曾说"近有一小说名《金瓶梅》，极佳"，又曾"言及此书曰：决当焚之"。袁中道的态度则很直接："此书诲淫，有名教之思者，何必务为新奇，以惊愚而蠹俗乎？"①稍后，沈德符在《万历野获编》中说："此等书（指《金瓶梅》）必遂有人板行，但一刻则家传户到，坏人心术。"②出于这方面的考虑，他拒绝了冯梦龙刊行的建议。薛冈在《天爵堂笔余》中也说："此虽有为之作，天地间岂容有此一种秽书！当急投秦火。"③董其昌、袁中道、沈德符等与袁宏道为同时代人，甚至生活在同一社会环境之中，他们所读的应是同一部《金瓶梅》，对《金瓶梅》的价值取向却形同水火。这说明他们的文学观与道德观有一定差别。相比而言，袁宏道更看重《金瓶梅》的教化价值，在他看来，《金瓶梅》的正面价值要大于其负面价值。

清代许多论者对《金瓶梅》的负面影响更是耿耿于怀，甚至编造不少耸人听闻的传说以告诫世人。申涵光在《荆园小语》中说："世传做《水浒传》者三世哑。近世淫秽之书如《金瓶梅》等，丧心败德，果报当不止此。每怪友辈极赞此书，谓其摹画人情，有似《史记》，果尔，何不直读《史记》，反悦其似耶？至家有幼学者，尤不可不慎。"④其中最有代表性的当属笠舫的《文昌帝君论禁淫书天律证注》。他在注释中说（括号内为注释语）："孝廉某，嫉严世蕃之淫放，著《金瓶梅》书，（尔恨世蕃一人，何得贻毒天下。）原一时游戏之笔，（那一部淫书不从游戏做成。）不意落稿盛行，流毒无穷。（罪案已定。）孝廉某负盛名，卒不第，（一时游戏者请看。）己丑南宫已定会元矣，（你想中么。）主司携卷寝室，挑灯朗诵，自喜得人（此文不中，才不足凭；此人若中，天不足凭。）至晨将填

① 〔明〕袁中道：《游居柿录》，见黄霖《金瓶梅资料汇编》，第229页，北京：中华书局，1987。
② 〔明〕沈德符：《万历野获编》，见黄霖《金瓶梅资料汇编》，第230页，北京：中华书局，1987。
③ 〔明〕薛冈：《天爵堂笔余》，见黄霖《金瓶梅资料汇编》，第235页，北京：中华书局，1987。
④ 〔清〕申涵光：《荆园小语》，见黄霖《金瓶梅资料汇编》，第250页，北京：中华书局，1987。

榜,(几几乎会元到手矣。)则卷上点点血痕,(《金瓶梅》发作了。)盖鼠交其上而污之也,(分明是淫亵报。)遂斥落,(你一时游戏,坏人名节;鼠以一时游戏,坏尔功名。)止一子在江宁开茶室,(可叹。)后流为丐死。(一时游戏者,再细细儿看一看。)"①

不仅作者受到惩治,翻刻传播者同样要受到报应。这位笠舫先生又说:"苏扬两州,向皆有《金瓶梅》版,苏城版藏杨氏。杨氏长者,以书业为生理,家藏《金瓶梅》版,虽销售甚多,而为病所累,日夕不离汤药,娶妻多年,卒不育子。其友人戒之曰:'君早已完娶,而子嗣甚艰,且每岁所入,徒供病药之费,意者君以《金瓶梅》版印售各坊,人受其害,而君享其利,天故阴祸之欤?为今之计,宜速毁其版,或犹可晚盖也。'杨惊语,即取《金瓶梅》版,劈而焚之。自此家无病累,妻即生男,数年间,开设文远堂书坊,家业遂成。其扬州之版,为某书贾所藏,某开设书坊三处,尝以是版获利,人屡戒之,终不毁。某年暑月,偕其子到苏,子因他事先归,某在寓中,得病将不起,同人送之归,行至中途,某竟死舟次。及抵家飞报其子,其子奔丧室,见尸已腐坏,血水涌溢,蝇蚋纷集,尸虫攒呷焉。"②

这位笠舫先生还一连列出《金瓶梅》十余条罪状,尤其对青年男女的危害可谓触目惊心:"此书一出,而青年子弟,因得娴于曲牌,溺于秽史,习惯自然,心雄胆泼,以媟亵为快,以谑浪为高,以纵观妇女为乐事,以侈谈闺阁为新闻,从此履邪径,污血刃,削功名,折禄寿,累妻女,辱子孙,行径不堪,祸变不测。""此书一出,而绣阁名姝,为之骀荡春情,痴心往迹,或密约佳期,或私订姻事,以致成婚之夕,无颜见夫,既嫁之后,不能孕子。又或性颇贞洁,隐忍不言,独宿冥思,积成痨瘵,对镜生愁,一病不起,未嫁而夭,魂无所归。""此书一出,而未婚之人,先损真元,既婚之后,恣淫无度,遂致恩爱夫妻,中途抛却,生离死别,嗣续无人,鬼犹求食,不其馁而。"③不仅对世俗之人危害极大,甚至危及

① 〔清〕笠舫:《文昌帝君论禁淫书天律证注》,见黄霖《金瓶梅资料汇编》,第293页,北京:中华书局,1987。
② 〔清〕笠舫:《文昌帝君论禁淫书天律证注》,见黄霖《金瓶梅资料汇编》,第294~295页,北京:中华书局,1987。
③ 〔清〕笠舫:《文昌帝君论禁淫书天律证注》,见黄霖《金瓶梅资料汇编》,第295~296页,北京:中华书局,1987。

僧道等出家人:"此书一出,而茅庵衲子,空谷全真,十世清修,千年道行,一见此书,偶动欲念,遂使历劫苦功,泄于一旦。如玉通禅师住虎皋四十年,持戒禁淫,竟败精于红莲妓之千拜,而死即随之。夫美人整服而前,犹令禅师破戒,岂淫书亵词而道不使浪自痴心。""此书一出,而异端左道,奸计频生,不言烧炼红铅,便说阴阳采战,污蔑三宝,罪不容诛,霹雳一声,碎尸万段。彼修真学道者,一时误听,堕入迷途,净行不修,淫风转甚,本想做九天真宰,反图了万劫风刀。"①

光绪五年(1879年)至八年(1882年),文龙曾三次于在兹堂刊《第一奇书》本上手写评点文字。在第一回的评点中,他开宗明义指出:"《金瓶梅》淫书也,亦戒淫书也。……人鬼关头,人禽交界,读者若不省悟,岂不负作者苦心乎?是是在会看不会看而已。"他最终认为"然吾谓究竟不宜看",原因即在于"假令无父母、无兄弟,有银钱、有气力,有工夫,无学问,内无劝诫之妻,外有引诱之友,潘金莲有挑帘之事,李瓶儿为隔墙之娇,其不为西门庆也盖亦罕。无其事尚难防其心,有其书即思效其人,故曰不宜看者,此也"②。

1919年5月上海民权出版部初版的《古今小说评林》中对《金瓶梅》给予严厉批评。曾任南方大学教授的张㷪(号冥飞)说:"《金瓶梅》一书,丑秽不可言状。其命意,其布局,其措词,毫无可取,而世人乃是目为'四大奇书'之一,此可见世上并够得上看小说书之人而亦无之也。可哀也已!"又说:"《金瓶梅》以前,未有淫书,作者诚足为作淫书者之始祖矣。但其他之淫书,其所写之若男若女,无论如何污秽龌龊,决不至如西门庆、潘金莲之甚。盖奸夫、淫妇之罪恶,亦自有轻重之分。即如《水浒》中潘巧云之于海阇黎,贾氏之于李固,犹为彼善于此者,一则尚无谋杀杨雄之心,一则谋杀卢俊义而未成也。今作者偏有取于罪恶重大之西门庆与潘金莲,苟非作者淫凶之性,与之俱化,亦必作者惟恐世人之不淫凶,而必欲牵率之以同归于恶兽之类。是即作者耻独为恶兽之意志乎。""统观《金瓶梅》全部,直是毫无意识。其布局

---

① 〔清〕笠舫:《文昌帝君论禁淫书天律证注》,见黄霖《金瓶梅资料汇编》,第298页,北京:中华书局,1987。

② 〔清〕文龙:《金瓶梅回评》,见黄霖《金瓶梅资料汇编》,第411~412页,北京:中华书局,1987。

之支离牵强,又无章法可言。至其措词,则全是山东土话,可厌已极。"
"《金瓶梅》之可厌处,最以其出死力写西门庆、潘金莲,其好恶实拂人
之性。"①

《民权报》编辑蒋子胜(字箸超)说:"《金瓶梅》则淫书之尤者耳。
《飞燕外传》《游仙窟》,虽语涉秽亵,犹带三分斯文气。至《金瓶梅》则
如痴汉游街,赤条条一丝不挂矣。试问此种淫媟事,即能写的几百套、
几千套,套套不雷同,吾总以为无生动气也。而右之者谓为意主惩戒。
信是言也,则不妨弑父以教人孝,杀妻以教人义,名教何在?"②上述两
位论者将注意力完全放在《金瓶梅》的负面价值上,这种评价显然有过
激之嫌。

第四节 《红楼梦》传播接受的价值取向

鲁迅先生在《〈绛洞花主〉小引》中说道:"《红楼梦》是中国许多人
所知道,至少,是知道这名目的书。谁是作者和续者姑且勿论,单是命
意,就因读者的眼光而有种种:经学家看见《易》,道学家看见淫,才子
看见缠绵,革命家看见排满,流言家看见宫闱秘事 ⋯⋯"③这段话既是
对《红楼梦》多重主旨理解的分析,也是对《红楼梦》多重价值取向的分
析。其实,发表类似观点的还大有人在。吴宓 1920 年在《民心周报》
第十七、十八期发表《红楼梦新谈》,其中说道:"《石头记》固系写情小
说,然所写者,实不止男女之情。间尝寻绎《石头记》之宗旨,由小及
大,约有四层,每层中各有郑重申明之义,而可以书中一人显示之。"④
他列出的四位人物分别是宝玉、黛玉、凤姐和刘姥姥。宝玉显示的是
道德教化方面的问题,黛玉显示的是人在社会中的成败问题,凤姐显
示的是国家盛衰问题,刘姥姥显示的是千古世运升降问题。再如

---

① 张焘:《古今小说评林》,见黄霖《金瓶梅资料汇编》,第 358~360 页,北京:中华书局,
1987.
② 蒋子胜:《古今小说评林》,见黄霖《金瓶梅资料汇编》,第 361 页,北京:中华书局,1987.
③ 鲁迅:《〈绛洞花主〉小引》《鲁迅全集》第七卷,第 419 页,北京:人民文学出版社,1957.
④ 吴宓《红楼梦新谈》,见吕启祥、林东海《红楼梦研究稀见资料汇编》(上),第 20 页,北京:
人民文学出版社,2001.

1920 年《新中国》第二卷第四、六、八期王小隐《读红楼梦剩语》一文,其中说道:"看《红楼梦》的眼光,各有各的不同,就那几位评注的先生们说,什么太平闲人咧,护梦花主人咧,还有明斋主人、大某山民、读花人、海角居士,都是普通知道的。他们的读法论评,已是不同地方很多。寻常读《红楼梦》,也不过如明斋主人所说:'或爱其繁华富丽,或爱其缠绵悱恻,或爱其描写口吻,一一逼真;或爱其随地随时,各有景象。'深一层读的人,却是从文字上着眼,看他的构造、描摹、吞吐和含蓄;或是从寓意上用心,看他的安排、因果、推衍和理论。"①这些论述表明,一部文学作品的价值是在其传播与接受过程中实现的,其价值取向则多元并存,因人而异。《红楼梦》传播与接受的价值取向可大致区分为这样几个层面:文学审美价值、艺术表现价值、情感认同价值、人生哲理价值、历史认识价值、政治功利价值、社会批判价值、伦理教化价值、商业娱乐价值、传统文化价值等等。这种多元的价值取向贯穿于《红楼梦》二百余年的传播接受历程之中。对这些价值取向进行归纳总结并初步分析其产生的原因,对于更好地把握和实现《红楼梦》的多重价值,避免价值取向的扭曲,具有重要意义。

一、文学审美价值

所谓文学审美价值,可从两方面理解,一是内在的文学审美价值,一是外在的艺术形式价值。内在的文学审美价值,即由作品中的人物、情节所表现出来的价值。《红楼梦》情节结构所体现的悲剧价值,具有特别突出的地位和持久的影响力。认真分析,这种悲剧价值取向又有细微的区别。

一是人生悲剧价值取向。王国维认为《红楼梦》是一部"彻头彻尾之悲剧",与传统的"始于悲者终于欢,始于离者终于合,始于困者终于亨"之类的文学作品完全不同 ,"此《红楼梦》之所以大背于吾国人之精神,而其价值亦即存乎此"。王国维的悲剧观来源于其人生观,他说:"生活之本质何? 欲而已矣。"因为人的欲望永远无法满足,因此痛苦也就难以消除,"故'欲'与'生活'与'苦痛',三者一而已矣"。文学

---

① 王小隐:《读红楼梦剩语》,见吕启祥、林东海《红楼梦研究稀见资料汇编》(上),第 32 页,北京:人民文学出版社,2001.

艺术能够"使吾人超然于利害之外",所以只有文艺可以减轻人生的痛苦。然而,并非一切文艺均有如此之功效,《红楼梦》则是为数极少的具有这种功能的文学作品。因为《红楼梦》描写了"人生之苦痛与其解脱之道",告诉了人们从痛苦中解脱的方法,这就是宝玉的出世。① 这种悲剧价值取向与人生态度紧密联系,但还不是纯粹的审美态度。

二是社会悲剧价值取向。鲁迅说:"在我的眼下的宝玉,却看见他看见许多死亡;证成多所爱者,当大苦恼,因为世上,不幸人多。惟憎人者,幸灾乐祸,于一生中,得小欢喜,少有挂碍。然而憎人却不过是爱人者的败亡的逃路,与宝玉之终于出家,同一小器。"②与王国维不同,鲁迅认为,社会上之所以不幸的人多,并非是欲望无法满足所造成,其根源在于社会的不合理。宝玉出家也不能真正解除痛苦,只不过是回避痛苦的逃路,所以"同一小器"。但在作者所处的那个时代,也只能如此来写。日本学者塚本照和认为:"《红楼梦》是被封建社会的家族制度和'家'摧残的'青春'的悲剧故事。"③表明对社会悲剧价值取向的认同。

三是爱情悲剧价值取向。在《红楼梦》的传播接受中,认为宝黛爱情悲剧最具价值,是一种比较普遍的价值取向。1925 年《清华文艺》第一卷第二期发表了署名涛每的文章《读王国维先生红楼梦评论之后》。该文一方面评介了王国维《红楼梦评论》一文,一方面阐述了作者基本观点:"故宝玉之出家,非解脱也,情场失意,无可如何,故忍痛含泪,抛弃一切,以酬知己也。《红楼梦》之作非教解脱看尽人世之变迁,蘸笔和泪,写此一段悲剧中之悲剧,以发抒其胸中辛酸难受之情怀也。《红楼梦》非提出方法,以图宇宙人生解脱之大著作也;乃千古以来写悲情顶深刻动人之大著作也。《红楼梦》之命意如是,至为深切著明;以此而论《红楼梦》,而《红楼梦》亦足千古。"作者认为:"故以叔本华之学说看《红楼梦》,不如就《红楼梦》看《红楼梦》。以吾所观,则一《红楼梦》为作者写胸中辛酸难受之情怀的著作。二《红楼梦》为千古以来写悲情顶深刻动人的著作。简言之,则《红楼梦》为一言情之著作。《红楼

---

① 王国维:《红楼梦评论》,见一粟《红楼梦卷》,第 244 页,北京:中华书局,1963。
② 鲁迅:《〈绛洞花主〉小引》,《鲁迅全集》第七卷,第 419 页,北京:人民文学出版社,1957。
③〔日〕内田道夫编:《中国小说世界》,第 250 页,上海:上海古籍出版社,1992。

梦》之所描写指示，悲哀，动人，缠绵，宛转，无不为一情字。"①蒋和森《红楼梦论稿》认为："《红楼梦》的最大价值表现在文学上。离开这一点，就谈不上真正了解《红楼梦》。""《红楼梦》通过爱情描写提出了一个新的恋爱观，这就是不仅要求婚姻自主，而且要求爱情必须建立在性格相投、理想一致的基础上；而这个基础的核心则是反对封建主义的精神道德和生活道路。这是《红楼梦》以前的作品所没有的，或者是没有表现得这样深入的。"宝、黛爱情的悲剧，实质上也是"性格的悲剧，时代的悲剧"。"《红楼梦》所以伟大，重要原因之一，正是在于它把爱情这个题材，在中国文学史上空前地用社会性的、政治性的内容充实起来和提高起来。"②

　　许多根据《红楼梦》改编的戏剧和说唱文学作品注重黛玉的悲剧命运和宝、黛爱情的悲剧价值，如民国时期的京剧红楼戏《黛玉葬花》《黛玉焚稿》《黛玉伤春》《芙蓉诔》，越剧《贾宝玉哭灵》《黛玉葬花》《黛玉焚稿》等，便都是如此。清代子弟书《露泪缘》《全悲秋》，大鼓书《黛玉焚稿》《黛玉归天》《宝玉娶亲》《宝玉哭黛玉》等，是《红楼梦》说唱改编作品的代表作，也都突出宝黛爱情的悲剧价值。尤其是《红楼梦》弹词开篇110余种，以表现黛玉为主的就有50余种。③子弟书《全悲秋》将黛玉刻画为"才貌双全、多愁多病、孤苦无依的绝代佳人形象"。无名氏《黛玉悲秋》唱道："潇湘馆里声寂寂，葬花妃子病恹恹；想她是多愁多病更多恨，可泣可歌复可怜。花容更比梅花瘦，娇喘细如一缕烟；善病西子风不禁，多愁息妁默无言。"④突出了爱情悲剧的价值取向。

　　四是性格悲剧价值取向。牟宗三《红楼梦悲剧之演成》认为"《红楼梦》之过人与感人，决不在描写之技术。技术的巧妙是成功作品的应当的本分，这算不得什么"。《红楼梦》最大的价值是揭示了悲剧的演成"不是善恶之攻伐"，而是由于"性格之不同，思想之不同，人生见地之不同。在为人上说，都是好人，都是可爱，都有可原谅可同情之处；惟所爱各有不同，而各人性格与思想又各互不了解，各人站在个人

---

　　① 涛每：《读王国维先生红楼梦评论之后》，见吕启祥、林东海《红楼梦研究稀见资料汇编》（上），第158页，北京：人民文学出版社，2001。

　　② 蒋和森：《红楼梦论稿》，第8页、34页、355页，北京：人民文学出版社，1981。

　　③ 一粟：《红楼梦书录》，北京：中华书局，1959。

　　④ 李根亮：《红楼梦的传播与接受》，第168页，哈尔滨：黑龙江人民出版社，2007。

的立场上说话，不能反躬，不能设身处地，遂至情有未通，而欲亦未遂。悲剧就在这未通未遂上各人饮泣而终。这是最悲惨的结局"①。此种价值取向立足于人们性格、思想的不同，亦有一定的启发意义。

上述四种不同的悲剧价值取向，可以说都是《红楼梦》文学审美价值的体现。论者的哲学思想基础、人生理念及所处时代的差异，导致了各有侧重。

二、艺术表现价值

许多评论家将目光转向《红楼梦》的艺术表现价值，甚至认为这是其唯一价值而否定其他价值的存在。吴宓1919年在美国哈佛大学中国学生会发表《红楼梦新谈》的演说，此稿后刊于上海《民心周报》1920年第一卷第十七、十八期。该文充分肯定《红楼梦》的艺术价值，认为"《石头记》为中国小说一杰作。其入人之深，构思之精，行文之妙，即求之西国小说中，亦罕见其匹"②。其后，吴俊升1922年3月在上海《时事新报》发表《我读红楼梦的见解》一文，认为："《红楼梦》所以为世所重，我们所以爱读他表显事物，刻画呈露，有文学的价值，并不是因为他影射史事，有历史的，或其他的价值。《红楼梦》是否有所影射，究竟影射何事，历来各家索隐，都是穿凿附会，言人人殊，无一可据为事实，故其历史的价值，可说是等于零。而且即使某种索隐信而有征，则此书的历史的价值，充其量亦不过等于稗官野史而已！此千古奇文，若以历史的眼光读之，则所得亦不过支离割裂不成系统之事实而已！如此读法，真是《红楼梦》之罪人！所以我读此书的唯一目的，仅在艺术方面的欣赏，除此之外，别无目的。……读《红楼梦》也和欣赏自然之美一样，我们只要被动的欣赏书中情节，贾宝玉便当是真个有个贾宝玉，林黛玉便当真个有个林黛玉，然后始能体贴入神，知道文章的美处。"③

当然，更多的论者在肯定《红楼梦》的艺术价值的同时，也注意到

① 牟宗三：《红楼梦悲剧之演成》，见吕启祥、林东海《红楼梦研究稀见资料汇编》（上），第607页，北京：人民文学出版社，2001。
② 吴宓：《红楼梦新谈》，载《民心周报》1920年第一卷第十七、十八期。
③ 吴俊升：《我读红楼梦的见解》，见吕启祥、林东海《红楼梦研究稀见资料汇编》（上），第77页，北京：人民文学出版社，2001。

其他价值。李长之 1933 年在北平《清华周刊》第三十九卷第一、七期发表《红楼梦批判》一文,其中第三部分"论〈红楼梦〉的文学技巧"专论《红楼梦》的艺术价值。他高度评价《红楼梦》的艺术技巧:"《红楼梦》作者的文学技巧是怎样的呢? 简单的总括的讲,便是,由着清晰的深刻的具体的印象,处之以从容的经济的音乐的节奏,表现出美丽的苦痛的心。换一句话讲,便是,根据着真切的感印,施用着方便的手段,传达了高洁的悲剧情操。"①李长之认为,《红楼梦》的艺术技巧首先表现在作者能够真切地看到生活,然后才有可能给予真切的描写。其次是作者在材料的采取上能够"把平常的实生活的活泼经验拿住"。第三,"为了成功,便需要采取实生活中的活材料,而在这些材料之中,最能够表现那生动的神情的,是活的语言。曹雪芹在这方面,非常成功"。第四,"《红楼梦》的作者,在有的地方,确是与西洋自然主义派的文艺相似,虽不纯粹,但那透到的观察力和周详的统摄力,已足令我们惊异"。第五,深刻的心理分析。第六,清晰的个性的人物。

第二年,李辰东在《国闻周报》第十一卷第四十七期发表《红楼梦在艺术上的价值》一文。他认为:"文学是艺术的一种。你无论用什么主义什么眼光来研究文学,第一先得知道他是否合乎艺术的条件。如果没有艺术的价值,不论你写的内容是道德,是宗教,是哲理,是社会问题,是贵族,是平民,是无产阶级,是任何材料,都不能称之为好的文学。"②然后,李辰东从结构、风格、人物描写、情感表现等四个方面论述了《红楼梦》的艺术价值。

此外,还有很多中外学者高度评价《红楼梦》的艺术价值。如王沨1935 年 6 月在上海《沪江附中季刊》创刊号上发表《关于〈红楼梦〉》一文,认为《红楼梦》在文学上的价值体现在以下几个方面:一是内容丰富,二是口吻逼肖,三是布局与叙述的精细入胜。③ 德国学者库恩在《〈红楼梦〉译后记》中对《红楼梦》的艺术价值给予高度评价:"那些丰

① 李长之:《红楼梦批判》,见吕启祥、林东海《红楼梦研究稀见资料汇编》(上),第 389 页,北京:人民文学出版社,2001。

② 李辰东:《红楼梦在艺术上的价值》,见吕启祥、林东海《红楼梦研究稀见资料汇编》(上),第 495 页,北京:人民文学出版社,2001。

③ 王沨:《关于〈红楼梦〉》,见吕启祥、林东海《红楼梦研究稀见资料汇编》(上),第 578 页,北京:人民文学出版社,2001。

富多彩的场景按照老莎士比亚戏剧艺术的原则被分为三个层次——现世、上界和下界,梦是舞台的阶梯——这里有天上序曲,有收场白。这是一部由可靠的艺术家之手逻辑地建构起来的人物众多的人间戏剧。""最令我们惊异的是中国作者精湛的铺排技巧,在一切混乱的局面里他总是不忘记综观全局,他像一位天才的导演,将戏剧事件的许多条交织在一起的线索牢牢地抓在手里,从音乐领域里引出的平行发展自然而然地产生了赋格的艺术。"①《红楼梦》具有丰富高超的艺术价值,如何挖掘这些价值,仍然需要认真思考。

三、人生哲理价值

自《红楼梦》问世以来,其所具有的人生哲理价值,便成为许多论者的价值取向。清嘉庆年间的"二知道人"在《红楼梦说梦》中说:"小说家之结构,大抵由悲而欢,由离而合,引人入胜。《红楼梦》则由欢而悲也,由合而离也。非图壁垒一新,正欲引人过梦觉关耳。"②在这位论者看来,《红楼梦》的价值就在于让人们懂得人生如梦的道理。1922年4月,熊润桐在上海《革新》杂志第一卷第四期发表《八十回红楼梦里一个重要的思想》一文,说:"曹雪芹觉得人是有灵肉两方面的,他书中畅论人类灵肉的由来,和宋儒朱熹很相像。……'人心'是'生于形气之私,属于肉的方面';'道心'是'原于性命之正,属于灵的方面。'雪芹把这个道理,说得比朱熹更明白、更深刻。""朱子的方法,就是'反肉归灵,以灵制肉'。雪芹的思想,初时大概也是这样……然而这个方法,太勉强了。……他在'明明德'之外,还发见一桩更彻底的方法呢!……这个方法恰可和朱子的'反肉归灵,以灵制肉'相反,这是'以肉遣肉,从肉生灵'!"③

众所周知,王国维运用叔本华、尼采的唯意志主义理论,在《红楼梦评论》中揭示《红楼梦》悲剧价值的同时指出其人生哲理价值。他认为,文学的任务"在描写人生之苦痛与其解脱之道",《红楼梦》"示人生

---

① 〔德〕库恩:《〈红楼梦〉译后记》,载《红楼梦学刊》1994年第2期。

② 〔清〕二知道人:《红楼梦说梦》,转引自郭豫适《红楼研究小史稿》,第57页,上海文艺出版社,1980。

③ 熊润桐:《八十回红楼梦里一个重要的思想》,见吕启祥、林东海《红楼梦研究稀见资料汇编》(上),第89～90页,北京:人民文学出版社,2001。

之真相,又示解脱之不可以",所以是"悲剧中之悲剧""宇宙之大著述"。《红楼梦》是一部"彻头彻尾的悲剧",因为小说从根本上否定了人的"生活之欲"。与王国维的观点比较接近的是王家棫。1933 年 11 月 10 日,他在上海《光华大学半月刊》二卷三期上发表《红楼梦之思想》一文:认为:"欲了解一小说之真价值,首当考其思想之所在,次则察其寄托此思想之情节,又次则究其所以阐发此情节之技巧焉。""《红楼梦》之思想,尽在此'好''了'两字之中。……世人对于事物恒有欲其圆满之欲望,且恒具执着之心,盖莫不愿花能好,月能圆,既好既圆矣,尤愿其能常好常圆焉。故人类之欲望与事物之真相,在在不相吻合。有时虽能得暂时之满足,以其不能常住也,暂时之满足转成失望之开端,有时并暂时之满足亦不能得之,于是人生于世,在在感到失望,在在感觉痛苦矣。老、病、死,固属最显著之三大失望,三大苦痛,此外更有爱别离苦,怨憎会苦,求不得苦等 …… 人类便成苦聚,世界便是苦海,无往而非苦恼也。故人生固如春梦,乃恶梦也,人生固如戏剧,乃悲剧也。《红楼梦》既表现此虚幻之人生,更进一步之苦痛。吾人证以书中人物际遇,便可了然,盖无一人不浮沉于苦海之中者。"①

陈铨也是深受王国维影响的一位评论家。1940 年 7 月,他在昆明《今日评论》第四卷第二期发表《叔本华与红楼梦》一文,说道:"静庵先生根据叔本华的哲学,对《红楼梦》发表许多精透的见解。当时我爱不释手,叔本华和曹雪芹的悲观充满了我的心灵。""在思想方面,叔本华同曹雪芹,有一个同一的源泉,就是解脱的思想。《红楼梦》以一僧一道起以一僧一道终。作者写宝玉陷于情网,几经奋斗,才达到解脱之域,其中屡次谈禅,一到不得意时,即云出家作和尚佛家的思想,对于曹雪芹的影响,是很清楚的。""《红楼梦》第一个对人生求解脱的指示,就是辨别真实和虚假。世界不是真实,人生不过幻境,一切的喜怒悲哀,都是由于我们受意志的牵制,不能静以观物。受世界现象的迷惑。""解脱第二步的办法,就是要消除人我。生活上一切的痛苦,都由于人我的界限。人我的关系,在逻辑上是没有法子打破的,因为我之所以为我,是靠有人,没有人,我的存在,根本不能想象。""解脱的第三

---

① 王家棫:《红楼梦之思想》,见吕启祥、林东海《红楼梦研究稀见资料汇编》(上),第 471 页,北京:人民文学出版社,2001。

步,要打破儒家传统的观念。儒家的思想,是入世的,《红楼梦》的思想是出世的。儒家对人生是肯定的,《红楼梦》对人生是否定的。"①

1947 年 9 月 30 日,王树槐在《文化先锋》第七卷第四、五期合刊发表《谈谈红楼梦中的人生理想》,说:"《红楼梦》是一部千古成功的大悲剧,其丰富的内容,卓绝的技巧,不但暴露了一时代的罪恶,而且也暗示了一种新人生理想的追求。我们看《红楼梦》,不啻在读一部伦理的,或哲学的书,其深刻,其隽永,其引人入胜,实令人发为无限同情,而有深获我心之感,因此探讨《红楼梦》中的人生理想,似乎不是一件丝毫没有意义的事了。《红楼梦》中的人生理想,据我看来,统言之,便是求人性的充分发挥。"他将《红楼梦》的人生理想概括为三个方面:第一,忘己爱人的精神,第二,超越现实的精神,第三,解脱罪恶的精神。"《红楼梦》中最大的特色,便是求人性的充分发挥。忘己爱人是人性的自然流露,超越现实是人性的高度发展,解脱罪恶行径是人性赤裸裸的表现。"②

对《红楼梦》人生哲理价值的探求和挖掘,是实现其价值的重要内容,还有很多工作可做。如宝玉保全守真的人生理想,"赤条条来去无牵挂"的人生境界,力求实现平等自由的人生追求等,还大有开发的空间。

四、情感认同价值

将《红楼梦》视为言情小说,重视其情感价值,是一种带有普遍性的价值取向。正如花月痴人《红楼幻梦自序》所说:"作是书者,盖生于情,发于情;钟于情,笃于情;深于情,恋于情;纵于情,囿于情;癖于情,痴于情;乐于情,苦于情;失于情,断于情;至极乎情,终不能忘乎情。惟不忘乎情,凡一言一事,一举一动,无在而不用其情。此之为情书。"③有人把《红楼梦》的情感价值看得十分重要,甚至可以压倒其他所有价值。陈独秀 1921 年为《红楼梦》所作的序言便有此观点。他

---

① 陈铨:《叔本华与红楼梦》,见吕启祥、林东海《红楼梦研究稀见资料汇编》(上),第 745～749 页,北京:人民文学出版社,2001。

② 王树槐:《谈谈红楼梦中的人生理想》,见吕启祥、林东海《红楼梦研究稀见资料汇编》(上),第 1267～1268 页,北京:人民文学出版社,2001。

③ 花月痴人:《红楼幻梦自序》,见一粟《红楼梦卷》,第 54 页,北京:中华书局,1963。

说："今后我们应当觉悟，我们领略《石头记》应该领略他的善写人情，不应该领略他的善述故事；今后我们更应该觉悟，我们做小说的人，只应该做善写人情的小说，不应该做善述故事的小说。"①

在传播接受过程中，实现《红楼梦》情感价值的方式有这样几种，一是为情所动，二是创作继承，三是阅读认同或排斥。被《红楼梦》的爱情描写所深深打动，本来无可厚非，在传播接受过程中却发生因之殉情的悲剧。清人陈其元说道："丰润丁雨生中丞，巡抚江苏时，严行禁止，而卒不能绝，则以文人学士多好之之故。余弱冠时，读书杭州，闻有某贾人女，明艳工诗，以酷嗜《红楼梦》，致成瘵疾。当绵惙时，父母以是书贻祸，取投诸火。女在床，乃大哭曰：'奈何烧杀我宝玉。'遂死。"②邹弢《三借庐笔谈》也有类似的记载："苏州金姓，吾友纪友梅之戚也，喜读此记，设林黛玉木主，日夕祭之，读至绝粒焚稿数回，则呜咽失声。中夜常为隐泣，遂得痫疾。一日，炷香长跽，良久拨炉中香出门。家人问：'何之？'曰：'往警幻天见潇湘妃子耳。'家人虽禁之，而或迷或悟，哭笑无常，卒于夜深逸去，寻数月始获云。"③多愁善感的仕女被其感动，甚至发生现实中的悲剧，可见这种情感价值取向的力度之大。

将《红楼梦》的情感价值体现在自己的创作中，成为许多作家的创作宗旨。萍生在比较《红楼梦》与《子夜》时指出："自从在小说史上第一部最著名的言情小说《红楼梦》流行以来，以后的言情小说，几乎没有一部不受到它的影响。……一涉及恋爱或言情，不管是有意的或是无意的，总是很明显的令人看出受到《红楼》影响的地方来；虽然，这影响，著者是把它掩饰在很复杂很错综的结构之内的。《红楼》只是言情，故拿出一位风流公子贾宝玉做主角，用两个表姊妹宝钗、黛玉做

① 陈独秀：《红楼梦新序》，见吕启祥、林东海《红楼梦研究稀见资料汇编》（上），第62页，北京：人民文学出版社，2001。
② 〔清〕陈其元：《庸闲斋笔记》，见孔另境《中国小说史料》，第187页，上海：上海古籍出版社，1982。
③ 〔清〕邹弢：《三借庐笔谈》，见孔另境《中国小说史料》，第191页，上海：上海古籍出版社，1982。

陪,故事就这样的开展下去。"①茅盾十分看重《红楼梦》的情感价值。他在《节本红楼梦导言》中认为,《红楼梦》"全书是写婚姻不自由的痛苦","是写'男女私情'的","把女子作为独立的个人来描写,也是《红楼梦》创始的"。所以,他根据陈独秀的话,对《红楼梦》做了删节,"单留下善写人情的部分"。②

许多《红楼梦》说唱作品特别重视宝玉的多情。清代子弟书《晴雯撕扇》《探雯换袄》《晴雯赍恨》《椿龄画蔷》《玉香花语》,弹词开篇《宝玉祭晴雯》《宝玉哭晴雯》《香菱解裙》,大鼓书《祭晴雯》《宝玉探晴雯》等作品中,说唱艺人对宝玉的情做了生动的描写。尤其是《探雯换袄》,宝玉对晴雯说:"为卿一死何足惜,要贪生,黄泉何面再相逢。""你等我今晚就到上房里去,将你这以往的冤屈对祖母言。定叫你明朝重进怡红院,不能时,情甘一死献卿前。"子弟书《会玉摔玉》《埋红》《伤春葬花》《全悲秋》《二玉论心》,全面细致地表现宝、黛爱情从萌芽到成熟的过程。

有些论者在阅读中充分提高了《红楼梦》的情感价值。如1929年4月,一叶厂主在北平《益世报》发表《读红蠡见》一文,说道:"《红楼梦》,以大量观察说,是部言情小说,至于写社会,写政治,写山川景色,写词文艺术,写滑稽,止可说是全书的一部分,全书的附写。既是言情小说,我们读它,应把书中所有的情参个透,看个清。"那么,《红楼梦》都写了什么样的情呢? 作者认为,《红楼梦》的情有"男女之情""直系亲属之情""横系亲属之情""姻戚之情""师友之情""主仆佣雇之情""爱物之情"等等。③

由于《红楼梦》具有强烈的情感力量,遂引起某些守旧者的不满,以"淫书"之名来诋毁《红楼梦》。清人梁恭辰在《劝戒四录》中说道:"《红楼梦》一书,诲淫之甚者也。乾隆五十年以后,其书始传。……自是而有《续红楼梦》《后红楼梦》《红楼重梦》《红楼复梦》《红楼再梦》《红

---

① 萍生:《红楼与子夜》,载北平《华北日报》1933年5月22～25日,见吕启祥、林东海《红楼梦研究稀见资料汇编》(上),第454页,北京:人民文学出版社,2001。
② 茅盾:《节本红楼梦导言》,载上海《申报》1936年1月1日,见吕启祥、林东海《红楼梦研究稀见资料汇编》(上),第629页,北京:人民文学出版社,2001。
③ 一叶厂主:《读红蠡见》,见吕启祥、林东海《红楼梦研究稀见资料汇编》(上),第298页,北京:人民文学出版社,2001。

楼幻梦》《红楼圆梦》诸刻,曼衍支离,不可究诘。……满洲玉研农先生麟,家大人座主也,尝语家大人曰:'《红楼梦》一书,我满洲无识者流,每以为奇宝,往往向人夸耀,以为助我铺张。甚至串成戏曲,演作弹词,观者为之感叹欷歔,声泪俱下,谓此曾经我所在场目击者。其实毫无影响,自欺欺人,不值我在旁齿冷也。……我做安徽学政时,曾经出示严禁,而力量不能及远,徒唤奈何! 有一庠士颇擅才笔,私撰《红楼梦节要》一书,已付书坊剞劂。经我访出,曾褫其衿,焚其版,一时观听,颇为肃然;惜他处无有仿而行之者。……我拟奏请通行禁绝,又恐立言不能得体,是以隐忍未行,则与我有同心矣。'"①由此不难看出,《红楼梦》的情感价值在传播接受中所具有的巨大力量。

五、历史认识价值

《红楼梦》作为一部真实表现社会现实的文学作品,还具有极高的历史认识价值。这种历史认识价值并不体现于对某一历史事件的如实记录,而是运用文学创作的方法对社会历史做出高度概括。许多研究者却执意要将《红楼梦》的认识价值局限于某一具体的人物或事件,这就是索隐派的价值取向。许多索隐派论者将《红楼梦》视为信史,追求《红楼梦》的历史本事,虽然注意到了《红楼梦》的历史价值,但他们所求索的历史本事完全是主观的猜测。还有人坚持认为《红楼梦》与曹家的历史完全相符,如周汝昌《红楼梦新证》:"这部小说之所以不同于其他小说,即在于它的写实自传体这一独特性上。在这一点上,作品的本事考证与作家的传记考证已合二为一了。"②这种价值取向明显背离《红楼梦》的文学本质。

李辰东《红楼梦的世界》对《红楼梦》的历史认识价值做出比较全面的论述,该文分别从家庭、社会、教育、政治、经济、宗教、婚姻等七个方面论述了《红楼梦》的认识价值。他认为《红楼梦》所描写的贾府是中国旧式大家庭的缩影,"主持家庭大政的是家长。在家长治理之下的家庭,没有所谓个人的人权,家长的话是绝对的,同时也就是法律"。

---

① 〔清〕梁恭辰:《劝戒四录》,见孔另境《中国小说史料》,第185～186页,上海:上海古籍出版社,1982。

② 周汝昌:《红楼梦新证》,北京:华艺出版社,1998。

他用阶级分析的方法对《红楼梦》里的社会做了分析,认为《红楼梦》里的社会由贵族、平民、奴隶三种阶级组合而成,贵族的生活奢侈豪华,通过刘姥姥进大观园不难看出贵族与平民之间生活的巨大差距。至于贾家的奴仆,情况则比较特殊。关于教育,李辰东分析得十分精辟:"《红楼梦》里的教育,可以分为二类:家庭的与学校的。男性的家庭教育,尤其是贵族的,有点儿女性化。……《红楼梦》里的家庭教育,还有一种趋势,就是严厉。……《红楼梦》里的学校教育,实在是一种特殊的现象。……其所以开科取士的目的,并不在研究学术、发挥真理,而在利用文人,给他们一个官做,不致反抗政府,因此,造出一般无识之徒,只以做官为求学的目的。"关于政治,李辰东说:"《红楼梦》不是历史,我们很难在那里找到确切的史事;然既然讲的是《红楼梦》的世界,那末就不妨以他所提到的作为事实来看。"然后,他分析了当时清廷政治势力在外表上的"远及"和在内政方面的弊病。关于经济,他具体分析了贾府衰败的原因:"荣府之所以衰败,因为工作的人太少,而消费的人太多,然又不能节省,以致坐吃山空。这是一个家室衰败的原因,扩而论之,也是一个国家衰败的原因。"关于宗教,他指出:"要谈《红楼梦》里的宗教,只有道教和改了面目的佛教。""道教,多系尝过了人生意味,翻过筋斗而出家的人。"以此而论,他认为甄士隐、柳湘莲,乃至于惜春、宝玉的出家,都是受到道教影响的结果。关于婚姻,他指出:"在家族主义制度下的婚姻,无所谓自由,全由父母包办。婚姻的选择以及嫁娶等事,均由父母做主。婚姻的成就,不关爱情,而系父母的喜悦;如果父母不赞同,即令男女发生爱情,而也未必就能成为夫妇。"他实事求是地指出:"父母之为儿女择配,固然不征求儿女的同意,然也并非任意胡为,毫不计及儿女将来的幸福。""然而父母若无眼光,可就苦了儿女。贾赦,我们知道他是无识无知而且不听人劝,终于送了迎春的命。"他还指出,《红楼梦》对不合理的妾制度也做了批判:"中国的正式婚姻,只为妻子,至于妾,大多系买的贫女或人家的丫头,其地位与待遇和奴隶一样。"①

　　1935 年 4 月,余剑秋在《小文章》第一期发表《评〈红楼梦〉》一文,

---

① 李辰东:《红楼梦的世界》,载《北平晨报》1935 年 1 月 24 日、1 月 25 日、2 月 1 日,见吕启祥、林东海《红楼梦研究稀见资料汇编》(上),第 518 页,北京:人民文学出版社,2001。

从三个方面论述《红楼梦》的认识价值:"第一,贵族之家的崩溃过程……作者看到了贵族的必然殒落,而这殒落的因素是内在的。""第二,我们看书中的主人公,这贵族之家的灵魂,宝玉。他是如何在发展着。……他知道他的生活,他的环境,并不是天仙福地。……一直到使他不能再生活下去,他就悄悄地走失了。从贵族社会中消灭了。""第三,我们看这贵族之家的勾心斗角的倾轧……人们都失去了人性。""看取了以上三个特点,这部《红楼梦》描述的过程,中心的脉络,这不是一幅封建贵族崩溃过程图吗?""这部写实之作,是一份可贵的文学遗产,这也是封建社会发展到末叶的必然要有的产物。"①

蒋和森在《红楼梦论稿》中指出,《红楼梦》"以其所特有的自然、逼真而又蕴涵甚丰的艺术笔力,把封建社会里的形形色色以及一切隐微曲折之处都多彩多姿地展现在人们的面前"。"封建社会里的一切,无论是典章法制、纲常伦理、思想道德、文化教育以至风俗传统等等,几乎都在书中作了程度不同的反映,并予以艺术的批判。在中国文学史上,还没有一部作品像《红楼梦》这样一来细致深微然而又是气魄阔大地从整个社会的结构上,反映出封建制度的腐朽。"同时,他指出:"然而,《红楼梦》的伟大价值,并不仅止于此。这部作品所以具有那种高尚的艺术魅力和诗一般的精神境界,还因为在书中有许多更能吸引读者,并且不知感动了多少人的艺术表现。"②的确如蒋和森所说,《红楼梦》的历史认识价值和其高超的艺术表现价值是一个同一体,如果将《红楼梦》视为某一方面历史的真实记录,那实际上是否定、抹杀《红楼梦》的文学艺术价值。

六、政治功利价值

如果说以上种种价值取向是来自小说文本自身,那么,还有许多价值取向则与小说文本的关系比较疏远,或是出于某种政治需要,或是由于某种利益所驱使。蔡元培"反清复明说"欲借评论《红楼梦》以达到民族革命的目的,是最早体现《红楼梦》政治功利价值的论著。他

---

① 余剑秋:《评〈红楼梦〉》,见吕启祥、林东海《红楼梦研究稀见资料汇编》(上),第542页,北京:人民文学出版社,2001。

② 蒋和森:《红楼梦论稿》,第8页、15页,北京:人民文学出版社,1981。

明确指出:"《石头记》者,清康熙朝政治小说也。作者持民族主义甚挚。书中本事在吊明之亡,揭清之失,而尤于汉族名士仕清者寓痛惜之意。"①景梅九《红楼梦真谛》也是一部索隐派代表作,1934 年由西京出版社印行。卷首张继序言对本书给予高度评价:"章回小说原由宋时平话演变而来,平话最著者为《宣和遗事》,乃宋金之际有心人借当时比较通俗之文言,以写亡国之惨痛与恢复之意志,而昭示于天下后世者也。今观吾友景梅九君所著《红楼梦真谛》,乃知红书亦《遗事》之流亚。惟《遗事》乃明写南宋时忘仇避狄之情势,而红书则隐写明清间兴亡。真伪之痕迹,又假借儿女闺房之私,以发挥伤时感世之深心。篇中表示眷念祖国、鄙弃伪廷之处,均可忖度而得,故真谛一名忖真云。"②

景梅九在自序中说:"乃不意迩来强寇侵凌,祸迫亡国,种族隐痛突激心潮。回诵'满纸荒唐言,一把辛酸泪。都云作者痴,谁解其中味'以及'说到辛酸处,荒唐愈可悲。由来同一梦,休笑世人痴'两绝句,颇觉著者亡国悲恨难堪,而一腔红泪倾出双眸矣。盖荒者亡也,唐者中国也,荒唐者即亡国之谓。人世之酸辛,莫过于亡国。"③景梅九还以"老梅"为笔名,在《石头记真谛序文——答友人询〈红楼梦真谛〉书》中再次指出:"及追寻著者之思想,又发见原书关系平民精神之点,觉其符合最新社会学说,能超过马格斯一派议论,不禁通身快活,为之发挥略尽。自拟为图穷匕见,实出乎最初意旨之表,且感得最初意旨,无大影响于世道人心,有深悔从前错用心之慨喟。"④这种价值取向虽然出于时代的需求,但毕竟与《红楼梦》的实际情形相去甚远。

20 世纪 40 年代由《红楼梦》改编的话剧《郁雷》表达了呼唤爱情、追求自由的价值取向。改编者朱彤在序言中道:"宝玉并不是没有爱的热情、恨的勇敢和悔的真诚,但是由于一种可怖的传统势力的影响,那些性灵深处的情操,不能够滔滔汩汩的涌出来。"所以,"我们要求灵

---

① 蔡元培:《石头记索隐》,见一粟《红楼梦卷》,第 319 页,北京:中华书局,1963。
② 张继:《景梅九〈红楼梦真谛〉序》,见景梅九《红楼梦真谛》,沈阳:辽宁古籍出版社,1997。
③ 景梅九:《红楼梦真谛自序》,沈阳:辽宁古籍出版社,1997。
④ 老梅:《石头记真谛序文——答友人询〈红楼梦真谛〉书》,载南京《革命公论》第六期,1935年 6 月 20 日,见吕启祥、林东海《红楼梦研究稀见资料汇编》(上),第 577 页,北京:人民文学出版社,2001。

魂的解放！我们要求敢爱、敢恨、敢悔的性灵生活"。李根亮认为："《郁雷》对中国封建病态精神生活状态的揭露，对爱情与自由的呼唤和追寻，是 20 世纪 40 年代的人们对《红楼梦》的一种独特而合理的解读，是在原文本意义上的积极超越。"①确实如此，这种带有浓厚政治色彩的价值取向，既是时代的需要，也是对原文本意义的超越。

新中国成立以来，以马列主义阶级斗争的理论阐释《红楼梦》，认为《红楼梦》是一部反对封建专制与封建礼教的作品，一度成为最显著的价值取向。1954 年，李希凡、蓝翎发表《关于〈红楼梦简论〉及其他》。该文认为"贾宝玉和林黛玉是作者所创造的肯定的人物形象。他们是封建官僚地主家庭的叛逆者"，并对俞平伯《红楼梦简论》中的一些观点做了批评。② 这本来是一场学术之争，但毛泽东认为这实际上是一场政治斗争，号召开展一个"反对在古典文学领域毒害青年三十余年的胡适派资产阶级唯心论的斗争"，从而在学术文化领域开展了一场全国范围内的批判运动。这一干预对此后《红楼梦》传播接受的价值取向发生了决定性作用，在相当长一个时期内，许多红楼影视、戏剧及说唱作品都以反封建为主要价值取向。李根亮对此做了细致分析。他举例说："在梁永璋导演的越剧电视剧《红楼梦》中，改编者为了体现反封建主题，对不少人物和情节进行了改造。一是对贾宝玉的叛逆性形象进行了多方面强化。如增加了宝玉与忠顺亲王府戏子琪官交往的戏份，当琪官为摆脱被王爷玩弄的命运出逃时，贾宝玉给予了多方支持。……在'成亲'一场戏中，当宝玉发现新娘是宝钗非黛玉时，立即大惊、大闹、大哭起来，跪求贾母成全他和黛玉的好事。……二是对王夫人的形象进行了改造，突出了王夫人的虚伪和冷淡。"③再如 20 世纪 50 年代苏青改编的越剧《宝玉与黛玉》中虚构一个名叫惠香的丫鬟，在她身上集中晴雯、金钏等人的反抗性格，意欲表现"卑贱者最可贵"的创作意图。徐进改编的越剧《红楼梦》塑造了一个具有强烈叛逆色彩的贾宝玉形象，宝、黛的爱情悲剧也具有了反封建的社会意义。大鼓书《乱判葫芦案》《焦大骂泼》《凤姐弄权》《元春省亲》《贾赦夺扇》，

---

① 李根亮：《红楼梦的传播与接受》，第 135 页，哈尔滨：黑龙江人民出版社，2007。
② 李希凡、蓝翎：《关于〈红楼梦简论〉及其他》，载《文史哲》1954 年第 9 期。
③ 李根亮：《红楼梦的传播与接受》，第 190～191 页，哈尔滨：黑龙江人民出版社，2007。

单弦《怒打宝玉》《抄检大观园》等，或意在揭露官场黑暗，或意欲突出表现阶级斗争，各种地方戏也无不如此。这显然是特殊政治环境下的产物，使《红楼梦》几乎成为反封建的政治教科书。

七、其他价值取向

(一) 伦理教化价值

非常有意思的是，清代有的评论家非常重视《红楼梦》正面的伦理教化作用，有的却认为《红楼梦》具有蛊惑人心的反面作用。如嘉庆年间的"二知道人"在《红楼梦说梦》中说："太史公纪三十世家，曹雪芹只纪一世家。太史公之书高文典册，曹雪芹之书假语村言，不逮古人远矣。然雪芹纪一世家，能包括百千世家，假语村言不啻晨钟暮鼓，虽稗官者流，宁无裨于名教乎？"①鸳湖月痴子在称赞张新之对《红楼梦》的评点时说："使天下后世直视《红楼梦》为有功名教之书，有裨学问之书，有关世道人心之书，而不敢以无稽小说薄之。"②

有人却针锋相对，认为《红楼梦》具有伦理道德方面的反面价值。如胡林翼说："一部《水浒》，教坏天下强有力而思不逞之民；一部《红楼梦》，教坏天下之堂官，掌印司官，督府司道首府，及一切红人，专意揣摩迎合，吃醋捣鬼。当痛除此习，独行其志。"③一说"有功名教"，一说"教坏天下堂官"，两种价值取向实际上都偏离了《红楼梦》的文本内涵。

1917年，署名"遍境佛声"的评论者在《读红楼札记》中说："《红楼》虽为小说，而善恶报施，劝惩垂诫，通其说者，且与神圣同功。……《易》言吉凶消长之道，《书》言福善祸淫之理，《诗》以辨邪正，《礼》以辨等威，《春秋》寓褒贬，经天纬地，亘绝古今。而不意《红楼》一书，竟能包举而无遗也。若细绎其文，皆可通乎经义。贾氏之盛衰，互为消长；众人之寿夭，悉本贞淫。其中或叙淫荒，或谈节烈，明邪正也；或言宫禁，或及细民，判等威也。至全书叙事或明或暗，或曲或直，无非寓褒

① 〔清〕二知道人：《红楼梦说梦》，见一粟《红楼梦卷》，第102页，北京：中华书局，1963。
② 〔清〕鸳湖月痴子：《妙复轩评石头记序》，见一粟《红楼梦卷》，第37页，北京：中华书局，1963。
③ 〔清〕胡林翼：《致严渭春方伯》，见一粟《红楼梦卷》，第373页，北京：中华书局，1963。

贬之意。《红楼》之妙,妙尽于此矣。其所以脍炙人口,不胫而飞,不翼而走者,实因其能镌刻人心,移其性情耳。"①这种"劝惩"的价值取向显然也不符合《红楼梦》的实际。

某些现代评论者认为《红楼梦》具有一定的教育价值。1935年2月16日,纯朴在北平《华北日报》发表《红楼梦的教育观》一文,认为《红楼梦》"能改造翻转青年的气质;它能潜移默化青年的个性;它对青年的影响,比那形式陶冶的效果要大得多"。"因为《红楼》是描写中国封建时代贵族家庭的面面,也正是中国人传统思想的披露;如亲族间的关系,人与人的交与,那都是封建家庭典型的遗迹。研究教育的人,要把它看成自己的园地,加以分析,加以解释,藉着这种实际生活的例子,以扫荡封建的恶毒,而阐述教育的真谛。""研究教育者,不妨在其中多找些材料,使《红楼》教育化,使教育趣味化,而更和人生来得逼真些。"然后,这位作者围绕《红楼梦》提出了十三个方面的教育问题。②这种价值取向来自小说文本自身,可以说是充分挖掘了《红楼梦》的现代教育价值。

(二)社会批判价值

自清代以来,便有许多论者注意到《红楼梦》对社会描写的广泛及其社会批判价值。如清代评点家王希廉说:"一部书中……人物则方正阴邪,贞淫顽善,节烈豪侠,刚强懦弱,及前代女将,外洋诗女,仙佛鬼怪,尼僧女道,娼妓优伶,黠奴豪仆,盗贼邪魔,醉汉无赖,色色俱有。事迹则繁华筵宴,奢纵宣淫,操守贪廉,宫闱仪制,庆吊盛衰,判狱靖寇,以及讽经设坛,贸易钻营,事事皆全。甚至寿终夭折,暴亡病故,丹戕药误,及自刎被杀,投河跳井,悬梁受逼,吞金服毒,撞阶脱精等事,亦件件俱全。可谓包罗万象,囊括无遗。岂别部所能望其项背?"③1920年6月25日《小说月报》第十一卷第六、七号发表佩之的《红楼梦新评》,其中说道:"一部《红楼梦》,他的主义,只有批评社会四个大字。我们把《红楼梦》当作言情小说,掌故小说,哲学小说,政治小说看,却

---

① 遍境佛声:《读红楼札记》,载《说丛》1917年3月第一、二期,见一粟《红楼梦卷》,第7~8页,北京:中华书局,1963。

② 纯朴:《红楼梦的教育观》,见吕启祥、林东海《红楼梦研究稀见资料汇编》(上),第538页,北京:人民文学出版社,2001。

③〔清〕王希廉:《红楼梦总评》,见一粟《红楼梦卷》,第149页,北京:中华书局,1963。

把他描写的社会情形,一概忘记了,这却断断不可。"①《红楼梦》的确具有一定的社会批判价值,忽略这一价值固然不可,但是,说"他的主义,只有批评社会四个大字",又显然言过其实了。

(三)商业娱乐价值

在《红楼梦》传播接受过程中,其商业娱乐价值也为人们所重视。这主要表现在三个方面:一是戏曲、影视剧的改编,二是各种娱乐活动,三是《红楼梦》网络续书。如清代、民国时期部分红楼戏以商业演出为目的,为了获取票房利润,个别剧目甚至出现庸俗化、色情化倾向。网络传播方式具有一定的商业娱乐性质,如阮小武的红楼续书《大话红楼十二钗·秦可卿》在网上连载后,受到读者欢迎,2004年由知识出版社出版。该书将秦可卿的身份变为外族番王的公主中玉的女儿,中玉本来爱皇上的侍卫秦业,却被迫嫁给亲王多尔征。秦业无意中收养可卿,实际上可卿是中玉与多尔征的亲生骨肉。多尔征策划谋反,因中玉告发而失败。多尔征恼羞成怒,临死前杀死了中玉。皇上为感谢中玉公主,暗命八公、四王参祭中玉。秦可卿因为有神人托梦,说她的"情天郎"与她有三面之缘,贾珍符合这一条件,两人才会有那层暧昧关系。后来,警幻仙子告诉她神人搞错了,她的"情天郎"不是贾珍而是另有他人,于是促成秦可卿之死。这种所谓的续书实际上是利用《红楼梦》之名达到某种娱乐目的,与"红楼梦中人"等选秀活动及刘心武系列著作和演讲有相同的价值取向。

(四)传统文化价值

德国学者库恩在《〈红楼梦〉译后记》中说:"关于这部小说的价值,说它是一座无法估量的民族学的宝库,一点也不为过。"②这种观点当然有其道理,《红楼梦》的确是中国传统文化的百科全书,是传承传统文化的载体,从物质文化层面的建筑园林、家具器皿、服饰饮食,到规范文化层面的人生礼仪、家族制度、法律制度,再到精神文化层面的文化心理、文学艺术、宗教教义等等,都具有一定的实用价值或认识价值。清人张新之说:"《石头记》乃演性理之书,祖《大学》而宗《中庸》,

---

① 佩之:《红楼梦新评》,见吕启祥、林东海《红楼梦研究稀见资料汇编》(上),第49页,北京:人民文学出版社,2001。

② 〔德〕库恩:《〈红楼梦〉译后记》,载《红楼梦学刊》1994年第2期。

故借宝玉说'明明德之外无书',又曰'不过《大学》《中庸》'。是书大意阐发《学》《庸》,以《周易》演消长,以《国风》正贞淫,以《春秋》示予夺,《礼经》《乐经》融会其中。"①这固然强调了《红楼梦》的儒家文化价值,但与作品的实际情况却并不那么相符。充分开发《红楼梦》物质文化价值,也为当今人们所关注,如北京的大观园公园、扬州开发的红楼宴等,便利用了其物质文化的价值。但也要注意与作品本身的联系,尽量避免对《红楼梦》价值的过度开发,避免将这部文学名著庸俗化、功利化,从而消解崇高的文学艺术价值。

---

① 〔清〕张新之:《红楼梦读法》,见一粟《红楼梦卷》,第 153 页,北京:中华书局,1963。

第七章
传播受众与效果论

传播受众是信息传播的终点和"目的地",是信息传播过程中的一个重要环节。受众与传播者构成传播过程的两极,它既是传播活动的接受者,也是传播活动的参与者。受众的文化心理、审美趣味等,都会对信息的传播产生重要的影响,在传播过程中扮演着非常重要的角色。传播效果是传播学研究的最后一个环节,也是传播学研究的旨归。传播效果既是传播学研究的重点,又是人类传播活动的目的。人类传播是有目的的,无论人际传播,还是组织传播、大众传播或者其他形式的媒介传播,都是为了实现一定的目标,古代白话小说的传播也不例外。

第一节 《水浒传》对社会思想之影响

一、《水浒传》与清末民主思想

《水浒传》在传播过程中,随着时代发展而不断加入新的内容,可以说,一部《水浒传》传播史,就是一部时代思想发展史的缩影。在 20 世纪初的晚清时代,西方民主自由平等思想东渐,有识之士在反对专制、追求民主自由的革命浪潮中,对《水浒传》关注的热点完全着眼于政治斗争的需要,做出全新的解释。如维新派小说理论家定一认为《水浒传》乃是"倡民主、民权之萌芽",其《小说丛话》云:

> 或问于予曰:"有说部书名《水浒》者,人以为崔荷宵小传奇之作,吾以为此即独立自强而倡民主、民权之萌芽也。何以言之? 其书中云,旗上书'替天行道',又书于其堂曰'忠义堂',以是言之耳。虽然,欲倡民主,何以不言'替民行道'也?"不知民,天之子也,故《书》曰:"天听自我民听,天视自我民视。"《水浒》诸豪,其亦知此理乎! 或又曰:"替天行道,则吾既得闻命矣;叛宋而自立,岂得谓之忠乎? 不忠矣,岂得谓之义乎?"虽然,君知其一,不知其二。有忠君者,有忠民者。忠君者,据乱之时代也;忠民者,大同之时代也。忠其君而不忠其民,又岂得谓之忠乎? 吾观《水浒》诸豪,尚不拘于世俗,而独倡民主、民权之萌芽,使后世倡其说者,可援《水浒》以为证,岂不谓之智乎? 吾特悲世之不明斯义,污为大逆不道。噫! 诚草泽之不若也。[①]

定一之论,为《水浒传》的"替天行道"做了民主主义的解释,表现出强烈的革新政治、救亡图存的愿望,打上鲜明的时代烙印。吴趼人对此论有些不以为然,他说:

> 轻议古人固非是,动辄索引古人之理想,以阑入今日之理想,亦非是也。吾于今人之论小说,每一见之。如《水浒》志盗之书也,而今人每每称其提倡平等主义,吾恐施耐庵当日断断不能作此理想,不过彼叙此一百八人聚义梁山泊,恰似一平等社会之现状耳。吾曾反复读之,意其为愤世之作。吾国素无言论自由之说,文字每易贾祸,故忧时愤世之心,不得不托之小说。且托之小说,亦不敢明写其事也,必委曲譬喻以为寓言,此古人著书之苦况也。《水浒传》者,一部贪官污吏传之别裁也。梁山泊一百八人,强半为在官人役,如都头也,教师也,里正也,书吏也,而一一都归结于为盗,则著者之视在官人役之为如何可知矣。而如是等等之

---

① 定一:《小说丛话》,见朱一玄《水浒传研究资料汇编》,第366页,天津:南开大学出版社,2002。

人,之所以都归结于为盗者,无非官逼之使然,则著者之视官为如何亦可知矣。吾虽雅不欲援古人之理想以阑入今日之理想,然持此意以读《水浒传》,则谓《水浒传》为今日官吏之龟鉴也亦宜。①

吴趼人反对《水浒》提倡的平等主义,认为那些议论者是"引古人之理想,以阑入今日之理想",这恰好反映了清末思想解放情况。当时确实有很多这样的言论,许多资产阶级革命者痛恨满清政府的黑暗专制,就借评论《水浒》反对专制政府,提倡"民主共和政体"。如王钟麒《中国三大家小说论赞》指出《水浒》中的反对专制,提倡社会主义,其曰:"施氏少负异才,自少迄老,未获一伸其志。痛社会之黑暗,而政府之专横也,乃以一己之理想,构成此书。……生民以来,未有以百八人组织政府,而人人平等者。有之,惟《水浒传》。使耐庵而生于欧美也,则其人之著作,当与柏拉图、巴枯宁、托尔斯泰、迭盖司诸氏相抗衡。观其平等级,均财产,则社会主义之小说也……"②黄人同样提出《水浒》一书中的"社会主义",其《小说小话》云:

> 《水浒》一书,纯是社会主义,其推重一百八人,可谓至矣。自有历史以来,未有以百余人组织政府,人人皆有平等之资格而不失其秩序,人人皆有独立之才干而不枉其委用者也。山泊一局,几于乌托邦矣。曰"忠义堂",尽己之谓忠,行而宜之之谓义,固迥异乎本书石秀所骂之奴奴及《石头记》中怡红公子所谓浊气者之忠义也。曰"替天行道",山泊所出死力而保护,挥多金以罗致者,固社会所欲得而馨香之、尸祝之者也。山泊所腐心切齿而漆其首、啖其肉者,固社会所欲得而唾骂之、投畀之者也。社会之心,天心也。……耐庵痛心疾首于数千年之专制政府,而又不敢斥言之,乃借宋、元以来相传一百有八人之遗事,而一消其块垒……③

1908年,燕南尚生在《新评水浒传》中称《水浒传》为"祖国第一政治小说",其《水浒传新或问》曰:"施耐庵生于专制政府之下,痛世界之

---

① 吴趼人:《说小说》,见朱一玄《水浒传研究资料汇编》,第371页,天津:南开大学出版社,2002。

② 王钟麒:《中国三大家小说论赞》,载《月月小说》第1卷第9期(1907),见朱一玄《水浒传研究资料汇编》,第341页,天津:南开大学出版社,2002。

③ 黄人:《小说小话》,见朱一玄《水浒传研究资料汇编》,第357页,天津:南开大学出版社,2002。

惨无人理,欲平反之,手无寸权,于是本其思想发为著述,以待后之阅是书者,以待后之阅是书而传播是书者,以待后之阅是书而应用是书、实行是书之学说者。""《水浒传》者,痛政府之恶横腐败,欲组成一民主共和政体,于是撰为此书。"①燕南尚生的《新评水浒传》刊出时,正是清政府宣布"九年预备立宪"之时,即作者所谓"适值预备立宪研究自治之时,即以贡献于新机甫动之中国",评语中可见当时强烈要求民主共和的政治气息以及作者的政治主张和理想。

同年,稗史氏在《中国小说大家施耐庵传》中论施耐庵思想时,指出作者的民权思想:"民何物哉,只有服从之义务,而无抵抗之权利耶?耐庵以一'逼'字哭之。逼者,压制之极也。非逼而作盗,则罪在下;逼之而作盗,则罪在上。作盗而出于逼,则强盗莫非义士矣!且皇帝又何物耶?人皆可以为尧、舜耳。'晁盖哥哥作大宋皇帝,宋江哥哥作小宋皇帝。'此言借李逵发之。汉人臣元,何非奴才之奴才耶?'你这与奴才做奴才的奴才',此言借石秀发之,中国之民,罔闻民约之义,发之却有耐庵,耐庵可比卢梭。"②将施耐庵与法国启蒙思想家卢梭相提并论。另外,他还发掘出施耐庵的女权思想:"男女之最不平等惟中国,而《水浒》之巾帼,压倒须眉,女权可谓发达矣。即如潘金莲,必写其为婢女;阎婆惜,必写其为流娼;潘巧云,必写其为醮妇;托根小草,笔墨便不嫌亵。至贾氏,不过一富人之妻而已,形容即不尽致,则其重视妇女也为何如!以视花前密约,月下偷情,以红闺之淑媛,写作青楼之荡妇,其价值有判若天渊者矣。则中国之女权,发之又早有耐庵;耐庵可比达尔文。"将施耐庵比之进化论创立者达尔文,反映清末女权思想的觉醒与兴盛。

1912年版《雅言》第一期载眷秋《小说杂评》,认为《水浒》之所以伟大,"实以其思想之伟大,见地之超远,为古今人所不能及也。吾国数千年来,行专制之政,压抑民志,视为故常……施耐庵乃独能破除千古习俗,甘冒不韪,以庙廷为非,而崇拜草野之英杰,此其魄力思想,真足

---

① 燕南尚生:《新评水浒传》,见朱一玄《水浒传研究资料汇编》,第344页,天津:南开大学出版社,2002。

② 稗史氏:《中国小说大家施耐庵传》,见朱一玄《水浒传研究资料汇编》,第129页,天津:南开大学出版社,2002。

令小儒咋舌。民权发达之思想,在吾国今日,犹未能普及,耐庵于千百年前,独能具此卓识,为吾国文学界放此异彩,岂仅以一时文字之长,见重于后世哉"①。阿英指出,当时多有应用新理论以评述旧小说者,除了认为《水浒传》为提倡民主、民权之作外,还有说《桃花扇》为民族主义作品,《聊斋》是排满的书,以社会生活考察的态度研究《金瓶梅》《红楼梦》等等。②

二、《水浒传》与 20 世纪二三十年代社会思想的变迁

20 世纪 20 年代,新文化运动的主将陈独秀在《水浒新叙》中隐讳地提出用阶级分析的方法解读《水浒传》的见解。他说:

"赤日炎炎似火烧,田中禾黍半枯焦。

农夫心内如汤煮,公子王孙把扇摇。"

这四句诗就是施耐庵做《水浒传》的本旨。《水浒传》的理想不过尔尔,并没有别的深远意义,为什么有许多人爱读他? 是了! 是了! 文学的特性重在技术,并不甚重在理想。理想本是哲学家的事,文学家的使命,并不是创造理想;是用妙美的文学技术,描写时代的理想,供给人类高等的享乐。 在这一点看起来,我们就可以明白许多人爱读《水浒传》的缘故了。③

陈独秀虽然只拈出"理想和技术"来论《水浒传》,甚至说《水浒传》的理想不过尔尔,但他毕竟还是深刻指出"赤日炎炎似火烧"这首歌谣是《水浒传》的本旨。他另有《穷人和富人热天生活比较》④一文,可做理解他的《水浒新叙》的一个佐证。 可以看出,陈独秀正是从阶级比较分析的角度解析《水浒》的。 同样,谢无量在《平民文学之两大文豪》中,称《水浒传》一书的价值在于"赞成平民阶级和中等阶级联合起来办革命事业"⑤。这正反映当时阶级斗争理论对小说研究的渗透,表现《水浒传》阐释的政治和时代色彩。

---

① 眷秋:《小说杂评》,见朱一玄《水浒传研究资料汇编》,第 368 页,天津:南开大学出版社,2002。
② 阿英:《晚清小说史》,第 3 页,北京:人民文学出版社,1980。
③ 陈独秀:《水浒新叙》,《水浒》卷首,上海:亚东图书馆,1924,第 3 版。
④ 陈独秀:《穷人和富人热天生活比较》,载《劳动界》第四期,1920 年 9 月 5 日。
⑤ 谢无量:《平民文学之两大文豪》,第 43 页,上海:商务印书馆,1923。

　　胡适在新文化运动中提出："我想《水浒传》是一部奇书，在中国文学上占的地位比《左传》《史记》还要重大的多。这部书很当的起一个阎若璩来替他做一番考证的工夫，很当的起一个王念孙来替他做一番训诂的工夫。"1920 年 7 月，他写的《〈水浒传〉考证》发挥了他历史进化论的文学观。他说：

　　　　这种种不同的时代发生种种不同的文学见解，也发生了种种不同的文学作品——这便是我要贡献给大家的一个根本的文学观念。《水浒传》上下七八百年的历史便是这个观念的具体例证。不懂得南宋的时代，便不懂得宋江等三十六人的故事何以发生。不懂得宋元之际的时代，便不懂得《水浒传》故事何以发达变化。不懂得元朝一代发生的那么多的《水浒》故事，便不懂得明初何以产生《水浒传》。不懂得元明之际的文学史，便不懂得明初的《水浒传》何以那样幼稚。不读《明史》的功臣传，便不懂得明初的《水浒传》何以于固有的招安的事之外又加上宋江等有功被谗遭害和李俊、燕青见机远遁等事。不读《明史》的《文苑传》，不懂得明朝中叶的文学进化的程度，便不懂得七十回本《水浒传》的价值。不懂得明末流贼的大乱，便不懂得金圣叹的《水浒传》见解何以那样迂腐。不懂得明末清初的历史，便不懂得雁宕山樵的《水浒后传》。不懂得嘉庆、道光间的遍地匪乱，便不懂得俞仲华的《荡寇志》。——这叫做历史进化的文学观念。①

　　胡适对《水浒》的研究是遵循着不断进化的道路前进的。从 1920 年 7 月的《〈水浒传〉考证》肯定《水浒》古本只有七十回，到 1921 年 6 月《〈水浒传〉后考》对七十回古本之有无发生了动摇，又到 1929 年 6 月的《百二十回本〈忠义水浒传〉序》承认百回本和百二十回本为更早的古本，都可看出这一发展轨迹。

　　鲁迅对金圣叹"腰斩"《水浒传》持批评态度，认为这样做失却了"原作的诚实之处"，好像一只"断尾巴蜻蜓"。② 他对《水浒传》内容也有冷峻的批判。1929 年，他在《流氓的变迁》中评价道："一部《水浒》，说得很分明：因为不反对天子，所以大军一到，便受招安，替国家打别

①　胡适：《水浒传考证》，见《中国章回小说考证》，第 45 页，合肥：安徽教育出版社，1999。
②　鲁迅：《南腔北调集·论金圣叹》，见《鲁迅全集》，第 123 页，北京：人民文学出版社，1973。

的强盗——不'替天行道'的强盗去了。终于是奴才。"①鲁迅指出梁山英雄头脑中存在的封建忠义思想是一种奴性的表现,也是起义最后归于失败的总根源,这一批判可谓一针见血。有人指出,鲁迅此文的目的是揭露和鞭挞以流氓为作品主角的张资平之流所谓"革命文学家"的无耻和堕落。② 也有论者认为,鲁迅在《流氓的变迁》中对梁山好汉"奴性"的批判,是针对1920年胡适《〈水浒传〉考证》中宣扬投降主义的百二十回本而发的。③ 然而,不管鲁迅批评的初衷如何,此论后来被认同接受并进一步发展,最终在"文革"后期形成一场轰轰烈烈的政治运动。

在五四运动的号角声中,妇女解放,争取婚姻自由的呼声四起,以《水浒传》中女性为题材的剧作便应运而生。《水浒》中的三个历来受到人们唾弃的女性潘金莲、潘巧云和阎惜姣,一改往日的"淫妇"面孔,成为敢于追求真爱的勇士。欧阳予倩的话剧《潘金莲》首开其端,洪深的评剧《阎惜姣》紧步其后,40年代又有黄鹤的话剧《潘巧云》。尤其是欧阳予倩的《潘金莲》反响极大。此剧于1928年被改编成京剧,1936年1月10日在天蟾舞台以"京评两下锅"形式演出,场场爆满,盛况空前。当时的《申报》曾以"历史上一个委屈的女性,人世间一件终古的恨事"作评,对潘金莲寄予同情。由于那个时代封建势力还过于强大,欧阳予倩及其剧作《潘金莲》引起了封建卫道士的大肆攻击。

三、《水浒传》与抗战时期的社会思想

抗战期间,许多作家利用《水浒传》英雄抵抗外族侵略的故事,宣传抗日救国思想。1938年9月,上海中国图书杂志公司出版姜鸿飞著三十回《水浒中传》。作者认为俞万春《荡寇志》是"谄媚异族之作",陈忱《水浒后传》"是一部亡国之镜,是一部弱小民族受帝国主义者侵略的写照,读之热血沸腾,顿增爱国热忱。那时宋江等一百八人,只剩了三分之一,还是努力奋斗……大为我民族扬眉吐气。……足以唤起民

---

① 鲁迅:《三闲集·流氓的变迁》,见《鲁迅全集》,第161页,北京:人民文学出版社,1973。
② 欧阳健、萧相恺:《鲁迅是怎样评论〈水浒〉的?》,《水浒新议》,第374页,重庆:重庆出版社,1983。
③ 张国光:《实事求是,恰如其分》,载《湖北大学学报》1993年第6期。

众努力自强。照我国目下地位,最宜提倡这类小说,来鼓起民众奋斗精神"①。所以作《水浒中传》以激励民心。姜起渭《读〈水浒中传〉略述》指出,作者"痛人心之不古,四维之不张,乃有此书之作,虽系表扬古人,实为劝导来者,殊有功世道之作"。他还痛斥了汉奸的卖国求荣,指出此书的写作目的:"今夫人心之死也久矣,利之所在,虽父母可卖焉,此为乱之萌,若不为遏之,设一旦有事,孰不可以为汉奸,敌可不费一兵一矢,而能亡我国,灭我族矣。爱国之士,能无忧乎?今阅此书,乃知姜君苦心孤诣,在乎正人心,遏乱萌,明种族,爱祖国,使人手一篇,能使有汉奸之心者,而肯为国死也。"②这些都道出了该书在抗战时期的现实意义。

谷斯范的《新水浒》,又名《太湖游击队》,用章回体写成,共二十四回,抗战初期,在上海《每日译报》副刊连载,1940年结集成书。③ 故事描写江浙一带人民的抗日斗争,形象地批驳了抗战必亡论、国民党正统论和抗战只能靠国民党,游击战是小打小闹成不了大事等谬论。戳穿了装出抗日面孔,实际是和日伪勾结、反共反人民的反动武装,特别是"忠义救国军"的反动面貌。它还热情地激励知识青年到群众中去,成为抗战的宣传者、组织者。小说灌输爱国主义精神,提高读者的民族觉悟、民族自尊心和自信心,宣传党中央提出的为扩大和巩固抗日民族统一战线,动员一切力量争取抗战胜利而斗争的路线。《新水浒》在"孤岛"上海连载的时候,《译报》编辑部接到无数读者的信,要求把每天登载的篇幅扩大些。④ 可见民众对它的喜爱程度。

同样,小说家张恨水为了激励人民的斗志,充分描写中国男儿抗日的英雄事迹和中华民族抵御外侮的决心,于1940年夏初创作了历史小说《水浒新传》。该书以《宋史·张叔夜传》为线索,让梁山一百零八人参与勤王抗金。描写宋江抗战,鼓舞了人民抗日斗争,适应了当时的需要,故而小说在上海连载,获得了很大的成功,有许多读者竟为

---

① 姜鸿飞:《水浒中传自序》,北京:中国图书杂志公司,1938。

② 姜起渭:《读〈水浒中传〉略述》,见姜鸿飞《水浒中传》卷首,北京:中国图书杂志公司,1938。

③ 谷斯范:《新水浒》,长沙:湖南人民出版社,1985。

④ 胡愈之:《新水浒序》,见《胡愈之文集》第四卷,北京:三联书店,1996。

书中极小的问题写航空信到重庆来和作者讨论。① 这说明他的抗日宣传有了良好的效果和反应。陈寅恪先生于 1945 年 8 月抗日战争胜利之际，恰好读完《水浒新传》全书，十分感动，赋诗一首云：

谁缔宣和海上盟，燕云得失涕纵横。

花门久已留胡马，柳塞翻教拔汉旌。

妖乱豫么同有罪，战和飞桧两无成。

《梦华》一录难重读，莫遣遗民说汴京。

远在延安的毛泽东对《水浒新传》所表现的抗日爱国精神亦十分欣赏，并在根据地出版印行了此书。② 除了《水浒新传》外，张恨水还有《水浒人物论赞》③和小品《一个无情的故事》④。《一个无情的故事》以水浒人物组成内阁讽喻现实：

内阁总理　　铁扇子宋清（标准饭桶）

内阁总长　　潘金莲

工商总长　　西门庆

财政总长　　鼓上蚤时迁（善走黑市）

陆军总长　　小霸王周通（善挨揍）

教育总长　　黑旋风李逵

海军总长　　白日鼠白胜（耗子泅水是新闻）

……

不着一言议论，讽刺之辛辣，却意在言外。据说此文发表后不久，张恨水的办公室里悄然走来一个军统特务，似乎很客气地问他是否有兴趣到息烽集中营休息休息。可见此文的影响和统治者的恼怒。此外，抗战时期还有李辰东《〈三国〉、〈水浒〉与抗战问题》⑤等文章，就《水浒传》联系抗战现实进行讨论，此不赘述。

---

① 张伍：《关于〈八十一梦〉》，载《忆父亲张恨水先生》，第 213 页，北京：十月文艺出版社，1995。

② 张伍：《关于〈八十一梦〉》，载《忆父亲张恨水先生》，第 214 页，北京：十月文艺出版社，1995。

③ 张恨水：《水浒人物论赞》，上海：万象周刊出版社，1948。

④ 张恨水：《一个无情的故事》，载 1939 年 9 月 26 日《新民报》副刊。

⑤ 李辰东：《〈三国〉、〈水浒〉与抗战问题》，载《学生之友》第 1 卷第 1 期，1940 年 6 月 15 日。

四、《水浒传》与新中国成立后的社会思想

新中国成立以后,学者们开始尝试用马克思主义理论观照《水浒传》研究,以阶级斗争的观点看待《水浒传》,使得学术研究的政治色彩渐浓。如何满子 1954 年出版的《论金圣叹评改水浒传》一书开篇言道:

> 金圣叹评改《水浒传》,将原书作了许多恶意的歪曲,居心叵测地作了不少窜改,加了许多反动的评语,蒙西子以不洁,深重地荼毒了这部具有高度的思想性和艺术价值的古典巨著……企图篡夺《水浒传》这一革命著作为统治阶级所用,金圣叹是煞费苦心的。他用尽了他武库中的全部兵器,使出了各种诡谲的伎俩,也即是说,他注入这部伟大作品以大量的毒汁。

其所论重点虽为金圣叹,但从书中的措辞已可见政治气候的严峻。不过,50 年代多数学者仍然肯定《水浒传》是描写"农民起义"的作品,认为宋江等梁山好汉是农民革命英雄。如杨绍萱《论水浒传与水浒戏》、王利器《〈水浒〉与农民革命》、冯雪峰《回答〈水浒〉的几个问题》、路工《〈水浒〉——英雄的史诗》等文,都代表这一观点。

至"文革"后期,毛泽东发动"评《水浒》,批宋江"运动,仍是利用农民起义说,不同的是严厉批判宋江"只反贪官,不反皇帝"的投降主义路线。由于这场运动成为被"四人帮"利用的政治运动,使得全国对《水浒》的认识评价形成同一种声音,完全丧失了学术探讨的意味。在这场运动中,国内学术界对《水浒》的研究可谓突然转向。如李希凡 1975 年 11 月 5 日在《人民日报》发表《水浒的忠义观念和宋江的叛徒形象》一文,对自己 1960 年以前关于《水浒》的文章做了深刻检讨,认为宋江"根本不是什么农民起义的革命领袖,而是农民革命的叛徒",文章对毛泽东的指示表示绝对赞同。可见在政治高压下,学术研究已丧失独立自由的精神。在浓厚政治氛围影响下,学术研究必然遭到阻碍。例如,罗尔纲在 1975 年《水浒》大批判时就很想把自己关于《水浒》的考证文章写出来,但遭到家人一致反对,他也考虑到在《水浒》研究上要打破框框,独立思考,没有一个良好的学术环境是不行的,于是将此事搁置下来。粉碎"四人帮"后,他才把数十年探索与研究的心得

陆续写出来,发表在《文史》上。①

不过,自《水浒传》问世以来,从来没有这么多人讲《水浒》,评《水浒》,尽管这些评论是在政治运动笼罩之下,但也在客观上促进了《水浒》研究的发展。首先,已被红卫兵当成"四旧"之一破掉的《水浒传》得以大量重印,促进了这一古典名著的普及。而且许多赋闲在家或挨整的专家,突然也有事可做,被人们请到各个单位去"评水浒"。他们又借批"投降"为名,挖掘、保护了若干有关《水浒》的材料。例如,上海图书馆找到了现存最早的《水浒》残本,即《京本忠义传》。南京大学、扬州师范学院、西北大学等高校编印了各种水浒评论资料,搜罗施耐庵文物与《水浒》版本资料甚丰。② 中华书局 1977 年 6 月版马蹄疾辑录的《水浒资料汇编》前有毛主席语录,其出版说明中表明该书的出版是"为了帮助大家学习和领会毛主席的指示"。不过,此书毕竟还是为《水浒》研究提供了比较完整的资料。

粉碎"四人帮"以后,人们的思想逐渐得到解放。1978 年底,冯其庸先生在扬州萃园的一次报告中提出应该重新认识毛泽东的"投降"说,可谓《水浒》研究拨乱反正的先声。以后,《水浒》研究开始走上正常的轨道。随着研究不断深入,人们对《水浒》主题的认识接受逐渐形成多元化格局。如伊永文《〈水浒传〉是反映市民阶级利益的作品》提出"为市民写心"说,认为《水浒传》着重表现"市民阶层的反抗思想和行为"。此后,欧阳健、萧相恺在《水浒新议》中进一步指出《水浒》不是写农民战争的书,而是"表现市民阶级的利益和愿望的基本上是以绿林豪杰为主体的小说"。刘烈茂、孙一珍等人重提"忠奸斗争"说,认为贯穿《水浒》全书的并不是农民阶级与地主阶级的矛盾和斗争,而是忠与奸的矛盾和斗争。③ 进入 90 年代,张锦池在《中国四大古典小说论稿》中认为《水浒》"反映出一种儒家文化与江湖文化的撞击与融汇,本质上属于乱世半无产者与游民无产者的意识形态"④。王学泰则指出,

---

① 李万寿:《读〈两种《水浒》说与两截《水浒》说〉》,载《古籍情况整理简报》2000 年第 11 期。

② 黄俶成:《施耐庵与《水浒》》,第 242 页,上海:上海人民出版社,2000。

③ 参见欧阳健《〈水浒传〉主题研究的回顾与反思》,载卢兴基主编《建国以来古代文学问题讨论举要》,齐鲁书社 1987 年版。

④ 张锦池:《中国四大古典小说论稿》,第 150 页,北京:华艺出版社,1994。

《水浒》比较系统地反映了游民意识与情绪。① 廖可斌认为,《水浒传》
是一部政治小说,它突出地反映了中国封建社会特别是宋代政治中的
人才问题。② 总之,新时期以来,对《水浒》主题的认识呈现多元化趋
势,从一个方面反映了《水浒》研究的不断深入。

改革开放以来,随着思想不断解放,人们不再囿于传统的观念,开
始用全新的观点与视角来分析《水浒传》中的一些问题。如《水浒传》
中的妇女问题,自从 20 世纪 20 年代欧阳予倩首发其端之后,新中国
成立后又引起著名学者聂绀弩的关注,可是,他们的言论和努力没有
引起应有的重视,固有的伦理道德的影响仍然弥漫在这片古老的中华
大地之上。1985 年 10 月 1 日,魏明伦的荒诞川剧《潘金莲》在首届自
贡市艺术节初次亮相,以其新颖的思想内涵和表现形式,很快在全国
范围内引起长时间激烈的辩论。该剧取舍欧阳予倩剧本的得失,重写
一个令人同情、令人惋惜,又招人谴责、引人深思的潘金莲。魏明伦通
过揭示潘金莲这个古代贫家女儿怎样走上谋杀亲夫的道路,反思封建
时代妇女的地位和命运,并联想到当代婚姻家庭问题。这无疑成为刺
向当代婚姻家庭和两性关系方面仍残存的封建思想的一柄利剑,对于
妇女观和道德观的进一步解放,起到了振聋发聩的作用。此剧中表现
出的"人性论"的戏剧观,和新时期思想的解放密切相关。没有改革开
放,就不会有荒诞川剧《潘金莲》。

20 世纪 80 年代,随着电视的普及,《水浒》故事被搬上电视屏幕,
深入老百姓的家庭生活之中。1982 年后,山东电视台相继播出《武松》
《鲁智深》《林冲》《晁盖》《宋江》《李逵》《顾大嫂》等《水浒》人物系列电
视连续剧,引起较大反响。1998 年,中央电视台拍摄的电视连续剧《水
浒传》播出,引发了新一轮"水浒热",其主题歌《好汉歌》"路见不平一
声吼,该出手时就出手",又一次让人们感到古典名著的强烈震撼,同
时引发对时下道德沦丧,人们日渐自私、冷漠的反思与批判。社会呼
唤着梁山好汉路见不平拔刀相助的见义勇为精神的回归,《水浒》所蕴
含的侠义精神在当代获得了新的阐释和道德模范意义。

有学者指出,自从《水浒传》问世以来,对其接受与认识发生过五

---

① 王学泰:《论〈水浒传〉中的主导意识——游民意识》,载《文学遗产》1994 年第 5 期。
② 廖可斌:《诗稗鳞爪》,第 252 页,杭州:浙江大学出版社,1999。

次重大的变化：明代以"忠义论"为主流；清代以"非忠义论"为主流；晚清至五四运动时期，以民主、自由、平等思想反封建专制为主流；新中国成立以后至 1974 年，以"农民革命教科书"为主流；1975 年"评《水浒》"运动中，以"宣传投降主义"为主流；粉碎"四人帮"以后，进入第六个时期。① 综上可见，随着时代的变化，人们对《水浒传》的理解与接受角度也不断地发生着变化，任何时代《水浒传》的传播都不可避免地染上相应时代的色素，与社会文化历史背景有着不可割断的紧密联系。《水浒传》正是在如此众多的阐释与接受中，不断地获得新的内涵，丰富和发展了"水浒文化"系统，显示古典名著的巨大包容性和作品本身所蕴含的生机。

五、《水浒传》中"义气"对社会生活的影响

在某种程度上，《水浒》可以说是一部社会和人生的教科书，梁山英雄的义气不知滋养了多少代人的灵魂，甚而推动了历史的车轮。从历史看，从明末李自成、张献忠起义，到太平天国革命和义和团运动，以至于辛亥革命，许多次起义都有《水浒传》的影子，起义领袖往往借助"义气"把民众号召在自己的旗帜下。在社会生活中，《水浒传》所宣扬的义气和英雄主义精神对人们思想的影响可谓根深蒂固，很多人以"义气"相标榜，推崇梁山英雄那种"为朋友两肋插刀"的品质，"讲义气"甚至成为择友的重要标准。直至今天，这种影响还在继续。

但是，不问是非、不假思索而盲目模仿水浒英雄的"义气"行事，往往会产生不良后果，对社会造成一定的破坏作用，特别是还没有是非辨别能力的青少年，很容易在模仿中走上犯罪道路。吴趼人亲见一位从小熟读《水浒传》的青年，为了家庭细故，误学武松、石秀，不杀嫂而杀兄，闹成一桩惨案。② 因此，从教育的立场看，正确地引导阅读《水浒传》，才不会贻害青少年。

另外，《水浒传》所谓的"四海之内皆兄弟也"，从根本上看，有很强的帮派性。以义气为号召的帮派性为许多流氓集团所利用，成为社会

---

① 刘冬：《施耐庵》，见《中国历代著名文学家评传》第四卷，第 112 页，济南：山东教育出版社，1985。

② 吴趼人：《水浒五十回序》，王忆庵改订《水浒》，上海：儿童书局，1935。

的黑暗面。如杜月笙曾在西湖边为武松立碑"义士武二之墓"。这位在上海滩混世界的"教父",借武松的"义气"相标榜,以团结喽啰混混,明显是为实现拉帮结派的目的。此后,社会上一些流氓集团的组织形式乃至对"义气"的宣扬,都可见《水浒》的影响。从港台流氓集团以及周润发主演的一些香港电影中,无处不见这些影响与痕迹,虽然其中不乏积极因素,如强调友谊与亲情,否定现代社会中人与人之间关系的冷漠,反抗黑暗不公,但不问是非的哥们儿义气,以义气为基础所形成的社会化的流氓集团,必然导致社会的痼疾。那些身陷"江湖"的青年把江湖作为与官场相对立的世界,模仿《水浒》中非理性的凶险的破坏力量,这对社会治安形成潜在的威胁,可以说是社会文明的一种倒退。在"反恐"成为时代主旋律的当今社会,如何剔除这些《水浒》传播中的糟粕和负面影响,成为有责任感的学者们应该思考的问题。令人欣慰的是,已经有学者对这些问题做出初步的理性分析与思考。如当代一些学者对《水浒传》凶恶现象的否定,启发我们从《水浒》对社会的破坏性方面重新认识和估计"水浒义气",这无疑具有极大的现实意义。确实,武松血溅鸳鸯楼连杀十五命,李逵劫法场时抡起板斧排头砍去,被害者之中有多少无辜的冤魂呢? 还有梁山好汉攻克的清风寨、扈家庄、祝家庄、高唐州、大名府、曾头市、东平府,对庄主、太守及他们的将佐,哪里不是不分良贱,满门尽灭! 这阴冷的杀气和刺鼻的血腥,正好作为看似"义气"的反面衬托,让我们窥见所谓"义气"包裹着的斑斑血迹。"义气"行为不一定都是伸张正义,不法之徒更容易假"义气"之名为非作歹,这是我们应该时刻警惕的。

当然,《水浒传》对社会生活的影响不仅仅是上述不利因素,它具有的正面意义也是巨大的。例如鲁达式的义愤,在现实社会里是不是太少了呢? 台湾学者乐衡军在《梁山泊的缔造与幻灭》一文中,说到鲁智深时,饱含激情地论道:

> 鲁智深原来是一百零八人里唯一真正带给我们光明和温暖的人物。……他正义的赫怒,往往狙灭了罪恶(例如郑屠之死,瓦罐寺之焚),在他慷慨胸襟中,我们时感一己小利的局促(如李忠之卖药和送行)和丑陋(如小霸王周通的抢亲),在他磊落的行止下,我们对人性生出真纯的信赖(如对智真长老总坦认过失,如和

金翠莲可以相对久处而无避忌,如梁山上见着林冲便动问"阿嫂信息",这是如武松者所不肯,如李逵者所不能的),而超出一切之上的,水浒赋给梁山人物的唯一的殊荣,是鲁智深那种最充分的人心。在渭州为了等候金老父女安全远去,鲁智深寻思着坐守了两个时辰;在桃花村痛打了小霸王周通后,他劝周通不要坏了刘太公养老送终、承继香火的事,"教他老人家失所";在瓦罐寺,面对一群褴褛而自私可厌的老和尚,虽然饥肠如焚,但在听说他们三天未食,就即刻撇下一锅热粥,再不吃它——这对人类苦难情状真诚入微的体悟,是《水浒》中真正用感觉来写的句子。这些琐细的动作,像是一阵和煦的微风熨帖地吹拂过受苦者的灼痛。这种幽微的用心,像毫光一样映照着鲁智深的巨大身影,让我们看见他额上广慈的褶皱。这一种救世的怜悯,原本是缔造梁山泊的初始的动机,较之后来宋江大慈善家式的"仗义疏财",鲁智深这种隐而不显的举动,才更触动了人心。《水浒》其实已经把最珍惜的笔单独留给鲁智深了,每当他"大踏步"而来时,就有一种大无畏的信心,人间保姆的呵护,笼罩着我们。①

是的,每当鲁智深大踏步而来时,就有一种大无畏的信心笼罩着我们。鲁智深所奋身干预之事,没有一件和他个人切身相关,但他无不慷慨赴之。拳打镇关西前,在酒楼上听到金氏父女的哭诉,便立即对李忠、史进道:"你两个且在这里,等洒家去打死那厮便来。"②被两人劝住后,当晚回到住处,"晚饭也不吃,气愤愤的睡了"③。人间的龌龊行径在他心里激起了如许的义愤。他的禅杖从来都是飞向凶残的恶人,保护无辜的弱小。这是真正的侠者情怀,是真正的路见不平,拔刀相助。难怪金圣叹评云:"写鲁达为人处,一片热血直喷出来,令人读之深愧虚生世上,不曾为人出力。"④我们在这里需要质问的是,这种安全感是不是仅在小说中才会有,在生活现实中还有鲁智深这样的人物

---

① 乐蘅军:《梁山泊的缔造与幻灭》,见乐蘅军《古典小说散论》,第67~69页,台北:纯文学出版社,1976。
② 《水浒传》,第48页,济南:山东文艺出版社,1995。
③ 《水浒传》,第49页,济南:山东文艺出版社,1995。
④ 〔清〕金圣叹:《水浒传》第三回回前评,见《水浒传》,第41页,济南:山东文艺出版社,1995。

存在吗？不容否认的是，正是当代人社会责任感的缺失和道德的严重沦丧，才纵容了像"镇关西"那样的恶霸为所欲为。在那些"镇关西""蒋门神"们鱼肉百姓、欺压良善之时，哪里可见鲁智深那样的义愤！"该出手时就出手"——这句歌词，正是当代社会对见义勇为的迫切呼唤。

第二节　杨家将系统小说的传播受众

在杨家将系统小说传播中，受众起到举足轻重的作用。因为作为一个民族情绪强烈的通俗文学作品，它主要是通过通俗文艺形式来传播的，因此，受众的文化心理、审美趣味，对杨家将系统小说的传播影响尤大。考虑到杨家将系统小说传播的实际情况，我们把受众分为一般的受众与特殊的受众两种。一般的受众，指那些普通大众，这里，我们就忽略了他们之间所存在的个体差异，而就他们整体上所呈现出来的大众的民族文化心理与审美爱好而论。特殊的受众，指少数在传播过程中具有特殊影响力的人，类似于西方传播学理论中所谓的意见领袖，他们的文化心理、审美趣味，能够影响普通受众，左右小说的传播。

一、一般受众与小说的传播

从明中后期到 20 世纪 80 年代中叶的四百年间，杨家将系统小说的传播经历了初兴、发展、繁荣、鼎盛的历程，80 年代中叶之后，开始衰落。也就是说，杨家将系统小说的传播，呈现以 80 年代中叶为界由盛转衰的态势。这种传播态势的形成，与受众民族文化心理的变化密不可分。

长期以来，广大民众一直怀有一种强烈的抵御外族、保家卫国，"天下兴亡，匹夫有责"的民族文化心理。明清之际、清末、民国，几个内乱不断、外患频现的时期自不必说；清前中期虽然政治独立、社会安定，但是，清王朝毕竟是传统意义上的外族推翻汉族王朝建立起来的少数民族政权，中原民众"夷夏之防"的传统思想，使他们对满族入主中原耿耿于怀；新中国初期与"文革"结束之初，是刚刚从民族国家灾难中解脱出来的时期,民众对国家民族的灾难记忆犹新,对异族异国与祸国殃民者的警惕依然存在。于是,从明中后期到 20 世纪 80 年代中叶之前的四百年间,反对异族统治与外来干涉、渴望国家安定的民族文化心理一直非常强劲。80 年代中叶之后,情况发生了转变。中国进入了和平与发展的新时期,随着经济体制改革与随之而来的思想文化领域的变化,传统的价值观念受到冲击,民族文化心理随之发生了变化。

杨家将系统小说的受众也不例外,原有的民族文化心理以 80 年代中叶为界,明显地由强烈转为平淡。这一变化轨迹正与杨家将系统小说的传播态势相一致,而这绝不是巧合。受众的文化心理直接决定了他们的喜好,影响到他们对文艺作品的选择。正是 80 年代中叶之前受众强烈的民族文化心理,导致杨家将系统小说传播的逐步兴盛;80 年代后受众民族文化心理逐渐淡漠,导致杨家将系统小说传播的衰落。

此外,受众的审美趣味,也对杨家将系统小说的传播产生一定影响。民众的审美趣味,会受精英文化与主流文化及社会风尚的影响,但是它一旦形成,也会反过来加深或改变社会风尚。受众的审美趣味对于小说传播方式便具有明显影响。

从明代中后期开始,通俗小说的繁荣促成了民间喜读小说的风气。正德帝、万历帝等明中后期的最高统治者对通俗小说的爱好与陈继儒等文人学士对通俗小说的揄扬,进一步加深了民间喜读小说的风尚。这种风尚一直延续到清末,市井之民皆嗜好小说,以致市井识字之徒,人手一册。受众对于小说这种文体的情有独钟,直接影响杨家将系统小说的传播方式,从明末到清末,杨家将小说的文本传播最为兴盛,戏曲曲艺等的传播则相对萧条。也就是说,受众"最爱是小说"的这种审美趣味,使得小说的文本传播成为这一时期最重要的传播方式。

民国年间,举国盛行观剧、演剧、听书、观曲之风,戏曲曲艺更热闹更通俗,民众对戏曲曲艺这两种可见可感的通俗文艺形式的兴趣越来越浓,于是,戏曲曲艺就取代了小说,成为民众最钟爱的文艺形式,而且一直持续到 80 年代中叶。受众的这种审美趣味,直接导致民国至

80年代中叶杨家将戏曲曲艺传播的兴盛与小说文本传播的衰落。

80年代中叶之后,随着大众文化思潮的影响,民众的审美趣味又一次发生重要转变。人们对于小说戏曲曲艺等传统通俗文艺形式的兴趣逐渐降低,却将关注的目光转向电影、电视剧等更富有现代感与娱乐性的文艺形式。这就直接促成杨家将影视剧拍摄播映热潮与传统的杨家将戏曲曲艺的少人问津。于是,80年代中叶之后,杨家将影视剧逐渐兴盛,戏曲曲艺等杨家将系统小说传统的传播形式却走向衰落。

受众的文化心理、审美趣味对杨家将系统小说产生的影响,我们再以受众与清代小说文本传播的关系为例,做具体说明。

如果说,在明末这个小说传播较为适宜宽松的环境中,杨家将系统小说的文本传播较为发达没有什么特别之处的话,那么,在清代这个处于异族统治之下、实行小说禁毁政策的时代,民族情绪强烈的杨家将系统小说,能够频繁刊刻、租赁,逐步达到文本传播的高潮,就颇值得玩味了。通俗小说在控制严厉的清初能够面世,在清中后期能够得到大量刊刻,与其说是缘于出版商牟利的需要,不如说是缘于朝廷法令难以遏止的广大受众的阅读需求。因为,没有受众强烈的阅读需求,就不会形成"卖古书不如卖时文,印时文不如印小说"的书市行情。没有读者尤其是大量并不富裕的读者的强烈阅读需求,书坊主就不会想出租赁小说这条生财之道,也就不会冒着危险把小说租赁出来。所以说,是受众的阅读需求,刺激出版商与书坊主不遗余力地刊刻与租赁,正是在作为坚强后盾的大量受众的潜在支持下,出版商与书坊主才在与朝廷禁毁政策的较量中节节胜利,使得拥有国家机器的朝廷也无可奈何,大量的小说才被刊刻、租赁出来,最终到达读者手中。

杨家将系统小说的文本传播也是如此。出于反对满族统治的民族文化心理,出于对小说这种文体的爱好,清代的受众对杨家将系统小说的小说文本产生了浓厚的兴趣。尽管清统治者对民族情绪强烈的杨家将系统小说严厉禁止,但是受众的爱好是无法用高压政策完全扼杀的。受众对于小说文本的强烈阅读需求,使杨家将系统小说的刊刻与租赁甚至模仿与续补,都具备潜在的巨大商业利润,利润的诱惑又刺激书坊主的热情,他们想方设法躲过重重禁令,将杨家将系统小说及其续书仿作都刊刻或租赁出来，使杨家将系统小说文本在清初的夹缝中得以传播，并在清中后期达到高潮。这一切，归根结底都是受众的民族文化心理与审美趣味促成的。由此可见，受众确实会对杨家将系统小说的传播产生巨大影响。

二、特殊受众与小说的传播

在杨家将系统小说的传播中，特殊的受众有两种：一种是那些拥有政治决策权的当权者，一种是那些拥有话语权的文艺工作者。由于特殊的地位与影响力，他们的参与，对杨家将系统小说的传播产生了重要影响。

当权者的审美趣味、文化心理对小说传播的影响，是一般受众所不可能具有的。以下两例，可说明这一点。根据杨家将系统小说改编而成的宫廷大戏《昭代箫韶》影响深远，是杨家将系统小说与戏曲之间的一座桥梁，促进了杨家将戏曲传播的繁荣。《昭代箫韶》的产生是杨家将系统小说传播史上一件大事，它的编撰正是乾隆皇帝直接授意的结果，缘于乾隆皇帝对于昆曲，对于杨家将故事的爱好。《昭代箫韶》编成后，道光、咸丰年间在宫廷内以昆曲排演过三次，光绪年间在宫廷内以京剧排演过一次。这几次排演同样离不开最高统治者的爱好，是道光和咸丰嗜好昆曲，光绪和慈禧太后嗜好京剧的直接结果。没有最高统治者对于戏曲、对于杨家将故事的爱好，《昭代箫韶》的编撰、搬演，几乎是不可能的。试想，有哪一个戏班或者家族，能有这样的财力物力来组织人编撰这二百四十出的宫廷大戏，排演这需要费时一两年才能搬演完的连台大戏呢？因此可以说，没有清中后期最高统治者对戏曲的嗜好，就没有《昭代箫韶》的编撰搬演，没有《昭代箫韶》的编撰搬演，也就很难有杨家将戏曲、杨家将系统小说传播的繁荣。由此可见，清统治者的爱好，曾对杨家将系统小说的传播产生了多么重要的影响。

尽管《昭代箫韶》故事基本源于杨家将系统小说，但与小说相比，仍然有了一些改变，最明显的一点，就是民族矛盾的淡化和忠奸斗争的突出。这种变化与清统治者的心理密切相关。同杨家将系统小说中的辽国一样，清王朝也是传统意义上的外族政权，他们当然不太喜欢汉人对于异族的敌视与抵抗。作为统治者,他们更愿意看那些"诛佞、屏奸、褒忠、奖孝"的内容,"借此感发人心"①。统治者的这种心理,御用宫廷词臣最为了解,为了博得皇帝的欢心,他们自然会将《昭代箫韶》的民族矛盾淡化,而突出忠奸斗争。所以说,由小说到《昭代箫韶》这种传播信息的变化,也是统治者心理影响的结果。

由以上两个例子可以看出,统治者这一特殊受众的审美趣味、文化心理,会对杨家将系统小说的传播方式与传播信息产生重要影响。此外,拥有话语权的文艺工作者,也对杨家将系统小说的传播产生重要影响。试举两例为证。

《四郎探母》是根据杨家将系统小说改编而成,是杨家将戏曲传播的一个重要内容。有人诟病传统京剧是"探不完的母,起不完的解",前一句指的就是《四郎探母》,可见这出戏在传统京剧中的地位与演出的频繁。但是,在1950年前后,京剧《四郎探母》在大陆和台湾都曾被禁止演出,那几年间,《四郎探母》几乎在舞台上绝迹。1948年11月23日,《人民日报》发表社论《有计划有步骤地进行旧剧改革工作》,指出对"有害"的剧目要禁演,《四郎探母》是五个有害剧目之一。虽然这不是正式颁布的法规性文件,但是《人民日报》不是一般的媒体,它的社论拥有巨大的影响力,所以这篇社论实际是为新中国成立后的旧剧工作制定了基本方针,因此,《四郎探母》也就成了事实上的禁戏。《四郎探母》20世纪50年代在大陆和台湾被禁,实际是双方高层领导人文化心理影响的结果。摇摆于两个阵营之间的杨四郎的故事,在国共两党对峙的特殊时刻,自然不为双方领导人所喜欢,于是《四郎探母》便有了被禁的结局。这是拥有政治决策权的特殊受众影响杨家将系统小说传播的一个典型例证。20世纪50年代初,文化部试图纠正滥禁剧目现象,但因为对中央戏曲工作方针的理解不一,这一时期各地区演出情况并不相同,在上海、北京等大城市,《四郎探母》曾经上演,在大多数地区仍是禁演剧目。直到1956年,《四郎探母》才正式在大陆的戏曲舞台上恢复演出。《四郎探母》重新上演,文艺工作者起到了重要的作用。

---

① 曾白融:《京剧剧目辞典》,第528页,北京:中国戏剧出版社,1989。

　　针对新中国成立初传统文艺工作中存在的一些误区,文艺工作者多次召开学术研讨会,就传统文艺创作演出问题展开讨论。例如,1954 年 11 月 22 日,中国曲艺研究会召开《杨家将》说唱作品座谈会,邀请翦伯赞、常任侠、周贻白等专家学者,就杨家将这类说唱作品的思想性、艺术性、历史真实性、精华与糟粕等问题展开热烈讨论。这些众多研讨会,纠正了对于传统文艺的一些误解,促进对于杨家将这类传统文艺作品的正确认识。在文艺工作者的积极努力下,1956 年 4 月 28 日,毛泽东提出艺术上百花齐放的文艺方针,这就使传统文艺的发展有了一个自由的环境。不久,文化部在北京召开戏曲剧目工作会议,全国各省市代表一致认为,应该有组织地进行各剧种的传统剧目的发掘、整理和改编工作,并对《四郎探母》等六个剧目进行了热烈讨论。在这些文艺工作者的呼吁下,会议确立了扩大和恢复全国戏曲上演剧目的工作精神。随之而来,全国各地掀起挖掘传统剧目、整理传统剧目的高潮,《四郎探母》等传统剧目被重新搬上舞台。没有这些文艺工作者的文化话语,就没有百花齐放方针的提出,没有文艺工作者的呼吁,就没有 20 世纪 50 年代中叶之后传统剧目挖掘整理的高潮,当然也就没有《四郎探母》的再度繁荣。《四郎探母》再次成为常演剧目,也促进杨家将戏曲的繁荣,深化了杨家将系统小说的传播。

　　我们再来看艺人这一特殊受众。在杨家将系统小说的传播中,艺人首先是杨家将系统小说的受众,其后才成为传播者,而艺人一旦成为传播者,就具有一般受众所没有的优势——拥有话语权。

　　刘兰芳的广播评书《杨家将》,田连元的电视评书《杨家将》,影响老中青几代听众与观众,成为那个时代人们心中永远抹不去的记忆。他们的评书在使杨家将故事为全民传诵的同时,也将杨家将系统小说的传播推向了巅峰,成为杨家将曲艺以至整个杨家将故事在民间盛行的典型。杨家将评书的兴盛,虽然与当时的传播环境、广播电视媒介密不可分,但艺人的作用也不可忽视。刘兰芳声音洪亮,干练中透着豪迈,适合说演英雄人物与征战故事,又因为她早年习唱大鼓,受过良好训练,在听觉上更有一种铿锵起伏的声韵美感,因此,她的《杨家将》吸引了亿万听众。田连元的《杨家将》,则是以情节委婉曲折、表演幽默含蓄见长,赢得了大批电视观众。如果没有他们高超的评书艺术,就不会有亿万观众对于评书《杨家将》的青睐,也就不会有杨家将系统小说传播的鼎盛局面。可见,艺人这种特殊受众的个人才能,对于杨家将系统小说的传播有着非常重要的影响。

通过以上分析,可以看出,无论一般的受众,还是特殊的受众,他们的文化心理、审美趣味,都会对杨家将系统小说的传播产生重要影响。不同的是,一般受众只能通过他们的整体来实现他们的影响力,而具有政治决策权与文化话语权的当权者与文艺工作者,则可以凭个人的力量实现他们对杨家将系统小说传播的影响。

以上对杨家将系统小说的传播进行了梳理和分析,从中可以看出,在四百余年中,杨家将系统小说的传播经历一个从初兴、发展、繁荣、鼎盛到衰落的过程,其中产生了一些变化,而这个过程的形成与变化的产生,是传播环境与传播受众因素共同作用的结果。尽管今天杨家将系统小说的传播走向了衰落,但是毕竟有过那么辉煌的历史,毕竟曾经是老百姓最喜闻乐见的故事,因此,研究这个曾经轰轰烈烈的文化传播现象,探求深层原因,可以为文学创作、文学传播提供有益的借鉴。

第三节 《金瓶梅》的传播受众与传播效果

没有任何一部中国古代小说比《金瓶梅》更能显示受众的重要性。《金瓶梅词话》卷首东吴弄珠客序对受众存在的高低四个层次进行了分析:"读《金瓶梅》而生怜悯心者,菩萨也;生畏惧心者,君子也;生欢喜心者,小人也;生效法心者,乃禽兽耳。"[①]此后,诸位批评家如张竹坡、文龙等,无不重视不同受众的作用和价值。进入 20 世纪,人们对于《金瓶梅》的认识也是从接受角度入手的。曼殊《小说丛话》称:"余昔读之,尽数卷,犹觉无趣味,心窃惑之。后乃改其法,认为一种社会之书以读之,始知盛名之下,必无虚也。凡读淫书者,莫不全副精神,

---

① 〔明〕东吴弄珠客:《金瓶梅词话序》,见方铭《金瓶梅资料汇录》,第 167 页,合肥:黄山书社,1986。

贯注于写淫之处,此外则随手披阅,不大留意,此殆读者之普通性矣。至于《金瓶梅》,吾固不能谓为非淫书,然其奥妙,绝非在写淫之笔。盖此书是描写下等妇人社会之书也。"①可见,在古典文学逐步被现代化解读的同时,同一受众不同的接受态度直接影响着对作品本质意义的理解。因此,认真分析《金瓶梅》的受众对象,对于认识20世纪《金瓶梅》传播效果,有着积极的作用。

一、传播受众

接受美学认为,每个读者都可以根据自己的主观条件和兴趣爱好,选择、感受、体验、解释、理解某一文学作品。由于读者的主观条件不同,其鉴赏动机、鉴赏需求和鉴赏结果就不同。从这一理论出发,必须对20世纪《金瓶梅》的受众进行主体类属分析,进而把握受众的特点。

首先,《金瓶梅》在传播者层面的三层分布,直接导致受众随之分类,即个人受众、集体受众和社会受众。对于个人受众,鲁迅先生说过:"看人生是因作者而不同,看作品又因读者而不同。"②亦即每个读者都有自己的期待视野,各人都可以根据自己的期待视野对某一作品做出评价。20世纪的《金瓶梅》的个人受众便体现这样的自在性。在现代社会语境下,他们的自主自由的态度和对话参与意识,渗透进了对《金瓶梅》的接受行为方式,表现出强烈的个性感和独立感。作品一经阅读,就向所有的读者开放。它犹如一面镜子,人人可以在这里面照出自己的面影。比如对于作品中人物形象的认识和理解,就存在着个性化的接受,"一千个读者就有一千个哈姆雷特"。《金瓶梅》中的人物形形色色,众说纷纭,就是个性分明的个人受众施力的缘故。对于集体受众而言,则明显地体现归属性,受众虽然不是作为固定的群体而存在,但在接受行为进行时,受众总是自觉不自觉地将自己划归到某一特定的接受群体之中。划归的标准主要依据受众的集体归属特

① 曼殊:《小说丛话》(节录),见朱一玄《金瓶梅资料汇编》,第388页,天津:南开大学出版社,1985。
② 鲁迅:《俄文译本〈阿Q正传〉序及著者自序传略》,见《鲁迅全集》第7卷,第82页,北京:人民文学出版社,1981。

征而迥异不一。试举"金学"研究受众为例。根据不同学术活动规模，便有地区性学会、全国性学会和国际性学会的划分，各自学会都具有鲜明的集体性特征；根据研究方向的不同，则有民俗研究、美食研究、语言研究、美学研究、文献研究等不同的分支，在这些分支上集合着兴趣趋同的研究群体。作为社会受众，则具有鲜明的政治性。《金瓶梅》由于传统的审美观念和正统文化习俗的限定，历代统治者对其禁毁。禁毁是一种政府行为，同时也是一种传播行为，带给社会范畴意义上的受众的便是明确的官方态度和观点，因此社会受众在接受时不可避免地被涂抹上强硬的政治色彩，从而营造相对封闭狭窄的传播环境。

传播内容上的输出也产生了受众的分层，有普通接受者，有特殊接受者。普通接受者往往受到其自身大众化文化背景和教育水平影响，只能接受《金瓶梅》的表面文本信息而不能深入开掘，而且其中一部分人还出于猎奇心理，将注意力集中于传播内容中的性描写环节，流露出感性媚俗的价值取向。特殊接受者大都是研究者身份，无论知识文化水平和道德伦理修养，都明显高于普通接受者，因此可以全面地接受传播内容，进而探讨其中的艺术模式、文化内涵和时代主题等深层次问题，具有浓厚的理性思辨气息。

根据上文对于传播媒介的论述，不难发现不同的传播媒介产生不同的受众。这个分类操作比较直观，比如对应印刷出版媒介的受众是读者，对应舞台戏曲、影视媒介的是观众，对应网络传播媒介的是网民。对于《金瓶梅》而言，这三类受众各自具备自身特点，读者和网民更多的是主动接受，观众则是被动接受；读者和观众接受的信息可信度高、价值量大，网民虽然接受的信息量大，却具有复杂化和多元化的特点，需要适当的选择；读者接受的是文字信息，观众接受的是影音图像，网民接受的则是整合前两者的多媒体信息和超文本信息。

通过 20 世纪《金瓶梅》传播受众的不同分类，我们可以发现受众外现出来的各自不同的特点，但若深入探讨内质性因素，必须进入受众心理需求层面的分析。传播学考察受众心理，主要从共性心理、个性心理、顺向心理、逆向心理四个方面研究，在 20 世纪《金瓶梅》传播过程中，这四个方面都有比重不同的体现，但起到最大驱力作用的就是逆向心理。多少年来，"淫书""奇书"的冠名使《金瓶梅》被当作怪书和禁书的宣传深入人心,就是这个原因,在受众群体和个体中出现一种"逆向心理",越是官方禁止的,就越是具有特殊的诱惑性和吸引力。一方面,这种心理造就了传播需求市场,形成《金瓶梅》传播的一大驱动力,产生了积极的促进作用,另一方面,也具有相当消极的阻碍作用。受众在感情方面的逆向思维和反向理解的心理意识,使《金瓶梅》的传播信息受到扭曲和变形,并产生消极的作用。例如网络传播中,《金瓶梅》的性描写情节被异化为色情信息,并且经过反复的衍生和大量的复制,导致不良内容的传播泛滥,造成大范围的信息污染。表面上看,《金瓶梅》在进行更大范围的传播,实际上却是有效信息严重丢失,最终结果是传播途径受阻和传播范围缩小。

综上所述,受众是信息传播的目的地,受众的需要是传播发展的原动力,是传播过程得以存在的前提和条件。受众同时是传播效果的显示器,只有符合受众需要的传播活动,才能最终实现传播者的意图,才能取得良好的传播效果。

二、传播效果

20 世纪《金瓶梅》的传播效果呈现层级性特点,这种传播效果的层级性主要体现在知晓度、理解度和赞同度上。在第一层级,20 世纪日新月异的大众传播带来的显著效果便是传播客体无限扩大的知晓度,"大众媒介在编织社会联系中是一种不断更新的载体,从社会性走向个人化,传播辐射的无限扩大是分享传播权力的竞争结果"[①]。《金瓶梅》的阅读行为虽然屡遭封禁被严格限制,但大众出于这种分享传播权力的知晓行为却势不可当。1992 年,何香久通过制作《金瓶梅读者函访表》进行传播效果调查。在接受调查的 2000 多人中,对《金瓶梅》的知晓度如下:仅仅听说过这么一部书的 426 人,从传媒介绍中知道该书或知道故事梗概的 1264 人,从未知道该书的 392 人。[②] 对该书有初步知识的读者,占被调查对象的大部分。完全不知道该书的读者很少。由此可见,受众对于《金瓶梅》的感知程度相当高,在这一层面具有良好的传播效果。

---

① 陈卫星:《传播的观念》,第 445 页,北京:人民出版社,2004。
② 何香久:《金瓶梅传播史话》,第 264 页,北京:中国文联出版公司,1998。

第二层级是对《金瓶梅》传播的理解度，主要包括对传播信息内容思路的清楚状况，对传播内容的主旨、本意、特色的把握程度，对传播内容及其所含系列概念与相似内容所含相似概念系列的区别度或混淆度，等等。这个层面上传播效果的考察，主要针对受众对于《金瓶梅》传播信息的接受比重。以何香久的调查表为例，在 621 名读者中，共有 614 名读者读到各种删节本，占读者总数的 99％，只有 7 名读者读到全本，占读者总数的 1％左右。所以，只有比重很少的一部分《金瓶梅》受众能够了解全面的传播内容，大部分受众所接受的信息是不完整的。在这一层面，传播效果由于理解度高低而出现了一道"分水岭"。在"分水岭"两侧，受众的接受却因为传播内容的不同而具有一定的差异性和混乱性。

第三层级以赞同度为传播效果，主要体现在：受众对传播内容的认同度，传播内容对受众需要的满足度，受众对传播观点的依据的真实性、权威性的信任度，受众对传播内容合理性的肯定或否定程度，受众对传播内容的喜爱或厌恶程度，等等。《金瓶梅》在寻求赞同度的传播效果时总是遭遇否定的回答，由于官方和社会舆论的否定性传播思维，导致《金瓶梅》在传播上坎坷受阻，即使到达受众环节，也因为这种否定性思维方式导致受众不能正确地认识传播内容，所以传播效果十分有限。1993 年春天，广州《现代人报》发表曹思彬老人《唉！我没有读过〈金瓶梅〉》一文。他希望《金瓶梅》与《红楼梦》同样摆在书店里出售，而不是禁书。此文被许多报刊文摘转载，中国人民大学报刊复印资料选印，《新华文摘》转载，在国内外反响热烈。从此，人民文学出版社重印的《金瓶梅词话》就由"内部发行"转为公开进入市场，各地新华书店相继上架出售。香港和台湾出版商相继推出真正全本的《金瓶梅词话》插图木刻影印本和插图排印本。可以说，这篇文章标志着《金瓶梅》传播效果在赞同度层面走向自由和开放。

20 世纪《金瓶梅》的传播效果，从层级上考察，出现了分层断裂与秩序混乱的特性，受阻与扩大并存的矛盾性。从深层原因看，既是传播者和受众的复杂心理导致的结果，又是传播内容和传播媒介的多重层次带来的复合影响。

在面向 21 世纪的古典文学传播道路上，随着时代和社会的前进而出现了新的传播环境：现代思潮与后现代思潮杂糅并处，西方文化与东方文化相互斗争又相互融合，精英文化与大众文化你来我往，高雅艺术和通俗艺术此消彼长。在这样复杂的状态下，如何借鉴20世纪的传播经验，总结传播规律，实现古典文学良性传播效果，成为亟待解决的重要课题。新的时代环境提出新的发展命题，古典文学不可避免地要与现代接轨，要向世界开放，要被打上商业化烙印，要被贴上人文性标签。而《金瓶梅》无论是其成功有效的传播，还是失败受阻的传播，它所彰显的独立鲜明的传播特性，必然成为古典文学能否达到成功传播效果的"晴雨表"和"试金石"。在传播学意义上，《金瓶梅》依然具有独具一格的文学魅力，凸显与时俱进的社会价值，永远根植历史的坐标原点，成为古典文学中的里程碑。

第四节 《儒林外史》对文学创作之影响

在中国小说史上，《儒林外史》是具有开山意义的杰作。它的创新意义，主要表现在以下几个方面。

第一，自觉的批判现实主义精神。与《三国演义》《水浒传》《西游记》等长篇小说的累积成书不同，《儒林外史》是作者的独立创作，是作者对社会生活观察、体验、思考，进行审美再创造的产物，它深深烙上作者独特的个性。作者的主体精神突出地表现为对现实的自觉批判。这有两方面原因：从时代背景来看，作者所处时代，封建社会的矛盾日趋尖锐，其腐朽性日趋暴露，顾、黄、王等思想家继承和发展了晚明思想解放的积极成果，从儒学内部形成一股社会批判的思潮。儒家知识分子的忧患意识发展成为浓重的危机意识，对社会命运做深沉的历史反思。正是这样的时代思潮孕育了艺术的思辨能力。对于丑恶的现实，作者没有停留在展示和暴露上，而是自觉地进行本质的批判，使小说具有批判现实主义的特征。他从儒林入手，对封建文化中的腐朽因素揭露得淋漓尽致。通过对否定性人物特征的描写，表达对所处时代的失望和否定。

第二，专写儒林，开辟了一条前人未曾走过的路。儒林小说，指表现知识分子生活和精神状态的小说。重在反映文人坎坷蹭蹬的经历，以及背后的思想和灵魂，进而摹写世相及其生存于其中的制度。以小说形式反映文人经历和儒林风尚，在明末清初已露端倪。如《醒世姻缘传》中，便有不少情节反映儒林状况；《聊斋志异》中，也有许多篇目专写儒生，对科举制度有所抨击。话本小说如华阳散人的《鸳鸯针》，也反映儒林生活，或摹写文士潦倒，或斥责其卑鄙行径，或暴露科场黑暗，或指斥八股积弊。至清中叶，产生了《儒林外史》这部全面反映百年文人厄运的巨著。

第三，长篇结构的新形式，叙事艺术的新特点。传统小说的结构形式是以少数主要人物和基本情节为轴心而构成一个首尾相连的故事，通常采用说书人讲述模式。《儒林外史》没有贯穿全书的主角，自成单元的故事主角在完成自己的故事之后，把"接力棒"传给下一个故事主角，如周进传给范进，范进传给张静斋，张静斋传给严贡生、严监生……这样一路下去，正如鲁迅所说："……全书无主干，仅驱使各种人物，行列而来，事与其来俱起，亦与其去俱讫，虽云长篇，颇同短制；但如集诸碎锦，合为帖子，虽非巨幅，而时珍异，因亦娱心，使人刮目矣。"①各个自成单元的故事颇类短篇小说，它们却齐心协力地承载着主题。

《儒林外史》把几代知识分子放在长达百年的历史背景中去描写，以心理流动串联生活经验，写出生活本身的自然状态，采取第三人称隐身人的客观观察的叙事方式，不对人物做评论，使人物形象自己呈现在读者面前。淡化故事情节，没有惊心动魄的传奇性，也没有悲欢离合的动人故事，摆脱了尖锐紧张矛盾冲突的戏剧性，通过正反人物的反照，各自以自身思想性格的内在含义来组成情节，深入文士性格灵魂的层次。

第四，人物描写更切近人的真实面貌。《儒林外史》以真实细致的描写，通过平凡的生活写出平凡人的真实性格。人物性格摆脱类型化和模式化，有着各自的丰富性和复杂性以及在社会生活中的变化性。

第五，运用讽刺的手法抨击现实。这是《儒林外史》最为突出的特

---

① 鲁迅：《中国小说史略》，第176页，北京：东方出版社，1996。

点。广义的讽刺方法分为两种：一是寄寓性讽刺，主要从神魔小说中孕育出来；另一种是现实性讽刺，主要从世情小说中孕育出来。《儒林外史》是现实性讽刺小说成熟的标志。

第六，通过精确的白描，写出常见的人与人之间的矛盾、不和谐，显示其蕴含的意义，从而进行婉曲而又锋利的讽刺。《儒林外史》显示出滑稽的现实背后所隐藏的悲剧性内蕴，展示出悲喜交织的美学风格。以上成就对后世文学创作产生了深远影响。

一、对近代文学创作的影响

20 世纪初，由于社会需要与《儒林外史》自身特点和价值相契合，极大地刺激了《儒林外史》的传播。这一时期是资产阶级改良运动发生、发展之时，改良派把小说看作改造社会人生的有力武器，大力提倡"写社会恶态而警笑训诫之的社会小说"。在时代精神感召下，以关心现实、批判社会、讥讽时弊为主要特征的《儒林外史》，自然成为小说家们理想的蓝本，效法之作如雨后春笋，大量涌现。在创作上，自觉学习和继承《儒林外史》的批判态度和讽刺手法，最典型的是几部谴责小说。《清朝野史大观》卷十一《清代述异》中说："近日社会小说盛行，如《孽海花》《二十年目睹之怪现状》《官场现形记》《品花宝鉴》为乾嘉时京师之《儒林外史》，其历史的价值甚可宝贵。其最著者也。然追溯源委，不得不以《儒林外史》一书为吾国社会小说之嚆矢也。"①包天笑在《钏影楼笔记》中回忆说："当时写社会小说的人，最崇奉《儒林外史》一书，因此人人都模仿《儒林外史》。"②

初载于 1903～1905 年《世界繁华报》的《官场现形记》，60 回，结构类同《儒林外史》，连缀众多短制以成长篇，作品自始至终有着统一的语义，即揭露、批判、嘲讽、谴责腐败的官场，认为官场即商场，官吏皆畜生，为官即害国。作者李宝嘉在创作的态度、手法及结构组织上皆模仿《儒林外史》。

与《官场现形记》相同，1903 年始载于《新小说》杂志的《二十年目睹之怪现状》，也尽力模仿《儒林外史》。全书 108 回，是吴沃尧最重要

① 上海书店编：《清朝野史大观·清代述异》第五册，第 44 页，上海：上海书店，1981。
② 包天笑：《钏影楼笔记》，载《小说月报》第十九期，1942 年 4 月。

的代表作。作者以正统的道德家的眼光审视社会现实,看到的是国事腐败、道德沦丧、贤人受厄、小人得志,强烈的批判精神伴随着激愤的情感,使其讽刺带有过度的夸张。鲁迅在《中国小说史略·清末之谴责小说》中批评道:"惜描写失之张皇,时或伤于溢恶、言违真实,则感人之力顿微。"①

《老残游记》初刊于 1903 年《绣像小说》半月刊,初集 20 回,以其对社会病相的尖锐揭露而影响甚广。作者刘鹗还在其中表达"补残"的愿望和救世主张,能看到《儒林外史》的影子。《老残游记》主要在于揭露,讽刺手法运用则不甚明显。

《孽海花》(部分)初版于 1905 年。它描写的大都是知识分子,其中许多人又都是所谓名士。作者曾朴对他们的狂傲、矫情、虚伪等性格特点和无能、昏庸乃至卑劣的精神病相做了逼真的描绘。这些人物以现实中人为模特儿,作者对他们相当熟悉,通过略带夸张的描绘,使其虚伪毕现,活脱脱一部新《儒林外史》。至于结构,作者在《〈孽海花〉修改后要说的几句话》里谈道:(同《儒林外史》一样)"同是联缀多数短篇成长篇的方式,然组织法彼此截然不同。譬如穿珠,《儒林外史》是直穿的……我是伞形花序……"②实际上,指出二者继承与发展的关系。

除四大谴责小说外,《海上花列传》作者韩邦庆在例言中承认"全书笔法自谓从《儒林外史》脱化出来"③。

四大谴责小说受《儒林外史》的影响是直接的,或批判精神,或现实主义,或讽刺手法,或知识分子题材,或结构方式……它们的共同特点是首先在报刊上连载发表,往往是写一段发一段,持续很长时间,有时写到后面,已经忘了前面,缺乏整体构思,注重在"量"上尽可能地反映世态人情,却使小说缺乏整体感和纵深感。再多的刻画,再穷形尽相的描摹,都在一个层面反复,同类情节不断积累,对作品整体精神品质上的提升并没有什么帮助。故其讽刺流于浅薄,暴露常止于现象。

---

① 鲁迅:《中国小说史略》,第 236 页,北京:东方出版社,1996。
② 曾朴:《〈孽海花〉修改后要说的几句话》,见魏绍昌《孽海花资料》,第 130 页,上海:上海古籍出版社,1982。
③ 韩邦庆:《海上花列传·例言》,北京:人民文学出版社,1982。

《儒林外史》没有肤浅地把问题归诸个人品质,而是力图揭示造成这些恶习和病态的政治背景和文化背景,站在人性的立场上,揭露封建科举制度对士人灵魂的毒害,以警醒世人。在剖析社会溃疡面的同时,努力从污浊的现实中发掘美好的东西,思考如何重建新的儒林,重建儒士的精神家园。所以,他还塑造了一批正面形象,以之作为匡世矫俗的楷模。

二、对现代文学创作的影响

《儒林外史》在中国文学史上产生了极为深远的影响。它奠定了我国古典讽刺小说的基础,为讽刺小说的创作开辟了广阔的道路,堪称后世讽刺小说之圭臬。《儒林外史》所展露的近代现实主义的曙光,超越了所处的时代,一直照耀着文学前进的路途。《儒林外史》以对社会现实的自觉清醒的批判讽刺精神,浇灌着一代又一代的进步作家,流风余韵,远泽后世。

前面论述过鲁迅对《儒林外史》价值的充分发现和他对《儒林外史》在小说史上的定位,以及这种发现和定位对《儒林外史》传播的巨大作用。这种对思想和艺术成就的体认,深深地影响了鲁迅的创作。在创作思想上,正如他对《儒林外史》的评价一样,他的作品也体现出几方面的特征:秉持公心,指摘时弊;机锋所向,尤在士林;戚而能谐,婉而多讽。

鲁迅《呐喊》《彷徨》中的大部分作品深含讽刺意蕴,和《儒林外史》一样,以辛辣的讽刺,解剖社会的病体,表现出深广的忧愤。"机锋所向,尤在士林。"鲁迅描写知识分子的作品很多,如《孔乙己》《白光》《肥皂》《高老夫子》《在酒楼上》《长明灯》《孤独者》《兄弟》《幸福的家庭》等。1914 年,鲁迅与朋友闲谈,连声称赞吴敬梓的《儒林外史》,说:"我总想把绍兴社会黑暗的一角写出来,可惜不能像吴氏那样写五河县风俗一般的深刻。……不能写整的,我就捡一点来写。"①

这些作品,在某种意义上可视作《儒林外史》的续篇,其中的主角,几乎可视作《儒林外史》人物的后代。鲁迅对《儒林外史》的人物描写

① 张宗祥:《我所知道的鲁迅》,《鲁迅生平史料汇编》(三),第 89 页,天津:天津人民出版社,1983。

评价很高,说吴敬梓"既多据自所闻见,而笔又足以达之,故能烛幽索隐,物无遁形,凡官师,儒者,名士,山人,间亦有市井细民,皆现身纸上,声态并作"①。鲁迅小说中的人物何尝不是如此。

鲁迅以启蒙者的姿态,对当时的社会现实予以全方位的观照,对构成现实社会关系的各类人物的灵魂进行生动准确的刻画。如《阿Q正传》中的赵太爷和假洋鬼子,《长明灯》中的郭老娃,《离婚》中的七大人,在他们身上集中体现着封建道德的本质特征:冷酷自私,虚伪愚妄。鲁迅将这些特征与外表的尊贵相对照,进行了无情的讽刺和揭露。《肥皂》中的四铭,《高老夫子》中的高老夫子,《弟兄》中的张沛君,他们在表面上似乎完全出于公众利益而不为一己之利,在灵魂深处,在潜意识中却恰恰相反。鲁迅还通过人物独白和心理描写以及白描的手法,刻画出一系列悲剧形象,如《头发的故事》中的N先生,《在酒楼上》中的吕纬甫,《伤逝》中的涓生和子君,《孤独者》中的魏连殳。他们认识到了封建文化的愚妄,倾力于反抗旧思想的束缚,但是,在行动上受到传统势力的强大扼制,理想最终被环境吞噬。又如《孔乙己》中的孔乙己,《白光》中的陈士成,《阿Q正传》中的阿Q,《祝福》中的祥林嫂,他们是在不觉悟中从精神到肉体被伦理道德和封建文化思想全面"吃掉"的悲剧人物。通过对这些人物的塑造,表现中国现实社会的思想状况,从不同角度说明对国民全面思想启蒙的必要性。

在后期创作的《故事新编》中,鲁迅将现实生活某些细节加入历史题材中,达到讽世的目的。用古今对照的新颖手法,使讽刺的功能发挥得更为深刻。作者的主观情绪借助于讽刺对象,表达得更有穿透力。使用讽刺而不是直接批判的表现手法,使人能够去体味作品所蕴含的深意,从而使现实警策意义大为加强。"戚而能谐"的艺术特点,是指在悲剧内容中,融合着喜剧性因素,以喜剧方式处理悲剧内容,在轻松愉悦的情感中蕴含着严肃的社会真理,在讽刺、幽默的笑声中,浸润着泪痕悲色,这种悲、喜剧因素相互渗透,营造出"戚而能谐"的艺术效果。"婉而多讽"的艺术特点,是指讽刺必须含而不露,又具有多样化。一是在刻画讽刺对象时,不是夸大其词,而是含蓄委婉;二是像生

---

① 鲁迅:《中国小说史略》,第176页,北京:东方出版社,1996。

活本身那样丰富复杂,对讽刺对象的可笑、丑恶处多方面地揭示。同时,讽刺风格力求多样化,或冷峻,或辛辣,或幽默,或滑稽,形成亦庄亦谐的艺术风格。这是鲁迅对《儒林外史》创作特点的概括,也是他自己小说创作的艺术特征。

鲁迅在《孔乙己》中,塑造了一个穷困潦倒的旧知识分子形象。孔乙己是个虽饱读诗书而未能登第的老童生。他一无所能,只能靠替人抄书换碗饭吃。这个可笑又可怜的孔乙己,不免使人想起吴敬梓笔下的周进、范进,因未取得功名而被嘲弄、取笑、奚落、羞辱;而孔乙己周围那些掌柜的、店小伙、顾客们对他的戏弄,又使人想起王惠、梅玖、胡屠户们,人与人之间没有了解和同情,只有麻木和冷漠。一些生动的细节构成滑稽可笑的喜剧氛围。如孔乙己不肯脱下长衫,"窃书不能算偷",茴香豆"多乎哉,不多也"等,揭示孔乙己可笑而又可怜的性格特征,展现生活中的悲喜剧,在笑声中见出孔乙己的悲惨命运,具有戚而能谐的特点。

又如《阿 Q 正传》,鲁迅多次讲过他的创作意图:通过阿 Q 艺术形象的塑造,"能够写出一个现代的我们国人的魂灵来",要"暴露国民的弱点",从而引起疗救的注意来改造国民性。这也是鲁迅对《儒林外史》的思想内涵进行研究得到的启发。阿 Q 性格弱点的核心就是精神胜利法。鲁迅学习了《儒林外史》的讽刺手法,通过对阿 Q 的种种具体行状的描绘,揭示国民的劣根性。阿 Q 含冤负屈的现实中的悲剧命运,与他虚构的胜利,构成了强烈的讽刺效果;他的具有喜剧色彩的滑稽可笑的言行与悲剧性的命运融合在一起,形成"戚而能谐,婉而多讽"的艺术风格,这正是鲁迅对《儒林外史》艺术风格的精练概括。《儒林外史》中有一个情节:严贡生正在范进和张静斋面前吹嘘:"小弟只是一个为人率真,在乡里之间从不晓得占人寸丝半粟的便宜。"言犹未了,一个小厮进来说:"早上关的那口猪,那人来讨了,在家里吵哩。"①通过言行的不一,揭示严贡生欺诈无赖的行径。

鲁迅在《中国小说史略》中评价《儒林外史》时,还特意拈出一个细节:范进中举后,因母丧遵制丁忧,在汤知县请吃饭时,不肯用银镶杯

---

① 〔清〕吴敬梓:《儒林外史》,第 57 页,北京:人民文学出版社,1978。

箸和象牙筷子,可谓"翼翼尽礼"。遵制,也不应食荤腥,他却"在燕窝碗里拣了一个大虾元子送进嘴里"①。对此,作者没加任何褒贬,却充分暴露出范进的虚伪。鲁迅评价道:"无一贬词,而情伪毕露。"就是说,作者在讽刺时,并不是用脸谱化的方法去丑化,也不把自己的憎恶感毫无保留地宣泄出来,而是在平淡无奇的生活细节的客观描写中,通过讽刺对象的外部表现形态提炼出最能表现其本质的特征,揭示其内在本质同外部表现的矛盾对立,达到讽刺的目的。

鲁迅秉承《儒林外史》嘲讽世情、讥刺时弊的传统,并且随着时代的前进,超越了吴敬梓。他以深刻的现代意识,不仅揭露社会,而且洞见历史,深入人性,从而完成传统讽刺向现代讽刺的伟大转变。传统的讽刺,往往只在社会伦理和道德评判的层面体现作家的忧患意识和批判意识,鲁迅的创作则在此基础上继续向前。他以思想家的博大精深,向人生和人性的纵深处开掘,对国民性的最隐秘处,对人的劣根性做了深入的探察,在喜剧色调中发掘悲苦的命运,洞见人生的悲凉,体现现代忧患意识和现代批判精神。

小说《肥皂》②中的主人公四铭,为了挽救封建道德的沦丧,与一帮卫道士结成"移风文社",对抗新文化运动。这个以"仁义道德""忠孝大节"自我标榜的封建卫道者,在街上看到十八九岁的女乞丐,不仅没有施舍一分钱,反而引用围看光棍的话:"……你不要看这货色脏。你只要去买两块肥皂来,咯支咯支遍身洗一洗,好得很哩!"在那种与庄严的封建道德理性相反的潜意识支配下,去买了一块葵绿色肥皂,回家谈到此事,眉飞色舞,却被太太戳穿老底:"你们男人不是骂十八九岁的女学生,就是称赞十八九岁的女讨饭:都不是什么好心思。"辛辣地剥去四铭的伪装。然后,移风文社其他成员来后,四铭又不厌其烦把这个乞丐孝女的故事说了一遍,并将该社征文诗题定为"孝女行"。鲁迅在不动声色的客观描写中剥掉封建卫道者道貌岸然的外衣,揭示其无耻卑鄙的心态,显示冠冕堂皇说教的虚伪性,真可谓"无一贬词,而情伪毕露"。

---

① 〔清〕吴敬梓:《儒林外史》,第58页,北京:人民文学出版社,1978。
② 鲁迅:《彷徨·肥皂》,见《鲁迅全集》卷二,第189页,北京:人民文学出版社,1973。

在《高老夫子》①中，鲁迅通过传神的细节描写，开掘人物的内心世界，揭露伪装，刻画妄伪，抨击丑恶。主人公高老夫子，不学无术，胸无点墨，本是一个"打牌、看戏、喝酒、跟女人"的流氓，却又假装正经，"整理国史"；他附庸风雅，仰慕高尔基，改名高尔础；到女校教书，是为看女学生，却又"板着脸"端起威严的架势；上课前不备课，却花半天时间照镜子，想法掩盖眉上的疤痕；课堂上想看女生又不敢看而生幻觉；以名流学者之身份来讲，却连自己也不知道说了些什么……作者毫无夸饰，只是如实客观地描写，通过"不以为奇"的人、事、物之间的矛盾、不和谐，显示其蕴含的真实意义：明明心怀鬼胎却假装正经，明明庸俗浅薄却冒充博学，用美的假意来掩盖丑的本质，收到强烈的讽刺效果。

《白光》②中的陈士成，也是一个被封建教育制度和封建科举制度腐蚀了灵魂的典型。《在酒楼上》③的吕纬甫，年轻时十分激进，敢于冲进"城隍庙里去拔掉神像的胡子"，还为了"议论些改革中国的方法以致打起来"，现在的他却与先前判若两人，"敷敷衍衍，模模糊糊"，整天做些连他自己都觉得无聊的事。《孤独者》④中的魏连殳，曾是使人害怕的"新党"，常常公开发表"无所顾忌的议论"，但是他也终于败下阵来，在孤独凄凉中默默死去。鲁迅不满意他们的虚无和颓唐，对他们却充满同情，与吴敬梓对《儒林外史》中刻画的那些"既丑且痛"的人物持有同样的态度。

茅盾谈道："本国的旧小说中，我喜欢《水浒》和《儒林外史》，这也是最近的事。……《红楼梦》，在我们过去的小说发展史上自然地位颇高。然而对于现在我们的用处会比《儒林外史》小得多了。如果有什么准备写小说的年轻人要从我们旧小说堆里找点可以帮助他'艺术修养'的资料，那我就推荐《儒林外史》……"⑤茅盾独具慧眼，特别看到了《儒林外史》对小说创作的作用。

据 2001 年 12 月 14 日《人民政协报·春秋周刊》钱文辉的文章：

---

① 鲁迅：《彷徨·高老夫子》，见《鲁迅全集》卷二，第 231 页，北京：人民文学出版社，1973。
② 鲁迅：《呐喊·白光》，见《鲁迅全集》卷一，第 429 页，北京：人民文学出版社，1973。
③ 鲁迅：《呐喊·在酒楼上》，见《鲁迅全集》卷一，第 163 页，北京：人民文学出版社，1973。
④ 鲁迅：《彷徨·孤独者》，见《鲁迅全集》卷二，第 245 页，北京：人民文学出版社，1973。
⑤ 茅盾：《谈我的研究》，见贾亭、纪恩选编《茅盾散文》(三)，第 34 页，北京：中国广播电视出版社，1995。

吴（组缃）先生曾说，根据茅盾在 1932 年 12 月《子夜·后记》所言，《子夜》原定计划要比现在写成的大得多，有农村的经济情况，有小市镇居民的意识形态，有"新《儒林外史》"式的知识分子的精神状态。《子夜》与《儒林外史》的一个共性就是以理取胜，在形象描绘之中可以见出理性规划和理性操作的痕迹。另一个共性就是善于通过人物心理刻画表现丰富深刻的历史内容。如，小说把冯云卿为了在公债市场取胜，决心学着"钻狗洞"，不惜拿女儿的青春去换取赵伯韬的情报时那种既禁不住金钱诱惑，又要承受着良心谴责的复杂矛盾的心理写得力透纸背。这不免使我们想到《儒林外史》中王玉辉为了女儿能成为烈女，青史留名，竟不顾惜女儿的生命鼓励她去殉节，而当入祠祭奠摆宴席时，却伤心了，"辞了不肯来"。

　　钱钟书《围城》问世以后，美国著名汉学家夏志清在《中国现代小说史》中率先做出极高的评价，认为这部描写知识分子的长篇"作为讽刺文学，它令人想起像《儒林外史》那一类的著名中国古典小说"①。田仲济等的《中国现代小说史》说《围城》"在塑造人物和反映现实的方法上，与《儒林外史》很相似……是现代的《儒林外史》"②。的确，《儒林外史》与《围城》的传承关系是明显的。在《围城》问世同年，钱钟书发表了研究《儒林外史》的专文《小说识小》，称《儒林外史》为"吾国旧小说巨构"，并以他的博学，为《儒林外史》的情节素材考索了六七条来源。③

　　陆文虎曾在《钱钟书研究采辑》④中考察二者的承继关系：第一，以灰色知识分子为题材；第二，现实主义描写的鲜明性、具体性；第三，淡化情节的结构特点；第四，高超的讽刺手法。田建民在《从讽刺艺术看〈围城〉对〈儒林外史〉传播和发展》⑤中对二者的共性做了归纳：第一，二人都对各自生活的那个黑暗时代有大致相同的感受：病态的知识界和个性扭曲的知识分子；第二，都做到"公心讽世"，"戚而能潜，婉而多讽"，讽刺意味都不是靠作者说出或插科打诨，而是通过情节发展自然

---

① 夏志清：《中国现代小说史》，第 447 页，北京：传记文学出版社，1985。
② 田仲济等：《中国现代小说史》，第 110～113 页，济南：山东文艺出版社，1984。
③ 钱钟书：《小说识小》，见《钱钟书散文》，第 524 页，杭州：浙江文艺出版社，1997。
④ 陆文虎：《钱钟书研究采辑》，北京：三联书店，1992。
⑤ 田建民：《从讽刺艺术看〈围城〉对〈儒林外史〉传播和发展》，载《河北大学学报》1988 年第 2 期。

流露;第三,都有浓郁的喜剧气氛和悲剧意识,使人在轻松之后产生沉重的思考。

张天翼对《儒林外史》的解读颇为深刻,受《儒林外史》的影响特别大。他于1942年写了一篇长达三万字的《读〈儒林外史〉》[1],对作品中的人物性格、结构手法等进行了系统剖析,感受特别真切。"这部书里的那些人物,老是使我怀念着、记挂着。他们于我太亲切了。只要一记起他们,就不免联想到我自己所处的这个世界,联想到我自己的一些熟人。……似乎觉得他们是我同时代的人。后来越想越糊涂,简直搅不清他们是书中的人物,还是我自己的亲戚朋友了。"在创作中,他自觉不自觉地接受《儒林外史》多方面的影响。如小说《砥柱》[2]中的黄宜庵,据说是"这个乱世里的中流砥柱",一位"理学家",小说描写在轮船上他对女儿的礼教管束和在所见所闻刺激下淫荡心理的流露,通过对比使之"情伪毕现"。《出走以后》[3]中的姑太太是位新派人物,她在离婚闹剧中的喜剧性表演,却渗透着某种历史的悲剧意味,这种悲喜互参的风格正是《儒林外史》多处显示出来的。《包氏父子》[4]中对主人公的描写,使人既想冷嘲其麻木的奴隶性和攀高结贵的愚顽性,又对其生活的艰辛与性格的善良表示深深的同情,与《儒林外史》一样,常给人以笑中有泪、泪中有笑的复杂感受。他的代表作《华威先生》[5]更是秉承《儒林外史》的讽刺艺术,被公认是一篇讽刺佳作,一如吴敬梓的冷峻、辛辣,刻绘出人物的灰色人格。

叶绍钧曾任教员十年之久,对教育界情形有切身体察。五四运动时期,他受新思潮影响,积极探索社会人生问题,开始新文学创作,写得最多的,是有关知识分子的灰色生活。他的教育问题小说,暴露了当时教育界的各种黑暗腐败现象,揭示知识分子的精神病态,具有极强的批判现实主义色彩。如先后创作的《饭》《搭班子》《潘先生在难中》《校长》《抗争》《夜》[6]等反映知识分子的思想、心理、欲求以及痛苦

① 张天翼:《读〈儒林外史〉》,载《文艺杂志》(桂林)1942年第2期。
② 张天翼:《张天翼文集》,上海:上海文艺出版社,1985。
③ 张天翼:《张天翼文集》,上海:上海文艺出版社,1985。
④ 张天翼:《张天翼文集》,上海:上海文艺出版社,1985。
⑤ 张天翼:《张天翼文集》,上海:上海文艺出版社,1985。
⑥ 叶圣陶:《叶圣陶集》,南京:江苏教育出版社,1987。

和悲愤的小说。他采用客观性的写实笔致，努力克制主观感性的融入，着力再现生活本身的画面，形成冷峻、自然的现实主义艺术格调。在人物描写方面，善于在不动声色的叙述中写形传神，温和方正的话语绵里藏针，时露讥刺的锋芒。他的作品有多篇选入语文课本，很大程度上是由于其文学语言的规范化。以上所有这些特点，包括内容、形式的，都使我们一次又一次地想起《儒林外史》，能体会到他确实颇得《儒林外史》的精华。

叶绍钧唯一的长篇小说《倪焕之》①，描写主人公倪焕之 35 岁的短暂一生，展示一代知识分子在灰暗的社会背景下的历史命运，以冷峻的现实主义表现力反映落后守旧的社会环境、黯淡沉闷的历史氛围对知识分子理想的无情销蚀，在广阔的时空跨度中，勾勒出一幅幅生动可感的社会历史画卷。这与《儒林外史》所描绘的那一幅幅表现读书人在强大的社会势力下逐渐迷失自我或理想破灭的情景何其相似，二者都缭绕着浓厚的悲剧色彩，读来让人心情格外沉重。

吴组缃对《儒林外史》颇有研究，并倍加推崇。他的创作受其影响，比较关心人物的病态性格和悲剧性命运。一如《儒林外史》的写作特点，以客观的白描写场面、写对话。在《一千八百担》中，将宋氏家族头面人物的形象刻画得声口毕肖、活灵活现，被茅盾称为"一幅看不厌的百丑图"。沙汀的小说创作也在某些方面与《儒林外史》相似。他的现实主义创作手法，作品中对那些劣绅及下层知识分子的讽刺，以及作品的喜剧质地，都令人联想到《儒林外史》。

张恨水从小熟读四书五经，对于小说，父亲只特许他看《儒林外史》《三国演义》，而《西游记》《水浒传》等，都是偷看的。他说："我就这样读了不少章回小说，无形中对章回小说的形式和特点有了一些体会。"这时，他学习的主要是创作方法。后来，"在北京住了五年，引起我写《春明外史》的打算。……《春明外史》，本走的是《儒林外史》《官场现形记》这条路子"②。因为在新闻界，所见所闻有不少是幕后消息，

---

① 叶圣陶：《倪焕之》，上海：开明书店，1929。
② 张恨水：《我的创作和生活》，见《文史资料选辑》编辑部编《文史资料精选》第 8 册，第 520、530、531 页，北京：中国文史出版社，1990。

这种眼光使这部作品带有社会批判色彩。在创作态度上,他受到《儒林外史》等作品的影响。所不同的是,他走"社会—言情"互相兼容的创作道路:"用作《红楼梦》的办法,来作《儒林外史》。"著名的社会讽喻小说《八十一梦》,同样受到《儒林外史》的影响。

三、对当代文学创作的影响

新时期以来,知识分子题材的小说有了很大的发展。如戴厚英的《人啊,人!》,鲁彦周的《天云山传奇》,谌容的《人到中年》,张贤亮的《灵与肉》《绿化树》《男人的一半是女人》等,从不同侧面反映了当代知识分子的命运。这是当时政治反思、文化反思思潮中的社会现实在文学创作中的反映。

进入20世纪90年代,一批作家更自觉地把知识分子作为一种独立的社会力量予以特别关注,出现一批表现文化圈各类知识分子生活与心态的新儒林小说。刘心武的《风过耳》①以当下北京生活为背景,近距离反映知识分子生存状态与精神状态。这部长篇小说围绕名人方天穹的一部遗稿《蓝石榴》所展开的争夺,刻画了一批文化人中的市侩形象,对于宫自悦、匡二秋、鲍管谊等这样一些文化官僚、无耻文人、投机钻营之徒,做了无情的嘲讽。作品绘制了一幅"知识分子的百丑图",被称作是90年代初知识分子的哀史。

陈世旭的《裸体问题》②以东方大学为舞台,展现了老中青当代知识分子在时代大潮冲击下的心理流变与复杂人格:有狂躁的、放纵的,从激进反叛走向空虚幻灭的;又有失落的、沮丧的、愤世嫉俗的,和灵魂深处激烈斗争、发生人格分裂的;也有坚持自己的人生理想,扎扎实实奋斗,重铸文化新人格的。这部长篇小说由一系列有关高校题材的中短篇小说"组装"而成。作者在《后记》中说:"连缀它们的,除了共同的文化背景外,还有故事中的人物所共同面对的社会和人生命题,萦绕在所有这些现实生存命题的交响之间的,是一个飘荡的、闪烁的、回旋的形而上的主题,即人的精神归宿。"可以看出,这部小说从题材到

① 刘心武:《风过耳》,北京:中国青年出版社,1992。
② 陈世旭:《裸体问题》,北京:中国青年出版社,1993。

结构乃至主题,都与《儒林外史》极为相似。

贾平凹的《废都》①以 20 世纪 80 年代西京城里四大文化名人——画家汪希眠、书法家龚靖之、西部乐团团长阮知非、作家庄之蝶为中心展开故事,描绘中西文化大交融、大碰撞中一群文化人精神瓦解、道德沉沦的过程。其中既有对社会病灶的揭露,又有对现代都市文明不理解、不适应的变态抗拒,也有处在社会漩涡中的知识分子的心灵挣扎,还有对文化人萎缩性人格的批判。

马瑞芳"新儒林长篇小说系列"中的《蓝眼睛·黑眼睛》②,通过对子午大学与江岭大学中知识分子众生相的全景式扫描和深层的心理透视,展现新时期高等学府的现实画卷。书中歌颂了知识分子积极进取的正直人格,鞭挞了某些知识分子身上表现出来的欺世盗名、虚伪奸猾等作风。《天眼》③广泛而深入地描绘不同类型的知识分子的生存与心理状态。小说对知识分子阶层由精神性存在向世俗性存在蜕变过程中产生的分化和堕落进行了深层的审视与拷问。小说以写实为主,又融入了现代派手法。

21 世纪将是科技和信息高度发展的时代。如果说过去的社会是以物质、劳力为资本的时代,那么,将来的社会是以知识为资本的时代。未来的社会是以知识产业为核心的社会,知识分子将成为社会的主体力量。知识分子作为文学的新主角,是文学发展的一个趋势。这样的社会背景有着浓厚的"儒林气",《儒林外史》所关注的问题没有过时,仍然是新《儒林外史》创作的重要内容。

---

① 贾平凹:《废都》,北京:北京出版社,1993。
② 马瑞芳:《蓝眼睛·黑眼睛》,北京:中国文联出版社,1993。
③ 马瑞芳:《天眼》,北京:十月文艺出版社,1996。

第八章
海外传播论

　　文学是一种语言艺术,决定了其传播必须以语言文字为媒介。传播者与受众即文本作者与读者之间的沟通,也就必须是以文本使用双方共同理解的语言文字为前提。因而文学文本的传播由于语言媒介的制约被限制在特定的语言文化圈内。要突破这种限制,必须对文本使用的语言进行转换,这便是翻译传播。中国古代白话小说在海外的广泛传播,正是靠这种由一种语言转换成另一种语言的翻译传播方式来进行的。欧亚各国的翻译传播各具特点,各有千秋,在亚洲尤其是日本与韩国,地缘与政治文化上的渊源关系,决定了中国古代白话小说首先是以原文本形式传播的,之后才渐有翻译传播。而在欧美各国,由于与中国处于不同的语言文化圈且乏于交流,注定中国小说从一开始便是以翻译形式进行传播的。进入 20 世纪,中国古代白话小说在海外传播的主要方式仍然是文本的翻译。20 世纪中国古代白话小说的海外译本可谓洋洋大观,不仅有各种选译本、节译本,还有较完整的全译本出现。

第一节　《三国演义》与《东周列国志》的海外传播

一、《三国演义》的海外传播

《三国演义》不仅盛传于我国境内的汉语文化区域,而且广及少数民族地区,并远播于域外许多国家。

《三国演义》成书不久,早期刻本便流传域外。据《朝鲜王朝实录》李朝宣祖二年(1569)六月壬辰(阴历廿日)有关记载可知:李朝大臣有人阅读了《三国演义》,并认为有违史实、有害义理而向皇帝进言。① 《三国演义》初入朝鲜,遭儒士鄙视,而至"壬辰(1592)倭乱"以后,才广泛流传,以至于"妇孺皆口诵说"。②

《三国演义》外文译本很多,现存最早译本是 1689 年(日本元禄己巳,清康熙二十八年)日僧湖南文山编译的日文《通俗三国志》五十卷;最早的西方文字译本是 1845 年(清道光二十五年)法国人泰奥多尔·帕维翻译出版的法文本《三国志》。至清光绪末年,此书已"重译者数国"。③ 影响较大的英文全译本是 1925 年布里威特·泰勒译《三个王国的故事》二卷,在上海别发洋行出版。此译本多次为人所节选或重印。今天,《三国演义》已远播于朝鲜、日本、蒙古、越南、老挝、柬埔寨、泰国、缅甸、尼泊尔、印度尼西亚、马来西亚、新加坡、菲律宾、美国、英国、法国、德国、荷兰、丹麦、意大利、波兰、俄罗斯、爱沙尼亚等海外诸国以及其他许多地区。不少国家既藏有汉文原刻本,又有多种翻译本。由王丽娜《中国古典小说戏曲名著在国外》④、宋柏年《中国古典文

---

① 陈翔华:《诸葛亮形象史研究》,第 451 页,杭州:浙江古籍出版社,1990。
②《西浦漫笔》,见陈翔华《诸葛亮形象史研究》,第 451 页,杭州:浙江古籍出版社,1990。
③ 黄人:《小说小话》,载《小说林》第 1、2、3、9 期,1907～1908 年。
④ 王丽娜:《中国古典小说戏曲名著在国外》,上海:学林出版社,1988。

学在国外》①和陈翔华《〈三国志演义〉传译诸事系年》②可以看到《三国演义》在海外的传播情况。归纳起来有这样一些规律:《三国演义》在中国的周边国家还有华裔较多的国家影响较大,如朝鲜、日本、蒙古、越南、老挝、柬埔寨、泰国、缅甸、尼泊尔、印度尼西亚、马来西亚、新加坡、菲律宾等。这些国家的全译本往往不止一种,《三国演义》对这些国家的文学艺术创作、社会生活发生过影响。在西方欧美国家,《三国演义》除有英语、法语全译本各一种外,基本上没有其他全译本。最多的是个别故事的节译本。

在朝鲜半岛,"就翻译的种类来说,笔写本有八种,共二一零册;木刻本有七种,共十三册;初期活字版本有八种,共二十四册;现代语译本有二十四种,共九十三册"③。这些不过是现存译本的种数,实际还不止于此。在日本,"从1956～1986年的30年里,出版的《三国演义》全译本有6种,节译本有4种,少儿读本有9种。此外,还有新编本、改写本、连环画等形式的《三国演义》近30种"④。

在泰国,曼古王朝时,拉玛一世便下御令翻译《三国演义》。于1802年完成第一本泰文《三国演义》。这个译文非常优美,深受读者欢迎,在泰国可谓家喻户晓,近百年来一版再版,畅销不衰。除了此种译本外,还有曼古王朝拉玛三世时期玛哈西素亲王的译本;另有一个袖珍本。总之,《三国演义》在这些国家传播广泛,影响也大。韩国、日本、泰国等国的小说创作,都曾受到《三国演义》的哺育与影响。在朝鲜半岛,由于《三国演义》在"壬辰倭乱"后的极大传播,促使朝鲜半岛"军谈小说"产生,并推动其他古小说的创作。在朝鲜半岛出现一大批以三国故事为题材的中篇小说,还有许多小说从《三国演义》中汲取素材或者刻意模仿。在日本,军纪物语往往插入中国小说中著名故事,比如诸葛亮的故事等等。在泰国,现代著名文学家克立·巴莫以三国故事为题材,创作有《孟获》《终身丞相曹操》等小说。其他文体如诗

① 宋柏年:《中国古典文学在国外》,北京:北京语言学院出版社,1994。
② 陈翔华:《〈三国志演义〉传译诸事系年》,见《诸葛亮形象史研究》,第461～485页,杭州:浙江古籍出版社,1990。
③ 郑东国:《三国演义对韩国古时调与小说之影响》,见陈翔华《诸葛亮形象史研究》,第452页,杭州:浙江古籍出版社,1990。
④ 谭良啸:《三国演义在日本》,载《海南大学学报》1992年第1期。

歌、戏剧，也有许多三国故事的内容。在社会生活方面，也可以看到《三国演义》的影响。朝鲜李氏王朝曾以《三国演义》故事为士子科举试题。泰国多年以《三国演义》为学校教科书。三国人物的庙宇能在缅甸找到。在日本、泰国，还有三国题材工艺品。日本企业界把三国故事中的谋略用于企业经营并取得成效，以至于掀起"三国热"。

　　二、《东周列国志》的海外传播

　　明清时期，列国志小说已经远播海外。20世纪以来，《东周列国志》通过文本、戏曲、电影等媒介在东西方国家广泛传播。与《三国演义》《红楼梦》等经典作品不同，《东周列国志》凭借其对春秋战国历史的翔实记述远播海外，但其内容的庞杂、艺术的缺陷，使其海外传播长时间停留在单纯的文本传播层面，很少有深层次的研究与接受。

　　明清时期，列国志小说以文本为主要传播媒介，在日本、新加坡、英国和德国广泛流传。

　　余邵鱼《列国志传》刊印不久，就传入日本，成为列国小说最早的海外传播文本。日本内阁文库藏有《列国志传》两种较早版本，蓬左文库、京都大学图书馆、神宫文库各有藏本一种。①

　　（1）《全像春秋五霸七雄列国志传》：12卷，明万历间姑苏龚绍山刊本，有陈继儒的序及《列国源流论》，每卷前附图五页。藏内阁文库。

　　（2）新刊京本《春秋五霸七雄全像列国志传》：8卷，明万历丙午三十四年三台馆余象斗重刊本。藏蓬左文库。

　　（3）《春秋列国志传》：不知卷数，明万历末叶姑苏龚绍山刊本。藏内阁文库。

　　（4）《片璧列国志》：一名《袖珍列国志》，10卷，金阊五雅堂刊本。藏京都大学图书馆。

　　（5）《按鉴通俗演义列国前编十二朝》：明双峰堂三台馆刊本。藏神宫文库。

　　在原刊本流传之外，相关的日文译本也出现得比较早。日本元禄十六年（1703年）、宝永二年（1705年），清地以立根据内阁文库所藏明

---

　　① 参见王丽娜《中国古典小说戏曲名著在海外》，上海：学林出版社，1988。

万历间姑苏龚绍山刊本《新镌陈眉公先生批评春秋列国志传》,创作译本《通俗列国志》前编、后编。日本正德二年(1712 年),李下散人根据神宫文库所藏明双峰堂三台馆刊本《按鉴通俗演义列国前编十二朝》,创作译本《通俗列国志十二朝军谈》。译者的本意是将余邵鱼《列国志传》忠实地介绍给日本读者,因此译本几乎是逐字逐句翻译原本的《列国志》,看不到有大事文饰以增强译文可读性的改动,只有绝少几处添加了原文所没有的故事。如清地以立译本卷三的"楚伯比假道因灭邓"与"齐桓公北杏大定霸"两节之间,加进"南宫万弑闵公"一节,详细地讲了宋国的事情,这一段在原本中是找不到的。这种对原文的变动,并非出于文学改编的目的,而是一种学究式的认真,是为了补足原文中史事疏漏。可见,清地以立是以严格的学术态度进行翻译的,他在翻译过程中将原文与史书的异同做了全面的比较。① 这种翻译理念与冯梦龙改编《列国志传》的指导思想不谋而合。或许,明清时期的中国和日本的历史小说家和读者对历史小说概念的界定都是"通俗的历史教科书",不约而同地要求历史小说充当历史事实的传声筒。

　　《列国志传》原刊本和译本在日本广泛流传,不仅为日本受众打开了解中国春秋战国时期历史的窗口,还对日本以记叙历代治乱兴亡为内容的通俗军谈和读本小说有着创作产生了深远的影响。通俗军谈作品冠以"通俗"二字,意在明示该书为中国书籍之译本。日本通俗军谈作品数量颇为丰富,然性质大多与《列国志》大同小异。通俗军谈与读本小说有密切的关联,在本质上有类似之处,二者都是通过翻译或翻案中国历史小说而形成的。二者又有诸多不同之处,读本小说产生在通俗军谈之后,是以日本历史为题材的,用汉字夹平假名表记。受《列国志传》影响最大的读本小说是《八犬传》。《八犬传》作者马琴为《列国志传》所折服,不仅从《列国志传》中移植了曲折的故事情节和劝善惩恶的主题,还刻意模仿其对人物内心活动的描摹和硬质的文体。②

---

　　①〔日〕德田武著,王勇、许雁译:《中国讲史小说与日本通俗军谈》,见陆坚、王勇主编《中国典籍在日本的流传与影响》,第 133 页,杭州:杭州大学出版社,1990。

　　②〔日〕德田武著,王勇、许雁译:《中国讲史小说与日本通俗军谈》,见陆坚、王勇主编《中国典籍在日本的流传与影响》,第 123 页,杭州:杭州大学出版社,1990。

如《八犬传》第八回与清地以立译《通俗列国志》前编卷四"秦穆公救晋饥民"的内容同出一源,甚至连故事中的对话内容亦毫无二致,唯将秦国伐晋的情节改为恩将仇报的安西偷袭忠厚仁义的里见。不过,这仅仅是一种简单的改动而已。① 可以说,《八犬传》的故事是以《列国志传》为模具而创作的。由此可见,《列国志传》对日本读本小说有着深刻影响。

列国志小说还有多种刊本传入新加坡,其中保存较好的有:

(1)《春秋五霸七雄列国志传》:8 卷,明三台馆刊。

(2)《片璧列国志传》:10 卷,五雅堂刊。

(3)《列国前编十二朝》:4 卷,明三台馆刊。

(4)《春秋列国志传》:12 卷,万历龚绍山刊。

与亚洲的传播相比,《东周列国志》传入欧洲的时间较晚。它在 19 世纪中后叶才传入英国和德国,但传播范围比较广泛。在原本传播的基础上,出现了多种译本,反映西方国家对中国历史文化的浓厚兴趣。下面分别介绍其藏本和译本:②

1. 英国博物馆藏本

(1)《全像春秋五霸七雄列国志传》:明万历间梅园刊本八卷本,有陈继儒序。

(2)《东周列国志全传》:清嘉庆间桐石山房刊本,大型本,装订为二十四册。除第一册目录外,每册一卷,共二十三卷,一百零八回。

(3)《东周列国志》:清光绪二十二年(1896 年)扫石山房石印本,中型本,共有二十七卷,每卷四回,共一百零八回。绣像二十四页,每半页一人,赞语在同一面上。每卷又有故事图两页,四幅。

2. 英译本

(1)《〈列国志〉第一回和第二回》:卫三畏(S. Wells Williams)根据蔡元放批评的 1752 年版本译。

(2)《褒姒:中国的克里奥帕特拉》:科普什(H. Kopsch)译,为《东周列国志》第一至第三回的选译。

---

① 〔日〕德田武著,王勇、许雁译:《中国讲史小说与日本通俗军谈》,见陆坚、王勇主编《中国典籍在日本的流传与影响》,第 122~123 页,杭州:杭州大学出版社,1990。

② 参见王丽娜《中国古典小说戏曲名著在海外》,上海:学林出版社,1988。

（3）《太子友劝诫父亲吴王》：阿伦特（C. Arendt）译，为《东周列国志》第八十二回中有关"螳螂捕蝉、黄雀在后"故事的译文。

（4）《〈列国志〉第五十八回》：阿伦特（C. Arendt）译。

（5）《幽王的衰败》：赫特（R. W. Hurt）译，为《东周列国志》第二回"幽王烽火戏诸侯"故事的译文。

（6）《伟大的弓箭手：养由基》：詹姆斯·莱格（James Legge）译，为《东周列国志》第五十八回"报魏锜养叔献艺"的选译。在译文之外，译者还介绍了神箭手养由基的故事。

3. 德译本①

（1）《美女褒姒》：阿伦特（C. Arendt）译，为《东周列国志》第一至第三回的译文。

（2）《东周列国志》第四、第五回选译：阿伦特（C. Arendt）译。

进入 20 世纪，世界各国之间的文化艺术交流活动日渐频繁。20 世纪 80 年代以后，《东周列国志》海外传播范围进一步扩大，通过文本、戏曲、电影等多种传播媒介在亚洲、欧洲、美洲大陆广泛传播。下面分别介绍各国的传播概况：

1. 日本

20 世纪以前《东周列国志》小说文本在日本的广泛传播，为后来的传播提供了良好的环境。进入 20 世纪，受众不再满足于接受原本和译文，《东周列国志》的改编本应运而生。改编作品质量较高，数量较多的当数宫城谷昌光先生。他先后创作《黑色春秋：夏姬情史》《乱世奇才：伊尹传奇》《铁幕名相：晏子世家》《战国巨星：孟尝君传》和《春秋霸主：重耳恩仇记》五部小说，推动了《东周列国志》在日本的传播。这些小说陆续传入中国。其中，《春秋霸主：重耳恩仇记》，1974 年有了广东人民出版社中译本，1998 年上海文化出版社"中外人物传奇书系"推出了五部小说的中译本，形成了《东周列国志》在中日之间的循环传播和接受，为后继性传播打下良好的基础。

2. 越南

20 世纪初，中国古典章回小说开始大规模地传入越南。《东周列

---

① 参见王丽娜《中国古典小说戏曲名著在海外》，上海：学林出版社，1988。

国志》随着这股传播热潮来到越南,并以超常规模被译成多种译本,广泛传播,对越南的历史小说创作产生了一定的影响。①

3. 新加坡

新加坡与中国在语言文化上的融通,为《东周列国志》在新加坡的传播提供了便利条件。20 世纪,《东周列国志》的多种印刷本传入新加坡,使《东周列国志》在新加坡的传播进入大众传播时代。这些印刷本主要有:

(1)《绣像东周列国志》:27 卷,1905 年上海商务馆印行。

(2)《精校全图绣像东周列国志》:27 卷,1917 年上海广益书局印行。

(3)《东周列国志》:1955 年北京作家出版社出版。

(4)《东周列国志》:1957 年北京作家出版社出版。

(5)《东周列国演义》:1987 年台北风云时代出版社出版。

(6)《新列国志》:1987 年上海古籍出版社出版。

(7)《列国志传评林》:8 卷,1990 年北京中华书局出版(《古本小说丛刊》第 5 辑)。

(8)《列国志传》:12 卷,1991 年北京中华书局出版(《古本小说丛刊》第 40 辑)。

(9)《东周列国志》:1991 年北京人民文学出版社出版。

(10)《新列国志》:1992 年上海古籍出版社出版(《古本小说集成》)。

(11)《新列国志》:1993 年上海古籍出版社出版(《冯梦龙全集》)。

4. 英国

这一时期,《东周列国志》在英国的传播仍然以译本为主的传播媒介,比较著名的译本有:②

(1)《列国志》第九十四回选译(韩凭夫妻的故事):塞西尔·克莱门蒂(Cecil Clementi)译。

(2)《中国语之中国》:沃纳译著,译有《列国志》描写一场战争准备

---

① 参见陈美林、冯保善、李忠明《章回小说史》,第 289 页,杭州:浙江古籍出版社,1998。
② 参见王丽娜《中国古典小说戏曲名著在海外》,上海:学林出版社,1988。

的内容。

（3）《汉阳古代故事选》：科纳拜（W. A. Cornaby）译著，其中译有《列国志》的故事及故事梗概介绍。

（4）《中国神话故事选》：其中第 62、63 两个故事为《列国志》故事，马腾斯据卫礼贤德文本转译。

（5）《列国志》选译：翟理思（H. A. Giles）译。

（6）《列国志》选译：无名氏（Anon）译，为《东周列国志》第一回周宣王时期故事的选译文。

5. 德国

20 世纪，《水浒传》之外，德国人比较看重的历史小说就是《东周列国志》。不仅出现了利奥·格赖纳（Leo Greiner）、弗朗斯·库恩（F. Kuhn）、林秋生（Ling Tsiu-sen）、卫礼贤等人的译文，还出现了比尔博姆在阿伦特节译本《美女褒姒》基础上仿作的同名长篇小说，以及黑塞的小说《虞王的灭亡》。"从某种角度讲，这部小说在德国，尤其是在德国文学创作中所发挥的影响并不亚于甚至高于《水浒传》。"①现将译本简单介绍如下：②

（1）《列国志》选译（七则）：利奥·格赖纳（Leo Greiner）译，包括《孔夫子的出生》《笛音》《龙女》《重耳与姜氏》《张仪与外交大臣》《友谊》《沉没的音乐》，收入格赖纳译著的《中国之夕》。

（2）《列国志》故事二则：卫礼贤译，收入卫礼贤编译的《中国神奇故事选》。

（3）《褒姒》：弗朗斯·库恩（F. Kuhn）译，收入库恩译著的《中国的国家贤哲》。

（4）《永生之歌，〈东周列国志〉选译》：林秋生（Ling Tsiu-sen）译，译文中包括一首诗的翻译，此译文又收入林秋生另一本译著《中国的传说》。

（5）《不笑的女子》：弗朗斯·库恩（F. Kuhn）译，收入《中国著名小说》一书。译文根据中文 1752 年版译出，并参考阿伦特的译文。

---

① 曹卫东：《中国文学在德国》，第 80 页，广州：花城出版社，2002。

② 参见曹卫东：《中国文学在德国》，广州：花城出版社，2002。

6. 其他国家

1930 年和 1935 年,京剧艺术家梅兰芳先后在美国和苏联的舞台上演出《西施》(羽舞),使《东周列国志》第一次通过戏曲媒介传播到美国和苏联。20 世纪 90 年代以后,电影《荆轲刺秦王》海外市场的成功拓展,又使《东周列国志》通过影视媒介在欧美大陆广泛传播。

纵观《东周列国志》的海外传播,不难发现其海外传播范围还比较狭小,传播媒介还比较单一。怎样通过改编等再创作提高小说的吸引力,是《东周列国志》在新世纪传播过程中必须解决的问题。

第二节 《水浒传》的海外传播

20 世纪,《水浒传》在海外传播的主要方式是文本翻译,当然还有依据译本改编的戏剧演出等其他形式。20 世纪,《水浒传》海外译本众多,尤其是二三十年代和新中国成立以后的五六十年代,是《水浒》故事海外翻译较为兴盛的时期,直至当代,许多译本蔚然大观,其中还有许多译本是前一时期的重刊重印本。目前,各种节译本、全译本层出不穷,使得《水浒传》成为全世界的文化瑰宝。《水浒传》已翻译成英、法、德、意大利、俄、匈牙利、捷克、波兰、朝鲜、越南、日本及拉丁等十几种文字,在世界各地发行。

随着《水浒传》文本的普及,海外学者们对《水浒传》的研究热情不断高涨,研究内容不断深入。他们往往以不同于国内学者的独特的视角观照《水浒传》,给人耳目一新的感觉。这些海外学者为《水浒传》研究另辟蹊径,开阔了国内学者的视野,为国内《水浒传》研究提供了一些可资借鉴的经验。

一、《水浒传》的欧美译本

《水浒》故事向欧美传播,最初是以片段译文的形式,后来逐步出现了节译本和全译本。那些片段译文都是《水浒》中较有名的故事情节。如德文译本中,1904 年德国人客尔因(Maximilian Kern)根据意大利文《佛牙记》转译的《鲁达上山始末记》,讲述鲁智深的故事;1924年鲁德尔斯贝尔格(H. Rudelsberger)所译《圣洁的寺院》,内容是杨雄和潘巧云的故事,《卖炊饼武大的不忠实妇人的故事》是关于武松与潘金莲的故事;弗朗茨·库恩(Franz Kuhn)的三篇《水浒》译文,《黄泥冈的袭击》《强盗们设置的圈套》内容都是"智取生辰纲"的故事,《宋江入伙梁山起义军》则是"浔阳楼宋江吟反诗"。

法文译本中,1933年巴黎德拉格洛夫书局出版的《中国诗文选》收有徐仲年翻译的两节《水浒》译文,即鲁智深拳打镇关西的故事和武松打虎的故事。英文译本中,1924年出版的翟理思(H. A. Gilies)《中国文学史》中选译的《水浒》故事,是"鲁智深大闹五台山"。20世纪五六十年代,有西德尼·夏皮罗(Sidney Shapiro)所译《水泊的叛逆者》和《水泊英雄》两段译文,分别是《水浒》中"野猪林"和"智取生辰纲"的故事。这些人物和故事以其特有的东方魅力赢得了西方读者的喜爱。

《水浒》节译本中较有影响的有德国汉学家阿尔贝特·埃伦斯泰因(Albert Ehrenstein)的《强盗与士兵》(*Raeuber und Soldaten*)、弗朗茨·库恩的《梁山泊的强盗》(*Die Raeuber vom Liang Schan Moor*)和英国翻译家杰克逊(J. N. Jackson)的《水边的故事》(*The Water Margin*)。《强盗与士兵》是西方第一部七十回本节译本,1927年由柏林Ullstein公司出版。这部书的主人公是武松,几乎等于重新创作。埃伦斯泰因认为原书没有统一的结构,于是把一切别人做的事都算在武松名下。这样结构好像统一了,武松却被写成一个前后性格矛盾的人。例如,他将李逵被戴宗施神行法讨饶的情节移植到武松身上,武松吟白居易诗,都不符合武松的性格。①

1929年,英国汉学家杰弗里·邓洛普(Geoffrey Dunlop)将其转译为英文,分别由英国伦敦Howe公司和美国纽约A. A诺夫公司出版。1934年,弗朗茨·库恩将一百二十回《水浒传》译成《梁山泊的强盗》,译本改动和删节极大,但完整准确地再现了原著主要人物和故事。不过,库恩删掉了第二十三回至第三十二回中武松、潘金莲、西门庆的故事,认为西方读者已经从他翻译的《金瓶梅》中知道了。这在中国人看

---

① 参见赵景深《〈水浒传〉简论》,见陈桂声选编《水浒评话》,南昌:江西教育出版社,1999。

来是不可思议的。1937年，上海商务印书馆出版由杰克逊翻译、方乐天编辑的七十回英文节译本《水浒》，书名为《水边的故事》。全书分为两卷，两卷书后都印有"扈三娘活捉王矮虎"画图。此本采用意译方式，表达轻松活泼，故多次重印。

在《水浒传》所有全译本中，最有影响的，当数美国女作家赛珍珠（Pearl Buck）的英译本——《四海之内皆兄弟》（*All Men Are Brothers*）。[1]赛珍珠翻译《水浒传》耗时五年，1933年终于将《水浒传》翻译成英文。她选择七十回本《水浒传》，认为这个版本最好，因为百二十回本的结尾大多是好汉们被朝廷招安，七十回本则自始至终贯穿着与官府反抗到底的思想。书的原名"水浒"通常被译成"Water Margin"，指的是书中许多事件的发生地。赛珍珠认为，书名这样去译，西方读者肯定不知所云。她先后试用过《侠盗》《义侠》等名，自己都不甚满意。直到出版前不久，她才突来灵感，想到《论语》中的一句名言"四海之内，皆兄弟也"，认为"此书名含义的广度和深度，都符合水浒山寨里这伙正义强盗所具有的精神"。于是，在纽约庄台公司1933年出版这本上下两卷的译著时，即以"*All Men Are Brothers*"为名。这是《水浒传》第一个英文全译本，在美国畅销。英国东方学家贾尔斯和德国汉学家弗朗茨·库恩却对赛珍珠的翻译有微词，他们认为译文流利可读，在传达原文风格方面却是失败的。

赛珍珠把《水浒传》书名译为"四海之内皆兄弟"，在当时产生了很大震动。如鲁迅在《给姚克的信》中提出疑义："近布克夫人（按：即赛珍珠）译《水浒》，闻颇好，但其书名，取'皆兄弟也'之意，便不确，因为山泊中人，是并不将一切人们都作兄弟看的。"[2]罗尔纲也认为她的书名翻译得不对，但也因此受到启发，认为要对《水浒传》进行研究，就应"顾名思义"，从书名入手。1944年秋，罗尔纲在四川生病，在病床上偶然发现《水浒传》的书名来源于《诗经·大雅·绵》："古公亶父，来朝走马。率西水浒，至于岐下。"此论后来获得《水浒》研究者的普遍认可。

---

① 全称为 *All Men Are Brothers：Blood of the Leopard*（《四海之内皆兄弟：豹子的血》）。
② 参见吴中杰《吴中杰评点鲁迅书信》，上海：复旦大学出版社，2002。

这个发现真可以说是要拜赛珍珠之赐了。① 这说明海外翻译反过来对国内的《水浒》研究具有推动作用。

随着时间的推移，《水浒传》海外译本逐步趋于完善。如1978年法国伽利玛出版公司出版《水浒传》一百二十回全译本，译者雅克·达尔斯(Jacques. Dars)用了近十年时间完成。译文严肃认真，是法国唯一的一百二十回本《水浒》全译本，故特别受到西方读者欢迎，译者荣获法兰西1978年文学大奖。

1980年，北京外文出版社出版由西德尼·夏皮罗翻译的百回全译本《水浒》(*Outlaws of the Marsh*)，是迄今为止唯一的英文百回全译本，译文较为准确。夏皮罗在《译者说明》中介绍他的翻译情况说："这一译本兼采七十回本与百回本的原文，前七十回是全文翻译，尽力忠实传达简洁而优美的风格，后三十回则略去一些次要的韵语和拖沓的文字；原书中的官职名称、政府机构、军事组织、兵器、人物服饰、比喻性描写等，在英文中很难找到相当的词汇，只有尽量选取近似的词汇来表达。"夏皮罗翻译《水浒》正值"文革"期间，最初他把书名译为"Heroes of the Marsh"(《草莽英雄》)，受到江青干扰，最后改为"Outlaws of the Marsh"(《亡命水泊》)，才被通过。他在自传里讲过翻译时遇到的麻烦。② 其实，"四人帮"一流不知道，"无法无天的人"(outlaws)，在普通英语中是当作褒义词来用的，它的主要含义是指"挺身而出，反对当局非法迫害普通人的民间英雄"。夏皮罗机智善变，对江青是一个反讽。

由于中西方文化背景不同，文学作品在进行语言文字转换时往往产生较大的变异，甚至风貌和原作相距甚远。20世纪《水浒传》海外译本不可避免地存在这种情况。如上文提到的德国人阿尔贝特·埃伦斯泰因将《水浒传》节译成《强盗与士兵》，后此书被杰弗里·邓洛普转

---

① 明代杜堇，《水浒人物全图》中关胜赞云："无念原祖，率西水浒。"见蒋瑞藻《缺名笔记》，《小说枝谈》卷上，古典文学出版社1958年版，可见明人对"水浒"一词的出处已有一定认识，则罗氏所见不可谓独得。另外，关于《水浒》书名的含义，还有"姜太公钓鱼"说(见袁无涯《忠义水浒传全书·发凡》)、"睡虎关"说(山东民间传说)、"荒远弃寇"说(见金圣叹《贯华堂水浒传序二》)、"虚其词"说(汪远本《水浒拾趣》)等。参见王珏、李殿元《水浒传中的悬案》，第1～2页，成都：四川人民出版社，1994。

② 宋蜀碧译：《我的中国》，第445页，北京：十月文艺出版社，1998。

译成英文,长期在欧美传播,受到广泛欢迎。但是,故事和人物已经走样,中国读者读起来竟会感到惊奇和生疏。又如库恩将鲁智深的故事译为"铁和尚",在翻译"拳打镇关西"的时候,突出了鲁智深的刚勇,却忽略了他粗中有细的性格,给人的感觉是一个暴徒打死另一个暴徒后逃跑。这些都是不同文化类型转换时产生的差异。1951 年,哈佛大学教授毕雪甫(John L. Bishop)在《论中国小说的若干局限》一文中指出,中国传统小说的局限之一,在于滥用诗词。他说,这种传统在乍兴的时候,插入的诗词或许有特定的功能,后来却只是"有诗为证",徒能拖延高潮的到来,乃至仅为虚饰,无关要旨。这种情形,颇难为西方读者接受。柏克莱加州大学的白之教授在《译丛》第三期发表他所翻译的《牡丹亭》时,声明删去了每出后的下场时的集句诗。其实,这些诗词对于衬托人物的性格、暗示主题的所在、预言故事的发展等,都是必不可少的。所以,《水浒传》海外翻译造成的差异和变形,往往和翻译者对中国传统文化的理解深浅相关联。

二、《水浒传》在日本及其他亚洲国家的传播

由于地域和文化传统与中国具有极大的相似性,《水浒传》在亚洲特别是在日本的传播远远超过欧美国家。

日本有许多《水浒传》译本。早在 1728 年,江户时期就翻译了李卓吾评点《忠义水浒传》中的二十回。1757 年,日本人冈岛冠山据李卓吾批评本《忠义水浒传》译成日文《通俗忠义水浒传》。1806 年,曲亭马琴的译本《新编水浒画传》,因译文多使用日本俗语,生动地传达了原文内容,成为日本妇孺皆知的译本。进入 20 世纪以后,《水浒传》日文译本逐渐增多。较有影响的有 1914 年出版的平冈竜城译《标注训译水浒传》,1922 年出版的幸田露伴译《国译忠义水浒全书》,1939 年出版的笹川临风译《水浒传》,1956 年出版的村上知行译《水浒传》、1947～1978 年出版的吉川幸次郎、清水茂合译《水浒传》,1974 年宫崎市定译《水浒传》,1977 年杉本达夫译《水浒传》等。出现这么多译本,说明日本读者对《水浒传》的喜爱程度。

光绪末年,燕南尚生在《水浒传新或问》中提出一个问题:"闻日本有译本《水浒传》,其视此书巨于何等乎? 曰:此最易了了者也。吾国

说部之书，奚止汗牛，奚止充栋？日本志士，不译吾之《金瓶梅》，不译吾之《西游记》，而独译《水浒》，其待《水浒》，不已见耶？况又有最简单之批焉，曰：'《水浒》之有益于初学者三，起勇侠斯尚气概矣，解小说斯资俗文矣，鼓武道斯振信义矣。'此非明证乎？又彼邦之卖卫生长寿丹者，题其袋曰：神医安道全秘方灵剂。其为假托固也，然何不题曰岐黄乎？何不题曰和缓乎？可见彼邦之文人学士、孺子妇人，有不知岐黄、和缓者，未有不知安道全者也。其器重《水浒》者为何如哉？宜乎以吾国之一书，而经日人曲亭马琴、高井兰山、冈岛冠山诸君之争译也。"①明治维新期间，日本人北村三郎写了一本《世界百杰传》，评述古今一百位英雄豪杰，《水浒传》作者施耐庵也算在内，与释迦牟尼、孔子、华盛顿、拿破仑等人并列。《水浒传》在日本的影响可见一斑。

另外，《水浒传》对日本的文学创作产生了巨大影响。《水浒传》在江户时代传入日本之后，一段时期内，产生了多种模仿《水浒传》的小说，有建都绫足的《本朝水浒传》、仇鼎山人的《日本水浒传》、伊丹椿园的《女水浒传》、振鹭亭的《伊吕波水浒传》、山东京传的《忠臣水浒传》、岳亭丘山的《俊杰神稻水浒传》等等。其中，江户年间最流行的侠义小说曲亭马琴的《南总里见八犬传》受到《水浒传》影响尤巨。日本近代小说家、评论家幸田露伴指出其对《水浒传》着意模仿之处："……彼百八人，此八士，彼迸出百八妖星，此迸出八美玉……彼有真人，此有行者；彼有入云龙，此有寂寞道人；彼有打虎，此有搏牛；彼有鸳鸯楼，此有对牛楼；彼有王庆，此有素藤。"日本现代历史小说中，模拟《水浒传》的有吉川英治的《新水浒传》和柴田炼三郎的《吾等乃梁山泊好汉》，由于文笔精彩，日本读书界对这两部小说的兴趣至今不衰。这两部小说却是虎头蛇尾，均以半部告终。直至 21 世纪初，又有北方谦三《水浒传》和津本阳《新释水浒传》。这两部新《水浒》各有千秋，都是为当代呼唤改革的日本人所写。

应该特别提出的是，日本文化界对《水浒传》版本的收藏做出了很大贡献。中国历朝历代对《水浒传》三令五申禁毁，国内几种版本如《水浒志传评林》等，已经基本绝迹。幸赖海外所藏，才得以保存下来。

---

① 燕南尚生：《水浒传新或问》，见朱一玄《水浒传资料汇编》，第 348 页，天津：南开大学出版社，2002。

日本所藏有较多的明版《水浒》,弥足珍贵。20 世纪 20 年代,胡适、鲁迅曾寻访。1927 年 7 月,鲁迅从日本来华的友人辛岛骁那里,抄了一份"内阁文库图书第二部汉书目录",其中记载了在日本珍藏的几种《水浒传》版本:

a.《英雄谱》(一名《三国水浒全传》)二十卷,目一卷,图像一卷,明熊飞编。明版,十二本。

b.《忠义水浒全书》百二十回。明李贽评。明版,三十二本。

c.《忠义水浒传》百回。明李贽批评,明版,二十本。

d.《水浒传》七十回,二十卷,王望如评论,清版,二十本。

e.《水浒传》七十回,七十五卷,首一卷,清金圣叹批注,雍正十二年(1734)刊,十二本。

f.《水浒传》同上,伊达邦成等校,明治十六年(1883 年)刊,十二本。

g.《水浒后传》四十回,十卷,首一卷,清蔡奡评定,清版,五本。

h.《水浒后传》同上,清版,十本。

i.《水浒志传评林》二十五卷,第一至七卷缺,明版,六本。①

其所抄目录虽有些模糊之处,但大致对日藏《水浒》版本有了初步了解。

20 世纪 30～50 年代,王古鲁、孙楷第做了详细的载录或拍摄,才使许多珍贵版本再见天日。1950 年,王古鲁教授热心地从日本带回明李贽评点百回本《水浒传》(即容与堂本)、《二刻名公批点三国水浒全传》一百十回本(即《英雄谱》本)和《水浒志传评林》的照片 3073 张,献给中央人民政府文化部。此外,还有东京大学藏明刻清补本《文杏堂批评忠义水浒全传》,明金阊映雪草堂刊;京都大学藏《钟伯敬先生评忠义水浒传》一百卷,一百回,明天启间庆吉堂刊;日本文理科大学藏《名公批点合刻三国水浒全传英雄谱》,明崇祯间广东雄飞馆初刻;官内省图书寮藏《忠义水浒全书》,一百二十回,明崇祯宝翰楼刊;长泽规矩也藏《金圣叹批评第五才子书施耐庵水浒传》七十五卷,七十回,崇

---

① 鲁迅:《集外集拾遗·关于小说目录两件》,见《鲁迅全集》第八卷,北京:人民文学出版社,1957。

祯十四年(1641)贯华堂初刻等等。

此外,《水浒传》还有多种朝文、越南文、泰文译本。其中大多数都是新中国成立以后,五六十年代译本。朝鲜的报纸、电台连载、连播过《水浒传》。20世纪50年代,印度尼西亚《星期新闻》周刊连载《水浒传》,并附以插图。直至当代,《水浒传》的亚洲译本不胜枚举。特别是中央电视台电视剧《水浒传》播出以后,新加坡、马来西亚等东南亚国家跟风出现了许多译本。

三、《水浒传》的海外研究

20世纪,《水浒传》海外研究成就斐然。西方汉学家对《水浒传》的研究集中在主题思想、社会作用或进行中西比较等几个方面,其论述中表现出较多的人文关怀色彩。

海外学者对《水浒传》主题的研究带有不同于国内的批判色彩,很有启发性。如美国汉学家夏志清(Hsia C. T.)指出,那些认为梁山好汉是为广大民众鸣不平的观点是片面的,他们的反抗精神体现的是对复仇的渴望。[①] 还有一些论著从道德方面完全否定水浒英雄的行为,如1963年出版的吴杰克(Jack Wu)《〈水浒〉的道德标准》一书,着重研究《水浒》的道德观,通过分析《水浒》中英雄人物所表现的残忍性,对无辜牺牲者的冷漠态度,以及他们反抗的艰苦性与复仇的彻底性,作者认为,争论这些人物是不是"人道主义者"是没有意义的,他们是一群被逐出社会的人,因而对整个罪恶社会形成一种反作用力。1966年,蒂莫西(Wong Timothy C.)《〈水浒〉中关于义的品德》一文[②],探讨小说中英雄人物的残忍行为及其所表现的"义"之间的明显矛盾,同时探讨这些人物的杀、抢、放荡诸种行为的道德价值。1968年,夏志清在《中国古典小说导论》一书中指出:"《水浒》对中国人精神世界中阴暗面的见解,也很值得我们进行深入的心理研究。"[③]美国汉学家浦安迪在1993年付梓的《明代小说四大奇书》[④]中,对《水浒》的深层隐义世界

---

① 〔美〕夏志清:《中国古典小说导论》,第102页,合肥:安徽文艺出版社,1988。
② *The Virture of Yi in Water Margin*,见《东方文学杂志》1966年第5期。
③ 〔美〕夏志清:《中国古典小说导论》,第82页,合肥:安徽文艺出版社,1988。
④ 〔美〕浦安迪:《明代小说四大奇书》,北京:三联书店,1993。

进行了大胆探索,关注书中的悖谬现象,对战无不胜的英雄武松、以"厌女"为能事的好汉李逵以及号称"及时雨"的宋江,一一提出质疑。以上这些海外研究,可谓他山之石,可以攻玉。当代国内学者对《水浒传》中凶恶现象的否定之论,都可以在这些海外学者的研究中找到知音。

除了上述对主题思想的不同见解之外,他们还以西方惯用的思维方式理解《水浒传》,其论述带着浓厚的"洋味",对国内学者可谓不无裨益。如罗伯特·鲁尔曼《中国通俗小说戏剧中的传统英雄人物》云:

> 《水浒传》是研究中国革命运动动机的一本必读作品。中国历史中的许多造反者,不论成败,都宣称有权反抗暴君,这也是孟子所曾认可的权利。《水浒传》将当时盛行的贪污腐化,归咎于行政机构而非皇帝本人,看来虽有软弱之嫌,但这部小说认为绿林社会比正统社会更合乎儒家的真正理想,确属极端大胆的看法。的确,在当时恶劣的社会环境中,强盗的山寨成为唯一能容纳儒家君子行动的地点了。①

又如德国汉学家卫礼贤在《中国文学》中云:

> 在本质上,《水浒传》是一部道德反叛的古典作品。全书的主题是,政府的腐败是盗贼蜂起的根源,一个善良的强盗比一个凶恶的官员要好。通过这一主题,全书闪烁着中国人民群众的精神风貌和他们反抗一切不公正及压迫的光芒。这是这部作品巨大成就的基础。②

另外,海外学者还从比较文学的角度,将《水浒传》与他国的文学名著相比较,也取得了很大成绩。如夏志清将《水浒传》与《巨人传》相比较,认为宣扬人文主义思想的《巨人传》反对虚伪的清规戒律,贪食和好色都是被称颂的,而《水浒传》中的好汉信条之一是不贪女色,却嗜食贪杯。在这一点上,梁山好汉和高康大、庞大固埃很相似。③ 他在《水浒传的比较研究》中,还将《水浒传》与北欧传奇故事《冰岛家族》相

---

① 〔美〕罗伯特·鲁尔曼:《儒家学派》,美国斯坦福大学出版社,1960。

② 〔德〕卫礼贤:《中国文学》,见宋柏年主编《中国古典文学在国外》,第404页,济南:山东文艺出版社,1994。

③ 〔美〕夏志清:《中国古典小说导论》,第98页,合肥:安徽文艺出版社,1988。

比较,指出从战斗场面描写看,二者可相媲美;而在对待女性的态度上,冰岛传奇的作者尊重她们的反抗性和泼辣行为,《水浒传》的作者则表现出对女性的仇视心理。《法国大百科全书》称《水浒传》是"中国的圣经",认为它是希腊荷马式"史诗",从而肯定《水浒传》在世界文学中的地位。它还指出:"《水浒传》之于中国,颇似希腊人的《伊里亚特》、印度人的《罗摩衍那》、日本人的《平婿物语》、西班牙人的《唐·吉诃德》和俄国人的《战争与和平》。"还有论者认为,《水浒传》中的人物情节,和西方的"三剑客、圣格木其、懒骨头"一样驰名。①

值得指出的是,因为地域文化背景不同,国外对《水浒传》关注的角度也就不同。如有日文译本将《水浒传》的书名译为《一百零五个男人和三个女人》。这三个女人即并称"梁山三雌"的母夜叉孙二娘、一丈青扈三娘、母大虫顾大嫂。英美译本将"扈三娘活捉王矮虎"作为醒目的插页,这在中国读者看来,既不是《水浒》中最精彩的故事,也不是最值得关心的人物。这种关注趣味的差异,正是不同文化之间差异的表现。

最后需要补充的是,由于政府禁毁等各种原因,国内所藏《水浒传》版本几度陷于濒临灭绝的境地。20世纪以来,赖海内外数代学者对海外所藏《水浒传》版本的辛苦搜集,才基本上摸清了家底。除上文提到的鲁迅、王古鲁、孙楷第等人的努力外,30年代,郑振铎在巴黎国家图书馆访得三种明版《水浒》,有:其一,残本《新刊京本全像插增田虎王庆忠义水浒全传》,明万历初,建阳双峰堂刊。其二,残本《文杏堂批评忠义水浒全传》,明宝翰楼刊。其三,《钟伯敬先生批评忠义水浒全传》一百回,明万历天启间四知馆梓行。50年代,澳大利亚墨尔本大学柳存仁在伦敦访得若干《水浒》珍本,皆为清代覆刻本。近人又在牛津大学访得明万历中闽刻《全像水浒》残页。80～90年代,美国普林斯顿大学艾尔温、夏威夷大学马幼垣遍访日、法、英所存《水浒》版本,予以摄录,并发现美国、梵蒂冈若干旧本。②

总之,《水浒传》在海外广泛的传播,使其获得了巨大的国际声誉。许多海外学者因超脱国内学者所处的语境,往往能以独特的视角观照

---

① 载《日内瓦报》,1979年9月8日。
② 参见黄徕成《20世纪〈水浒〉版本的研究》,载《文史知识》2001年第4期。

《水浒传》，因而为《水浒传》研究增添新的异质。《水浒传》在海外的传播，也存在着许多问题。如已有学者指出，包括《水浒传》在内的古典小说的翻译传播，多数仍是一种被动的传播，即由传播的接受国进行。20 世纪始有主动的翻译传播，但远远不够。尤其是今天，中国作为对外开放的政治、经济、文化大国，更有必要主动地对中国文学进行翻译传播，让世界了解中国文学，使中国文学成为世界文学。①

另外，文化隔阂阻碍《水浒传》海外传播的准确性，制约其影响进一步扩大。翻译者难以完全兼通两种语言文化，在翻译过程中造成了原著神韵、风格的丧失。海外翻译者在翻译过程中任意删节、窜改，甚至只保留主要情节，或加入自己的再创作内容，鱼目混珠，必然给《水浒传》传播带来负面影响。再者，由于海外译本多就《水浒》某一著名故事如"鲁智深拳打镇关西""武松打虎"等进行翻译，而且大多数是普及读物和儿童读物，为海外读者特别是西方读者全面了解中国古典名著设置了障碍。相信随着中西方文化不断交流和渗透，这些制约因素会逐渐消除，《水浒传》将在世界文学之林中焕发更加绚丽的光彩。

第三节 《封神演义》与《金瓶梅》的海外传播

一、《封神演义》的海外传播

早在清代，《封神演义》就被翻译成满文、蒙文及傣文。20 世纪，《封神演义》更是远播海外各国。在海外，主要是一些汉学家通过译文和论著的形式传播封神故事，同时，国内一些剧团通过赴海外演出等方式传播有关经典情节。东方以韩国和日本为主，一些具有汉语修养的知识分子，阅读原著，被其中故事情节吸引，然后将其翻译出来，使《封神演义》在更多的知识分子中流传。由于语言障碍，普通百姓了解《封神演义》比较困难，因此，传播范围较窄。西方以德国译介的《封神演义》片断较早，其他英语国家对《封神演义》的研究论著也不少。

---

① 李玉莲：《元明清小说戏剧传播方式研究》，载《社会科学辑刊》1998 年第 5 期。

（一）译文论著等形式的传播

1. 亚洲

韩国：《封神演义》流传很广。宪宗时，学者李圭景《散稿》卷七称东传小说有《封神演义》，为清刊本，藏奎章阁、高丽大、延世大、全南大、岭南大、成均馆、釜山大、庆北大、东国大、高敞玄谷书院、美术所、江陵市船桥庄及朴在渊等处。现在，韩国流传神魔小说版本共 18 种，以《封神演义》为最多。

日本：日本内阁文库藏有明代万历末年版《封神演义》百回本二十卷，文字与今本稍有不同。日本无穷会藏长周之标序的明刊《封神演义》，全书分十卷，每卷十回，内容与今本较，除回目文字稍异外，其他完全相同。1977 年，东京谦光社出版木嶋清道译成日文的《封神演义》。1996 年，日本著名漫画家藤崎龙根据安能务翻译的《封神演义》创作了漫画作品，作者颠覆了原作的人物造型及个性表现，现代味十足，为古典小说注入新的生命活力。1999 年，漫画被改编成同名卡通片。漫画及动画片均深得人们喜爱。

泰国：早就重视译介中国古典小说。泰皇拉玛二世降旨翻译《封神演义》。拉玛四世、五世时代，陆续重版，官方民间争相阅读，对泰国影响颇深。20 世纪四五十年代，在曼谷出现了华人根据《封神演义》改编的潮剧《封神榜》，采取连台本戏的手法，呈大众化取向，取悦观众于一时，产生了较大的影响。

印度尼西亚：20 世纪初，印度尼西亚华人开始翻译封神作品，出现马来文《封神传》，作品在侨生中的影响越来越大。

新加坡、马来西亚：在新加坡、马来西亚等国很多地方，都有奉祀"莲花三太子"的庙宇或神坛。这位"三太子"是依《封神演义》描述的哪吒形象塑造的，是小说内容深入人心之后的产物。1937 年，新加坡政府在某山岗上雕塑《封神演义》人物塑像，供国内外游人观赏。1993 年，新加坡拍摄电视连续剧《哪吒》。该剧比较忠实于长篇神话小说《封神演义》原著。它以女娲娘娘之侍童灵珠子投胎转世，哪吒闹海惹犯四海龙王以致自残而灭等情节为线索，围绕众仙恩怨、纣王荒淫、商周之争等故事情节，刻画出哪吒、申公豹、妲己、纣王、李靖、姜子牙等一批鲜活人物群像，部分地展现和反映了中国奴隶制时代的社会矛盾和历史状况,通过声像的形式扩大了《封神演义》在异域的传播。

1936 年,J. C. Coyajee 撰写的《伊朗、中国古代崇拜仪式与传说》出版,其中高度评价《封神演义》和波斯民族史诗《王书》具有较强的可比性。保罗·布雷斯特著的《封神演义与沙赫纳姆之间的异同以及前者对波斯史诗之影响》(1972 年载《亚洲民俗学研究》),较为系统地论述了《封神演义》中古代神话与传说之间的关系,以及这些神话传说在波斯民族史诗中的反映。

2. 欧美

德国学者对中国通俗小说的译介工作做出了较大的贡献。他们不仅在华传播西学,而且向西方介绍中国和中学,在中国和西方都产生了持久的影响。20 世纪初,新教传教士用德文选译《封神演义》部分章节(第十七、十八及二十三回),收入其所编著的《中国民间童话》①。1902 年,莱比锡阿梅郎斯出版社出版《中国文学史》,收录《封神演义》选译,由德国早期著名的汉学家格鲁贝(W. Grube)译著。1912 年,莱顿 E. J. 布里尔出版社出版《封神演义:中国神话历史小说》。该书为 2 卷本(657 页),1970 年台北成文书局重印。此书全译《封神演义》第一至四十六回,译者也是格鲁贝;第四十七至一百回是原文摘译,译者为赫伯特·米勒(Herbert Mueller)。书中附录有关《封神演义》的资料,并附文介绍小说的历史背景、描写技巧、神话因素及版本情况等。

欧美国家也藏有明清版小说《封神演义》。英国博物馆及皇家亚洲学会图书馆分别藏有一部四雪草堂本《封神演义》,巴黎国家图书馆则有清籁阁藏版本的《封神演义》一部。

《封神演义》英译本也不少。1921 年,纽约斯托克出版社出版卫礼贤编译的《中国神话故事》。该书收入弗雷德里克·马滕斯选译的《封神演义》。此书原版为德文,其中包括《封神演义》第十七回、第十八回及第二十三回译文。1922 年,伦敦 G. 哈鲁普出版社出版倭讷的译著《中国的神话与传说》,其中收录倭讷选译的《封神演义》。书中除选译文外,还有对《封神演义》的概括介绍。

英文论著还有《姜子牙在纷争中的作用:〈封神演义〉的主角》,曼

---

① 〔德〕卫礼贤(威廉 R. Wilhelm):《中国民间童话》,耶纳迪德里希出版社,1919。

弗雷德·波克特著,载《汉学》(1970 年)。N. A. Koss 在《通报》卷 65 (1979 年)发表《〈西游记〉和〈封神演义〉的关系》一文,指出前者对后者的影响。此外,取材于《封神演义》的连环画《哪吒闹海》由 Hongen li 于 1980 年译成英文,虽然只是通俗性译介,但读者面因此可能更宽。Pinpin Wan 的博士论文是《封神演义》研究的又一成果,题为《〈封神演义〉的取材、叙事结构和深化含义》(1987 年)。挪威人 D. B. Wagner 为皇家大学奥斯陆图书馆编的《中国古籍目录》(1992 年)描述了该馆所藏《绘图封神演义》,内容涉及作者、版本、尺寸等。

3. 俄国与苏联

俄国学者侧重于对《封神演义》的文本进行研究,论著颇丰。著名汉学家包列夫斯卡娅著《〈封神演义〉的作者》,收入《远东文学研究的理论问题》"1974 年列宁格勒第九次学术会议报告论题提纲"(第 10～11 页),1974 年莫斯科出版。该书还收录她著的《〈封神演义〉中的信仰与反叛》。作者认为,《封神演义》中某些神魔的情节和形象,冲击了陈旧的儒家伦理规范。1973 年,《亚洲人民》第三期收录包列夫斯卡娅的《罗懋登演义小说的文学渊源》。此文以《三宝太监西洋记》和《封神演义》为例,分析了 16～17 世纪中国长篇小说中的喜剧因素,认为这些因素有许多是从民间传说及笑话中吸收的,它们在 16～17 世纪中国英雄小说中占有重要位置,因而也是必不可少的成分。1981 年,莫斯科出版社出版《蒙古的文学关系文集》,收录李福清《策伦索德诺姆本子乌里格尔和文学与民间文学创作的相互关系问题》。此文将蒙古说唱段子《哪吒出世》的记录和《封神演义》第十二至第十四回所写哪吒故事做了对比研究。

4. 大洋洲

1961 年,《皇家亚洲学会会志》(香港分会)刊载华裔澳大利亚著名学者柳存仁教授的研究论著《〈封神演义〉的佛教探源》。1962 年,威斯巴登奥托哈拉索维茨出版社又出版他著的《佛道二教对中国小说的影响》卷一:《〈封神演义〉的作者》。此文专题研究《封神演义》的作者。文章认为,《封神演义》作者是活动于中国 16 世纪中期的陆西星。陆西星字长庚,是一个博学的道士,对佛教却有极高的兴趣。

(二)舞台艺术形式的传播

随着中西文化交流的发展,《封神演义》的海外传播不仅有多种译本、研究论著,而且在舞台演出方面成绩斐然。

1920～1923 年,福建省莆田市紫星楼班应邀到新加坡、马来西亚等国演出,在吉隆坡演出《封神榜》莆仙戏,其武打功夫别具一格。1930 年,得月楼班应邀到新加坡、马来西亚演出,在吉隆坡献演《封神榜》莆仙戏片断的唱片,誉满南洋群岛。新中国成立后,北京新兴剧团李盛藻担纲出演《姜子牙与哪吒》《黄飞虎与纣王》《广成子错收殷郊》等京剧,出访非洲和大洋洲各国,获得一致好评。1957 年,在第六届世界青年与学生和平友谊联欢节上,《哪吒闹海》在莫斯科演出,获得东方古典舞蹈表演金质奖章。1985 年,宁夏回族自治区京剧团赴阿尔及利亚、突尼斯演出,俞鉴主演《乾元山》(《乾坤圈》)一剧,获当年第十三届迦太基国际民间艺术联欢节最佳团体奖。据报道,改编自《封神榜》"哪吒闹海"的京剧《龙王》,在日本上演后极为轰动,在东京和名古屋共演了 3 个月 111 场,几乎场场爆满,有的观众甚至看了 16 场。由此可见《封神演义》故事在海外传播的强劲势头。

《封神演义》的海外传播,既给我们提供了本民族文学跨文化传播的实例,有助于客观认识中华文化的国际影响,又开启了中国古典文学研究的新思路,扩大了中国文学批评史的治学视野。这也是我们考察古代文学的海外传播的意义所在。从上述材料可以归纳出《封神演义》海外传播方面的几个特点:首先,《封神演义》以中文文本形式流到海外,海外汉学家或华人学者将其译介给本土的读者,同时,为文本的流传和保存提供了更大的可能和更多的便利条件。有些海外存本已成为孤本,如日本存的明代万历末年版《封神演义》百回本二十卷,国内已无此存本,幸赖日本所藏才得以保存。其次,《封神演义》的海外传播不仅有书籍传播,还有戏曲、影视、漫画等形式,使《封神演义》的海外传播呈现精彩纷呈的面貌。第三,海外汉学家或华人学者在研究小说《封神演义》时,大都以比较研究为主,试图从中探寻《封神演义》小说与西方艺术创作方法或创作思维的异同。第四,尽管《封神演义》的海外传播对弘扬汉民族文化有着重大意义,可是,由于中西文化背景的差异,文学作品进行语言文字转换时难免产生一些变异。海外某些《封神演义》译本可能在作品风貌上与原作相差甚远,甚至大相径庭。这种差异一方面丰富了《封神演义》的内容,另一方面,不可否认,南辕北辙的译介也在一定程度上影响了作品的价值。

二、《金瓶梅》的海外传播

从刊刻伊始,《金瓶梅》就开始了海外传播。日本现存《新刻金瓶梅词话》明刻本及相关资料,说明《金瓶梅》在 17 世纪便传入日本,19世纪中期传入西方国家。《金瓶梅》在国外的传播出现了与国内不尽相同的境遇。现在的外文译本有英、法、德、意大利、拉丁、瑞典、芬兰、俄、匈牙利、捷克、南斯拉夫、日本、朝鲜、越南、蒙等文种,保守估计,发行量远远地超过国内印刷出版量。以下通过传播地理的东西方文化区分,简述《金瓶梅》的海外传播情况。

(一)《金瓶梅》在东方

由于在地缘上与中国邻近,东方国家文化上深受中国影响,具有相似的文化心理构成和社会风尚民俗,所以相对西方而言更早也更容易接受《金瓶梅》。

《金瓶梅》主要通过海路运输的方式传入日本。据日本大庭休教授《江户时代唐船携来书研究》,1715～1855 年,《金瓶梅》各种版本传入日本达 21 部之多。与风靡日本的其他中国古典名著相比,《金瓶梅》却由于自身的"秽书"之名,一直被束之高阁,世人难得一见。江户时代,这些传入日本的汉语文本促使日本知识分子萌发了翻译冲动。当时,大阪的冈南闲乔进行了部分翻译的尝试,形成了两册译文,以手抄本形式流传。日本江户时代唯一的《金瓶梅》译本是荷塘一圭以第一奇书本为底本的译本。该本抄录汉语原著,用日文字母断句,并且加以注音、释义。在江户时代晚期,通俗小说家曲亭马琴改编创作了《新编金瓶梅》,将书中主要人物换成日本名字,如把武松换成大原武松,把武大郎换成大原武大郎,把西门庆换成西门屋启十郎。改编者为了迎合受众使用的这种传播技巧,却没有取得成功。因为当时日本读者对于《金瓶梅》"秽书"的恶名避而远之,多以手抄本形式传播,传播范围有限。

1882 年,松村操翻译的《原本译解金瓶梅》由鬼屋诚分册刊行。这是日本最早的《金瓶梅》正式译文,但仅仅翻译原著前九回,内容单薄。1923 年,井上红梅翻译的七十九回节译本《金瓶梅》,由上海日本堂书店出版,虽然内容得到了丰富,但误译现象较多,可读性较差。1925年,夏金邑、山田政合译的《全译金瓶梅》由光林堂出版。这是《金瓶梅》第一个日文全译本。第二次世界大战之后,日本文学发生巨大的转型,"私小说""肉体文学"流行,《金瓶梅》也得到了公开发行。主要版本有:(1)1948年,尾坂德司翻译《全译金瓶梅》,东京东西出版社出版。(2)1948年,小野忍、千田九一合译《金瓶梅》,东京东方书局出版。(3)1949年,林房雄翻译《金瓶梅》,东京文艺俱乐部出版。(4)1951年,小野忍、千田九一合译《全译金瓶梅》,东京三笠书房出版。(5)1956年,小野忍、千田九一合译《全译金瓶梅》,东京河出书房出版。(6)1958年,富士正晴节译本《金瓶梅》,东京创元社出版。(7)1959年,小野忍、千田九一合译《全译金瓶梅》,东京平凡社出版。(8)1966年,世界翻译研究会翻译《金瓶梅》,浪速书房出版。(9)1966年,上田学而翻译《金瓶梅》,东京人物往来社出版。(10)1971年,冈本隆三翻译《完译金瓶梅》,东京讲谈社出版。(11)1972年,驹田信二翻译《驹田信二之金瓶梅》,东京二见书房出版。(12)1973~1974年,小野忍、千田九一合译《金瓶梅》,东京岩波书店出版。(13)1973~1974年,村上知行翻译《金瓶梅》,东京角川书店出版。

出版发行的热潮,促进了日本《金瓶梅》研究的不断深入。日本涌现一批"金学"专家,如鸟居久靖、长泽规矩也、小野忍、泽田瑞穗、荒木猛、铃木阳一、上村幸次、日下翠、上野惠司、大内田三郎、寺村政男、阿部泰记、池本义男等,研究成果卓著,形成强势的传播群体。

与《金瓶梅》在日本传播情况类似,《金瓶梅》刚一出现,便被介绍到朝鲜半岛,其后不断有人提及。自20世纪50年代起,韩国多种译本相继出版。1990年,内外出版社出版改编本《小说金瓶梅》。朴秀镇的《完译金瓶梅》,1991~1993年由汉城青年社出版。近20年来,陆续有李相翊、安重源、康泰权、金总坤、崔溶澈、金宰民、赵美媛、李无尽等人,或发表论文,或作为硕士、博士论文,对《金瓶梅》进行研究。

与日韩不同,同为近邻的越南,则是在较晚的时候接受《金瓶梅》的,1969年,昭阳出版社出版越南文译本。1989年,河内社会科学出版社再版,定价颇高。越南文译本的底本是《古本金瓶梅》,没有专家学者辨伪勘真,可以说,《金瓶梅》在越南的传播受到了相当大的局限。

(二)《金瓶梅》在西方

早在 1853 年,《金瓶梅》由 A. P. L. 巴赞(A. P. L. Bazin)将其第一回译为法文,题为《武松与金莲的故事》,刊载于巴黎出版的《现代中国》。这是《金瓶梅》最早传入西方的一个译本。此后,1879 年,乔治·加布伦茨(George Gabelentz)翻译的《金瓶梅片断》,刊载于法国巴黎出版的《东方和美洲杂志》,译文是根据满文译本译出的。还有冯·埃·察赫(Von E. Zach)译的《金瓶梅的几首诗》(载 1932～1933 年 3～8 月号合订本《德国卫报》),吴益泰(Oultai)译的《金瓶梅片断》(刊于1933 年巴黎出版的《中国小说概论》),蔡珠和蔡·温伯格(Winberg Chai)译的《金瓶梅第一回》,它由美国阿普尔顿—世纪出版社 1956 年出版。另外还有德国出版的《小说》,刊有 H. 鲁德斯贝格(H. Rudels-derger)翻译的《西门庆之艳遇》,翻译《金瓶梅》第十三回。由片段译介进一步发展为全书缩写,比较著名的是乔治·苏里埃·德·莫昂(Georger Siulie de Morane)的《金莲》,全一册,294 页。这是一个法文缩写本,底本是第一奇书本,1912 年在巴黎出版,不久就被转译为英语。

当片断与简要的缩写本仍然满足不了欧洲读者时,较长的节译本则应运而生。首先是奥托尔·基巴特翻译的《金瓶梅》。这是一个德文译本,原分三卷,1928 年出版第一卷(第 1～10 回)。1932 年出版第二卷(第 10～23 回)。第三卷只见预告,未见出版,因为希特勒上台,下令焚书,"这部书就被这个疯子于 1933 年连同所有值得保存的文学作品统统付之一炬"①。基巴特兄弟的较全的节译本《黄金的瓶里插的梅花》全书五卷,另附注释一卷,1967 年在瑞士苏黎世出版。根据汉学家艾金布勒的评论,基巴特兄弟的译本,往往过多地把诗词译成散文或译成韵文,以适应实际上修辞的需要,因而对话缺乏表情,在许多方面丧失了原作的精神,不尽如人意。

弗朗茨·库恩所译《金瓶梅:西门庆与他的六妻妾之艳史》,全一册,共四十九章,920 页,1930 年在德国莱比锡出版,再版多次。雷威安在《〈金瓶梅〉法译本导言》中,介绍这个译本在欧洲的传播情况时

---

① 〔法〕艾金布勒:《〈金瓶梅〉法文全译本前言》,见徐朔方编、沈亨寿等译《金瓶梅西方论文集》,第 287 页,上海:上海古籍出版社,1987。

说:"这是一个莫大的成功,欧洲各种语言的译本都曾受惠于它。法译本译自 1949 年版德文本,比英文本晚了十年,曾受到书刊检察当局的注意。在纳粹德国,1933 年,基巴特兄弟译的德文全译本的最初两个分册开始轰动一时,弗朗茨·库恩的译本只好等到 1938 年才与它平分秋色,译者库恩在他七十大寿之际才获得德国宣传与民族建设部长的开禁命令。"①库恩这个节译本,曾被转译为欧洲几种译文。在法国,有让·皮埃尔·鲍莱译为法文的《金瓶梅:西门与其六妻妾奇情史》,1949 年在巴黎出版;1962 年,出版由约瑟夫·马丹鲍尔与赫尔曼海斯合译的《金瓶梅》。在瑞典,由埃尔塞与哈甘·若莱特合译的《金瓶梅:西门与其六妻妾奇情史》,出版于 1950 年。芬兰、匈牙利、捷克、南斯拉夫等,均有出版。英文译本是贝纳·米奥尔(Berndard Miall)翻译的,共四十九章,863 页,1939 年由伦敦纳翰·莱恩出版社出版,1940年又由纽约 G. P. 普特南父子公司出版,1960、1962 年,美国纽约卡普里科恩图书公司再版。

《金瓶梅》在苏联的节译本并非转译自库恩的德文译本,而是由精通汉语的马努辛,据《新刻绣像金瓶梅》直接节译为两卷本,共 940 页,1977 年由莫斯科文学出版社出版。

随着时间推移和东西方文化交流,西方学者对中国文化的了解越来越深化,对《金瓶梅》全译本的要求日益迫切。最早的英文译本由克莱门特·艾杰顿翻译,全书一百回,共四卷,1939 年由伦敦 G. 芳特莱基出版社出版。法国雷威安在《〈金瓶梅〉法译本导言》中说:"多亏艾杰顿,他得到当时在伦敦东方语言学校授课的中国小说家老舍的帮助,译出了下续的部分。这个英译本的篇幅约当德文删节本的两倍到三倍;各节中填满了似通非通的拉丁词语,似乎专供天主教徒阅读用。艾杰顿所提供的这个本子,虽非全译,但在叙事方面也已近乎全译。诗词部分一般略去不译,中文原作的粗糙之处也都加以润饰。总之,删节之处,估计也有全书初稿的四分之一:删削过多,或删削得还不够,都是为了和库恩本的'极不确切'的翻译作风竞争。此书译成多种

---

① 〔法〕雷威安:《〈金瓶梅〉法译本导言》,见徐朔方编、沈亨寿等译《金瓶梅西方论文集》,第 268 页,上海:上海古籍出版社,1987。

语言,各语种的版本又经多次修订,印数已超过二十万册。"①还有一本
最重要的西方语言的全译《金瓶梅》,是法国雷威安教授的法文全译
本,于 1985 年作为"七叶丛书"之一出版。这个译本是西方《金瓶梅》
翻译的结晶。无论准确性,还是研究的深度与广度,都具有里程碑意
义。全书将一百回分为十卷,每一卷标上一个题目,以概括十回的内
容。这些卷的题目分别是:(1)《金莲》,(2)《瓶儿》,(3)《惠莲》,
(4)《王六儿》,(5)《渎职》,(6)《少爷之死》,(7)《枕边的幻想》,
(8)《西门庆暴亡》,(9)《善有善终,恶有恶报》,(10)《土崩瓦解》。他
为全书写有导言,着重论述《金瓶梅》在中国文学史上的地位,并对《金
瓶梅》在欧洲翻译出版和各方评论的情况,做了概要介绍。

东西方文化传统虽然不尽相通,道德与价值观念也有一定的差
异,但对待《金瓶梅》的评价,并非国人想象的那般开明自由,也有其逐
步发展的过程。据雷威安《金瓶梅法译本导言》说,19 世纪初《北京传
教团备忘录》以告示的形式对一些罪孽行为加以禁止,告示中就提及
《金瓶梅》,但这部书是作为"中国道德沦丧也像世界其他国家那样严
重"之生动例证提出来的,因而《金瓶梅》作为"淫书"被教会禁止。
1933 年,德国基巴特兄弟翻译的《金瓶梅》,还有库恩的德文译本,都遭
到希特勒政府禁止。在法国,让·皮埃尔·鲍莱所译两卷本《金瓶梅》
出版后,很受读者欢迎,1949 年出版,1953 年出版修改版,但是法国官
方担心西门庆的生活方式会给法国社会带来不良影响,因而下令查禁
该书,直到 1979 年才将禁令取消。

西方读者接受《金瓶梅》的原因比较复杂。首先,在于受众的心理
层面。自文艺复兴以来,中世纪的禁欲主义在西方被破除得比较彻
底,受众对于男女两性关系不如东方读者看得更为神秘。再者,从传
播文本看,《金瓶梅》是用古代白话写出的通俗小说,这比用古代文言
写出的诗词更能令国外读者所欣赏。《金瓶梅》的写实主义手法,书中
的社会风俗的描绘,人物心理的细腻刻画,较能适合具有现代小说欣
赏传统的西方读者的口味,从而得到广泛传播。

---

① 〔法〕雷威安:《〈金瓶梅〉法译本导言》,见徐朔方编、沈亨寿等译《金瓶梅西方论文集》,第
269 页,上海:上海古籍出版社,1987。

第四节 "三言""二拍"的海外传播

作为明代白话短篇小说创作的杰出代表,"三言""二拍"不仅以丰富多彩的内容引人入胜,还是真实反映明代社会风貌的一面镜子,有着较高的文学、史学价值。正因为如此,这几部作品较早就引起了国外学人的重视。由"三言""二拍"选出 40 篇佳作编辑而成的《今古奇观》,在国际上久负盛名,被誉为中国八大小说之一。这与"三言""二拍"长期以来以《今古奇观》的形式在海内外流传不无关系。

目前,"三言""二拍"的故事被翻译成英语、法语、德语、俄语、日语、韩语、意大利语、拉丁语、罗马尼亚语、匈牙利语等十几种文字,在世界各地流传。20 世纪译著的质量大大超过以前任何时期。虽然其中有些译文仍略显滞涩,但总的来说通顺流畅,忠于原著。译著一般附有译者本人或者专家写的作品、作家介绍,有助于外国读者对中国古典小说的理解,也有助于国外汉学界对这一领域的深入研究。作为跨文化传播的翻译传播,无疑成为海外解中国文学并接受其影响的重要途径。

随着"三言""二拍"文本不断被翻译和传播,越来越多的海外学者加入研究"三言""二拍"的行列。"三言""二拍"海外研究硕果累累。海外学人的介绍和孜孜不倦的努力,使得"三言""二拍"在海外更广泛、更深入地被欣赏和接受。随着中外文化交流的日益频繁,国内研究者也得以一睹海外研究成果的风采,视野大大开阔,吸取了大量宝贵经验。

一、"三言""二拍"在日本及其他亚洲国家的传播

"三言""二拍"在清代从中国失传了,它们却很好地保留在日本,因为日本人一直以来非常喜爱这些作品。据日本学者桑山龙平与大

村梅雄合撰的《今古奇观的研究和资料》①一文介绍,《今古奇观》在江户时期即传入日本,并出版"和刻本",非常受欢迎,而且对日本小说创作影响甚大。一方面,早在宽保三年(1743)至宝历八年(1758)间,冈白驹、泽田一斋师徒二人就从"三言""二拍"及《西湖佳话》这些小说集中选出部分作品,编成"日本三言",即《小说精言》《小说奇言》《小说粹言》(共收 14 篇)。这是公认的较早的日文"三言""二拍"翻译注释本。另一方面,许多日本作家乐于采取"三言""二拍"中的故事素材,改写成为具有日本社会生活特点的小说作品。如宽延二年(1749)出版的都贺庭钟的小说集《英草纸》,其中第二篇取材于《金玉奴棒打薄情郎》,第三篇取材于《俞伯牙摔琴谢知音》,第四篇取材于《庄子休鼓盆成大道》,第六篇取材于《三孝廉让产立高名》,第九篇取材于《裴晋公义还原配》。诸如此类,不胜枚举。

进入 20 世纪,正是日本学者最早对"三言""二拍"的原本进行了发掘和介绍,重新唤起人们的记忆。日译本形式多样,不仅有单篇,而且有全译本。从佐藤春夫等尝试翻译《今古奇观》(1926 年)开始,到青木正儿校注复刻《通俗今古奇观》(1932 年),直至村松暎译《杭绮州谭》,入矢义高译《雨窗敧枕集》和《洛阳三怪记》,吉川幸次郎译《西山一窟记》,井上红梅译《今古奇观》,鱼返善雄译《中国千一夜》(即《今古奇观》)等等,有大量的关于"三言""二拍"故事的优秀现代日语译本刊行。1958 年,千田九一与驹田信二合译的《今古奇观》(即《中国古典文学全集》第八、九卷)全译本由东京平凡社公开发行。当时,辛岛骁曾计划全部翻译"三言""二拍",由东洋文化协会出版,遗憾的是,《醒世恒言》《警世通言》《拍案惊奇》三种均未译全。

"三言""二拍"流传韩国的记录甚难找到,所以,韩国学者对传入问题议论纷纷。韩国学者闵宽东在《中国古典小说在韩国之传播》一书中说,他在韩国奎章阁图书馆里发现《醒世恒言》残本九册与釜山大本,此外"三言"中的小说(《今古奇观》里不见的)可见于韩国古小说版本中。它们被用韩文翻译或进一步改作(称为翻案小说)。例如,《喻世明言》第二十八回《李秀卿义结黄氏女》的入话被韩国人再创作为

---

① 〔日〕桑山龙平、大村梅雄:《今古奇观的研究和资料》,见〔日〕内田道夫编《中国小说世界》,第 231 页,上海:上海古籍出版社,1992。

《梁山伯传》,第三十一回《闹阴司司马貌断狱》被《梦决楚汉诵》《诸马武传》所借鉴,《警世通言》第十一回《苏知县罗衫再合》直接影响《月峰山记》《苏学士传》《凤凰琴》《江陵秋月》的创作等等。① 值得注意的是,朝鲜英祖三十八年(1762)完山李氏所作的《中国历史绘模本》序文中,就有《醒世恒言》《拍案惊奇》的书名。因此,可以相信"三言""二拍"在1762 年以前传入韩国之事实。但"二拍"在韩国面世后不久被禁,因此在韩国图书馆无法见到其版本。《今古奇观》传入韩国的具体时间不定,1762 年完山李氏《中国历史绘模本》序文中,也可见到传入的痕迹。《今古奇观》流入韩国后极受欢迎,现存版本不少。在高丽大学、成均馆、奎章阁、延世大学等多处,均有纯文字本、绘图本、绣像本等多种形式的藏本。这些藏本大部分是墨憨斋批点的《今古奇观》,另有几个笔写本。

韩国在朝鲜时代已传入"三言""二拍",但因官方禁止,传入数量并不多,影响也不大。但《今古奇观》传入韩国后,非常受欢迎,影响深远。在朝鲜时期,它就曾有翻译本、改作本等,现存有关版本颇多,但其翻译本、改作本不是完整的综合本,只是各篇或几篇翻译出来的单行本。《今古奇观》40 篇小说中,翻译或是改作本大约有 18 篇。其中一些作品对韩国甲午更张(1896)以后出现的"新小说"有显著影响。许多韩国学者认为,中国古典短篇小说中,在韩国最受欢迎且影响最大的当数《今古奇观》。进入 20 世纪,《今古奇观》在韩国广泛印行,有了比较完整的译本。1918 年,新旧书林出版《谚解今古奇观》;1948年,平民社出版《完译今古奇观》;1952 年,世昌书局出版书名改为《朴文秀传》的《今古奇观》,1959 年由大造社再版;1963 年,正音社出版《今古奇观(十六篇译)》,更是风行一时。

此外,据 1998 年出版的辜美高《新加坡国立大学中文图书馆藏中国明清通俗小说书目提要》②等书可知,越南、新加坡、朝鲜等亚洲国家都有"三言""二拍"和《今古奇观》原书流传及文本翻译。其具体情况,就不赘述了。

---

① 〔韩〕闵宽东:《中国古典小说在韩国之传播》,第 249 页,上海:学林出版社,1998。
② 辜美高、《新加坡国立大学中文图书馆藏中国明清通俗小说书目提要》,北京:中国社会科学院翻印,2005。

二、"三言""二拍"在西方国家的传播

18 世纪,"三言""二拍"便因其短小的篇幅、生动的故事情节、浓厚的东方情调吸引了法国读者,大部分故事得以译成法文,并进一步介绍给西方人。据今所知,"三言""二拍"中的作品最早被译为西方文字的是《庄子休鼓盆成大道》《怀私怨狠仆告主》《吕大郎还金完骨肉》三篇,首见于 1735 年法国巴黎出版的由杜哈德(Du Halde)主编的《中华帝国全志》(又译《中国通志》)。译者是殷弘绪(1662 年~1741 年)神父。他以故事梗概的形式将这三篇小说翻译成法文,发表于《中华帝国全志》第三卷。① 这是中国古典小说第一次被介绍到欧洲。此书在 1736 年由舒尔利尔拉埃出版社再版,在欧洲有着相当广泛的影响。"三言""二拍"故事在欧洲其他国家的传播,基本始于将《中华帝国全志》翻译成各国文字之时。

20 世纪,法国关于"三言""二拍"的翻译和介绍依然活跃。20 世纪初,夏庞蒂埃(L. Charpentier)译《李太白》(即《李谪仙醉草吓蛮书》),收入其编译的《浪漫小说》(Le Roman Romanesque)。此书于 1904 年出版,附有汉文原作及汉音音译。这是 20 世纪"三言""二拍"故事在法国最早的译本。1921 年,巴黎法斯凯尔出版社出版法国著名汉学家苏利埃·德·莫朗(S. de Morant)编译的法文版《中国爱情故事集》(Contes Galants)。书中译有《宝莲寺》(即《汪大尹火焚宝莲寺》)、《蹊跷的婚姻》(即《钱秀才错占凤凰俦》)、《衙内的故事》(即《吴衙内邻舟赴约》)、《乔太守乱点鸳鸯谱》、《刘小官雌雄兄弟》五篇作品。1922 年,弗拉马里翁出版社出版玛格丽特(Marguerite)摘译的《刘小官雌雄兄弟》《陈御史巧勘金钗钿》《范鳅儿双镜重圆》及《卖油郎独占花魁》。1970 年,雷威安(即安德烈·莱维)编译的《雌狐的爱情》由巴黎伽利玛出版社出版。书中译有"二拍"中的 12 篇故事。此外,雷威安还与戈德曼合译有《西山鬼怪:七篇中国古典短篇故事》,1972 年由巴黎伽利玛出版社出版,该书选译了《京本通俗小说》及"三言"中的故事七篇。20 世纪,有关"三言""二拍"故事的法文译本还有多种,足可

---

① 宋柏年:《中国古典文学在国外》,第 467 页,北京:北京语言学院出版社,1994。

见其在法国的受欢迎程度。

　　"三言""二拍"在英语世界的传播，最早可以追溯到对法国人杜哈德主编的《中华帝国全志》的英译。1736 年，这部书的英译本在伦敦出版。这是由约翰·瓦茨(J. Watts)组织人力在较快时间内由法文版译成的，内容上对法文版有所删节，仍包括《庄子休鼓盆成大道》等三篇作品。① 进入 20 世纪，"三言""二拍"故事最早的英译本，见于 1902 年 1 月上海《亚东杂志》第二号第一卷，是由法瑟·亨宁豪斯(Father Henninghaus)翻译的《狠心的丈夫》(即《金玉奴棒打薄情郎》)。纵观整个 20 世纪"三言""二拍"被翻译成西方文字的情况，英译本无疑是数量最多、质量最高的，还出现了一些成就突出的翻译家，值得关注。

　　在翻译"三言""二拍"故事方面，英国学者豪厄尔(E. B. Howell)取得了引人注目的成就。早在 1905 年，他编译的《今古奇观：不坚定的庄夫人及其他故事》(The Restitution of the Bride and Other Stories from the Chinese)，由别发洋行分别在上海、香港、新加坡出版，并在 1925 年由伦敦沃纳·劳里有限公司再版。该书从《今古奇观》中选译了六篇作品：《不坚定的庄夫人》(即《庄子休鼓盆成大道》)、《使节，琴与樵夫》(即《俞伯牙摔琴谢知音》)、《李太白的外交手段》(即《李谪仙醉草吓蛮书》)、《滕大尹断案》(《滕大尹鬼断家私》)、《李汧公历险》(即《李汧公穷邸遇侠客》)、《代人成婚》(即《钱秀才错占凤凰俦》)。书内附插图 12 幅，有 1905 年译者写于天津的序言。序言对《今古奇观》作者及成书情况做了介绍，并说：译文虽对原文有所删节，但尽力保持原作面貌，欧洲读者可以从中得到有关中国哲学、文学等方面的知识。其中，《不坚定的庄夫人》收入高克毅编译的《中国的智慧与幽默》(Chinese Wit and Humor)一书之重印本，1974 年由纽约斯特林出版社出版。此外，豪厄尔还编译了《今古奇观：归还新娘及其他故事》(The Restitution of the Bride and Other Stories from the Chinese)一书，亦从《今古奇观》中选译了六篇作品：《归还新娘》(即《裴晋公义还原配》)、《年幼的臣子》(即《十三郎五岁朝天》)、《若虚的命运》(即《转运汉巧遇洞庭红》)、《名妓》(即《杜十娘怒沉百宝箱》)、《不幸的秀才》

────────────

　　① 王丽娜：《中国古典小说戏曲名著在海外》，第 169～170 页，上海：学林出版社，1988。

（即《钝秀才一朝交泰》）、《羊角哀舍命全交》。此书 1926 年出版，书为黑皮精装，封面有"今古奇观"几个汉字，扉页印有"寒江独钓"图一幅。书中亦附有插图，并有译者序言。豪厄尔在序言中说，他的第一个译本《今古奇观：不坚定的庄夫人及其他故事》出版后，得到英国出版界重视，第二个选译本即是应英国出版家沃纳·劳里之邀而选译出版的，其中《不幸的秀才》在欧洲是第一次被翻译介绍。序言还说，法国汉学家伯希和（Paul Pelliot）曾在巴黎版《通报》第 24 卷（1925 年第 1 号）发表文章，评论他的第一个选译本；文中还提到《二刻拍案惊奇》初版于 1632 年，《今古奇观》初版于 1644 年，这两个版本在中国是很难见到的。

西里尔·伯奇（Cyril Birch）是又一个值得注意的翻译家。他的哲学博士论文《古今小说考评》（*Ku-Chin Hsiao-shuo: A Critical Examination*），1955 年发表于伦敦大学，被列为伦敦大学东方与非洲研究学院论文集之一，其中包括《古今小说》的译文。伯奇还编译了《明代短篇小说选》（*Stories from a Ming Collection*）一书，收有《古今小说》的七篇译文：《乞丐夫人》（即《金玉奴棒打薄情郎》）、《珍珠衫》（即《蒋兴哥重会珍珠衫》）、《酒与矮人》（即《晏平仲二桃杀三士》）、《吴保安弃家赎友》、《魂游》（即《游酆都胡母迪吟诗》）、《金丝雀人命案》（即《沈小官一鸟害七命》）、《挽救仙女》（即《张古老种瓜娶文女》）。1958 年，此书由伦敦博德利黑德出版社和纽约格罗夫出版社同时出版，1959 年由布鲁明顿印第安纳大学出版社再版。书中的每篇译文之前，均有译者对原作内容的概括介绍和简短评论，书前并有译者所撰导言一篇。导言认为：《古今小说》内容异常丰富，真切地反映了明代的社会现实和人民的某些思想，如赞美两性关系的道德准则，歌颂友情的忠诚无私，崇敬古代英雄的侠义行为等等；它的一些有关因果报应的故事，充满对慈爱精神的表彰和对邪恶事物的深恶痛绝。伯奇这一译本的译文生动流畅，能较好地传达原著风貌，西方学者有较高评价。

在英国受到欢迎的"三言""二拍"，在美国翻译成文也比较顺利。1944 年，美国哥伦比亚大学名誉教授王际真编译的《中国传统故事集》（*Traditional Chinese Tales*）由纽约哥伦比亚大学出版社出版。该书选译了《醒世恒言》中的四篇作品：《错斩崔宁》（即《十五贯戏言成巧祸》）、《爱花人与花仙》（即《灌园叟晚逢仙女》）、《卖油郎独占花魁》、《三兄弟》（即《三孝廉让产立高名》）。1968 年，此书由纽约格林伍德出版社再版，1975 年由康涅狄格州西港格林伍德出版社出了第三版。《爱花人与花仙》，1946 年另由纽约阿奇韦出版社出版单行本；《错斩崔宁》被收入约哈南（John D. Yohanan）编辑的《亚洲文学宝藏》（*A Treasury of Asian Literature*）一书，1956 年由纽约新美利坚图书馆出版。另外，王际真翻译的《玉观音》（即《崔待诏生死冤家》），被收入西里尔·伯奇编辑的《中国文学选》（*Anthology of Chinese Literature*）一书。1972 年，此书由纽约格罗夫出版社出版。此外，美国学者毕晓普、夏志清等人曾部分选译或者单篇翻译"三言""二拍"中的故事。

　　"三言""二拍"故事最早在德国流传，始于 1747 年对《中华帝国全志》的德文翻译。据今所知，"三言""二拍"在 20 世纪最早的德语译本，是 1900 年由莱比锡伊泽纳赫出版社出版的由威廉·塔尔（Wilhelm Thal）编译的《中国小说》一书。此书收有《看财奴刁买冤家主》《陈御史巧勘金钗钿》《怀私怨狠仆告主》三篇译文。德国著名汉学家、翻译家弗朗茨·库恩（Franz Kuhn）从 20 年代起就在《中国学》等刊物发表他所翻译的诸如《神秘的图画》（即《滕大尹鬼断家私》）、《杜十娘怒沉百宝箱》等"三言""二拍"的单篇作品。1928 年，库恩翻译的《珍珠衫》（即《蒋兴哥重会珍珠衫》）单行本出版。1940 年，柏林施泰尼格尔出版社出版库恩编译的《十三层塔》。书中翻译了《今古奇观》的《金钗钿》（即《陈御史巧勘金钗钿》）、《玫瑰水彩画》（即《崔俊臣巧会芙蓉屏》）、《乱配的新娘》（即《乔太守乱点鸳鸯谱》）等六篇作品。1941 年，库恩编译的《中国著名小说》一书由莱比锡岛社出版。书中包括《今古奇观》两篇作品，即《神秘的图画》和《团头的女儿》（即《金玉奴棒打薄情郎》）。1952 年，苏黎世马尼斯出版社出版库恩翻译的《今古奇观》一书。库恩的翻译对 20 世纪"三言""二拍"在德国的传播起到了不可小视的作用。

　　1774～1777 年，《中华帝国全志》俄译本面世，将"三言""二拍"的故事带到俄国。20 世纪，"三言""二拍"的俄语译本很多。最值得关注的，是莫斯科大学亚非学院教授沃斯克列先斯基所做的努力。他编译的《闲龙劣迹:17世纪话本小说十六篇》,1966年由莫斯科文学出版社出版。此书选译"三言""二拍"中的作品,书名《闲龙劣迹》,系据"二拍"中《神偷寄兴一枝梅,侠盗惯行三昧戏》所题。书前有什科罗夫斯基所作《中国中世纪导论》,书后有译者所作注释及"译后记"。此外,沃斯克列先斯基编译的《银还失主》和《道士之咒语》两本话本选集,1982年由科学出版社东方文学总编辑部出版。这两本书共选译"三言""二拍"作品21篇,其中11篇选自"二拍"。译文中的诗词由俄国研究明代的汉学家伊·斯米尔诺夫翻译。两书均有译者所作内容丰富的前言和注释。前言除介绍各篇话本中不同类型的人物和情节冲突之外,还介绍欧洲及其他国家翻译中国话本的情况,注释中含有不少关于中国古代社会生活的知识。

此外,"三言""二拍"在罗马尼亚的传播值得一提。据考证,1880年由蒂·图·马约雷斯库从德文转译的《庄子休鼓盆成大道》,是迄今为止可证实的第一篇译成罗马尼亚文的中国文学作品。罗马尼亚学者托妮·拉迪安于1982年翻译过全本《今古奇观》。1989年,布加勒斯特智慧女神出版社《大众书库》丛书出版了三册由她辑译的小说。这三册小说的内容是她从"三言"、《今古奇观》和《拍案惊奇》中选出的。① 译者笔法娴熟,选材丰富,很好地向罗马尼亚读者介绍了中国古典文学和传统文化。

三、"三言""二拍"的海外研究

海外关于"三言""二拍"和《今古奇观》的研究著作,问世时间最早者为日文。据所见材料,从20世纪20年代中期至今,日本学者不断有相关论文发表。西方学者(主要是欧美学者)发表有关"三言""二拍"的专题论文虽开始于20世纪30年代末,六七十年代发表的新论著却较多,且有一些专著单行本出版。从东西方学者(包括外籍华裔学者)所发表的论著来看,他们的研究范围非常广泛,包括作者评介、作品的社会背景、发展源流、故事考证、艺术分析以及与世界名著比较等等。

---

① 宋柏年:《中国古典文学在国外》,第472页,北京:北京语言学院出版社,1994。

海外对"三言""二拍"的研究，日本一直处于领先地位。1926 年，盐谷温的《关于明代小说"三言""二拍"》和 1928 年长泽规矩也的《关于"三言""二拍"》两篇文章在《斯文》杂志发表，使得"三言""二拍"被人们从遗忘的深渊中发现，再次受到世人瞩目。从以后的半个世纪以来，它的研究得以发展，旧貌为之焕然一新。由于"三言""二拍"大部分版本存于日本，日本学者能比较方便地掌握第一手资料，他们也很热衷于此领域的研究。不难发现，20 世纪专门从事"三言""二拍"研究的海外学者中，也以日本学者居多。长泽规矩也、小川阳一、小野四平、大冢秀高、荒木猛等学者对于"三言""二拍"的重新被重视和深入研究起到了巨大的推动作用。日文的研究著作多是从考证和文本出发，进行版本研究与故事考辨，有较高的参考价值。1965 年东京平凡社出版《中国八大小说》一书，收有山口一郎《〈今古奇观〉的时代背景》、尾上兼英《〈今古奇观〉的文学》、望月八十吉《〈今古奇观〉的语言》、桑山龙平与大村梅雄合著《〈今古奇观〉的研究与资料》等多篇文章。1978 年，东京评论社出版小野四平《中国近世短篇白话小说研究》一书。这部书是 20 世纪 60～70 年代小野先生关于"三言""二拍"研究论文的结集。此书在 1997 年 10 月翻译成中文后，由上海古籍出版社出版，章培恒先生作序。章先生在序言中说，这部书是他最早读到的第二次世界大战以后日本学者所撰汉学研究著作之一。当他在 70 年代末读到此书时，感叹不已，当时还没有见到国内学者有从这样新颖的角度来研究明代白话短篇小说的。①

目前可知 20 世纪最早的西方研究"三言""二拍"文章，发表在 1938 年《东方文库》杂志上，是由捷克和斯洛伐克著名汉学家雅洛斯拉夫·普什克撰写的《钱曾搜集的通俗小说》一文。文中谈到《警世通言》第十二卷《范鳅儿双镜重圆》入话里的两首诗，并从两首诗考证此篇话本小说不是写于宋代，而是写于元末或者明代。作为最早将"三言""二拍"介绍到西方国家的法国，也有不少汉学家一直致力于"三言""二拍"等中国白话小说的研究，比如艾田蒲、雷威安等。法国汉学界长期以来坚持将小说等纯文学作为研究整个中国文化的窗口，从中

---

① 〔日〕小野四平：《中国近世短篇白话小说研究·序言》，上海：上海古籍出版社，1997。

探究中国文化的成果,并且不断地深化这种探索。法国汉学家的研究多从文化角度入手,颇具理论深度。

在西方众多研究"三言""二拍"的学者中,美国学者成就异常突出。最早值得注意的一部书是约翰·L.毕晓普(John L. Bishop)著《中国白话短篇小说"三言"探研》(*The Colloquial Short Story in China: A Study of the San-yen Collections*)。此书1956年出版,书中着重分析"三言"的叙事技巧并考证"三言"故事的资料来源,还附有译文四篇。作者在书中还谈到西方翻译"三言"的英译文情况,认为这些译文为研究者提供了有用的资料,也指出了译文中的一些错误。严格地说,美国的中国明清小说研究是在20世纪60年代起步的,当时以考证版本为主。

夏志清于1968年出版《中国古典小说导论》(*The Classic Chinese Novel: A Critical Introduction*)一书,书中第八章《中国古代短篇小说中的社会和个人》以"三言"为研究对象。夏志清认为明代的"三言"故事仍带有旧说书人说教的特点,但在这种说教里可以发现作者"感情两分"的矛盾性:既想满足个人的需要,又不得不顺从社会的传统道德。最后,总是社会一方起了决定作用。即便如此,作者能够委婉地提出自我理想并予以同情,表现个人和社会之间的冲突,确实是进步。夏志清引用《蒋兴哥重会珍珠衫》的故事作为例证。他认为,这个故事是"明代最伟大的作品",因为它体现了道德与心理上的协调性。在中国古典小说中,出现如此豁达的道德观,实为罕见。另外,中国古典小说常常堆积许多人物事件,妨碍主题的深化。然而,《珍珠衫》结构紧凑,着重于主要人物内心活动,不为众多事件所累,堪称中国古典小说结构的典范。① 夏志清《中国古典小说导论》是第一部对明清小说进行详尽的艺术分析的英文著作。书中不少精辟的论述,至今仍为人称道,具有很高的学术价值。此书的问世标志着美国的中国明清小说研究进入了新阶段——研究范围不再局限于版本考据。但是,夏志清和毕晓普一样,在以西方标准来衡量中国作品时,一旦发现二者有所不同,并没有设身处地、从中国特有的文化和时代背景出发去加以理解,

---

① 〔美〕夏志清:《中国古典小说导论》,合肥:安徽文艺出版社,1988。

故夏氏对中国古典小说的评价有时显得过于苛求。

从 20 世纪 70 年代开始,越来越多的美国学者投入"三言""二拍"等中国明清小说研究中。浦安迪(Andrew Plaks)和韩南(Patrick Hanan)无疑是其中的佼佼者。1974 年,在普林斯顿大学召开了美国第一次以中国古典小说研究为主题的会议。这次会议囊括了当时全美几乎所有的研究中国古典小说的专家学者,会议文集《中国叙事文学论文集》反映了当时美国中国古典小说研究的最高水平。浦安迪撰写的《对中国叙事文学的理论构想》(*Towards Critical Theory of Chinese Narrative*)一文,分量尤重。此文对整个中国叙事传统做了理论性观照,真知灼见颇多,极见功力。

与这些运用西方新文学理论研究中国古典小说的著作交相辉映的,是韩南于 1973 年出版的力作《中国短篇小说研究:时期、作者、作法》(*The Chinese Short Story:Studies in Dating,Authorship,and Composition*)。该书通过严谨的考证和风格分析论证了"三言""二拍"各篇作品可能产生的具体年代,并对每一时期的小说作者及写成过程有所探讨。韩南对"三言""二拍"以及其他白话短篇小说研究多年,卓有成就。除非将来有新的原始资料出现,否则韩南在这里所做的主要结论将很难被更改。20 世纪 80 年代,韩南在其《中国短篇小说》的基础上写成新著《中国白话短篇小说》(*The Chinese Vernacular Story*)。此书国内译为《中国白话小说史》,似乎不妥,因该书只关注短篇小说而已。韩南从文学批评和文学史的角度对白话短篇小说加以研究,在前书研究成果的基础上,进一步探讨各个时期和多位作者的风格特色以及中国古代白话短篇小说发展各个阶段的规律。书中对"三言""二拍"和以后出现的几部白话短篇小说均做了精彩论述,还对冯梦龙、凌濛初及一些白话小说作家用单章的篇幅进行了详细介绍。此书出版后,在美国很快就成为研究中国传统短篇小说的必读书,在其他国家也颇受好评,是一部学术与文学欣赏兼顾的上乘之作。

更可贵的是,西方学者在研究"三言""二拍"时,不仅有面上的宏观研究,也有点上的微观研究。比如,德尔·R.黑尔斯(Dell R. Hales)是一位专心致力于"二拍"研究的学者。他的博士论文《拍案惊奇:文学评论》(*The Pai-an ching-chi:A Literary Criticism*),1964 年发表于布卢明顿印第安纳大学。此文论述"二拍"中作品的主题、人物特点、故事来源以及修辞手段等。黑尔斯还著有《中国传统短篇小说中的梦与魔》(*Dreams and the Daemonic in Traditional Chinese Short Stories*),收入尼恩豪泽(W. H. Nienhauser)编译的《中国文学评论集》,此书 1976 年由香港中文大学出版社出版。文章主要研究"二拍"中作品所描写的梦与鬼怪的内容,别出心裁。

综上可见,在 20 世纪的日本和西方国家,"三言""二拍"的研究十分活跃,各有千秋。日本学者更多立足于考据,从历史的文化的具体背景中去观照,相关学术论著功底扎实,给人一种厚积薄发的感觉。并且,由于文化的历史的悠久渊源,日本学者在理解中国古典文学作品方面相比欧美学者有着得天独厚的优势,他们更容易理解作品中体现的中国人特有的思维和处世态度。相比而言,西方学者对中国古典小说的研究偏重于文学分析和艺术欣赏。他们中有很多人受过西方文学或其他文学方面的训练,所以在其论著里,常常可以看到比较文学的影子。这是一个可取的现象。因为只有多采取中外文学比较的方法,研究视野才能得以扩大,中国灿烂而悠久的文学传统才能够更自然地成为世界文学传统的重要一环。唯一需要注意的是,在运用西方文学批评方法时,必须考虑中国特有的历史和文化背景,否则容易流于主观和武断。由于文化背景差异和思维方式不同,西方学者往往在这一点上有所欠缺。但不可否认的是,他们研究文学作品常常带有更多的人文关怀的情绪,文学即人学,从这一意义上说,西方学者的研究无疑更接近文学的实质。

四、"三言""二拍"在海外的接受

文学作品漂洋过海流传到另一个国家的时候,首先碰到问题就是接不接受问题。事实上,接受是可分为"相互性"和"一方性"的。"相互性"是指两个国家之间相互交流而产生的影响;"一方性"则是指文化层级较低的国家无条件接受层级较高的文化的现象,比如日本和韩国的朝鲜时代,在还没成立小说概念的时候,就产生了对中国古典小说无条件接受的现象。接受和影响,正是同一过程的两个方面:传播者对接受者来说是影响,接受者对传播者来说是接受。过去的研究常只针对传播者如何影响接受者,很少研究接受者对于传播者是如何接受的。如今,学界普遍认为这一单向过程应该改变为双向过程,文学研究领域因此开辟了许多新的探讨层面。

接受作品的方法,一为口传,二为原本,三为翻译。口传,可以说是间接接受;原本、翻译,可以说是直接接受。20 世纪,"三言""二拍"在国外传播主要是以翻译的方式进行的。翻译是影响研究中最重要的课题。在翻译过程中,译者将原文作品风格、语言改写为适于译者自身的时代语言,在转译的同时,译者很可能会为自身的文学传统引入新的文类、内容、风格与语法字汇。但是,成语、隐喻、风格等,是无法直接由一种语言借入另一种语言的,必须透过新的重整组合的翻译过程,才能在新的文学传统中适用、重生。不论是有意的更动,或自然的改写,翻译在文学影响关系的开端与传递中,都扮演着特殊的角色。另外,翻译是使小说作品被了解的最有效的方法。就翻译过程而言,翻译就是一种作品的再创作;就翻译的性质而言,翻译本身也是一种文学批评,可以折射出不同民族对于相同作品的不同理解。譬如,《警世通言》卷九《李谪仙醉草吓蛮书》一篇在 1905 年被译为英文,名为《李太白的外交手腕》。单从译名上就可以看出中西方读解同一文本侧重点的不同,英译名无疑更具有近代化色彩。20 世纪,"三言""二拍"在海外被翻译成多种语言,而且从单篇小说的翻译或被选入中国小说的综合选本,到逐渐有了多篇的系统翻译,进而出现较为完整的全译本。伴随这些译著不断问世,海外汉学界总要掀起一股批评热潮,顿时出现很多评论文章,虽然多数尚属随感性、印象式评论,但不乏真知灼见的篇什。这些介绍和评论与海外汉学家们精心构制的有关论著合流,把海外对"三言""二拍"的研究推到新的阶段。

20 世纪,海外汉学家们以"三言""二拍"等中国古典小说作为观照中国都市文明、探究中国整体文化不可或缺的方面,表现了更多的自觉和活力。法国当代知名汉学家雷威安(即安德烈·莱维)教授所著《17 世纪通俗短篇小说》一书,凸显了他长期对中国古典小说悉心研究所取得的成果。通过对"三言""二拍"等白话短篇小说的探究,雷威安提出一个深刻的命题:起源于口头叙述艺术的中国小说,具有"无可否认的城市特性",它以城市为"摇篮","在一切文化现象中具有城市化"。① 这个立论是说,作为都市文化的一种独特存在,中国古代的白话小说,其勃兴与城市的产生、市民的文化需求有着密切的关系,其发展又与整个都市文化的繁荣(包括文人文化的发展)密切相关,并且它本身就是都市文明的一种真实而深刻的标志。雷威安认为,白话小说的发展与流传不仅仅取决于城市经济的发展,都市文化的繁荣,而且决定于它的通俗化、消遣性(娱乐性)。他进而指出,白话小说得以流传下来,并且成为至今未枯竭的文化现象(它在欧洲和日本都曾引起轰动),不能单单归结于通俗与消遣,主要在于有别于古老传统文学的那种独特性。按照雷威安的归纳,这种独特性便是简洁性、现代性和多样性。

将"三言""二拍"等白话短篇小说作为最富有城市特性的文化现象加以观照,是海外汉学家的共识。海外汉学家们从文化的角度对"三言""二拍"等中国白话短篇小说的兴盛、发展和流传进行了系统考察,认为从传统和民间两种文化的角度看,研究这种小说可以一举数得:"一则可以了解儒者对大众传播媒介之暧昧立场;再则可知道儒者本身对儒学所持之异见,同时也可发掘一般百姓的态度——一面为上流社会文化所吸引,又同时拒斥这种文化。"②从接受美学的角度看,可以从其被大众接受的程度,"分析社会群体,特别是中等阶层的审赏心理"③,具有透视都市文化的较高价值。

在接受"三言""二拍"的过程中,海外汉学家们对"三言""二拍"的通俗性大加赞赏,看来冯梦龙"语须通俗方传远,语必关风始动人"的创作理念为今人所接受。《法国大百科全书》说:"《今古奇观》属于通俗文学,它的语言清新自然,包括许多下人们的插科打诨,甚至粗语;它所颂扬的道德也是极其朴实、宽容的。在我们国家,这类作品,我们

---

① 〔法〕雷威安:《17世纪通俗短篇小说》,第409页,巴黎:伽利玛出版社,1981。
② 于伯如:《中国通俗小说戏剧中的传统英雄人物》,见香港中文大学中国古典文学翻译委员会编《英美学人论中国古典文学》,香港:香港中文大学出版社,1973。
③ 〔法〕雷威安:《儒林外史·序》,见钱林森《中国文学在法国》,第137页,广州:花城出版社,1990。

称之为'看门人的文学'。然而正是这些小故事,因其通俗易懂且也易译而被大量译成西文,使西方读者得以了解中国的话本艺术。这些说教式的小故事赞扬了那些品质高尚的少男少女,他们的爱情以及'善有善报,恶有恶报'的思想……法国读者在读这些明代作品的同时得以找到自己的影子。"①法国汉学家雷威安在其译作《唐吏》前言中强调"三言""二拍"这些作品的通俗性:"这些小故事不仅仅使我们得以了解过去中国最下层人的生活,而且尽管存在着时间和空间的距离,这些正统文人不屑一顾的小故事却使我们感到亲切贴近。"②

韩国学者认为,《今古奇观》流传到韩国后一直很受欢迎,被誉为韩国最受欢迎的十部中国古典小说之一,很重要的一个原因,就是其故事多是从民间采取的,非常通俗、平民化,易于唤起读者的共鸣。"三言""二拍"民间故事传入韩国后,被韩国小说作者吸收而产生了一部小说作品,就是《梁山伯传》,即梁山伯和祝英台的故事。它在中国最早作为传说,载于唐代梁载言的《十道四蕃志》。书中云:"义女子祝英台与梁山伯同冢。"冯梦龙把它作为插话,收入《喻世明言》的《李秀卿义结黄贞女》的入话中。韩国的《梁山伯传》以此为蓝本,但在具体情节上很多部分改动得韩国化,而且故事结局的创作性甚为明显。这不失为"三言""二拍"在海外广播影响的一个例子。

20世纪,海外汉学家们在接受"三言""二拍"的时候,喜欢将其与自己国家的文学作品加以比较互见,或者从更广阔的世界文学的大背景审视"三言""二拍"。比如,"三言"中的《白娘子永镇雷峰塔》记述一个在中国妇孺皆知的民间故事,法国汉学家雷威安通过研究,认为"白蛇的重要性可与浮士德和唐璜在欧洲的重要性相提并论"③。他说,人们不仅在日本可以找到它的"姐妹",在西方也能找到相似的主题。从主题学角度,雷威安详细考察了白蛇故事在东方和西方的多次变奏,探明这些故事的共同点就是:表现过于人性化的男子和超人性的女子

① 宋柏年:《中国古典文学在国外》,第475~476页,北京:北京语言学院出版社,1994。
② 张译乾:《中国文学在法国》,载《法国研究》1989年第2期。
③ 〔法〕雷威安:《〈白蛇〉在日本和中国》,见钱林森《中国文学在法国》,第135页,广州:花城出版社,1990。

之间的冲突,女子体现了非社会的或反社会的力量,只要这些力量隐而不露,社会就容忍她。由于东西方文化背景不同,对这些力量的处理方式也不同:在西方,主要把灾难归咎于男子,"在有基督教传统的西方,人不应不受制裁地背叛爱情,即便是与鬼神的爱情"。而中国的故事,是要把爱与佛教的"超脱"对立起来。在日本,把爱子(白娘娘的变形)表现为毁灭性的情欲,"这种趣味与中国人将另一世界人格化,并以此反对人类的反人性的趣味形成了鲜明的对照"。正是从更为广阔的文化背景出发,"白蛇"主题演变流传中不同的文化内涵得以凸显。

20世纪,海外汉学家对"三言""二拍"的接受,不是局限于文学艺术本身,而是从历史学、接受美学等多种角度进行阐释,常常有新的发现。1976年,法国巴黎高级汉语研究院出版的《中国文学及历史研究》,载有雷威安的论文《有关12世纪末工头汪革起义的两种作品》。文中所指的两种作品,是冯梦龙的《古今小说》和岳珂的《程史》。这是一个典型的从文学的角度研究历史的例子。雷威安用洞察的眼光透视文学作品包孕的历史真实性。历史上,1181年发生在安徽南部的汪革起义,在官方记载中没有留下一丝痕迹,两部分别用白话和文言写成的文学作品却留下了它的印记。这一点,一些西方学者也曾注意到,比如普鲁赛克和爱博哈德曾分别提到在《古今小说》第三十卷和《程史》中有关于汪革起义的记载,美国著名汉学家韩南在《中国白话小说史》中分析过冯梦龙和岳珂笔下汪革形象的异同。后来,中国学者吴晓铃和严敦易对此有所注意。雷威安认为,指出这两个作品之间的关联是很有意义的。他的文章旨在明晰观点的变动过程,通过对不同作品的叙述手法异同的观察,显示它们各自所反映的社会角度。他还就《程史》第六卷和《古今小说》第三十九卷进行了具体的比较,以便让读者清晰地看出其中的区别,从而为这个历史事件的真实性的探讨提供新的途径。

总而言之,海外汉学界对于"三言""二拍"的接受表现了更多的主观能动性,出现了数量丰富的相关的研究性论著,其中不乏高质量的学术成果。海外汉学家不断从新的视角对"三言""二拍"加以观照,从已有定评的作品中发现某些尚未发掘的新的文化内涵，从而提高和丰富这些作品的自身价值，而且能对某些由于审美错觉而被长期误解的作品，排除历史的尘垢，发掘被湮没的固有的文化价值。而且，他们对"三言""二拍"的理解和接受，常常能够表现出较多的人文关怀色彩。海外汉学家们对"三言""二拍"的研究带有很大的启发性，不仅对于"三言""二拍"在其本国的接受和传播起到重要的作用，也对古代文学经典的重新接受和阐释产生了不可小视的影响。

主要参考文献

1　[宋]苏轼. 东坡志林. 北京:中华书局,1981.

2　[宋]洪迈. 夷坚志. 何卓,点校. 北京:中华书局,1981.

3　[宋]张耒. 明道杂志. 北京:中华书局,1985.

4　[宋]陈振孙. 直斋书录解题. 武英殿聚珍本. 上海:上海古籍出版社,1987.

5　[宋]孟元老等. 东京梦华录(外四种). 北京:文化艺术出版社,1998.

6　[宋]岳珂编,王曾瑜校注. 鄂国金佗稡编续编校注. 北京:中华书局,1989.

7　[宋]周密. 癸辛杂识续集. 北京:中华书局,1988.

8　[宋]无名氏. 新刊大宋宣和遗事. 上海:上海古典文学出版社,1954.

9　[宋]徐梦莘. 三朝北盟会编. 影印许涵度校刻本. 上海:上海古籍出版社,1987.

10　[元]纳新. 河朔访古记. 台北:商务印书馆,1983.

11　[元]杨维桢. 杨维桢诗集. 杭州:浙江古籍出版社,1994.

12　[元]钟嗣成. 录鬼簿. 上海:上海古籍出版社,1978.

13　[元]陶宗仪. 南村辍耕录. 北京:中华书局,1980.

14　[明]无名氏. 录鬼簿续编. 上海:上海古籍出版社,1978.

15 [明]徐渭著;李复波,熊澄宇注释.南词叙录注释.北京:中国戏剧出版社,1989.

16 [明]郎瑛.七修类稿.北京:文化艺术出版社,1998.

17 [明]胡应麟.少室山房笔丛.上海:上海书店出版社,2001.

18 [明]王守仁.王阳明全集.北京:红旗出版社,1996.

19 [明]李贽.焚书.北京:中华书局,1975.

20 [明]李贽.藏书.北京:中华书局,1974.

21 [明]李贽.李贽文集.北京:社会科学文献出版社,2000.

22 [明]袁宏道.袁中郎全集.刻本.明万历年间.

23 [明]谢肇淛.五杂俎.上海:上海书店出版社,2001.

24 [明]何良俊.四友斋丛说.北京:中华书局,1959.

25 [明]叶盛.水东日记.魏中平,点校.北京:中华书局,1980.

26 [明]沈德符.万历野获编.北京:中华书局,1980.

27 [明]田汝成.西湖游览志.杭州:浙江人民出版社,1980.

28 [明]吕天成著,吴书荫校注.曲品校注.北京:中华书局,1990.

29 [明]赵弼.效颦集.北京:古典文学出版社,1957.

30 [明]张岱.陶庵梦忆.青岛:青岛出版社,2005.

31 [清]潘荣陛,富察敦崇.帝京岁时纪胜.北京:北京古籍出版社,1981.

32 [清]纪昀总纂.四库全书总目提要.北京:中华书局影印本,1965.

33 [清]赵翼.檐曝杂记.北京:中华书局,1982.

34 [清]徐珂.清稗类钞.北京:中华书局,2003.

35 [清]李斗.扬州画舫录.刻本.自然庵,1795(清乾隆六十年).

36 [清]昭梿.啸亭杂录.北京:中华书局,1980.

37 [清]褚人获.坚瓠集.杭州:浙江人民出版社,1986.

38 [清]金连凯.梨园粗论.刻本.清道光年间.

39 [清]周颖芳.精忠传弹词.铅印本.上海:商务印书馆,1931.

40 谢无量.平民文学之两大文豪.上海:商务印书馆,1923.

41 郑振铎.中国文学论集.上海:开明书店,1934.

42 王国维.海宁王静安先生遗书.影印本.北京:商务印书馆,1940.

43 张恨水.水浒人物论赞.上海:万象周刊出版社,1948.

44 《古本戏曲丛刊》编辑委员会编. 古本戏曲丛刊:初集. 北京:文学古籍刊行社,1953.

45 《古本戏曲丛刊》编辑委员会编. 古本戏曲丛刊:四集. 北京:商务印书馆,1958.

46 赵景深辑. 元人杂剧钩沉. 上海:上海古典文学出版社,1957.

47 傅惜华. 元代杂剧全目. 北京:作家出版社,1957.

48 王季烈校. 孤本元明杂剧. 北京:中国戏剧出版社,1958.

49 中国戏曲研究院编. 中国古典戏曲论著集成:一. 北京:中国戏剧出版社,1959.

50 路工辑校. 李开先集. 北京:中华书局,1959.

51 一粟. 红楼梦书录. 北京:中华书局,1959.

52 卫聚贤.《封神榜》故事探源. 香港:说文社,1960.

53 余嘉锡. 余嘉锡论学杂著. 北京:中华书局,1963.

54 一粟编. 红楼梦卷. 北京:中华书局,1963.

55 香港中文大学中国古典文学翻译委员会编. 英美学人论中国古典文学. 香港:香港中文大学出版社,1973.

56 故宫博物院明清档案部编. 关于江宁织造曹家档案史料. 北京:中华书局,1975.

57 乐蘅军. 古典小说散论. 台北:纯文学出版社,1976.

58 赵尔巽等. 清史稿. 北京:中华书局,1977.

59 陈汝衡. 说书艺人柳敬亭. 上海:上海文艺出版社,1979.

60 阿英. 晚清小说史. 北京:人民文学出版社,1980.

61 《中国曲艺志》全国编辑委员会. 中国曲艺志. 北京:新华出版社,1980.

62 程季华主编. 中国电影发展史. 北京:华艺出版社,1980.

63 陶君起. 京剧剧目初探. 北京:中国戏剧出版社,1980.

64 胡士莹. 话本小说概论. 北京:中华书局,1980.

65 马蹄疾编. 水浒资料汇编. 北京:中华书局,1980.

66 中国戏曲研究院编. 中国古典戏曲论著集成. 北京:中国戏剧出版社,1980.

67 宁希元校点. 元刊杂剧三十种新校. 兰州:兰州大学出版社,1980.

68 郭豫适.红楼梦研究小史稿.上海:上海文艺出版社,1980.

69 鲁迅.鲁迅全集.北京:人民文学出版社,1981.

70 聂绀弩.中国古典小说论集.上海:上海古籍出版社,1981.

71 王利器辑录.元明清三代禁毁小说戏曲史料.上海:上海古籍出版社,1981.

72 郭绍虞主编.中国近代文论选.北京:人民文学出版社,1981.

73 蒋和森.红楼梦论稿.北京:人民文学出版社,1981.

74 上海书店编.清朝野史大观.上海:上海书店,1981.

75 孙楷第.日本东京所见小说书目.北京:人民文学出版社,1981.

76 孙楷第.中国通俗小说书目.北京:人民文学出版社,1982.

77 柳存仁.伦敦所见中国小说书目提要.北京:书目文献出版社,1982.

78 戴不凡.小说见闻录.杭州:浙江人民出版社,1982.

79 孔另境.中国小说史料.上海:上海古籍出版社,1982.

80 郑逸梅.影坛旧闻:但杜宇和殷明珠.上海:上海文艺出版社,1982.

81 余嘉锡.世说新语笺疏.北京:中华书局,1983.

82 郑公盾.水浒论文集.银川:宁夏人民出版社,1983.

83 朱一玄,刘毓忱编.三国演义资料汇编.天津:百花文艺出版社,1983.

84 四川省社会科学院文学研究所编.三国演义研究集.成都:四川社会科学院出版社,1983.

85 欧阳健,萧相恺.水浒新议.重庆:重庆出版社,1983.

86 郑振铎.中国古典文学论文集.上海:上海古籍出版社,1984.

87 蔡国梁.金瓶梅考证与研究.西安:陕西人民出版社,1984.

88 李汉秋.儒林外史研究资料.上海:上海古籍出版社,1984.

89 田仲济等.中国现代小说史.济南:山东文艺出版社,1984.

90 谭正璧,谭寻.古本稀见小说汇考.杭州:浙江文艺出版社,1984.

91 谭正璧,谭寻.评弹通考.北京:中国曲艺出版社,1985.

92 张元济主编.四部丛刊初编集部.上海:商务印书馆,1985.

93 印鸾章编.清鉴.上海:上海书店,1985.

94　阿英.小说闲谈.上海:上海古籍出版社,1985.

95　傅惜华等编.水浒戏曲集:第1集.上海:上海古籍出版社,1985.

96　杜颖陶,俞芸编.岳飞故事戏曲说唱集.上海:上海古籍出版社,
　　　1985.

97　中国电影家协会.中国电影年鉴(1984).北京:中国电影出版社,
　　　1985.

98　王起主编.中国戏曲选.北京:人民文学出版社,1985.

99　曾勤良.台湾民间信仰与封神演义之比较研究.台北:华正书局,
　　　1985.

100　张天翼.张天翼文集.上海:上海文艺出版社,1985.

101　谷斯范.新水浒.长沙:湖南人民出版社,1985.

102　朱一玄编.古典小说版本资料选编.太原:山西人民出版社,
　　　1986.

103　马蹄疾.水浒书录.上海:上海古籍出版社,1986.

104　徐朔方,刘辉编.金瓶梅论集.北京:人民文学出版社,1986.

105　路工编.明清平话小说选.上海:上海古籍出版社,1986.

106　方铭编.金瓶梅资料汇录.合肥:黄山书社,1986.

107　叶圣陶.叶圣陶集.南京:江苏教育出版社,1987.

108　徐朔方编.金瓶梅西方论文集.沈亨寿等,译.上海:上海古籍出
　　　版社,1987.

109　易竹贤辑录.胡适论中国古典小说.武汉:长江文艺出版社,
　　　1987.

110　黄霖.金瓶梅资料汇编.北京:中华书局,1987.

111　韩锡铎,王清原编纂.小说书坊录.沈阳:春风文艺出版社,1987.

112　卢兴基主编.建国以来古代文学问题讨论举要.济南:齐鲁书社,
　　　1987.

113　云游客.江湖丛谈.北京:中国曲艺出版社,1988.

114　王丽娜.中国古典小说戏曲名著在海外.上海:学林出版社,
　　　1988.

115　梁启超.饮冰室合集.上海:上海中医学院出版社,1989.

116　曾白融编.京剧剧目辞典.北京:中国戏剧出版社,1989.

117 苏移. 京剧二百年概观. 北京：燕山出版社,1989.

118 陈平原,夏晓虹. 二十世纪中国小说理论资料. 北京：北京大学出版社,1989.

119 王晓家. 水浒戏考论. 济南：济南出版社,1989.

120 钱林森. 中国文学在法国. 广州：花城出版社,1990.

121 齐裕焜主编. 中国古代小说演变史. 兰州：敦煌文艺出版社,1990.

122 朱一玄. 明清小说资料选编. 济南：齐鲁书社,1990.

123 刘荫柏编. 西游记研究资料. 上海：上海古籍出版社,1990.

124 陈翔华. 诸葛亮形象史研究. 杭州：浙江古籍出版社,1990.

125 陆坚,王勇主编. 中国典籍在日本的流传与影响. 杭州：杭州大学出版社,1990.

126 中国电影家协会. 中国电影年鉴(1988). 北京：中国电影出版社,1991.

127 黄文炀. 曲海总目提要. 天津：天津古籍出版社,1992.

128 陆文虎. 钱钟书研究采辑. 北京：三联书店,1992.

129 刘心武. 风过耳. 北京：中国青年出版社,1992.

130 陈世旭. 裸体问题. 北京：中国青年出版社,1993.

131 张锦池. 中国四大古典小说论稿. 北京：华艺出版社,1993.

132 张国星编. 中国古代小说的性描写. 天津：百花文艺出版社,1993.

133 李彬. 传播学引论. 北京：新华出版社,1993.

134 宋柏年. 中国古典文学在国外. 北京：北京语言学院出版社,1994.

135 张锦池. 中国四大古典小说论稿. 北京：华艺出版社,1994.

136 王珏,李殿元. 水浒传中的悬案. 成都：四川人民出版社,1994.

137 张伍. 忆父亲张恨水先生. 北京：十月文艺出版社,1995.

138 鲁迅. 中国小说史略. 北京：东方出版社,1996.

139 丁锡根编著. 中国历代小说序跋集. 北京：人民文学出版社,1996.

140 胡愈之. 胡愈之文集. 北京：三联书店,1996.

141 邓之诚.骨董琐记全编.赵丕杰,点校.北京:北京出版社,1996.

142 景梅九.红楼梦真谛.沈阳:辽宁古籍出版社,1997.

143 钱钟书.钱钟书散文.杭州:浙江文艺出版社,1997.

144 张锦池.西游记考论.哈尔滨:黑龙江教育出版社,1997.

145 郭英德.明清传奇综录.石家庄:河北教育出版社,1997.

146 胡适.胡适文集.北京:北京大学出版社,1998.

147 林辰.神怪小说史.杭州:浙江古籍出版社,1998.

148 周汝昌.红楼梦新证.北京:华艺出版社,1998.

149 何香久.金瓶梅传播史话.北京:中国文联出版公司,1998.

150 陈美林,冯保善,李忠明.章回小说史.杭州:浙江古籍出版社,
1998.

151 袁世硕.文学史学的明清小说研究.济南:齐鲁书社,1999.

152 袁行霈主编.中国文学史.北京:高等教育出版社,1999.

153 北京市艺术研究所,上海艺术研究所.中国京剧史.北京:中国戏
剧出版社,1999.

154 胡适.中国章回小说考证.合肥:安徽教育出版社,1999.

155 廖可斌.诗稗鳞爪.杭州:浙江大学出版社,1999.

156 陈桂声选编.水浒评话.南昌:江西教育出版社,1999.

157 郑振铎.中国文学研究.北京:人民文学出版社,2000.

158 黄俶成.施耐庵与《水浒》.上海:上海人民出版社,2000.

159 沈伯俊.三国漫话.成都:四川人民出版社,2000.

160 陈大康.明代小说史.上海:上海文艺出版社,2000.

161 郭英德.明清传奇史.南京:江苏古籍出版社,2001.

162 邓绍基,史铁良主编.20世纪中国文学研究:明代文学研究卷.北
京:北京出版社,2001.

163 吕启祥,林东海主编.红楼梦研究稀见资料汇编.北京:人民文学
出版社,2001.

164 陈桂声.话本叙录.珠海:珠海出版社,2001.

165 陈洪,孙勇进.漫说水浒.北京:三联书店,2001.

166 钱穆.中国文学论丛.北京:三联书店,2002.

167 朱一玄.水浒传研究资料汇编.天津:南开大学出版社,2002.

168　曹卫东.中国文学在德国.广州:花城出版社,2002.

169　张稔穰.稗海厄谈.长春:吉林人民出版社,2002.

170　侯会.《水浒》源流新证.北京:华文出版社,2002.

171　李安纲.《西游记》奥义书.北京:中国社会科学出版社,2002.

172　陈文新,乐云.《西游记》:彻悟人生.武汉:武汉大学出版社,
　　　2002.

173　秦淮梦.《红楼梦》本事编年新探.北京:中国文联出版社,2002.

174　吴中杰.吴中杰评点鲁迅书信.上海:复旦大学出版社,2002.

175　朱一玄,刘毓忱编.三国演义资料汇编.天津:南开大学出版社,
　　　2003.

176　牟钟鉴,张践.中国宗教通史.北京:社会科学文献出版社,2003.

177　田晓菲.秋水堂论金瓶梅.天津:天津人民出版社,2003.

178　刘世德主编.罗贯中与《三国演义》论集.香港:天马出版有限公
　　　司,2004.

179　梅节.《金瓶梅词话》校读记.北京:北京图书馆出版社,2004.

180　宋莉华.明清时期的小说传播.北京:中国社会科学出版社,
　　　2004.

181　涂秀虹.元明小说戏曲关系研究.上海:上海三联书店,2004.

182　王学泰,李新宇.《水浒传》与《三国演义》批判:为中国文学经典
　　　解毒.天津:天津古籍出版社,2004.

183　陈卫星.传播的观念.北京:人民出版社,2004.

184　刘心武.刘心武揭秘《红楼梦》.北京:东方出版社,2005.

185　刘心武.红楼望月.上海:书海出版社,2005.

186　李根亮.红楼梦的传播与接受.哈尔滨:黑龙江人民出版社,
　　　2007.

187　张同胜.《水浒传》诠释史论.济南:齐鲁书社,2009.

188　刘再复.双典批判.北京:三联书店,2010.

189　[德]卫礼贤.中国民间童话.德国耶纳:迪德里希出版社,1919.

190　[美]罗伯特·鲁尔曼.儒家学派.美国斯坦福市:斯坦福大学出
　　　版社,1960.

191　[法]雷威安.17世纪通俗短篇小说.法国巴黎:伽利玛出版社,

1981.

192　[俄]李福清.中国神话故事论集.民间文学论坛,1982(2).

193　[美]夏志清.中国现代小说史.北京:传记文学出版社,1985.

194　[美]夏志清.中国古典小说导论.合肥:安徽文艺出版社,1988.

195　[日]内田道夫编.中国小说世界.上海:上海古籍出版社,1992.

196　[美]浦安迪.明代小说四大奇书.北京:三联书店,1993.

197　[德]库恩.《红楼梦》译后记.红楼梦学刊,1994(2).

198　[日]小野四平.中国近世短篇白话小说研究.上海:上海古籍出
版社,1997.

199　[德]加达默尔著,洪汉鼎译.真理与方法.上海:上海世纪出版集
团译文出版社,1999.

200　[新加坡]辜美高.新加坡国立大学中文图书馆藏中国明清通俗
小说书目提要.北京:中国社会科学院,2005.

后　记

　　传播学源于西方,具有完整的理论架构和独立的研究方法,包括传播者、传播媒介、传播内容、传播受众和传播效果等几个部分。文学传播学是研究文学作品的产生、流传、影响的特征及其规律的一门科学。从文学传播学的基本理论和研究方法出发,对中国古代小说的传播现象和传播过程进行勾勒,以求归纳出中国古代小说发展的规律,是一种颇具新意的研究视角。基于这一考虑,我和我的几位博士生、硕士生共同撰写了《明清小说传播研究》一书,2006 年由山东大学出版社出版发行。本书在此基础上修改增订而成。从内容方面来看,本书以中国古代白话小说的传播为研究对象,故删去了《聊斋志异》传播研究,增加了明代之前白话小说以及《说岳全传》、济公小说的传播研究。从体例方面来看,本书采取专题研究的方式,分为"传播环境论"、"传播媒介论"(上、下)、"传播内容论"、"传播诠释论"、"传播价值论"、"传播受众与效果论"、"海外传播论"共八章。之所以做此改动,是想更好地以传播的观念、方法研究中国古代白话小说的生产、流通、消费等各个环节,以全新的视角,多方位、多层次地勾勒其发展演变的轨迹,使我们对中国古代白话小说发展演变的把握提升到一个新的层面。

参与本书写作的人员,除我之外,还有孙丽华、陈晓青、王冬梅、蔡连卫、杨秀苗、王新芳、褚殷超、孟亭竹、刘玉林、李雯、赵烨等。全书内容由我统一做了调整、改动,所产生的不妥或谬误,亦应由我负责,希望读者批评指正。樊庆彦博士花费大量时间和精力对全书做了校对,山东教育出版社朱晓晨、何欣竹两位女士为本书出版付出了许多心血,在此一并表示衷心的感谢。

王　平

2015 年 5 月 20 日